U0114521

序

　　第十五屆全國聲韻學學術研討會，於民國八十六年五月三日、四日兩天在台中逢甲大學舉行，一共發表專題演講一場、論文二十八篇。現在選錄會後經過修正的二十二篇論文爲《聲韻論叢》第七輯，正式刊行，以作爲海內外學者論學時的參考。

　　這次研討會的主題是「聲韻學研究與語文教學」，因此本輯所收錄的論文，大體上即與主題所涵蓋的範圍有關。二十二篇論文，有的出於前輩老師之手，有的是年輕學人的初試啼聲之作；無論是聲韻專題的探討，或是教學經驗的省思，無不言之有據，情理足采。作者們的貢獻，固已值得稱賞；薪火相繼之盛，尤其令人欣慰。

　　逢甲大學爲會議舉辦之地主，自文學院戴瑞坤院長、中文系全體師生及林聰明主任、李時銘教授，獨任辛勞，出力最多；臺灣師範大學國文系爲合辦單位，教育部、臺灣省政府教育廳、廖英鳴文教基金會、中華民國團結自強協會、財團法人國立臺灣師範大學教育學術基金會等爲贊助單位，共襄盛舉；使研討會的進行，得以圓滿成功。《聲韻論叢》第七輯又承臺灣師範大學吳聖雄教授與臺灣學生書局代爲編輯、出版。以上各位女士、先生以及各單位的相助之情，令人深爲感佩，大安謹代表中華民國聲韻學會，在此敬致最誠摯的謝意。

何大安 謹序
中華民國聲韻學會理事長
中華民國八十六年十二月三十一日

聲韻論叢　第七輯

目　錄

上古陰聲韻尾再檢討

陳新雄

《廣韻》陽聲各韻皆收有鼻音韻尾，不過所收鼻音，又有三種不同。即：

(1)收舌根鼻音〔ŋ〕者，計有：東、冬、鍾、江、陽、唐、庚、耕、清、青、蒸、登十二韻。（舉平以賅上去，下仿此，不另注。）

(2)收舌尖鼻音〔n〕者，計有：眞、諄、臻、文、欣、元、魂、痕、寒、桓、刪、山、先、仙十四韻。

(3)收雙脣鼻音〔m〕者，計有：侵、覃、談、鹽、添、咸、銜、嚴、凡九韻。

此種區別以言《廣韻》陽聲韻尾，向來皆無異辭。吾人是否可以擬測上古音時，關於陽聲各韻之韻尾，即以《廣韻》爲據？亦另行構擬？高本漢與董同龢皆以《廣韻》爲據，然李方桂《上古音研究》則爲中古陰聲韻尾收-u者，擬成上古收*-gw及收*-kw韻尾，如宵部、幽部字；與幽部相配之陽聲韻中部則擬爲*-ngw。自此以後，陽聲韻部又多出一圓脣舌根鼻音問題，應提出討論。如果吾人仔細觀察《廣韻》收舌根鼻音韻尾十二韻，實際上乃分成二段，即東、冬、鍾、江四韻與陽、唐、庚、耕、清、青、蒸、登八韻分開二處排列，彼此並不相連屬，與舌尖鼻音-n十四韻，雙脣鼻音-m九韻之相連屬者不相

同。則《廣韻》之分爲兩處,恐怕也非毫無深意。今人以吾人今日之讀音以例古音,雖不相連屬,但同爲舌根鼻音,故不再尋究是否有何差異。李先生指出其上古音具有圓脣舌根韻尾,其實乃此四韻之字在上古之讀法,《廣韻》既論古今之通塞,也許注意及此種差異,故其安排乃不相同。《廣韻》此四韻之字,分屬於上古音之東、冬二部,因此東、冬二部之上古音之鼻音韻尾可擬爲圓脣舌根鼻音韻尾*-ŋw,其他各部則仍與《廣韻》相同,可擬爲舌根鼻音韻尾〔ŋ〕。至於圓脣舌根鼻音韻尾之寫法,最好當然寫成ŋʷ,但左上角圓脣音標 ʷ 很不容易處理,所以李方桂先生把它寫作ŋw,這就不容易疏忽漏寫。張琨在〈古漢語韻母系統與切韻〉一文中,將冬部擬作*-əuŋ,əuŋ既可視作複元音əu加舌根鼻音ŋ,亦可視作主要元音ə加圓脣舌根鼻音uŋ,所以張氏乃將李方桂圓脣舌根鼻音ŋw,寫作uŋ,此種寫法,既可省去一個音符,又能充分表達圓脣舌根鼻音之效果,實在不失爲一種可資採用之寫法。事實上王力上古音之寫法即已如此,不過王力將冬部擬作əuŋ,認爲複元音əu加舌根鼻音韻尾ŋ而已。周法高〈論上古音〉綜合王力與李方桂說,將東、冬二部分別擬作ewŋ與əwŋ,顯然可知周氏亦以東冬二部有圓脣舌根音韻尾,故我亦認爲此二部上古音亦應有圓脣舌根鼻音韻尾,寫法上採用張琨之說,寫作-uŋ。

《廣韻》入聲專承陽聲,而入聲則收有塞音韻尾,不過入聲所收韻尾亦有三種:

(1)陽聲收舌根鼻音韻尾-ŋ者,與之相配之入聲,則收舌根塞音韻尾-k,計有:屋、沃、燭、覺、藥、鐸、陌、麥、昔、錫、職、德十二韻。

(2)陽聲收舌尖鼻音韻尾-n者,與之相配之入聲,則收舌尖塞音韻

尾–t，計有：質、術、櫛、物、迄、月、沒、曷、末、黠、鎋、屑、薛十三韻。（與痕相配之入聲字僅有麧等五字，因爲字少，併入沒韻中，故只得十三韻。）

(3)陽聲收雙脣鼻音韻尾–m者，與之相配之入聲，則收雙脣塞音韻尾–p，計有：緝、合、盍、葉、怗、洽、狎、業、乏九韻。

前賢以陽聲收有–ŋ、–n、–m三類韻尾，故與之相配之入聲韻部，乃定爲收有–k、–t、–p三類塞音韻尾。今既以陽聲之東、多二部爲收圓脣舌根鼻音–uŋ韻尾，則與之相配之入聲屋、覺二部亦當收圓脣舌根塞音韻尾–uk。此外還有藥部，雖無陽聲韻部相配，然觀其與陰聲宵部相配，在結構上亦應收音於–uk韻尾方能相配。故今於陽聲、入聲各部之韻尾，構擬其原則爲：

(1)凡古韻陽聲東、多兩部假定爲收圓脣舌根鼻音韻尾–uŋ，陽、耕、蒸三部爲收舌根韻尾–ŋ。元、眞、諄三部收舌尖鼻音韻尾–n，談、添、侵三部爲收雙脣鼻音韻尾–m。

(2)凡古韻入聲屋、覺、藥三部爲收圓脣舌根塞音韻尾–uk，鐸、錫、職三部爲收舌根塞音韻尾–k，月、質、沒三部爲收舌尖塞音韻尾–t，盍、怗、緝三部爲收雙脣塞音韻尾–p。

陽聲與入聲韻尾問題決定後，再討論古韻陰聲侯、宵、幽、魚、支、之、歌、脂、微九部之韻尾，此九部在《廣韻》全以純元音收音，即所謂開音節者，中國古音學家向來多以爲除元音外，不收任何韻尾。然自西門華德（Walter Simon）與高本漢（B. Karlgren）諸人注意及此九部與入聲諸部諧聲及協韻之關係密切，於是始假定此諸部亦爲收有輔音韻尾之韻部。西門以爲古代陰聲諸部有–ɣ、–ð、–β三種韻尾。高本漢〈上古中國音當中的幾個問題〉（Problems in archaic

Chinese）一文第三節〈Simon的韻尾說〉云：「這篇東西正要付印的時候，——本來是在1928年正月在倫敦東方學校一個演講題目，——我接到了柏林Dr. Walter Simon的一篇文章（"Zur Rekonstruktion der alt-chinesischen Endkonsonanten"），這個學者在那文章裡討論了好幾個上文所討論的題目，而且有些極有趣的暗示，所以不能不看看他的說法，然後現在的討論才能算完。

在我的Dictionary裡頭，是從諧聲字裡得到明白證據之後，然後才斷那個字在上古音是有舌尖音或舌根音韻尾（後來未到古音時代就失掉的）；就是像上文討論的列lĭät：例lĭäi那類字。要Simon證明這類上古韻尾失落的現象還要遇見的多得多，有許多類的字在古音（《切韻》）雖然是元音韻尾，在早先是以輔音收音的，而且包括好些從《說文》上一點也看不出來有輔音韻尾的字。

先說Simon對於我早先提議上古韻尾的種類的說法，他不贊成。我早先是說普通入聲是–p、–d、–k，答tâp，割kât，木muk，像例古音lĭäi、，裕ĭu、韻尾是–d, –g，他所提議的是前者是帶音的破裂音–b、–d、–g，而後者就因爲想不到更好的說法，是帶音的摩擦音β、ð、γ：——答tâb、割kâd、木mug。例lĭäð，裕ĭuɣ（ð像在英文that；ɣ像在北方德文Wagen）他對於這個修正案沒有給一個充分的理由。他一方面說在古代西藏語（大概是跟中文有關係的）從前沒有–p、–t、–k，衹有–b、–d、–g，因此嚜，在上古中國音大概有–b、–d、–g，不過後來變成不帶音的–p、–t、–k，像德文Bad讀bat一樣。這個僅僅乎是一個揣度。爲甚麼西藏的–b、–d、–g音是原始的，而中國音是後來的，很難看得出來。要說西藏文原來是有–p、–t、–k，因同化等等作用（Sandhi）變成帶音，後來他的勢力擴充了變成一切輔音韻尾都

是–b、–d、–g了，這個一樣說得過去。或者更像一點，——也許西藏語從前–b、–d、–g；–p、–t、–k都有的（就像中國語，我想我能證明也有），不過後來由仿效作用（analogy）都變成–b、–d、–g，這種普遍化簡單化的現象是跟支那語性很相合的。關於這些，我們現在實在是沒有的確的智識，從西藏語的情形上，也不能證明關於中國語的甚麼。」（見趙元任譯高本漢〈上古中國音當中的幾個問題〉）

高本漢則主張上古陰聲韻有–b、–d、–g韻尾，高氏說：「現在咱們還得討論乍dẓ́a：昨dẓ́âk，敝b́iei：瞥piet的例，這裡不是聲母的輔音落掉，乃是韻尾的輔音落掉了。……

假如是因爲乍dẓ́a：昨dẓ́âk已經有了聲母元音兩者相近就算夠做諧聲的程度了，那麼自然乍dẓ́a當然也可以做dẓ́ât，dẓ́âp等音的諧聲，所以乍dẓ́a字所諧的字應該–p尾、–t尾、–k尾的字都有咯。可是咱們並不遇見這種事情；乍字所諧的字都是嚴格地限於–k尾的字：作tsâk，昨、怍、酢dẓ́âk，窄、舴tsak。

這類的例差不多都有這種限制。在字典裡可以找出無數的例來。這裡不過舉幾個：至tśi：侄、咥、桎、蛭tśi̯ĕt，挃、屋、稄、窒t̑i̯ĕt，姪d̑i̯ĕt，ɗiet，垤、絰ɗiet，室śi̯ĕt等等；曳i̯äi：拽i̯ät，洩、緤si̯ät等等；夜i̯a：液、掖、袚、腋i̯äk等等。

假如造字的這麼嚴格的不是全限於舌尖音的韻尾，就是全限于舌根音的韻尾，這是有理由的：乍dẓ́a諧的字在上古音是有舌根音韻尾的，不過在上古音就已失掉了，敝b́iei諧的字在上古音是有舌尖音韻尾的，不過在古音就已經失掉了。……

那麼這些失掉的破裂音究竟是些甚麼呢？

想到古音有韻尾的p、t、k、m、n、ŋ而無b、d、g，就會猜到後

者這幾個了，再比較起來別國語言當中也是濁音比清音容易失掉，這就是更像對了。再舉我自己語言做例，在瑞典好些的方言裡頭，bĕd→bĕ，可是bĕt＝bĕt不變，所以在乍、敝這類字所失掉的韻尾一定總是個g跟d，這個入聲濁音尾的說法，從一個很有趣的現象裡可以得一個很有價值的佐證：

在這些失掉韻尾輔音的字，十個有九個都是去聲：

敝ḃiei：斃ṕiet；世śi̯äi：緤si̯ät；砌tśiei：切tśiet；例li̯äi：列li̯ät；曳i̯äi：拽i̯ät；綴t̂i̯wäi：叕t̂i̯wät；至tśi：侄tśi̯ĕt；秘pjwi：必pi̯ĕt；翠tświ：卒tsuet；內nuâi：訥nuət；奈nâi：捺nât；痹pjwẹi：弗pi̯uĕt；孛ḃuâi：勃ḃuet；兌d̂uâi：脫t̂uât；夬kwäi：訣kiwet；乍dźa：昨dźâk；亞‧a：惡âk；妊t̂a：乇t̂ak；絣tśi̯a：斥tśi̯ak；怕pa：白ḃak；夜i̯a：液i̯ak；詫t̂i̯a：宅d̂ak；阨‧äi：厄‧ak；畫ɣwäi：钁ɣwak；試śi：式śi̯ek；赴pi̯u：卜puk；告kâu：酷ḱuok。

據中國的音韻學家說，去聲是最後分出來的調類，而且他們所定的出現的時期，恰恰在我們發現乍、敝等字失掉韻尾輔音的時期。現在這些字既然大多數是去聲字，那麼這兩種同時的現象一定不是偶然的。咱們現在雖然不必說到凡去聲字都是這麼樣來的（因為還有鼻音韻尾的去聲字，例如定d̂ieng）可是韻尾d、g的失落，是去聲出世主因之一，那是無疑的。所以咱們現在說：

dźag＞dźa；敝ḃied＞ḃiei。

在支那系的語族中，凡是清音聲母的字聲調高：刀tâu，而濁音聲母的字使全字的聲調低：萄d̂âu。這種現象當然有它的發音生理作用的理由，而于咱們這個問題特別有關係，因為假如一個上古的dźag變成一個古音降調的dźa，這就是因為先有的韻尾d、g之類的音使那字

的後半變低，所以成了降調（去聲）了。

　　說失掉的韻尾是-d、-g，當然我也不能包不會有時候是摩擦的濁音：-aɣ、-að；可是現在一點沒有甚麼特別的理由要假定它有這類的花樣罷了。……

　　現在一直討論的都是-d跟-g的失落，那麼有沒有失掉-b的例呢？這個就不那麼有把握了，我只知道幾個例，可是還帶躊躇的算它是韻尾-b失掉的例：

　　去，古音k̕iwo，諧劫、鉣kiap；怯、痜k̕iap等。

　　照中國小學家的說法，劫是算會意的字，不算從去字得聲。底下的就算劫『省聲』作去。可是『省聲』這種說法能不用的地方總是不用為妙，像襄字那麼複雜的諧聲還是全部寫出，何在乎省劫為去？現在去字既然剛剛是去聲（降調），那麼只須說去k̕iwo<-b，就既可以解釋劫kiap的諧聲，又可以解釋怯k̕iap的諧聲了，還有一個很強的證據是呿字古音有k̕iwo，k̕iap兩讀。

　　此外還有一個內字，古音nuâi，也是頗難解釋的。這個字（還有它諧的汭、芮n̕źiwai）是去聲，而且它既然又諧入聲字，一定曾經失掉過韻尾輔音的。可是所討厭的就是有好些個內字諧聲的字，像納字，是古音的nâp，而又有些別的字，像訥字，是古音的nuət，訥字固然還可以當它作會意看，可是內字諧聲而有-t尾的不盡能當會意看。而且從一字幾讀的例裏頭可以看出來這些的確是有諧聲的關係的，例如吶字有nâp，n̕źiwäi兩讀，枘字nuət，nâp，n̕źiwai三讀。

　　照我的意見看來，這種現象倒可以用中國合口字避脣音韻尾的傾向來解釋。比方風字從凡（b̕iwam）上古音pi̯um，裡頭的u、m兩脣音不好唸，所以由異化作用（dissimilation）就變成古音的pi̯ung了。

同樣法字的古音是piwap，在現在廣州音也由異化作用讀fât了。（廣州音在別種的古–p尾字仍舊是保存著–p）而且法字在日本的音讀也是hotsuホッ（舊音potu），可見這種音變已經是很早的了。

那麼我現在就假定它是這麼樣的：

內 –b → nuâd → nuâi

芮 –b → nźįwäd → nźįwäi

訥 –p → nuət → nuət

納 –p → nâp → nâp

其中內、芮的–b尾因u，w有異化而成–d，這個–d就照例失掉了變成個–i，訥的–p尾異化而成–t，–t因是清音韻尾，所以不掉。納是開口字，沒有前後脣音的異化作用，所以一點不變。

以上不過是幾個特例，大致說起來很難找出韻尾–b有的確例。莫非韻尾–b都合併了在韻尾–m裡了罷？（還說不定聲母b–都合併在聲母m–裡了呢？）

總結C節的結果，就是乍dźa，敝biei這類諧聲字的例，跟A節大類（包括B節）的例都是根據一樣的原則的：

乍 dźa ← dź–g 諧昨 dźâk，

敝 biei ← –d 諧瞥 piet。」

自西門華德與高本漢諸人的韻尾說出，國內學者多贊成此說。

李方桂〈切韻 â 的來源〉說：「我把在《切韻》時代以前失落的韻尾都寫作*–g或者*–d，以別于k、t。高本漢在他的 "Problem in Archaic Chinese, JRAS Oct, 1928, 趙元任譯文見本所集刊I,3, 345-401頁" 一篇文章裡頭在上古時代擬了兩種韻尾*–kˋ（去聲字）*–g（平聲字），我覺得很是可疑的。他一方面承認在上古時代這種韻尾已經

很微弱了，就快失去了——換言之就是快元音化（Vocalitzed）了——，他一方面還擬定了wk、–wg兩種分別，試想想一種快要元音化的韻尾，又已經發出一種–w的介音來，還能無音麼？與–wg能不混麼？我們要注意，去聲可以算作韻尾失落的原因，更可以算作韻尾失落的結果。（如北方官話入聲之變平上去），我們還不敢決定誰是因？誰是果？若是依高本漢說收–k的字可以有去入二種聲調，我們何不說收–k的字更有平上去入四種聲調，何必又擬兩種*–g、–k`呢？我覺得最妥當的辦法，是把在《切韻》時候還保存的–p、–k、–t，同《切韻》時代以前已經失掉的韻尾分別出來。前一種寫作–p、–k、–t，後一種寫作–b、–g、–d，他們真正的讀法如何？我覺得我們還不能定。

則tsək：側tʂ ǐək：廁tʂ̂ i（＜*tsək：*tʂ ǐək：*tʂ̂ ǐəg）

翼ǐək：異i：冀kji（＜*gǐək：*gǐəg：*kǐəg）

飾sˊǐək：飤zi：飭tˊǐək（＜*sˊǐək：*dzǐəg：*tˊǐək）

直ɖˊǐək：值ɖˊi（＜*dˊǐək：*dˊǐəg）

織tsˊǐək：熾tsˊi（＜*tˊǐək：*tˊǐəg）

食dźǐək，zi（＜*dˊǐək，*dzǐəg）

意·i：億·iək（＜*·ǐəg：*·ǐək）

疑ngji：礙ngai：凝ngǐəng：嶷ngǐək（＜*ngǐəg：*ngəg：*ngǐəng：*ngǐək）

有jǐə̆u：郁·ǐuk（＜*gǐəg：*·ǐuək）

畐bˊǐwək，bˊǐuk：福pǐuk：匐bˊuək：逼pǐək：富pǐəu（＜*bˊǐwək，*bˊiuək：*pǐuək：*bˊuək：*pǐək：*pǐəg）

*ǐəg＞*ǐəi>*i；*ǐuək＞ǐuk都是最自然不過的現象，同時高本漢諧聲

的條例亦滿足了。」

李方桂後來發表《上古音研究》，論及上古音的韻尾輔音時說：「其實陰聲韻就是跟入聲相配爲一個韻部的平上去聲的字。這類字大多數我們也都認爲有韻尾輔音的，這類的韻尾輔音我們可以寫作*–b、*–d、*–g等。但是這種輔音是否眞的濁音，我們實在沒有什麼很好的證據去解決他。現在我們既然承認上古有聲調，那我們只需要標調類而不必分這種輔音是清是濁了。」

至於歌部字，高本漢也分爲兩類，一類沒有韻尾輔音，一類有*–r韻尾。其中界限也很難劃分清楚。若是依諧聲分的話，就發生些不易解釋的韻，如〈小雅・桑扈〉三章以翰*gân：憲*xjǎn：難*nân與那*nâr押韻；〈大雅・崧高〉以番*pwar與嘽*thân：翰*gân：憲*xjǎn押韻，同時又有〈小雅・隰桑〉一章以阿*‧â：何*gâ與難*nâr，〈衛風・竹竿〉三章以左tsâ與儺*nâr押韻的例子（以上仍照高本漢的擬音）。如果因爲*–r是舌尖音，可以跟*–n勉強押韻，那麼爲什麼*–â也要跟舌尖音韻尾*–r的字押韻？爲什麼不跟有舌根音韻尾或脣音韻尾的字如*–ak、*–ag、*–ap等押韻？顯然歌部字跟有舌尖音韻尾的字關係很深。歌寒對轉也是古韻學者承認的。因此，我想歌部字似乎有個舌尖音韻尾，把他擬作*–r倒是可採取的辦法。」

董同龢《上古音韻表稿》論及「韻尾輔音」–b–d–g時說：「從西門華德（Walter Simon）的Endkonsonten到高本漢的W.F.中間，幾經討論，一般的意見都已傾向於承認上古某些陰聲韻中是有–b–d–g尾的存在，跟入聲韻的–p–t–k相當。……不過我以爲在目前的境況之下，一切音質的細微爭辯總不免是空中樓閣。現在我採取–b–d–g與–p–t–k，僅是根據李方桂先生的理論。」

後來在《漢語音韻學》裡，談到〈上古韻母系統的擬測〉時說：
「現在大家都同意，暫且假定《切韻》時代收-t的入聲字，在先秦原
來就收*-t，和他們押韻或諧聲的祭微脂諸部的陰聲字，大致都收
-d；《切韻》時代收-k的入聲字，在先秦原來就收-k，和他們押韻
或諧聲的之幽宵侯魚佳諸部的陰聲字都收*-g。*-d與*-g到後代或消
失，或因前面元音的影響變爲 i 尾複元音的 i，或-u尾複元音的u；
-t與-k則仍舊。所以如此，就是因爲從一般的語音演變通例看，濁
輔音韻尾容易消失或變元音，清輔音韻尾則容易保持不變。

《切韻》收 p 的入聲字，在古代韻語裡都自成一個系統。所以
《廣韻》自緝至乏諸韻的字，上古分別獨自成部（"緝""葉"）。
我們可以很自然的假定他們在上古仍然都收*-p。

不過是在諧聲字中，我們卻可以發現有些後代的陰聲字與緝葉兩
部字有接觸：

世ɕjæi：葉jæp

痰k̓iɛp：瘱ʔiɛi：瘱ʔjæi

劦ɣiɛp：荔liɛi

盍ɣɑp：蓋kɑi

內nuAi：納nAp

褶zjep：彗zjuæi（彗古文作篲）

證之於"內"字古書多作"納"，"蓋"又有"盍"音，……可
知凡與-p尾入聲字接觸的陰聲字，最初還有一個脣音韻尾，今擬作
**-b。

不過我們要注意的是：上述諸陰聲字，按諸韻語，都是在祭微脂
部，而當有*-d韻尾的。現在大家都承認，諧聲字表現的現象，一般

比詩韻表現的要早，所以我們說**-b尾只存在於諧聲時代，到詩經時代變爲*-d。關於"內"，我們更假定他由**nuəb→*nuəd是**-b受〔u〕的異化作用的結果，如中古"凡""乏"諸字b́juam(p)變現代廣州的fan(t)。至於"蓋"由**kɑb→*kɑd，則是由於**-b尾字少了，類化於"內"類字而來。

**-b、*-d、*-g之外，古韻語裡還有一個舌尖音韻尾的痕跡。我們知道：脂微兩部的陰聲字，大多數都變入《廣韻》的咍灰皆脂微齊，不過也有少數的幾個是變入戈韻與支韻的，如"火""爾"是。"火""爾"等與咍灰諸韻的字既常常押韻，古代元音同屬一類就應該沒有問題。但"火"後來不入灰韻而入戈韻，"爾"後來不入脂韻，而入支韻，又顯示著他們原來在元音之外，還與灰脂諸韻字有所不同。灰韻字中古是uAi，脂韻是ei，最後都有i，i就是古代*-d的遺留。反之"火"中古是-uɑ，"爾"是ie，最後都沒有i，那就表示他們原有的韻尾與*-d不同，後來完全失落了。那個韻尾現在訂作*-r，在語音史中，r完全失落的例子是很多的。」

董同龢在《漢語音韻學》裡對上古韻部的韻尾結論是：

> 之、幽、宵、侯、魚、佳 → *-g、*-k：蒸、中、東、陽、耕
> → *-ŋ
> 祭、脂、微 → *-d、*-r、*-t：元、眞、文 → *-n
> 緝、葉 → (**-b)、*-p：侵、談 → *-m
> 總結起來，在所有的韻部中，只有歌部是沒有韻尾的。

陸志韋《古音說略》第二章〈中古陰聲字在上古音有不收-b、

-d、-g 的麼〉中說：「《切韻》的陰聲跟入聲 p、t、k 陽聲-m、-n、-ŋ 相對待。在中古音他們是開音綴（open syllables）。在上古音大多數可以配入聲，那就應當是-b、-d、-g了。古音二十二部的收聲，憑《切韻》來推斷，好像是：

侵收	-m	葉收-p(-b)	歌不配入聲，
談	同	緝 同	上古音可疑。
元	-n	至配入聲 -t，收-d、-t。	段氏以爲歌支
文	同	祭 同	同入，可是沒
眞	同	之配入聲 -k，收-g、-k。	有說明理由。
東	-ŋ	幽 同	
中	同	宵 同	
陽	同	侯 同	
耕	同	魚 同	
蒸	同	支配入聲 -t，收-d、-t	
		又　　-k，收-g、-k	
		脂 同」	

　　將陰聲諸部擬測爲有-b、-d、-g、-r諸類輔音韻尾，在說明陰聲與入聲諸部協韻與諧聲之關係，確實有其方便之處。可是若以爲古音情形確有-b、-d、-g、-r諸類韻尾，則我先民之語音就顯得特別奇怪，語音中以元音收尾之開音節出奇貧乏。王力《漢語史稿・第二章語音的發展・第十一節上古的語音系統》說云：「高本漢拘泥於諧聲偏旁相通的痕跡，於是把之幽宵支四部的全部和魚部的一半都擬成入聲韻（收-g），又把脂微兩部和歌部的一部分擬成爲收-r的韻，於是只剩下侯部和魚歌的一部分是以元音收尾的韻，即所謂“開音節”。

世界上沒有任何一種語言的開音節是像這樣貧乏的。（倒是有相反的情形，例如彝語〔哈尼語等〕的開口音節特別豐富，而閉音節特別少。）只要以常識判斷，就能知道高本漢的錯誤。這種推斷完全是一種形式主義。這樣也使上古韻文失掉聲韻鏗鏘的優點；而我們是有充分理由證明上古的語音不是這樣的。」

　　王力後來在《漢語音韻・第八章古音下》談到陰陽兩分法與陰陽入三分法時說：「陰陽兩分法和陰陽入三分法的根本分歧，是由于前者是純然依照先秦韻文來作客觀的歸納，後者則是在前者的基礎上，再按照語音系統進行判斷。……

　　具體說來，兩派的主要分歧表現在職覺藥屋鐸錫六部是否獨立。這六部都是收音于-k的入聲字。如果併入了陰聲，我們怎樣了解陰聲呢？如果說陰聲之幽宵侯魚支六部既以元音收尾，又以清塞音-k收尾，那麼，顯然不是同一性質的韻，何不讓它們分開呢？況且，收音于-p的緝葉、收音于-t的質物月都獨立起來了，只有收音于-k的不讓.它們獨立，在理論上也講不通。既然認為同部，必須認為收音是相同的。要末就像孔廣森那樣，否認上古有收-k的入聲，要末就像西洋某些漢學家所為，連之幽宵侯魚支六部都認為也是收輔音的。〔例如西門（Walter Simon）和高本漢（B. Karlgren）。西門做得最徹底，六部都認為是收濁擦音γ；高本漢顧慮到開口音節太少了，所以只讓之幽宵支四部及魚一部分收濁塞音g。〕我們認為兩種做法都不對。如果像孔廣森那樣，否定了上古的-k尾，那麼中古的-k尾是怎樣發展來的呢？如果像某些漢學家那樣，連之幽宵侯魚支六部都收塞音（或擦音），那麼，上古漢語的開音節那樣貧乏，也是不能想像的。王力之所以放棄了早年的主張，採用了陰陽入三聲分立的說法，就是這個緣

故。」

王力在《漢語語音史·先秦韻部的音值擬測問題》一節，不但批評高本漢將魚侯分擬爲元音韻尾與濁塞音韻尾分歧之無據，同時也批評陸志韋與董同龢擬音之非是。王力說：「陸志韋、董同龢都批評了高本漢的不徹底，他們把高本漢的魚部甲乙兩部并爲一部，一律擬測爲ɑg，侯部甲乙兩部并爲一部，一律擬測爲ug。徹底是徹底了，但是更加不合理了。據我所知，世界各種語言一般都有開音節（元音收尾）和閉音節（輔音收尾）。個別語言（如哈尼語）只有開音節，沒有閉音節；但是，我們沒有看見過只有閉音節，沒有開音節的語言。如果把先秦古韻一律擬測成爲閉音節，那將是一種虛構的語言。高本漢之所以不徹底，也許是爲了保留少數開音節。但是他的閉音節已經是夠多的了，仍舊可以認爲是虛構的語言。

把之支魚侯宵幽六部擬測爲-g、-k兩種韻尾，也是站不住腳的。大家知道，漢語入聲字的塞音韻尾都是一種唯閉音（只有成阻，沒有除阻），叫做"不爆破"，唯閉音要聽出清濁兩種塞音來是困難的，它不像英語的塞音收尾一般是爆破音，清濁可以分辨出來。因此，高氏的-g、-k分立也是一種虛構。」

王力不但批評高本漢、陸志韋、董同龢諸人的-g尾說，也批評高氏等之-r、-d韻尾說。王力說：「高氏于脂部字和歌部一小部分字都擬測一個-r尾，這是從諧聲偏旁看問題。斤聲有"旂"，軍聲有"輝"等，文微對轉，高氏以爲文部既收音于-n，微部（高氏并入脂部）應該收音于-r（-n與-r發音部位相同）。高氏的歌部甲，果聲有"裸"，爾聲有"獮"等，高氏以爲可見-n，-r相通；妥聲有"綏"，衰聲有"蓑"（"衰"即"蓑"的本字）等，高氏以爲脂微

既收尾于-r，歌部甲也應收尾于-r。這些論據都是很脆弱的。現在我們把脂微歌三部擬測爲 i 尾，i 是舌面元音，不是也可以和舌面-n尾對轉嗎？

　　高氏把物質月各分兩類，去聲收-d，入聲收-t，陸志韋、董同龢更進一步，把脂微兩部也一律收-d。這個錯誤和高氏把之支魚侯宵幽六部擬測爲-g、-k的錯誤是一樣的。唯閉音韻尾不可能有清濁音，上古去入爲一類，不宜分爲兩類。陸志韋把歌部擬測爲-g，那更可怪了。」

　　我撰《古音學發微》時，亦不贊成收-b、-d、-g、-r韻尾說。我提出反對之理由爲：「因爲陰聲諸部若收濁塞音韻尾-b、-d、-g，則與收清塞音-p、-t、-k韻尾之入聲相異，不過清濁之間，則其相差實在細微，簡直可將陰聲視爲入聲，如此則陰入之關係當更密切，其密切之程度當有如聲母之端t-、透t́-、定d́-，見k-、溪ḱ-、群ǵ-，幫p-、滂ṕ-、並b́-之視作古雙聲，可互相諧聲。然而不然，陰入之關係並不如此密切。《廣韻》陰聲之去聲，爲古韻入聲部所發展而成，關係密切除外，《廣韻》陰聲之平上聲與入聲之關係，實微不足道。若陰聲收有-b、-d、-g韻尾，平上去與入之關係當平衡發展，相差不至如此之大，易言之，即陰聲之平上聲與入聲之關係，亦當如去聲與入聲關係之密切。今既不然，可見收-b、-d、-g韻尾一說，尚難置信。

　　前代古韻學家向以入聲爲陰陽對轉之樞紐，今若陰聲收-b、-d、-g韻尾，則陰聲當爲陽入對轉之樞紐，因-b、-d、-g與入聲之-p、-t、-k同爲塞聲，又與陽聲之-m、-n、-ŋ同爲濁聲。易言之，即陰陽之關係遠較陽入之關係密切，然而事實上不然，陽入對應之關係遠較陰陽對應之關係爲密切，何以言之，從上古到中古，入聲韻部多與陽

聲韻部相配整齊，而陰聲韻部之相配則較參差。

近代方言中，凡入聲失去韻尾後，其聲調多轉入其他各類聲調。以是言之，若陰聲有-b、-d、-g韻尾，則其失去韻尾，當起聲調變化，今陰聲聲調之調類既仍未變，則陰聲有輔音韻尾之說，似亦難以探信。林語堂氏〈支脂之三部古讀考〉駁珂羅倔倫之部收-g音說一節以爲：『承認之部古讀珂先生所假定的-g音一說，約有四五點困難。』其第三點云：『由諧聲偏旁觀察，也是很少收-g的痕跡。如之咍部中平聲上聲从之、从目、从絲、从其、从臣、从里、从才、从茲、从來、从思、从不、从龜、从某、从母、从尤、从郵、从丘、从牛、从止、从喜、从己、从巳、从史、从有、从耳、从子、从仕、从梓、从在、从意、从久、从婦、从負的字，十成之九都沒有入聲或收-g音的痕跡。只有"有、里、不"含有一些線索可尋，若之咍讀-g，轉變痕跡似乎不應悉數湮沒。』其第五點云：『-g的假定，於音調的音理上也有極大的難關。若之咍部收-g音，就此部平上聲的區別，幾乎無法解明。字頭的音母（initial voiced consonants）使字發音降低成爲濁音，這是大家所知道的。珂氏從前假定"例、試"等字收-g音，也相信此g足使聲調轉低而成去聲。我的個人觀察，在英文中（德文字末d、g盡變氣母，故不能舉例）收b、d、g的音倒是使韻母上升，然後略降。如card bird dog等字，若將與card與cart比較，bird與bert比較，可以容易看出這收g音字調的升勢。但是升是降，現且不管，若之咍古盡讀收g，則此部的字調應該一律，即使g失掉之後，這聲調也應該保存著，如有變動，也是一律的變動，不應有如《毛詩》用韻平上這樣顯然的分別。我想這五層困難中，此層是最難打破的，因此我覺得很難相信之咍部讀收g音。』林氏雖舉之部而言，推之其他各

部，亦莫不皆然。

從《詩》三百篇摹聲字觀之，三百篇摹聲字據魏建功氏所統計，其屬陰聲者有：

喈喈：寫兩類聲音。

⑴禽聲——黃鳥、雞鳴、倉庚、鳳凰。

⑵金聲——八鸞、鐘。

　　　以上脂部。

虺虺：寫雷聲。

鷕：寫雉鳴聲。

　　　以上微部。

吁：寫嘆聲。

呱：寫哭聲。

許許：寫伐木聲、人舉力聲。

　　　以上魚部。

喓喓：寫蟲鳴聲。

嗷嗷：寫鴻雁哀鳴。

交交：寫黃鳥、桑扈鳴。

嘵嘵：寫哀音。

　　　以上宵部。

膠膠：寫雞鳴。

叟叟：寫淅米聲。

呦呦：寫鹿鳴。

蕭蕭：寫馬鳴。

瀟瀟：寫風雨聲。

以上幽部。

因此，魏建功在〈陰陽入三聲考〉一文云：

『我們實在難以相信：

(1)嘆息的聲音（吁）和哭的聲音（呱）末尾可以附k；

(2)伐木聲，眾用力的聲音（許）末尾也附上了k！

　　我們也難相信：

(1)群蟲鳴聲的末尾有–k作jɔk或iɔk（jauk、jaok、iauk、iaok），而人的哀音也是有–k尾音作jɔk或iɔk（jauk、jaok、iauk、iaok）的。

(2)哀鴻之聲作ŋɔk或ʔɔk（ŋauk、ŋaok、auk、aok）而附加–k。

我們更難以相信：

(1)雞鳴不作ko　ko，而作kok　kok；

(2)淘米的聲音不作so　so，而作ʃok　ʃok；

(3)鹿叫的聲音不作jo　jo，竟至於ʔo　ʔo，而作ʔok　ʔok，jok　jok；

(4)馬鳴聲不作ho　ho，而作hok　hok；

(5)風雨聲不作so　so，而作sok　sok！』

按魏氏舉自然之聲，以證陰聲諸部爲純元音收韻，不收韻尾–p、–t、–k者是也；同理，自然之聲收–p、–t、–k清塞音韻尾固然不肖，若收–b、–d、–g濁塞音韻尾亦依然不肖，與實際聲音不類。」

我之此說，得龍宇純兄之聲援，龍宇純〈上古陰聲字具輔音韻尾說檢討〉（中央研究院歷史語言研究所集刊第五十本第四分）一文，對於我提出之第一點理由，深爲贊同。龍兄說：「但其第一點，從p/b，t/d，及k/g出現聲母時的密切現象，觀察其出現韻尾時的接觸情況，以否定陰聲字具有–b、–d、–g尾之說，私意則以爲極具巧思。陰

聲字具-b、-d、-g 尾，則與-p、-t、-k 尾的入聲但有清濁不同的細
微差別，對於舒聲而言，同是促聲。收-p、-t、-k 尾者謂之入聲，
-b、-d、-g 尾亦可以入聲視之。是故胡適之先生即嘗謂爲入聲；而
李方桂先生的《上古音研究》亦一則說『-b、-d、-g等這種輔音是否
真的濁音，我們實在沒有什麼很好的證據去解決他。』再則說：『語
言上-b跟-p，-d跟-t，-g跟-k等並不一定含有清濁等的區別。』可以
想見二者關係之密切。且藉令二者發音上確有清濁之分，叶韻上不當
形成平上去三聲唯去聲與入聲關係密切而平上則否的不同，應該是可
以斷言的。今以清濁塞音之見於於字首者，關係之密切如彼，而見於
字尾者則如此，兩相比照，確然可以顯現-b、-d、-g說的缺陷。」

　　此文〈後記〉，龍兄又附上一些在史語所與其同仁討論時之意
見，亦可作爲本人之奧援，因一併引錄於此，可對照參考。龍兄說：
「同仁說：『用陳新雄說，以聲母關係之密切證韻尾之關係，似缺理
論上之根據。任何語言之聲母與韻尾，未必有平行關係。例如今漢語
方言聲母有n、ŋ兩種者從不相混，而韻尾之n、ŋ則時常相混，彼此並
不平行，未便引此證彼。』宇純案：世界上本沒有絕對可以比擬的事
物，也似乎沒有絕對不可比擬的事物。這裡所比擬的是同屬漢語的兩
個音素，不過出現於字音有首尾之異；現象固未必平行，亦不見其必
不當平行。且以情理論，清楚明辨出現於聲母時發音不同的p、b在諧
聲行爲上混然一體，卻在只是一種勢態出現於韻尾時，諧聲行爲幾乎
壁壘分明，鮮見溝通，而我們面對此種情況竟然熟視無睹，私心總以
爲很可怪異。再說，同仁用漢語的n、ŋ出現於字首字尾的不同現象來
說明陳文比擬p、b的不當，當然也用的是比擬法，二者之間是否行爲
當然平行，且不去計較；可是根據『聲母上從不相混的n、ŋ，韻尾上

卻時常相混。』得到結論究竟該是：『聲母上相混的p、b，韻尾上更應該相混』呢？還是：『聲母上相混的p、b，韻尾上便當相反的必不相混？』我的意思當然覺得前者較爲自然，而此例便不啻爲新雄兄文添了助力。」

「同仁說：『韻尾如有p/b，t/d，k/g之分，其語音實際情形雖然無法確指，而其區別必然存在。對押韻而言，因其部位、方法皆相同，沒有互押現象。至於去入關係密切，平上則否，則爲另一層次之問題，任何擬音系統皆有同樣問題，與陰聲字有無輔音韻尾並無特別關係；沒有韻尾，問題仍然存在。』宇純案：經過一再改易的本文第三節已經指出，叶韻當以韻母的同近爲主要條件，聲調的相同只是次要條件。所謂主要、次要兩條件可能相當於同仁所說而未明言的兩個層次。依乎這一觀念去了解，我的結論仍然是無輔音韻尾之說爲勝。」

龍兄此文除對我之此說加以伸張之外，另外提出陰陽入相配問題，認爲中古時，入聲不獨配陽聲，亦兼配陰聲，而中古時陰聲既可配入聲與陽聲，則上古陰聲與入聲之關係，似不必另作他想，爲上古陰聲擬出-b、-d、-g韻尾。其次從後世有韻之文押韻情況，只要元音相同或相近，並不需要韻尾有什麼關係。其三從雙音節詞合爲單音節詞現象看來，如果陰聲有-b、-d、-g韻尾存在，反而不易合成一單音節詞。其四由於文字之製作，非一時一地，則同形異字之情形，乃勢所不免。如夕既可作月，也可作夕，帚既可爲帚，又可爲婦，十既爲甲，又爲七，田爲周，又爲田。彼此之間，並無任何聲韻之聯系。其五根據詩韻與諧聲，如之部字既通蒸部，亦通文部，復通侵部，則以韻尾-b、-d、-g亦難加以解釋。故龍兄不主張上古陰聲有濁塞音韻尾

說。其後再發表〈再論上古音–b尾說〉一文（臺灣大學中文系印行
《臺大中文系學報》創刊號），列舉三十六字，加以縱橫條貫，旁牽
博引，最後結論，古漢語曾否有過 b 尾問題，渺遠難稽。如果說
《說文》若干諧聲字表示諧聲時代有過 b 尾，則一無憑證。

　　與龍宇純兄發表〈上古陰聲字具輔音韻尾說檢討〉一文之同時，
丁邦新兄亦發表〈上古漢語的音節結構〉一文，主張上古音之音節結
構爲cvc，亦即是上古音當中無開音節。丁兄文中特別提及我在《古
音學發微》中對陰聲韻收–b、–d、–g韻尾之質疑。丁兄爲具有韻尾說
提出辯護，因此亦當針對丁邦新之辯解，略抒我見。丁邦新兄云：
「陳新雄（1972:984–987）指出，如果陰聲字有韻尾，平上去跟入的
關係應當平衡發展，何以平上跟入的關係比較疏遠？陰聲尾–b、–d、
–g與入聲尾–p、–t、–k同爲塞音，與陽聲尾–m、–n、–ŋ又同爲濁音，
陰陽的關係在韻部相配時何以反較陽入爲遠？陰聲韻尾失落，聲調應
起變化，陰聲調既未變，可見陰聲尾之有無難以設定。這三個理由都
可以解釋，第一，董同龢先師有四聲三調說，去入關係密切，可能因
爲韻尾相近之外，調値又相同；而平上聲的調値和入聲不同，只有韻
尾相近，因此也只有少數的諧聲或通押。第二、上古陰入同部，跟陽
聲韻的關係不容易看出區別，但是歌部字沒有入聲，卻與陽聲的元部
字有諧聲、押韻的現象。漢代以後，陰聲韻尾發生變化，到中古已完
全消失，自然保持韻尾的陽入關係顯得密切。第三、陰聲韻尾消失，
聲調的調類也許不變，而調値卻可能有大不同，不敢說“陰聲調未
變”。同時，有的韻尾消失未必影響聲調，現代方言中入聲韻尾失
落，而聲調仍舊獨立的有許多地方，如湘語、四川的一部份，都是入
聲調獨立，既無韻尾，也不短促。入聲消失併入他調的情形，有很多

證據顯示，因爲原來調值就相近的緣故。」

　　關於丁邦新第一點解釋，乃根據董同龢《漢語音韻學》（p.312）之推測，認爲「去入韻尾不同（*-d：*-t或*-g：*-k）而多兼叶，是因爲調值似近。」董氏此說只是主觀之推測意見，並無若何語言上之佐證，其正確性不能不令人存疑。王力在《漢語史稿·第十六節上古聲調的發展》說：「中古漢語聲調的實際調值不可詳考。」中古聲調之調值尙不可考，更遑論上古漢語之聲調。而且無論上古抑中古，調類容易掌握，調值實所未知。以一未知之上古聲調之調值，而放言其去入關係密切，乃因調值之相同。此點實在不易令人信服。試以今日之漢語方言而論，其調類分爲陰平、陽平、上聲、去聲四類者，據《漢語方音字匯》所載，計有北京、濟南、西安、漢口、成都五地，在調類方面皆以"巴""東"爲陰平，"麻""同"爲陽平，"馬""黨"爲上聲，"罵""眾"爲去聲。此類字聲調之歸類，以上五地皆相同，但是調值則大相逕庭。茲表列如下：

	陰平	陽平	上聲	去聲
北京	55	35	214	51
濟南	213	42	55	31
西安	21	24	453	45
漢口	55	213	42	35
成都	44	31	53	13

　　可以說除北京與漢口陰平調值相同之外，其他聲調，五地竟無一相同者。由於方言實際情況如此，而推測上古音聲調去入調值相同，實無絲毫證據，可資依信。則丁邦新第一項解釋，並不足以令人信

服。

　　第二項解釋，上古陰入是否同部，這是我們先要決定陰聲是否有
-b、-d、*-g韻尾，如果陰聲根本沒有輔音韻尾，怎麼可以說陰入
同部？這不是倒果爲因嗎？，吾人說陽入關係密切，在十二類三十二
部之中，陽入相配之韻部計有：元月、眞質、諄沒、耕錫、陽鐸、東
屋、冬覺、蒸職、侵緝、添怗、談盍等十一類；陰入相配者有：歌
月、脂質、微沒、支錫、魚鐸、侯屋、宵藥、幽覺、之職九類；而陰
陽相配者僅有：歌元、眞脂、諄微、耕支、陽魚、東侯、冬幽、蒸之
八類。在數量上較陽入相配、陰入相配皆少。按理陰聲若有*-b、
-d、-g韻尾，與陽聲同爲濁音，與入聲同爲塞音，則陰聲與陽聲及
入聲之關係應較入聲與陰陽之關係爲密切方是。現今相配之關係，正
足以說明陰聲非收輔音韻尾，入聲以收閉而不爆（implosive）之塞
聲，聽覺上頗似陰聲，而其塞音又與陽聲之鼻音在發音部位上取得對
應之關係，故入聲乃介於陰陽之間，是以前代古音學家以入聲爲陰陽
相配之樞紐也。

　　第三項解釋，又牽涉到調値問題，此又爲一項未知數，調値究竟
有無如丁兄所謂「大不相同」，實在並無任何證據。但是在調類上並
沒有改變，這確實是一項事實，不容抹煞。我所說近代方言中入聲失
去韻尾後，多轉入其他各聲，在上述無入聲之五種方言中皆然。例如
"發"北京、濟南、西安入陰平調，漢口、成都爲陽平；"答"濟
南、西安變陰平，北京、漢口、成都轉陽平；"冊"濟南、西安變陰
平，漢口、成都轉陽平，北京爲上聲。縱然長沙失去韻尾後，仍保留
爲入聲調，但較其多少論之，則我所謂「近代方言中，凡入聲失去韻
尾後，其聲調多轉入其他各聲。」仍舊是站在住腳，在理論上沒有什

麼說不過去。就事論事，丁邦新三項解釋，並不能為主張陰聲有輔音韻尾說之主張，增添任何強有力之證據。

余迺永撰《上古音系研究》，於余此說亦持反對之意見，至於二、三兩點全引丁邦新說，則已辯解如上。惟第一點，除引他人之說，以為聲母與韻尾未必有平行之關係，如漢語方言n、ŋ聲母分析甚明，而韻尾即時常相混，關於此點，宇純兄在前所引文之〈附記〉中已加辯駁，固毋庸深辯。惟余氏指出聲母之交通，乃因受詞語結構之關係，並提出方*pjang：旁*bang；帝*tifis：*締difis：仅*kjungʔ：共*gjungs等例證，以證成其說。此說如果成立，則構詞方面，只應有聲母之變化，而不應有韻尾之變化存在，然觀《廣韻》宿（住宿）息逐切：宿（星宿）息救切；惡（善惡）烏各切：惡（憎惡）烏路切；出（進出）赤律切：出尺類切；易（變易）羊益切：易（簡易）以豉切。此種構詞法，顯然是由於韻尾之不同，如照高氏等韻尾說，則亦可擬作宿*sjuk：宿*sjug；惡*ʔak：惡*ʔag；出*stjuək：出*stjuəg；易*rek：*易reg。其區別只是韻尾之不同。我說去聲為入聲變來，其關係密切，固無待言。但平上二聲與入聲之間，則不見此種平行關係。可見余氏此說全無根據，乃強為之說耳。

我在《古音學發微》中，因為要照顧一陰聲韻，不同時與一個以上不同之陽聲或入聲發生對轉之現象，將歌、脂、微、支、魚、侯、幽、之八部，分別擬成a、æ、ɛ、ɐ、ɑ、ɔ、o、ə八個元音。因為既不贊成陰聲各部有輔音韻尾，乃不得已而出此。其實研究上古音各家，如果所擬之元音較多，則所需之介音與韻尾就可少擬；如果元音少擬，則介音與韻尾勢必加多。如前文所言，元音已減為三，則勢不能不增韻尾，今既不贊成輔音韻尾，則不得不採用元音韻尾，王力與龍

宇純均提出-i、-u兩種元音韻尾，我認爲甚爲可採。高本漢之-b、-d、-g，-b因爲存在數量少，今姑不論，其d、g兩種韻尾，西門華德擬作-ð、-ɤ，班尼迪（Paul k. Benedict）認爲高本漢之-d、-g乃源自自藏緬語*-y、*-w兩種韻尾變來。實際上班氏之-y即-j。*-j與*-w固可說爲半元音，亦可說爲擦音。

王力在《類音研究》中說：「摩擦音與元音很相近，只要把摩擦音取消了摩擦性，就成爲元音，所以他（指潘耒）把元音與摩擦音認爲同類是有相當理由的。」

既然摩擦音減其摩擦性，就與元音無別，則吾人以元音之-i及-u作爲韻尾，既照顧到高氏等之區別，又能照顧上古漢語開音節不致缺乏問題。今於上古韻尾，吾人作下列之假定：

(1)陽聲東、多二部收圓脣舌根鼻音韻尾-uŋ，入聲屋、覺、藥三部收圓脣舌根塞音韻尾-uk，與其相配之陰聲侯、幽、宵三部收舌面後高元音韻尾-u。

(2)陽聲耕、陽、蒸三部收舌根鼻音韻尾-ŋ，入聲錫、鐸、職三部收舌根塞音韻尾-k，與其相配之陰聲支、魚、之三部無韻尾-ɸ。

(3)陽聲元、眞、諄三部收舌尖鼻音-n，入聲月、質、沒三部收舌尖塞音-t，與其相配之陰聲歌、脂、微三部收舌面前高元音韻尾-i。

(4)陽聲侵、添、談三部收雙脣鼻音韻尾-m，入聲緝、怗、盍三部收雙脣塞音韻尾-p。

另外還有一點補充，過去我對於聲調之看法，相信王力陰陽二類音爲舒聲，入聲爲促聲，舒促各分長短，舒而長變爲中古之平聲，舒

而短變爲中古之上聲，促而長變爲中古之去聲，促而短變爲中古之入聲。但王力此說有一致命之缺點，即照此推理，中古之去聲如由長入變來，失去韻尾將變陰聲，然則陽聲之去從何而來？

關於此點，蘇聯謝·叶·雅洪托夫（S.E.Yakhontov）〈上古漢語的韻母系統〉一文，對於王力說法，提出極具深思之補充意見，頗能補王力此處之不足。雅洪托夫云：「王力用另一種方法來解決輔音韻尾問題。他否認上古漢語有過非鼻音的濁輔音韻尾。在高本漢構擬 *–r 的地方，王力構擬的是 *–i。他認爲，其餘各部平聲和上聲的陰聲字，以前一直是開音節。其次王力設想在上古漢語裡有過長、短兩種聲調。有 *–p、*–t、*–k 韻尾的長調字後來失落了這些輔音，開始念去聲，而短調字則保留了這些輔音韻尾。在有鼻輔音韻尾的字和開音節字裡，長調發展爲平聲，短調發展爲上聲。這樣，照王力的看法，"背" "萃" 在上古相應地念 *puək 和 *dzhi̯ʷət，即有清輔音韻尾，卻是長調字。

但王力的理論不能解釋沒有 *–p、*–t、*–k 韻尾的字（如有鼻音韻尾的字）是怎樣產生去聲的，也不能解釋爲什麼在任何字中去聲能成爲一種構詞手段。

奧德里古（A.G.Haudricourt）對去聲提出了與眾不同的解決辦法。他推測去聲字最初曾存在具有構詞後綴作用的輔音韻尾 *–s。*–s 能跟任何字，甚至帶 –p、–t、–k 韻尾的字合在一起。後來 *–s 前的輔音起了變化或脫落了。帶 *–s 的字（不管是陰聲還是陽聲）變作去聲；最後，*–s 本身也脫落了。奧德里古爲屬入聲韻或單獨成韻的去聲字（即 "背 puɑi³" "萃 dzhʷi³" 這些字）構擬了複輔音韻尾 *–ks、*–ts、*–ps。至於平或上聲的陰聲字，奧德里古則同王力一樣，推測它們曾

是開音節或曾有過半元音韻尾。」

　　此外，雅洪托夫又從藏緬語族與漢語之比較上，看出無任何直接證據證明上古漢語曾有過*-d和*-g韻尾。雅洪托夫說：「收集外來語資料，畢竟能爲構擬上古漢語語音提供些東西，眾所周知，魚部（平聲）字在漢代可用來記錄外語詞匯中含元音a的音節。例如：用"烏ʔuo"記錄亞歷山大城的第一個音節，用"屠dhuo"或"圖dhuo"記錄budda的第二個音節。藏緬語族（如藏語和彝語）以-a收尾的詞，通常也跟魚部（平聲及上聲）字對應："魚ngiᵂo"，藏語念nʹa；"五nguo²"，藏語念lnga（彝語支的撒尼彝語，這兩個詞都念nga）。這些對應關係相當清楚地表明，歸到魚部的平聲和上聲字，上古音中有元音*-a（或*ɑ），而沒有輔音韻尾。這些材料對說明奧德里古和王力"平聲和上聲的陰聲字沒有輔音韻尾"的觀點是有利的。

　　我們沒有任何直接證據來證明上古漢語有過*d和*g韻尾。至於去聲的*-s韻尾，奧德里古在越南語的漢語借詞里找到了遺跡。此外，無論在哪一種我們熟悉的與漢語有親屬關係的語言中，非鼻音的輔音韻尾都不分清濁；還有，與漢語屬同一語系的古藏語是有後綴-s的。」

　　雅洪托夫對漢語上古韻尾之結論，雅氏說：「漢語最初除了有中古的六個輔音韻尾，脂部還有過*-r，（原注：或照王力的看法是*-i。）所有音節還有過*-s。*-s能綴於其他輔音韻尾之後。」

　　鄭張尙芳在〈上古入聲韻尾的清濁問題〉一文之結論，認爲去聲收-s（包括-bs、-ds、-gs及響音尾帶-s），鄭張之b、d、g實即本篇之p、t、k。易言之在上古音中有-ps、-ts、-ks及響音-ms、-ns、-ŋs

多種韻尾，此類韻尾，至中古皆變作去聲。關於帶–s韻尾之問題，將來談及聲調之演變時，尚有詳細之討論，此處暫時打住。

行文至此，應該申說之理由大概已經說盡。必然會有人提出，若支、魚、之三部為開音節，無任何韻尾，則支部韻母為ɐ，何以專配錫ɐk、耕ɐŋ，而不配質ɐt、眞ɐn，也不配怗ɐp與添ɐm；魚為a，何以專配鐸ak、陽aŋ，不配月at、元an，也不配盍ap、談am；之為ə，何以專配職ək、蒸əŋ，不配沒ət、諄ən，也不配緝əp、侵əm。此諸韻不與舌尖音韻尾相配者，因為已有脂ɐi、歌ai、微əi三部收舌面前高元音之陰聲在故，至於不配雙脣音韻尾之故，則因雙脣音失去韻尾之前，其韻尾若不變舌尖音韻尾t、n，則變舌根音韻尾k、ŋ。若變為舌尖與舌根韻尾，則其對轉之韻，自非雙脣音矣。在諧聲與諧韻方面，也並非絲毫未有關係者，如在ə與存ən，治ə與任əm，見《大戴禮·五帝德篇》。茲ə與沫ət，見《楚辭·離騷》。治ə與集əp，見《大戴禮·虞戴德篇》。去a諧怯ap，古聲a有敢am，闞a讀若焉an、庀聲a有虘an。巂ɐ从肉聲ɐt，睼ɐ讀若瑱ɐn等等，皆其相轉之跡也，不過較少而已。龍宇純兄曾舉魚部陰聲字a，既同時與ak及ap諧聲叶韻，在此一問題上，豈不正足以讓吾人釋然於心者乎！

中華民國八十六年四月八日脫稿於臺北市和平東路二段鍥不舍齋

參 考 書 目

B.Karlgren Compendium of phonetic in Ancient & Archaic Chinese. Museum of Far East,　Stockholm,　01/01/70

B.Karlgren Grammata Serica Recensa.　Museum of Far East, Stckholm, 01/01/64

Nicholas Cleaveland Bodman A Linguistic Study Of The SHIH MING Initials & Consonant Clusters. Harvard University Press, Cambridge, Massachusetts　1954

丁邦新編 董同龢先生語言學論文選集 食貨出版社 臺北市 11/01/74

丁邦新 上古漢語的音節結構 史語所集刊五十本第四分 臺北市 09/01/79

中國科學院 羅常培語言學論文集 中華書局 北京市　09/09/63

中國語文學社 中國語言學史話 中國語文雜誌社 北京市　09/01/69

中華民國聲韻學會 聲韻論叢第一輯 臺灣學生書局 臺北市　05/01/94

中華民國聲韻學會 聲韻論叢第二輯 臺灣學生書局 臺北市　05/01/94

中華民國聲韻學會 聲韻論叢第三輯 臺灣學生書局 臺北市　05/01/91

中華民國聲韻學會 聲韻論叢第四輯 臺灣學生書局 臺北市　05/01/92

中華民國聲韻學會 聲韻論叢第五輯 臺灣學生書局 臺北市　09/01/96

中華民國聲韻學會 聲韻學研討會論文集 中山大學中文系所 高雄市 05/17/92

孔仲溫 韻鏡研究 韻鏡研究 臺灣學生書局 臺北市　10/01/87

文字改革出版社 方言與普通話集刊（第一本至第七本）文字改革出

版社　北京市　04/01/58-12/01/59

王力　漢語史稿(上冊)　科學出版社　北京市　08/01/58

王力　龍蟲並雕齋文集　中華書局　北京市　07/01/82

王力　漢語語音史　中國社會科學院出版社　北京市　05/01/85

王力　漢語音韻　中華書局香港分局　香港　06/01/72初版　03/01/84重印

北大中文系語教室　漢語方音字匯　文字改革出版社　北京市　09/01/62

平山久雄　漢語聲調起源窺探　語言研究20期.pp.145-151　華中理工大
　　學出版社　武漢市　05/30/91

余迺永　新校互註宋本廣韻　香港中文大學出版社　香港　01/01/93

余迺永　上古音系研究　香港中文大學出版社　香港　01/01/85

余藹芹　韻尾塞音與聲調—雷州方言一例　語言研究4期pp.100-108　華
　　中工學院出版社　武漢市　05/01/83

宋一平　語音學新論　學林出版社　上海市　12/01/85

李思敬　孔廣森上古去聲長短說對後世之影響　語言研究年91增刊pp.3
　　華中理工大學出版社　武漢市　11/21/91

李新魁　古音概說　廣東人民出版社　廣州市　12/01/79

李新魁　漢語音韻學　北京出版社　北京市　07/01/86

李榮　切韻音系　鼎文書局　台北市　09/01/72

周法高　中國語言學論文集　聯經出版事業公司　臺北市　09/01/75

周法高　中國音韻學論文集　中文大學出版社　香港　01/01/84

周祖謨　問學集(上下冊)　中華書局　北京市　01/01/66

竺家寧　聲韻學　五南圖書公司　臺北市　07/01/91

邵榮芬　切韻研究　中國社會科學出版社　北京市　03/01/82

金穎若　從兩周金文用韻看上古韻部陰入間的關係　語言研究94增刊

　　pp.22-24　華中理大學出版社　武漢市　06/01/94

姜亮夫　瀛涯敦煌韻輯　鼎文書局　臺北市　09/01/72

唐作藩　音韻學教程　北京大學出版社　北京市　05/01/87

殷煥先・董紹克　實用音韻學　齊魯書社　濟南市　07/01/90

高本漢　中國音韻學研究　臺灣商務印書館　臺北市　06/01/62

高本漢　中日漢字形聲論　成文書局　臺北市　01/01/66

崇岡　漢語音韻史學的回顧和前瞻　語言研究3期pp.1-10　華中工學院
　　出版部　武漢市　11/01/82

張世祿　張世祿語言學論集　學林出版社　上海市　10/01/84

張光宇　切韻與方言　臺灣商務印書館　臺北市　01/01/90

張琨　漢語音韻史論文集　華中工學院出版部　武漢市　12/01/87

張琨夫婦　古漢語韻母系統與切韻　中央研究院史語所　臺北市
　　05/01/72

張賢豹　切韻純四等韻的主要元音及相關問題　語言研究9期pp.26-37
　　華中理工大學出版部　武漢市　11/01/85

許紹早　詩經時代的聲調—語言研究26期pp.94-107　華中理工大學出
　　版部　武漢市05/30/94

許寶華・潘悟云　不規則音變的潛語音條件-語言研究8期pp.25-37　華
　　中工學院出版社　武漢市　05/30/85

郭錫良　漢字古音手冊　北京大學出版社　北京市　11/01/86

郭錦桴　漢語聲調語調闡要與探索　北京語言學院出版社　北京市
　　07/01/93

陳士林　彝語概況—中國語文125期pp.334-347　中國語文雜誌社　北京
　　市　08/22/63

陳振寰　韻學源流注評　貴州人民出版社　貴陽市　10/01/88

陳新雄　重校增訂音略證補　文史哲出版社　臺北市　10/01/91

陳新雄　文字聲韻論叢　東大圖書公司　臺北市　01/01/94

陳新雄　古音學發微　文史哲出版社　臺北市　08/01/72

陳新雄　六十年來之聲韻學　文史哲出版社　臺北市　08/01/73

陳新雄　廣韻二百六韻擬音之我見－語言研究27期pp.94-112　華中理
　　工大學出版社武漢市　11/30/94

陳新雄　怎樣才算是古音學上的審音派－中國語文248期pp.345-352
　　商務印書館　北京市　09/10/95

陳新雄　李方桂先生《上古音研究》的幾點質疑－中國語文231期
　　pp.410-417　中國社會科學出版社　北京市　11/10/92

陳澧　切韻考　臺灣學生書局　臺北市　04/01/65

陸志韋　陸志韋語言學著作集　中華書局　北京市　05/01/85

董同龢　中國語音史　中華文化事業委員會　臺北市　02/01/54

董同龢　上古音韻表稿　中央研究院史語所　臺北市　06/01/67

趙元任　語言問題　臺灣商務印書館　臺北市　11/01/68

趙元任等　上古音討論集　學藝出版社　臺北市　01/01/70

趙振鐸　音韻學綱要　巴蜀書社　成都市　07/01/90

潘重規　瀛涯敦煌韻輯新編　新亞研究所　香港　11/01/72

潘悟云　上古漢語和藏語元音系統的歷史比較　語言研究91增刊pp.32-
　　34　華中理工大學　武漢市　11/21/91

鄭張尚芳　漢語介音的來源分析　語言研究96增刊pp.175-179　華中理
　　工大學　武漢市　06/01/96

鄭張尚芳　漢語聲調平仄之分與上聲去聲的起源　語言研究94增刊

pp.51-52　華中理工大學　武漢市　06/01/94

鄭張尚芳　上古入聲韻尾的清濁問題　語言研究18期pp.67-74　華中理
　　工大學出版社　武漢市　05/30/90

鄭張尚芳　切韻聲母與韻尾的來源問題　紀念王力先生九十誕辰文集
　　pp.160-169　山東教育出版社　濟南市　12/01/91

謝·叶·雅洪托夫　上古漢語的韻母系統(唐作藩·胡雙寶編《漢語史
　　論集》)　北京大學出版社　北京市　11/01/86

謝·叶·雅洪托夫　上古漢語的複音聲母(唐作藩·胡雙寶編《漢語史
　　論集》)　北京大學出版社　北京市　11/01/86

韓崢嶸·姜聿華　漢語傳統語言學綱要　吉林大學出版社　吉林市
　　12/01/91

龍宇純　上古陰聲字具輔音韻尾說檢討　史語所集刊五十本四分　臺北
　　市　09/01/79

瞿藹堂　藏語的聲調及其發展　語言研究創刊號pp.177-194　華中工學
　　院出版社武漢市　07/01/81

羅常培　漢語音韻學導論　香港太平書局　香港　01/01/87

羅常培·周祖謨　漢魏晉南北朝韻部演變研究(第一分冊)　科學出版
　　社　北京市11/01/58

龔煌城著·席嘉譯　漢藏緬語元音比較研究　音韻學研究通訊13期
　　pp.12-42　中國音韻學研究會　武漢市　10/01/89

段玉裁的歸部
與其「古十七部諧聲表」

金鐘讚

一

清代研究古韻的人在顧炎武、江永之後別有發明的是段玉裁。段玉裁字若膺，號茂堂，江蘇金壇人，受學於戴震，著述甚多，而以《說文解字注》最知名。《六書音韻表》爲研究古韻之作，成於乾隆四十年（公元一七七五），凡五卷，包括「今韻古分十七部表」、「古十七部諧聲表」、「古十七部合用類分表」、「詩經韻分十七部表」、「群經韻分十七部表」。表一是全書的總綱，表二分列十七部字的諧聲偏旁，表三辨別古韻諸部分合的遠近，表四是詩經韻譜，表五是《群經》、《國語》、《楚辭》韻譜。在這五個表中最受人重視的是「古十七部諧聲表」，甚至一些人主張應該依據此表改正段玉裁的歸部上之錯誤。我們以爲段玉裁的「古十七部諧聲表」固然很重要，但段玉裁的歸部不完全跟「古十七部諧聲表」有關係，故不能隨便依據此表改動段氏之歸部。在本文中我們先考察有問題之例子，再從《六書音韻表》去探討「古十七部諧聲表」在歸部上之地位。

二

　　段玉裁研究古韻的最大貢獻在於除利用《詩經》和群經的押韻材料以外，更充分利用文字的諧聲以定古韻的部類。《六書音韻表》的總綱《今韻古分十七部表》是根據《詩經》等押韻材料和諧聲現象歸納而得出的。現在我們的問題是段玉裁的歸部與「今韻古分十七部表」是不是一致？當然一致之例子佔大多數，但也有不少不合乎「今韻古分十七部表」之例子，故段玉裁在「古十七部本音說」❶一文中云：

　　「《三百篇》音韻，自唐以下不能通，僅以爲『協音』，以爲『合韻』，以爲『古人韻緩，不煩改字』而已。自有明三山陳第深識確論，信古本音與今音不同，如鳳鳴高岡而啁嘵之喙盡息也。自是，顧氏作《詩本音》，江氏作《古韻標準》。玉裁保殘守闕，分別古音爲十七部。凡一字而古今異部，以古音爲本音，以今音爲音轉。如『尤』讀『怡』，『牛』讀『疑』，『丘』讀『欺』，必在第一部而不在第三部者，古本音也；今音在第十八『尤』者，音轉也。舉此可以隅反矣。」

　　段氏所謂古本音者，乃是古與今異部。蓋段玉裁把古韻析爲十七部。每部之中，又認定今韻若干韻爲其本韻，今韻字不在本韻，而詩經韻在一部，則視爲古本音。例如段氏第一部以之、咍、職、德爲本

---

❶　參見段玉裁著《說文解字注》頁822，南嶽出版社，1980.3。

韻，亦即周秦韻在第一部，今韻在之、咍、職、德爲本韻，若周秦韻在第一部，而今韻則轉入之、咍、職、德諸韻之外者，如所舉「尤」、「牛」、「丘」等字，周秦韻在第一部押，今韻則轉入尤韻，按段玉裁的條例，則稱之爲古本音。段氏在「詩經韻分十七部表」中以ㄅ符號表示古本音。下面看一下第一部之例，例如：

絲治詙ㄅ（邶綠衣三章）　　　靈ㄅ來來思（終風二章）

淇思姬謀ㄅ（泉水一章）　　　尤ㄅ思之（鄘載馳四章）

以上我們考慮過一些例子。那些不合乎「今韻古分十七部表」之例子很可能跟押韻有密切關係。但這並不意味著段玉裁一定把相押的字歸於同一部。陳師新雄先生對段玉裁的「古合韻」講解云❷：

「至段氏之所謂古合韻則以周秦韻本不同部，而互相諧協者當之。亦即古與古異部而相合用。」

下面我們考察一下跟「造」、「士」有押韻關係之例子，例如：

沔ㄅ士（裳裳二章）　　　　士止（祈父二章）

士宰史氏（十月之交四章）　　敊ㄅ籽薿止士（甫田一章）

士士子（甫田八章）　　　　紀友ㄅ士子（假樂四章）　　　止

士使子（卷阿七章）　　　　以婦ㄅ士耜敊（載芟）

❷　參見陳師新雄先生著《古音學發微》頁207，文史哲出版社，1983.2。

子士（長發七章）　　　　　　喜母）士有）祉齒（閟宮八章）

造士（思齊五章）

以上我們舉過些例子。「士」屬止韻（之韻上聲）而又常跟第一部字押韻。段玉裁把士字歸於第一部。至於造字，是七到切，是豪韻去聲（號韻），在「今韻古分十七部表」的第二部。現在看一下跟造字有押韻之例子，例如：

好）造）（鄭風緇衣三章）　　　造）疚考）孝）（閔予小子）

如果段玉裁依據「今韻古分十七部表」認爲造字是第二部，則他會在造字外邊打個圈兒表示是古合韻。段玉裁合韻的理論是可以成立的。今人的詩歌可以合韻，古人的詩歌爲什麼不可以合韻？若不容許合韻，先秦韻部決不可能有十七部之多。問題是段玉裁認爲造字該是第三部。故他在「古本音」中云：「造（告聲在此部詩兔爰緇衣閔予小子三見易一見今入皓號）。」。

段玉裁發現從同一聲的字總在一起押韻，由此可以藉諧聲聲旁統攝同一部的字。段玉裁在造字下云：「告聲在此部」正是表明造字的歸部除了跟押韻有關係之外，還跟諧聲有關係。

《說文》裡的字大體可以分成兩種類型，一爲出現於韻文裡的字，一爲不出現於韻文的字。如果告字不出現於韻文，則段玉裁很難斷定它爲第三部，他很可能會依「今韻古分十七部表」把告字歸於第二部也說不定。但告字出現於韻文，且跟第三部之關係比與第一部更密切。故段氏把告字定爲第三部字，並把它擺在「古十七部諧聲表」

之第三部。

三

漢字絕大多數爲形聲字，段玉裁把造字規律與聲韻研究結合起來，明確指出：「六書之有諧聲，文字之所以日滋也。考周秦有韻之文，某聲必在某部，至賾而不可亂。故視其偏旁以何字爲聲，而知其音在某部，易簡而天下之理得也。許叔重作《說文解字》時，未有反語，但云某聲某聲，即以爲韻書可也。」「一聲可諧萬字，萬字而必同部，同聲必同部。」依照段玉裁的這段話衡量的話，聲符相同的形聲字一定要歸於同一韻部。段玉裁的「古十七部諧聲表」基本上就是根據這種觀點造出來的。例如：

   ⑴從疑（一部）得聲的薿、嶷、嶷、癡、誙、儗、擬、礙、懝等字歸於第一部。

   ⑵從子（一部）得聲的芓、李、秄、仔、孜、字等字都歸於一部。

以上我們舉了第一部裡的例子。如果段玉裁把所有從同聲符得聲的形聲字都歸於同部的話，則不會產生問題。但我們一考察段注，就會發現有很多不合乎這一規律的現象，例如：

   ⑴從乃（奴亥切，一部）得聲的鼐（奴代切）字歸於一部而把芿、訒、杤、仍、扔（如乘切）等字都歸於六部。

   ⑵從而（如之切，一部）得聲的洏、耏、胹、栭、鮞、恧、輀、胹等字都歸於一部而唯把婼（於詭切）字歸於十六部。

   ⑶從每（武罪切，一部）得聲的敏（眉殞切）、脢（莫桮切）、

梅（莫桮切）、昧（荒內切）、罧（莫桮切）、悔（荒內切）、海（呼改切）、姆（莫后切）、晦（莫后切）、鋂（莫桮切）等字歸於一部，而把侮（文甫切）字歸於五部，又把誨（荒內切）、晦（荒內切）等字歸於十五部。

由此可見，段玉裁並不完全依據「同聲必同部」歸部。故段氏在「古諧聲偏旁分部互用說」❸中云：

> 「諧聲偏旁分別部居，如前表所列矣。間有不合者，如裘字求聲而在第一部，朝字舟聲而在第二部，牡字土聲而在第三部，侮字每聲而在第四部，股殺字殳聲而在第五部，仍孕字乃聲而在第六部，參字㐱聲而在第七部，枼字世聲而在第八部，送字㑞聲而在第九部，彭字彡聲而在第十部，贏字贏聲而在第十一部，矜字今聲而在第十二部，截字雀聲而在第十五部，狄字亦省聲而在第十六部，那字冄聲而在第十七部。此類甚多，即合韻之理也。」

這句話的意思是有不少形聲字與它們所得聲的聲符在古代屬於不同的韻部而互相諧聲。這最能證明段玉裁並不完全依據「古十七部諧聲表」來歸部的。

---

❸　參見段玉裁《說文解字注》頁841，南嶽出版社，1980.3。

四

濮之珍先生在《中國語言學史》❹中云：

「段玉裁是清代古音學考古一派的代表人物。這一派研究上古韻部的主要方法就是系聯周秦韻文的韻腳。段氏在作《六書音均表》之前，先寫成《詩經韻譜》、《群經韻譜》，他對《詩經》和其他先秦韻文的用韻情況作了細緻的考證研究，研究出上古音為十七部。他又進一步作理論的探討和提高，把音韻研究的成果用到漢字的造字原則上，提出『同聲必同部』的理論，使上古音的研究同形聲、假借的理論結合起來。于是他又先後寫成《今韻古分十七部表》、《古十七部諧聲表》、《古十七部合用類分表》，合上面寫的《詩經韻譜》、《群經韻譜》為一書，取名《六書音均表》。」

王力先生在《清代古音學》❺中云：

「所謂『群經』，包括《周易》、《尚書》、《儀禮》、《大戴禮》、《禮記》、《左傳》、《國語》、《論語》、《孟子》、《楚辭》等。

這一個分部的得失，歸字的得失，與《詩經韻分十七部表》

---

❹ 參見濮之珍先生著《中國語言學史》頁390，書林出版有限公司，1990.11。

❺ 參見王力先生著《清代古音學》頁128，中華書局，1992.08。

同，茲不贅述。」

段玉裁在歸部時主要依據「今韻古分十七部表」、「古十七部諧聲表」、「詩經韻分十七部表」。至於「群經韻分十七部表」，它一般與「詩經韻分十七部表」沒有什麼出入。再者，其資料也較雜，故段氏不用做主證。

在「詩經韻分十七部表」中雖有「古本音」、「古合韻」，但還是以「本音」爲主，而這本音正是依據「今韻古分十七部表」而來的。因此，「詩經韻分十七部表」與「今韻古分十七部表」之關係非常密切，正如同「詩經韻分十七部表」和「古十七部諧聲表」之關係一樣。例如嶷、字、嗣、偲、怠、特等字，不但屬於「詩經韻分十七部表」的第一部，而且也不超出「今韻古分十七部表」第一部的「之、止、志、職、咍、海、代、德」等韻之範疇。再者，它們的聲符疑、子、司、思、台、寺等字也都屬於「古十七部諧聲表」的第一部。這種字在段氏的歸部上不可能有問題。問題在於有些字在這三者（「古十七部諧聲表」、「今韻古分十七部表」、「詩經韻分十七部表」）中僅兩者一致，而有些諧聲字在這三者中並沒有兩者是一致的。我們在此先探討兩者一致之例子。這種字可以分成三類，即：㈠「古十七部諧聲表」和「詩經韻分十七部表」一致者，㈡「古十七部諧聲表」和「今韻古分十七部表」一致者，㈢「今韻古分十七部表」和「詩經韻分十七部表」一致者。這三種類型又可分成兩種類型，一爲出現於韻文之類型，一爲不出現於韻文之類型。出現於韻文之字，段玉裁依據押韻、諧聲和今韻把它們分別歸於本音、古本音、古合韻。故段氏的歸部一定會符合「詩經韻分十七部表」。因此，一個字

在「古十七部諧聲表」和「詩經韻分十七部表」一致時，它決不會不符合「古十七部諧聲表」的，例如：

㈠ 「古十七部諧聲表」和「詩經韻分十七部表」一致者

我們參看「詩經韻分十七部表」的第一部後面的「古本音」時，知道「之、止、志、職、咍、海、代、德」這八個韻屬於「今韻古分十七部表」的第一部。如果一個字的今韻不是這八個韻中之一個而經常跟第一部字押韻，則段氏便把它放在「詩經韻分十七部表」的「古本音」，意思是說在古代它是第一部字而今入他韻（之、止、志、職、咍、海、代、德以外之韻）。在第一部的古本音中有諧聲字也有非諧聲字。其中非諧聲字與本論文無直接關係，故現在只考察諧聲字，例如：

訧（聲符尤在第一部），一部

有（聲符又在第一部），一部

侑（聲符有在第一部），一部

洧（聲符有在第一部），一部

鲔（聲符有在第一部），一部

囿（聲符有在第一部），一部

祐（聲符右在第一部），一部

晦（聲符每在第一部），一部

敏（聲符每在第一部），一部

梅（聲符每在第一部），一部

悔（聲符每在第一部），一部

晦（聲符每在第一部），一部

痗（聲符每在第一部），一部

誨（聲符每在第一部），一部

謀（聲符某在第一部），一部

媒（聲符某在第一部），一部

疚（聲符久在第一部），一部

紑（聲符不在第一部），一部

秠（聲符丕在第一部），一部

駓（聲符丕在第一部），一部

伾（聲符丕在第一部），一部

富（聲符畐在第一部），一部

輻（聲符畐在第一部），一部

福（聲符畐在第一部），一部

匐（聲符畐在第一部），一部

服（聲符𠬝在第一部），一部

能（聲符㠯在第一部），一部

曖（聲符匿在第一部），一部

霾（聲符貍在第一部），一部

薶（聲符貍在第一部），一部

背（聲符北在第一部），一部

鄙（聲符啚在第一部），一部

怪（聲符圣在第一部），一部

備（聲符𤰇在第一部），一部

膱（聲符或在第一部），一部

至於第㈡類型之字，它們必定不出於韻文。它們既然不出現於韻文，則決定它們的韻部者不外乎「古十七部諧聲表」和「今韻古分十七部表」。這兩者一致，則它們不可能不合乎「古十七部諧聲表」，例如：

㈡　「古十七部諧聲表」和「今韻古分十七部表」一致者

(1)從疑（語其切，一部，之韻）得聲的薿（魚己切，一部，止韻）、嶷（魚力切，一部，職韻）、癡（丑之切，一部，之韻）、儗（魚己切，一部，止韻）、擬（魚己切，一部，止韻）、礙（五漑切，一部，代韻）、懝（五漑切，一部，代韻）字。

(2)從子（即里切，一部，止韻）得聲的芓（疾走切，一部，志韻）、秄（即里切，一部，止韻）、仔（子之切，一部，之韻）、孜（子之切，一部，之韻）字。

(3)從司（息茲切，一部，之韻）得聲的祠（似茲切，一部，之韻）、笥（相吏切，一部，止韻）字。

(4)從茲（子之切，一部，之韻）得聲的嗞（子之切，一部，之韻）、滋（子之切，一部，之韻）、慈（疾之切，一部，之韻）、鶿（疾之切，一部，之韻）、孳（子之切，一部，之韻）字。

(5)從思（息茲切，一部，之韻）得聲的鰓（穌來切，一部，咍韻）、緦（息茲切，一部，之韻）、諰（胥里切，一部，止韻）字。

以上我們考察過「古十七部諧聲表」和「今韻古分十七部表」一致之字。這些字（例如薿、嶷、癡、儗、擬、礙、芓、秄、仔、孜、祠、笥、嗞、滋、慈、鶿、孳、鰓、緦、諰等）不但不超出「今韻古

分十七部表」第一部的「之、止、志、職、咍、海、代、德」等韻之範疇，而且它們的聲符（例如：疑、子、司、茲、思等）也都屬於「古十七部諧聲表」的第一部。這些字在《說文解字注》都列爲第一部。

至於第㈢類型，其情形就不同，例如：

㈢　「今韻古分十七部表」和「詩經韻分十七部表」一致者

段氏在「古諧聲說」❻中云：

> 「一聲可諧萬字，萬字而必同部，同聲必同部，明乎此而部分音變平入之相配，四聲之今古不同，皆可得矣。」

如果依據段氏的「同聲必同部」的觀點來探討第㈢類之例子，則我們很容易推斷這些都是段氏的自亂其例。因此，我們在考察第㈢類之例子時，一定要先證明這不是段氏的疏忽而正是他的一種體例所反映的現象。

我們在第三節中考察過段氏的「古諧聲偏旁分部互用說」。這裡的例子都不符合「同聲必同部」。現在我們要找的是其中合乎第㈢類之例子，例如：

朝（陟遙切，二部，宵韻）

羖（公戶切，五部，模韻）

狄（徒歷切，十六部，錫韻）

---

❻　參見段玉裁著《說文解字注》頁825，南嶽出版社，1980.3。

朝、羢、狄這些字分別屬於「今韻古分十七部表」的第二、五、十六部，而且也分別屬於「詩經韻分十七部表」的第二、五、十六部（朝、羢、狄等字的聲符舟、殳、亦等分別爲三、四、五部）。朝、羢、狄三字在《說文解字注》中也分別列爲第二、五、十六部。除了這些字以外還有不少這種例子，例如：

(1)喙（許穢切，十五部，廢韻）

案從象得聲的璏、篆、隊、櫞、鶲、椽、緣、蠡等字的今韻都屬於「今韻古分十七部表」的第十四部，而且其聲符象字也屬於「古十七部諧聲表」的第十四部。這些字在《說文解字注》中都是十四部。至於喙字，它的今韻屬於「今韻古分十七部表」的第十五部，而且又屬於「詩經韻分十七部表」的第十五部。段氏在喙字下注云：「許穢切，十五部，象聲，在十四部合韻也。」

(2)邁（莫話切，十五部，夬韻）

案邁字的今韻屬於「今韻古分十七部表」的第十五部，而且它又屬於「詩經韻分十七部表」的第十五部。邁字在《說文解字注》中列爲十五部。段氏在邁字下注云：：「莫話切，十五部，萬聲在十四部，合音也。」

這些例子都不符合「古十七部諧聲表」。由此可見，段氏不但承認在押韻上有合韻關係（例如：疢、滔等字），亦認爲在諧聲字上有合韻現象。換言之，段氏認爲有不少同聲符的諧聲字其聲符並不屬於同一個韻部。

五

在第四節中我們討論的是那些兩者一致之例子，但是除了這種例子之外還有不少例子是三方面都不一致者。這裡有三種不同之類型，即㈠與「詩經韻分十七部表」一致者，㈡與「古十七部諧聲表」一致者，㈢與「今韻古分十七部表」一致者。它們又可分成兩種類型，一為出現於韻文之類型，一為不出現於韻文之類型。至於出現於韻文之類型，例如：

㈠ 與「詩經韻分十七部表」一致者

(1)鰥（古頑切，十三部，山韻）

案鰥字的今韻屬於「今韻古分十七部表」的第十四部而其聲符眔字卻是屬於「古十七部諧聲表」的第十五部。再者，鰥字屬於「詩經韻分十七部表」的第十三部。這鰥字在《說文解字注》中列為十三部。這是與「詩經韻分十七部表」一致之例子。段氏在鰥字下注云：「古頑切古音在十三部齊風與雲韻可證也。眔古讀同隶，十三十五部合韻也。」。

(2)員（王權切，十三部，仙韻）

案員字的今韻屬於「今韻古分十七部表」的第十四部，而其聲符口字卻是屬於「古十七部諧聲表」的第十五部。再者，員字屬於「詩經韻分十七部表」的第十三部。這員字在《說文解字注》中列為十三部。這是與「詩經韻分十七部表」一致之例子。段氏在員字下注云：「王權切，古音云在十三部，口聲在十五部合韻最近。」。

以上我們考察過幾個例子。在表面上看來，鰥字與其聲符眔字屬於不同之兩部，員字與其聲符口字屬於不同之兩部。但我們探討「古十七部諧聲表」則發現鰥聲擺在第十三部而眔聲擺在第十五部，員聲擺在第十三部而口聲擺在第十五部。由此可見，這實際上不僅只跟「詩經韻分十七部表」一致，同時還跟「古十七部諧聲表」一致。如果我們一考察「詩經韻分十七部表」第一部之「古本音」就能看出其道理，例如：

訧（尤聲在此部…）	尤（尤聲在此部…）
郵（郵聲在此部…）	謀（某聲在此部…）
丘（丘聲在此部…）	裘（裘聲在此部…）
疚（久聲在此部…）	又（又聲在此部…）

以上我們考察過「詩經韻分十七部表」第一部之「古本音」，這裡面的字沒有一個是不跟「古十七部諧聲表」有關係的，要不然那些出現於韻文之字必定會與「今韻古分十七部表」一致的。由此可見，只跟「詩經韻分十七部表」有關係者是沒有的。因此，我們現在要探討的是第㈡、㈢類型。這些不出現於韻文之字，段玉裁怎麼處理呢？下面我們考察一下第㈡、㈢兩種類型。

㈡ 與「古十七部諧聲表」一致者

(1)梽（陟革切，一部，麥韻）

案梽字的今韻不屬於「今韻古分十七部表」的第一部也不見於「詩經韻分十七部表」的第一部，但這梽字的聲符寺字卻

是屬於「古十七部諧聲表」的第一部。梓字在《說文解字
注》中列爲一部。

(2)弭 (緜婢切，一部，紙韻)

案弭字的今韻不屬於「今韻古分十七部表」的第一部也不見
於「詩經韻分十七部表」的第一部。但這弭字的聲符耳字卻
是屬於「古十七部諧聲表」的第一部。弭字在《說文解字
注》中列爲一部。

(3)趩 (丑亦切，一部，昔韻)

案趩字的今韻不屬於「今韻古分十七部表」的第一部也不見
於「詩經韻分十七部表」的第一部。但這趩字的聲符異字卻
是屬於「古十七部諧聲表」的第一部。趩字在《說文解字
注》中列爲一部。

(4)馘 (古獲切，一部，麥韻)

案馘字的今韻不屬於「今韻古分十七部表」的第一部也不見
於「詩經韻分十七部表」的第一部。但這馘字的聲符或字卻
是屬於「古十七部諧聲表」的第一部。馘字在《說文解字
注》中列爲一部。

(5)邶 (補妹切，一部，隊韻)

案邶字的今韻不屬於「今韻古分十七部表」的第一部也不見
於「詩經韻分十七部表」的第一部。但這邶字的聲符北字卻
是屬於「古十七部諧聲表」的第一部。邶字在《說文解字
注》中列爲一部。

　　梓、弭、趩、馘等字，它們的今韻不屬於「之、咍、職、德」諸

韻，但它們的聲符都擺在「古十七部諧聲表」的第一部，再者從寺、耳、異、或得聲的那些字絕大多數都是段玉裁的第一部（案它們的今韻屬於「之、咍、職、德」諸韻。）段玉裁據此一現象，把特、弭等字歸於第一部。至於邶字，段氏何以把它歸於第一部呢？

在《說文》中從北得聲的只有如下，例如：

北，…博墨切（德韻）

背，…補妹切（隊韻）

邶，…補妹切（隊韻）

段玉裁依據「今韻古分十七部表」把背、邶二字歸於第十五部也可以，但我們查看「詩經韻分十七部表」就發現北、背二字與第一部字押韻，故段氏把背字當做第一部之古本音。在三個字中既然北、背二字爲第一部，故段氏把剩下的邶字也歸於第一部。

《廣韻》內爲一韻的字在古音中有分屬兩部的，可以借重于諧聲的聲旁來加以辨別，這是顧炎武已發其端。段玉裁承其作法，甚至有時還考慮到押韻現象。

㈢ 與「今韻古分十七部表」一致者

⑴從而（一部）得聲的𦓐（奴禾切，十七部，戈韻）、耎（而沇切，十四部，獮韻）二字分別歸于十七、十四部。

案洏、荋、胹、栭、鮞、輀、耏等字不見於「詩經韻分十七部表」的第一部，但它們的今韻屬於「今韻古分十七部表」的第一部，而且它們的聲符而字也屬於「古十七部諧聲表」的第一部。它們是「古十七部諧聲表」和「今韻古分十七部

表」一致之例子。它們在《説文解字注》中都列爲一部。至於恧字，它的今韻不屬於「今韻古分十七部表」的第一部，但它的聲符「而」字卻是屬於「古十七部諧聲表」的第一部。恧字在《説文解字注》中列爲一部。這恧字之歸部是與「古十七部諧聲表」有關係。至於𡜊字，它不見於「詩經韻分十七部表」的第十七部，而且它的聲符也不屬於「古十七部諧聲表」的第十七部。但𡜊字的今韻屬於「今韻古分十七部表」的第十七部。這𡜊字在《説文解字注》中列爲十七部。至於耎字，它不見於「詩經韻分十七部表」的第十四部而且其聲符「而」字不屬於「古十七部諧聲表」的第十四部。但耎字的今韻屬於「今韻古分十七部表」的第十四部。耎字在《説文解字注》中列爲十四部。段氏在𡜊字下注云：「奴禾切，十七部，按而聲而奴禾切者，如耎之从而合音也。」。這𡜊、耎兩個字是與「今韻古分十七部表」一致之例子。

⑵從母（一部）得聲的坶（莫六切，三部，屋韻）字歸於三部。

案從母得聲的每（武罪切，一部，賄韻）、莓（母罪切，一部，賄韻）、坶（莫六切，三部，屋韻）中只有每字屬於「詩經韻分十七部表」的第一部，而且它的聲符母字也屬於「古十七部諧聲表」的第一部。這「每」字在《説文解字注》中列爲一部。這是「古十七部諧聲表」和「詩經韻分十七部表」一致之例子。至於莓、坶二字，它們的分韻分別屬於「今韻古分十七部表」的第十五、三部，而且它們也不出現於韻文中。莓字在《説文解字注》中列爲一部。這是與「古十七部諧聲

表」一致之例子。坶字在《說文解字注》中列爲三部。這是與「今韻古分十七部表」一致之例子。

(3)從久（一部）得聲的匛（巨救切，三部，宥韻）、羑（與久切，三部，有韻）、灸（舉友切，三部，有韻）字歸於三部。

案玖字屬於「詩經韻分十七部表」的第一部，而且其聲符久字也屬於「古十七部諧聲表」的第一部。玖字在《說文解字注》中列爲一部。這是「古十七部諧聲表」和「詩經韻分十七部表」一致之例子。至於妏、宂、匛、羑、灸等字，它們的今韻都屬於「今韻古分十七部表」的第三部，但其聲符久字卻是屬於「古十七部諧聲表」的第一部。妏、宂二字在《說文解字注》中列爲一部，這是與「古十七部諧聲表」一致之例子。匛、羑、灸等字在《說文解字注》中列爲三部。這是與「今韻古分十七部表」一致之例子（段氏不可能不知道這匛、羑、灸等字是從久得聲的，更不可能不知道這久字是第一部字）。

以上考察過一些只與「今韻古分十七部表」有關係之例子。段玉裁不依據「古十七部諧聲表」歸部而依據「今韻古分十七部表」歸部，其間的關係頗爲紊亂。下面的例子更支持我們的這種推論，例如：

(1)吻（武粉切，十三部，吻韻）

案從勿得聲的物、芴、歾、昒、吻等字都不出現於韻文。物、芴、歾、昒字的今韻屬於「今韻古分十七部表」的第十五部，而且其聲符勿字也屬於「古十七部諧聲表」的第十五部。這物、芴、歾、昒等字在《說文解字注》列爲十五部。

這是「古十七部諧聲表」和「今韻古分十七部表」一致之例
子。至於吻字，它的今韻屬於「今韻古分十七部表」的第十
三部。吻字在《説文解字注》中列爲十三部。這是與「今韻
古分十七部表」一致之例子。段氏在吻字下注云：「武粉
切，十三部，勿聲在十五部，合韻也。」。

(2)鼉（五轄切，十五部，鎋韻）

案從獻得聲的瓛、鼉、櫶、轙、灝等字都不出現於韻文中。
瓛字的今韻屬於「今韻古分十七部表」的第十四部，而其聲
符獻字也屬於「古十七部諧聲表」的第十四部。這瓛字在
《説文解字注》中列爲十四部。這是「古十七部諧聲表」和
「今韻古分十七部表」一致之例子。至於鼉、櫶、轙、灝
字，其今韻屬於「今韻古分十七部表」的第十五部。它們在
《説文解字注》中也都列爲十五部。這是與「今韻古分十七
部表」一致之例子。段氏在鼉字下注云：「五轄切，十五
部，獻聲在十四部，合音也。」，在櫶字下注云：「五葛
切，十五部，按獻聲在十四部，合韻也。」，以及在灝字下
注云：「魚列切，十四十五部之合音。」。

(3)冢（知隴切，九部，腫韻）

案從豖得聲的毅、涿、致、啄、琢、椓、冢等字，只有椓字
出現於韻文。椓字之今韻屬於「今韻古分十七部表」的第三
部，而且也屬於「詩經韻分十七部表」的第三部。再者，其
聲符豖字屬於「古十七部諧聲表」的第三部。這椓字在《説
文解字注》中也列爲三部。這是「古十七部諧聲表」、「今
韻古分十七部表」和「詩經韻分十七部表」一致之例子。至

於毅、添、致、啄、琢等字，其今韻屬於「今韻古分十七部表」的第三部，而其聲符豕字也屬於「古十七部諧聲表」的第三部。它們在《說文解字注》中都列爲三部。這是「古十七部諧聲表」和「今韻古分十七部表」一致之例子。至於夠字，其今韻屬於「今韻古分十七部表」的第九部。夠字在《說文解字注》中也列爲九部。這是與「今韻古分十七部表」一致之例子。段氏在夠字下注云：「知隴切，九部，按豕聲本在三部，此合音也。」

(4)嶓（博禾切，十七部，戈韻）

案從番得聲的璠、蕃、轓、播、嶓、蟠、獦、鱕、燔、蟠、播、繙、蟠、磻、譒、鄱、幡、皤等字中，只有幡、皤二字出現於韻文。幡字的今韻屬於「今韻古分十七部表」的第十四部，而且也屬於「詩經韻分十七部表」的第十四部。再者，它的聲符番字屬於「古十七部諧聲表」的第十四部。這幡字在《說文解字注》中列爲十四部。這是「古十七部諧聲表」、「今韻古分十七部表」和「詩經韻分十七部表」一致之例子。至於皤字，它的今韻屬於「今韻古分十七部表」的第十七部，但這皤字卻屬於「詩經韻分十七部表」的第十四部，而且其聲符番字也屬於「古十七部諧聲表」的第十四部。這皤字在《說文解字注》中列爲十四部。這是「古十七部諧聲表」和「詩經韻分十七部表」一致之例子。至於播、磻、譒、鄱字，其今韻屬於「今韻古分十七部表」的第十七部。它們在《說文解字注》中都列爲十七部。這是與「今韻古分十七部表」一致之例子。段氏在播字下注云：「補過

切，十四十七部。」，在礦字下注云：「博禾切，十四十七二部合音也。」，在譒字下注云：「補過切，十七部，番本在十四部。」，以及在鄱字下注云：「薄波切，十七部。按番聲在十四部，合韻也。」。

(5)委 (於詭切，十六部，紙韻)

　　案從禾得聲的和、穌、盉、科、委等字都不出現於韻文。和、穌、盉、科字的今韻屬於「今韻古分十七部表」的第十七部，而且其聲符禾字也屬於「古十七部諧聲表」的第十七部。它們在《説文解字注》中都列爲十七部。這是「古十七部諧聲表」和「今韻古分十七部表」一致之例子。至於委字，其今韻屬於「今韻古分十七部表」的第十六部。委字在《説字解字注》中也列爲十六部。這是與「今韻古分十七部表」一致之例子。段氏在委字下注云：「十六十七部合音最近，故讀於詭切也。」

(6)芿 (如乘切，六部，蒸韻)

　　案從乃得聲的鼐、芿、訪、扔、扔、仍等字中，只有仍字出現於韻文。仍字的今韻屬於「今韻古分十七部表」的第六部，而且也屬於「詩經韻分十七部表」的第六部。但是仍字之聲符乃字卻是屬於「古十七部諧聲表」的第一部。這仍字在《説文解字注》中列爲六部。這是「今韻古分十七部表」和「詩經韻分十七部表」一致之例子。至於鼐字，它的今韻屬於「今韻古分十七部表」的第一部。鼐字在《説字解字注》中也列爲一部。這是「古十七部諧聲表」和「今韻古分十七部表」一致之例子。至於芿、訪、扔、扔等字，它們的

今韻屬於「今韻古分十七部表」的第六部。它們在《說字解字注》中也都列爲六部。這是與「今韻古分十七部表」一致之例子。段氏在芿字下注云：「如乘切，六部，乃在一部，仍芿在六部者，合韻最近也。」，以及在枊字下注云：「如乘切，六部，按乃聲在一部，合韻也。」。

(7)饂（五困切，十三部，慁韻）

案從亙得聲的饂、顕、磴、莖、齚、殑、剄、覲、愷、闓、堩、螚、饂、鎧等字都不出現於韻文中，顕、磴、莖、覲、螚等字的今韻屬於「今韻古分十七部表」的第十五部，而且其聲符亙字也屬於「古十七部諧聲表」的第十五部。顕、磴、莖、覲、螚等字在《說文解字注》中都列爲十五部。這是「古十七部諧聲表」和「今韻古分十七部表」一致之例子。至於饂、齚、殑、剄、愷、闓、堩、鎧等字，它們的今韻屬於「今韻古分十七部表」的第一部。除了鎧字以外，饂、齚、殑、剄、愷、闓、堩等字在《說字解字注》中都列爲十五部。這是與「古十七部諧聲表」一致之例子。至於鎧字，它在《說字解字注》中列爲一部。這是與「今韻古分十七部表」一致之例子。至於饂字，其今韻屬於「今韻古分十七部表」的第十三部。饂字在《說字解字注》中列爲十三部。這是與「今韻古分十七部表」一致之例子。

以上我們探討過幾種類型。如果一個字出現於韻文，則段玉裁決定它的韻部比較沒有問題。至於那些不出現於韻文之字，段玉裁在歸部上其體例不一致，有的依「今韻古分十七部表」歸部而有的依

「古十七部諧聲表」歸部。

六

　　總結以上之分析，我們了解到段玉裁的歸部情形。段氏的歸部與「古十七部諧聲表」、「今韻古分十七部表」和「詩經韻分十七部表」有密切關係。其中兩者一致時，段玉裁一定會依據這兩者歸部的，無例外，故在段氏的歸部中難免有不符合「古十七部諧聲表」之例子。問題是那些只跟三者中之一個一致之字。這些字可分成兩種類型。一為只跟「古十七部諧聲表」有關係，一為只跟「今韻古分十七部表」有關係。這些不出現於韻文之字，段玉裁的歸部不是很完善，沒有一定之規律。

　　段玉裁根據韻文的用韻和諧聲字的諧聲系統研究古音是正確的。段氏所謂「同（諧）聲必同部」、「諧聲者必同部也。」充分說明了周秦韻文的用韻和諧聲字的諧聲系統在客觀上正確地反映了諧聲時代的古音和周秦古音的異同以及周秦古音系統裡某些音韻特點。然則為什麼會出現不符合「古十七部諧聲表」之例子呢？段玉裁既知利用文字諧聲以考古音，又自諧聲而知音有通轉，故在段氏的歸部上往往出現一些混淆不清之現象。

　　總之，「古十七部諧聲表」在段玉裁的歸部上具有非常重要的角色，如果不利用諧聲現象，則很多不出現於韻文的字無法歸入韻部。但「今韻古分十七部表」和「詩經韻分十七部表」的重要性決不亞於「古十七部諧聲表」。我們正確了解了此三者之關係，才能夠真正掌握住段氏的歸部。

論敦煌寫本《字寶》
所反映的音變現象

王松木

壹、前　言

　　結構主義（structuralism）語言學著力於共時平面的考察，將音韻系統視爲由不同層級的語音單位所組成的結構，各個語音單位在系統內部規律的制約下，相互對立、彼此相關，維持著平衡、對稱的狀態。然而，共時音系所展現的平衡與對稱並非永遠靜滯不動，常隨時間變遷與空間轉換，而沿循著某些特定的音變規律漸次向前推移，恰似灑落河面的樹葉順著水流緩緩漂移一般。

　　語言是人類信息遞傳與思維運作的重要符號，而非實驗室中人爲精準控制下所創製出來的產物。抽象的語言概念一旦落實爲具體的交際活動，則或多或少會受到生理、心理、社會、文化……等外在變數的影響，而使得原本應當循著特定規律演化的字音，產生了某種偏離的現象，就如同順著流水漂移的落葉，難免會因河面寬窄、河道深淺……等變數的干擾而減緩流速，甚至停滯不前。

　　任何共時平面音系皆是歷時演化的結果。在語音平面的推移歷程

中，語音單位遵循著那些音變規律呢？對於不合乎常軌的例外現象又
當如何處裡？可能導致例外現象的變數爲何？凡此，皆是歷史語言學
家所急欲解決的問題。爲闡釋語言縱向演化的歷程，歷史語言學家各
自就其所觀察到的音變現象，總結出不同的音變模式，"語音演變無
例外說"與"詞彙擴散理論"❶即是其中較廣爲人知的兩種音變模
式。兩者均是以微觀的角度來審視音變現象，將觀察的焦點集中在音
系的內部結構上，側重於語音演化過程的規律性❷，但卻在無形之中
忽略了外在因素與音韻系統間的交互作用，因而對於少數超乎演化常
軌的字例，往往難以恰切地詮釋成因。

功能主義（functionalism）語言學則考慮到外在變數對語言結構
所造成的影響，認爲：人類交際的需求與認知運作的歷程常會具體地
投射在語言結構上，因此語言結構乃是現實世界的間接反映，並非全

---

❶ 十九世紀初期，"青年語法學派"（Neogrammarian）考察已經完成的音變現
象，提出了著名的"語音演變無例外說"，主張：同源的語音形式間有著嚴整的
對應關係，少數例外的音變現象必定另有某種隱含的內在規律可尋。青年語法學
派所揭櫫的音變模式，長久以來被學者奉爲金科玉律，但近二十幾年來，此種學
說卻受到"詞彙擴散理論"（lexical diffusion theory）的強烈挑戰。王士元
（1969）觀察正在進行中的音變現象，體認到語音在詞彙中擴散的情形，因而提
出：「語音突變，詞彙漸變」的假說，並主張音變過後所殘留的"剩餘"形式乃
是不同語音規律競爭下所造成的結果。

❷ "語音演變無例外說"與"詞彙擴散理論"從音韻系統的內部著眼，均恪守音變
具有規律性的基本準則。但兩者因所關注的焦點不同，對於"剩餘"現象也就有
不同的解釋。沈鍾偉（1995：36）比較兩種音變模式的異同，指出：「詞彙擴散
理論與傳統的音變有規則實際上沒有任何齟齬。不同之處在於：傳統的方法過於
機械地看待音變，要麼是未變，要麼是已變，而詞彙擴散理論通過音變過程的分
析，提出語音變化在詞彙上的實現是逐漸進行的觀點」。

然是任意（arbitrary）、自主（autonomous）、自足（selfcontain）的形式系統（Biq, et al., 1996）。現實世界在語言結構上的投射具有不平衡性，尤以語義、句法層面較爲明顯，故功能主義語言學家多從功能、言談或認知的角度來解釋語義、語法的相關現象，但近來也有學者自覺到應將研究範圍擴及到音韻學上（Bybee, 1994）。

　　《字寶》是敦煌出土的通俗字書，音注中含藏著許多不合忽語音演化常軌的字例，本文即參酌功能語言學的觀點，留意音韻系統與其他學科範疇的接面，試圖以較爲開闊的宏觀視野來進行詮釋。文中首先界定敦煌寫本《字寶》的時空定位及其語料性質；其次，以《字寶》音注做爲考察音變的基點，上溯《俗務要名林》、下及《開蒙要訓》，對比三種敦煌字書所展現的音變規律，藉以彰顯唐、五代西北方音的演化軌跡，並闡述《字寶》所展現的方音特色。最後，則著眼於音系外部的制約條件，冀能對《字寶》中逸出音變常軌的字例能有較爲完滿的詮釋。

貳、《字寶》的語料性質

　　敦煌出土文獻中存有許多唐五代時期的寫本字書。這些舊時民間習用的語文教材，種類繁雜、體式多樣❸，但均或多或少地體現出當時口語的實際樣貌。《字寶》（或稱《碎金》）主要收錄當時口語言

---

❸　朱鳳玉（1995）將敦煌語文教材依其內容性質分成：識字、識字兼知識、識字兼思想三大類。其中"識字"類又可細分爲：集中識字、要用雜字、習字、刊正字體、說解俗語及胡漢對照等六類。

談中所使用的通俗語彙，其通俗性與地域性較他種字書更形明顯，實
爲探究中晚唐敦煌方言詞彙、音韻不可忽視的文獻語料。

一、《字寶》正名與編撰動機

　　P.2058、P.3906卷前均附有長篇序文，從文中可以概略窺探出
《字寶》的編撰動機、名稱來源及編排方式……等相關信息。茲將序
文徵引如下：

> 　　凡人之運動，〔手〕足皆有名目。言常在口，字難得知。是以
> 兆人之用，每妨下筆，修撰著述，費於尋檢。雖以談吐，常致
> 疑之；又俗猥剌之字，不在經典史籍之內，閒於萬人理論之
> 言，字多僻遠，口則言之，皆不之識。至於士大夫及轉學之
> 客，貪記書傳典籍之言，計心豈暇繁雜之字。每欲自書，或被
> 人問，皆稱不識，何有恥之下筆而慚言於寡知。則有無學之
> 子、劣智之徒，或云俗字不曉，斯言謬甚！今天下士庶同流，
> 庸賢共處，語論交接，十之七八皆以協俗，既俗字而不識，則
> 言語之訛詭矣。在上者，固不肯錄而示之；小學者，又貪輕易
> 而傲之，致使曖昧賢愚蒙（庶）細無辯。余今討窮“字統”，
> 援引眾書，翰苑《玉篇》、數家《切韻》，纂成較量，緝成一
> 卷。雖未盡天下之物名，亦粗濟含毫之滯思，號曰《字寶》，
> 有若碎金。然零取救要之時則無大段，而副筆濟用之力實敵其
> 金，謂之《碎金》。開卷有益，讀之易識，取音之字，注引假
> 借，余思濟眾爲大，罔以飾潔爲美。將持疑後來者也。成之一
> 軸，常爲一卷，俯仰瞻矚，實有所益，省費尋檢也。今分爲四

聲，傍通列之，如右。

　　在傳統重“雅”輕“俗”的社會風尚下，就連百姓日常通用的詞語也會被塗上“粗鄙”、“庸俗”的語義色彩，故居上位者不肯著錄以示人，知識份子亦鄙棄而不顧。但是若就日常要用的角度而言，通俗字書的編撰實在有其必要性，編者在序文中闡述編寫的動機指出：《字寶》的編撰乃是有感於眾人對於口頭流傳的通俗用語往往不知其本字而無法下筆，以致於常陷入口能言而筆不能書的窘境；又通俗詞語特多冷僻之字，每每不見於經典史籍之中，故語詞雖已流傳於兆人之口，但目睹字形則多稱不識。有鑑於此，編者一方面基於日常生活的實際需要，另一方面針砭時人重“雅”輕“俗”的弊病，於是參酌“字統”，援引《玉篇》、《切韻》……等書而輯成此篇，以便民眾尋檢俗字。

　　《字寶》又稱為《碎金》，其得名理據實與成書動機有著密切的關係。蓋因此書主要收錄「言常在口，字難得知」的詞語，翻檢此書「雖未盡天下之物名，亦粗濟含毫之滯思」，故可名之曰《字寶》；又此書收錄的語彙雖多「俗猥剌之字」，但「零取救要之時則無大段，而副筆濟用之力實敵其金」，因此又可名之為《碎金》。由此可知，此書應正名為《字寶》或《碎金》，並非聯稱為《字寶碎金》。

　　此外，P.619首題“白家碎金”，觀其名目雖與他卷稍異，但其所收錄的內容則與他卷相似，可知此卷亦當歸屬於《字寶》一系的通俗字書。

二、《字寶》的成書年代

　　朱鳳玉（1991）曾深入考索《字寶》成書年代，判定《字寶》成書年代當在九世紀初。觀其考證寫本年代所憑恃的依據❹有四：

1.年號、紀年

　　P.3906有題記作：「天福柒年壬寅歲肆月貳拾日技術院學郎知慈惠鄉書手呂均書」。S.6204則有題記作：「壬申年正月十一日僧智貞記」，末葉背面有：「同光貳載沽洗之月冥生壹拾貳葉迷愚小子汝南薛俊彥」。兩寫卷中所提及的年號與紀年可作爲判定寫卷抄寫年代的依據："天福"爲後晉高祖年號，"天福柒年"當爲西元942年；"同光"爲後唐莊宗年號，"同光貳載"當爲西元924年；"壬申年"則疑是唐宣宗大中六年（A.D.852）或後梁太祖乾化二年（A.D.912）。由此可知，寫卷抄寫的年代在五代初期，而其成書下限不得晚於此。

2.重要人名

　　S.6204、P.3906卷末附有白居易（A.D.772-846）、王建（約A.D.767-831）等人的讚詩，雖或出於僞託，但可知其成書必不早於白居易與王建。又P.2058首題"大唐進士白居易"，而白居易於唐德宗貞元十六年（A.D.800）登進士第，由是更可確知《字寶》成書當在九世紀初。

3.缺筆避諱

---

❹　吳其昱《敦煌漢文寫本概觀》提出幾個鑑定寫本年代所應留意的要項：1.字體。2.武后新字。3.缺筆避諱。4.改字避諱。5.印章。6.書名或宗教經典名。7.著譯者名。8.其他重要人名。9.官職名。10.地名。11.外國名。12.年號。13.紀年干支。14.曆日。15.佛教的梵語譯音。16.紙質的優劣、厚薄與面積。

S.619寫本中，"民"字因避唐太宗諱而缺筆，故知其成書當在唐朝
覆滅（A.D.907）之前。

4.相關書名

　　察考同時期的文獻目錄，得知：日僧圓仁（A.D.794-864）於日本
仁明朝承和十四年（唐宣宗大中元年，A.D.847）所呈之《入唐新求
聖教目錄》（見《大正新脩大藏經・目錄部》第55卷，頁1084），即
著錄有《碎金》一卷，疑即此書。

　　掌握以上幾項線索，並考察其聚焦所在，即可確認：現今所知見
的敦煌《字寶》雖為五代初期抄本，但其成書年代則可追溯至九世紀
初期。

三、《字寶》的體制與內容

　　《字寶》是唐五代時期民間流傳的通俗實用字書。全卷計3738
字，按平、上、去、入四聲排列，收錄434條常用的通俗詞語，每條
詞語之下以反切、直音注明音讀，字形若有異體亦加以標注，但鮮有
釋義（寫卷的體例請見文末附錄）。

　　《字寶》的體制、內容與其他字書頗不相同。詞語不分門別類、
不以類相從、也不押韻，若是從詞彙學角度細部剖析，則可察覺到兩
個特殊的傾向：就語義內涵而言，以描寫人類的動作、狀態或事物情
狀的詞語最多；就詞語的結構類型而言，不可分訓的"聯綿詞"佔有
頗高的比率。例如：口囁嚅（雙聲）、心忸怩（雙聲）、汗溰洓（疊
韻）、人溚澾（疊韻）、毛毰毸（疊韻）……等，均是由二個語素組
成的單純詞，語素之間有著雙聲或疊韻的語音關聯。

　　現今所見屬於《字寶》系字書的寫本計有：S.619、S.6204、

P.2058、P.2717、P.3906五種。參考〔日〕砂岡和子（1985）的統計
結果，將五種寫本的狀態、所存行數、語彙數、卷首與卷尾、撰寫人
及其年代，表列於下，以資比較：

寫本編號	寫本狀態	所存行數	收錄語彙數	卷首、末尾	撰寫人及其年代
S.619	卷子	59行	223語	前有讚詩，末尾殘缺。	不明
S.6204	卷子	227行	412語	卷首序文殘缺；末尾完整，附有讚詩。	壬申年正月（912）僧智貞記。V.同光貳載（924）
P.2058	卷子	92行	320語	前有首題、序文，卷末未抄完	不明
P.2717	卷子	188行	353語	卷首序文殘缺，卷末未抄完。	不明
P.3906	冊子	133行	353語	首尾俱完。卷末附有讚詩。	天福七年壬寅歲（942）技術院學郎知慈惠鄉書手呂均書。

　　整體而言，五個寫本中以S.6204保存的最爲完整，雖然卷首序文
部份殘缺，但可以由P.2058、P.3906加以補足。是故本文以S.6204爲
底本，並與其他寫本相互校勘，力求回復《字寶》的原始樣貌。
　　然而，五種寫本是否同出一源呢？筆者比較各寫本所標注的音
讀，發現不同寫本音注存有些許差異，茲將S.6204與P.2717的差異列
舉數例於下：

詞語	S.6204	P.2717
馬趣踏	音捎	所交反
鼓鼙鼙	音同	徒紅反
人檀馭	音壇	徒蘭反
人狡猾	音絞	古咬反
飣餖	音豆	都勾反
不憤恨	音忿	房吻反
咀嚼	疾藥反	疾雀反

　　根據音注的同異情形，可將現存的五種寫本分成兩支：S.6204、
P.2058、P.3906同屬一支，而S.619、P.2717則另屬他支。五種寫本源
自兩個不同的底本，不同底本所標示的音注形式雖稍有歧異，但其所
反映的音韻系統卻是彼此相合的。

四、《字寶》在音韻研究上的價值

　　《字寶》具有高度的實用價值，故在當時曾廣受稱道。S.619、
S.6204、P.3906均附有讚詩四首，茲摘錄其中兩首於下：

> 墨寶三千三百餘，展開勝讀兩車書，
> 人間要字應來盡，呼作零金也不虛。（沉侍郎〈讚碎金〉）
> 一軸零書則未多，要來不得那人何，
> 從頭至尾無閑字，勝看真珠一百螺。（吏部郎中王建〈讚碎金〉）

　　隨著時空推移，《字寶》早已褪去昔日的實用色彩，但卻轉化成
今日探尋唐五代西北方言的重要語料。

　　《字寶》以口頭流傳的詞語爲輯錄的對象，因而不受傳統書面語讀音所局限，具有濃烈的地域性和通俗性，更能具體反映當時語言的實際樣貌。從以下幾項音韻特徵亦可見一斑：

　　1.《字寶》的反切用字與《切韻》系韻書多不相同。

　　《字寶》的反切用字根植在現實的語音基礎上，並非承襲《切韻》而來。劉燕文（1989：236）指出：「全書351個反切中只有24個與《切韻》反切用字完全相同，其餘的或上字不同，或下字不同，或上下字皆不同，顯而易見，《字寶》的注音不是根據《切韻》、《唐韻》、《廣韻》一系的韻書而作的。」

　　2.《字寶》的聲類、韻類與《切韻》音系差異頗大。

　　《字寶》音注中存有鼻音聲母和同部位塞音聲母互注的現象，如：“泥母與端、定母互注”、“明母與幫、滂母互注”，此種特殊的音韻規律正是方音特色的具體呈現，顯示出《字寶》具有濃郁的地域色彩，與《切韻》音系並非全然是直線相承。

　　3.《字寶》存有《切韻》音系所無的音段組合模式。

　　音韻系統的差異經常會展現在音段組合模式上，例如：國語音系不存在 [ki] 的組合模式（國語音系中舌根音只能配洪音），但在閩語音系中卻能存在。《字寶》音注中存有許多《切韻》音系所無的音段組合模式，如劉燕文（1989：236）所言：「中古音系照系無二等字，《字寶》的注音“支”、“之”都用作二等反切上字。來母字“力”《切韻》只切三等字，《字寶》裏卻多用來切一、四等字。」音段組合模式的差異，可說是《字寶》地域色彩的另一項表徵。

　　綜合以上幾點，可確認《字寶》音注反映九世紀初期敦煌地區的口語音系，呈現出濃烈的西北方音特色，與中原爲核心的北方方音有

所差異。

參、從音變常例看唐五代敦煌音系的發展

　　方言是語言地域變體，方言的形成乃是不同音變規律作用下的結果。歷史語言學家大多認定：同源的音系必定共同經歷某些音變規律，在此一基本前提之下，不難設想：儘管《俗務要名林》、《字寶》與《開蒙要訓》三種字書所代表的時間性、地域性、通俗性稍有差異❺，但畢竟三種寫本字書均曾在敦煌一地通行，勢必也曾共同經歷過某些音變規律。因此，若能抽繹出三種語料所展現的音變規律，並觀察各音變規律的先後次序及其相互關係，當可藉此勾勒出唐五代敦煌音系的共同演化軌跡；至於《字寶》所獨有的音變規律，則不妨暫時將其視爲次方言特色的具體展現。

　　歷來許多學者對於唐五代西北方音的擬構投注心力，至今已獲得可觀的成績。在本節中，筆者主要參考羅常培、慶谷壽信、吉田雅子、劉燕文、Coblin……等人的研究成果，以《字寶》音注爲考察的基點，上溯《俗務要名林》、下及《開蒙要訓》，暫時先排除個別的

---

❺　就成書時間的先後而言，依序爲：最早爲《俗務要名林》—約七世紀，其次是《字寶》—約九世紀初期，最後則是《開蒙要訓》—約在十世紀初期。若就其地域性、通俗性而言，《俗務要名林》、《開蒙要訓》雖是通俗字書，但其所標注的方音可能是當時通行的北方方言（若是純爲敦煌口語方音，則不需另行標音），故音系所涵括的地域範圍爲較廣；《字寶》專在收錄口語詞彙，受到此一編纂目的的制約，其所標注的方音應只限於敦煌一地，相對之下，音系所涵括的範圍較爲狹小。

例外現象，遵循著"方言區域史"（丁邦新，1992）的進路，觀察音變規律在不同共時音系上交互作用的情形，藉以察考七世紀至十世紀間，敦煌地區語音演化的概況。

以下分從聲母、韻母、聲調三方面加以解析（各表中以"+"表示音變規律存在，"-"表示音變規律不存在，若是無法判定則以"？"表示）：

一、聲母系統的音變規律：

音變規律	《俗務要名林》	《字寶》	《開蒙要訓》
1)全濁聲母清化	+	+	+
2)輕唇音分立	+	+	+
3)非、敷合流	-	？	+
4)鼻音與同部位塞音混	-	+	-
5)泥來不分	-	-	-
6)日母與娘母相混	-	+	+
7)知莊系或照莊系混同	-	+	+
8)于、以合流			

觀察三項語料共通的音變規律，可明顯地看出："濁音清化"與"輕唇音分立"實為唐五代西北方音的重要特徵。然而，濁音分化為全清聲母？或為次清聲母？在各語料中均呈現出無序的狀態，難以從中尋出規律。劉燕文（1989）則據此推論：西北方音正處於濁音清化的過程中❻。

---

❻　劉燕文（1989：240）指出：「某種語音開始發生變化時，往往會有一段混亂的階段，《字寶》和《開蒙要訓》的音注可能反映了這種混亂現象。故平仄聲的濁音都與全清、次清相通，後來才漸漸趨於統一。」

　　觀察《字寶》音注所反映的音變規律，當以 "鼻音聲母與同部位塞音混" 最能突顯敦煌一地的方音色彩，茲列舉數例於下：

被注字	《字寶》		《切韻》	
	音注	等呼/調/韻/聲	音注	等呼/調/韻/聲
1.手垂錘	乃我反	開一上哿泥	丁可切	開一上哿端
2.採疊	乃臥反	合一去過泥	都唾切	合一去過端
3.飣飿	乃定反	開四去迳泥	丁定反	開四去迳端
4.高嶁嵊	乃列反	開三入薛泥	徒結切	開四入屑定
5.扒截	抹/莫八反	開二入點明	博拔切	開二入點幫
6.白䮧出	莫卜反	合一入屋明	普木反	合一入屋滂
7.力擺撼	莫解反	開二上蟹明	比買切	開二上蟹幫
8.水奔湴	音貌	開二去效明	匹貌切	開二去效滂

　　該項深具敦煌當地色彩的音變規律，亦顯現在同時期漢藏對音的文獻語料中❼。因此，儘管《開蒙要訓》的注音並未顯示出鼻音聲母與同部位的塞音聲母相混，但羅常培（1933）仍依據漢藏對音，認爲《開蒙要訓》中具有一套帶鼻音性質的濁塞音—[mb]、[nd]、[ŋg]❽。

二、韻母系統的音變規律

---

❼　羅常培（1993）、高田時雄（1988）、Coblin, W.S.（1991、1992）依據漢藏對音的語料，考察唐五代西北方音音系，請自行可參看。

❽　羅常培（1933）以九、十世紀的敦煌寫卷爲本，根據現代文水、興縣、平陽三地的實際方音，並參酌漳州十五音中 "文"、"柳" 兩音的分合情形，爲唐五代西北方音擬構出一套帶鼻音性的濁塞音—[mb]、[nd]、[ŋg]。

音變規律	俗務要名林》	《字寶》	《開蒙要訓》
(9)東冬不分	＋	＋	＋
(10)支脂之微相混	＋	＋	＋
(11)一等重韻通用	＋	＋	＋
(12)二等重韻通用	＋	＋	＋
(13)三四等韻相混	＋	＋	＋
(14)通攝一三等有別	＋	＋	＋
(15)流攝唇音字轉入遇攝	＋	＋	＋
(16)庚 3 與蒸韻相混	－	＋	－

　　由上表可概略得知：唐五代西北方音的韻母系統大抵是遵循著中古漢語演化的常軌而漸次推移。《字寶》音注中，韻母系統所展現的音變規律與《俗務要名林》、《開蒙要訓》頗爲相似，地方色彩並不濃厚，而規律（16）也僅見“訒”字一例。

三、聲調系統的音變規律

音變規律	《俗務要名林》	《字寶》	《開蒙要訓》
(17)全濁上歸去	＋	＋	＋
(18)次濁上歸去	－	＋	＋

　　《字寶》與《開蒙要訓》全濁上聲、次濁上聲和去聲互注，顯現出唐末、五代西北方音已呈現“濁音變去”的演化趨向。

　　客觀比對三種異時語料所呈現的音變規律，自其同者觀之，可窺見唐五代西北方音的推移過程；自其異者觀之，可知個別語料所突顯的次方言特色。大抵言之，《俗務要名林》的音韻系統與《切韻》音系頗爲相近，展現出七世紀時整個北方方音的整體樣貌；而《字寶》、《開蒙要訓》方音色彩較爲濃厚，尤以《字寶》爲然。

　　據筆者觀察：《俗務要名林》與《字寶》所反映音系有著較大的

落差。換言之，爲何敦煌音系在七世紀至九世紀間產生較爲劇烈的變化呢？影響敦煌地區語音變異的因素爲何？筆者認爲：政治環境的改變或許是敦煌音系劇烈轉變的重要因素。因七世紀時，敦煌仍處於大唐帝國的勢力範圍，敦煌通行的語音自然與中原地區相近；而九世紀時，敦煌則已陷入吐蕃之手❾，在藏族政權的宰制之下，敦煌語音或許因此而沾染異族的色彩，從而顯現出較大的變異。

肆、試析《字寶》音變的例外現象

"音變具有規律性"無疑是歷史語言學極爲重要的基本準則。因爲唯有在"音變規律性"的前提之下，方能確立不同語音形式間的對應關係，進而構擬出早期的音韻系統，判定語言同源繫屬的關係。然而，語音演化非全然依循著"規律性"的原則，只要精細地剖析共時音系，便不難察覺：音系內部普遍存在著許多逸出音變規則的"剩餘"（residue）現象。既然語音演化具有規律性，爲何還會有"剩餘"現象產生呢？"剩餘"的形成具有多種可能性因素，若就微觀的角度而論，可能是音系內部潛藏著某些尚未被發掘的規律（許寶華、潘悟雲，1985）；也可能是不同音變規律競爭下所造成的結果（王士元，1969）；若就宏觀的角度來看，則可能是語音在現實的交際活動

---

❾　敦煌於唐德宗建中二年（A.D.781）陷入吐蕃之手，直到大中二年（A.D.848）張義潮領導人民起義，收復瓜、沙二州，敦煌方才重歸唐朝。《字寶》成書於九世紀初期，正值所謂"陷蕃時期"，敦煌與中原的往來受到阻絕，因此《字寶》音注何以與北方方音有較大的差異？應與時代背景有密切關係。

中，受到生理、心理、文化、社會……等變數制約所造成的變異。

　　因語言外在變數的制約所造成的"剩餘"，無法由音韻系統內部解釋成因，必須跳脫到不同的範疇之中，方能獲得合理的詮釋。何謂外在變數的制約呢？以"文化範疇"的制約為例，人類常不自覺地被籠罩在"語言魔力"之中，舉凡關涉到性、排泄、死亡、超自然力……等主題的語詞，經常被視為不可碰觸的禁忌（taboo），而假借其他的表達方式予以回避，例如："鳥"字（篠韻端母），若遵循音變常例應當讀同"屌"字，然而國語卻轉讀為"嬲"音（篠韻泥母）；又如："徙、璽"（紙韻心母）、"枲、葸"（止韻心母）若依音變常例則應讀如"死"字，國語卻轉讀為"洗"音（薺韻心母）。以上各例皆是藉由改變語音形式的方式來避免產生不雅、污穢的聯想，此乃文化傳統制約下的結果，普遍存在於漢語方言中。對於此種逸出演化常軌的語音變例，必得從文化範疇與音韻系統的接面入手，方能獲致合理的解答。

　　"剩餘"形式雖是音韻系統中少數的變例，但在音變理論的建構上卻具有重大的價值，不應視而不見、一筆帶過，當從音系外在的制約條件入手，嘗試解釋例外音變的成因。李榮（1994：161）深切地闡述探究音變例外的意義：

　　　　語音是變的。語音變化是有規律的。研究這種規律可以幫助我
　　　　們認識語言的現狀，了解語言的歷史。語言演變規律有些零碎
　　　　的例外。例外考驗規律。通過例外的分析研究，可以幫助我們
　　　　進一步掌握規律。

　　對於漢語音變規則例外的類型與成因，李榮（1965a）、平山久
雄（1993）……等學者已有的精闢析論❿。在下文中，筆者僅就觀察
所得，參酌前人言究的成果，從宏觀的角度著眼，觀察不同學科範疇
對於音韻系統的制約，嘗試解釋《字寶》例外音變形成的原因。

一、字形類化

　　漢字爲表意文字，字體本身無法直接顯現具體音讀。漢字的數目
如此繁多，而人類認知能力有其限度，如果逐字記誦字音則大腦勢必
難以負荷，於是先民便透過附加"聲符"的方式來標注字音，如此則
只須通曉常用的聲符便能以簡御繁，對於不識之字亦能以"由已知求
未知"的類推方式來推求字音，久而久之，"有邊讀邊，沒邊讀中
間"便成爲一種制約反應。然而，由於時空阻絕導致字形相同卻未必
同音，但在心理認知的制約反應的作用下，則可能會將字形相同（相
似）而字音不同的字誤讀爲同音，尤以冷僻、罕見之字爲然。

　　《字寶》多冷僻、罕見之字，某些字音與《切韻》音系對比，呈
現出不規則的對應關係，此或當是"字形類化"所致，茲將幾個可疑
的例證列舉如下：

---

❿　李榮（1965）指出造成語音演變例外的幾個因素：1.連音變化。2.感染作用。3.
　　回避同音字。4.字形的影響。5.誤解反切。6.方言借字。7.本字問題。平山久雄
　　（1993）在李氏的研究基礎上加以增補，另外又指出三項因素：8.本音問題。9.
　　通俗語源。10.輕讀。

被注字	《字寶》		《切韻》	
	音注	等呼/調/韻/聲	音注	等呼/調/韻/聲
1.人**嬿孅**	七兼反	開四平添清	一鹽切	開三A平鹽影
	七鹽反	開三平鹽清	息廉切	開三平鹽心
2.火**炶蓺**	音點	開四上忝端	胡甘切	開一平談匣
	如悦反	合三入薛日	如雪切	合三入薛日
3.麥**蟧蛀**	呼交反	開二平肴曉	渠幽切	開三平幽群
	音注	合三去遇照	之戌切	合三去遇照
4.相**誑譁**	呼架反	開二去禡曉	荒故切	合三去暮曉
5.腳**跲瞥**	音淚	合三去至來	勒没切	合一入没來
	音瞥	開四入屑滂	蒲結切	開四去屑並
6.**夥**語	音顆	合一上果溪	胡果切	合一上果匣

　　上表中以"粗黑體字"標示不規則的語音對應關係，其成因應是受"字形類化"的影響所造成的。其中2、5、6以"直音"注音較易察覺到"字形類化"；至於"嬿"（七鹽反）當是由"籤"（七廉切）類化而成，"炶"則是因字形與"點"相近而誤讀，"蟧"（呼交反）可能是由"嘐"（許交切）類化而來，"誑"（呼架反）當由"罅"（呼訝切）類化而來。

二、連讀音變

　　《字寶》收錄的口語詞彙爲多音節詞，在交際過程中詞語或因鄰近音節的影響而產生變異，如下所示：

被注字	《字寶》		《切韻》	
	音注	等呼/調/韻/聲	音注	等呼/調/韻/聲
物**坳突**	烏加反	開二平麻影	於交切	開二平肴影
	烏話反	合二去夬影	烏夬切	合二去夬影

　　《字寶》"坳"字爲"烏加切"（麻韻），《廣韻》則爲"於交切"（肴韻）。《字寶》例字中麻、肴兩韻多不相混，僅有此例混而不分，形成音變的例外現象。何以會產生此種例外？筆者認爲：可能是語素連讀的過程中，受到發音生理的制約所引起。"坳窏"一詞的中古音讀當爲〔ʔau#ʔua〕，當兩字連讀時打破原本音節的界限而成爲〔ʔauʔua〕，舌頭必須前後來回挪動，讀來詰詘聲牙，促使前一音節的合口音〔u〕因異化作用而失落，如此再經過音節結構重新分析之後，所可能輸出的語音形式是：〔ʔa#ʔua〕。如此，或可解釋《字寶》何以將"坳"字注爲"烏加切"〔ʔa〕的原因。

　　上文以字形類化與連讀音變爲例，分別闡釋認知心理與發音生理對於《字寶》語音形式所產生的制約。然而，影響語音形式的外在變數可能還有很多，加上《字寶》具有濃烈的通俗性與實用性，在眾人傳抄的過程之中難保沒有訛誤，故對於《字寶》呈現的若干音變例外尚未能全然釐清，只得留待日後再行探索。

伍、結　語

　　語言演變有其規律性，同源相承的音韻系統必定共同經歷過某些音變，若能釐清各個同源音系所蘊含的音變規律，並排列音變發生的先後次序，即可由此窺探音韻系統連續推移的動態歷程。

　　語言是交際活動與認知運作的主要媒介，在現實交際活動中，舉凡生理（如：發音器官的移動）、心理（如：認知的難易程度）、文化（語言的禁忌與避諱）、社會（如：詞彙使用頻率的高低）……等外在因素，均有可能對語音形式產生制約，從而衍生出音變規律所無

法籠罩的變例。筆者認爲：這些變例必得從不同的學科範疇中去探究成因，若只是一味強調語音演變的規律性而漠視少數的變例，則所求得的恐怕只是一個虛擬的理想狀態，無法貼近音韻系統的眞實樣貌。

現實的音韻結構並非絕對的完滿與對稱，在現實環境的制約之下，語音形式可能存有許多的殘缺、空白，如下圖所示：

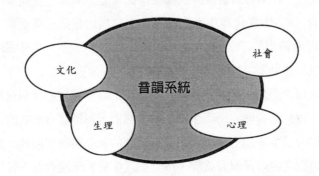

音韻研究除了從微觀的角度著眼，針對音韻系統內部（上圖陰影的部份）作詳盡的剖析之外，更應以開闊的宏觀視野，考察音韻系統與其他學科範疇的交互關係（上圖與音韻系統相交的空白部份）。但長久以來，漢語音韻研究者大多尊奉結構主義的理論，將音韻系統預設爲完滿無缺的結構，想以音變的規律性來涵括所有的語音形式，至於無法含括的變例或置之不理，或逕以前人記音不精確、傳抄訛誤…等理由來加以搪塞，如此是否有"削足適履"之嫌呢？頗值得深入思考。尤有謬者，將少數的"變例"誤認爲演化的"常例"，則所擬構出的音系想必是"失之毫釐，差以千里"，即如羅常培（1933：75）所言：

我們只能從（《開蒙要訓》）對音錯綜的地方窺見一點當時方音的概況；可是這些錯綜的注音裏還有些地方是當時人誤讀半邊字所致，不完全是當時實際的音變，如果把它們一律看待就不免拿類推的讀音淆亂方音的大系了。

本文以敦煌寫本《字寶》為研究的基點，根據音系的規律性與系統性的基本準則，藉由對比《字寶》、《俗務要名林》與《開蒙要訓》所呈現的音變規律，考察唐五代西北方音歷時推移的情形。此外，更留意音變常規所無法涵蓋的例外現象，採用功能主義語言學的論點，以開闊的視野關注音韻系統與心理、生理、文化……等範疇的接面，嘗試著挖掘"剩餘"形式產生的潛在原因，根據初步觀察的結果顯示：《字寶》音注所呈現的音變例外，部份是受到認知心理與發音生理的制約所造的。

傳統聲韻學研究以重構歷史音系為主要目的，經常忽略掉少數不合乎音變規律的字例，未能深入思索變例的成因及其現象背後所隱含的意義。功能主義語言學關注到語言結構與現實世界間的交互關係，它指引著我們去思考下列問題：音韻系統是否是任意、自主、自足的呢？現實環境中是否有某些因素會對語音形式的演變產生影響？語音演化既然是具有規律性，為何還會有產生"剩餘"的現象？在本文中筆者嘗試著解答這些疑惑，但因才學所限，疏漏之處必定不少，只得留待日後再行補足。

參 考 書 目

丁邦新

　　1992　〈漢語方言史和方言區域史研究〉，《中國境內語言暨語
　　言學研究》1：23-39

王士元

　　1969　〈競爭性演變是剩餘的原因〉，《語音學探微》：225-
　　251，北京：北京大學（石鋒　譯，1990）

王松木

　　1996　敦煌《俗務要名林》殘卷及其反切結構〉，第五屆國際暨
　　第14屆全國聲韻學研討會論文，新竹：新竹師院

[日]平山久雄

　　1993　〈中國語における音韻變化規則的例外〉，《東方學》85
　　輯：126-140

[日]吉田雅子

　　1983　〈敦煌寫本《開蒙要訓》にみられる音注字と廣韻との比
　　較〉，《東洋大學・大學紀要》20：149-166

　　1986　〈敦煌寫本《開蒙要訓》的音韻體系〉，《東洋大學・大
　　學紀要》23：226-242

朱鳳玉

　　1991　〈敦煌寫本「碎金」系字書初探〉，《第二屆敦煌學國際
　　研討會論文集》，台北：漢學研究

　　1994　〈敦煌文獻與字書〉，《靜宜人文學報》6：9-37

1995　〈敦煌文獻中的語文教材〉，《嘉義師院學報》9：449-
480

1996　〈論敦煌本《碎金》與唐五代詞彙〉，《潘石禪先生九秩
華誕敦煌學特刊》：565-580

吳其昱

？　　《敦煌漢文寫本概觀》，收錄爲《講座敦煌》(5)，日本：
大東文化大學

李如龍

1993　〈跳出漢字的魔方〉，《中國語文研究四十周年紀念文
集》：116-121

李　榮

1965a　〈語音演變規律的例外〉，《音韻存稿》：107-118

1965b　〈方言語音對應關係的例外〉，《音韻存稿》：127-134

1994　〈禁忌字舉例〉，《方言》3：161-169

沈鍾偉

1995　〈詞彙擴散理論〉，《漢語研究在海外》：31-47，北
京：北京語言學院（石鋒 編）

周祖謨

1984　〈唐五代的北方語音〉，《周祖謨學術論著自選集》：
311-327，北京：北京師範學院，1993

1988　〈敦煌唐本字書序錄〉，《周祖謨學術論著自選集》：
421-437，北京：北京師範學院，1993

[日]砂岡和子

1985　〈敦煌出土《字寶碎金》的語彙與字體〉，《中國語學》

233：130-137

徐通鏘

　　1991　《歷史語言學》，北京：商務

許寶華、潘悟雲

　　1985　〈不規則音變的潛語音條件——兼論見系和精組聲母從非
　　顎音到顎音的演變〉，《語言研究》（總第8期）：？

[日]高田時雄

　　1988　《敦煌資料による中國語史的研究－九、十世紀的河西方
　　言》，東京：創文社

劉燕文

　　1989　〈從敦煌寫本《字寶》的注音看晚唐五代西北方音〉，
　　《出土文獻研究續集》：236-252，北京：文物

　　1991　〈《集韻》與唐宋時期的俗字、俗語〉載《語言學論叢》
　　第16輯：222-228

[日]慶谷壽信

　　1976　〈敦煌出土的《俗務要名林》（資料篇）〉，《人文學
　　報》112：81-126，東京都立大學・文學部

　　1978　〈《俗務要名林》反切聲韻考〉，《人文學報》128：1-
　　59，東京都立大學・文學部

聶鴻音

　　1990　〈近古漢語北話的內部語音差異〉，《北京師大學報》增
　　刊：195-208

羅常培

　　1933　《唐五代西北方音》，上海：中研院史語所，1991（景印

臺一版）

Biq, Yung-O（畢永峨）, James Tai（戴浩一） and Sandra Thompson

1996 "Recent developments in functional approaches to Chinese." in C.-T. James Huang and Y.-H. Audrey Li (eds.) , *New horizons in Chinese Linguistics.* Kluwer Academic Publishers, pp.97-140.

Coblin, W. South（柯蔚南）,

1991 Studies in Old Northwest Chinese. *Journal of Chinese Linguistics* Monograph No.4.

1992 "Comparative studies on some Tang-Time dialects of Shazhou" *Monumenta Serica* vol.40, pp.269-361

Bybee, Jhon L.

1994 "A view of phonology from a cognitive and functional perspective." *Congnitive Linguistics*, vol.5-4, pp.285-305.

〈辯四聲輕清重濁法〉之
音韻現象平議

楊素姿

壹、前　言

　　《廣韻》篇末所附〈辯四聲輕清重濁法〉（以下簡稱〈辯輕重法〉），不知爲何人所做，羅常培〈中國音韻沿革講義論清濁〉以聲母之帶音不帶音作爲清濁分別的標準，發現〈辯輕重法〉中所謂的清濁與後代以聲母的清濁爲主的觀念是格格不入的，因而被視爲「悠謬不可究詰」。直到唐蘭轉從韻母的清濁來觀察，始從中看出一些條理來，以爲「原作是有深意的」。當中雖有字序混亂、配對不整齊的情形，但經過整理卻可見其以「輕清」、「重濁」表現各種音韻對立的現象。唐氏從中觀察到〈辯輕重法〉中有些字例清濁相對甚爲整齊的現象，如平聲下輕清首行列清仙砧孃綿朝紬七字，重濁首行列青先針瓢眠昭誳七字正相對，進而改動某些字序之後所得之輕清重濁對照表，對後來的學者如黃典誠、平山久雄等人深有啓發，他們除了在唐氏的基礎上嘗試增補空缺之處，也從中發現了一些特殊的音韻現象。這些增補頗具意義，黃氏以爲透過〈辯輕重法〉清濁對立的現象，能

夠幫助我們明白上古一個韻部何以到中古會分為四等的問題，無疑是等韻學的濫觴。❶不過，黃氏既主張〈辯輕重法〉的時代與王仁煦《刊謬補缺切韻》差不多，一方面卻採用時代性較晚的《廣韻》切語以為增補，如此一來似乎忽略了原始材料，而所得之結果也就值得再討論了。相較之下，平山氏對原始材料顯得較為尊重，但是增補所得幫組和照組這二套屬於不同範疇的聲母，竟然形成輕重對立現象，則未免令人懷疑，因為所見中古時期的語料並未透露任何幫照二母對立的訊息，可見增補有時也會產生主觀認定的缺失。

那麼，根據〈辯輕重法〉的原始面貌，歸納字次規律或不規律對立的字例，以觀察其語音相同或相近的音韻現象，應屬較為客觀的研究， 孔仲溫師〈辯輕重法的音韻現象〉一文即是。但未能結合等韻學的觀念進行深入探究，則不免可惜。所以本文撰寫的目的在於綜合諸說之長，避免主觀地來對原始材料作客觀的歸納。研究方式是先挑出當中字次對立的例字，分析其聲母、韻類、開合、等第，從中尋出規律之後，嘗試復原字次沒有對立之處，再對其音韻現象做一全面的研究。此外，由於作者不詳，因而其來源以及時代性難免爭議，在平山久雄、黃典誠、 孔師仲溫諸位先生的努力之下，雖已有初步的結果，但當中仍有異同。本文既定以平議之名，對於這些猶未獲得定論的問題，自然也應努力嘗試解決。以下首先要討論的就是關於〈辯輕重法〉的來源及時代問題。

---

❶　參見黃氏〈試論辯四聲輕清重濁法與等韻的關係〉（以下簡稱〈辯輕重法與等韻的關係〉），p69-70。

貳、〈辯輕重法〉的來源及時代問題平議

一、〈辯輕重法〉的來源

唐蘭〈論唐末以前的「輕重」和「清濁」〉一文以爲〈辯輕重法〉「所用反切和切韻系統很有異同，支脂之不分，梗耿不分，霽祭不分，廢隊不分，可見是切韻系統以外的韻書抄來的」，❷後來學者如黃典誠及平山久雄等皆不表贊同。黃氏以爲「就所用切語稱『反』一點而言，它的時代大約和王仁煦的《刊謬補缺切韻》差不多。」至於支脂之混用的現象則是由於後人「傳鈔之誤」所致。❸平山氏則以爲〈辯輕重法〉的反切與《宋跋本王韻》的反切接近。❹孔師以爲從〈辯輕重法〉的切語言反不言切，並且其切語較近於《宋跋本王韻》，韻次則接近《項跋本王韻》看來，此當爲宋以前的作品。❺就當中某些韻部混用的情形來說，唐氏據此而將〈辯輕重法〉排除於切韻系統之外，恐怕有欠周詳。我們透過《廣韻》在韻目之下所標「同

---

❷　參見該文p8。

❸　參見黃氏〈辯輕重法與等韻的關係〉一文，pp63，pp69。

❹　參見平山氏〈辯四聲輕重濁法失落字項復原嘗試〉（簡稱〈辯輕重法復原嘗試〉），pp316-317。

❺　參見孔仲溫先生〈辯四聲輕清重濁法的音韻現象〉（以下簡稱〈辯輕重法的音韻現象〉），p313-317。其所謂韻次接近《項跋本王韻》，是透過與《項跋本王韻》韻部排比所得的結果。由於《項跋本王韻》韻部的排列，在唐宋諸韻書中算是特別的，而今〈辯輕重法〉上平聲、下平聲例字所屬的韻部，又與其特殊的列置，有某些程度的相同，所以說〈辯輕重法〉所根據的韻書系統與《項跋本王韻》十分地接近。

用」、「獨用」之例，也可看出一些端倪。《廣韻》上平聲支韻韻目下標以「脂之」同用、上聲梗韻韻目下標以「耿靜同用」、去聲霽韻韻目下標以「祭同用」，實際上也等於說明了支脂之、梗耿、霽祭各韻之間有某種程度的關係。若按照唐氏的說法，是否也應該將《廣韻》排除於切韻系統之外？因此，〈辯輕重法〉應屬於切韻系統之下，當無疑問。

二、〈辯輕重法〉的時代

　　歷代有幸流傳下來的語料，部分對於其時代有明白交待，部分則時代湮滅不詳，這些時代不詳的語料，往往造成運用或研究上的不便。這個問題，潘重規《瀛涯敦煌韻輯新編》嘗提出具體的解決辦法，他說：

> 凡文字切音，皆稱爲反，此在唐人寫本韻書莫不皆然，唐以後則否。❻

事實上就是一種以切音稱「反」、「切」作爲斷代的依據。黃氏〈辯輕重法與等韻的關係〉指出：

> 就所用切語稱「反」一點而言，它的時代性大約和王仁煦《刊謬補缺切韻》差不多。❼

---

❻　參見《瀛涯敦煌韻輯新編》中〈瀛涯敦煌韻輯別錄〉，p83。

❼　參見該文pp63。

孔師〈辯輕重法的音韻現象〉也說：

> 今〈辯法〉例字下的音切，幾乎都是稱作「反」，只有在去聲
> 重濁裡的「眷」字下作「几倦切」爲例外，個人以爲這恐怕是
> 宋人收錄於《廣韻》之後，一時失察而易「反」爲「切」結
> 果，並不影響其撰成於宋以前的推論。

這個說法較黃氏明確地界定其時代乃在「宋以前」。平山氏〈辯輕重
法復原嘗試〉則從避諱的角度來談，他說：

> 〈辯輕重法〉的反切不避唐玄宗的名諱隆基中的「隆」（平上
> 重濁10「風，方隆」，《廣韻》作方戎），也不避和「基」同音的
> 「機」（平上重濁17「衣，於機」，《廣韻》作「於希」），這亦可算
> 〈辯輕重法〉反切的依據爲早期韻書的佐證，可見〈辯輕重
> 法〉的來源是相當久遠的。

平山氏此說似乎把〈辯輕重法〉的來源往上推得更早了，甚至早於唐
玄宗的時代。筆者以爲觀察避諱的情形也是很好的斷代方式，不過，
單純地以〈辯輕重法〉中不避「隆」「機」二字，而《廣韻》中避
「隆」「機」易爲「戎」「希」，就把〈辯輕重法〉的來源提早於唐
玄宗時期，恐怕值得商榷。史官劉知幾（字子玄）著《史通》，唐人
則稱劉子玄著《史通》。至清代「劉子玄」之「玄」字又觸清聖祖
（康熙）玄燁名諱，故清人復稱「劉知幾」，而提到劉知幾的字時則
稱「劉子元」。由此可見某個時期所避的諱，並不代表長此以往都將

避此諱，隨著朝代更迭，前朝所避之諱，到後代是可能恢復原貌的。那麼，〈辯輕重法〉不避「隆」「機」二字是否就是當中曾經經過「恢復」的過程，也是說不定的。唐蘭認爲〈辯輕重法〉把知徹澄娘和照穿禪日論清濁，又把神和禪，從和邪分清濁，在脣音裡把非和敷分清濁的分法一定還在五音清濁之前，因爲唐德宗時入唐的空海，所著〈文鏡秘府論調聲篇〉中所謂：「莊字全輕，霜字輕中重，瘡字重中輕，床字全重」，和後來五音清濁的說法較接近。可見〈辯輕重法〉恐怕還在貞元以前，只不過從宋以來，這批材料一直被埋沒了。❽雖然平山氏推得的時代與唐氏相近，不過，唐氏拿〈辯輕重法〉與晚出的五音清濁之說做一比較，所得之結果毋寧是較可信的。

總之，〈辯輕重法〉的時代定在宋以前是毫無疑問的，必欲往前推之，則唐氏所以爲在「貞元」以前的說法也可聊備一說。

參、〈辯輕重法〉字項之復原平議

唐蘭首先看出〈辯輕重法〉「原作是有深意的」，同時又發現當中錯亂很多，如平聲下輕清第八字是幽，重濁則第十一字才是憂之類。爲了顯示清輕重濁對照的緣故，於是在次序上做了某些移動，一共得出了62組對列的反語，也從中歸納出一些條理來。茲迻錄如下，惟當中某些條例所列例子太多，只取其一供作說明。

一、從韻的等呼來分別的

---

❽　參見〈論唐末以前的「輕重」和「清濁」〉，p15。

　　a、同是一等韻的，如弘清洪濁，宋清送濁，可見登和冬的元音較東韻前。又如替濟兩字清，態再兩字濁，也可以知道齊薺霽在咍海代前，所以後來齊薺霽會變成了四等。

　　b、同是二等韻的，梗杏清，耿幸濁，快清，蒯濁。

　　c、同是三等韻的，支脂之常不分，但是支脂總是清韻，之微總是濁韻，豕和始，美和尾，旨和止，魅和味，至和志，四和伺等都是。起清豈濁，又以之對微。至於微清眉濁，似乎是錯倒的。免清晚濁，獮韻元音當然在阮之前。

　　d、三等一韻內開合不同，如鄰清淪濁，羌清匡濁，那就開輕清合重濁了。

二、從韻的等來分別的

　　a、二等對一等，二清而一濁，如：降，杭。

　　b、三等對二等，三清而二濁，如：皿，猛。

　　c、四等對三等，四清而三濁，如：禋，殷。

　　d、四等對一等，四清而一濁，如：清，青。

三、從聲的清濁來看

　　a、珍，眞；砧，針；朝，昭；是知清照濁。

　　　　椿，春；是徹清穿濁。

　　　　陳，辰；紬，訕；是澄清禪濁。

　　　　孃，甂；是娘清日濁。

　　這是用知徹澄娘對照穿禪日。氏㖒兩字，又可以表示禪清神濁。

　　b、從邪二母，以從清邪濁為主，像：從，松。

　　c、非敷二母，又是敷清非濁，如：孚，夫。

　　以上各條其實已將〈辯輕重法〉中對列之切語孰輕孰濁的條件大致說清楚了，只不過還有些情形可以補充說明。如一的b項，其實可以說是庚清耕濁，其中庚韻主要元音爲〔a〕，耕韻主要元音爲〔ɐ〕，❾可見主要元音較前者爲清，較後者爲濁。和一的a項登清東濁、冬清東濁的情形可以結合起來看，就是主元音舌位較前較高者爲輕清，主元音舌位較低者爲重濁。或者說凡是清濁對立的條件在於韻者，都適用這樣的規律。

　　有了這些清楚的條理，我們就可以對黃典誠和平山久雄二位先生增補所得的結果進行一般討論。兩位先生增補的情形有所不同，以下列表比較之。❿

---

❾　本文擬音是依據邵榮芬《切韻研究》。

❿　本表主要針對黃典誠、平山久雄二位先生所增補者進行比較。二人增補的依據各有不同，黃氏的依據是《廣韻》，平山氏的依據則是《宋跋本切韻》，因此即使所補爲相同的字例，但反語有時卻不同。儘管如此，只要不影響到聲韻及開合等第，則不列入本表。如平聲上輕清「龜」字，二氏均補以「歸」字以爲對立的重濁字，一作「俱韋反」，一作「舉韋反」反切上字俱、舉同屬見母字，並不影響聲韻及開合等第，因此不列入本表。此外，還有一種情形就是所補雖爲不同字例，但亦同樣不影響其聲韻及開合等第者，本表亦不收。如平聲上輕清「員」字，平山氏補其對立的重濁字作「袁，韋元反」，黃氏補作「園，雨元反」，上字韋、雨均屬爲母，亦不影響其聲韻開合等第，因此也不收。

〈辯四聲輕清重濁法字例增補比較表〉

序號	黃典誠				平山久雄			
	輕清		重濁		輕清		重濁	
1	家古牙反	麻平開二見	姑古胡反	模平合一見	家古牙反	麻平開二見	佳古膎反	佳平開二見
2	施式支反	支平開三審	尸式脂反	脂平開三審	施式支反	支平開三審	詩書之反	之平開三審
3	株陟輸反	虞平合三知	朱章俱反	虞平合三照	株陟輸反	虞平合三知	朱之余反	魚平開三照
4	耆渠脂反	脂平開三群	其巨之反	之平開三群	奇渠羈反	支平合三群	其巨之反	之平開三群
5	牟莫浮反	尤平開三明	無武夫反	虞平合三微	模莫胡反	模平合一明	無武夫反	虞平合三微
6	箋則前反	先平開四精	煎子仙反	仙平開三精	箋則前反	先平開四精		
7	愆去乾反	仙平開三溪	牽苦堅反	先平開四溪	愆去乾反	仙平開三溪	攐丘言反	元平開三溪
8	傾去營反	清平合四溪	坰欽熒反	青平合四溪	傾去營反	清平合四溪		
9	璿似緣反	仙平合三邪	沿與專反	仙平合三喻	璿似緣反	仙平合三邪	泉聚緣反	仙平合三從
10	錢昨仙反	仙平合三從	泉聚緣反	仙平合三從				
11					延以然反	仙平開三喻	鉛與專反	仙平合三喻
12	炅久永反	庚上合四見	礦古猛反	庚上合二見	炅久永反	庚上合四見	憬舉永反	庚上合三見
13	邇兒氏反	支上開三日	狔女氏反	支上開三娘	邇兒氏反	支上開三日	耳而止反	之上開三日
14	盡詞忍反	眞上開三邪	引余軫反	眞上開三喻			引於軫反	眞上開三影
15			雨于矩反	虞上合三爲			雨于矩反	虞上合三爲
16	紫將此反	支上合三精	姊將几反	脂上開三精			姊將己反	之上開三精
17	避婢義反	支去開四並	被平義反	支去開三並	避婢義反	支去開四並	瑞是偽反	支去合三禪
18	譬匹義反	支去開四滂	帔披義反	支去開三滂	譬匹義反	支去開四滂	吹尺偽反	支去合三穿
19	臂卑義反	支去開四幫	賁彼義反	支去開三幫	臂卑義反	支去開四幫	惴之睡反	支去合三照
20	弊毗計反	祭去開四並	佩蒲昧反	灰去合一並	弊毗計反	祭去開四並	誓時制反	祭去開三禪
21	猭丑戀反	仙去合三徹	釧川絹反	仙去合三穿	匹扇反	仙去開四滂	釧川絹反	仙去合三穿
22	匹譬吉反	眞入開四滂	拂普密反	眞入開三滂	匹譬吉反	眞入開四滂	出赤律反	諄入合三穿
23	必卑吉反	眞入開四幫	筆鄙密反	眞入開三幫	必卑吉反	眞入開四幫	質之日反	眞入開三照

24	穴胡決反	先入合四匣	抗于筆反	眞入開三匣	穴胡決反	先入合四匣	越王伐反	元入合三為
25	洪古穴反	先入合四見	桔居聿反	諄入合三見	洪古穴反	先入合四見	厥居月反	元入合三見
26	薛思列反	仙入開三心	雪相絕反	仙入合三心	薛思列反	仙入開三心	設識別反	仙入開三審
27	悉息七反	眞入開三心	恤辛聿反	諄入合三心	悉息七反	眞入開三心	失識質反	眞入開三審
28	擲雉戟反	清入開三澄	射食亦反	清入開三神	擲雉戟反	清入開三澄	石常尺反	清入開三禪
29	黜丑律反	諄入合三徹	出尺律反	諄入合三穿	䰐譬吉反	眞入開四幫	出赤律反	諄入合三昌

＊上表中刷黑部分爲二氏所未增補的部分＊

　　根據上表所列之異同，本文按序號作如下的討論：

　　1.序號1黃氏所補雖合於「二等輕清，一等重濁」之例，然〈辯輕重法〉中「開輕清合重濁」的情形常只出現在三等韻中。平山氏所補麻〔a〕輕清，佳〔æ〕重濁能合於「主元音舌位較前較高者爲輕清，主元音舌位較低者爲重濁」。

　　2.序號2平山氏所補較合於唐氏「支脂總是清韻，之微總是濁韻」的說法。

　　3.序號3〈辯輕重法〉中平聲上重濁第七「生」字爲「朱」字之形訛，孔師辨之已詳。其音義據黎庶昌古逸叢書本《廣韻》校勘作「之余反，朱赤也。」筆者以爲〈辯輕重法〉的來源既接近〈宋跋本王韻〉，則所用反語亦當據宋跋本爲是。龍宇純《唐寫全王本王仁煦刊謬補缺切韻校箋》把「朱」字讀作「止俱反」，則黃氏作「章俱反」較近於是，且合於「知組輕清，照組重濁」之例。

　　4.序號4二氏所補均合於「支脂清，之微濁」之例。

　　5.序號5平山氏所補雖合於「明清微濁」之例，然〈辯輕重法〉未見「一等輕清，三等重濁」之例。黃氏所補韻母尤〔uə〕輕清，虞〔o〕重濁，雖合於「主元音舌位較前較高者爲輕清，主元音舌位較

低者爲重濁」之例，然遍查唐宋人用韻未見有尤虞合韻的情形，恐怕亦應闕如。以下序號15亦如是。

6.序號6平山氏沒有增補。黃氏則將原本列在輕清項下的「箋」字，移置「重濁」之下，並補「煎，子仙反」以爲與之對立的輕清。實則二例無須顛倒，即「箋」屬輕清，「煎」屬重濁，已合於「四等輕清，三等重濁」之例。黃氏所以移置的目的，則是爲了能合於其所立「三開輕清，四開重濁」；「四合輕清，三合重濁」的條例。不過，這個條例到了黃氏「關於重紐之辨」項下，又混淆了，因爲從中我們可以看到不少「四開輕清，三開重濁」的例子。如「避婢義反」（支去開四並）爲輕清，「被平義反」（支去開三並）爲重濁。

7.序號7黃氏所補不合於「四等輕清，三等重濁」之例。平山氏所補仙〔æ〕輕清，元〔ɐ〕重濁，合於「主元音舌位較前較高者爲輕清，主元音舌位較低者爲重濁」。

8.序號8平山氏無所增補。黃氏補「焆，欽熒反」與「傾，去營反」對立。「焆」字宋跋本與《廣韻》皆作「古螢反」，則黃氏此切語不知所據何來。故此處應如平山氏持「闕如」的態度。

9.序號9、10平山氏與唐蘭均認爲「璿」和「泉」是可以對立的。不過，二字的清濁位置應該顛倒，即「泉」清「璿」濁。至於黃氏分別補成「璿」清「沿」濁、「錢」清「泉」濁二組對立，則是未必。

10.序號11黃氏無所增補。平山氏所補則合於「開輕清合重濁」之例。

11.序號12平山氏所補較合於「四等輕清，三等重濁」之例。

12.序號13黃氏所補與「娘清日濁」之例不合。平山氏所補則合於

「支清之濁」之例。

　　13.序號14平山氏無所增補,黃氏所補「邪清喻濁」屬孤證,論據似不足,然據宋跋本改引字的切語作「余軫反」則甚。而本文以爲原列於重濁項下的引字應移置輕清項下,再擬以尹余准反與之對立,形成「眞清諄濁」的對立,與表中其他眞諄對立的例子吻合。

　　14.序號16黃氏將原來屬於上聲重濁的「姊,將己反」改作「姊,將几反」,其實脂韻字卻以之韻字作爲切語下字,正可以顯示「辯輕重法」脂之混用的現象,並無須改易。不過,黃氏所補「紫,將此反」,做爲與「姊,將己反」對立的輕清,雖合於「支清之濁」之例,卻不合於「開輕清合重濁」之例,此處宜闕如。

　　15.序號17-19,22,23是黃氏和平山氏差異最大之處。黃氏所補避:被,譬:帔,臂:拂,匹:拂,必:筆等五組對立,⓫形成了重紐四等和三等的對立,即「重四輕清,重三重濁」。此舉很有見地。未增補前,〈辯輕重法〉中某些清濁對立的例子已反映這種現象。如去聲絹吉面反:眷几倦反,妙彌照反:廟苗召反,入聲一於質反:乙於筆反等,這些例子正出現在一般學者所認爲產生重紐之三等韻支、脂、眞、諄、祭、仙、宵、侵、鹽諸韻之中。更何況,〈辯輕重法〉去聲輕清下避、譬、臂三字一列順序排下,與等韻圖做一比對,我們發現這不是偶然的,茲列韻圖中的相關部分以爲參考。⓬

⓫　　其實還有兩組是平山氏和黃氏所補一致的,因此本表未列入。這兩組是平聲上翹
　　　渠遙反:喬巨嬌反,入聲一於質反:乙於筆反。

⓬　　節錄自 孔師《韻鏡研究》,p115。

開合	部位	韻目	支		紙		寘	
開	脣	聲紐\等第	三	四	三	四	三	四
		幫	陂 彼爲	卑 府移	彼 甫委	俾 并弭	賁 彼義	臂 卑義
		滂	鈹 敷羈	跛 匹支	破 匹靡	諀 匹婢	帔 披義	譬 匹賜
		並	皮 符羈	陴 符支	被 皮彼	婢 便婢	髲 平義	避 毗義
		明	麋 靡爲	彌 武移	靡 文彼	弭 綿婢	縻 靡爲	

　　黃氏所補三組正可以和上圖中寘韻下的三組重紐字完全對應。如此一來，輕清重濁之說對於歷來爭論不休的重紐三、四等之辨，也能提供另一思考層面。

　　平山氏刻意將上述五組擬作幫組四等和照組的對立，進而認爲「這兩組聲母音色能意外地相近」。[13]這兩組屬於不同範疇的聲母，如何能形成輕重相對的呢？平山氏是以顎化作用來解釋，幫組四等由於帶有強度顎化，使得它帶有舌面前塞擦音〔tɕ〕、〔dʑ〕的音色，而顎化越強，這種音色就越占優勢，脣塞成分卻會相對變弱，並拿越南漢字音的例子以證成己說。顎化作用能夠強化到何種程度，而使得幫組四等的脣塞成分弱於舌面前塞擦音，是不易測知的。再者，域外方音雖可以提供證明，但也只能算是輔證罷了，直接證據還是應該從中古漢語語料中取得，而我們從中卻找不到任何有利的例證，可見平山氏的說法難以成立。此外，我們歸納平山氏所列各種影響輕清重濁的因素，發現這五組的清濁對應是等＋聲＝聲，如輕清避婢義（支去開四並）和重濁瑞是偽（支去合三禪），形成清濁對立的條件是「四並」對「禪」，這樣的對立條件是令人難以想像的。

---

[13]　　參見〈辯輕重法復原嘗試〉，pp316。

16.序號20平山氏所擬弊清誓濁的對立，合於「四等輕清，三等重濁」之例。

17.序號21黃氏所補合於「知清照濁」之例。

18.序號24黃氏所補不合於「開輕清合重濁」之例。「匣清爲濁」是平山氏增補後所得到的結果。此處穴、越二字的輕濁對立正是其一，其餘還有去聲輕清縣玄絢（先去合四匣）對重濁遠于方反（元去合三爲）、輕清惠胡桂（齊去合四匣）對重濁衛羽劌（祭去合三爲）。

19.序號25黃氏與平山氏所補均合於「四等輕清，三等重濁」之例，似可兩存之。

20.序號26黃氏所補合於「開輕清合重濁」之例，平山氏所補則合於「精組輕清，照組重濁」之例。似可兩存之。

21.序號27黃氏所補較合於「開輕清合重濁」之例。而平山氏所補則形成一種「精系輕清，照系重濁」的情形，不過，隋唐以來至於宋均未見精照二系混用的現象，故以黃氏所補爲佳。

22.序號28二氏所補均合於「知組輕清，照組重濁」之例，惟黃氏所擬以澄對神，較平山氏以澄對禪尤爲整齊。

23.序號29平山氏無所補。黃氏所補則合於「知組輕清，照組重濁」之例。

綜合以上的討論，我們也可以得到一份〈辯輕重法〉字項輕濁對照表，茲列示如下。❶

---

❶ 本表對於黃氏與平山氏所增補差異不大者，採平山氏的說法，因爲平山氏增補的依據是《宋跋本王韻》。而表中標以（ ）者，表增補的部分。

〈辯四聲輕清重濁法復原表〉

平聲上					
輕清	重濁	輕清	重濁	輕清	重濁
1璏將鄰反 眞平開三精	(遵將倫反) 諄平合三精	2珍陟遴反 眞平開三知	2眞只人反 眞平開三照	3陳直鄰反 眞平開三澄	3辰食鄰反 眞平開三神
4椿敕倫反 諄平合三徹	4春昌倫反 諄平合三穿	5弘戶肱反 登平合一匣	5洪戶公反 東平合一匣	6龜居追反 脂平合三見	(歸俱韋反) 微平合三見
7員王權反 仙平合三爲	(袁韋元反) 元平合三爲	8禋於鄰反 眞平開四影	8殷於斤反 殷平開三影	9孚撫夫反 虞平合三敷	13夫甫于反 虞平合三非
10鄰力珍反 眞平開三來	9倫力迍反 諄平合三來	11從疾容反 鍾平合三從	11松詳容反 鍾平合三邪	12峰敷容反 鍾平合三敷	10風方隆反 東平合三非
13江古雙反 江平開二見	(剛古郎反) 唐平開一匣	14降下江反 江平開二匣	16杭戶郎反 唐平開一匣	15妃芳非反 微平合三敷	12飛匪肥反 微平合三非
16伊於之反 脂平開三影	17衣於機反 微平開三影	18眉武悲反 脂平開三明	17微無非反 微平合三微	18家古牙反 麻平開二見	(佳古膎反) 佳平開二見
19施式支反 支平開三審	(詩書之反) 之平開三審	20民彌鄰反 眞平開三明	20文武分反 文平開三微	(彤徒冬反) 多平合一定	21同徒紅反 東平合一定⑮
(脂旨夷反) 脂平開三照	1之職而反 之平開三照	(屯陟倫反) 諄平合三知	6諄章倫反 諄平合三照	(株陟輸反) 虞平合三知	7朱止俱反 虞平合三照⑯
(芬撫云反) 文平合三敷	14分府文反 文平合三非	(奇渠羈反) 支平合三群	15其巨之反 之平開三群		19無武夫反 虞平合三微
(龐蒲江反) 江平開二並	21傍步光反 唐平合一並				

---

⑮ 依去聲「宋」輕清,「送」重濁成例,此處「同」字宜改列重濁。

⑯ 此切語據《宋跋本王韻》改。

平聲下					
輕清	重濁	輕清	重濁	輕清	重濁
1清七情反 清平開三清	1青倉經反 青平開四清	2仙相然反 仙平開三心	2先蘇前反 先平開四心	3砧知林反 侵平開三知	3針職姪反 侵平開三照
4孃女良反 陽平開三娘	4䠓汝羊反 陽平開三日	5綿彌鞭反 仙平開四明	5眠莫邊反 先平開四明	6朝知遙反 宵平開三知	6昭止遙反 宵平開三照
7紬直流反 尤平開三澄	7訓市州反 尤平開三禪	8幽於虯反 幽平開四影	11憂於牛反 尤平開三影	9牆疾羊反 陽平開三從	9詳似羊反 陽平開三邪
10箋則前反 先平開四精	（煎子仙反） 仙平開三精	11悛去乾反 仙平開三溪	（攑丘言反） 元平開三溪	12衫所銜反❼ 銜平開二疏	14三蘇甘反 談平開一心
13名武並反 清平開四明	15明武兵反 庚平開三明	14并補縈反 清平開四幫	16兵補榮反 庚平開三幫	15輕去盈反 清平開四溪	17卿去京反 庚平開三溪
16傾去營反 清平合四溪		17徼古堯反 蕭平開四見	18嬌舉喬反 宵平開三見	18翹渠遙反 宵平開三群	（喬奇驕反） 宵平開三群
19泉聚緣反 仙平合三從	19璿似緣反 仙平合三邪	20晴疾精反 清平開三從	20餳徐盈反 清平開三邪	21羌去羊反 陽平開三溪	21匡去王反 陽平合三溪
（鐉丑專反） 仙平合三徹	8川昌專反 仙平合三穿	（芳敷方反） 陽平開三敷	10坊府良反 陽平開三非	（邅張連反） 仙平開三知	12氈諸延反 仙平開三照
（延以然反） 仙平開四喻	13鉛與專反 仙平合三喻				

上聲					
輕清	重濁	輕清	重濁	輕清	重濁
1丑敕柳反 尤上開三徹	（醜處久反） 尤上開三穿	2餅必茗反 清上開四幫	（丙兵永反） 庚上開三幫	3冢知勇反 鍾上合三知	（腫之隴反） 鍾上合三照
4煼昌狡反 肴上開二穿	（草七掃反） 豪上開一清	5昶敕兩反 陽上開三徹	（敞昌兩反） 陽上開三穿	6丈直兩反 陽上開三澄	（上時掌反） 陽上開三禪

---

❼　原作「所從反」似有誤，今據黃氏、平山氏改作「所銜反」。

輕清	重濁	輕清	重濁	輕清	重濁
7炅久永反 青上合四見	(憬舉永反) 庚上合三見	8豕式視反 支上開三審	15始詩止反 之上開三審	9鄙方美反 脂上開三幫	5比卑里反 之上開三幫
10邇兒氏反 支上開三日	(耳而止反) 之上開三日	11敢古覽反 談上開一見	(感古禫反) 覃上開一見	12梗古杏反 庚上開二見	11耿古幸反 耕上開二見
13皿武永反 庚上開三明	13猛莫幸反 庚上開二明	14起墟里反 之上開三溪	16豈氣幾反 微上開三溪	15美無鄙反 脂上開三明	4尾無匪反 微上開三微
16緊居忍反 眞上開三見	6謹居隱反 殷上開三見	17畎古泫反 先上合四見	8卷居轉反 仙上合三見	18免無兗反 仙上開三明	9晚無遠反 元上合三微
19杏何梗反 庚上開二匣	12幸何耿反 耕上開二匣	20氏匙止反 支上開三禪	14瓵神旨反 支上開三神	21旨職雉反 脂上開三照	19止諸市反 之上開三照
(撫孚武反) 虞上合三敷	1甫方主反 虞上合三非	2引余軫反 眞上開三喻	(尹余准反) 諄上合三喻	(謂私呂反) 魚上開三心	3鼠舒呂反 魚上開三審
(女尼與反) 魚上開三娘	7汝如與反 魚上開三日		10雨于矩反 虞上合三為	(髾芳兩反) 陽上開三敷	17倣方兩反 陽上開三非
(履力几反) 脂上開三來	19里良己反 之上開三來		20姊將几反 脂上開三精		21柿鋤里反 之上開三床
去聲					
輕清	重濁	輕清	重濁	輕清	重濁
1魅美秘反 脂去開三明	1味無沸反 微去合三微	2快苦夬反 夬去合二溪	2蒯苦壞反 皆去合二溪	3避婢義反 支去開四並	(被平義反)⑱ 支去開三並
4譬匹義反 支去開四滂	(帔披義反) 支去開三幫	5臂卑義反 支去開四幫	(賁彼義反) 支去開三幫	6赴撫遇反 虞去合三敷	6賦府遇反 虞去合三非
7惠胡桂反 齊去合四匣	7衛羽制反 祭去合三為	9肺芳昧反 廢去合三敷	9廢方袂反 廢去合三非	10浚私閏反 諄去合三心	10舜舒閏反 諄去合三審
11絹古面反 仙去合四見	11眷几倦反 仙去合三見	12宋蘇統反 多去合一心	12送蘇弄反 東去合一心	13壞懷怪反 皆去合二匣	13會胡外反 泰去合一匣

⑱　宋跋本作皮義反。

14怪古壞反 皆去合二見	14膾古兌反 泰去合一見	15替他計反 齊去開四透	15態他代反 咍去開一透	16至之利反 脂去開三照	4志之利反 之去開三照
17縣玄絢反 先去合四匣	（瑗王眷反） 仙去合去為	18甑子孕反 蒸去開三精	（增子贈反） 登去開三精⑲	19濟子計反 齊去開四精	18再作代反 咍去開一精
20字疾四反 之去開三從	19寺辭吏反 之去開三邪	21四思二反 脂去開三心	20伺相吏反 之去開三心	（利力至反） 脂去開三來	5吏力置反 之去開三來
（妙彌照反） 宵去開四明	16廟苗召反 宵去開三明	（掾丑戀反） 仙去合三徹	17釧川絹反 仙去合三穿	（二而至反） 脂去開三日	21刵仍吏反 之去開三日

入聲

輕清	重濁	輕清	重濁	輕清	重濁
1格古陌反 庚入開二見	（隔古核反） 耕入開二見	2角古岳反 江入開二見	2閣古洛反 唐入開二見	3嶽五角反 江入開二疑	3鄂五各反 唐入開一疑
4邈莫角反 江入開二明	4莫忙各反 唐入開一明	5學戶角反 江入開二匣	5鶴下各反 唐入開一匣	6匹譬吉反 眞入開四滂	（拂普密反） 眞入開三滂
7必卑吉反 眞入開四幫	（筆鄙密反） 眞入開三幫	8穴胡決反 先入合四匣	（越王伐反） 元入合三為	9狊古穴反 先入合四見	（厥居月反） 元入合三見
10薛思列反 仙入開三心	（雪相絕反） 仙入合三心	11籍秦昔反 清入開三從	（席詳昔反） 清入開三邪	12悉息七反 眞入開三心	（恤辛聿反） 諄入合三心
（黜丑律反） 諄入合三徹	7出尺律反 諄入合三穿	13一於質反 眞入開四影	（乙於筆反） 眞入開三影	14擲雉戟反 清入開三澄	（射食亦反） 清入開三神
（吉居質反） 眞入開四見	6訖居乙反 殷入開三見				

＊表中（　）表增補之處，刷黑部分則表未增補之處＊

---

⑲　與去聲輕清18甑對立的重濁字例，黃氏和平山氏皆作「證，諸應反」，形成精照二系的混用，而隋唐以至於宋，未見有精照混用的情形。今改擬作增，蒸韻元音[θ]，登韻元音[ə]能合於「主要元音較前較高者為清，主要元音較後較低者為濁」之例。

肆、輕清、重濁的名義及所透顯的音韻現象

一、「輕清」「重濁」的名義

　　上表中，我們分析了各種可能產生輕清、重濁的對立現象，大致上得知〈辯輕重法〉中造成清濁對立的因素是不定的，可能是韻母主要元音前後高低的分別，或是開合、等第的分別，也可能是某兩組聲紐或某兩個聲類之間的對立。但更明確地來說，「輕清」「重濁」究竟代表了何種意涵呢？學者們大都有了一定的結論。唐蘭大致上認為這是陸法言時代分析語言時所用的術語，他說：

> 陸法言時代及其前後，只知道清濁和輕重，實際上只分輕清或重濁兩類，用來衡量韻母裡元音的長短前後，開合，洪細四等，並且還用來分別聲母，方法很簡單，但只能在兩類間作分別，沒有把全部韻類作比較。

唐氏認為這種輕清、重濁的術語「只能在兩類間作分別」，這個類其實應該包含聲類和韻類的，只不過是以韻類的分別為主。作這樣的分別意義何在呢？當中自有陸法言所說的「剖析毫釐，分別黍累」的用意在其中。　孔師則更直接了當地說「輕清、重濁為音韻不同的相對名詞」。他說：

> 它（「輕清」「重濁」）只是指兩個字音韻不同的相對名詞，而不是絕對名詞，它代表當時語音已經混而不別或極為相近的兩

字，在聲韻嚴格分析下，爲聲韻不同的兩字，而以「輕清」「重濁」作概念上的區分。[20]

看來，「輕清」「重濁」也就是對語音進行概念上的分別時所應用的一種術語。爲什麼只說是一種概念上的分別？其原因應與時人的審音能力不足有關。時人對於某些語音相混的字，以個人語感的敏銳與否，有些人是可以分別出來的。但要進行細密分析時卻是有困難的，於是就創出了「輕清」「重濁」這樣一組相對的名詞以資分別，就審音條件較差的當時而言，實屬不易之事。後人透過較清晰的音理，已能將「輕清」「重濁」的分別說得更具體些。平山氏曾說過：

> 凡是「重濁」的語音看做比相配的「輕清」語音發音時多費一點功夫，或多費一點有意識的努力。例如合口韻母比開口韻母多一個嘴唇的動作，章組聲母比知組聲母多一個擦音成分。[21]

此說頗有道理。其實不只開合口和聲母的分別可以用發音的難易做爲說明，韻母也是如此。通常主要元音較高或較前的都屬於輕清，而主要元音較後較低的都屬重濁，其原因就在於較高或較前的元音比較後較低的元音發音容易，我們從語音的歷史演變中，元音高化往往是一個很重要的演化因素看來，也可以證明這一點。

---

[20] 參見〈辯輕重法的音韻現象〉，pp324。

[21] 參見〈辯輕重法復原嘗試〉，pp324。

二、〈辯輕重法〉所呈現的實際音韻現象

既然「輕清」「重濁」兩個名稱只是對語音進行概念上的分別時所應用的一種術語,因此〈辯輕重法〉的內容便透顯了當時某些語音混用的現象。本師〈辯輕重法的音韻現象〉一文便是針對語音實際的角度,進行探討,無疑地將研究〈辯輕重法〉的意義更推進了一層。不過,只討論了未復原前的內容,所得到的結果自然不是全面性的,殊為可惜。

然而可喜的是, 孔師從現代方言及中古聲韻分析兩方面觀察〈辯輕重法〉中,字次有規律對立者或字次不規律對立者而清濁對應的例字,發現〈辯輕重法〉中清濁對應的例子,在現代方言的方言點裡可以找到讀法相同的例子。㉒如根據他所記錄的方言點,與本文〈辯四聲輕清重濁法復原表〉平聲下「13名:15明」這一組輕清重濁的例字讀法相同的有梅縣、廈門、潮州三地,與上聲「19杏:12幸」這一組讀法相同的有蘇州、溫州、雙峰三地等等。而從中古聲韻分析,〈辯輕重法〉中清濁對立的例子也和其它材料的用韻現象吻合。如本文〈辯四聲輕清重濁法復原表〉平聲下「12峰:10風」,是屬於東韻和鍾韻的對立,而東鍾的合流,從初唐詩人的用韻裡,就可以發現這種趨勢,到了盛唐時期,合韻的情形更是普遍了,至中唐以後恐怕是不能區別,所以王力析晚唐五代韻部,將東鍾合為一部。而聲母非敷當時也是合流而不別,可見既然聲韻都已合流,其音讀自然不能

㉒ 這些方言點包括北京、濟南、西安、太原、漢口、成都、揚州、蘇州、溫州、長沙、雙峰、南昌、梅縣、廣州、廈門、潮州、福州等十七個。

區別。㉓

　　這些研究結果告訴我們，〈辯輕重法〉其實正是體現了當時某些聲韻混同的現象。以下就根據〈辯四聲輕清重濁法復原表〉，對於當時聲韻混同的現象進行較全面的分析。

　㈠　**聲母方面**

　　1.知、照二系混用

　　關於知、照二系混同的例子有平聲上「2珍：2眞」「3陳：3辰」「4椿：4春」「（屯）：6諄」「（株）：7朱」；平聲下「3砧：3針」「6朝：6昭」「7紬：7讎」「（鑹）：8川」「（遭）：12氈」；上聲「1丑：（醜）」「3冢：（腫）」「5昶：（敞）」「6丈：（上）」；去聲「（猭）：17仙」；入聲「（黜）：7出」「14擲：（射）」共17組。這種情形，孔師嘗解釋云：

　　　　就其歷史分化的角度而言，知照兩系從上古以來，關係就十分
　　　　密切，現代方言又多合流，因此我們可以想見它們在聲母十分
　　　　相近，韻母相同的情形之下，語音則易混淆。㉔

此說甚是。

　　2.從邪混用

　　關於從邪二母混用的例子有平聲上「11從：11松」；平聲下「9牆：9詳」「19泉：19璿」「20晴：20餳」；上聲「20字：19寺」；

㉓　　參見〈辯輕重法的音韻現象〉，p331。

㉔　　參見〈辯輕重法的音韻現象〉，p327。

入聲「11籍：(席)」。 孔師指出：

> 從邪二母的發音部位都是屬齒頭音，又是濁聲母，若就學者們
> 中古的擬音來看，則只是在發音方法上為塞擦音與擦音的不
> 同。……，但是若從陸德明《經典釋文》至五代朱翱反切裡所
> 顯現從邪二母的合流現象，則不難想見當時這些對立的例子，
> 其實際語音不能區別的情況。㉕

可見〈辯輕重法〉是有意對當時從邪二母混用的情形作一分別的。

　　3.非敷混用

　　關於非敷二母混同的例子有平聲上「9孚：13夫」「12峰：10
風」「15妃：12飛」「(芬)：14分」；下平聲「(芳)：10坊」；上聲
「(撫)：甫」「(髣)：17倣」；去聲「6赴：6賦」「9肺：9廢」共9
組。王力《漢語語音史》言非敷二母於中唐之後漸趨合流，至五代的
朱翱反切裡已然不分。㉖似乎在〈辯輕重法〉的實際語言裡，非敷二
母已經難以區別了。

　　4.明微混用

　　關於明微混用的例子有平聲上「18眉：17微」「20民：20文」
「(謀)：19無」；上聲「15美：4尾」「18免：9晚」；去聲「1魅：1
味」共6組。明微二母除了在清濁對立上透露二者之間混用的痕跡，
並且也表現在聲母混切的情形中。如平聲上18眉；平聲下13名、15

㉕　同註㉔。
㉖　參見該書p229-231。

明；上聲15美、4尾、18免等6個例子。 孔師認爲這6個混切例，「佔二十個明微例字的30%，這麼高的比例，似乎告訴我們在當時明微仍是不分的。」**㉗**而我們就明微二母輕濁對立的情形看來，也可以得到進一步的印證。據王力《漢語史稿》說明母分化微母，是在唐末宋初，而今就〈辯輕重法〉的現象而言卻仍是不分的，或者顯示出〈辯輕重法〉的時代是在唐末以前。

5.神禪混用

以神禪二母形成清濁對立的例子只有一個「20氏：14　」。不過，如果從聲母混切的情形來看，也可找到一個神禪混切的例子（辰，食鄰反）。查神禪混用的現象，早在《經典釋文》中已有顯現，**㉘**而朱翱反切則是床神禪混用，**㉙**朱翱是五代時人，《經典釋文》則成書在隋文帝開皇三年，假使如唐氏所推斷〈辯輕重法〉作於眞元前後，那麼，〈辯輕重法〉以神禪清濁對立，則顯示當時神禪二母混用明顯，甚至〈辯輕重法〉的作者也不經意地舉了神禪混切的例子。到了宋代神禪依然混切，而床母則不與之混，**㉚**則五代時床母與神禪混切可能只是偶然的情形。

6.匣爲混用

匣、爲二母，在朱翱反切裡已經合流。**㉛**而時代較早的〈辯輕重

㉗　參見〈辯輕重法的音韻現象〉，p319。

㉘　參見王力〈經典釋文反切考〉，p151。

㉙　參見王力〈朱翱反切考〉，p253。

㉚　參見王力〈朱熹反切考〉，p337。

㉛　參見王力《漢語語音史》，p233。

法〉有去聲「17縣：(瑗)」；入聲「8穴：(越)」，可見唐時匣爲已有混用的現象，是五代時二母合流的先兆。

（二）**韻母方面**

1.眞諄混用、眞殷混用、眞文混用

關於眞諄混用的例子有平聲上「1䓚：(遵)」「10鄰：9倫」；上聲「(尹)：2引」共3例。眞殷混用的例子有平聲上「8禋：8殷」；上聲「16緊：6謹」；入聲「(黜)：7出」。眞文混用的例子有平聲上「20民：20文」。《切韻》中並沒有諄韻，那些後來屬於諄韻的字原都是併入眞韻當中，到了隋唐之際的音韻實際還是眞諄臻同用。❸❷而〈辯輕重法〉中的3個眞諄混用例正可說明這個現象。王力曾推許段玉裁所指出杜甫詩把欣（殷）韻字都押入眞韻話是對的，❸❸可見在唐代的實際語音中，眞殷二韻已混。而眞文韻的相通，早在初唐詩人用韻就有通押的情形，中唐以後更見合流，所以從切語分析「20民：20文」聲韻不同，但實際上語音可能一樣。❸❹

2.東鍾混用，冬東混用，登東混用

王力舉出在《經典釋文》及玄應《一切經音義》中，都有相當多東與冬鍾混切的例子，甚至到了晚唐時代，肯定是東與冬鍾合流了。❸❺在〈辯輕重法〉中也有所反映，東鍾混用如平聲上「12峰：10風」；冬東混用的有去聲「12宋：12送」「(肜)：21同」。而登東混

---

❸❷　參見王力《漢語語音史》，p218。

❸❸　同註❸❷。

❸❹　參見 孔師〈辯輕重法的音韻現象〉，p328。

❸❺　參見王力《漢語語音史》，p216。

用的例子有平聲上「5弘：5洪」，依 孔師的解釋，〈辯輕重法〉如同《項跋本王韻》列「弘」於上平聲裡，這帶來通攝與曾攝合流的訊息，也說明了「弘」「洪」的音值接近。❸❻

　　3.支之脂微混用

　　〈辯輕重法〉支之脂微四韻混用的情形很明顯。支之混用的例子有平聲上「19施：(詩)」「(奇)：15其」；上聲「8豕：15始」「10邇：(耳)」。脂之混用的例子有平聲上「(脂)：1之」「(芬)：14分」；上聲「9鄙：5比」「21旨：19止」；去聲「16至：4志」「21四：20伺」「(利)：5吏」「(二)：21刵」。脂微混用的例子有平聲上「6龜：(歸)」「16伊：17衣」「18眉：17微」；去聲「1魅：1味」。之微混用的例子有上聲「14起：16豈」。而歷來學者研究唐代語音也都得到支脂之微四韻通用的結果，如周祖謨〈宋代汴洛語音考〉說：「止攝支脂之微四韻通用，自唐代已然。」王力〈經典釋文反切考〉也提到：

　　　　大量的例子足以證明，支脂之微，紙旨止尾，寘至志未，實當合爲一韻。玄應《一切經音義》支脂之混用，紙脂止混用，寘至志混用，可以爲佐證。❸❼

到了南唐朱翱的反切也多四韻混讀。❸❽入宋以後，支脂之微則已通爲

----

❸❻　同註❸❷。

❸❼　參見該文pp163。

❸❽　參見王力〈朱翱反切考〉，pp214-215。

一音。❸可見唐宋以來支脂之微四韻由於音近的關係，往往糾葛不清，〈辯輕重法〉的作者顯然是有意辯清它們之間的關係的。

4. 麻佳混用

麻佳混用之例有平聲上「18家：(佳)」。本師　孔仲溫先生拿〈辯輕重法〉的韻次，與《項跋本王韻》作一比較，發現〈辯輕重法〉移置麻韻的「家」字於平聲上中，跟《項跋本王韻》是不同的。但《項跋本王韻》移平聲上的佳韻至平聲下的歌麻之間，林炯陽先生於《廣韻音切探源》一書中，曾論述這種移置現象是因為唐代佳麻二韻混用的結果。❹唐代詩人的用韻確實有佳麻二韻混用的情形，如顧況〈朝上清歌〉霞娥歌多和羅遐涯車家花等字，屬麻歌戈佳合韻。元稹〈廟之神〉車阿涯譁何歌耶花等字，屬麻歌佳合韻。〈辯輕重法〉的作者當已觀察到這種情形，因此亦列有麻、佳韻清濁對立的例子以為分別。

5. 怪夬混用、怪泰混用

〈辯輕重法〉夬怪二韻清濁對立的例子有去聲「2快：2蒯」。怪泰混用的有去聲「13壞：13會」「14怪：14膾」。據王力所考，玄應《一切經音義》怪夬混用，《經典釋文》裡也有怪夬互切的情形，朱翱反切也是如此。至於怪泰混用的情形，可以在詩人用韻中看到，如耿湋〈拜新月〉拜帶通押、王建〈鏡聽詞〉帶怪拜通押。

6. 江唐混用

〈辯輕重法〉中江唐二韻清濁對立的例子頗不少，有平聲上「13

---

❸　參見李新魁〈宋代漢語韻母系統研究〉，p55。

❹　參見　孔師〈辯輕重法的音韻現象〉，pp317。

江：(剛)」「14降：16杭」「(龐)：21傍」；入聲「2角：2閣」「3嶽：3鄂」「4邈：4莫」「5學：5鶴」。唐韻在唐宋的韻書裡多屬下平聲，而〈辯輕重法〉與《項跋本王韻》同樣列於上平聲，可見唐江二韻有合流的現象。❹且唐代詩人用韻中，已見有唐江合韻的例子，如韓愈〈鄆州谿堂詩〉邦堂二字通押、張籍〈寄遠曲〉江瑲二字通押，亦可見江唐二韻的音近關係。

7.清青混用、清庚混用、青庚混用、庚耕混用

〈辯輕重法〉清庚二韻輕濁對立的例子較多，有平聲下「13名：15明」「14并：16兵」「15輕：17卿」；上聲「2餅：(丙)」；清青二韻則有平聲下「1清：1青」；青庚二韻有上聲「7炅：(憬)」；庚耕二韻有上聲「12梗：11耿」「19杏：12幸」。早在《經典釋文》裡庚耕清青即有混用的現象，❹到了朱翱反切，庚耕清青就合為一韻了。❹而唐代詩人的作品從初唐以迄中唐也大量顯示這種現象，如初唐陳子昂〈感遇詩〉生爭嬴京橫行兵醒通押，屬庚耕清青合韻之例；盛唐李白〈留別金陵諸公〉爭鯨京城英名亭行清情通押，屬庚耕清青合韻；中唐于鵠〈早宵上凌宵第六峰入紫谿〉程驚莖縈明溟翎京縈精丁名英通押，也屬庚耕清青合韻。可見庚耕清青四韻的關係非常密切，而到了宋代，庚三清蒸青諸韻合一，與唐代差不多，只不過後來耕韻跑了出來，而加入了蒸韻。

8.仙先元混用

---

❹　參見 孔師〈辯輕重法的音韻現象〉，pp331。

❹　參見王力〈經典釋文反切考〉，pp183。

❹　參見王力〈朱翱反切考〉，pp228。

仙先清濁對立有平聲下「2仙：2先」「5綿：5眠」「10箋：(煎)」、上聲「17狝：8卷」。先元清濁對立的有入聲「8穴：(越)」「9茨：(厥)」。仙元清濁對立的有平聲下「11愆：(攓)」；上聲「18免：9晚」。據王力所考，仙先元諸韻混用已出現在《經典釋文》和朱翱反切中，到了宋代，朱熹所用反切更有多達19個元仙先合用的例證。❹我們從〈辯輕重法〉列有仙先、仙元、先元對立的例子，可見當時元仙先三韻是混用的。而宋代元仙先混用的情形特別明顯，〈辯輕重法〉拿這些先仙元各兩兩清濁對立的例子來說明，仙先元即使再如何混用，還是可以分別的，替《廣韻》先仙元三韻所以分別獨立找到了依據。

9.幽尤混用

幽尤清濁對立的例子有平聲下「8幽：11憂」。尤幽兩韻在比較早的時代，就有很多方言混為一音。周祖謨〈齊梁陳隋時期韻部研究〉指出：

> 《廣韻》尤侯幽三韻字，從魏晉時代起就通用不分，直至陳、隋，毫無變動。……顧野王《玉篇》里尤幽兩韻仍是不分。❺

王力指出《經典釋文》中的反切，也是「尤侯幽混用」。唐貞觀末玄應著《一切經音義》，其中「尤侯混切」「尤幽混切」。而朱翱反切則反映「尤侯幽合為一韻」。這些都證明〈辯輕重法〉以幽尤清濁對

---

❹　參見王力〈朱熹反切考〉，pp291。

❺　參見該文，pp244。

立是有深意的。到了宋代之中原音尤、幽已混爲一類，周祖謨〈宋代汴洛語音考〉舉出如唐元結、獨孤及都有以尤侯幽三韻合用之例，李新魁也指出《皇極經世解起數訣》在「一百十二聲目錄并入卦」表中，以尤侯幽合爲一類。所列的字也尤、幽相雜，幽韻列唇、牙、喉音字，尤韻列齒音及喻紐字，這表明兩韻已混而不分。❻這些都是宋代中原音的反映。以〈辯輕重法〉置於廣韻篇末，對於當時混而不分的尤幽兩韻，實具有區別音值的意義。

10.蕭宵混用，看豪混用

蕭宵二韻清濁對立的例子有平聲下「17微：18嬌」；看豪二韻清濁對立的例子有上聲「4燒：(草)」。周祖謨〈齊梁陳隋時期詩文韻部研究〉說：

> 《廣韻》豪看宵蕭四韻，在魏晉宋一個時期內大多數的作家都是通用不分的，但到齊梁陳隋時期，豪韻爲一部，看韻爲一部，宵蕭韻爲一部，共分爲三部。這三部分別較嚴，通用的情形極少。❼

可見唐代蕭宵通用，實前有所承。而看豪二韻的界限則似較鬆，我們從唐詩人杜甫作詩以號豪茅郊梢坳合韻（〈茅屋爲秋風所破歌〉）、劉禹錫以郊哮茅弰交梢庖號豪蛟（〈壯士行〉），可知唐時看豪二韻已經混用。而到了宋代，朱熹反切中也有豪看合用的例證，如〈思

---

❻　參見李新魁〈宋代漢語韻母系統研究〉，pp57-58。

❼　參見該文，pp244

齊〉廟豪（音貌肴）、〈防有鵲巢〉巢肴苕（徒刀切）、〈七月〉茅肴綯豪。

11.銜談混用、談覃混用

銜談清濁對立的例子有平聲下「12衫：14蘇」。談覃清濁對立的例子有上聲「11敢：（感）」。談覃二韻在《經典釋文》的注音中就已經混同了。而玄應《一切經音義》注音，據王力推定，「覃與談，感與敢，勘與闞也是不分的。」至於銜談合用的例子，宋代以前不見出現，在朱熹的反切中則有談銜合用的例證，如〈殷武〉監銜上濫談上。據此，我們可以推測宋代談銜二韻已有混用的情形，而所見〈辯輕重法〉談銜二韻清濁對立的例子，可能是宋人根據其實際語音，在將〈辯輕重法〉附於《廣韻》篇末的同時也做了增補的工作，否則難以解釋這一組在復原前就已經存在的清濁對立的字例。

12.霽祭混用、齊咍混用

霽祭二韻清濁對立的例子見於去聲「7惠：7衛」；齊咍清濁對立見於去聲「15替：15態」「19濟：18再」。《經典釋文》有霽祭混切的情形，玄應《一切經音義》也是霽祭混切，展現隋唐時期霽祭混用的現象。到了宋代，也有「以霽叶祭」的例子。❹而齊咍二韻混用的例子，所見只有唐詩人李賀〈奉和二兄罷使遣馬歸延州〉泥來咍灰灰雞淒蹊合用一例，二韻混用的情形並不明顯。唐蘭說：

　　替濟兩字清，態再兩字濁，也可以知道齊薺霽在咍海代前，所

---

❹　參見王力《漢語語音史》，p294。這些例子是暂，征例反，韻帝，又韻肺（叶普計）；屆，叶居例反，韻惠戻桂；瘵，叶側例反，韻惠。

以後來齊薺霽會變成四等。㊾

實則能看出齊薺霽在咍海代之前的只有「15替：15態」這一個例子。唐氏認爲〈辯輕重法〉中有仙清先濁的例子卻又有先清仙濁的例子、有清清青濁的例子卻又有青清清濁的例子可說是齊先等韻，從唐初以前的一等，到了唐末則讀入四等的一個語音變化的重要標記。㊿而齊清咍濁則可見齊系的元音要比咍系前些，也提供我們齊韻已由一等變爲四等的訊息。

伍、小　結

李新魁指出：「《廣韻》一書有『存古』的性質，它所分的二百零六韻，包含有古音成分和方音成分，並不能代表宋代實際的語音系統。」(51)據此，筆者推測《廣韻》的作者所以把至少作在宋以前的〈辯輕重法〉列入該書篇末，可能因爲宋代的韻類系統遠較《廣韻》簡單得多。(52)韻書的編者爲了怕時人以《廣韻》與當時的實際語言多有不合，因而產生疑惑甚至排斥，所以將宋以前這分具有審音價值的

㊾　參見唐蘭〈論唐末以前的「輕清」和「重濁」〉，p14。

㊿　參見唐蘭〈論唐末以前的「輕清」和「重濁」〉，p15。

(51)　參見李新魁〈宋代漢語韻母系統研究〉，pp51。

(52)　參見李新魁〈宋代漢語韻母系統研究〉，pp59。李氏云：「在《廣韻》中許多列爲不同韻部的東三鍾、支脂之微、魚虞、尤幽、眞臻殷、文諄、嚴凡鹽、庚三清蒸等，在宋代中原共同語中，都並爲一韻。宋代的實際語音，其韻類系統，遠較《廣韻》簡單得多。」

〈辯輕重法〉併入《廣韻》一書中，以爲時人解惑釋疑的參考。我們從〈辯輕重法〉中所顯現的音韻現象中，到了宋代的實際語言裡大都有所保存，或者形成更明顯的特色，如韻母方面〈辯輕重法〉中眞殷混用，到了宋代，《四聲等子》和《切韻指掌圖》中，也顯示了眞、臻、殷合一的情形。❸〈辯輕重法〉庚耕清青四韻混用，到了宋代則是庚三清蒸青諸韻合一〈辯輕重法〉中仙先元混用，宋代則元先仙混用的情形更是明顯。〈辯輕重法〉中尤幽混用，宋代中原音也有所反映。〈辯輕重法〉中蕭宵混用肴豪混用，宋代朱熹反切中也有相關的例子，……等等以上這些例子都可以印證這一個說法。

---

❸　參見李新魁〈宋代漢語韻母系統研究〉，pp58。

參考引用資料

一、圖書類

王　力

　　1985　《漢語語音史》，北京：中國社會科學出版社。

孔仲溫

　　1989　《韻鏡研究》，台北：學生書局。

林　尹

　　1990　《中國聲韻學通論》，台北：黎明文化事業。

邵榮芬

　　1982　《切韻研究》，北京：中國社會科學出版社。

耿志堅

　　1990　《中唐詩人用韻考》，台北：東府出版社。

陳彭年等重修

　　宋　　《宋本廣韻》，台北：黎明文化事業出版社。

陳新雄

　　1991　《音略證補》，台北：文史哲出版社。

楊家駱主編

　　1988　《帝王世系圖三種・史諱譜例三種》，台北：世界書局。

龍宇純

　　1968　《唐寫全本王仁昫刊謬補缺切韻校箋》，香港中文大學。

二、期刊論文

王　力

1980　〈玄應一切經音義反切考〉，《龍蟲並雕齋文集》（三），
pp123-134。

1982　〈經典釋文反切考〉，《龍蟲並雕齋文集》（三），pp135-
211。

1982　〈朱翶反切考〉，《龍蟲並雕齋文集》（三），pp212-
256。

1982　〈朱熹反切考〉，《龍蟲並雕齋文集》（三），pp257-
338。

孔仲溫

1991　〈辯四聲輕清重濁法的音韻現象〉，《孔孟學報》62，
pp313-343。

平山久雄

1996　〈辯四聲輕清重濁法失落字項復原嘗試〉，《語言研究》
增刊，pp315-324。

李新魁

1988　〈宋代漢語韻母系統研究〉，《語言研究》1，pp51-65。

周祖謨

1993　〈齊梁陳隋時期詩文韻部研究〉，《周祖謨學術論著自選
集》，pp224-250。

1994　〈宋代汴洛音與廣韻〉，《周祖謨學術論著自選集》，
pp357-363。

唐　蘭

　　1948　〈論唐末以前的「輕重」和「清濁」〉，《國立北京大學
　　五十週年紀念論文集》，p1-20。

耿志堅

　　1987　〈初唐詩人用韻考〉，《國立台灣教育學院語文教育研究
　　集刊》6，pp21-58。

　　1988　〈盛唐詩人用韻考〉，《教育學院學報》14，pp127-
　　160。

黃典誠

　　1994　〈試論辯四聲輕清重濁法與等韻的關係〉，《音韻學研
　　究》(三)，pp63-71。

宋代詞韻與現代方言

黃坤堯

　　清代中葉以後，塡詞者無不奉戈載《詞林正韻》為圭臬，步步為營，不敢有失。中國方言眾多，很難以某一個方言訂為詩詞押韻的標準。大抵詩韻詞韻都只是協調出來的產物。唐代為科舉考試所訂的《切韻》，當是調和南北方言韻部的最小公倍數，彼此互相遷就，勉強合用。宋詞就是唱詞，用的是活語言押韻，宋代朱敦儒（1081-1133）或嘗擬應制詞韻十六條，❶今亦不傳。戈載歸納大量宋詞作品得出十九部的詞韻，兼賅南北，只能是一個籠統的樣子。戈載的詞韻用來統一後代作者的押韻還有些價值，但有些人倒過來作檢驗宋詞押韻的金科玉律，指某些詞人出韻，那就倒果為因，本末倒置了。詞韻宜就名家作品的語音特點綜合考察，構成一個個的方言點，有點像古方言的田野考古，積累的資料多了，自然也可以準確地考察詞韻的本來面貌。

　　本文選取了柳永、蘇軾、周邦彥、姜夔、吳文英等五位宋詞名家

---

❶　參元末陶宗儀《韻記》，見沈雄《古今詞話·詞品》。又參謝桃坊《詞韻的建構從擬試到完成－朱敦儒、沈謙、戈載三家詞韻述評》，《中華詞學》第一期，南京：東南大學出版社，1994年7月，頁154-165。

的作品爲研究對象，將他們的音韻特點放入現代方言中考察。這五家基本上覆蓋了兩宋（960-1126;1127-1279）各個不同的年代，而且他們都是著名的南方詞人，可以反映不同方言點的語音特點。他們的年代及籍里如下：

柳永（987-1053），福建崇安人。

蘇軾（1037-1101），四川眉山人。

周邦彦（1056-1121），浙江錢塘人。

姜夔（1159-1221），江西鄱陽人。

吳文英（1207-1269），浙江四明人。

以上柳、姜、吳三家的生卒資料不見得準確，只是反映大致的年代而已。北宋三家都曾長時期在汴京生活及成名，他們的詞韻難免不受北音的影響；南宋二家的活動範圍限於杭州、淮南及吳越皖贛之間，易於保留南音的特點。北方民族交往頻繁，北宋跟遼、夏、金不斷都有戰爭及商貿往來；而南方則屬於相對保守及安定的局面，所以中國語言的變化基本上也是自北而南，而逐漸融合混和的。南北宋三百年的詞韻發展，也許我們可以用「詞匯擴散說」來解釋這種語言現象，即語言變化在語音上是突變的，而在詞匯上則是漸變的，因此語音分化及合流的過程快慢不同，甚至有些還歷久不變。語音歷時的變化或可藉方言點呈現出來，而同一方言也儘有諸讀並存的局面，不必強求劃一。因此，我們檢視宋代的詞韻，諸家同音的可以表示語音合流完成，諸家不同音的也就具有個別方言點的特徵了。雖然我們很難重建宋代的方言音系，但透過諸家的詞韻及現代的方言資料相互比較，我們大概也可以描劃出宋代南方語音的某些形貌，以至語音歷時變化的軌跡及共時異讀的表現。

本文選取柳永、蘇軾、周邦彥、姜夔及吳文英五家作研究對象。我們是在前人的研究基礎上加工的，主要分爲個別考察及綜合研究兩部分。現將主要的參考資料列下：

葉慕蘭《柳永詞韻考》，民國五十八年（1969）輔仁大學碩士論文。

許金枝《東坡詞韻研究》，民國六十七年（1978）國立臺灣師範大學碩士論文。

林振榮《周邦彥詞韻考》，民國五十九年（1970）輔仁大學碩士論文。

葉詠琍《清眞詞韻考》，民國六十一年（1972）文史哲出版社出版。

吳淑美《姜白石詞韻考》，民國五十九年（1970）輔仁大學碩士論文。

余光暉《夢窗詞韻考》，民國五十九年（1970）輔仁大學碩士論文。

一、柳永的詞韻

柳永在山東出生，早年在崇安生活。眞宗天禧元年（1017）入京應試，仁宗景祐元年（1034）進士登第。長期出任睦州、餘杭、定海、泗州及西京的地方官，晚年改爲京官，仕至屯田員外郎。

葉慕蘭統計柳詞二百一十首，其中用平聲者五十六首、上聲一首、去聲三首、入聲二十五首；平仄轉韻者六首、平仄互協者四首、上去通押者一百一十五首。上去通押者超過柳詞的半數。

葉慕蘭指出柳詞的用韻特點有第三部灰韻與第五部皆、咍、佳韻

通協，例如《瑞鷓鴣》其一以灰韻的「梅」字協第三部；《玉蝴蝶》其二協「埃」、「裁」、「開」、「雷」（灰）、「萊」；「徊」（灰）、「釵」、「臺」、「罍」（灰）、「陪」（灰）、「來」字，灰韻仍讀蟹攝。第十二部的唇音上去聲字「富」、「負」、「否」、「阜」多協第四部，漸從流攝分出，轉讀遇攝。第五部蟹韻「罷」字、卦韻「畫」、「挂」字、夬韻「話」字等協第十部。又第三部偶協第四部御韻的「處」字（《訴衷情近》第一），第四部偶協第三部止韻的「市」字（《洞仙歌》），各僅一例，則柳詞第三部、第四部通協之說，似難成立。

葉慕蘭誤訂韻字的例子頗多，例如《十二時》協第三部，「意」字協韻，「雨」字不協韻；《內家嬌》協第三部，而誤增「緒」字一韻；《夜半樂》協第四部，「呼」字乃韻腳，而止韻「起」字非是。可見第三部、第四部通協僅屬個別現象而已。又《訴衷情近》其二協「序」、「沼」、「好」、「情」、「少」、「老」、「好」、「草」、「照」字，第八部中混協第四部語韻的「序」字，葉氏漏列首韻；《祭天神》協第四部，首韻「雨」字亦漏列。《過澗歇近》協「醒」、「影」、「靜」、「凝」、「聽」、「病」、「定」、「冷」、「整」字，全屬第十一部，但葉氏誤認「隱」字是韻腳，而刪去「凝」字，遂誤增第六部與第十一部通協之說。

柳永入聲嚴分-k、-t兩系，同時也沒有用過-p系的韻字。第十八部月韻的「歇」、「月」二字與第十七部陌麥昔錫職德諸韻通協者二例，以-t協-k，殆屬偶然現象。又《浪淘沙》協「息」、「滴」、「客」、「戚」、「極」、「力」、「惜」、「隔」、「憶」字，全屬第十七部，但葉慕蘭漏列換頭的「極」字，而誤增第十八部薛韻的

「說」字。案此詞末韻當作「知何時、卻擁秦雲態，願低幃昵枕，輕輕細說與，江鄉夜夜，數寒更思憶」，葉慕蘭誤以「說」字爲韻，句讀亦誤。柳詞的陽聲韻固不見-n、-ng相混之例，而-m、-n混協亦僅一見，《滿江紅》其四協「畔」、「半」、「喚」、「亂」、「感」、「館」、「暖」、「滿」、「短」字，乃第七部，而混協第十四部感韻的「感」字。大抵柳永-m、-n、-ng三系亦區別清楚。

二、蘇軾的詞韻

蘇軾以嘉祐元年（1056）舉進士，出川至京師，翌年試禮部，御試中乙科。中間兩度奔喪回川，各住兩年半。此後大半生都飄泊四方。蘇軾三十七歲（1072）在杭州通判任上才開始填詞，首闋《浪淘沙》協「城」、「情」、「傾」、「春」、「塵」、「村」、「辛」、「英」字，乃第十一部與第六部混協之例，然僅此一首，其他則-n、-ng分別甚明，可能是遊戲文章，不必認眞。

許金枝《東坡詞韻研究》指出蘇軾詞韻的特點有第三部灰韻與第五部咍韻通協；第四部間與第三部止韻的「似」字通協，例如《定風波》「月滿苕溪照夜堂」的小韻協「似」、「取」字；《漁家傲·送張元唐省親秦州》協「許」、「去」、「住」、「處」、「霧」、「雨」、「絮」、「路」、「似」、「度」字。第十二部的唇音上去聲「畝」、「否」字協第四部，即讀遇攝；惟「否」字或協第十二部，例如《蝶戀花·佳人》協「口」、「久」、「就」、「皺」、「走」、「瘦」、「否」、「柳」字，則又讀流攝了。第十部或協第九部的戈韻，例如《西江月·詠梅》協「斜」、「華」、「波」、「沙」字。第十三部與第六部混協，例如《江城子》「膩紅勻臉襯檀

唇」協「唇」、「新」、「春」、「鼙」、「人」；「陰」、「深」、「沈」、「心」、「今」字，表面看起來是-m、-n不分，其實可能是上下片換韻，上片用第六部，下片用第十三部，唐宋詞例子極多，蘇詞僅此一例，亦不必勉強拼合韻部了。又第十四部與第七部線韻的「箭」字混協，例如《漁家傲・贈曹光州》協「染」、「點」、「箭」、「厭」、「貶」、「敢」、「忝」、「冉」、「漸」、「減」字，亦可以例外韻語視之。蘇軾大抵仍以詩韻入詞，未必反映語言事實，與其他各家不同。

　　至於入聲方面，蘇詞的變化較大。許金枝將蘇詞入聲分爲三部：一、屋燭韻，即戈載第十五部；二、覺藥鐸韻，即第十六部；三、質物合諸韻合併爲一部，也就包括戈載的第十七、十八及十九部了；而其中還混協屋韻「讀」字、藥韻「卻」字、鐸韻「鶴」字。這三部入聲除了能分出兩類-k韻尾外，第三部可能就是-p、-t、-k不分的喉塞音韻尾-ʔ，例如《三部樂》協第十八部的「月」、「絕」、「缺」、「咽」、「葉」、「雪」、「疾」、「答」、「切」、「發」字；而「疾」在十七部，「合」在十九部。《卓羅特髻》協第十七部的「得」、「客」、「結」、「合」、「拍」、「滑」、「覓」字；而「滑」、「結」在十八部、「合」在十九部。金周生將蘇詞的入聲訂爲四部，即戈載的第十五、十六、十七、十八部；另有變例稱「所有用字韻目可系聯合押」。❷按蘇詞第十七、十八兩部都沒有-p系的韻字，第十九部的「插」、「答」、「合」三字也全部混協十八部。其實蘇詩的入聲也辨析不清，例如《辛丑十一月十九日既與子由別於鄭

---

❷　金周生《宋詞音系入聲韻部考》，臺北：文史哲出版社，1985年4月。頁242。

州西門之外，馬上賦詩一篇寄之》七古一首，即協「兀」、「發」、「窨」、【隔】、「沒」、【薄】、「月」、【樂】、「惻」、【別】、「忽」、「昔」、「瑟」、「職」等，這裏包括月、藥、職、陌、質諸韻，有時連單句（用【　】表示）有沒有協韻也很難決定，十分複雜。可見蘇軾辨認入聲的能力較弱。

　　許金枝辨韻或有錯誤，例如《滿庭芳》「香靉雕盤」協第二部的「光」、「妝」、「裳」、「颺」、「常」、「腸」、「長」、「唐」字；而許金枝誤將換頭句「人間，何處有，司空見慣，應謂尋常」的「間」字視作短韻，遂有第七部山韻與第二部合協之例。按蘇詞《滿庭芳》雖然在換頭處都押短韻，但晏幾道、程垓、趙長卿、元好問各體換頭皆用五言句，不協韻。❸所以這裏最好不要隨便混淆韻部。又《水龍吟》「小溝東接長江」協「際」、「市」、「事」、「歲」、「醉」、「地」、「細」、「寄」字，許金枝誤將換頭句「因念浮生舊侶」視作協韻，用以證明第三、四部通協，其實蘇詞《水龍吟》的換頭句全不協韻。其他《嘯遍・春詞》「尙徘徊」句，固不必視作韻腳，但許金枝誤認「徘」字爲韻，並一再申論「徘」字乃灰韻，按蘇詞宜歸第五部，與第三部協韻反而視作例外押韻。此句如果算押韻句，則韻字當爲「徊」字而非「徘」字。又《無愁可解》「光景百年」一首，《全宋詞》訂爲陳慥詞，❹亦可排除於蘇詞之外。

---

❸　參《御製詞譜》，聞汝賢影印縮本，臺北：1964年9月。卷二十四，頁418。

❹　唐圭璋編《全宋詞》冊一，頁334。

三、周邦彥的詞韻

周邦彥錢塘人，二十四歲（1079）起入都爲太學生，三十二歲（1087）出都。此後或外放，或還京，遊宦各地，其語言大抵以杭州話爲主；而歌詞爲入京後的作品，可能又會因應開封話的語音特點了。

林振瑩考察周詞一八六首，指出押平聲者五十八首、去聲一首、入聲二十九首、平仄轉韻十首、平仄互協四首、上去通押八十四首。宋詞最顯著的特點是上去通協，所以周邦彥的詞韻也只分平、上去、入三調。

林振瑩《周邦彥詞韻考》羅列材料，音韻的辨析稍嫌疏陋。例如《鶴沖天》下闋誤以「慍」、「慢」、「賤」、「天」爲韻，因有第六部、第七部通協之說。按《鶴沖天》即《喜遷鶯》，下闋仄仄平平四換韻，一般並非同部。其實周詞「慍」「韻」協韻，同屬第六部問韻，「賤」「天」協韻，同屬第七部先韻。林振瑩將「韻」字改爲「慢」字，看來並沒有版本根據。第三部、第五部灰咍通協，例如《瑣陽臺》，可自成一部。至於第十二部有韻的「否」字與第四部語麌遇韻通韻，例如《蘇幕遮》、《瑣窗寒》、《垂絲釣》、《宴清都》；第五部蟹韻的「罷」字與第十部的馬禡韻通協，例如《解語花》；則是個別字音的改變，不應隨便合拼韻部。又在《解語花》中，林振瑩將「帕」字訂作禡韻，而《廣韻》原隸入聲鎋韻，亦屬音變現象。

林振瑩認爲周詞第十八部屑黠葉韻與第十九部的合洽韻通協，入聲-p尾併入-t尾，例如《看花迴》、《華胥引》；-k尾保持不變，例

如《大酺》協第十五部韻，其中「國」字屬第十七部德韻。又周詞第十四部與第七部的上去聲通押，鼻音韻-m尾改讀-n尾，例如《蝶戀花》、《過秦樓》、《拜星月》、《齊天樂》、《玲瓏四犯》、《鳳來朝》、《夜遊宮》、《歸去難》、《粉蝶兒慢》等。韋金滿以《齊天樂》押「晚」、「剪」、「卷」、「限」、「轉」、「遠」屬第七部；「掩」、「簟」、「薦」、「歛」屬第十四部；認爲不合詞律，指爲「百密一疏」，則是以今律古，未能理解語音的變化了。❺

葉詠琍《清眞詞韻考》分爲平聲十二部（含上去聲九部）、入聲四部，共十六部。第十三部併入第六部，第十四部併入第七部，韻尾-m變爲-n韻尾；十九部併入十八部，韻尾-p變爲-t韻尾；十七部一分爲二，收-t之質術櫛勿迄沒爲一部，收-k之陌麥昔錫職德爲一部，但周詞入聲質術諸韻沒有用作韻字，一加一減，剛好抵消，合起來共少三部。按周邦彥《南柯子》協「心」、「侵」、「沈」、「金」、「深」、「尋」字，全屬第十三部侵韻；而《南鄉子》協「闉」、「門」、「分」、「雲」、「津」、「春」、「尋」、「人」字，在第六部中混協侵韻的「尋」字；這兩條資料互爲矛盾，前者證明侵韻獨用，後者則爲眞侵通協之例，但前者乃張元幹詞，葉氏引錄後者爲證，所以刪去第十三部。又《晝錦堂》協「簷」、「尖」、「炊」、「簾」、「厭」、「添」、「嫌」、「拈」、「慨」字，十四部自可成立，惟唐圭璋訂爲無名氏詞，也只能刪去。又《品令》協「靜」、「影」、「近」、「陣」、「恨」、「問」、「印」、「定」、「盡」字，第六部-n尾與十一部-ng尾混協，葉氏視作例外押韻，亦

❺　韋金滿著《周邦彥詞研究》，香港：學津書店，1980年2月。頁71。

不影響分部。又《渡江雲》協第十部「沙」、「家」、「華」、「鴉」、「嗟」、「下」、「紗」、「葭」、「花」字，林振塋認爲是平仄互協之例，葉氏漏去「下」字，亦少一韻。

四、姜夔的詞韻

姜夔江西鄱陽人，小時候隨父宦遊，住在漢陽；壯歲寓居吳興、湖州、杭州等地。姜詞押韻自然會帶有吳楚方言的色彩了。姜夔詞八十四首，吳淑美《姜白石詞韻考》指出押平聲韻的廿九首、上聲二首、去聲一首、入聲十六首、上去通押卅三首、平仄換韻三首。姜詞沒有平仄互協的例子。姜詞常見灰咍通協（第三部及第五部）。又姜詞第四部的上去聲字往往摻入其他韻字，例如《長亭怨慢》及《喜遷鶯》協第三部的「此」「士」字，似屬-i、-iu不分；《永遇樂》、《清波引》、《念奴嬌》、《月下笛》協第十二部的「否」、「畝」字。又《探春慢》協第十部的馬、禡韻，而混協第五部夬韻的「話」字，只能視作例外押韻，不必合拼韻部。吳淑美往往誤認韻腳，例如說《月下笛》「揚州夢覺」句協韻，《側犯》「誰念我、鬢成絲，來此共尊俎」及「寂寞劉郎，自修花譜」中的「我」、「寞」字爲韻腳，藉此妄論第四部的通協現象，十分荒謬。

在陽聲韻方面，姜夔詞有第六部-n尾、第十一部-ng尾及第十三部-m尾的通協現象，《鬲溪梅令》協「人」、「鱗」、「雲」、「陳」、「春」屬第六部，「盈」屬十一部，「陰」、「尋」屬十三部。又《摸魚兒》協第十一部，但混協第六部的「問」字、十三部的「枕」、「飲」字。其他《湘月》、《小重山令》協第十一部，又各協第六部的「陣」、「信」字及「人」字。

姜詞押韻第七部-n尾及第十四部-m尾通協的現象也很普遍。例如《滿江紅》、《眉嫵》、《踏莎行》、《浣溪沙》協第七部，但混協十四部「南」、「感」、「纜」、「染」、「忺」字。由於姜夔有《揚州慢》全協第十一部，《一萼紅》全協第十三部的韻例，我們不好說他-m、-n、-ng三系完全不分。

戈載詞韻的第十七部入聲韻尾-p、-t、-k通協；第十八部-p、-t通協，或為喉塞音韻尾-ʔ的徵兆。按姜詞《疏影》協第十五部，其中「北」字屬十七部；《淡黃柳》、《霓裳中序第一》協第十七部，雜有十六部「角」、「索」字、十五部「綠」字；《淒涼犯》協第十六部，混協十七部「陌」字，同收-k尾，自成一系，未與-t、-p尾相混。《慶宮春》協「壓」「答」「霎」字收-p尾，屬十七部，「闊」「末」「發」「襪」「遏」收-t尾，屬十八部，當是-p尾併入-t尾去了。又《暗香》協第十七部-k尾，惟「筆」字屬-t尾例外。

五、吳文英的詞韻

吳文英一生都在蘇州、杭州和越州渡過，不出吳越的範圍，方言的背景比較單純。根據余光暉《夢窗詞韻考》的分析，吳文英詞三百四十首，協平聲一百十七首，去聲一首，入聲四十三首，平仄轉韻四首，平仄互協十一首，而上去通押的有一百六十二首，幾佔半數。吳詞第四部或協第三部的「止」、「霽」字；或協第十二部的「浮」、「否」、「畝」、「莽」字；第十部馬禡韻協夬韻、霽韻，例如《水龍吟》協「下」、「也」、「話」、「寫」、「暇」、「舸」、「寡」、「借」、「夜」；其中「話」在夬韻、「舸」在霽韻，惟僅此一例，只算例外押韻。

　　在陽聲韻方面，吳詞第六部與第七部通協，例如《風流子》協「塵」、「魂」、「盆」、「言」、「昏」、「裙」、「分」、「雲」、「翻」字，其中「言」、「翻」在第七部。第二部與第十一部通協，例如第二部偶協第十一部的「鶯」、「罌」、「泠」字，而第十一部則偶協第二部的「涼」、「響」字。這兩類通協在吳詞中都比較普遍。又第十四部協第十三部的「飲」字，見《垂絲釣近》，只見一例。至於-m、-n、-ng混協之例，包括第六部與第十一部、第六部與第十三部、第七部與第十四部，都很普遍。

　　在入聲韻方面，常見的有第十六部「著」、「索」與第十七部的「白」、「魄」、「陌」通協（收-k尾），第十七部的「密」、「筆」、「立」與第十八部通協（分別為-t尾或-p尾），第十五部與第十七部的「北」、「墨」通協（收-k尾），此外更有第十七、十八、十九部通協之例（收-p尾）。吳詞三系韻尾的區別十分清楚，韻例亦多。例如《暗香》協「茸」、「闔」、「濕」、「疊」、「曪」、「急」、「葉」、「帖」、「接」、「入」、「蠟」、「匝」，其中「茸」「濕」「急」「入」十七部、「闔」「蠟」「匝」十九部，其他十八部，雖三部通協，可是卻全收-p尾，不見紊亂。但吳文英詞-p、-t、-k韻尾相混之例也很常見，例如《滿江紅・劉朔齋賦菊和韻》協「日」、「色」、「織」、「結」、「咽」、「濕」、「得」、「拾」、「拾」、「物」，這是第十七、十八部通協之例，而三系韻尾都有出現，例證亦多，尚可深究。

　　余光暉嘗妄訂第十六部入聲「覺」字與第八部上去聲混協之例，《點絳唇・和吳見山韻》協「鬧」、「曉」、「悄」、「到」、「了」、「小」、「覺」；《秋蕊香・七夕》協「早」、「笑」、

「小」、「覺」、「到」、「少」、「曉」、「了」。「覺」字兼隸
第八部的去聲效韻，不必拘泥於語義而視作例外押韻。

六、詞韻綜論

上文簡略考察了柳永、蘇軾、周邦彥、姜夔和吳文英五家的詞
韻，他們分別隸籍江南蜀、楚、吳、越、閩一帶。雖然我們不知道當
時官話音系、南北方言及歌詞所用的語言，但透過諸家詞韻三百年的
演變，也許可以看出一些音韻變化的消息。

哈灰兩韻在《廣韻》中因開合口而分韻，後代同屬蟹攝，戈載分
爲第五、第三兩部。柳、蘇、周、姜都有哈灰通協的現象，自爲一
部。潘悟雲、朱曉農《漢越語和切韻脣音字》認爲灰咍在《切韻》時
代已經分離，不僅開合不同，而且元音有別；❻宋詞灰泰（合）五分
之三在蟹攝，五分之二在止攝，朱曉農《北宋中原韻轍考》以「詞匯
擴散說」釋之，即語言變化在語音上是突變的，而在詞匯上是漸變
的，灰泰（合）在唐宋時代經歷了一段漫長的異讀並存時間，元代以
後始從蟹攝轉移到止攝。❼按現代國語讀hai,fei，粵語讀hɔi,fui，仍是
元音區別；吳文英詞沒有灰咍通協的現象，尚未合流。又現代方言
咍、灰韻多讀複元音，惟合肥、蘇州等地咍韻讀ɛ、灰韻讀ue或uɛ；
❽可見柳、蘇、周、姜的咍灰通協或跟現代合肥、蘇州的方言接近。

---

❻　見吳文祺主編《語言文字研究專輯》（上），上海：上海古籍出版社，1982年2
　　月。頁323-356。
❼　朱曉農《北宋中原韻轍考》，北京：語文出版社，1989年11月。頁85-86。
❽　參《漢語方音字匯》第二版，北京：文字改革出版社，1989年6月。

第五部蟹攝「罷」、「畫」、「挂」、「話」等字協第十部（ai
→a），殆屬少數例外押韻；但二字現代方言大抵亦已轉移到-a、-ua
韻中，跟柳永、周邦彥、姜夔詞的押韻情況相似。而蘇軾及吳文英則
有戈智韻的「波」、「舸」字與第十部相協，可能只是古讀的殘餘現
象。

第十二部「否」、「畝」、「阜」、「浮」、「負」、「富」、
「莽」諸字多與第四部通協（iou→iu），除了吳文英詞的「浮」字，
其他全是唇音的上去聲字，似有音素脫落、語音趨簡的音變現象。按
宋詞押韻「否」字半入流攝，半入遇攝，蘇軾詞就是這樣；《中原音
韻》分見魚模、尤侯兩屬，或亦可用詞匯擴散說來解釋。現代西安
話、太原話「否」、「畝」字同讀-u韻，粵語同讀-au韻；北京話
「否」讀fou，「畝」讀mu，音變的步驟並不一致。

第三部及第四部有通協現象，例如柳永以「市」字協第四部、
「處」字協第三部；蘇軾的「似」字及姜夔的「此」、「士」字協第
四部，或是-iu-、iou不分的韻例。按「此」字現代方言多讀 -i 韻
尾，廈門話、建甌話讀ts'u，福州話讀t'sy；「似」「士」字廈門話、
建甌話讀su，福州話讀søy；都跟蘇軾、姜夔的圓唇元音相似。至於
「市」字的現代方言並沒有讀圓唇元音的，柳永或為誤讀。

在陽聲韻方面，柳永-m、-n、-ng三系的區別清楚，跟現代的閩
方言保持一致。蘇軾三系的區別大體清楚，但蘇軾以詩為詞，改依詩
韻，未必能忠實地反映語音的實況。周邦彥詞第十三部併入第六部，
第十四部併入第七部，-m韻尾已經消失，例子亦多，甚至更有-n尾、
-ng尾混協的現象；姜夔詞第十四部亦已併入第七部，更有不少-m
尾、-n尾、-ng尾混協的例子，但也有第十三部-m尾及第十一部-ng尾

獨用的作品，可能也是受了詩韻的影響。吳文英詞-m、-n、-ng混協之例，包括第六部與第十一部、第六部與第十三部、第七部與第十四部，都很普遍。因此，蘇、周、姜、吳四家的陽聲韻可能跟現代吳方言和湘方言的性質相近，即-m尾變爲-n尾；而-n、-ng尾或混而爲一，例如上海話只有-ng尾，長沙話只有-n尾；或轉爲鼻化韻，甚至最後鼻音韻尾弱化以至於消失，變爲純口韻了。宋詞可能只是處於鼻音韻尾的合拼階段，故多混而不分；如果詞人依詩韻填詞，自然還是可以將這三系區別出來了。

在入聲韻方面，柳永嚴分-p、-t、-k韻尾，跟現代閩南方言一致。而蘇軾則幾乎沒有靠口語辨識韻尾的能力，似乎可以說是正處於入聲消失的階段，蘇軾的入聲可能只有-k、-ʔ之別。周邦彥詞的第十九部併入第十八部，-p尾消失，變爲-t尾，也可能是喉塞音-ʔ尾。第十七部-t尾獨立，而-k尾則併入第十五部。姜夔詞第十七、十八部的-p尾併入-t尾，而第十五、十六、十七部的-k尾自成體系，與周詞大同小異。從現代方言的入聲分佈來看，粵、客、閩南保留-p、-t、-k韻尾，潮州話有-p、-k、-ʔ韻尾，南昌話保留-t、-k或-ʔ韻尾，吳語、福州話只剩得喉塞音韻尾。周、姜詞的入聲似跟現代南昌話相近。吳文英詞的入聲一方面保留-p尾，一方面又有混協的現象，可能兼具四類的入聲韻尾，最爲複雜。

試論《五方元音》與《剔弊廣增分韻五方元音》的編排體例

宋韻珊

壹、前　言

　　《五方元音》（以下簡稱《五方》）係由明末清初堯山人樊騰鳳所編撰，本書的成書時間早先據趙蔭棠（1957：226）的考證，以爲當在順治十一年（1654）至康熙十二年（1673）之間；晚近龍庄偉（1988：116-117）據樊氏後代所錄碑文，得知樊氏卒於清康熙三年（1664），遂將成書年代限定於順治十一年至康熙三年之間。樊書出版後，陸續有增補本的出現，如清雍正五年（1727）廣甯年希堯的增補本及嘉慶十五年（1810）繁水趙培梓的《剔弊廣增分韻五方元音》（以下簡稱《剔弊元音》），二書皆在樊氏原本的基礎上進一步加以增補修訂。其中的年氏增補本“增者什之五，刪者什之一，仍其名曰五方元音，存其舊也。”（年氏自敘），雖然年書除收字多寡與樊氏原本不同外，內容也有極大差異，甚至屬於兩個不同的音韻系統（林慶勳先生1994：237），基本上卻未更動樊氏編排體例。相形之下，趙氏自敘本雖分韻一仍樊氏原本，實際上卻以詩韻（《佩文韻府》）

一零六韻爲依歸，聲母也由二十擴爲三十六，與原本大異其趣。

關於《五方》音系的分析研究，趙蔭棠（1936、1957）、陸志韋（1948）、王力（1985）、應裕康先生（1972）、李新魁（1983、1986、1993）、林慶勳先生（1988）等前賢皆曾先後撰文論述，文化大學中研所石俊浩（1993）更以《《五方元音》研究》爲碩士論文，進行詳盡的探究。但歷來對於《剔弊元音》或因視其爲《五方》之增修本，或認爲它在體例上模擬因襲宋元等韻圖舊制，毫無新意，而僅止於泛論性質。在前賢的研究成果上，本文將重心置於《五方》及《剔弊元音》間編排體例上的異同，並由此略論二書在分韻列字上的差異，故僅取差異最大的兩端樊氏原本及趙氏剔弊本加以比較，至於年氏增補本則從略。❶

貳、《五方》與《剔弊元音》的編排體例

《五方》是一部韻書與韻圖搭配的組合體，增補修訂的《剔弊元音》也保存了此一體例，以下即分就韻書和韻圖兩部份來論述二書之異同。

一、《五方》與《剔弊元音》的韻書體例

㈠　《五方》韻書的編排方式

---

❶　本文所據版本，樊氏原本採用寶旭齋刊原本，今藏國立臺灣師範大學；趙氏剔弊本用上海廣益書局印行本，今藏中研院史語所。這兩個版本皆蒙林慶勳師所提供，謹此誌謝。

《五方》篇首除了有樊氏自敘外，從目錄來看可大別爲凡例、上卷、下卷三部份，"凡例"內容主要在說明所以分韻十二、二十字母及切字要法，從韻目名稱分別爲"天人龍羊牛獒虎駝蛇馬豺地"來看，取材自自然界及動物，與人民生活相切合。二十字母則受蘭茂"早梅詩"影響，但變蘭氏凌亂爲整齊，始梆終蛙，並拆《韻略易通》"一母"爲雲蛙二母，使雲母專收細音而蛙母專收介音屬洪音者。凡例中最引人注目的是"等韻略"，係將十二韻依圖表方式呈現，可惜次序混亂，頗爲人詬病。至於"上卷"內容所收即前六韻，"下卷"內容爲後六韻。

《五方》的編排方式是以韻爲總綱，每一韻之內先標示二十聲母，每一聲母下再依據開齊合撮四呼，以上平、下平、上、去、入五個聲調來列字，不同呼口間各自獨立成一小類相區隔。值得注意的是，每一聲母下之例字往往不按四呼先後順序排列，有時齊齒在前開口在後，如天韻"邊班"屬之；有時先撮口再齊齒，如天韻"淵煙"屬之，體例不一。影響所及，顯現在韻圖處之列字便也錯雜凌亂。至於入聲韻的安排，據樊氏自言，前六韻因輕清象天，故全無入聲字，後六韻則重濁象地，與入聲字音的重濁特性相合，故入聲字僅見於後六韻中。而由韻目內容觀察，前四韻爲收[-n]、[-ŋ]尾的陽聲韻，五、六兩韻爲中古收[-u]尾的陰聲韻，顯然《五方》裡僅以入聲配收[-u]尾以外的陰聲韻，而這種安排應該是反映語音演變的結果。

另外，《五方》在全書的收字下原本並未注有反切，但卻在"攎、鵠、縛、髻、額"五字下列出切語；此外，在後六韻沒有下平聲相配的入聲小韻中，也有五十五處出現切語，但位置不在釋文之內，而在第一收字之冠（石俊浩1993：10）。這也是體例較不一致的

呈現。

二 《剔弊元音》韻書的編排方式

《剔弊元音》篇首除了有"集韻分等序"、"元音創始序"、"改正元音序"、"勸學弁言"外，從目錄觀之，一如《五方》般可區分爲凡例和內容兩部份，其中相當於《五方》"等韻略"的韻圖部份，《剔弊元音》易名爲"集韻分等十二攝"，也置於凡例中。韻書部份則依內容分爲卷上、卷中、卷下，每一卷前再做《五方》韻圖體例，另設二十聲母系統之韻圖，惟更以中古聲母名稱，體例和前面的十二攝韻圖不同，可能爲存留《五方》體例並與韻書列字相配合之故。

《剔弊元音》雖說是以《五方》爲底本來增刪修訂的韻書，但據"改正元音序"觀之，卻有三項頗大的改變：一是捨棄《五方》的二十聲母而改取中古等韻三十六字母的觀念，將近代音史上重要的濁音清化、知照系合併、非敷奉合流、零聲母的擴大等規律逆推回去，恢復三十六字母的格局。二是依據平仄、清濁細分《五方》的五聲調爲上平、下平、清上、濁上、清去、濁去、上入、下入八調。三是認爲《五方》的十二韻實簡括《佩文韻府》一零六詩韻而來，故在每一韻下均注明含括詩韻中某幾韻，並一反《五方》從唇音起始列字的作法，改爲由牙音讀起。

《剔弊元音》將十二韻分爲上、中、下三卷，上卷包含天、人二韻；中卷含括羊、牛、獒、虎四韻；下卷則是駝、蛇、馬、豺、地五韻。編排方式是以韻統綱，以聲母領首，依開上、開下、合上、合下四類等呼來區分，各等呼之下再依八個聲調列字。必須說明的是，《剔弊元音》雖援用中古三十六字母系統，但僅將之體現在十二攝韻

圖上，韻書裡的列字仍遵循《五方》二十聲母，惟更以中古舊稱，顯然企圖結合兩系統。另外，根據趙氏在"倣古四聲分論"所言：「凡全濁之上聲，郡定澄並從床六母，俱與全清去聲同音；奉邪禪匣四母，俱與次清去聲同音。」觀之，趙氏主張全濁上聲字應讀同去聲，而所以仍獨立濁上一調，是鑑於《五方》往往將之混入清上或清去內，滋生混淆，故一一歸位，俾便切字音讀。

因爲《剔弊元音》每一大韻目之下皆統屬了詩韻中若干韻，因此在聲調下皆一一以括弧列出，俾便讀者一目了然，易於查索。另外，入聲字如《五方》般僅見於後六韻中，而後六韻無平上去與之相配的入聲小韻，也依循《五方》條例列出切語，和全書體例頗爲不合。

倘若就韻書編排體例來看，《剔弊元音》在每一韻目下標明屬於詩韻中某幾韻以及每一聲母下嚴守開上、開下、合上、合下次序來列字的作法，確實較《五方》清晰明確。只是在聲調上雖區分爲八，實際韻書安排卻往往有數調讀爲同音的現象，因此是否需要區分如此細密，頗令人懷疑。

二、《五方》和《剔弊元音》的韻圖編排

㈠ 《五方》韻圖的列圖方式

基於韻書與韻圖間的體用關係，韻圖的設置本應清晰簡捷，提供讀者按圖索驥之效。置於《五方》前的"等韻略"，即是與韻書部份相配之韻圖，可惜的是韻圖次序混亂，反倒造成查檢上的困難。《五方》的十二韻圖也是以韻領首，最上欄橫列二十聲母，始梆終蛙，其次依開齊合撮四呼分設四欄，取韻首小字排列。前六韻雖無入聲，卻仍以陰刻排入入聲字，圖後並注明入聲寄某韻，不過這僅限於天、人

二韻，至於龍、羊、牛、癸四韻，均以墨圈表示而無字，此點和韻書頗爲不同。

　　《五方》韻圖頗讓人詬病的是，韻圖內所塡入的字有時取小韻首字有時不是，體例不一。今舉一天韻爲例，列出未依韻首字列圖之處：

匏母：騗（片）	風母：翻樊（番藩）
土母：忝舔（腆桥）	鳥母：念暖○南蛹（睍暖澳難報）
雷母：攬孌（覽孍）	竹母：毡展篆詀站（占颭囀氈綻）
虫母：謄串攙慚截（襜籑黿歌慺）	
石母：○遄○○捲訕（苫拴船涮潸鋡）	
日母：染禓（冉捆）	剪母：尖剪纘吮（煎翦纂雋）
鵲母：前（錢）	系母：癬線（跣羨）
雲母：言元（顏圓）	金母：敢貫（感盥）
橋母：賺堪（鐮看）	火母：賢現旱皖（嫌縣漢澣）
蛙母：按萬（嗲翫）	

以上（　）裡表示該小韻首字韻圖應取而未取者，○表示韻圖該處無字實際上卻漏列者。

　　其次，分韻列字也常未依四呼順序，如天韻的排列次序爲齊、合、撮、開；人韻爲合、齊、撮、開；龍韻爲合、齊、開、撮，序列各不相同，令人無所適從。其實此種混亂源自韻書，韻圖只是如實反映而已。即使如此，同一韻在韻書和韻圖處之順序也常牴觸，如天韻鳥母在韻圖的次序是"年暖南"，韻書卻作"年南暖"；系母韻圖作

"先酸三宣"，韻書卻作"先宣酸三"。諸如此類韻書韻圖次序顛倒的例子時有所見，參差頗大。此外，韻圖有時也出現脫字或重出的情形，如天韻石母下第二欄作"遄○舛○"，○處漏列"船涮"二字，而第四欄處又重見"拴○○涮"諸字，就韻圖觀之，似有齊撮之分，但書內卻合而未分。綜上所言，可知韻圖與韻書內涵頗爲歧異，是以恐怕不能單據其中一種來研究，尚需相互配合分析方能了解其中音系內涵。

㈡　《剔弊元音》韻圖的列圖特色

　　《剔弊元音》的韻圖可分爲兩部份，一是置於韻書前凡例部份內的"集韻分等十二攝"，係依據《五方》分十二韻的作法，列出十二張圖表，各圖以韻目領綱，橫列中古三十六聲母，左側縱列韻目，此韻目屬詩韻一零六韻系統；右側縱列開合等第，分別以開口上等、三等、三四合、合口上等、三合四等字樣標示。表面看來，與《五方》迥然不同。至於入聲韻，除了牛、獒、豺及地韻部份無入聲外，其餘兼配陰陽，亦與《五方》不同。

　　以上等、二等、三四合等字眼來分韻列字，是沿襲宋元韻圖的傳統，而所謂"上等"，顯然指一等韻。在牛韻下的"讀韻訣"正透露出趙氏對韻圖等第的看法，今將內容撮聚要點列出如下：

1.上等：見、端、邦、精、曉、來六句。

2.二等：見、知、邦、照、曉、來六句。

3.三等與二等同，惟有輕唇仍屬非句；四等與上等則全不異，然母雖不易，音則有別。

4.見、曉、來三句，凡開口下三等同音；合口上二等同音，下二等同音。

5.邦句不論開合，上二等同音；三等若無輕唇，則下二等亦同音。

6.端、精二句，上等音洪，下等音細，下乃上之降音也。

7.知四母屬二等三等，照句亦屬二等三等，其音雖有舌上、齒頭之
　分，而大略相同，故知徹澄三母下無字，則借照穿床三母下有字
　者讀之；娘母二等要讀與泥母上等同，娘母三等要讀與泥母下等
　同。

由以上條例觀之，儘管列圖時等第分明，讀音上卻儘可兩兩合併，型
態接近四呼，而見曉系二等出現[-i-]介音以及知照系的合併，也說明
《剔弊元音》對聲母的措置並未完全背離《五方》。比較特別的是，
這部韻圖以詩韻"魚虞"屬"羽"音，應入"虎"韻，不與"支微
齊"通，批評《五方》將此二韻下等之字，大半入於"地"韻，而地
韻屬"微"，是失正音的作法。故將魚虞二韻由《五方》地韻改移入
虎韻，這是二圖差異較大之處。

　　《剔弊元音》另一部韻圖置於韻書前，此書既分十二韻爲卷上、
卷中、卷下三部，故於每一卷前以韻圖列字示之。這些韻圖的格式近
於"等韻略"而異於"集韻分等十二攝"，仍以韻分圖，橫列聲母，
分兩行，第一行二十聲母，但以等韻字母名稱取代《五方》的二十
母，第二行列出併入上行聲母的中古十六字母，性質含全清、全濁、
次濁；下設四欄，右側分別以開口上等、開口下等、合口上等、合口
下等來列字；左側標明入聲寄某韻；聲調維持《五方》的五調而非
《剔弊元音》的八調。

　　其實兩處韻圖表面看來雖然差異頗大，實際上只是一詳一略，並
無不同。前面韻圖分韻列等極爲詳盡，後面韻圖爲配合韻書列字時僅
分四類之需，故合併等第成四欄，並糾《五方》韻圖之混亂爲齊整，

便於讀者查檢。而探究趙氏之所以設兩處韻圖的目的，可能一方面想保存《五方》體例，另一方面卻又思擬古，回復理想中的等韻舊制，是以二處韻圖才格式不同。為疏通二者間之歧異，作者還煞費苦心地以"二十字母內藏三十六母圖"和"圖解"來顯示其間聲母合併的情形。不過，此處韻圖列字或取韻書內小韻首字或不取，亦如《五方》般頗不整齊。

參、略論二書體例歧異下反映在韻圖上的現象

《五方》與《剔弊元音》二書在韻書和韻圖上的編纂條例，已如上節所言，本文重點既著眼於二書編排體例上的歧異，是以本節遂進一步將二書在不同體例下於"韻圖"部份所產生分韻列字上的差異，略加論述。限於篇幅，無法詳論二者音系內涵上之對比，至於論述要點有二：1.聲母與聲調；2.分韻與列字。

一、聲母與聲調

《剔弊元音》既以等韻三十六字母取代《五方》二十聲母，遂立有"對證字母圖"來顯示其間的對應關係，今列出如下：

見--金	溪郡--橋	曉匣--火	影喻疑--蛙
端--斗	透定--上	來--鳥	泥娘--雷
邦--梆	滂並--匏	明--木	敷非奉--風
精--剪	清從--鵲	心邪--系	微--雲
知照床澄--竹	穿徹--蟲	審禪--石	日--日

《剔弊元音》在"集韻分等十二攝"裡雖採用等韻字母系統，至韻書前的分卷韻圖時，卻回復《五方》的二十母，但改以中古稱謂來標示，成爲"見溪曉影端透泥來邦滂明敷精清心微照穿審日"。除更動名稱外，連聲母位置也易《五方》的"始梆終蛙"爲"始見終日"，體例上的前後不一，是企圖同時保存《五方》體例和等韻舊制的緣故。

若就以上的聲母對應來看，相應的各母間界限頗一致，最大的歧異在雲蛙二母上。《五方》裡本來同屬零聲母但區分洪細的雲蛙二母，到了《剔弊元音》又將二者性質合一，統歸蛙母下，而讓雲母專收來自中古的微母字。原本在《韻略易通》時，即有無母和一母之分，無母是一個脣齒擦音[v-]，由中古微母變來（趙蔭棠1957：210）；一母則是由中古的疑影喻三母合一。到了《五方》一書，《韻略易通》的無母轉爲零聲母，變與蛙母同音。換言之，來自中古的影喻微疑四母在《五方》裡已盡數零聲母化，所以《五方》的雲與蛙其實都是零聲母，只是雲母收介音屬細音者，蛙母收介音屬洪音者，將零聲母區別洪細，使聲母分類更趨精細。（林慶勳先生1994：241）此由樊氏在書前"二十字母"圖說，雲母下舉"因言蒕元"四字，蛙母下舉"文晚恩安"四字可證。但是如此細緻的審音，到了《剔弊元音》卻又開倒車，一如《韻略易通》讓雲與微相應，蛙與影喻疑相應，顯示了趙氏的保守態度。

其次，關於知照系的合併及捲舌音的形成，在《五方》中即使竹蟲石日四母內尚存在數種對立型態（林慶勳先生1994：242-245、石俊浩1993：65-68），卻無礙於語音演化規律的進行和完成。相反地，《剔弊元音》在十二攝韻圖處卻又體現中古時知系二、三等與照

系二、三等對立型態，李新魁（1993：142）認爲"趙氏是把樊氏原書盡量按傳統韻學的標準，把創新的成分去掉"的說法，某種程度上是正確的。不過從"而兒耳二"等字在二書仍歸於日母看來，距離現代漢語讀成零聲母還有段演化歷程。

至於在聲調的呈現上，《五方》的五個聲調明確標示在韻書和韻圖兩個部份，頗爲一致；《剔弊元音》的八個聲調則只顯示在韻書而不見於韻圖，如在"集韻分等十二攝"裡，一依中古平上去入四調列字；至於分置於卷上、中、下的韻圖，則依循《五方》的五調。因此在聲調的表現上，《剔弊元音》可謂前後不一。而在《五方》裡對全濁上聲字的安排是，有些仍置於上聲處，有些歸入去聲。如人韻"混"（火母）、豺韻"蟹"（火母）還讀上聲；但龍韻"動"（斗母）、羊韻"項"（火母）、牛韻"厚"（火母）、地韻"跪"（金母）、地韻"似"（系母）則被列在去聲，這證明全濁上歸去的現象在《五方》裡尚未完成。《剔弊元音》對於五方的不同措置顯然頗有微詞，所以雖然說明濁上讀同清去，卻一一使其回歸濁上之位，此爲二書不同之處。值得注意的是，《五方》讓入聲與陰聲韻相配，《剔弊元音》在韻書部份雖依從《五方》，但韻圖裡卻又入聲兼配陰陽，這意味著入聲調雖未消失，卻很可能已轉變成喉塞音尾[-ʔ]了。

二、分韻與列字

在前賢的研究中，咸認《五方》與蘭茂的《韻略易通》關係密切，趙蔭棠、龍庄偉、石俊浩更指出《五方》分韻實受喬中和《元韻譜》影響所致。《剔弊元音》和《五方》很大的不同即是以《佩文韻府》一零六詩韻爲編纂依據，至於等第和聲母則承襲等韻舊制。以下

取《五方》與《剔弊元音》的十二韻與一零六韻相對照，並依《剔弊元音》分爲卷上、中、下的作法區分爲三組，藉以觀察其間韻目的分合情形。

第一組

《五方》	《剔弊元音》	詩韻
天	天———————	元寒刪先覃鹽咸（舉平以賅上去入）
人	人———————	文元,元之根,元之昆,侵
龍	龍———————	東冬庚青蒸

本組的說明如下：

1.天韻：中古收[-m]韻尾的咸、深攝與收[-n]尾的山、臻攝反映在《五方》天、人二韻中已合流爲一，宣告著[-m]韻尾的消失，只剩收[-ŋ]尾的曾、梗、通攝還保留獨立在龍韻中。但是《剔弊元音》卻反其道而行，依然保留[-m]尾韻。在列字上，《剔弊元音》把《五方》同置於第一欄的"尖千"依詩韻系統分入先、鹽二韻開口四等，區分甚細；相反地，如"專川喘遄鐫宣旋選"同見於《剔弊元音》先韻合口三四等，《五方》卻分列於二、四欄內，比較混亂。至於《五方》列字常不取韻首小字的缺點，在《剔弊元音》則少見。

《五方》前六韻既無入聲，便在圖後注明"入聲寄某韻"，如天韻後注明入聲寄蛇韻、入聲寄駝韻、入聲寄馬韻、入聲同二排。但另一方面卻又陰梓入聲字，《剔弊元音》則乾脆依據《五方》所注，一一補入入聲字，令入聲兼配陰陽。

2.人韻：與人韻相當的"元之根"，來自中古"痕韻"，"元之

昆"則來自"魂韻"。這兩韻所屬韻字在《五方》裡，屬於開口的
"根痕恩懇"被改列第四欄應該是讀成撮口呼的位置，而屬合口的
"昆坤昏溫魂"卻被移至第一欄應是開口呼處；這些字在《剔弊元
音》裡則一一被還原歸位，證明《五方》韻圖雖以四呼順序來列韻排
字，卻常自亂規則。

　　3.龍韻：《剔弊元音》裡的蒸韻僅平入有字，上去無字；《五
方》卻合原屬開口一二等的蒸、庚為一韻，改置第三欄，使上去聲有
字，入聲反以墨圈填實，不列入聲字。另外，《五方》龍韻第四欄撮
口呼僅有"恭炯共穹窮頃兄雄迥瓊"十字列於金橋火三母下，這些字
在《剔弊元音》裡原屬東冬庚三韻，《五方》讓這些撮口字獨立一類
和其他合口字分開，說明他們讀成[-yŋ]無疑。

　　第二組

《五方》	《剔弊元音》	詩韻
羊	羊————	江陽
牛	牛————	尤
獒	獒————	蕭肴豪
虎	虎————	魚虞，屋沃物，月之骨

本組的說明如下：

　　1.《五方》除七虎韻以下有入聲韻外，羊、牛、獒三韻入聲處仍
以墨圈代替。至於《剔弊元音》裡的"月之骨"，來源自中古"沒
韻"。

　　2.羊韻：《五方》羊韻第一欄主要與《剔弊元音》陽韻開口上等

相當，不過《五方》全合併爲開口呼的"邦謗傍胖"和"方防訪放"
在《剔弊元音》還有開、合之分。比較特別的是，《剔弊元音》陽韻
開口三等知照系的"張昌長唱丈賞上"，《五方》列在開口呼；《剔
弊元音》江韻合口二等、陽韻合口三等的照系"莊壯窻床創霜爽漴"
則被《五方》置於第二欄，與開口細音"將槍央江腔香相"等相配，
此即上文所言，竹蟲石日內部存在對立的緣故。至於"光匡荒汪狂廣
往誑"等字在《剔弊元音》尚保留一三等之分，《五方》也一律讀同
合口。

　　3.牛韻：《五方》牛韻第一欄主要相當於《剔弊元音》尤韻開口
三等，不過梆（邦）系見於《剔弊元音》四等，斗（端）剪（精）二
系在《剔弊元音》則置於一等。《五方》第二欄金橋火三母所屬例字
相當於《剔弊元音》尤韻開口一等，剪系相當於《剔弊元音》開口四
等，鳥母相當於開口三等。《五方》在本韻的列字是先齊齒後開口，
次序顛倒，《剔弊元音》則將之移回原位。

　　4.獒韻：獒韻在二書中皆無入聲字，但《五方》注明入聲俱寄駝
韻；《剔弊元音》則直言無入聲。韻目列字方面，第一欄主要相當於
《剔弊元音》豪肴蕭三韻開口一至四等，其中金橋火三母例字分屬
《剔弊元音》肴開二、蕭開三，顯然有轉成舌面音的趨勢。位於《五
方》第二欄應讀齊齒呼的例字，除竹系屬於《剔弊元音》肴開二外，
其餘卻置入豪開一，作開口讀音。

　　5.虎韻：《五方》虎韻除第二欄有"菊頡"二個入聲字外，餘僅
第一欄有例字，大抵相當於《剔弊元音》虞韻開口上等，惟風母見於
虞開三，竹系也屬於魚、虞二韻開口三等。奇怪的是，《剔弊元音》
在十二攝處之韻圖標示本韻爲"開口"，但在後面的韻圖卻作"合

口"，自相矛盾，個人以爲可能前面韻圖處是個誤字。

第三組

《五方》	《剔弊元音》	詩韻
駝	駝────	歌,覺藥曷
蛇	蛇────	麻,職陌屑,月葉洽
馬	馬────	麻,點合洽曷月
豺	豺────	灰,佳蟹泰
地	地────	支微齊灰,質物陌錫,職,緝

本組的說明如下：

1.駝韻：《五方》駝韻第一欄例字分屬於《剔弊元音》歌開一和歌合一，如梆、斗、剪三系即同時收錄開合口之字；不過同屬《剔弊元音》內歌韻合口上等的見曉系字，如"戈果科顆禾訛課過禍臥"在《五方》裡卻改置第二欄，這顯示中古開口歌韻與合口戈韻在詩韻裡雖合爲歌韻，《剔弊元音》裡依然保留開合對立，《五方》的分立也說明第二欄之字應讀成合口。

2.蛇韻：《五方》第一欄之例字相當於《剔弊元音》麻韻開口三四等；第二欄除"靴"外，僅有入聲字，見於《剔弊元音》屑韻合口三等。

3.馬韻：《五方》第一欄相當於《剔弊元音》麻開二，惟斗母下"打大"二字只見於《剔弊元音》韻書部份，韻圖處漏列。第二欄金橋火母之例字相當於《剔弊元音》麻合二。

4.豺韻：《五方》第一欄相當於《剔弊元音》"灰之來海塊"韻

的開口上等和佳開二。第二欄的金橋火三母例字相當於佳韻合口上等，不過"扐嘬撅膪"僅見於《剔弊元音》韻書處，"揣衰帥率"則被移入地韻支合三照系內，而"桯臢"則不見於《剔弊元音》。另外，第三欄的"乖拐怪虢擓蒯快懷壞攫歪崴外矆"諸字亦只見於《剔弊元音》韻書部份，韻圖上除"懷"字置於佳合一外，餘皆不見。

5.地韻：《五方》第一欄的斗、梛、剪三系相當於《剔弊元音》齊開三，餘屬支開三。第二欄主要屬於灰合一、支合三；風、金二母則相當於微合三。值得注意的是，第三欄的例字源自中古魚開三，《剔弊元音》以爲詩韻裡的魚虞二韻屬羽音，理應歸入"虎韻"，不該和支微齊三韻相通，《五方》把魚虞二韻歸入地韻，是受《洪武正韻》將虞字換成模字，只收上等字，三等則併入魚韻，不與上等叶讀，故後人皆讀同地韻的影響所致，實際上有失正音。所以趙氏在修訂時便將《五方》此欄原置於地韻中之字改入虎韻中，此爲二書在分韻列字上較大的不同。至於第四欄僅竹、剪二系有字，剪系見於《剔弊元音》灰開一，竹系相當於支開三，這些現今國語讀成捲舌音的字，在《五方》裡獨立爲一欄，顯示[-ɿ]韻應該已經形成。

綜上所言，《五方》裡的四呼在《剔弊元音》裡幾被盡數回歸中古的二呼四等，而幾項近代音史上的重要語音演化規律，在趙氏有意復古下亦停滯不顯。李新魁（1993：142）說樊書是反映近代音的，《剔弊元音》則大體反映中古音。就十二攝韻圖處的呈現觀之，個人頗爲贊同。

肆、結　語

　　關於《五方》和《剔弊元音》在編纂體例上的歧異及由此產生聲、韻、調之異同，上文已約略論述。《五方》在近代音史上被視為標示著語音演化的風向球，在幾項重要的語音演變規律上，如聲母方面的濁音清化、非敷合流、知照系部份合流、影喻微疑零聲母化；在韻母和聲調方面，如[-m]尾消變入[-n]尾、[-i]韻的產生、平聲分化等，在《五方》裡都一一予以呈現，對於探求清初實際語言面貌，是部重要的語料。但是為何晚出的增修本《剔弊元音》反而大開語言潮流倒車，讓它披上復古外衣，以中古風貌呈現呢？樊氏原本意欲建立一套“五方通行”的音系，趙氏亦自言“要非精於等韻，不知此編有功於等韻而大有補於元音（指《五方元音》），使元音可垂於不朽而等韻將以復明於世也。”是一種想兼顧五方體系而又能展現等韻精密審音觀念的理念驅使下，才造就出像《剔弊元音》這樣一部雖不符合語言發展潮流卻便於士人作詩押韻、識字審音之用的韻書。倘若翻閱近代語音史裡所錄諸多韻書韻圖，不難看出反映時音與復古存濁的勢力同樣強大，儘管口耳相傳之音已日趨簡化，並不代表思潮與觀念亦與時俱進，因此《剔弊元音》在漢語語音史的演進上，或許未能反映進步的音韻觀念，但在呈顯清中葉階段，部份士人對語音演變的態度上，本書是個不錯的教材。

引用書目

石俊浩

　　1993　《《五方元音》研究》，中國文化大學中研所碩士論文。

李新魁、麥耘

　　1993　《韻學古籍述要》，陝西：人民出版社。

林慶勳

　　1988　〈從編排特點論《五方元音》的音韻現象〉，第七屆全國
　　　聲韻學學術研討會稿本。（又見《聲韻論叢》第二輯：237-
　　　266，1994年台灣學生書局出版。）

趙培梓

　　《增補剔弊五方元音》（清嘉慶十五年），上海廣益書局印行，
　　中央研究院歷史語言研究所藏。

趙蔭棠

　　1957　《等韻源流》，台北：文史哲出版社（1985影本）。

樊騰鳳

　　《五方元音》，寶旭齋藏板，國立臺灣師範大學藏。

龍庄偉

　　1988　〈略說《五方元音》〉，《河北師院學報》（哲社版）
　　　2：116-119,109。

由長承本《蒙求》
看日本漢字音的傳承

吳聖雄

壹、前 言

　　《蒙求》（746）是唐朝李瀚所著的一部訓蒙書❶。全書採用四言長詩、隨文注釋的方式，序列古人事跡。每句歌詠一人，正文共五百九十六句，能背誦全書，等於記得了將近五百個故事❷，對充實典故很有幫助。這部書在九世紀已經傳入日本❸，受到相當大的重視，為日本文學提供了豐富的素材❹。

　　長承本《蒙求》是日本現傳最古的《蒙求》抄本，昭和十年（1935）被指定為國寶，現在列為重要文化財。原屬保阪潤治，中經

---

❶　根據畿輔叢書本《蒙求》卷首李華序，及卷末天寶五年（746）饒州刺史李良的〈薦蒙求表〉。

❷　《蒙求》通常一句記載一件事，但也有兩句一件事的情況。

❸　日本《三代實錄》卷三十四元慶二年（878）八月廿五日，以及《扶桑集》卷九，都有貞保親王在橘廣相的侍讀之下學習《蒙求》的記錄。參山田孝雄（1913）p826-827、築島裕（1990）p73-74。

❹　參山田孝雄（1913）、山岸德平（1941）。

酒井宇吉，1983年由日本文化廳保管。❺1990.10.1移交東京國立博物
館保存。❻因爲卷末有長承三年（1134）的題識，所以稱作長承本。
書中的聲點及注音，一般視爲研究日本漢音的重要文獻材料。

　　有關本書的研究：築島裕（1990）根據他（1958-60）的研究，
對本書作了相當詳細的介紹，並付上原書彩色照像縮印本、影印・摹
寫對照本、聲點・假名索引、漢字筆劃索引、分韻索引等，對研究者
非常便利。此外沼本克明（1982）利用各時代《蒙求》的注音探討漢
音和化的歷程，以長承本中的兩類注音爲最早的材料，他（1995）的
〈吳音・漢音分韻表〉也以長承本的注音爲漢音的材料。佐佐木勇
（1992）由長承本朱聲點的加點位置，判斷當時區別九種聲調。都在
築島裕的基礎上作了深入的研究。

　　筆者由以上的研究成果中，得到了許多啓發，對前輩先生們的貢
獻深表感激。原先準備遵循前說，但是在研究過程中，經由校勘工
作，發現了一些有趣的現象，從而對長承本的性質得到了不同的理
解。本文先發表其中的一部份，用以討論長承本的基本性質，希望能
對日本漢字音形成的歷程有所了解。

貳、《蒙求》的特點

　　在討論長承本之前，對於《蒙求》原本的性質，有兩點值得注

---

❺　參築島裕（1990）卷首的山本信吉序。
❻　我曾根據築島裕（1990）扉頁的提示向日本文化廳詢問，得知此書已移交東京國
　　立博物館。移交日期根據該館島谷弘幸先生所提供之內部資料。

意：

一、四聲循環、避免重韻的用韻規律

《蒙求》的正文是一首四言長詩，共五百九十六句。除了最後四句用來作結束，僅有兩韻（四句）外，全文採用兩句一韻，四韻（八句）一換韻的方式押韻，共七十五組韻腳。現在把各組所屬韻目列表如下：（韻譜請參附錄一）

1 東	2 姥	3 歌戈	4 泰	5 支	6 昔
7 刪山	8 薺	9 魚	10 翰換	11 陽	12 燭
13 尤侯	14 語	15 先	16 宵侯	17 微	18 質術
19 蕭宵	20 皓	21 齊	22 代隊	23 元魂	24 德
25 青	26 馬	27 鍾	28 志	29 佳皆	30 屑薛
31 侵	32 獼	33 脂	34 怪夬卦	35 模	36 覺
37 桓寒	38 紙	39 諄眞	40 勁	41 麻	42 緝
43 灰咍	44 旨	45 遇	46 屋	47 清	48 厚
49 霽	50 葉怗	51 虞	52 養	53 號	54 藥
55 豪	56 寢	57 至	58 麥陌	59 之	60 果
61 御	62 合盍	63 仙	64 靜	65 願	66 月
67 江	68 止	69 嘯笑	70 鐸	71 蒸	72 產
73 暮	74 錫	75 仙			

從這個表可以看出：1.由第 1 到第 42 組韻腳，是以「平、上、平、去、平、入」的循環來押韻，一共七個循環；第 43 到 74 組則是以

「平、上、去、入」的循環來押韻，一共八個循環；最後一組則又回
到平聲。2.除了最後一組韻（只有兩個韻腳）押仙韻，與第 63 組韻
目重複以外，全文沒有其他重複用韻的地方。由此可以想見：李瀚在
用韻方面確實是花了不少苦心的。

　　另外還有一點值得補充。觀察本文所作的韻譜，可以發現，韻腳
中有兩個字重複出現：「車」分別押第 9 組的「魚」韻、第 41 組的
「麻」韻，以及「冠」分別押第 10 組的「翰換」韻（去）、第 37 組
的「寒桓」韻（平）。雖然文字相同，但是卻分別運用「車」在聲韻
方面、以及「冠」在四聲方面的異讀，來充當不同的韻腳。由此可見
李瀚對聲律的重視，似乎還超過對修辭的考慮。

二、削足適履的修辭方式

　　《蒙求》的正文，一句歌詠一個人。由於人名往往就佔去兩個
字，在一句四個字的限制之下，要把一個人的特徵或是事蹟描述清
楚，是很困難的，因此有時不得不採取削足適履的修辭方式。如：
「郗超髯參，王珣短簿」❼，根據注釋，兩人在桓溫府中，一任參
軍、一任主簿，郗超多髯、王珣矮小，這兩句的謂語部分原來是由
「髯參軍、短主簿」各省略一個字而來的。但是這樣一來，就會造成
文義晦澀，不看注釋，有時不大容易了解文句的意義。碰到一字兩讀
的情況時，就不易決定該怎麼讀。如「參」字在《廣韻》裡有五個讀
音：1.所今切，侵韻疏母。2.楚簪切，侵韻初母。3.倉含切，覃韻清
母。4.蘇甘切，談韻心母。5.七紺切，勘韻清母。不知道它是「參

---

❼　正文15-16句。畿輔叢書本卷上3b-4a、學津討原本卷上4b-5a。

軍」的「參」（覃韻清母），就很容易把它讀成別的音❽。由於《蒙求》本來是正文與注並行的，讀懂了注中的故事，再背誦正文，仍不失爲一種幫助記憶的辦法。但是如果去掉注文，只讀正文，就很容易發生誤解。

參、長承本《蒙求》的性質

長承本《蒙求》是一部手抄本，只有正文，沒有注釋。正文用墨筆書寫，四句一行，開頭兩行（八句）之前的部分殘缺，共一百四十七行。正文之後空一行，寫：

蒙求一部

，筆跡與正文相同。再空一行，寫：

長羕（承）三年十二月廿七日〔花押〕
　　　　僧琳兒之本也

這兩行的筆跡與正文不同❾。以下就沒有其他文字了。

長承本的正文，錯字很多。如：「照」誤爲「昭」（148.10）

---

❽　如沼本克明（1995）〈長承蒙求分韻表〉p240，就將這個字列在談韻心母之下。

❾　見築島裕（1990）原書攝影p22。

❿、「昭」誤爲「照」（11.2、46.6、144.10）。偏旁的「木、手」、「水、冰」、「示、衣、禾」經常相混。許多筆劃都沒有把握，如「武」字在「弋」上多一撇（6.1）、「闕」裡面的部分寫成「報」（8.4）、「晁」所從的「黽」寫得像兩個「土」中間加一豎（121.9）等。尤其是許多勉強的筆畫，給人一種倚樣畫葫蘆的感覺。

一、注音的層次

長承本在聲韻學上最有價值的，是它注音⓫的部分。在確定這些注音的性質之前，爲了說明的方便，先將這些注音，依顏色分爲朱筆與墨筆，依形式分爲打點的「聲點」⓬、用漢字的「直音」、與用假名的「假名注音」，以表列的方式說明它們在全書中所佔的分量，以及分布的情形：

	聲　點			直　音		假名注音	
	數量	分布	形式	數量	分布	數量	分布
朱筆	2263	全卷	圓點	83	前半	163	前半
墨筆	111	全卷	圈點	15	全卷	2017	全卷

---

❿ 本文要註明某個例子見於長承本《蒙求》的位置時，就採用這種號碼。前面的阿拉伯數字表第幾行，按照築島裕（1990）所編的行數。點後的阿拉伯數字表示在該行第幾字，爲本文所加，下文仿此。此外，因爲長承本是一部手抄本，錯字、俗字很多，爲了印刷方便，現在都改爲電腦所用的字體，以下不一一註明。

⓫ 「注音」一詞，本文主要用於包括表記漢字讀音的「直音」與「假名注音」，以便於與僅表記聲調的「聲點」一詞對舉。但有時爲了行文的方便，有時也包括「聲點」在內。指涉不統一，請讀者諒解。

⓬ 「聲點」是一種利用在漢字四隅不同的位置加點，來區別聲調的辦法。有點類似中國的「圈發」。

築島裕將長承本中主要的注音依顏色分爲兩大類：1.是用朱筆書寫的注音，包括圓點的聲點、直音與假名注音。他認爲這類注音的方式與筆蹟有平安中期的特徵，因此推測是在十世紀加點的。2.用墨筆書寫的注音，包括圈點的聲點及假名注音，他認爲這是在長承三年加點的。另外還有一小部分的墨筆注音，筆蹟與第 2 類有別，算作第 3 類，他認爲與第 2 類的時代不會相隔太遠。至於本文書寫的年代，他根據筆致以及朱筆注音的筆蹟及訓點方式（先有本文才能加點），推測長承本的本文是在十世紀書寫的。❸也就是說： 1 、 2 兩類注音書寫的年代前後相差了一百多年。

用筆致來推測書寫年代，尤其是一、兩百年的差距，效力恐怕很有限。至於用注音方式來推測年代，基本上是很科學的。但是這裡必需要提出另一個觀念，那就是：材料現象所反映的時代與書寫的時代，有時候不能等同。因爲材料的形成有可能是原創的，也可能是傳抄的。如果爲長承本注音的人根據的是他的審音，那麼他注音的方式就有可能反映時代。但是如果注音是由其他的本子過錄來的，那麼這些注音就有可能存古，而跨越時代。因此在斷定長承本注音的時代以前，有必要先研究這些注音的性質。

根據築島裕的意見，長承本的注音至少是分三批加上去的。本文認爲：長承本注音的性質與來源可能更爲複雜。雖然顏色相同，仍然可以根據其他的線索，分辨出不同的層次。

(一) **朱筆聲點和朱筆注音宜分別看待**

觀察朱筆的部分，依它們的形式可以分爲：直音、假名注音、聲

---

❸　築島裕（1990）p80。

點三類。朱筆的直音和假名注音，本文合稱爲「朱筆注音」。它們與朱筆聲點在長承本中的分布有明顯的不同。朱筆聲點分布於全卷，也就是除了第126行的十六個字完全沒有以外，幾乎正文的每個漢字都有朱筆聲點。❹但是朱筆注音並不是每個字都注，而且僅到82行，剩餘將近一半的篇幅都沒有朱筆注音的痕跡。兩者在分布上的不同，是個值得注意的現象。

　　朱筆注音中，不僅假名注音是不表聲調的，直音也同樣不考慮聲調。觀察朱筆直音的注字與被注字間的關係，如：平聲「31.3馴、43.2遵、60.1淳」，上聲「53.4雋」，去聲「54.2潽、67.15俊」的直音都是「春反」。平聲「50.10逶」，上聲「40.3毀」的直音都是「鬼反」。平聲「64.3褰」，去聲「32.6彥」的直音都是「見反」。平、上、去三聲的字可以互注，這和朱筆聲點區分聲調的意識是不同的。由以上的現象，本文認爲有必要將兩者分別看待。❺

　　㈡　朱筆未必早於墨筆

　　朱筆注音用了一些萬葉假名式的注音，它所反映的注音系統固然有可能比較古，但是這些朱筆注音寫入長承本的時代，卻未必早於墨筆注音。因爲長承本正文中同一個漢字旁邊，有時既有朱筆注音，又

---

❹　除了第126行完全沒標、重疊詞第二字不標，以及零星幾個字沒標以外，是標註最完整的一類注音。

❺　另外有一個例子也可以證明兩者的來源不同。54.11的「膽」字，朱筆注音爲「ㄊㄞㄙ（tamu）」，不誤。（因爲原句是「姜維膽斗」）右側的墨筆注音注爲「ㄙㄜㄙ（semu）」，則是讀成了「瞻」。左側的墨筆注音注爲「ㄊㄢ（tan）」，採取了不分-m、-n派的讀音，仍是讀爲「膽」。至於朱聲點則打在陰平的位置，顯然是繼承了誤讀「瞻」的讀音。由此可見朱筆注音與聲點各有不同的來源。

有墨筆注音。由兩種注音互動的情況來看，有些墨筆卻早過朱筆。

一種情況是朱筆似乎有意避開墨筆。墨筆注音的位置比較固定，如果是寫在漢字的右側，則通常都位於右側偏下，也有若干情形是位於正右側。但是朱筆注音的位置則較不固定，除了與墨筆重疊外，經常注在墨筆剩餘的空間。如：

	漢字	墨筆	位置	朱筆	位置
19.1	枚	ハイ	右下	梅反	上欄外
28.14	宏	火ウ	右下	黃	墨筆上方
45.12	蝨	シツ	右下	日反	墨筆左側
62.16	禽	キム	右下	琴反	下欄外
72.6	翁	オウ	右下	應反	漢字左側

如果朱筆比墨筆先寫，那麼每個漢字的四周都有足夠的空間，書寫的位置應該最有選擇的餘地，不必到處閃避。造成朱筆注音位置不固定的原因，應是漢字的旁邊已經有了墨筆注音，因此在書寫朱筆注音的時候才會有到處閃避的情況。❻

另一種則是朱筆與墨筆重疊的情況。由於朱筆與墨筆重疊的時候，無論是先寫或是後寫，用肉眼看都容易認為是朱筆在下。為此我曾到東京國立博物館借閱過長承本的原卷，觀察朱筆與墨筆注音的上下關係。即使是用放大鏡仔細觀察，許多情況還是不容易判別。有幾個例子看起來像墨筆蓋過朱筆，有二十幾個例子像朱筆蓋過墨筆，確

---

❻　48.16「匱」字右側只有一個朱筆注音「チヨク」，而左側有一個墨筆注音「卜ク　イ本」。由墨筆注音所註的「イ本」來看，它屬於後加的一個層次。

實可以肯定是朱筆蓋過墨筆的有：

	漢字	朱筆	墨筆
33.14	均	屈反	クヰ＞
39.3	扶	不	フ
40.1	澹	太ム	大〔　〕❶
45.4	項	香反	ケイ

如果朱筆注音確實早過墨筆注音，那麼墨筆就該蓋過朱筆，不該有朱筆蓋過墨筆的情形。現在既然有朱筆蓋過墨筆的情形，那就顯示了：有些朱筆確實比有些墨筆後加。

　　如果朱筆注音果然是一種比較早的注音方式，而在某些地方又顯得比墨筆注音後加，兩者之間要沒有矛盾，那就得解釋朱筆注音是由一個較早的本子抄過來的。也就是說：雖然它注音的方式比較早，但是它過錄到長承本的次序比某些墨筆注音晚。了解到朱筆注音裡古老的現象，是由於抄錄的存古，而非書寫時代在前，長承本的時代就仍然可以根據識語所記載的「長承三年（1134）」為參考點。它形成的時代縱深也就可以不必拉長為一百多年了。

　　至於朱筆注音只分布於長承本前半部的現象，也就可以理解為：朱筆注音所根據的可能是一個殘缺的本子。

　㈢　漢字左右兩側的墨筆注音來源不同

　　1.左右兩側的墨筆注音不同音

---

❶　〔　〕表示該部分破損。

墨筆注音，通常位於漢字的右側，但是有些情形是漢字的左右兩側都有。左右兩側的墨筆注音通常不同音，如：

	漢字	右側墨筆	對音	左側墨筆	對音
4.2	嵩	シウ	siu	スウ	suu
16.13	息	シヨク	sjoku	ソク	soku
30.12	屈	クヰツ	kwitu	クツ	kutu
52.2	丹	シウ	siu	タ V	tan
56.6	頡	キチ	kiti	ケツ	ketu
147.3	擲	チヤク	tjaku	テキ	teki

按理來說，《蒙求》的性質既然是一部訓蒙書，當時的日本人拿來作爲學習漢語的教材，那麼即使有些字有一字數讀的可能，在有上下文的情況下，應該也只有一個讀法才對。現在一個字出現了兩種注音，它們的性質有什麼不同呢？

2.添寫的先後不同

墨筆注音在漢字兩側的分布，有三種可能：A、左右兩側都沒有，共432例。B、只有右側有，共1891例。C、左右兩側都有，共75例。只有右側注音的情形佔大多數，顯示這是墨筆注音的基本體例，可能發生在先。兩側都有的情形只佔少數，而又沒有只在漢字左側注音的情形。❸由此可以推測：漢字左側注音的發生，是因爲右側的位

---

❸　漢字左側有墨筆注音，而右側沒有墨筆注音的有一例，參注16。還有一個例子91.8「目」，只有左側有「ホク」的墨筆注音，但是右側有破損，這個位置可能原來是有注音的。

置已經被佔據，於是轉而寫在漢字的左側，發生在後。

　　3.墨色不同

　　有些情況是左右兩側的墨色濃淡不同，如：

漢字	右	左	說明
57.16	齊	セイ	サイ	左側墨色較淡
143.16	棧	セ＞	セ∨	右側墨色較淡
147.16	溺	テツ	テキ	右側墨色較淡

這也可以佐證，兩者可能是在先後不同的情況下書寫的。

　　4.筆跡不同

　　更值得注意的是：左右兩側墨筆注音的筆跡也不相同。因為假名的筆畫簡單，乍看之下不易察覺。但是仔細比較左右兩側的墨筆注音，它們筆跡的不同，有些地方仍然是可以辨識的。現在以假名「ウ」為例：

漢字	右	左
4.2	嵩	シウ	スウ
18.11	嗽	ソウ	シウ
55.5	鄧	リウ	トウ
59.1	鄧	リウ	トウ
90.16	娶	スウ	シウ
141.16	蠅	シヨウ	ヨウ

右側的墨筆注音的「ウ」寫得比較像寶蓋頭，而左側的寫法則和今日的假名字體比較接近。因爲就在同一個漢字的兩側，筆跡的不同可以很容易就辨別出來。這顯示：漢字兩側的墨筆注音，是由不同的人所書寫的。

㈣ 同樣在漢字右側的墨筆注音也有不同來源

1.筆跡不同

不但是漢字左右兩側的墨筆注音筆跡不同，位於漢字右側的墨筆注音也可以發現不同的筆跡。仍以假名「ウ」爲例：

	漢字	右側墨筆注音
21.4	量	リヤウ
23.12	興	キヨウ
38.1	壽	シウ
39.16	倒	タウ
41.7	雲	ウ V
45.14	由	イウ
46.2	馮	フウ
65.5	董	トウ
80.6	陵	リヨウ
96.2	馮	フウ
100.6	章	シヤウ（與鄰行99.6「章」右側注音筆跡明顯不同）
103.2	雲	ウ V
119.2	嘗	シヤウ
137.3	主	シウ
141.8	冰	ヘウ

以上這些例子中，ウ的筆跡和其他出現在漢字右側的寶蓋頭ウ筆跡不同，而且還似乎不止只有一種筆跡。

至於寶蓋頭ウ，約有470個，都只出現在右側。它們是否都屬同一筆跡也還有疑問，因爲由第一筆打點的方式、最後一筆轉折的方式、字體的大小等方面來看，似乎可以再分出不同的筆跡來。但這究竟是同一個人筆勢的變化？還是不同的筆跡？暫時還不能斷定。

　2.書寫情況不同

　　除了筆跡不同，還有書寫情況不同的例子，如墨色特別淡的：

	漢字	右側墨筆注音
30.14	郡	クヰ V
49.2	康	カウ
49.5	車	シヤ
65.5	董	トウ

或是筆尖特別禿的：

	漢字	右側墨筆注音
19.15	月	クエツ
21.5	毛	ホウ
21.7	公	コウ
21.8	方	ハウ
23.14	冷	レイ

這顯示右側的墨筆注音也不單純，它可能包含了陸續添加的若干層注

音。

3.欄外校字

墨筆注音究竟經過多少人添加，很難確切設定。但是有一個現象可以作參考，那就是在正文上下欄外，有幾個校對正文的漢字，可以分出幾種筆跡。A、在校字之下加註「イ本」的，字體較小、筆畫較細。如：89下「畢ヒツ」、123下「醴レイ」、144下「酒」、147上「陳」。正文內通常出現在漢字左側、下註「イ本」的墨筆注音，應是出於這種手筆。B、字體較大、筆畫較豐腴。如：63上「籀チウ」、141上「邾チウ」。C、墨色較淡，筆頭較禿，而且字的結構都寫得不對。如21、28上「袁ヱV」、58上「秉」。由墨色及禿筆的情況來看，也許就是在正文之後加註識語的僧琳兌。另外還有：62上「掛クワ」、69上「編へV」、76上「捉サク」、119上「融イウ」等幾個字，筆跡接近B，又似乎有區別，該如何歸類，目前還不能決定。以這些欄外校字旁註的假名爲準，也可以在正文的墨筆注音中找到相同的筆跡。由此可以推測：爲長承本添加墨筆注音的，至少有三、四人。

㈤ 墨筆注音的表記方式也有差異

墨筆注音除了極少數的直音以外，主要採用假名注音。但是它的表記方式並不很統一，同一個單位有可能用若干個不同的符號來表記。如：表–n的假名有「＞、V」兩形，表kwa的有「火、クワ」兩形，表kwe的有「化、クヱ」兩形，表ta的有「太、大、タ」三形。⓭

⓭　爲了印刷方便，這些表記與實際的寫法有所出入。基本上依照築島裕（1990）的轉寫，但是將「太、大、タ」的區別保存。

它們在漢字左右兩側分布情形如下：

	右	左
＞	252	0
Ｖ	34	17
火	24	1
クワ	40	2
化	3	0
クエ	23	0
太	42	0
大	15	0
夕	6	4

最值得注意的是：其中一種形體比較接近漢字的表記方式「＞、火、化、太大」只出現在右側。另一種形體接近現代假名的表記方式「Ｖ、クワ、クエ、夕」則不僅可以出現在右側，有些也可以出現在左側。如果相信前述的討論：「左右兩側都有墨筆注音時，左側爲後加。只有右側注音的情況，仍然有先後之別。」這個現象就可以理解爲：前一種表記方式先加，因此都出現在右側。另一種表記方式後加，當右側沒有墨筆注音時，就加在右側；當右側已有其他的墨筆注音時，則加在左側。統計中出現的唯一一個例外是：有一個墨筆注音的「火」出現在左側：136.3畫，クワク（右）火（左）。但是這個出現在左側的「火」，筆跡有點特別（如第一筆向外撇），可能又是其他的來源。表記方式不同，書寫的先後又不同，顯示這些不同層次的

墨筆注音根據有所不同。

還有一個很奈人尋味的現象，那就是有些不同的表記方式，又像出於同一筆跡。如表示kwau的「火ウ」和「クワウ」，比較它「ウ」的部分，筆跡又非常接近。這讓人不得不推測：可能也有同一個人，根據不同的材料，先後為長承本添加過注音的情形。

(六) 墨筆注音形成的層次

綜合以上的討論，長承本中墨筆注音形成的過程可以用示意圖表示如下：❷

一	二	三
□A	□A	□A
□A	B□A	B□A
□ →	□B →	□B
□A	□A	C□A
□	□	□C

最早的階段僅在漢字的右側加註讀音。隨後可能由同一個人、或是其他人再添加上一些讀音。如果漢字右側沒有注音，就寫在右側；如果右側已有注音，又與所要添加的注音不同，就寫在漢字的左側。這種比較－添寫的工作可能反復進行過好幾次，於是形成了現在的面貌。

墨筆注音形成的層次如此，那麼朱筆注音該如何看待呢？由於它只分布於前半卷，本文認為朱筆注音主要的部分可能來源於一個殘缺

---

❷　這個示意圖只是概念上的說明，長承本注音的層次事實上更複雜。

的本子。由於它表記方式也並不單純，可能在它來源的本子裡，已經有過層層相因的情況。至於它過錄到長承本的階段，由朱筆注音有時蓋過墨筆注音，有時又被墨筆注音所蓋過的現象來看，它可能是在最早的一層墨筆注音之後，又在若干層後加的墨筆注音之前加上的。

二、添加注音的態度

　　為長承本添加注音的人，在下筆的時候，採取的是何種態度？這可由以下幾種現象窺見端倪：

　　1. 比較異本

在正文上下欄外的校字，有些會加註「イ本」的字樣（例見上文），而正文中，有些漢字左側的墨筆注音底下也會註明「イ本」，如：

	漢字	右側墨筆	左側墨筆	
39.12	寫	シヤ	舃セキ	イ本
44.8	劾	〔ケ〕イ	カイ	イ本
45.4	項	ケイ	カウ	イ本

這顯示添加注音的人作的是與其他本子對校的工作，當他發現兩本的正文或是注音，在寫法上不同的時候，就在長承本上加以記錄，並註明「イ本」。這可以證明，這些注音一定是由其他本子抄錄過來的。將這個現象與其他的欄外校字合起來看，可以推想：其他層次的墨筆注音雖然沒有註明，可能也是由別的本子抄錄過來的。

　　2. 朱墨同形

比較漢字右側既有朱筆注音、又有墨筆注音的情形，可以發現它們大部分都同音。還有一些情形是不但兩者同音，而且表記方式也完全相同。如：

	漢字	朱筆注音	墨筆注音
6.2	譚	太ム	太ム
10.12	鵬	フク	フク
13.1	鳴	メイ	メイ
34.5	軻	カ	カ
35.4	牘	トク	トク
36.9	李	リ	リ
43.16	佩	ハイ	ハイ
50.6	愷	カイ	カイ
57.9	買	ハイ	ハイ
60.7	吐	ト	ト

一個漢字旁邊有兩個注音，當然有比較的用意。如果添加注音的目的，只是爲了記錄某個字的讀音，那麼無論是朱筆先寫、或是墨筆先寫，應該都沒有必要將同樣的注音再寫一次。可見這種比較，目的不在審音，而在比較板本的異同。

3.墨筆同音異形

墨筆注音的情形稍有不同，漢字兩旁如果有兩個以上的墨筆注音，則一定沒有表記形式完全相同的情況。可見在添加注音的時候，會與原來的墨筆注音有所比較，而決定去取。但是也有幾個例子，兩

側的墨筆注音實際同音，只是表記形式有所不同：

	漢字	對音	右側墨筆	左側墨筆
57.13	澤	taku	太ク	タク
61.6	賤	sen	せ＞	セV㉑
68.9	郭	kwaku	火ク	クワク

這顯示在添加墨筆注音的時候確實會對注音有所比較，但是比較的標準未必是注音的音值，而是注音的形式。

三、審音意識

至於長承本的作者群，他們的審音意識如何呢？以下由注音與被注字之間的關係來觀察：

㈠ 朱聲點

先由朱聲點來說。除去殘缺的前兩行以及破損的部分，長承本一共有2263個字加註了朱聲點。將朱聲點所註的四聲與《廣韻》所屬的四聲比較，則相合的有2133例、不合的有130例。由相合的比例佔大多數來看，朱聲點對漢字調類的分別，有相當大的正確性。有些例子甚至能夠反映四聲別義，如：

漢字		聲點	詩句		聲點	詩句
冠	20.8	去	孫綽才冠	73.8	平	王貢彈冠

㉑　右側的「セ」寫得像「サ」，以及-n尾的分用，可能都是左側再加注音的原因。

| 降 | 22.15 | 去 | 鄒衍降霜 | 134.8 | 平 | 白起坑降 |

但是由不合的情況來看，卻非常令人納悶。因為同一個字，在有些地方註對了，在有些地方卻註錯了。如：

漢字		正	詩句		誤	詩句
初	25.2	平	太初日月	5.11	上	李陵初詩
眉	136.4	平	張敞畫眉	143.4	入	馬良白眉
康	56.2	平	杜康造酒	49.2	去	孫康映雪
范	23.1	上	范冉生塵	27.5	去	范張雞黍
掃	78.11	上	魏勃掃門	146.15	去	嚴母掃墓
勝	89.15	去	許詣勝具	77.2	平	暴勝持斧

如果添加注音的人能正確地把握四聲，那麼就不應該在某些地方對，而又在某些地方錯得非常離譜。這些錯誤的產生，很可能是由於抄寫的原因。顯示加點的人並沒有審音。

最有趣的現象是：長承本正文的錯字相當多，但是卻有許多雖然字寫錯而聲點不誤的情況。茲將發現的例子羅列於下：

	聲點	誤字	正字	
4.4	去	杭	抗	107.6同
11.2	平	照	昭	46.6、144.10同
69.11	入	縉	絹	
82.5	去	荊	薊	

94.8	平	醒	醒
109.10	平	曲	回
111.2	平	荣	萊
130.4	入	灸	炙
139.8	入	襄	橐
144.7	上	清	酒
146.10	去	蒹	弟
147.11	去	分	忿
148.12	去	輸	翰

字已經寫成別調的字了，而聲點還打在正確的位置。這顯示加點的人根本沒有去區別每個字的四聲，只是倚樣畫葫蘆地把其他本子上的聲點抄錄過來罷了。

(二) **朱筆注音**

上文曾指出：朱筆注音雖然比某些墨筆注音後加，但似乎只是單純的抄錄，看不出有兩者相比較而決定取捨的跡象。在朱筆注音與被注字之間的關係方面，也有一些現象值得注意：

1.朱筆注音因形近而誤讀例㉒

	漢字	注音	對音	讀成	原句
12.6	憑	フウ	puu	馮	戴憑重席
23.9	詰	カ于	kau	誥	詰汾興魏

㉒ 誤讀的判定，以及推測它誤讀為某字，都根據長承本注音的內部規律來決定。

| 32.5 | 季 | リ | ri | 李 | 季彥領袖 |
| 43.8 | 載 | タイ | tai | 戴 | 山簡倒載 |

2. 朱筆注音因字誤而誤讀例

	誤	正	注音	對音	讀成	原句
35.14	續	續	ソク	soku	續	陸續懷橘
41.14	迎	逭	ケイ	kei	迎	江逭蒸雞
48.16	匿	懸	チヨク	tjoku	匿	二鮑糾懸
62.3	桂	挂	化イ	kwei	桂	逢萌挂冠
65.14	冶	治	ヤ	ja	冶	弘治凝脂

以上兩類例子顯示：作這些注音的人對《蒙求》的典故不大熟悉，對文義也不大了解。在作注音的時候並沒有考慮上下文的關係，只是按照他認爲的字形來讀音。

3. 字誤而朱筆注音不誤例

但是朱筆注音又有兩個例子，顯示它不受錯字的誤導：

	誤	正	注音	對音	讀成	原句
60.3	灸	炙	者反	sja	炙	淳于炙輠㉓
69.11	繪	緝	シフ	sipu	緝	文寶緝柳

㉓ 《廣韻》「炙」有兩讀，一在禡韻「之夜切」、一在昔韻「之石切」，意義相同。這裡用的是去聲禡韻的一讀。

也就是說，它並沒依照錯字，把「灸」讀爲「kiu」、把「緒」讀爲「sin」，反而卻注出了原文正確的讀音。這個現象，與上述1、2兩種現象，似乎有互相矛盾之處，值得深入探討。

　　由於朱筆注音所反映的這三種現象，在墨筆注音裡都有。現在將例子列舉在底下，然後一併討論。

㈢　墨筆注音

　　1.右側墨筆注音因形近而誤讀例

	漢字	注音	對音	讀成
18.15	曬	レイ	rei	麗
23.9	詰	カウ	kau	誥
30.08	絃	クヱ＞	kwen	玄
30.16	憐	リ＞	rin	鄰
43.14	甫	ホ	po	浦
69.15	截	テツ	tetu	鐵
74.12	慘	サウ	sau	操
75.12	袍	ハウ	pau	包
79.3	推	スイ	sui	隹
96.5	裴	ハイ	pai	排
98.4	友	シ	si	支
102.11	挂	ケイ	kei	桂
104.7	秤	ヘイ	pei	平
119.10	肱	大ム	tamu	膽
127.10	斐	ハイ	pai	排

130.15	鶴	火ク	kwaku	霍
138.11	仰	カウ	kau	卬
141.9	邾	スウ	suu	珠
142.16	繒	ソウ	sou	曾
144.13	束	ソク	soku	速

2.右側墨筆注音因形近誤讀，左側正讀例

	漢字	右側注音	對音	讀成	左側注音	對音
45.4	項	ケイ	kei	頃	カウ	kau
52.2	丹	シウ	siu	舟	タV	tan
55.5	鄧	リウ	riu	劉	トウ	tou
56.6	頡	キチ	kiti	吉	ケツ	ketu
59.1	鄧	リウ	riu	劉	トウ	tou
60.2	于	カ＞	kan	干	ウ	u
62.8	簪	シウ	siu	習	シム	simu
73.13	仇	クワ＞	kwan	丸	木ウ	kiu
87.3	墜	太イ	tai	隊	ツヰ	twi
107.16	鵲	セキ	seki	昔	シヤク	sjaku
115.16	幘	セキ	seki	積	サク	saku
116.8	圻	セキ	seki	斥析	タク	taku
120.2	康	ヘイ	pei	秉	カウ	kau
141.16	蠅	シヨウ	sjou	繩	ヨウ	jou
144.6	侃	ヒ＞	pin	品	カV	kan

| 144.14 | 晢 | テツ | tetu | 哲 | セキ | seki |
| 146.5 | 郗 | ケキ | keki | 郤 | チ | ti |

3.右側墨筆注音因字誤而誤讀例

	誤	正	注音	對音	讀成
20.2	脩	循	シウ	siu	脩
41.14	迎	逈	ケイ	kei	迎
53.15	感	蹙	セキ	seki	感
62.3	桂	挂	ケイ	kei	桂
65.14	冶	治	ヤ	ja	冶
69.11	縉	絹	シ＞	sin	縉
96.2	馮	憑	フウ	puu	馮
130.4	灸	炙	キウ	kiu	灸
146.3	守	字	シウ	siu	守
148.12	輸	翰	ス	su	輸

4.右側墨筆注音因字誤而誤讀，左側正讀例

	誤	正	右側注音	對音	左側注音	對音
39.12	寫	舄	シヤ	sja	舄セキ	seki
57.16	齊	齋	セイ	sei	サイ	sai

5.字誤而右側墨筆注音不誤例

	誤	正	右側注音	對音
21.9	表	袁	ヱ＞	wen
28.13	表	袁	ヱ＞	wen
35.14	續	績	セキ	seki
68.10	臣	巨	キヨ	kjo
109.10	曲	回	クワイ	kwai
111.2	菜	萊	ライ	rai
139.8	囊	橐	大〔ク〕	taku

6.左側墨筆注音因形近而誤讀例

	漢字	右側注音	對音	左側注音	對音	讀成
55.10	脩	シウ	siu	シヰＶ	sjun	循
122.4	惆	クワ〔ク〕	kwaku	コク	koku	國

7.左側墨筆注音因字誤而誤讀例

	誤	正	右側注音	對音	左側注音	對音
60.3	灸	炙	シヤ	sja	キウ	kiu

　　由以上的例子可知，無論是朱筆注音，或是墨筆注音，雖然互有參差，但都有因形近而誤讀、因字誤而誤讀、以及字誤而音不誤等三種情況。

　　因形近而誤讀，以及因字誤而誤讀，都是因為把一個字形理解為

另外一個字，而發生的誤讀。據此可以推測在作注音的時候，確實有依字讀音，只是讀得不對而已。但是我們卻不能因此就推測這個注音是根據長承本而讀錯的。因爲作注音與添加注音有可能是一回事，也有可能是兩回事。由於文獻材料有存古的特性，這些注音誤讀的現象，固然有受長承本影響的可能，但是也有繼承其他本子的可能。然而無論這些誤讀是他審音的錯誤，或是由其他本子繼承而來，都顯示添加注音的人缺乏對字音的判斷能力。

至於字誤而音不誤的發生，則很難理解爲審音的結果。因爲如果沒有其他的本子，他應該不可能看著錯字而知道正確的讀法。最可能的情形是：在添加注音的時候，並沒有對長承本的正文有所審音，只是照抄別本的注音。既然在添加注音的時候只是照抄，那麼無論對錯都有可能被抄錄，上述兩種誤讀的情況也有可能是由其他本子上照抄過來的。

再由左側的墨筆注音來說。左側比右側後加，上文已經討論。由6、7兩項，先加的是正讀，後加的反而是誤讀的現象看來，後加的部份並沒有對漢字的讀音作正確的判斷。再由第4項左側注音不受錯字誤導的現象可以推測，後加的部份應該有別的根據。後加的部份既有如2、4的正讀，又有如6、7的誤讀。可知後加的部份並不是對原先的注音作訂正，而只是把不同的注音再加以記錄而已。

綜合這些現象，對長承本的注音可以得到這樣的理解：長承本的注音主要是由其他本子抄來的。它所根據的本子，原來就存在了若干錯字誤讀，而且錯的字與長承本可能互有出入。爲長承本添加注音的人把它的注音抄錄過來，就繼承了它的誤讀。兩者皆對的讀對、兩者皆錯的讀錯都還很正常。但是還有可能原先因寫錯而誤讀的，遇到長

承本沒有抄錯的字，變成了形近而誤讀；長承本字錯，而抄來了正確的讀音，形成了字誤而音不誤的現象。

肆、結　論

長承本《蒙求》反映了日本漢字音傳承的一個側面。由它注音的方式還包括了聲點來看，日本中古時代漢字音傳承的內容，不僅有讀音，還顧及到聲調。但是由本文所指出的誤讀來看，當時漢語的水準可能不高，有些學習可能是在文義不通的情況下進行的。

本文經由長承本內部的線索，分析它添加注音的過程、與審音的態度，認識到：長承本的注音，是經過幾個人、由幾種不同的傳本，陸續抄錄來的。它收錄注音的態度，不是審定讀音，而是匯集異音（形）。因此長承本注音的基本性質不是對讀音的描述，而是多種材料的混合。了解到這些注音有不同的來源，有可能反映不同時代、不同系統的音韻現象，又有抄寫、誤讀所發生的錯誤；我們就應該更仔細地檢查各層次與現象之間的關係，探討它可能反映的語言現象，而不止是把它當作一個單純的音韻系統來研究。

長承本的例子反映出：日本漢字音的傳承，也有紙面作業的途徑，並不只是口耳相傳。長承本所根據的注音，有相當大的部份可能是規範化了的結果，也有一小部份是傳承中的誤讀。在這些注音作成的時候，可能確實有所審音；但是在抄錄到長承本的時候，卻未必是耳聽筆錄。今日日文字典裡註明漢音的讀音，與《廣韻》的對當關係都很規律，很可能就是因為在傳承的歷程中，經過反復地整理與規範的結果。因此要使用日本漢字音作討論的根據時，最好能夠留意：並

不是字典裡每一個日本漢字音都可以推回到移借發生的時代，有些漢
字音的讀法可能根本沒有流傳下來，有些流傳的讀法也可能是消失之
後又再由文獻中找回來的。

參 考 書 目

山田孝雄

　　1913　〈蒙求と國文學〉（一）（二）（三），《國學院雜誌》
　　19.10 1-16、19.11 14-28、19.12 23-36。

　　1940　《國語の中に於ける漢語の研究》，寶文館。

山岸德平

　　1941　〈中世說話の大陸的素材－蒙求及び唐物語と蒙求和歌に
　　就いて－〉，《國語と國文學》210 315-348。

早川光三郎

　　1964-5〈蒙求の影響ノート〉，《滋賀大學教育學部紀要》14
　　13-26、15 9-21。

　　1966-8〈蒙求諸本考〉（一）（二）（三），《滋賀大學教育學
　　部紀要》16 27-39。

　　1973　《蒙求》，《新譯漢文大系》58-59，明治書院。

有坂秀世

　　1955　《上代音韻攷》，三省堂。

　　1957　《國語音韻史の研究》，三省堂。

池田利夫

　　1988-90《蒙求古註集成》上、中、下、別卷，汲古書院。

佐佐木勇

　　1992　〈長承本『蒙求』平安中期點の聲調體系〉，《國語學》
　　168.1-11。

尾崎雄二郎、平田昌司 編

　　1988　《漢語史の諸問題》，京都大學人文科學研究所。

河野六郎

　　1979　《河野六郎著作集》，平凡社。

沼本克明

　　1982　《平安鎌倉時代に於る日本漢字音に就ての研究》，武藏
野書院。

　　1986　《日本漢字音の歷史》，東京堂。

　　1995　〈吳音・漢音分韻表〉，《日本漢字音史論輯》123-243。

吳聖雄

　　1991　《日本吳音研究》，國立臺灣師範大學國文研究所博士論
文，臺北。

　　1992　〈日本漢字音材料對中國聲韻學研究的價值〉，《第二屆
國際暨第十屆全國聲韻學研討會論文集》，669-681。

　　1995　〈日本漢字音能為重紐的解釋提供什麼線索〉，《第四屆
國際暨第十三屆全國聲韻學研討會論文集》，(A9)1-28。

馬淵和夫

　　1982　《國語音韻論》，笠間書院。

　　1984　《增訂日本韻學史の研究》，臨川書店。

高田時雄

　　1994　《中國語史の資料と方法》，京都大學人文科學研究所。

斯文會

　　1977　《日本漢學年表》，大修館書店。

飯田利行

1941　《日本に殘存せる支那古韻の研究》，富山房。

遠藤光曉

1988　〈『悉曇藏』の中國語聲調〉，《漢語史の諸問題》39-53。

築島裕

1958-60 〈長承本蒙求字音點〉（一）（二）（三），《訓點語と訓點資料》10 1-22、11 59-94、13 1-24。

1964　《國語學》，東京大學出版會。

1969　《平安時代語新論》，東京大學出版會。

1986　《平安時代訓點本論考　ヲコト點圖假名字體表》，汲古書院。

1990　《長承本蒙求》，汲古書院。

1995　《日本漢字音史論輯》，汲古書院。

1996　《平安時代訓點本論考　研究篇》，汲古書院。

附錄一、《蒙求》韻譜

1、通熊東忠（東）2、戶虎扈簿（姥）3、河歌多（歌）訛（戈）4、蓋害賴最（泰）5、歧隨髭犧（支）6、驛壁席披（昔）7、間（山）顏環（刪）山（山）8、米悌禮舐（薺）9、車魚裾書（魚）10、贊旦（翰）冠（換）翰（翰）11、方床裝霜（陽）12、粟蜀玉鵠（燭）13、秋舟（尤）鉤侯（侯）14、黍舉語渚（語）15、天玄絃憐（先）16、獸（宥）鬥（候）袖臭（宥）17、飛衣機圍（微）18、律橘（術）筆（質）率（術）19、瓢橋（宵）堯（蕭）腰（宵）20、草倒寶好（皓）21、梯雞啼蹊（齊）22、載（代）珮（隊）劾戴（代）23、言猿（元）門婚（魂）24、惑德刻慝（德）25、螢經青星（青）26、下鮓馬社（馬）27、凶容松鐘（鍾）28、志記字笥（志）29、崖（佳）齋（皆）釵（佳）諧（皆）30、穴（屑）轍（薛）屑（屑）埒（薛）31、琴金簪禽（侵）32、篡喘冕輦（獮）33、帷脂龜葵（脂）34、芥（怪）邁（夬）拜（怪）賣（卦）35、湖蒲孤鑪（模）36、角剝學嶽（覺）37、冠鷥（桓）壇單（寒）38、紙被髲妓（紙）39、輪（諄）巾濱塵（眞）40、性盛聘聖（勁）41、車瓜家蟆（麻）42、揖入急泣（緝）43、槐（灰）財（咍）杯（灰）台（咍）44、水履視指（旨）45、樹具數娶（遇）46、目軸木卜（屋）47、清輕醒纓（清）48、走口藪斗（厚）49、計第帝慧（霽）50、笈涉獵（葉）篋（怗）51、繻樞珠芻（虞）52、軮氅象杖（養）53、傲盜灶帽（號）54、藥鵲約虐（藥）55、皋蒿高刀（豪）56、枕棋稔飲（寢）57、地器次醉（至）58、麥幘（麥）坼虢（陌）59、思噫棋禤（之）60、火果坐禍

（果）61、馭倨箸去（御）62、閤（合）榻（盍）合雜（合）63、船鞭延錢（仙）64、頃穎郢井（靜）65、券萬飯怨（願）66、髮謁月襪（月）67、江雙降窗（江）68、苡起齒鯉（止）69、嘯釣（嘯）笑廟（笑）70、橐鸒閣鄂（鐸）71、冰蠅澠繒（蒸）72、眼棧限簡（產）73、步褲哺墓（暮）74、壁溺績檄（錫）75、甄旃（仙）

後　記

本文是國科會專題研究計畫「日本漢字音研究」的一部份。

研究期間，得到日本京都大學平田昌司教授、木田章義教授，以及東京國立博物館島谷弘幸先生的大力協助，謹此誌謝。

略論十九世紀上海方言的聲調及其演變

朴允河

壹、前　言

　　鴉片戰爭以來近一百年間，居住上海地區的西方人或為傳教，或為外交和經商活動，需要學習上海話，因此該地區的傳教士們出於這樣的實用目的，撰寫了豐富的上海方言課本。據筆者所查，用英語寫的至少有十二本以上的上海方言教科書及辭典❶。

　　他們的記述方式是通常先寫漢字後注羅馬拼音，雖然拼音方式和聲調標示方法多少有差異，但是每本書前面附「音標說明」，而且本文中有豐富的語料，因此由此可知當時的清楚的上海音系。

　　至於聲調，他們大部分只將聲調分為兩類：高調（high tone）與低調（lower tone），這等於現今的陰調與陽調之別。雖然他們論著的數量不少，但是他們比較少言及具體的調型，唯艾約瑟（J. Edkins）

---

❶　參見朴允河〈論艾約瑟（J. Edkins）的上海方音研究〉1997，頁20-22。

在《上海口語語法》❷中，不但對聲調類別還對聲調的調型描述得非常詳細，所以透過他的記音和描述，不難擬測十九世紀的上海方言聲調。因此本論文擬分析艾約瑟的上海方言資料，來探討十九世紀上海方言的聲調，並觀察自十九世紀至現代上海方言的聲調變化的趨勢。

貳、二十世紀的上海方言聲調

談論十九世紀上海方言的聲調之前，先簡單介紹二十世紀的上海方言聲調❸。

一、二十世紀初葉的上海方言聲調

趙元任在《現代吳語之研究》中將上海語音的特徵大約分成兩派，即舊派與新派，他說：❹

> 上（上海）：有新舊派，新派分類近似蘇州，舊派近似浦東，（兩派人以"蘇州音"，"浦東音"互相指斥）。但許多人摻雜兩種。……兩派陽平上去單讀時都不分（陽＝養＝樣），在詞句中陽平跟上去不同。（按本書中所謂舊派恐怕已經是混合派，真正的舊

---

❷　原名：《A grammar of colloquial Chinese as exhibited in the Shanghai dialect》1853, 1st ed. 1868, 2nd ed.

❸　二十世紀上海話聲調主要資料來源是《現代吳語之研究》（1928），現代上海話聲調主要資料來源是《上海市區方言志》（1988）。

❹　趙元任《現代吳語之研究》1928，頁82。

派，大概還能辨全濁上去，"b，d"兩母用眞濁音等等。）

　　趙先生沒有直接的說舊派和眞正的舊派的條件是什麼？也沒有說新派音系是怎麼形成的，但是從以上引文中應可猜知他所謂的舊派應該是年齡較高的本地上海人，新派應該是年輕人或是他們祖先是外地來的人。所以趙先生說「新派分類近似蘇州，舊派近似浦東」，但他還加注說明「本書中所謂舊派恐怕已經是混合派，眞正的舊派，大概還能辨全濁上去，"b，d"兩母用眞濁音等等。」由此可猜知當時屬於眞正舊派的人已經不多了。

　　從趙先生的記述，可知二十世紀初葉的上海聲調有三種情況，把這三種情況可畫如下表：

調類	八調	七調	六調
	眞正的舊派	無論新舊派	
		讀單字調時候	連讀時候
平	陰平 陽平	陰平 陽平	陰平 ×
上	陰上 陽上	陰上 ×	陰上 ×
去	陰去 陽去	陰去 陽去	陰去 陽去
入	陰入 陽入	陰入 陽入	陰入 陽入

　　二十世紀初葉上海方言聲調有六到七種，趙元任說無論舊派、新派，讀單字調時有六種聲調（陽平＝陽上＝陽去），連讀時有七種聲

調（陽平≠陽上＝陽去）。趙元任調查的對象大部分爲十五至十七歲的青少年和少數的中年人，所以他的記音主要反映的應該是新派音系。對眞正舊派沒有具體地談及，可能屬於這派的人數可能已經不多了。

二、現代的上海方言聲調

關於現代上海方言的聲調，筆者主要根據的是《上海市區方言志》。現代上海市區的聲調，依年齡的不同而有不同的聲調類別，大概分成老派、中派、新派❺。其聲調分類情形如下表。❻

	六調	五調
	一部分老年人	少數老年人、大部分中年人和青年人
平	陰平53 ×	陰平53 ×
上	陰上44 ×	× ×
去	陰去34 陽去23	陰去34 陽去23
入	陰入55 陽入12	陰入55 陽入12

---

❺　老派大致指七十五歲以上老年人使用的上海話，中派大致指三十歲以上五十五歲以下的使用的上海話，新派大致指三十歲以下的人使用的上海話。詳見許寶華、陶寰〈上海方言詞匯引論〉1995，頁258。

❻　參見許寶華《上海市區方言志》頁8、頁57-58、頁72。

以上六種聲調的分類在趙元任的記述裏已經出現過，趙元任所謂的新派大概是今日所指的老派，現代上海的老派的一部分人尚保留他們年輕時候的發音，但是大部分中年人和青少年人已經把陰上併入陰去，所以只剩五種聲調。老派人數，相對來說遠不如中派和新派，因此學者們介紹上海市區方言的聲調時，通常以五種聲調爲代表。

參、十九世紀上海方言聲調的類別及調值

一、八聲—四聲八調

八種聲調指的是四聲八調，該四聲八調又是從中古四聲分化出來的。反過來說，中古有四聲： 平、上、去、入，後來該四聲各依清濁的不同，分出陰、陽二調，成爲陰平、陽平、陰上、陽上、陰去、陽去、陰入、陽入，這就是四聲八調。從四聲分化出八調的過程，王力說明得很清楚：❼

> 聲調分化爲陰陽的原因，固然是由於未分化以前受聲母影響而產生的聲調上的細微差別。例如"通"他紅切，"同"徒紅切，本來是屬於同一聲調的。但是由於清濁音的影響，"同"的聲調和"通"的聲調實際上並不完全相同，這個細微的差別逐漸顯著起來，最後形成了兩個調類。平聲的元音長，差別更加顯著些，所以多數地區平聲分爲陰陽。其他調類也有可能分

---

❼　王力《漢語史稿》1985，頁195。

化，事實上在某些方言中也分化了。等到聲調分化已經成爲定局，雖然濁音消失，濁音所帶來的聲調差別並不至於跟著消失。

現在我們都知道漢語方言的八調是從四聲分化出來的，但是對於這種分化從何時開始，還沒有一定的說法，也無法知道上海方言中何始開始有陰、陽調之別。透過艾約瑟的資料觀察十九世紀的聲調，我們可以肯定的是在十九世紀上海方言中早已盛行八調，不但如此，這些八調又已經開始變化了。

二、調值

擬測十九世紀的上海八種聲調，有助者莫如艾約瑟的《上海口語語法》，因爲它的時代正好是十九世紀中葉，而且內容也最詳細、最完整。

艾約瑟在《上海口語語法》中討論聲調，分兩部分來討論，一部分是廣談全中國聲調❽，另一部分是專談上海聲調❾。所以此兩部分都有關於上海聲調的描述。艾約瑟給八種聲調的定義是如下：

加▲號後的內容見於《上海口語語法》頁15-41

加⊙號後的內容見於《上海口語語法》頁7-9

---

❽　艾約瑟《上海口語語法》1868，頁7-9。

❾　艾約瑟《上海口語語法》1868，頁15-41。

陰平：▲一般的快下降調，就像英語的單音節，單讀或讀重的音。❿

　　　⊙我們加強語氣或發單音節的時候，其調是快降調。它就像命令語調，如go, fire, go at once的go。⓫

　　　〈陰平應該是53調〉

陽平：▲低平而在尾部往上升的聲調。這是黃浦江以東和上海城區的聲調。在上海西部，常常由陽去替代它。⓬

　　　⊙像音樂中沒有屈折的低音。它是上海話中的陽平調，如能nung　，埋ma。⓭

　　　〈陽平應該是223調〉

陰上：▲是高平調，沒有屈折。⓮

　　　⊙這個聲音是沒有屈折的聲音，就像音樂的長音，這在一般英語會話中沒有陰平來得普遍。讀高的時候，它是上海話中的

---

❿　艾約瑟《上海口語語法》1868，頁15。
　〈The upper first tone.〉This is the common quick falling sound, usually given in English pronunciation to any mono-syllable when standing alone, and spoken with emphasis.

⓫　艾約瑟《上海口語語法》1868，頁7。
　〈Upper acute tone.〉We pronounce monosyllabic words, when speaking with moderate emphasis, in a quick descending tone. It is heard in commands as Go, Fire, go at once.

⓬　艾約瑟《上海口語語法》1868，頁27。
　〈The lower first tone.〉This is a long low tone deflected upwards at the end. East of the Hwang-p'u river and in the city of Shang-hai, this tone is as here described.

⓭　艾約瑟《上海口語語法》1868，頁8。
　〈Lower even tone.〉A low musical sound without deflection. It is the lower first tone at shang-hai, as in 能nung,can, 埋ma,bury.

⓮　艾約瑟《上海口語語法》1868，頁18。
　〈The upper second tone.〉 It is a high even tone without deflection.

上聲，像“水 sz，火 h′u，土 t′u。**⑮**

〈陰上應該是 44 調〉

陽上：▲低長而在尾部往上升的聲調。屬於該調的很多字讀音不太固
　　　定。有些陽上字有時候讀如下一個聲調（陽去）。……很難
　　　描述陽上跟陽平的不同點，因爲二者都往上升，差別只在於
　　　陽平一開始是低平而後稍微往上升；陽上一開始低而從頭到
　　　尾慢慢持續地往上升。**⑯**

　　　⊙這是一個抗議、忠告的語調，如在 “ET tu Brute” 的 tu，但
　　　要唸又深又長的音。**⑰**

〈陽上應該是 123〉

陰去：▲又高又往上升，很難確切地形容它。**⑱**

---

⑮　艾約瑟《上海口語語法》1868，頁 7。
This is a sound without deflection like a long note in music, and is not so common in
English conversation as the former. While high in key, it is in shang-hai the upper
second tone, as in 水 sz,water; 火 hu,fire, 土 t′u,earth.

⑯　艾約瑟《上海口語語法》1868，頁 30-31。
〈Lower second tone.〉 This tone properly a low protracted tone rising at its close,
contains in it a number of words whose pronunciation is not fixed.　These words,
sometimes counted in this tone, and at other times in the next in order, are in other parts
of China in the third tone. ... This tone is difficult to describe as distinct from the
preceding, from the fact that both tend upwards; the former deviates slightly, after
beginning even; the latter begins low and ascends through its whole time.

⑰　艾約瑟《上海口語語法》1868，頁 9。
This is the intonation of remonstrance as in "Et tu Brute," if tu were spoken in a deep
and rather lengthened tone.

⑱　艾約瑟《上海口語語法》1868，頁 21。
〈The upper third tone.〉 This tone being both high in key and deflected upwards, is
difficult to imitate correctly.

⊙這聲音很像音樂音標中的斷音，這個聲音通常用於驚訝或憤怒的嘆詞或問句。如果讀得又快又高，它是上海話中的陰去，像在信sing, 菜ts'e。北京官話中，它是陽平。⓳

〈陰去應該是35調〉

陽去：▲低快升調。聲調穩定。⓴

⊙該調就像任何一個語言疑問句的調，像 I？Yes？Indeed？它是上海話當中的陽去。㉑

〈陽去應該是13調〉

陰入：▲又短又高又往上升的聲調。㉒

⊙這是短音節的聲調。㉓

〈陰入應該是45調〉

陽入：▲低短升調。㉔

⓳　艾約瑟《上海口語語法》1868，頁8。
Upper quick rising tone. This is nearly like the staccato of musical notation, and is usually heard in interjections of surprize and indignation, and frequently in questions. If quick and high, it is in Shang-hae the upper third tone, as 信sing, a letter, 菜ts'e, vegetables. In Pe-king mandarin, it is the lower first tone.

⓴　艾約瑟《上海口語語法》1868，頁34。
〈Lower third tone.〉The words that were primarily in this tone, are always heard with the quick rising pronunciation that properly belongs to it.

㉑　艾約瑟《上海口語語法》1868，頁9。
〈Lower quick rising tone.〉This intonation is nearly that of any common word, when spoken interrogatively, as I? Yes? Indeed? It is the lower third tone of Shang-hai.

㉒　艾約瑟《上海口語語法》1868，頁24。
The upper fourth tone. This tone is a short syllable, high and bent upwards.

㉓　艾約瑟《上海口語語法》1868，頁8。
〈Upper short tone.〉This is the intonation of syllables short in quantity.

　　⊙陰入所用的音標規則亦可適用於這個調上，例字如 "學習 hoh dzih"。㉕

　　〈陽入應該是12調〉

　　對十九世紀上海方言的八種聲調，已有學者們做過擬測，他們的主要依據都是艾約瑟的資料，所得的成果也大同小異。周同春先生㉖、陳忠敏先生㉗和筆者㉔擬測的十九世紀上海話聲調的調值如下：

調類	周同春 (1988)	陳忠敏 (1995)	朴允河 (1997)
陰平	54	53	53 ╲
陽平	223	22	223 ╲
陰上	44	44	44 ╲
陽上	123	223	123 ╲
陰去	35	35	35 ╱
陽去	14	13	13 ╱
陰入	45	45	45 ╱
陽入	12	12	12 ╱

㉔　艾約瑟《上海口語語法》1868，頁38。
　　〈Lower fourth tone.〉This may be described as the lower short rising tone, and represented as short in quantity, ...

㉕　艾約瑟《上海口語語法》1868，頁9。
　　The remarks appended to the corresponding upper tone apply also to this. 學習 oh dzih, to learn and practice.

㉖　周同春〈十九世紀的上海語音〉1988年。

㉗　陳忠敏〈上海市區話語音一百多年來的演變〉1995年。

㉘　朴允河〈論艾約瑟（J. Edkins）的上海方音研究〉1997年。

筆者和周先生的不同點在於陰平和陽去的擬測；筆者和陳先生的不同點在於陽平和陽上的擬測。

周先生擬訂陰平為54調，陳先生和我把它擬訂為53調。艾約瑟說陰平是「快下降調」，就像英語的單音節或讀重的音。陳先生舉出松江片和市區片無論老派、新派皆把陰平讀為53調，而趙元任的陰平調號也可以換成五度數碼的53調❷。陳先生考慮艾約瑟的文字描述和現代上海地區的讀調情形，把陰平擬訂為53調。筆者也認為53調比較符合艾約瑟說的「快下降調」的原意。

對陽去的擬測，周先生擬測為14調，陳先生和我擬測為13調，艾約瑟說陽去是「低快升調」，而且今松江片、市區片的老派、新派的聲調都是13調，因此陳先生擬測為13調。依我看，周先生不把它擬為13調，而把它擬為14調的原因是為了避免與陽上（123調）的衝突。這是因為有些人認為123調讀快的就等於13調，二者之間實際上沒有差異。

陳先生把它擬成13調，但他不需顧慮123調和13調相衝的問題，因為他把陽上擬為223調，沒擬為123調，二者之間不會有矛盾了。

但是筆者把陽去擬為13調，把陽上擬為123調。那麼如上所說，123調就等於13調嗎？這只在聲調的快慢不起辨義作用的語言當中才是如此，在十九世紀的上海方言中則不盡然。周先生和我給陽上擬訂的123調型不是直升型的，是有點曲線式的升調，因此陽上與陽去的差別就像↲，與↗的不同。所以筆者認為十九世紀上海的穩定的陽上聲調是決不能讀快的，讀快就併入陽去，這樣就會產生陽上歸陽去的

❷　陳忠敏〈上海市區話語音一百多年來的演變〉1995，頁29。

現象。本爲陽上的字在併於陽去之前，應該讀慢，且其聲調應慢慢地往上升。所以本文說的13調和123調不是相同的聲調。

對陽平和陽上的擬測，我和周先生的看法一致，把陽平擬測爲223調，把陽上擬測爲123調，所根據的是以下艾約瑟的文字描述，艾約瑟對陽平說：⓿

> ……很難描述陽上跟陽平的不同點，因爲二者都往上升，差別只在於陽平一開始是低平而後稍微往上升；陽上一開始低而從頭到尾慢慢持續地往上升。

由上引文看來，應該可以把陽平擬測爲223調，把陽上擬測爲123調。

唯對陽平艾約瑟有一段前後不一致的說明，他說陽平是「低長而在尾部往上升的聲調」，又說是「像音樂中沒有屈折的低音」。他一會兒說「往上升」，一會兒說「沒有屈折」，所以使我們很難判斷調型的眞象。

至於陽平「沒有屈折」的描述，這是艾約瑟說明中國各地聲調的時候談到的。依我猜測，這也許是上海陽平的「低長而在尾部往上」的特徵，如果從整體聲調類型來考量，這種尾部的細微變化不足爲提，況且上海話中又沒有另外的低平與它對立，所以艾約瑟有可能就忽略說明它稍微往上升的特徵了。㉛

㉚　同⓰。

㉛　朴允河〈論艾約瑟（J. Edkins）的上海方音研究〉1997，頁124。

肆、上海方言聲調合併的趨勢

　　十九世紀上海方言有八種聲調，二十世紀初葉變少至六、七種聲調，如今現代上海話聲調老派剩六或七個，中派、新派剩五個❸，前面已做介紹。

　　至於由八調演變至五調，其合併的具體原因和時期等問題，在艾約瑟的資料被識於學界以前，學者們無法做深入的研究。如今透過艾約瑟的記音資料，我們可大體上了解到上海聲調變化的原因、順序和時期。十九世紀以來，上海聲調的演變大概有以下三種大的趨勢。

一、陽上與陽去合併（次濁上聲除外）

　　陽上併到陽去的聲調變化，中國語言學界習慣上稱為"濁上歸去"。"濁上歸去"是「盛唐以後，在中國北方方言開始發生的一種變化，這種變化使全濁上聲讀如去聲，但是次濁上聲和全清、次清上聲字不受影響，仍讀上聲，也就是陰上。」❸這是"官話型的濁上歸去"，再說，次濁上聲未變入陽去而變入陰上的是「官話型」的濁上歸去。何先生說上海話也是屬於官話型的❸，但是依筆者所觀察，上海話的濁上歸去不是「官話型」，十九世紀中葉以後相當多的次濁陽上字變入陽去，也有一些字變入陰去（陰上）的。這點從《上海口語語法》（1853）、《現代吳語之研究》（1928）、《江蘇省和上海市

---

❸　同❻。

❸　何大安〈濁上歸去與現代方言〉1988，頁2。

❸　參見何大安〈濁上歸去與現代方言〉1988，頁7-8。

方言概況》（1960）和《上海市區方言志》（1988）中都可以找到證
據。

1.次濁上聲仍讀上聲

據艾約瑟的說明，當時的上海陽上字讀音不太固定，相當多數讀
如陽去，但是大部分次濁上聲字穩定地保留陽上原來的調型，就如下
例子當中的第一字。㉟

眼睛　　老君　　冷水

鈕子　　理性　　買處

免脫　　領頭　　女人

永遠　　引誘　　領路

擄掠

艾約瑟在以上例句之下加一段解說：㊱

以上詞組的聲調保留著它本來的特徵，但是這種情形只限於聲
母 l、m、ng、n、r 和零聲母。塞音和塞擦音聲母字都併
到陽去。相當於官話 w 聲母的上海 v 聲母字也仍是陽上。

㉟　例詞見於《上海口語語法》1868，頁31。

㊱　同㉟，《上海口語語法》1868，頁31。

The tone under illustration, keeps its natural character throughout. NO initial letters
occur but l,m,ng,n,r and the vowels. Words beginning with mutes and sibilants that were
originally in this tone, are in course of tran-sition to the lower third tone. V from w in
mandarin, remains in the second tone.

　　艾約瑟時代大部分次濁上聲字保留陽上原來的聲調，少數變入陽去，也有極少數讀陰上的❸。依時間的流逝有了更大的變化，依趙元任先生的記錄，上海的次濁上聲大部分併入陽去，文讀的一部分字併入陰上❸。現代上海方言中古陽上字一部分屬於陽去，一部分屬於陰去，前者是發生聲調上的變化，後者是陰上併於陰去的結果。

　2.全濁上聲併入陽去

　　以上討論中"濁上歸去"在十九世紀上海方言當中已經相當普遍。依艾約瑟的說明，陽上的塞音和塞擦音聲母字多併到陽去，鼻音、邊音和零聲母字多保留陽上，但是後來這些陽上的大部分字也併到陽去去了，結果變化方向也是一樣的，只是在變化速度的快慢。

　　爲什麼聲母的不同影響聲調變化的快慢呢？筆者試從語音本身的特徵來解釋這個問題，就是鼻音、邊音等聲母字發輔音的時段比塞音、塞擦聲母的時段要長。由於鼻音、流音等聲母字的音程長一些，就比較能夠保住陽上之低而長的發音特色。❸

　　艾約瑟說塞音、塞擦音的陽上字多數已併入陽去，尤其當動詞使用時更是如此❹。艾約瑟舉一些塞音、塞擦音陽上字的讀音：❹

---

❸　艾約瑟《上海口語語法》1868，頁32-33。
❸　趙元任《現代吳語之研究》1928，頁76。
❸　朴允河〈論艾約瑟（J. Edkins）的上海方音研究〉1997，頁150。
❹　艾約瑟《上海口語語法》1868，頁35。
　　Any of these words that occasionally become verbs in the books, being commonly in other parts of speech, are in that case always marked as belonging to the third tone in good editions of native works. E.e.上下善弟後when they become verbs, change from the second to the third tone and are so marked.
❹　艾約瑟《上海口語語法》1868，頁35。

後 'heu　　上 'zang　　動 'tóng　　奉 'vóng　　坐 'zú、　　部 'pú

禍 'hu　　是 'zz　　弟 'tí　　父 'vú　　罪 'dzûi　　緩 'hwén

倖 'hyung　　市 'zz　　道 'tau　　婦 'vú　　造 'zau　　罷 'pó

跪 'kwe　　緒 'dzu　　蕩 'tong　　犯 'van　　重 'dzóng　　下 'hía

近 'kiun　　善 zé　　丈 'dzang　　在 'dzé

　　艾約瑟又說「以上例字單讀時，讀長音」❷這句話的涵意是單讀時仍讀陽上，這是因爲陽去是「快調」，陽上是「慢調」的關係。而且依據艾氏的記音資料❸，而有一些字，像坐、上、弟、道、罪、是、動、婦、善、犯、造、市、重等字，連讀時或讀陽上或讀陽去，很不一致。經過筆者的整理，得出以下的讀音情況：

	讀陽上	讀陽去
坐	請坐　ts'ing 'zú	坐坐　'zú zú
上	上頭　'zong deu	皇上　wong záng
弟	弟兄　'ti h'iúng	兄弟　h'iúng dí
道	道臺　'tau dé	味道　mí dau' 道爺　tau' yá
罪	定罪　ting 'dzûe	罪過　zé' kú
是	勿是　veh 'zz 並勿是　ping veh 'zz	是個　zz' kú 是勿是　zz' veh zz
動	活動　weh 'dóng 動身　'tóng sun	動唔動　'tóng lau dóng
婦	寡婦　kwó 'vú	夫婦　fu vu'

---

❷　艾約瑟《上海口語語法》1868，頁34。

❸　艾約瑟《上海口語語法》1868，頁35-36。

善	爲善　wé　'zén	
	善報　'zén　pau	
犯	明知故犯　ming tsz kú va	犯法　van'　fah
造	造屋　'zau　óh	造完者　zau'　wén　tsé
市	街市頭上　ká 'zz deu long	市頭　zz'　deu
重	看重　k'ön　'dzóng	重來死　dzóng　lé　sí

二、陽平與陽去合併

　　趙元任（1928）的記錄中，上海方言的陽平和陽去（陽上）的調型極爲相近。趙先生說明此二調讀單字調時候聲調相同，連讀時二調有所差別，但他沒說明連讀時的聲調是怎樣不同。

　　上海聲調合併的最直接的原因是調型相近。十九世紀的陽平和陽去的調型也相當近似，一個爲223調，另一個爲13調，兩個都低升調，區別在於音的長度和細微的高度差異。這麼近似的聲調，在連讀中容易混淆，上海西部的聲調已有這樣的發音條件，加上受變化比較快的蘇州、杭州方言的影響，十九世紀已經往往由陽去代替陽平。這種現象很快地擴散到上海的東部，單字調最晚在二十世紀初葉以前，已經完成其變化。艾約瑟描述當時的陽平調，如下：❹

　　　　陽平。低長而在尾部往上升的聲調。這是黃浦江以東和上海城
　　　　區的聲調。在上海西部，常常由陽去替代它。這種現象也見於
　　　　蘇州和杭州。

---

❹　艾約瑟《上海口語語法》1868，頁27。

　　艾約瑟又說過陽平十分近似陽上，但是陽上本身的聲調不穩定，不久後完全併入陽去，因此陽平接著併入陽去是個很自然的現象。陽平與陽上都是慢升調，陽去是快升調，陽平和陽上都在快讀中與陽去相混。

　　總而言之，陽平和陽上合併大概可有以下三種原因：

　　1.陽平與陽上這兩種聲調的發音十分近似，後來陽平、陽上、陽去之合併是必然的趨勢。

　　2.上海西部以及蘇杭聲調變化時期比上海來得早，並且逐漸往東擴散，影響了上海東部的聲調合併。

　　3.上海開埠以來外地來的移民方言也會影響上海城區的聲調變化。

三、陰上偶爾與陰去合併

　　陰上與陰去的合併情形沒有前二者來得顯著，而且對這種變化，中國人還不太注意，是因為陰上跟陰去的相混是連讀時偶爾產生的變化。艾約瑟舉一些陰上開頭的二字組詞例，說明連讀時發生的一些聲調上的變化，他說：❹

---

❹　艾約瑟《上海口語語法》1868，頁20。
　　The accent is usually on the last word, and it is especially marked when that word is in the first or third tone. When the penultimate assumes the accent, it frequently changes to the upper rising tone, but this is apparently nothing more than an occasional irregularity, produced by rapid pronunciation. Native assistants generally deny the existence of these and all such changes; but on haveing their attention drawn more closely to the subject, they admit that there are exceptional cases.

小干	siau	kûn
喜歡	h'í	hwén
打寫	táng	tiau
水手	sz	seu
寶貝	pau	pé
請教	ts'ing	kiau
小菜	siau	ts'é
可惜	k'ó	sih
曉得	h'iau	tuh
打鐵	táng	t'ih
水牛	sz	nieu

……

重音通常在最後一個字上，而且當這個字是個平聲或去聲的時候，這個特點就更顯著。重音下在倒數第二個字上時，這個字通常變成高快升調（陰去）。但這種情況只不過是偶然發生的不規律的變化，是由快讀所引起的。當地的助手通常否認上述情況和變化的存在，但把他們的注意力更多地拉到這個問題上來時，他們承認說這些只不過是特例而已。

連讀時陰上讀成陰去的現象，當時的中國人沒有注意到，艾約瑟卻注意到了。雖然艾約瑟注意到了，不過他也說「這只是個偶然的不規律的變化」，可見當時這種陰上變讀陰去的還只是少數。但是如今已演變成為全面的現象，在現代中派和新派音系中，陰上已全部歸入陰去，唯人數已經很少的老派還保留著。老派話有六個聲調：陰平、

陽平、陰去、陽去、陰入、陽入。據此我們也可以說上海方言的陰上歸陰去大體是從十九世紀中葉開始醞釀，至本世紀末的中派、新派音系中才全部完成。

伍、結　論

上海方言中，由中古四聲至四聲八調的演變規律比較一致，就是四聲各依清濁的不同分派出陰陽調，爲陰平、陽平、陰上、陽上、陰去、陽去、陰入、陽入。但是從四聲八調至五調的變化複雜多端。

十九世紀以來，上海聲調演變的最主要原因是調型相似。以演變時期來說陽上歸陽去爲最早，在十九世紀中葉，這樣的變化已成定局。在比此晚一點的時期，陽平也開始與陽去合流，這是在上海西部已經很普遍，在上海東部剛剛開始的變化。陰上歸陰去是在連讀中偶爾發生的變化。

艾約瑟的上海方言資料不但使我們詳細知道十九世紀上海方言的聲調，也對我們了解上海聲調的演變過程幫助很大。所以艾約瑟的詳細語音記錄對研究上海方言歷史可說是難能可貴的資料。

綜合以上討論，將十九世紀以來至今的上海市（城）區方言的聲調變化簡單可以劃如下表來做比較：

			?-19世紀	十九世紀中葉	二十世紀初	二十世紀末	
					舊派、新派	老派	中派 新派
平	清	陰平	53	41	53	53	
	濁	陽平	223(多數)	單字調=陽去113			
			13(=陽去,少數)	連讀時陽平 陽去			
上	清	陰上	44	312	44	併入 陰去	
	全濁	陽上	13(=陽去,多數)				
			123(單讀,少數)				
	次濁		123(多數)				
			44(=陰上,少數)				
去	清	陰去	35	324	34	34	
	濁	陽去	13	113	23	23	
入	清	陰入	45	44	55	55	
	濁	陽入	12	23	12	12	

參 考 書 目

艾約瑟（J. Edkins）　《上海口語語法》
　　（原名：A grammar of colloquial Chinese as exhibited in the
　　Shanghai dialect》　London Mission Press 1868, 2nd ed.
趙元任　《現代吳語之研究》　北京清華學校研究院印行 1928年
江蘇省和上海市方言調查組　《江蘇省和上海市方言概況》　江蘇人民
　　出版社 1960年
胡明揚　〈上海話一百年來的若干變化〉　《中國語文》 1978年 第3期
王　力　《漢語史稿》　《王力文集》 第九卷 山東教育出版社 1985年
錢乃榮　〈吳語聲調系統的類型及其變遷〉　《語言研究》 1988年 第
　　2期
許寶華、湯珍珠主編　《上海市區方言志》　上海教育出版社 1988年
許寶華、陶寰　〈上海方言詞匯引論〉　《方言》 1995年 第4期
周同春　〈十九世紀的上海語音〉　《吳語論叢》　上海教育出版社
　　1988年
何大安　〈濁上歸去與現代方言〉　第六屆全國聲韻學會 抽印本 1988年
陳忠敏　〈上海市區話語音一百多年來的演變〉　《吳語和閩語的比較
　　研究》　上海教育出版社 1995年
朴允河　〈論艾約瑟（J. Edkins）的上海方音研究〉　臺灣師大國研所
　　博士論文 1997年1月

《新方言》語音現象探析
——以江蘇、浙江兩地爲主

陳梅香

一、區域的界定

在現代方言學還未正式獨立的20年代，雖然一般人還是把章太炎的《新方言》一書，❶當作是訓詁書籍來看待，但不容諱言地，對於《新方言》的內容，誠如游汝傑所言：

> 由於作者對傳統小學有深入的研究，對現代方言的語音及其演變規律頗能審辨，所以本書在古語和今語的證合方面，在考證方言本字和語源方面都超過同類著作。❷

由游氏所言，顯示出《新方言》在古今語音的合證、在方言本字和語

---

❶　《新方言》最早發表於1907年《國粹學報》丁未年9～12月號。

❷　詳見游汝傑《漢語方言學導論》，上海教育出版社，1992年，頁201。

源的考證，都有過人之處，究其原因，除了章氏本身即具有的小學功力之外，還能審辨現代方言的語音及其演變規律；因此也顯示《新方言》的若干內容，在現代方言學的獨立過程中，實際上扮演奠定基礎的角色，其中述及相關的語音現象，並舉現代方言爲佐證，即是一例。

　　本文以章氏出生地浙江、及其一生所待時日較久的江蘇等兩地爲主，除了地緣的因素之外，在章氏所區分的九大類方言之中，❸章氏也將浙江、江蘇兩地的方言，因其聲音「濡弱」而併爲一類，章氏云：❹

　　　江南：蘇州、松江、太倉、常州，浙江：湖州、嘉興、杭州、
　　　寧波、紹興爲一種，賓海下濕，而內多渠澮湖沼，故聲濡弱。

「濡弱」之意概指聲音比較遲緩不使力，即一般所謂「吳儂軟語」；章氏所言「江南」的地理位置，大概指的是長江以南江蘇的南部，在這一大類的方言之中，還包括浙江部分的地區，其他涉及江蘇北部和

---

❸　章氏《訄書・方言》將全國方言分爲十種，《檢論・方言》則分爲九種，究其不同，《訄書》比《檢論》多出「其南湖南，自爲一種」，其他內容則大同小異；考二書的成書時間，《訄書》（1898年）比《檢論》（1914年）早約16年，顯然章氏對方言的分區，曾先後有過審訂的功夫，所以二書的取捨不同，本文依從後著成書《檢論》的說法，以九種爲主。詳見章太炎《檢論・方言》，《章太炎全集》第三冊，1984年，上海人民出版社，頁486～487；章太炎《訄書・方言》，台北：世界書局，1987年，頁74～75。

❹　以下所引章氏原文，詳見章太炎《檢論・方言》，《章太炎全集》第三冊，1984年，上海人民出版社，頁487。

浙江其他部分的地區，章氏的歸屬如下：

> 開封而東，山東曹、沇、沂，至江、淮閒，大略似朔方，而具
> 四聲，爲一種。

此處所列，所說開封以東，從山東曹、沇、沂河到淮水長江之間，即
包涵了江蘇北部，這個區域的語音特色則是聲調上四聲兼具；因此，
江蘇一地可概分爲兩種方言，一爲江南的聲音「濡弱」，一爲江北的
「四聲」兼具；其中揚州處於長江北岸江邊，爲《新方言》中重要的
方言點之一。

> 東南之地，獨徽州、寧國處高原，爲一種。厥附屬者，浙江衢
> 州、金華、嚴州，江西廣信、饒州也。浙江溫、處、台，附屬
> 于福建，而從福寧，福建之汀，附屬于江西，而從贛。然山國
> 陵阜，多自扃絕，雖鄉邑不能無異語，大略似也。

此處所舉，論及浙江衢州、金華、嚴州、溫、處、台等地，其中衢
州、金華、嚴州附屬於徽州、寧國一類；溫、處、台等地，遵從福建
的福寧，附屬於福建一類；因此，若依所述內容與章氏所分的方言區
來看，則浙江一地的方言現象，可概分三種：湖州、嘉興、杭州、寧
波、紹興處於浙江東北部爲一種，衢州、金華、嚴州處於浙江西部爲
一種，溫、處、台處於浙江東南部爲一種；但在方言特色的說明上，
除了第一種明說「濡弱」之外，其他兩種僅言及地理上的差異而已。

　　章氏又云：

> 江寧在江南，杭州在浙江，其督撫治所，音與佗府縣稍異，因
> 晉宋嘗徙都，然弗能大變也。

此處章氏明舉江寧、杭州兩地，雖有歷來縣治中心的特殊性，以致語音與其他地方稍有差異，但變化不大，故言「弗能大變」，因此章氏亦將這兩個地方歸屬於江南、浙江這一大類的方言之中。

以現今的方言分區來說，江、浙兩地大部分屬於吳方言的區域，少部分則屬於江淮官話。❺本文欲從《新方言》中釐析出有關浙江、江蘇兩地的語音現象，將章氏所舉與這兩地有關的語音現象，上與《廣韻》所載有關的反切，下與1989年《漢語方音字匯》第二版所載有關浙江、江蘇兩地的方音字匯，主要是揚州、蘇州、溫州三地做一比較，以探究其所載語音的特徵與演變。

二、本字及其音讀關係的舉例與分析

在方言語音演變的觀察角度上，章氏從本字的考索當中，進一步

---

❺　袁家驊認為：

> 現代吳語的分布區域包括江蘇省江南鎮江以東部分（鎮江不在內），崇明島，和江北的南通（東郊一部分）、海門、啓東、靖江等縣，以及浙江省的絕大部分。從語言特徵上說，靖江和丹陽是吳語的北極，接近下江官話，浙南溫州、金華、衢州三區是吳語的南極。

除此之外，江蘇長江以北地區，和長江以南鎮江以西沿長江一帶，則屬於江淮官話的區域。詳見袁家驊《漢語方言概要》（第二版），北京：文字改革出版社，1989年，頁58、24。

注意分析了方言所保留的音讀，及其流變狀況，就江浙兩地方言來看，章氏特別就語音方面加以說明者，可從三部分做一討論：

(一) 本字同古音亦同

在本字相同的前提之下，章氏也考求方言中存留與本字讀音相同的情形，茲將有關內容列表觀察如下：（下標數字一、二、三，表示卷數）

例字	例字相關說解	江浙詞語舉例	讀音	語音說明
時_	時、寔，是也；是，此也。	淮南揚州指物示人則呼曰時。	音如待。	古無舌上音，齒音亦多作舌頭，時讀如待，是讀如提，寔讀如敵，今僅存矣。
		江南松江太倉謂此曰是箇。	音如遞。	
		或曰寔箇。	音如敵。	
微_	不了其物則汎曰微。	浙江衢、金華至紹興之諸暨，略指彼處以示人則曰微頭。	微音如枚。	微枚密古皆重脣相轉。
繑_	縱、縮，亂也。掐，蹴也。	今浙江謂以散繩亂縈縱而引之曰掐，引之而亂曰掐亂。	音竝作他厚切。	如俶擻讀他候切矣。
			或稍侈如斗。	亦舌頭音也，凡齒音多歸舌，流變之例如此。
蠲_	蠲，不正也。古祇作華，華讀爲瓜哨之瓜。	今江南謂不正爲蠲。	尚合本音。	
		口戾不正爲喎，本苦媧切，今江南亦音華。	音華。	
冹_	冹，冥合也。	浙江言冹縫。	音亦如泯。	冹聲在眞部，以賓從冹聲知之，冹本音泯也。

例字	例字相關說解	江浙詞語舉例	讀音	語音說明
昌二	昌，當也。合符得宜，是之謂名，是之謂昌。	陝西江南浙江江西皆謂名爲名昌。	昌讀如堂。	古音昌本在舌頭，故或字作讜也。
而二	而猶女也。	今蘇州謂女爲而。	音如耐。	耐從而聲，而古音耐。
		浙東謂女爲若。	音如諾。	諾從若聲。
		今江南浙江濱海之地謂女爲戎。	音如農。	古音日紐歸泥，今此三音，猶本於古。
籑二	字亦借籑爲之。《方言》：「凡取物而逆謂之籑。」郭璞音饌。	今杭州謂偸拾爲籑。	音正如饌。	盧校《方言》，謂籑當音初患反，并謂今杭人音近撮，然今杭人正作饌音，不作撮音也。
蹳二	亦爲驚歎之詞，或曰此當作傀。	江寧曰蹳蹳，依居衛切而作平聲。	居衛切平聲。	
		《釋文》引《字林》公回反，今江寧正作此音。	公回反。	
約二	約，纏束也。	江寧謂以草索束物爲草約。	約讀如要。	古音約如要。
沒一	沒，沈也。	浙江謂人溺死爲沒殺。	猶作黃勃切。	
藩二	藩，屛也。	今浙西嘉興湖州謂逃隱屛藏爲藩。	音如畔。	古無輕脣音，藩音如盤，盤畔亦相代也。
良三	良人，美室也。	今江寧呼母。	猶作良音。	此爲得語柢矣。
州四	州，竅也；亦轉爲淊。淊州本一音之轉，故知州本陰器，有時移以言後竅爾。	今江南運河而東，皆謂陰器爲淊。	舌上音從舌頭音，讀如督。	

例字	例字相關說解	江浙詞語舉例	讀音	語音說明
檗六	米者謂之檗。	今杭州謂飯結釜底焦者為檗焦。	音博戹切。	檗之正音也。
苫六	白蓋謂之苫。	揚州儀徵謂雨蓋曰苫，或曰小苫子。	音如添。	添正作沾。猶可考見本字。
鳥十	鳥，長尾禽總名也。	江南運河而東至於浙江	猶作都了切。	

綜觀所列〈卷一〉時、微字，〈卷二〉蠕、宎、昌、而、篡、蹶、約、沒、藩字，〈卷三〉良字，〈卷四〉州，〈卷六〉庬、檗、苫字，〈卷十〉鳥等17字的說明之中，有指出江浙音當中有「尚合本音」者，如蠕字，章氏舉出「蠕」古衹作「華」，「華」讀為「侊哨」的「侊」，《廣韻》火媧切，曉母佳韻，可擬讀為 xuæi，❻華字《廣韻》呼瓜切，曉母麻韻，可擬讀為xua，現代江浙方言江南如蘇州、溫州讀如ho，溫州還有白讀為k'o；❼然章氏認為「華讀侊哨之侊」，侊字《廣韻》苦瓜切，溪母麻韻，可擬讀為k'ua，聲母上，現代江浙方言中溫州白讀還保留k'-，讀為k'o；章氏又舉「口戾不正為咼，本苦媧切，今江南音亦音華」，咼字《廣韻》苦瓦切，溪母馬

---

❻ 本文上古音擬讀，韻部部分以陳師新雄《古音學發微》古韻32部，古聲母部分以黃季剛先生古聲19紐為主；中古音擬讀，韻部部分以陳師新雄〈《廣韻》二百零六韻擬音之我見〉為主、聲母部分以黃季剛先生41聲紐為主，擬讀亦以陳師新雄《音略證補》所擬為主。

❼ 詳見北京大學中國語言學系編《漢語方音字匯》第二版，北京：文字改革出版社，1989年，頁15。

（麻）韻，擬讀k'ua，聲母亦爲溪母k'-，章氏言咼音本苦媧切，媧字韻母《廣韻》有兩個讀音，一爲古蛙切屬佳韻、一爲古華切屬麻韻，章氏也以江南音「華」字爲證，顯然「咼」字亦與麻韻關係密切，指的正是章氏當時所處的江南一帶，「華」字有讀作塞音送氣的k'-，而非擦音的x-，韻母則讀與麻韻相同，可擬爲ua；以當時章氏對麻韻古讀的看法來說，章氏並不承認麻韻讀爲長 ɑ，而是認爲兼有開合的性質，❽因此章氏心目中的麻韻，主要元音恐正應作 -o，考現今江南如蘇州、溫州等地，麻韻華字多讀爲 -o，佳韻字才多讀爲 -a或 -ɐ，❾由此益可見章氏將佳韻字擬讀爲麻韻的用意，有認爲江南麻韻讀 -o正是本音讀法的意味。

又如「鳥」字，《廣韻》都了切，端母篠（蕭）韻，可擬爲tieu，章氏舉江浙方言爲證，亦讀都了切；考現代江浙方言的白讀系統中還保留了 t- 聲母的讀法，揚州讀爲 tiɔ、蘇州讀爲 tiæ、溫州讀爲 tiɛ，❿蘇州讀 tiæ；鳥字的讀法，袁家驊亦認爲正是「少數字口語音保存了古反切」的確證。⓫

又如「州」字，古音19紐屬端母，古韻屬陳師新雄古韻32部21幽部，可擬讀爲 *tjo，《廣韻》職流切，照母尤韻，可擬讀爲 tɕiou，章氏舉江南謂陰器爲涿，「涿」字《廣韻》竹角切，知母覺韻，可擬

---

❽　詳見章太炎〈與汪旭初論阿字長短音〉，《華國月刊》第1卷第5期，1924年，頁5。

❾　同❼，頁15、13。

❿　同❼，頁193。

⓫　詳見袁家驊《漢語方言學概要》，北京：文字改革出版社，1989，頁70。

讀爲 ʨɔk，然章氏主要針對聲母部分言此涿字「舌上音從舌頭音，讀如督」，「督」字《廣韻》冬毒切，端母沃（冬）韻，可擬爲 tuk，督、州二字上古同屬舌頭端母，然中古州字已從舌頭音 t- 演變爲舌上音 ʨ-，故而章氏言舌上音亦從舌頭音，此即所謂「古無舌上音」之意。

又「良」字，章氏認爲「今江寧呼母猶作良音」，考現今江浙方言揚州讀娘音正爲 liaŋ，❷讀爲來母 l-，而非讀爲泥母 n- 或娘母 ɳ- ，亦可爲一證。

再如「沒」字，《廣韻》莫勃切，聲母爲明母 m-，現代方言即如江浙一帶「沒」字聲母也多作 m-，似乎沒有例外，章氏舉「沒，沈也」，正是《廣韻》的解釋內容，擬讀本音爲「黃勃切」，匣母沒韻，中古可擬讀爲 ɣuət，現代江浙方言勃字韻母，揚州作 -əʔ、蘇州作 -ɣ、溫州作 -ø，❸；若細究《廣韻》同爲沒韻的聲母，則麧、扢、齕、紇、淈等字與黃字同爲匣紐字，這 5 字實爲痕韻入聲寄字，非眞爲沒韻字，當擬爲 ɣiet；章氏所舉浙江言人溺死爲沒殺，或當另有本字才是，就音義關係來說，與溺死、沒殺相關的喉音字，《廣韻》「頖」字釋爲「內頭水中，烏沒切」，言「內頭水中」，正有溺死、沒殺的涵意，音讀爲烏沒切，影母沒韻，可擬爲 ʔuət，與「黃勃切」聲母同爲喉音，一爲影母、一爲匣母，只是發音方法略有清濁的不同，因此，浙江人所言溺死，讀爲 ɣuət殺，恐非如章氏舉以「沒」爲本字，或當爲「頖」字才是。

---

❷　同❼，頁314。

❸　同❼，頁28。

　　有從古籍的引證當中，考校方言存古的性質，如「篡」字注云「盧校《方言》，謂篡當音初患反，並謂今杭人近撮，然今杭人音正作饌音，不作撮音」；又章氏對作驚歎之詞的「𡘂」（傀）字，言「《釋文》引《字林》公回反，今江寧正作此音」。前者以當時杭州口語篡音讀如饌，補證正合郭璞《方言注》所言，且以個人審音的觀點，不認同盧文弨校訂《方言》時所改篡字的讀音，及所舉杭州音的例證；考《廣韻》「篡」字亦如盧氏所舉爲「初患反」，初母諫（刪）韻，可擬讀爲tʃˈuan，饌字《廣韻》有兩個讀音，一爲上聲雛鯇切，牀母濟（刪）韻，可擬爲dʒˈuan，一爲七戀切，當爲士戀切，❹牀母線（仙）韻，擬爲dʒˈiuɐn，其中dʒˈuan一音，與篡字擬音tʃˈuan尤其接近，只是聲母清濁和聲調的差異而已；二字上古音「篡」字聲紐爲清母，「饌」字爲從母，發音部位相同，發音方法清濁略有不同，古韻部同屬陳師新雄古音32部的3元部，篡字古音可擬爲*tsˈan，饌字可擬爲*dzˈan，可見二字古音關係實爲密切，故章氏亦以篡字「亦借饌爲之」，有其可信度；撮字《廣韻》倉括切，清母末（桓）韻，可擬爲tsˈuɑt；與入聲的「撮」字比較來說，章氏將「篡」字讀爲「饌」音的用意，當以「篡」字具舌尖音鼻韻尾的性質可能性較高，因爲現代江浙方言中舉如揚州篡字讀如tsˈuõ、蘇州讀如tsˈø、溫州讀如tsˈø，❺除揚州尚存留鼻化音之外，其他地區多呈鼻音 -n 尾消失的現象，蘇州、溫州都已讀成陰聲的半高前圓脣元音 ø；「撮」字江浙方言中揚州讀如tsˈuoʔ、蘇州讀如tsˈɤʔ、tsoʔ，溫州讀如

---

❹　饌字，《王一》、《唐韻》作「士戀切」。

❺　同❼，頁261。

ts'ai；「篹」字揚州鼻化方式的讀音，與撮字喉塞音的讀法已逐漸向陰聲韻尾合流，盧氏認為杭人讀「篹」字音接近「撮」的觀點或正著眼於此，章氏以「篹」音如「饌」之意或正強調「篹」字當仍有鼻音尾 -n。

又後者「蹶」字《廣韻》居衛切〔見母祭韻〕、又居月切〔見母月（元）韻〕、紀裂切〔見母薛（仙）韻〕，可擬讀為 kiuɛi、kiuɐt、kiet，江寧讀為居衛切 kiuɛi平聲，聲調上已由去聲轉為平聲，或者應該說由入聲轉為平聲，較符合漢語聲調演變的規律；傀字《廣韻》正作公回切，見母灰韻，可擬讀為 kuəi，章氏指出江寧讀作公回反，正是保留古音的例證。

除了從古籍的引證當中，考證方言的存古性之外，章氏也從古音學的立場，論證方言中的古音現象，在江浙方言的考索上，所考本字讀音多著重在聲母的分析上，如「時」字所言「古無舌上音，齒音亦多作舌頭」，而「昌」字所言「古音昌本在舌頭」，「昌」字41聲類屬正齒音穿母，也意指昌字中古正齒的讀法上古讀為舌頭音「堂」，是本音的讀法，此處有認同中古正齒音的字與上古舌頭音具密切關係的傾向。

又如「苫」字，揚州音如「添」，章氏認為「添正作沾，猶可考見本字」，然對於添、苫（沾）二字的古音關係未詳細說明，「苫」字失廉切或舒贍切，中古屬正齒音審母，「添」字他兼切，屬透母，若以古音19紐來看，二字古音都屬舌頭音透紐，亦當為章氏所謂「古無舌上音，齒音亦多作舌頭」的例證，此「齒音」指的亦應是正齒音。

如「藩」字所言「古無輕脣音」，「微」字所言「微枚密古皆重

脣相轉」，所指亦當爲古無輕脣音，只有重脣音的意思。

又「而」字言「古音日紐歸泥，今此三音（指耐、諾、農）猶本於古」，章氏曾提出〈古音娘日二紐歸泥說〉一文，**⑯**從古籍的例證，輔之以閩廣人的方言，論證上古音無娘、日二紐，娘、日二紐上古應當讀爲泥母，然對於以閩廣方言的佐證內容，則僅於文末簡單敘述，未曾詳舉；此處所舉江浙方言「而」字耐、諾、農的讀法，亦應有佐證的作用。

又章氏所舉「約」字，江寧讀如「要」，以爲「古音約讀如要」，《廣韻》約、要二字同音，爲於略切，影母藥（陽）韻，可擬爲 ʔiɑk，現今江浙方言約字讀音仍爲開口而非撮口，揚州讀如 iaʔ、蘇州讀如 iɒʔ、溫州讀 ia。**⑰**

此外，較爲特殊的是「縮」字，《廣韻》所六切，疏母屋（東）韻，可擬讀爲 ʃiok，上古音聲母屬古音19紐心母，屬陳師新雄古韻32部22覺，可擬讀爲 *siok，章氏舉浙江音他厚切（或稍侈如斗），透母厚（侯）韻，應可擬讀爲 tʻou，章氏解釋云：「凡齒音多歸舌，流變之例如此」，而此二句若從語音演變的立場試加解釋，章氏似乎認爲屬莊系的正齒音，古音亦應歸舌頭，就這一點追究起來，乃因章氏對中古聲母的認識以36字母的系統爲主，對於正齒音的認定只有照系一類，因而有此論斷，實則屬二等正齒音的字，當與齒頭音關係較爲密切，可從黃季剛先生考索中古聲母正聲、變聲的關係內容中，窺知

---

⑯ 詳見章太炎《國故論衡》，台北：廣文書局，1977，頁29～32。

⑰ 同**⑦**，頁54。

一二；⑱現代方言中「縮」字音讀，揚州、蘇州都讀爲 sɔ，溫州已顎化讀爲 ɕyo，⑲聲母已非如章氏所言讀如舌頭音，其他方言也只有福州白讀音爲t'øyʔ，尚保留與章氏所言爲舌頭的讀法而已。

　　韻部方面，如「㝷」字，章氏言「㝷聲在眞部，以賓從㝷聲知之，㝷本音泯也。」陳師新雄古音32部正屬6眞部，古音19紐屬明母，可擬讀爲 *mæn，《廣韻》莫甸切，明母霰（先）韻，可擬讀爲mien。

(二)　本字同而有音轉

　　除了本字同古音亦同的闡釋與說明之外，章氏提出「音轉」的方式以做爲語音演變的聯繫，舉其大要如下：

例字	例字相關說解	江浙詞語舉例	讀音	語音說明
都	都，於也，都諸亦同字。	今吳越開言於，猶用都字，如置諸某處，則曰放某處，或曰安都某處。	紹興作德駕切	魚模轉麻也。
			蘇州作丁莫切。	魚模入聲爲鐸也。
焉	焉，於是也，亦或作於，於即訓是。於音引長，則晉代言阿堵。	江南運河而東至於浙江謂所曰於黨。	於讀如惡。好惡之惡黨讀如堂。	於者，是也；黨者，所也；猶言上黨矣！於黨，阿堵音轉。
黨	黨，所也。	紹興或轉如董。	轉如董。	

⑱　詳見陳師新雄《音略證補》，台北：文史哲出版社，1996年，頁58。
⑲　同❼，頁37。

例字	例字相關說解	江浙詞語舉例	讀音	語音說明
		蘇州或轉入聲如篤。	轉如篤。	皆指此處則言之。
俄_	俄，行頃也。	江南運河而東謂少待頃刻曰俄一俄。	作吾駕切。	歌戈轉麻。
顗_	倢，具也。倢顗僎撰聲義皆同。	今蘇松嘉興謂徧具為顗，如皆有曰顗有，皆好曰顗好。	轉為平聲。	
宎二	宎，冥合也。宎音轉為宺。	今浙江謂物無竅穴為宺。	音如悶。	
		浙江謂錢背為宺。	音如悶。	
陊_	陊，落也。	今杭州謂物漸陂陀曰陊。	讀徒耶切。	歌戈轉麻也。
我二	我，施身自謂也。	今江南蘇松之閒謂我為儀。	我音轉如儀。	
		又轉為卬，今徽州及江浙閒言吾如牙。	音如牙。	亦卬字也，俗用俺字為之。
纂_	纂錢音亦如饌，俗借用趲，此正逆奪之義。	浙音或如攙。	音如攙。	即初患切之轉音也。
氐惆_	惾愁頓憋，惽也。江湘之閒或謂之氐惆。	今江浙安徽皆謂小兒煩惱懊懁為氐惆。	舌音迆齒，聲如躋遭。	
嬳二	嬳，驕也。	蘇州謂小兒恃愛而驕為姐。	齒音歸舌為丁也切。	魚模轉麻，故嬳為姐。
䩄四	䩄，頰也。輔，人頰車也。	今揚州安慶皆謂頰為輔。	音如巴。	凡言胡下者，通謂之下輔，讀如杷，輔讀為巴為杷者，古無輕脣，輔讀如補，今音據此轉變，魚模生麻，遂為巴杷等音。若父為爸匍為爬傅為巴矣。
		直隸山東浙江江南江西湖北湖南皆謂口圍為紫輔。	音如巴。	

例字	例字相關說解	江浙詞語舉例	讀音	語音說明
		浙之杭州紹興言槳輔。	音如匍。	
		又謂脣爲槳脣輔。	音亦如匍。	
間六	間，㮰也，大者謂之間。	紹興謂以大盌抒米皆曰間。	音轉如哈。	呼來切。
庬六	庬音條桑之條；蓋凡中窊之器可以容物者皆謂之庬。	惟江南運而東至浙江福建數處謂之刀圭。	音如條耕。	讀刀如條，正合庬音；圭讀耕者，支佳耕清同入對轉，圭聲字多轉入耕清。
飧六	飧，餔也。	溫州謂晚飯爲夜飧。	讀如宣。	諄文魂元寒相轉。
殖六	殖，脂膏久殖也。	今謂膏壞爲殖，江浙轉平如虫。	轉平如虫。	
毲六	毲，柔韋也。	今浙江謂鞔革於木革久弛緩而張之使急曰毲。	從僑稍轉如薦。	
蟁七	安蟁，溫也。	江南浙江謂微溫爲溫蟁。	音如暾。	寒魂韵轉，泥透紐轉。
泂七	泂，滄也。	今直隸山東江淮浙江皆謂甚涼曰泂。	讀如映。	匣影二紐相迤也。
芨九	芨，艸根也。	今浙江謂草木根爲芨頭。	音轉如匍。	猶鸞之音轉爲鋪矣。
魵十	魵、鰕，此爲班魚。	杭州賣酒家作酢魚，佐以鰕菹，名曰酢魚帶魵。	魵讀必問切。	幫滂二紐相迤。
蜓十	螔蜓，守宮也。	紹興謂在地者爲螔蜓。	蜓本音徒典切。	今從舌頭轉舌上爲陟鄰切。

　　從以上所列表中，可歸納出在聲母方面的音轉現象：如「氐惆」二字，章氏言江浙「舌音迤齒，聲如躋遭」，「氐惆」《廣韻》丁尼切（又都奚切）〔端母脂（又齊）韻〕、丑鳩切〔徹母尤韻〕，可擬讀爲 tiɛ(iei)　ȶ'iou，若聲如躋遭，則可根據《廣韻》相（祖）稽切

（精母齊韻）、⑳作曹切（精母豪韻），可擬讀爲 tsiei tsɑu，考察現代方言中江浙方言中精母字如積、即、擠、脊、際等字，揚州已顎化爲 tɕ-，蘇州、溫州仍讀精母 ts-，㉑與章氏當時所紀錄的口語狀況正相同，但章氏這裏以舌頭、舌上音與齒頭音「相迤」，顯然有音轉太過寬泛之嫌！

「泂」字《廣韻》戶頂切，匣母迥（青）韻上聲，可擬讀爲 ɣieŋ，章氏舉江浙謂甚涼曰泂，音讀如映，顯然聲調已有濁上歸去的現象；映字《廣韻》於敬切，影母映（庚）韻，可擬讀爲 ʔiaŋ，章氏解釋云：「匣、影二紐相迤」，一讀舌根音匣母、一讀喉音影母，中古音同屬喉音，發音方法清濁不同，現代江浙方言中屬庚韻及其相承的影母字如英、影等字，揚州、蘇州、溫州，都已讀成零聲母 ø-，㉒或許有可能此泂字聲母已濁音清化且弱化爲零聲母，所以不用曉母字做爲音讀用字。

「魵」字《廣韻》匹問切，滂母問（文）韻，可擬讀爲 pʻiuən，章氏舉杭州魵讀必問切，幫母問（文）韻，可擬成 piuən，幫、滂二母發音部位相同，發音方法清濁不同，故而言「幫、滂二紐相迤」，二音爲旁紐雙聲。

---

⑳ 《廣韻》與躋字同音小韻「齋」字注云：
　　　齋，相稽切，相字誤，今據周祖謨《廣韻校勘記》「景宋本作祖」正作祖稽切。
　　故更訂「相」字爲「祖」字。詳見《新校正切宋本廣韻》，宋•陳彭年等重修，民國林伊校訂，台北：黎明文化事業有限公司，1992年13版，頁91。
㉑ 同❼，頁84～87。
㉒ 同❼，頁353、354。

又「莛」字，章氏言莛本音徒典切，《廣韻》正作徒典切，定母銑（先）韻，可擬讀爲 d'ien，而紹興「今從舌頭轉舌上爲陟鄰切」，爲知母眞韻，可擬讀爲 ʈjen，由 d'→ʈ，發音部位發生演變，可以解釋的情形是全濁音 d'- 因莛字爲仄聲，先濁音清化爲不送氣的 t-，t- 再演變爲 ʈ-；然考察現今江浙方言定母先韻及其相承的字如電、殿、塡等字，揚州電、殿聲母讀如 t-，塡讀如 t'-，由 d'→t(t')，顯然已是濁音清化的結果，蘇州、溫州兩地電、殿、塡 3 字皆讀濁音 d'-，則仍保留《廣韻》徒典切的濁聲母讀法，紹興一地的讀法則有其特殊性。

在韻部的音轉上，如「補」字，章氏舉小地域的揚州和大範圍的浙江、江南等皆讀如巴，而杭州、紹興讀如匍，解釋爲：

> 凡言胡下者，通謂之下輔，讀如杷，輔讀爲巴、爲杷者，古無輕脣，輔讀如補，今音據此轉變，魚模生麻，遂爲巴杷等音。若父爲爸、匍爲爬、傅爲巴矣。

此處值得注意的是，章氏先定位古無輕脣的觀念，在上古音脣音皆讀爲重脣的基礎上，而提出「今音據此轉變」，所轉變者則爲韻部的部份，演變條件爲「魚模生麻」；補字上古音屬古音 19 紐幫母，屬陳師新雄古韻 32 部 13 魚部，可擬讀爲 *pɑ，《廣韻》與「父」字同音爲扶雨切，奉母麌（虞）韻，可擬讀爲 bvˊiu，由 -ɑ→u 已是一個元音高化的結果，章氏所舉讀如巴，《廣韻》伯加切，幫母麻韻，則可擬爲 pa，主要元音 -a 與 -ɑ，舌面前後不同而相近；若從語音演變的角度來看，以陳師新雄古韻 32 部魚韻歸屬的字做一觀察，魚韻字演變到中古，正「變入《廣韻》魚語御、虞麌遇、模姥暮、麻馬禡」等韻，

《廣韻》魚虞模等三韻主要元音，魚韻擬讀爲 -io，虞模二韻均擬爲
-iu、-u，已是一個高化的元音，獨留與 -ɑ接近的正是麻韻，故而章氏
云「魚模生麻」，其實，此處江浙「䰀」字的讀pa正是古音的遺留。

　　另外如「都」字，章氏舉紹興讀德駕切，是「魚模轉麻」，情況
與「䰀」字相似，又舉蘇州作丁莫切，是「魚模入聲爲鐸」，陳師新
雄古韻32部魚鐸對轉的關係，所以情況應也與「䰀」字相似；值得注
意的是，「都」字中古讀法可擬爲 tio，主要元音爲 -o，章氏將麻與
魚模相提，顯然有認爲麻韻音讀應具合口性質的傾向。

　　何以章氏的解釋是「魚模轉麻」，而不直接說古音正讀爲 -a 或
-ɑ？因爲章氏認爲上古阿字長音的韻爲「泰夬諸韻」，[23]而非魚模
韻，「魚模部音，純爲閉口，此古今無異者也」，[24]且由章氏對魚陽
部的古音擬讀言「魚部古皆闓口如烏、姑、枯、吾」來看，[25]魚模韻
當讀如 -u，到了中古唐韻時代，其語音狀況，章氏仍不認爲麻韻該
讀爲長 -ɑ，故言：[26]

　　　唐韻歌戈麻分三部，歌、戈固阿字短音，麻亦不竟作阿字長音
　　　也，所以必分三部者，歌部歌、何、阿等字皆開口，戈部戈、
　　　和、倭等字皆闓口，以開、闓爲異，麻部兼有開、闓，而更闊

---

[23]　同[8]，頁5。

[24]　同[8]，頁2。

[25]　詳見章太炎《章氏叢書・國故論衡・二十三部音準》，台北：世界書局，1982
　　　年，頁431。

[26]　同[8]，頁4。

入魚模變音，且又有自支佳闌入者，是以三者不得不分非其聲
勢長短有異也。

由章氏以上的論述當中，可看出章氏從開闔的角度解析麻韻的來源，
以爲麻韻因兼具開闔的性質，再加上由魚模與支佳韻合流的音，使得
歌、戈、麻，不得不以聲勢的長短加以區分；蓋章氏有意站在否定上
古讀音有開口長元音 -ɑ 的立場加以論述，此項論點汪榮寶從梵漢對
音、典籍、狀聲詞、與當時方言中遺留古歌支通用的現象，駁之甚
明，❷並明確提出：❷

> 魚爲長阿，歌爲短阿，各有本音，無相雜廁；周秦之際始有出
> 入，迄於漢魏，二部之字，益互相流轉，與古大殊，……降及
> 六代，魚類之音，變者什七八，不變者才二三耳，變者爲魚
> 模，又雜侯部之字以爲虞，其音皆如-o，至唐遂轉爲-u，不變
> 者乃與歌支流入之字併而爲麻，保其 -ā（即-ɑ）音，而歌部兼
> 有長短阿音如故。

就汪氏所言，則魚部自六朝以至唐代的演變可列式簡單表示如下：

---

❷　詳見汪榮寶〈論阿字長短音答太炎〉，《華國月刊》第9冊第2期，1925年10月，
　　頁1～22。

❷　同❷，頁12～13。

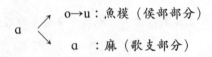

而後，章氏於《國學略說》中已有修正，亦贊同「古人讀麻長音，讀歌短音」，至於魚韻古讀則仍未提及；㉙陳師新雄亦認為「以歌為前 -a，魚為後 -ɑ，較合二部發展之程序」，故云：㉚

> 上古魚為 -ɑ，魏晉以後為 -o，唐以後為 -u，由 -ɑ 至 -u，逐漸高化。

正可做為汪氏對魚虞部演變的最佳補充說明。

章氏因囿於魚虞部上古為閉口音 -u，所以在方言存古性質的論證上，不免出現倒果為因的情況，故而對當時方言中有魚虞韻讀為麻韻的現象，解釋為「魚虞轉麻」或「魚虞生麻」，或者「歌戈轉麻」，實則如「都」、「陊」、「俄」、「姐」等字正都保留了古音的讀法，而非因語音演變而有韻部的音轉。

又章氏言「姐」字，舉蘇州讀音為丁也切，是「齒音歸舌」的現象，「姐」字《廣韻》茲野切，精母馬（麻）韻，可擬為 tsia，章氏擬讀為丁也切，為端母馬（麻）韻，擬音為 tia，章氏以齒音俱歸舌音的說法，或其欲進窺古聲母發音特性的嘗試作法，但從方言的比較當中，實難以令人信服，且後來黃季剛先生以「紐韻互證」的方法，

㉙ 詳見章太炎《國學略說•小學略說》，高雄：復文圖書出版社，1984年，頁26。
㉚ 詳見陳師新雄《古音學發微》，台北：文史哲出版社，1983年，頁1008。

釐析《廣韻》中聲母實含正聲、變聲的內容，更進一步進窺古聲母的狀況，又較章氏前進一步，誠所謂「前修未密，後出轉精」，故而章氏此時以齒音亦可歸入舌音的想法，仍具實驗性質，而非定論。

「我」字，《廣韻》五可切，疑母哿（歌）韻，可擬讀爲 ŋɑ，章氏舉「江南蘇松謂我爲儀，我音轉爲儀」，儀字《廣韻》魚羈切，疑母支韻，可擬爲 ŋiɛ由-ɑ→ ɛ，是元音高化的結果；而章氏又言江浙之間言吾爲牙，牙字《廣韻》五加切，疑母麻韻，擬讀爲 ŋa，正保留了古音的讀法。現代江浙方言「我」字，揚州讀爲 o，聲母已成爲零聲母，且韻母由 a→ o，已元音高化；蘇州讀爲 ŋəu，還保留舌根鼻音的聲母，韻母由 a→ əu，仍是元音高化的結果；至於溫州讀爲 ŋ，❸則成爲失落元音的舌根鼻音了。

又如「茇」字，《廣韻》蒲撥切，並母末（桓）韻，可擬讀爲 b'uɑt，章氏舉浙江音轉如匍，匍字，《廣韻》薄胡切，並母模韻，可擬讀爲 b'u，仍然是全濁音的聲母，現代江浙方言並母字如勃、婆等字，揚州則已顯示濁音清化；蘇州、溫州仍讀全濁音 b-，韻母由 ɑ→o，是元音的高化，韻尾由 t→ø，是塞音韻尾的消失，現代江浙方言如揚州、蘇州、溫州亦多顯塞音韻尾消失；章氏舉浙江讀「茇」爲「匍」，似已由 ɑ→u，元音又較 -o 更爲高化。

「焉」字內容的說明，章氏舉江浙謂所曰於黨，而解釋「於黨」爲「阿堵」的音轉，「於」字《廣韻》哀都切，影母模韻，擬讀爲 ʔu，「阿」字《廣韻》烏何切，影母歌韻，可擬讀爲 ʔɑ；於、阿二字古音同屬19紐影母，於字屬陳師新雄古韻32部13魚部，可擬爲

---

❸ 同❼，頁42。

*ʔɑ。「黨」字《廣韻》多朗切，端母蕩（唐）韻，可擬讀爲 tɑŋ，上古音亦同，「堵」字《廣韻》當古切，端母姥（模）韻，可擬讀爲 tu，屬陳師新雄古韻32部13魚部，可擬讀爲 *tɑ，黨、堵二字古音正好爲對轉關係，故「於黨」與「阿堵」二詞古音關係密係，江浙讀爲「阿堵」，「阿」字可能仍保留古音的讀法，「堵」字則已有韻母的變化。現代江浙方言中「阿」字揚州文讀 o ，白讀 æʔ、蘇州文讀 əu，白讀 aʔ、溫州文讀 u（白讀 a）、o，㉜很有可能章氏心目中的歌韻字音讀亦具備合口性質，而不是開口舌面後的元音 -ɑ。「堵」字，現代江浙方言揚州讀如 tu、蘇州 təu、溫州 tøy。㉝

　　「黨」字《廣韻》多朗切，端母蕩韻，可擬讀爲 tɑŋ，章氏舉紹興或轉如董，端母董（東）韻，可擬爲 toŋ，蘇州或入聲如篤，端母沃（冬）韻，可擬爲 tuk。到現代江浙方言揚州讀爲 tɑŋ、蘇州讀爲 tɒŋ、溫州讀爲 tuɔ，與章氏所紀錄的音讀又有不同，其中蘇州讀音 tɒŋ與章氏所載的可能擬讀 tuk，主要元音和韻尾皆有不同，且 -ɒ 較 -u 元音爲低， -ɒ 舌面後最低元音，-u 則爲舌面後高元音，若對章氏篤字擬音爲正確的話，則蘇州讀「黨」字如「篤」，爲一反常態的爲元音低化。

　　「宊」字《廣韻》莫甸切，明母銑（先）韻，擬爲 mien，音轉如萳，「萳」字《廣韻》母官切，明母桓韻，可擬讀爲 muɑn，章氏舉浙江萳音讀如悶，悶字《廣韻》莫困切，明母慁（魂）韻，可擬讀爲 muən，由 ɑ→ə，亦有元音高化的傾向。

㉜　同❼，頁9。

㉝　同❼，頁108。

「篡」字《廣韻》初患切，初母諫（刪）韻，可擬讀成 tʃʻuan，章氏舉「浙音或如櫬」，並解釋云「即初患切之音轉」，「櫬」字《廣韻》初覲切，初母震（眞）韻，可擬讀爲 tʃʻien；現代江浙方言篡字音讀 tsʻuo，蘇州、溫州皆讀如 tsʼø，聲母爲齒頭音，或正保留古音的讀法，且有鼻化或韻尾消失的傾向。

「爕」字，《廣韻》思渾切，心母魂韻，可擬讀爲 suən，章氏舉溫州爕字讀如宣，宣字《廣韻》須緣切，心母仙韻，可擬讀爲 siuɛn，由 ə→ ɛ，爲元音的前化。

「攤」字，《廣韻》奴案切，泥母翰（寒）韻，可擬讀爲 nɑn，章氏舉江浙音如暾，「暾」字《廣韻》他昆切，透母魂韻，可擬爲 tʻuən，聲母泥、透發音方法清濁不同，發音部位一樣，介音有開合的差異，元音有高化的現象，故章氏解釋云：「寒魂韻轉，泥透紐轉」。

「㲩」字，《廣韻》子俊切，精母稕（諄）韻，可擬爲 tsiuen，章氏舉江浙從儁稍轉如薦，㲩、儁同音，「薦」字《廣韻》作甸切，精母霰（先）韻，可擬讀爲 tsien，儁、薦二音，只有介音開合的不同而已。

從「㒼」、「篡」、「爕」、「攤」、「㲩」諄文魂元寒等韻相轉的現象來看，可以約略觀察出章氏所紀錄的江浙方言與《廣韻》的音讀，在臻攝與山攝兩個韻攝上，有相混的情形，茲將其上古韻部與《廣韻》韻部，與章氏可能的韻部擬讀，列表觀察如下：

例字	古韻32部	《廣韻》韻讀	江浙音讀韻部
萬	9諄 ɛn	桓 uɑn	恩(魂) uən
篡	3元 an	諫(刪) uan	震(眞) ien
飱	9諄 ɛn	魂 uən	仙 iuɛn
羅	3元 an	翰(寒) ɑn	魂 uən
瓮	3元 an	穆(諄) iuen	霰(先) ien

由表中可大致歸結出這幾個字臻、山攝相混的情形，其古韻來源爲諄、元二部，所擬章氏江浙音讀的韻母多爲古韻或《廣韻》的元音高化或前化。

章氏另舉江浙謂刀圭音如條耕，並解釋云：「圭讀耕者，支佳耕清同入對轉，圭聲字多轉入耕清」，考「圭」字《廣韻》古攜切，見母齊韻，可擬爲 kiuei，屬陳師新雄古韻32部10支部，可擬爲 *kɐ；「耕」字《廣韻》古莖切，見母耕韻，可擬爲 kæŋ，屬古韻32部12耕，可擬讀爲 *keŋ，圭、耕二字古韻正如章氏所說支耕二韻同入；現代江浙方言「耕」字，揚州讀 kən、蘇州文讀 kən、白讀 kaŋ、溫州讀 kiɛ，非元音高化即前化。

「閜」字，《廣韻》許下切，曉母馬（麻）韻，可擬讀爲 xa，章氏舉紹興音轉如哈，呼來切，曉母咍韻，可擬讀爲 xəi，由a→ əi 亦具元音高化的性質。

聲調方面，「顎」字，《廣韻》士免切，牀母獮（仙）韻，可擬爲 dʒ'iɛn，章氏舉蘇松嘉興謂偏具爲顎，顎字應是由上聲轉爲平聲；「殖」字《廣韻》常職切，禪母職（蒸）韻入聲，可擬讀爲 ʑiək，章氏舉「今謂膏壞爲殖，江浙轉平如蚩」，「蚩」字《廣韻》赤之切，穿母之韻，可擬讀爲 tɕ'iə，顯然殖字入聲濁聲母已歸入陽平聲。

由以上對「轉」字性質的運用，可觀察出音讀的說明基本上以本字爲主，用爲就江浙方言中音讀已有改變的現象，加以深入說明的憑藉；而所描述的內容除了對古音性質的誤判之外，其他所言「轉」字，所論多爲以元音高化爲主的語音演變現象的說解，可以概見所處吳方言地域，或正處於元音高化的語音演變過程當中；在對應關係上，高元音化正是現代吳音幾個突出特點當中的其中之一。❸

(三) 音轉字變

除了本字音讀的說解，章氏亦旁及語音演變上「音轉字變」現象的說明，針對江浙兩地的例子約有之、襄、觢3字，雖然不多，但亦可藉此窺其一二，先將相關說解列表如下：

例字	例字相關說解	江浙詞語舉例	讀音	語音說明
之－	之，開也；之訓此者，與時同字，之、其同部，古亦通用。今凡言之者，音變如丁茲切，俗或作的。	江南運河而東以至浙江、廣東凡有所隸屬者，不言的而言革。	言革，或作格。	非之字之音變，乃其字之音變矣。
襄二	襄，除也；音轉字變，芸草後摩田曰場。	今江南浙江欖摩日場。	讀如盪。	他浪切。
觢十	古但作觢，後變作狗，亦變作垢。	今浙西謂犢爲垢。	其音如項。	猶垢本音火口切，後讀項矣。

---

❸ 袁家驊云：

從中古到現在，吳語韻母同北話韻母的比較，吳音有幾個突出的特點，就是高元音化、單元音化、前元音化，鼻音韻尾 -m 和大部分 -n 脫落，入聲韻尾 -p、-t、-k 一律簡化爲 -ʔ，等等。

同⓫，頁71。

當「之」字訓爲指示代詞「此」的時候，章氏認爲江浙言及有所隸屬時讀革或格，不是讀如「的」丁茲切；江浙言革或格，章氏以爲應是「其」字的音變，而非「之」字的音變，「其」字《廣韻》渠之切，群母之韻，可擬爲 gʻiə，屬陳師新雄古韻32部24之部，擬讀爲 *ɣə；「革」字《廣韻》古核切，見母麥（耕）韻，可擬讀爲 kæk，「格」字，與章氏時代相近的趙元任先生曾擬讀格音爲 ge；㉟從中古到近代，革、格、其的音讀演變比較中，其、革二字，聲母可以濁音清化的方式解釋，其、格二字，聲母同爲濁聲母，由 ə →e 爲元音高化，趙氏所擬音讀無塞音韻尾，可見章氏言格字由其字音變而來，實有跡可循；現代江浙方言格字音讀，揚州讀如 kəʔ、蘇州文讀 kɣʔ，白讀kɒʔ、溫州 ka，聲母 g→k，顯然已濁音清化，韻母 ə→ ɣ、ɒ、a，爲低化元音的演變，仍保留喉塞音尾的讀法；革字揚州亦讀如 kəʔ、蘇州讀 kɣʔ、溫州 ka，情形與格字相似。

「襄」字，《廣韻》息良切，心母陽韻，擬讀 siɑŋ，章氏言音轉字變爲場，《廣韻》直良切，澄母陽韻，擬讀ȡʻiɑŋ，襄、場二字聲母一爲舌上音、一爲齒頭音，發音部位實不相同，章氏以聲母爲舌、齒之別而言音轉，顯然有混淆齒頭音與舌音之嫌；章氏又說江浙讀場如盪，他浪切，透母宕（唐）韻，可擬爲 tʻɑŋ，保留舌頭古音的讀法，聲調讀爲去聲，於音理上亦說得通。

「軥」字，《廣韻》古候切，見母候（侯）韻，擬爲 kou，字變作「㧬」，《廣韻》苦后切，溪母厚（侯）韻，可擬讀爲 kʻou，

㉟ 詳見趙元任〈北京、蘇州、常州語助詞的研究〉，《清華學報》第3卷第2期，1926年12月，頁872～878。

軥、牿二字只有聲母送不送氣的分別而已，因此聲韻關係密切，章氏舉浙西音牿如項，項字《廣韻》胡講切，匣母講（江）韻，可擬為ɣɔŋ，聲韻俱異。

由以上所舉之、襄、軥3字來看，之字與其、革、格尚可尋其來龍去脈；襄字音轉字變為場，韻母關係還相同，但聲母的發音部位，實差異頗大；軥字與牿字韻母相同、聲母只有送不送氣的些微差別，聲韻關係密切，但以牿音讀為項，則聲韻關係都已顯疏遠。

三、方言點音讀的比較與分析

本節試分江蘇與浙江兩部分，就章氏所紀錄的方言代表點，主要有松江太倉、江寧、揚州、杭州、紹興、蘇州等地，做一比較與分析，觀其語音演變的大概。

(一) 江蘇部分

1.揚州

例字	說明	方音及依《廣韻》之擬讀		例字《廣韻》反切及擬讀		《漢語方音字匯》江浙音讀（依例字欄）
時_	淮南揚州指物示人則呼曰時。	音如待	dʻəi	市之切	ziə	揚州：sɿ 蘇州：zʮ、zɿ 溫州：zɿ
些_	今淮西黃梅語餘聲猶多言些；揚州杭州亦然。	音如灑	ʃæi	寫邪切	sia	揚州：ɕi 蘇州：si 溫州：sei
		或促如殺	ʃɐi			

例字	說明	方音及依《廣韻》之擬讀		例字《廣韻》反切及擬讀		《漢語方音字匯》江浙音讀(依例字欄)
嫘一	揚州謂未來不久亦曰嫘嫘。	呼作書兩切	çiɑŋ	書兩切	çiɑŋ	
咸一	揚州謂皆爲咸。	音如緘。古咸切	kɐm	胡讒切	ɣɐm	
逋二	今揚州狀扁曰逋逋。	逋音如巴	pa	博孤切	pu	
蟆二	揚州謂覆未冥合爲蟆	音如蝦蟆之蝦	ɣaᵖ	呼訝切	ɣa去	
戛二	揚州猶謂木模攝麪成餅者曰麪戛子。	作苦八反	k'at	古黠切	kat	
毗 劉二	吳揚之間	音如儢	b'ɐi	房脂切	b'ie	
		來	ləi	力求切	liou	揚州：liɣɯ 蘇州：lɣ 溫州：ləu
鋪二	安慶揚州皆謂發怒大息爲鋪。	讀如鋪	p'ɿu	芳無切	p'iu	
荒二	吳揚謂事不可收拾曰荒。	音並如黃	ɣuɑŋ	呼光切	xuɑŋ	揚州：xuaŋ 蘇州：huɒŋ 溫州：huɔ
啜二	揚州訶責兒食曰啜飯。	音如揣	tʃ'iui	嘗芮切	ʑiuɿ	
鮒四	今揚州安慶皆謂頰爲鮒。	音如巴	pa	扶雨切	b'iu	
魄四	揚州謂臂裏脅閒爲腋魄。	魄讀若霸	pa	普伯切	p'ɐk	揚州：p'ɔʔ 蘇州：p'ɣ文、p'ɒʔ白 溫州：p'a
苫六	揚州儀徵謂雨蓋曰苫,或曰小苫子。	音如添	t'iem	失廉切	çiɛm	

例字	說明	方音及依《廣韻》之擬讀		例字《廣韻》反切及擬讀		《漢語方音字匯》江浙音讀（依例字欄）
韇六	今揚州狀果實之黃曰黃韇韇。	音苦圭切	k'iuei	戶圭切	xiuei	
耑九	今揚州謂草木初生微芽為耑子。	讀如顓	tçiuɛn	多官切	tuɑn	

章氏在揚州讀音特殊現象的紀錄上，首先保留古音讀法的約有「時」讀如「待」，可以為古無舌上音，舌上音古音皆讀如舌頭音的證明；「咸」音古咸切，《廣韻》音胡讒切，二音韻母相同，聲母受阻狀態皆為塞音，而有舌根、喉音和清濁方法的不同；「餔」讀如鋪、「輔」音如「巴」等聲母，為仍讀重脣本音的例證；除此之外，揚州可能還保留如待d'-、韇 ɣ、荒 ɣ-、憊b'-等濁聲母；在韻母上，逋、餔、輔、魄四字且保留古魚韻近 ɑ 的讀法。其次，語音演變的對應規律上，若以《廣韻》為比較對象，可發現出現些許舌根擦音與舌根塞音對應的情形，如「咸」 ɣ：k、「韇」 x：k；聲母上有顎化的現象，如「些」字由 sæi→ çi，s- 因細音 -i- 而顎化，元音亦顯高化；而「耑」字由 tuɑn→tçiuɛn，由於 t- 在 -i- 的前面而變讀為 tç-，這也是顎化的一種；❸又有濁音清化的情形，如「荒」字章氏讀為黃，與現今揚州方言做一比較，由 ɣuɑŋ→xuaŋ，聲母由 ɣ→x，即是濁音清化的結果，韻母由 ɑ→a，則是元音前化，也是吳方言語音的特

---

❸ 竺家寧先生認為：

中古漢語的聲母有一套顎化音ㄐㄑㄒ等，它是受三等性的介音 -j- 影響而產生的，字母家稱之為正齒音「照穿神審禪」。

詳見竺家寧《古音之旅》，台北：國文天地雜誌社，1989年，頁48。

色，魄字音讀經由《廣韻》、章氏所處年代、和接近90年代方言調查的對比，其關係式可表述如下：

$$p\text{'}\mathit{r}k : pa : p\text{'}\mathit{ɔ}ʔ$$

以文字做爲語音擬測，難免有不夠精確又不夠完全的地方，此處章氏擬「魄讀如霸」，與《廣韻》入聲和現代方言喉塞音的音標法，即呈現不諧調的強烈對比，何以陰聲韻可以擺在兩個入聲韻的中間？雖然如此，但亦能從此疏密之間，略窺些端倪；由表述式中可看出章氏以去聲陰聲韻字做入聲韻字音讀的用意，或有可能呈顯當時塞音韻尾已處於消失狀態，韻母上仍不外是元音高化，「劉」字由 ləi→liɣɯ 亦爲元音的高化。

　　2.蘇州

例字	說明	方音及依《廣韻》之擬讀		例字《廣韻》反切及擬讀		《漢語方音字匯》江浙音讀（依例字欄）
都_	今吳越間言於，猶用都字，如置諸某處，則曰放都某處，或曰安都某處。	蘇州作丁莫切	tɑk	當孤切	tu	揚州：tu 蘇州：təu 溫州：tøy
黨_	蘇州或轉入聲如篤。	轉如篤	tuk	多朗切	tɑŋ	揚州：taŋ 蘇州：tɒŋ 溫州：tuɔ
享_	蘇州謂內曰裏享。	音如向	xiɑŋ去	許兩切	xiɑŋ上	揚州：ɕiaŋ 蘇州：ɕiaŋ 溫州：ɕi

例字	說明	方音及依《廣韻》之擬讀		例字《廣韻》反切及擬讀		《漢語方音字匯》江浙音讀（依例字欄）
顛_	今蘇松嘉興謂徧具爲顛，如皆有日顛有，皆好日顛好。	轉爲平聲	siuɛn平	士限切	siuɛn去	
蜀_	蘇松嘉興，一十諸名皆無所改，獨謂十五爲蜀五。	音亦如束	ɕiuok	是執切	ʑiəp	揚州：sɔʔ 蘇州：zoʔ 溫州：dʑyo
我_	今江南蘇松之閒謂我爲儀。	我音轉如儀	ŋiɛ	五可切	ŋɑ	揚州：o 蘇州：ŋəu 文,平、ŋəu 白,去 溫州：ŋ
而_	今蘇州謂女爲而。	音如耐	nəi	如之切	nʑiə	揚州：a 蘇州：l 溫州：zɿ
慁_	蘇州謂謹爲慁。	音如殷	ʔiən平	於謹切	ʔiən上	
姐_	蘇州謂小兒恃愛而驕爲姐。	丁也切	tia	子邪切	tʃia	
築_	蘇州謂我輩爲吾娌，謂彼輩曰娌築。	築讀如篤	tuk	張六切	tsiok	揚州：tsɔʔ 蘇州：tsoʔ 溫州：tɕiəu

　　從章氏所舉蘇州方音的音讀當中，語音演變現象較爲明顯的仍是高元音化，如「都」字由 u→ ɑ→ əu，由前後對比的內容皆具備合口性質來看章氏所描述的音讀，實突顯其此「丁莫切」的音，或正可能爲合口的音；顎化作用如「享」字由 xiaŋ→ɕiaŋ，也是前元音化，濁音清化再顎化如「蜀」字由 ʑ→ɕ，但現代江浙方言中蘇州仍讀蜀爲濁音的 z-；疑母仍保留舌根鼻音 ŋ-的唸法，如「我」字；「築」

字聲母讀爲 t-，保留了古舌頭音的性質；在韻尾上則以 -k對應 -p爲特殊現象，有可能韻尾亦已合流。

3.松江、太倉、江寧

例字	說明	方音及依《廣韻》之擬讀		例字《廣韻》反切及擬讀		《漢語方音字匯》江浙音讀（依例字欄）
是_	江南松江太倉謂此日是箇。	音如遞	d'iei	承紙切	ʑiɛ	揚州：sʅ 蘇州：zʮ、zʅ 溫州：zʅ
寔_	或曰寔箇。	音如敵	d'iek	常職切	ʑiək	
處_	今松江太倉言處言許。	音皆如化	xua	昌與切	tɕ'iu	揚州：ts'u 蘇州：ts'ʮ文、sʮ白 溫州：ts'ʅ
許_				虛呂切	xio	揚州：ɕy 蘇州：ɕy文、hE白 溫州：ɕy
蜀_	蘇松嘉興，一十諸名皆無所改，獨謂十五爲蜀五。	音亦如束	ɕiuk	是執切	ʑiep	揚州：soʔ 蘇州：zoʔ 溫州：dʑyo
我_	今江南蘇松之閒謂我爲儀。	我音轉如儀	ŋiɛ平	五可切	ŋɑ上	揚州：o 蘇州：ŋəu文平、ŋəu白,去 溫州：ŋ̍
蹶_	江寧曰蹶蹶。	依居衛切而作平聲	kiuɛi平	居衛切	kiuɛi去	
	《釋文》引《字林》公回反，今江寧正作此音。	公回反	kuəi			
約_	江寧謂以草索束物爲草約。	約讀如要	ʔiɛu去 ʔiɛu平	於笑切 於略切	ʔiɛu去 ʔiɑk入	揚州：iaʔ 蘇州：iɒʔ 溫州：ia

例字	說明	方音及依《廣韻》之擬讀		例字《廣韻》反切及擬讀		《漢語方音字匯》江浙音讀(依例字欄)
齰二	鄧廷楨曰:江寧謂痹後齒爲齰牙。	音如錯	ts'u ts'ɑk	鉏駕切 鉏陌切	dʒ'a dʒ'ak	
母三	今江寧呼母。	猶作良音	liɑŋ	呂張切	liɑŋ	娘: 揚州:liaŋ 蘇州:n̩iaŋ 溫州:n̩i
風七	江寧	猶作方林切	pfiəm	方戎切	pfioŋ	揚州:foŋ 蘇州:foŋ 溫州:hoŋ

從表中可知松江、太倉兩地「是」、「實」二字的讀法仍保留 d'- 定母的古音,「蜀」、「我」字情形一如蘇州所舉字內容;而松江、太倉兩地言處言許音皆如化,化音或當別有所本字,否則,亦呈顯此「化」字具合口性質的傾向。

　　江寧讀約字如要,二字《廣韻》去聲的反切相同,都是於笑切「要」另讀平聲,以約讀如要,顯然約字舌根塞音韻尾 -k 已消失,現代江浙方言揚州、蘇州仍保留喉塞韻尾 -ʔ,溫州約字韻尾則已完全消失了。齰字讀爲錯,與《廣韻》做一比較,由 dʒ'→tʃ' 已濁音清化,江寧呼母爲 liɑŋ,與揚州呼娘爲 liaŋ,聲母讀同來母,韻母由 ɑ →a,則是元音的前化。江寧讀「風」爲方林切,顯然仍保留雙脣韻尾 -m,現今方言已多讀爲舌根音 -ŋ。

(二) 浙江部分

1.杭州

例字	說明	方音及《依廣韻》之擬讀		例字《廣韻》反切及擬讀		《漢語方音字匯》江浙音讀(依例字欄)
居$_{一}$	杭州言居。	轉入如格	kɑk kak	九魚切	kio	揚州：tɕy 蘇州：tɕy 溫州：tɕy
些$_{一}$	今淮西黃梅語餘聲猶多言些；揚州杭州亦然。	音如灑	ʃæi	寫邪切	sia	揚州：ɕi 蘇州：si 溫州：sei
		或促如殺	ʃuɐt			
蔑$_{二}$	今杭州謂極小曰蔑。	讀如彌	miɛ	莫結切	miet	
紃$_{二}$	杭州謂㑊爲紃。	讀如訓	xiuən	食倫切 詳遵切	dʑ‘iuen ziuen	
哆$_{二}$	今杭州凡張皆曰哆。	音陟加切	ȶa	敕加切	ȶ‘a	
縣$_{二}$	今浙西杭湖之閒謂顯燿曰縣亮。	讀如金	kiəm	呼典切	xien	
墮$_{二}$	今杭州謂物漸陂陀曰墮。	讀徒耶切	d‘ia$_{平}$	徒果切	d‘uɑ$_{上}$	揚州：to 蘇州：dəu 溫州：dəu
䲡	今杭州謂最下劣爲䲡。	郭璞音䲡爲遒	dz‘iou	自秋切	dz‘‘iou	
區$_{二}$	杭州言區區。	音如摳	k‘ou			揚州：tɕ‘y 蘇州：tɕ‘y 溫州：tɕ‘y
篡$_{二}$	今杭州謂俛拾爲篡。	音正如饌	dz‘iuɛn	初患切	tʃ‘uan	揚州：ts‘uo 蘇州：ts‘ø 溫州：ts‘ø
塞$_{二}$	今杭州謂小兒安寧爲利塞。	讀如邊塞之塞	səi	先代切 蘇則切	səi sək	
嘈$_{二}$	杭州謂多言無節爲嘈。	音竝作才曷反	dz‘ɑt			

例字	說明	方音及《依廣韻》之擬讀	例字《廣韻》反切及擬讀		《漢語方音字匯》江浙音讀（依例字欄）
厭_二	今杭州人私作厭勝，謂之厭祥祥。	厭讀於冉切 ʔiɛm	於琰切	ʔiɛm	揚州：ie 蘇州：i 溫州：i
祥_二		祥讀如羊 iɑŋ	似羊切	ziɑŋ	揚州：tɕiɑŋ 蘇州：ziɑŋ 溫州：ji
挺_二	今杭州謂以物遙擊爲挺。	音如釘 tieŋ	特丁切	d'ieŋ	
髫_三	髫、鼫古字通，杭州云鼫牙。	音皆如韶。 ʑiɛu	徒聊切	d'ieu	
輔_四	浙之杭州紹興言輔。	音如匍 b'u	扶雨切	b'iu	揚州：fu 蘇州：fu 溫州：fu
㮇_六	杭州謂食畢返之器爲盌㮇。	讀如焉。 siɛk	悉姐切	sia	
檗_六	今杭州謂飯結釜底焦者爲檗焦。	音博戹切。 pæk	博厄切	pæk	
魵_十	杭州賣酒家作酢魚，佐以鰕葅，名曰酢魚帶魵。	魵讀必問切。 p'iuən	匹問切	p'iuən	
萑_十	杭州謂之夜萑。	音如獲。 ɣuæk	職追切	tɕiue	

杭州亦有保留古音且全濁聲母的讀法，如「輔」字聲母讀 b'-、「墮」字讀 d'-、「憒」字音讀 dz'-、「噆」作才曷反，爲濁音 dz'- 等字皆是如此；「髫」字音如韶，已由 d'→z，產生發音部位的演變，由定母分化出邪母；「輔」字讀濁音 b'-，現代方言揚州、蘇州、溫州皆已濁音清化且輕脣化爲脣齒音 f-；另「挺」字由 d'ieŋ→tieŋ，正是濁音清化的結果。

也有顎化的現象，如「些」字，由 sia→ çi，揚州已呈現顎化，蘇州、溫州仍是舌尖音 s-；「區」字音如摳，擬爲 k'ou，現代江浙方言揚州、蘇州、溫州三地，已都因演變過程中細音 -y- 的影響，使得舌根音 k- 顎化爲 tç'-；另外，出現一組舌根擦音與舌根塞音對應的情形，即「焿」字讀如金，《廣韻》呼典切，聲母有 k：x對應上的不同。韻母方面，現代方言揚州有鼻音韻尾鼻化的現象出現，如「篡」字由 ts'iuɐn→ts'uo，蘇州、溫州兩地則已變爲陰聲韻，「厭」字由 ʔiɛm→ie，也是鼻化現象，另如「祥」字由 iɑŋ→tçiaŋ(ziaŋ)仍保留舌根鼻音 -ŋ。

2.紹興、嘉興

例字	吳方言詞語舉例	方音及依《廣韻》之擬讀		例字《廣韻》反切及擬讀		《漢語方音字匯》江浙音讀（依例字欄）
瑕_	浙東紹興謂何處曰瑕里，何人曰瑕氏。	讀如 蝦 蟆之蝦	ɣa	胡加切	ɣa	
忌_	紹興言忌。	轉入如亟	kiək	渠記切	g'iə	揚州：tçi 蘇州：dʑi 溫州：dz
微_	浙江衢、金華至紹興之諸暨，略指彼處以示人則曰微頭。	微音如枚	muəi	無非切	mjuəi	揚州：uəi 蘇州：vi文、mi白 溫州：vei
都_	今吳越閒言於，猶用都字，如置諸某處，則曰放都某處，或曰安都某處。	紹興作德駕切	ta去	當孤切	tu平	揚州：tu 蘇州：təu 溫州：tøy

例字	吳方言詞語舉例	方音及依《廣韻》之擬讀		例字《廣韻》反切及擬讀		《漢語方音字匯》江浙音讀（依例字欄）
黨一	紹興	或轉如董	toŋ	多朗切	taŋ	揚州：taŋ 蘇州：tɒŋ 溫州：tuɔ
享一	今紹興稱在此處曰在享。	許庚切	xiaŋ	許良切	xiɑŋ	揚州：ɕiaŋ 蘇州：ɕiaŋ 溫州：ɕi
緄一	紹興謂不久曰緄回子。	音許兩切	xiɑŋ	許兩切	xiɑŋ	
尖二	浙之紹興寧波狀物之小及少皆曰一尖尖	讀若說	ɕiuɛt	姊列切	tsiɛt	
帇二	今浙東紹興謂作事為 。	轉去聲為女劍切	ȵiɐm	尼輒切	niɛp	
疑二	今浙東紹興謂立為疑。	讀如礙	ŋɛi	語其切	ŋiə	揚州：i 蘇州：ȵi 溫州：ŋIʊ、ŋ白
齠三	今浙江紹興謂十五六歲童子為齠人。	音皆如韶	ʑiɛu	徒聊切	d'ieu	
輔四	浙之杭州紹興言紫輔。 又謂脣為紫脣輔。	音如匍 音亦如匍	b'u 	扶雨切	b'iu	揚州：fu 蘇州：fu 溫州：fu
閜六	紹興謂以大盌抒米皆曰閜。	音轉如哈	xəi	許下切	xa	
績六	今紹興謂絡經為緝績。	績音如債	tʃæk tʃæi	則歷切	tsiek	揚州：tɕiɛʔ 蘇州：tsiⱦʔ 溫州：tsei
幧六	今浙東寧波紹興通謂帽曰幧。	音七由切	ts'iou	七遙切 七刀切	ts'iɛu ts'ɑu	

例字	吳方言詞語舉例	方音及依《廣韻》之擬讀		例字《廣韻》反切及擬讀		《漢語方音字匯》江浙音讀（依例字欄）
蜓 +	紹興謂在地者爲蜒蜓。	陟鄰切	tɕien	徒典切	dʻien	

例字	吳方言詞語舉例	方音及依《廣韻》之擬讀		例字《廣韻》反切及擬讀		《漢語方音字匯》江浙音讀（依例字欄）	〈嘉興方言同音字匯〉
蜀 二	蘇松嘉興，獨謂十五爲蜀五。	音亦如束	ɕiuk	是執切	ʑiəp	揚州：sɔʔ 蘇州：zoʔ 溫州：dʑyo	zoʔ ㊲
藩 二	今浙西嘉興湖州謂逃隱屏藏爲藩。	音如畔	bʻuɑn去	附袁切 甫煩切	bvʻiuɐn pfiuɐn		fɛ ㊳

紹興地方保留濁音的讀法有「瑕」字聲母讀如 ɣ-，「輔」字讀如 bʻ-；「忌」由 gʻ→k，「蜓」字由 dʻ→tɕ，皆爲濁音清化，蜓字又有顎化現象，濁音清化有跡可循，二字皆爲仄聲，演變爲不送氣的塞音；顎化作用有「忌」字由 k→tɕ、「績」字由 ts→tʃ，爲發音部位的輕重相變，揚州績字音讀正是這樣演變之後的結果，而蘇州、溫州仍保留 ts- 的讀法未顎化；「微」由 m→ ø，「疑」字由 ŋ→ ø，均爲零聲母化。

　　嘉興「蜀」字讀法，與蘇州、松江一樣，然從章氏紀錄時的讀音到現在，由 ɕiuk→zoʔ，就蜀字來說，顯然章氏所記載的聲母較爲清

㊲　「蜀」字現代音讀，詳見俞光中〈嘉興方言同音字匯〉，《方言》1988年第3期，頁208。

㊳　同㊲，頁200。

聲，主要元音不變、韻尾已變成喉塞音；「藩」字仍保留濁音 b'- 的讀法，但現今嘉興藩字已由 b'→f，濁音清化並且輕脣化，又韻尾由舌尖音韻尾 -n，已變成陰聲韻了。

四、結　論

　　由江浙兩地本字音讀的探索當中，可以大概觀察出章氏舉方音以證古音的用心。在古音聲母的考證上，若從語音演變的角度審視章氏所用的若干術語，除了古無輕脣、古無舌上、娘日歸泥等，已有確切的論證說明其可信度之外，其他仍有爭議的是，章氏對舌、齒音古音面貌的看法，如「齒音亦多作舌頭」、「舌音迤齒」、「齒音歸舌」，比之舌頭與舌上的聯繫來說，似乎章氏認為舌、齒音之間的古音關係也非常密切，而且上古音齒音也應該如「古無舌上音」一樣，同樣歸屬於舌頭才是！觀章氏所舉齒音的例字，如「州」字讀如「督」、古音「昌」本在舌頭讀如堂、「添」正作「沾」、「是」讀如「提」，「寔」讀如「敵」等內容，即照系三等的字，章氏認為此一類齒音字上古音即歸入舌頭，若所舉例證多呈顯這方面的主張，則章氏對所謂舌、齒音相迤的體認，自當具有價值，但綜觀歸納分析的內容，章氏所謂的齒音，實寬泛地包括了齒頭和正齒，且未能辨析屬照系二等的莊系字與精系字關係應較為密切，亦將莊系和精系字古音亦一併歸入舌音當中，舉如「縮」字屬疏母，卻舉浙江讀他厚切，並認為是保留舌頭的讀法，又以屬精母的「姐」字，擬其音讀為丁也切等，都是如此，可略見章氏此時對古聲母面貌尚處摸索階段，在辨析上顯得粗疏些。

　　在古韻部的探討上，章氏對古魚模歌戈麻等韻之間的關係，多以「魚模轉麻」、「歌戈轉麻」等音轉術語上，可以略窺章氏對古韻有無 -a 音從反對到接受的辨析過程，因《新方言》成書之時，章氏還持反對，後曾自言「此即不明音理故也」；❸所以對江浙方言中保留古魚歌韻 -ɑ 或 -a 音的現象，需要以「轉」字來聯繫彼此之間的關係，此應無必要；又從與《廣韻》音讀和現代方言的比對當中，可以看出章氏此時對上古魚模韻的音讀，有認為應是合口度較大的元音，到中古時部分字與麻韻合流，麻韻亦是一個具合口性質的韻母，此或章氏不煩憚舉江浙方言多讀麻韻為 -o，而以此做為「本音」解釋的用意。除此之外，山攝與與臻攝之明韻部相混的音「轉」現象，大致可以元音高化加以解釋，但並非全部。

　　在與《廣韻》與現代江浙方音的比較與分析上，章氏所處時代的江浙方言可能仍保留若干如 d'-、ɣ-、b'- 等濁音聲母，並保留若干如重脣、舌頭的古音讀法；所歸結出如濁音清化、顎化、元音高化、塞音韻尾的逐漸消失等現象，多為漢語演變中常見的規律，值得注意的是，鼻音韻尾 -n、-m 的鼻化現象與消失，而只保留舌根韻尾 -ŋ，也與袁家驊先生所言吳音聲母、韻母的幾個特點，諸如仍保存濁塞音、鼻音韻尾只有一個舌根音 -ŋ，又從中古到現代高元音化、前元音化、鼻音韻尾 -m 和大部分 -n脫落、入聲韻尾 -p、-t、-k一律簡化為 -ʔ 等等❹，相互呼應。

---

❸　同❷，頁26。

❹　同⓫，頁69、71。

參考引用資料

一、專著部分

章太炎

1907　《新方言》（附《嶺外三州語》），出版地不詳，曾道敬校本，美國史丹福大學東亞圖書館館藏本。

1970　《檢論》，台北：廣文書局。

1982　《章氏叢書(上)(下)》，台北：世界書局。

1987　《訄書》，台北：世界書局。

章太炎遺著

1984　《章太炎全集（二）》，上海人民出版社。

1984　《章太炎全集（三）》，上海人民出版社。

漢・許愼著、清・段玉裁注

　　　　《說文解字注》，台北：黎明文化事業有限公司。

陳彭年等・林尹校訂

　　　　《新校正切宋本廣韻》，台北：黎明文化事業有限公司。

北京大學中國語言文學系語言學教研室編

1989　《漢語方音字彙》（第二版），北京：文字改革出版社。

袁家驊等

1989　《漢語方言概要(第二版)》，北京：文字改革出版社。

陳新雄

1983　《古音學發微》，台北：文史哲出版社。

游汝傑

　　1992　《漢語方言學導論》，上海：教育出版社。

黃景湖

　　1987　《漢語方言學》，福建：廈門大學出版社。

二、相關論文

小川環樹

　　1981　〈蘇州方言的指示代詞〉，《方言》4，頁287～288。

李　榮

　　1980　〈吳語本字舉例〉，《方言》2，頁137～140。

李方桂

　　1931　〈切韻 â 的來源〉，《史語所集刊》3：1，頁1～38。

　　1971　〈上古音研究〉，《清華學報》新9：1、2，頁1～61。

汪　平

　　1987　〈蘇州方言的特殊詞匯〉，《方言》1，頁66～78。

汪榮寶

　　1923　〈歌戈魚虞模古讀考〉，《北大國學季刊》1：2，頁241
　　　　　～263。

　　1925　〈論阿字長短音答太炎〉，《華國月刊》9：2，頁1～
　　　　　22。

沈　同

　　1981　〈上海話老派新派的差別〉，《方言》4，頁275～283。

吳繼光等

　　1991　〈揚州方言單音詞匯釋（一）〉3，頁211～222。

1991　〈揚州方言單音詞匯釋（二）〉4，頁299～309。

俞　敏

1983　〈《國故論衡‧成均圖注》〉，《羅常培紀念論文集》，北京：商務印書館，頁281～315。

俞光中

1988　〈嘉興方言同音字匯〉《方言》3，頁195～208。

唐作藩

1994　〈關於「等」的概念〉，《音韻學研究》3，頁58～161。

黃繼林

1987　〈揚州方言裏的「孿」和「稀」〉，《方言》4，頁308～309。

巢宗祺

1986　〈蘇州方言中「勒篤」的構成〉，《方言》4，頁283～286。

傅佐之、黃敬旺

1980　〈溫州方言端透定三母的顎化現象〉，《方言》4，頁263～266。

傅國通等

1986　〈吳語的分區〉（稿），《方言》1，頁1～14。

葉祥麟

1980　〈蘇州方言中〔ts ts‘ s z〕和〔tʂ tʂ ʂ ʐ〕的分合〉，《方言》3，頁204～208。

1984　〈關於蘇州方言的調類〉，《方言》1，頁15～18。

趙元任

1926　〈北京、蘇州、常州語助詞的研究〉，《清華學報》，
　　　　3：2，頁865～917。

謝自立等

1989　〈蘇州方言裏的語綴(一)〉，《方言》2，頁106～113。

1989　〈蘇州方言裏的語綴(二)〉，《方言》3，頁216～223。

Richard VanNess Simmons　史瑞明

1989　〈杭州方言裏兒尾的發音〉，《方言》3，頁180～181。

「創新」之間—從博山方言論「入聲演變」、「方言分群」以及「變調即原調」

黃金文

摘　要

　　「方言分群」爲歷史語言學或漢語方言研究中的一個重要課題，其意義在於：語言歷史的重構及方言間關係的探討。我們將整個官話方言區視爲漢語方言的一支，固然有著若干歷史音韻條件的考量。但若我們將「全濁入歸陽平」作爲「官話共爲一群」的依據（共同創新），那麼博山這類「三個聲調」方言便成了「全濁入歸陽平」的反例—在博山方言裡，中古全濁入聲字今讀上聲。我們該如何提出解釋，以維護「全濁入歸陽平」作爲官話「共同創新」的有效性？是不是存在兩個不同調類同一調值？還是果眞博山方言爲「全濁入歸上聲」，應爲「全濁入歸陽平」的例外？

　　本文試圖從山東博山方言的連調、輕聲證實：博山方言也屬「全濁入歸陽平」，而「陽平歸上聲」則是較晚期才發生的變化。從而論

證漢語方言分群中的「全濁入歸陽平」規律應為有效的創新，確保官話共為一群。儘管與「變調即原調」的典型略有不同—銀川方言以辭彙結構為變調條件，博山方言純以音韻環境為條件；我們以為博山方言的連讀仍應屬於「變調即原調」的有效範例。

壹、博山方言

若依據錢曾怡(1993)的調查報告，博山為山東省淄博市的一個區，地處淄博市的南端。其北部與東北部與本市的淄川區相連接，東部一小塊地區與臨朐相接；以南則有圻源；西邊與西南則分別為章丘與萊蕪。其地理位置約處於山東的中部偏西北。

就音韻的整體而言，博山方言之屬於官話系統的範圍是毋庸置疑的。而在方言片的歸屬上，錢先生以為「博山方言屬於官話方言的北方官話」，但由於「淄博市地處北方官話的東端，東接屬於膠遼官話的青州市與臨朐縣」，因而博山方言「還具有膠遼官話的某些特點」❶。無論如何，博山方言音韻系統裡最為特出的特徵卻是：博山方言僅有三個聲調—214、55、31。

在北方話的區域內，三個聲調的方言點極為有限，分布也很零散；有河北的盤山、孟村，山東省的無棣、博興、萊蕪、煙臺、青

---

❶ 種類型混雜的現象反映於博山方言的聲調。錢曾怡(1993:7)指出博山方言裡古清聲母入聲字雖多讀平聲，即陰平調，但同時有大量的古清聲母入聲字讀做今天上聲例外字。這種情況除了反映北方官話古清聲母入聲字讀陰平外，也正顯現膠遼官話古清入歸上聲的影響。

島、即墨等(見錢曾怡等1985)。以下是博山和其他幾個方言點聲調的分布情形：

	平	平	上	上	去	入	入	入
	清	濁	清	濁		清	次濁	濁
北京	陰平	陽平	上	去	去	不定	去	陽平
濟南	陰平	陽平	上	去	去	陰平	去	陽平
魏縣	陰平	陽平	上	去	去	陰平	去	陽平
即墨	平	去	上	去	去	不定	去	陽平
煙台	陰平	陽平	上	陽平	陽平	上	上 陽平	陽平
威海	陰平	陽平	上	陽平	陽平	上	上 陽平	陽平
博山	平 214	上 55	上 55	去 31	去 31	平 214	去 31	上 55
博興	平	上	上	去	去	平	去	上
無隸	平	上	上	去	去	平	去	上
萊蕪	平	上	上	去	去	平	去	上

F.1　中古與官話內幾個代表性方言聲調的對應關係

　　由上表可見：博山、即墨等地皆屬於三個聲調的方言。若以山東境內說來，三個聲調的方言點共有十四個，而博山則是這類方言中最東的一個。

貳、官話方言的分群依據—「全濁入歸陽平」

　　「方言分群」爲歷史語言學或漢語方言研究中的一個重要課題，其意義在於：語言歷史的重構及方言間關係的探討。在分群時我們依據丁邦新先生(1982)所提出的條件爲原則：

> 以漢語語音史爲依據，用早期歷史性的條件區別大方言；用晚期歷史性的條件區別次方言；用現在平面性的條件區別小方言。

同時，以「共同創新」(Shared Innovation)的概念加以擴充❷。當兩個方言（或語言）具有相近似的特徵，我們須分辨此共同點究竟是祖語形式的存留(Retention)或爲兩個方言間所共同享有的創新。假使這個方言的某項相同點的確是創新，那麼我們便可以說這兩個方言同屬一群；若相近似的特徵只是承繼祖語而來，則此特徵不據分群的效力—不能保証此二方言共爲一群❸。

　　漢語方言的分區、分類與分群，向來是學者關切的問題，論者也各自提出了重要的見解❹。其中，丁邦新先生(1982)曾經提舉「普

---

❷　具體的作法請參考：何大安先生(1995)處理台灣南島語言分群所採取的方式。

❸　讀者可參考Crowley,1992,p.164-168.或者Bynon,1977等論及"Innovation"的相關章節。

❹　這類的著作例如：丁邦新先生兩篇文章(1982;1987)；張琨(1992)；李榮(1985)；或詹伯彗(1984)。

遍」、「獨特」、「補充」三類共六項條件進行漢語的分支，將各個官話方言劃歸爲一群與湘語、閩語…並列；李榮(1985a)則以「全濁聲母入聲字歸陽平」作爲官話區裡的共同特徵❺：

官話 中古入聲	西南	中原	北方	蘭銀	北京	膠遼	江淮
清	陽平	陰平	陰平	去	不定	上	入
次濁	陽平	陰平	去	去	去	去	入
全濁	陽平	陽平	陽平	陽平	陽平	陽平	入

F.2　中古入聲字與官話方言聲調的對應關係

　　官話方言入聲的消失既是一種有別於其他大部分漢語方言的歷史條件（創新），若干官話方言的保留入聲（存古）並不足以推翻官話方言共爲一群的論點。但值得注意的是：假使我們以「中古全濁入聲歸陽平」作爲「入聲的消失」實質的內容，視爲一創新，那麼博山這類「三個聲調」方言的存在，便影響了官話方言在中古全濁入聲字演變的一致性。面對這種狀況，只有兩種處理方式：假若我們要保持「全濁入歸陽平」對於分群的有效性，便得解釋如博山方言何以「全濁入歸上」；或者，「全濁入歸陽平」根本不是官話方言內部共享的創新、官話方言並非「共爲一群」。

　　在前輩先進「分群」研究的基礎上，本文將藉著博山方言的三聲

---

❺　請參考李榮(1985a,p.3)。李先生的原文如下：「…官話區的方言大多數都沒有入聲…比較一致的傾向是全濁聲母的入聲字在官話區大致是歸到陽平裡去了。」

調現象進一步討論：「全濁入歸陽平」應是官話方言內部共享的創新，並據以證成「官話方言共爲一群」。

參、博山方言究竟是「全濁入歸陽平」或「全濁入歸上」？

博山這類「三個聲調」方言的存在，影響了中古全濁入聲字在官話方言裡演變的一致性。那麼我們如何提出合理的解釋，維護「全濁入歸陽平」對於「官話共爲一群」的有效性呢？一般說來，解決方案大約可以有兩種：

一、方言的外部証據，就博山等方言與鄰近地區的方言做類型比較。假如類型証據顯示這些方言有近似的音韻系統、音類區分與演變，而這些方言又確知屬於官話的「全濁入歸陽平」，那麼博山等地的「全濁入歸上」即應是後續發展所造成的表象。

二、方言的內部証據，也是我們採取的策略，依博山的音韻演變查考「陽平歸上」實爲「全濁入歸陽平」之後的發展。

首先，請見博山方言聲調與中古聲調的對應如下：

	平清	平濁	上清	上濁	去	入清	入次濁	入濁
博山	平 214	上 55	上 55	去 31	去 31	平 214	去 31	上 55

F.3　中古調類與博山方言聲調的對應關係(引自錢曾怡，1993)

基於上表，中古上聲與濁聲母平聲字在博山方言都讀爲55，博山的聲調演變可以有下列兩種策略：

一、中古清聲母入聲字今歸平聲(214)；中古次濁入聲字今歸去聲(31)；中古全濁入聲字歸上聲，而後上聲併入陽平(55)。

二、中古清聲母入聲字今歸平聲(214)；中古次濁入聲字今歸去聲(31)；中古全濁入聲字歸陽平，而後陽平併入上聲(55)。

設若博山方言果眞採取第一種演變辦法「中古全濁入聲字歸上聲，而後上聲併入陽平(55)」，則博山將與我們以「中古全濁入聲字歸陽平」爲官話特徵相抵觸。以下我們將就兩個方面─輕聲、連調，討論博山方言的聲調演變其實是採取第二種策略，而不是第一種策略的演變結果。

當我們解釋博山方言聲調的演變時，何以不採用李榮先生(1985b, p.241-2)提出的「兩調類同調值說」❻呢？我們的理由是這樣的：假如中古的兩個調類在今天的某個漢語方言裡的對應調值相同，就「音位」的基本要件─「辨義」來說，中古的兩類在這個特定的方言裡早已不再「對立」；既然這兩個中古的調類在今天的方言裡不再擔負區別意義的功能，便無所謂兩類的存在。至於方言裡的連調、輕聲變化所顯現的兩種行爲模式，實際上是一種語言變化的殘存，即丁邦新先生(1985)所說的「變調即原調」。而「變調即原調」與「兩調類同調值」兩者，義涵大不相同。

---

❻　爲便利行文，我們且如是稱呼。

肆、從博山方言的輕聲變化看博山方言 「全濁入歸陽平」與「陽平歸上」的可能

　　假如我們可以證明博山方言中古陽平來源字與上聲來源字的行為有別，而且中古全濁入聲字在這個方言裡依隨陽平字的方式行為，即可證實第二種才是博山方言所採行的策略。首先，我們可以由博山方言的輕聲變化現象看這個方言「全濁入歸陽平」的問題。

　　以下為博山方言後字為輕聲的兩字組連讀變調❼：

	平214	上55	去31
輕聲	去23 22 33	24 54 平上	55　去

F.4　博山方言的輕聲變化

我們主要觀察的對象為上聲的兩類輕聲變調類型：「2454」與「平上」，看二者是否各有條件。請看這兩類型與例詞如下：

3.(a)　上　　→　　2454

　　　　裁縫

　　　　棉花

　　　　爺爺

---

❼　摘錄自錢曾怡1993:39，表三。為便利行文，將依從錢曾怡稱214為「平」、55為「上」、31為「去」。

黃瓜

（來過）

石頭

3.(b)　上　　→　　平上

耳朵

眼睛

奶奶

小心

裡頭

擋住

省下

我的

顯而易見地，上聲的兩類輕聲變化以中古調類為條件：凡來源是中古濁聲母平聲字（如：裁縫）與全濁入聲字（如：石頭），輕聲變化規律為3.(a)；而中古上聲來源字（如：眼睛）的輕聲變化規律則是依循3.(b)。錢先生在文章裡也曾提到這個觀察，他是這麼說的：

　　…前字是古濁聲母平聲字和全濁聲母入聲字的，一般按第3類〔即本文3.(a)〕的規律變調。前字是古清聲母和次濁聲母上聲字的，一般按第4類〔即本文3.(b)〕的規律變調。…

由於中古濁聲母平聲與全濁入聲來源字現今與中古上聲來源字箇

讀(isolated form)❽同為上聲(55)，但變化輕聲時方式不同，因而我們可以證實：在形成今天的博山方言聲調面貌的過程裡，前後曾經發生兩項變化—中古全濁入聲字歸陽平；陽平併入上聲，即：

4.(a)　中古入聲　　→　　*陽平／全濁❾

4.(b)　*陽平　　　　→　　上聲

儘管在博山方言語料中看不到「陽平」的存在，但利用4.(a)與4.(b)間次序之不可逆轉的性質，我們知道：必曾存在「陽平」一類，否則無法解釋何以中古全濁入聲來源字與中古濁聲母平聲字行為方式相同。換句話說：從博山方言的輕聲變化，證實了第2型演變的可能及陽平的過渡性存在。

伍、從博山方言的連讀變調看博山方言「全濁入歸陽平」與「陽平歸上」的可能

本小節裡，我們將從博山方言的連讀變調尋求「全濁入歸陽平」的可能。首先，請看博山方言的二字組變調❿：

---

❽　即單字調。此依何大安先生〈聲調的完全回頭演變是否可能〉，《中央研究院歷史語言研究所集刊》第65本第1分，1994。

❾　暫且以 * 表示：界於中古和現代之間的一過渡階段。

❿　連續變調與例辭取自錢曾怡1993。

前 ＼ 後	平214	上55	去31
平214	上平	平上	24 去
上55	上平	53 上 平上	24 去
去31	去平	去上	去去

F.5　博山方言二字組變調

在博山方言的二字組連讀，唯一有兩種變化方式的是「上聲＋上聲」。我們推想：或許這兩種上聲變調之不同正與中古來源相關連！

　　將語料分列於此二種上聲連讀之後，發現：在博山方言裡，相當於中古濁聲母平聲的一類字（暫且稱*陽平）作爲前字與後字的表現不同❶。依中古聲調條件分列「上＋上」連讀的兩項變化如下，且比較5.(a)至6.(b)：

　　　5.(a)　上＋上　　→　　53 上／*上＋*上

　　　　　　打掃

　　　　　　土改

　　　　　　起碼

　　　　　　賭本

---

❶　我們用* 涵括中古以及比「現代」稍前的時代。與注9 不同點在於：5.(a), 5.(b), 6.(a), 6.(b), 7.(a), 7.(b)裡不須區隔中古與其後「陽平」存在的時代。故僅以* 涵括二者，而與「現代」做區別。

　　5.(b)　上＋上　　　→　　53 上／*陽平＋*陽平

　　　　　　　　　　　　　　　鹹魚

　　　　　　　　　　　　　　　城牆

　　　　　　　　　　　　　　　圍脖

　　6.(a)　上＋上　　　→　　53 上／*陽平＋*上

　　　　　　　　　　　　　　　塗改

　　　　　　　　　　　　　　　騎馬

　　　　　　　　　　　　　　　讀本

　　6.(b)　上＋上　　　→　　平上／*上＋*陽平

　　　　　　　　　　　　　　　整人

　　　　　　　　　　　　　　　粉條

　　　　　　　　　　　　　　　粉紅

　　　　　　　　　　　　　　　表白

6.(b)是唯一擁有「平上」作為生成項的一組。檢視6.(b)的條件項，則
可發現此組變化正以「*上＋*陽平」為範圍。儘管無法解釋何以兩個
中古濁聲母平聲來源字連讀竟不生成「平上」，但就本文所見的証據
大致足以支持博山方言確實曾存在「陽平」一類。其餘的「*陽平」
配合類型則一律遵循「53上」的變化方式。所以可以有：

　　　　　晴（梗開三平從）≠青　晴天＝青天

　　　　　傳（山合三平澄）≠穿　傳眞＝穿針

　　　　　白（梗開二入並）≠百　白花＝百花

　　　　　截（山開四入從）≠接　截肢＝接枝

　　假如來自於中古濁聲母平聲字的「*陽平」調類曾經存在，且對連讀的影響力在此類字轉入上聲後仍繼續存在；那麼，令人好奇的是：博山方言的連讀如何處理中古全濁入聲來源字呢？以下是兩則與中古全濁入聲字相關的變化：

　　　7.(a)　上＋上　　　→　　53　上／*全濁入＋*上
　　　　　　　　　　　　　　　集體
　　　7.(b)　上＋上　　　→　　平上／*上＋*全濁入
　　　　　　　　　　　　　　　手術
　　　　　　　　　　　　　　　坦白

　　在7.(a),7.(b)與6.(a),6.(b)的對照比較中，我們可以肯定：中古全濁入聲來源字在上聲連讀的表現裡，與中古濁聲母平聲字採取相同的變化模式；亦即6.(a)孕涵7.(a)，6.(b)孕涵7.(b)。而這種孕涵型式正是中古全濁入聲併入「陽平」的最佳顯示，否則，全濁入聲來源字不應與陽平字共用一種變化形式。

　　以上的証據確認了博山方言「*陽平」的存在。然而，當一個推測爲眞時，我們通常會期望這樣的推測具有一些涵括或預測能力。因而我們也可能期待6.(a),6.(b)具推展性。恰巧博山方言三字組變調大致以前後字的聲調爲變化的條件：

前＼中後	平平	平上	平去	上平	上上
平214	上上平	上平上 21 22 上	上24 去 平上去	平上平	平53 上
上 55	上上平	上平上 21 22 上	上24 去	上上平 平上平	上53 上 上平上
去31	去上平	21 平上	去24 去	去24 平	2153上

前＼中後	上上	上去	去平	去上	去去
平214	21 22上	平上去	24 去平	24 去上	24 24 去
上55	平53 上 21 22 上	上24 去 平上去	24 去平	24 去上	24 24 去
去31	21 平上	去24 去	去去平	去去上	去去去 去24 去

F.6　博山方言三字組變調

　　由於博山方言的二字連讀與三字連讀變化模式大致遵循「前字變調」。因此，三字組可以不考慮語法或辭彙結構，完全採取[X3(X2X1)]的變化方式，由內至外進行變化。若真如此，我們理論上可由三字組的語料裡挑出￣(X2X1)##，其中的X2X1正好是二字組「上＋上」的類型；並期待這樣的三字組符合6.(a),6.(b)的預測。請看以下的例子：

　　6.(a)　　　　　（孕涵7.(a)）

　　　博山方言三字組　　變化後音讀

草（鞋底）　　　　─（53上）

普（及本）

6.(b)　　　　（孕涵7.(b)）

博山方言三字組　　變化後音讀

飼（養員）　　　　─（平上）

長（果仁）

管（理員）

招（口舌）

我們更在三字組裡找到二字組裡缺乏的組合形式，以作為類型的補充：

博山方言三字組　　變化後音讀

拉（零食）　　　　─（53上）

「零食」的中古調類分別為濁聲母平聲與全濁入聲，其現代音讀連調證實了「全濁入歸陽平、陽平歸上」的推測，因為這個新出現的類型：

8.　　（上＋上）　→　　53上／*陽平＋*全濁入

正應該涵蓋於5.(b)之下。

5.(b)　上＋上　　　→　　53上／*陽平＋*陽平

本小節中我們論證了：在形成今天的博山方言聲調面貌的過程裡，前後曾經發生兩項變化─中古全濁入聲字歸「陽平」；「陽平」隨後併入今天的上聲。儘管往後博山方言的單讀裡，「陽平」不再存在；但在二字或三字組連讀裡，「陽平」的影響力依然隨處可見。

陸、以「全濁入歸陽平」為官話共為一群的基礎 兼論「變調即原調」之一類型

本文從山東博山方言的連調、輕聲─方言的內部証據，證實曾經存在的調類「*陽平」在歸入今天的上聲後，把影響力留了下來。當連讀變調、輕聲等類韻律變化純以音韻環境爲條件時，相應於先前的陽平與全濁入聲字，在某些變調範疇上自成一類。

由此推論：博山方言實屬「全濁入歸陽平」，而「陽平歸上聲」則是較晚期才發生的變化。從而論證漢語方言分群中的「全濁入歸陽平」規律應爲有效的創新，確保官話共爲一群。

這兩個相應於中古的調類─濁聲母平聲與全濁聲母入聲來源字，在今天的方言裡既然不再擔負起區別意義的功能，便無所謂兩類的存在。方言裡的連調、輕聲變化所顯現的兩種行爲模式，應是一種語言變化的殘存，即丁邦新先生所說的「變調即原調」。因而，「變調即原調」與李榮「兩調類同調值」兩者義涵不同。

語言的面貌時刻流轉不息，在眾多變化中學者注意的常是類的改變，或稱結構性的變革。但未必所有的變化或階段都正巧被人所登錄記載。而利用遺留在韻律特徵裡的訊息，我們就能重建語言或方言發展的歷程。至於「原調」指陳的，其實是相對於語音切面當下稍早的

一個階段。

「變調即原調」的內涵，丁先生(1985: p.405) 曾以銀川方言為例。今天的銀川方言只有三個聲調，分別為：平33 上53 去13 ；上聲在與張盛裕(1984) 所謂「重讀的去聲」連讀時，上聲前字會可以分為甲乙兩類：

上聲	上十去	上十去
鞋＝海 53	鞋53 帶13	海35 帶13

上聲甲類即是中古濁聲母平聲字，也就是陽平字。上聲甲乙兩類箇讀不加區別，同讀為53調；但在「重重」結構裡，甲乙兩類變調行為有別。從甲乙兩類連讀方式之不同，我們可以知道上聲甲（陽平）併入上聲必然晚於平聲之分陰陽。而銀川方言的某一類詞組結構的連讀變調裡，竟保留了較為早期的調類分別。⓬

儘管與丁先生提出「變調即原調」的典型略有不同—銀川方言以辭彙結構為變調條件，博山方言純以音韻環境為條件；但有趣的是銀川與博山方言同時擁有「陽平歸上」這樣的後續發展。或許我們可以繼續思考：這些三個聲調的方言點之間，究竟存在著什麼樣的關連？在出發向前的此時，我們暫且初步地作個結論：就官話方言來說，除了銀川的辭彙結構變調，還可以有博山的前字變調作為「變調即原調」的有效典型。

⓬ 又如平遙方言，也同以詞彙或詞組結構和早期調類區別做為連讀變調條件。單字調裡不分陰陽平，但可從偏正、並列、動補等結構的連讀變調區別平聲為陰陽二類。請見侯精一(1980) 。

參 考 書 目

Crowley, Terry

　1992　An Introduction to Historical Linguistics.　Oxford.

Bynon, Theodora

　1977　Historical Linguistics Cambridge.

丁邦新

　1982　〈漢語方言區分的條件〉，《清華學報》，新十四卷一・二期：頁257-273。

　1985　〈漢語聲調的演變〉，《中央研究院第二屆國際漢學會議論文集》。

　1987　〈論官話方言研究中的幾個問題〉，《中央研究院歷史語言研究所集刊》，58 集：第4分。

何大安

　1994　〈聲調的完全回頭演變是否可能〉，《中央研究院歷史語言研究所集刊》第65 本第1 分。

　1995　〈論排灣語言的分群〉，《台灣研究通訊》1995 。

李　榮

　1985a　〈官話方言的分區〉，《方言》1985年，第1期。

　1985b　〈三個單字調的方言的調類〉，《方言》1985年，第4期。

詹伯彗

　1984　〈略論劃分漢語方言的條件〉，《語文雜誌》第12期。

張　琨
　　1992　〈漢語方言的分類〉，《中國境內語言暨語言學》第1
　　輯。
張盛裕
　　1984　〈銀川方言的聲調〉，《方言》1984年，第1期。
錢曾怡等
　　1985　〈山東方言的分區〉，《方言》1985年，第4期。
錢曾怡
　　1993　《博山方言研究》，社會科學文獻出版社，北京。
侯精一
　　1980　〈平遙方言的連讀變調〉《方言》1980年，第1期。

台灣閩南語聲母去鼻化之
詞彙擴散現象

程俊源

一、緒　說

　　台灣閩南語（以下簡稱台語）的鼻音現象十分有趣，甚至有些個比較突出的特點是比之於其他漢語方言所沒有或不常見的如：濁音聲母與鼻音聲母的互補分佈關係、鼻輔音的自成音節現象、大量的鼻化元音、鼻化元音可與喉塞尾搭配形成促音節以及鼻音的展延（spreading）現象等等。筆者據文獻音類現象及觀察台語共時鼻音聲母的語音現象，認爲台語鼻音的歷時語音變化現象中，鼻輔音聲母有一去鼻化（de-nasalization）的動力正在進行，這一去鼻化的動力起變於何時我們現今已難以確然考實，李壬癸（1992）認爲去鼻化的時代應可推測早在日語大量借漢語之前，但據張光宇（1994）、嚴棉（1994）指出古吳語與日語吳音的移借關係，羅杰瑞（1983）、周振鶴、游汝杰（1986）、丁邦新（1988）也聯系了古閩語與古吳語的關係，閩語與日吳音都與古吳語有關係，再比較日語中所移借的漢字音讀，吳音多鼻音而漢音則否，張光宇（1994,1996）指出吳音反映早期

北部吳語，古吳語成了閩語與日吳音的共同出發點，但閩南語的去鼻化現象，並沒有相應體現在日語語音史上，因此認爲閩南語去鼻化的產生應在日語大量借漢語之前，也許並不盡然，至少依於語言的歷史交涉過程中，邏輯程序上應以設定在之後較佳。

　　台語鼻音聲母的去鼻化現象，並不容易尋繹出在歷史上的起變時間，不過這並不妨礙對台語鼻音聲母去鼻化作一音變性質的考察，我們認爲台語的鼻音聲母在文、白層中都走向一去鼻化的現象，有一去鼻化的音變律，但體現在詞彙的語音上卻表現的並不整齊，有的受影響，有的還未變化，有的則處於變化中有變體共存的情形，這裡值得重視的正是詞彙上擁有變讀（variations）的現象，因爲語音上的變異狀態正是反映語音的發展過程，如此共時的（synchronic）變讀現象便俱有了歷時上的（diachronic）意義，因此對於台語鼻音聲母去鼻化的語音動態過程，我們擬以詞彙擴散理論作一音變上的解釋與處理。

二、台語聲母去鼻化的詞彙擴散現象

　　王士元先生1969年提出了"詞彙擴散"（lexical diffusion）理論，對新語法學派（Neo-grammarian）的語音變化觀點如"音變規律而無例外，語音變化過程連續而緩慢"等，作一原則上的反動，其理論的重點在於揭示出語音演變，常是語音突變而詞彙漸變，語音的變化是逐個推移的在詞彙上進行體現，最後擴及符合條件的全部詞彙，但在音變進行中，有的詞變得快，有的詞變得較慢，如此在共時平面上便可觀察出三個階段的語音形式，未變、共時變異、已變，共時的變體與未及變化的詞彙只是語音演變的暫時殘餘形式，若遇其他的變

化競爭則有可能中斷此一音變成爲永久的殘餘，其以一語音的共時變異圖表達詞彙擴散的三階段形式（王士元（1982））。

	U	V	C
W_1			$\underline{W_1}$
W_2		$W_2 \sim \underline{W_2}$	
W_3		$W_3 \sim \underline{W_3}$	
W_4	W_4		
W_5	W_5		

U=未變的階段　　V=變體的階段　　C=已變的階段

W=詞未變的形式　$\underline{W}$=詞已變的形式　W~$\underline{W}$=詞彙的共時變讀❶

　　由以上對詞彙擴散理論的了解，以之檢視台語文、白語層中鼻音聲母的去鼻化現象，音變過程中正好出現三階段的語音形式。❷

文 言 層

	未變化階段	變體共存階段	已變化階段
雅 疑母	ŋã		
奴 泥母		lɔ / nɔ̃	

---

❶　$\underline{W}$表的詞已變的形式，原文橫線爲上標，今爲繕打方便改爲下標。

❷　文、白層中詞彙擴散現象的語音資料排比，請詳見文末附錄，對於有些詞文、白語音形式相同而詞表中兩收，我們認爲其語音形式文、白皆相同，屬"層次重疊"故文、白詞表中兩收。

名　明母　　　　　　　　　　　　　　　biŋ

白 話 層

	未變化階段	變體共存階段	已變化階段
名　明母	mĩã		
迎　疑母		gia / ŋĩã	
你　泥母			li

　　文、白異讀代表著兩種不同的語音系統疊置，共存於一音系中，但台語的文、白層十分複雜，並不只是雙軌的語音系統而已，羅杰瑞（1979）便將閩語的語言時代層劃分作三個層次，張光宇（1996）對閩語的形成與層次再詳加剖析區分，認爲閩語形成可分作三個階段，四個層次，亦即閩語的語音層可以有三個時代階段，四個地域來源，不過閩語雖是吸收各時代，各地域的語言質素波傳而形成的綜合體，但各語層疊置在一起時，會對外來音系作一消化，即會受系統自身的內在演化機制制約而作一結構性的調整，閩語的聲母去鼻化現象便是如此，不論文、白層皆呈聲母鼻音成素消失的方向演變，因此本文重點在於觀察其去鼻化動力因素的存在，故對資料的選取運用儘只粗略的區分相應層次的文、白，不對各別音讀作詳細的層次劃分。

　　文末所附文、白層語音資料爲筆者檢取古鼻音聲母來源與現今台語的共時語音描述，觀察比較時可以見出，不論文、白層語音變化的歷史走向都是呈去鼻化的態勢，並且音變歷程並不完整，有的詞變，有的未變，呈現詞彙擴散的三階段語音形式，體現在詞彙上語音形式相當參差離散，從現有的材料中我們很難找到合理的環境條件參項，調類與韻類都不是變化的音韻條件，幾乎在各種條件下都有去鼻化的

可能性，比較可以確定的只有韻尾鼻音與聲母鼻音的異化，因此由現有的資料排比中，似乎元音／ɔ／前所保留的鼻音最多，尤其在諸多的共時變體中也以／ɔ／前的共時變異最多❸，／ɔ／的歷史音類來源，以遇、效、流、果等攝的陰聲韻音類為多，這些歷史音類屬於陰聲韻，所謂陰聲韻為古無鼻輔音韻尾的成份，因此可以確定其聲母的鼻音非由鼻音徵性的展延（spreading）所影響❹，而是去鼻化律的詞彙擴散殘餘。在歷史上遇、效、流、果等攝、元音音值上多含後位 [back] 的成份，由於後位元音因素的影響，使得鼻音徵性與後位元音的組合關係較為自然（unmarked），影響所及鼻音聲母的去鼻化動力便顯得較為緩慢，這同時可以聯繫到另一現象，即共時上可以見到一些鼻音成素無中生有的例子，如：好奇hɔ̃ ki、老虎lau hɔ̃、守寡tsĩũ kũã等例子，其音節中的鼻音成素都是無中生有地增加，歷時來源上並沒有鼻音成份，而所增加的鼻音成份在元音上多可見其後位的徵性，因此共時上的語音現象，也許具有貫時上的音變解釋力，台語鼻音聲母的變化現象雖然呈詞彙擴散式的離散音變，使我們難以找出音變的大體條件，但後位元音的影響制約使去鼻化音變速度減緩，鼻音與後位元音的依存關係在此規律下顯然是較為緊密。

　　台語中由於古鼻聲母的去鼻化律運作，在共時上便以濁音的語音形式表現，因此現存的濁音聲母並非來源於古濁聲母，古濁母在現今

---

❸　當然個人資料選取的局限亦應是一需考慮的因素，本文資料的過濾與採用以常用詞為先，大體以現今仍可活用仍存於口語中的詞彙為主。

❹　閩南語的鼻音展延現象可參見李壬癸(1992)、王旭(1993)、鍾榮富(1995)、洪惟仁(1996)、蕭宇超(1996)。

台語都已清化完成，顯見濁母的清化，在歷史上是一早期的演變規律，現存在於台語中的濁聲母，反而都由鼻音聲母演化而來，以下一簡單形式化表之：

$$b, d, g \rightarrow p(p^h), t(t^h), k(k^h)$$
$$m, n, \eta \rightarrow m, n, \eta$$
$$\searrow b, l(d), g$$

以上兩條音變律濁母清化律與鼻音聲母去鼻化律，由台語的古濁母、次濁母（鼻音聲母）從歷史音類上至今都依然分立，並無併合情形，雖然共時上鼻音聲母去鼻化後，帶音的語音形式有類歷史音類的濁音❺，但音類間關係的表現，區別仍在，形成一「重估」（re-interpretation）關係的音韻現象，因此如何理解這兩條歷史音變律運作次序的先後，便成了關鍵性的問題了。

我們認為就音變規律的邏輯次序而言，濁母清化律的運作應先於聲母去鼻化律，否則如果聲母去鼻化律先運作，必與濁母相混，濁音清化律再行運作，最後台語輔音聲母恐怕只剩下一套清音送氣與不送氣的聚合關係對立，因此必當濁音先行演變，演變後產生的空格（slot）造成音位系統的變動與不平衡，由此引起一連鎖反應，使鼻音聲母去鼻化後得以補償此項空缺，如此的語音動態發展狀態，我們稱之為「鏈移」（chain），濁音先變後鼻音聲母再去鼻化以填補系統

---

❺　我們這裡無意混淆濁音(voiced)與帶音(voicing)的概念差別（曹劍芬(1987)），僅從一般學界的認同，認為古濁母即是具帶音的特徵。

上的空缺，即形成一拉力鏈（drag chain）的音變方式，這樣的音變方式，方便使語音演變時能維持整齊性並恢復系統性。

三、鼻音聲母去鼻化律與鼻音韻尾丟失律

　　台語的鼻音發展在歷時上存在兩種不同的動態演變動向，如上所言古鼻音聲母走向一去鼻化的途徑，而古陽聲韻鼻音尾亦走向消失的路途而形成鼻化韻、聲化韻，這兩種語音變化同時存在於台語音系的歷史變化中，對於後一語音變化現象姚榮松先生（1987）研究專文指出，鼻化韻母的產生，仍形成於語音史上的不同時期，是-m,-n,-ŋ尾分別產生鼻化作用，而使得 -m > ṽ、-n > ṽ、-ŋ > ṽ 或與漢語方言中「鼻化作用的主規律」相同走 m > -n > ṽ。台語鼻化韻母是經過如此不同層次的積累，這樣的歷史考察成果，透露了一點現象，不管鼻音韻尾變化的早或晚，屬於文讀層的變化，或白讀層的變化，韻尾鼻音的輔音性質會在音段中消失，鼻音成素便向主要元音移動使得元音鼻化，林香薇（1995）也指出自成音節鼻輔音亦由於古鼻輔音韻尾消失而形成聲化韻，鼻輔音尾的變化或消失，其實是漢語方言的歷時變化規律之一，張琨（1993）並舉出其他大量的漢語鼻音韻尾的變化消失例證與演變類型，可知台語的鼻輔音韻尾的消失亦是參與此漢語語音變化的規律之一員。

　　台語裡同時有此兩種的音變動力，一爲聲母去鼻化，一爲鼻輔音尾的消失，但此兩種變化規律到底在時間上是否有先後的差別，李壬癸（1992）推斷認爲時間上應是"元音鼻化發生在前，而鼻聲母的去鼻化在後，因爲這種先後次序較自然。"亦即李壬癸先生認爲鼻輔音

韻尾消失的規律早於聲母去鼻化，確認此點是十分重要的，因爲它表示了台語聲母的變化中有過部份回頭演變的情形，並且也表示了這二條規律在歷時的競爭中相互干擾，造成一些詞彙中斷了變化。

至於如何確認歷史上輔音尾消失的規律走在聲母去鼻化規律之前，由語音變化現象中並不易找出結構自身的內部證據，李先生的推斷誠屬實，但我們並不滿足於“次序較自然”這樣的語音解釋，因此我們轉而尋求外部證據作以下推論，閩語的形成（張光宇（1996））大概有四個地域來源的質素，中原東部、中原西部（客贛方言層）、吳楚江淮層（江東吳語層）、唐宋文讀系統，唐宋文讀系統與台語文讀層相應，較少失去鼻輔音尾的現象，客贛方言層也不多見失去鼻音尾的例子，值得注意的是古吳語層的語音現象，例如東晉郭璞注《爾雅》時曾提及“南方人呼鸕刀爲劕刀”，郭璞爲北方人因此這裡反應了南北語音的差異，在南方的語言中已有丟失鼻音尾的現象，而東晉朝的勢力所在正是古吳語的地域範圍，因此閩語的鼻韻尾丟失，應屬早期與古吳語交涉或借自古吳語的語音現象。再則首段曾言及閩語的聲母去鼻化律應在日吳音移借之後才產生，較合邏輯事實，因爲今吳語與日吳音少見去鼻化的現象，因此可以推測日吳音在移借古吳語時即保持著鼻音，而閩語的去鼻化律是在移借古吳語後始產生，如此兩相連繫我們已可推論鼻音韻尾丟失律應早於鼻音聲母去鼻化律。

第二閩語的去鼻化律的變化速度也並非各次方言皆一致，李壬癸（1992）指出廈門、晉江演變最快，龍溪次之，潮汕最慢，潮陽話至今仍保持著「十八音」的系統（張屏生（1991）），因之閩語聲母去鼻化律應是閩語自身的語音演變現象，是在閩語形成後才有的音變律，台語承漳泉一系的語音系統，變化速度雖快，但變化時間起點卻

不得早於日吳音之前，是則閩語的鼻音尾丟失律與古吳語有關，時代層次相類，而聲母去鼻化律則在閩語形成以後的自身演變規律，所以年代順序的確定上是前者早於後者。

四、台語鼻音聲母的部份回頭演變

所謂回頭演變（retrograde change）何大安（1988:35-7, 1994）是指語音形式在歷時的變化上，曾發生語音形式的改變，但在下一階段的演化中又回頭恢復成原前舊的語音形式，在語音游移（sound shift）時發生語音重現的情形即A＞B＞A的演變方式，這樣的演變方式在台語鼻音聲母的歷時演變上亦在特定的條件環境上有所體現。

台語的鼻輔音尾消失形成鼻化韻在白話層中較多見，鼻化韻形成後鼻音徵性會繼續向聲母展延（spreading）使聲母具鼻音，也就是說原本已去鼻化的聲母有可能因為鼻化韻母的影響而再變為鼻音造成「回頭演變」，例如：古泥母、山攝、仙韻的"年"*niɛn現今台語文讀唸liɛn，白讀唸nĩ，白讀／n／的語音形式我們認為應是／ĩ／的影響所致，台語的鼻化韻有兩種可能的形成方式，一由歷史上鼻音韻尾消失而來如上述"年"，一由鼻音聲母的鼻音展延而來，如"馬"mã古明母、假攝、馬韻字其原非陽聲韻字，鼻化韻的形成是由鼻音聲母的鼻音展延而來，因是對於這種陰聲韻字讀鼻音便不存在回頭演變的問題，其韻母的鼻化是聲母所影響，而聲母的鼻音是去鼻化律的詞彙擴散下殘餘形式。

我們先比較古泥、來兩母在今台語聲母上共時的語音形式，以下圖示之：

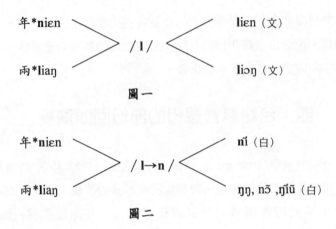

圖一

圖二

　　圖一表文讀層的語音形式，古泥、來對立的聲母系統在共時平面上合併都讀／l／，圖二表白讀層的語音形式，共時上都讀／n／，我們觀察白讀層讀／n／的形式是受韻母條件所制約，因此我們設定合併後的基底形式（underlying form）為／l／，因著韻母條件變數的不同才造成表層上n,l仍存在語音形式上的對立，以上僅討論舌尖鼻音對於舌根鼻音與雙脣鼻音，我們認為其與舌尖鼻音採平行演變（parallel development），變化動向一致。

　　這種共時面上的分析亦具有貫時面上的意義，我們認為泥、來兩母在台語語音的歷時演變中，是一種合併後再分職，古泥母在去鼻化律的運作後語音形式為／l／，因著韻母的鼻音展延影響使語音形式恢復為歷史音類上的語音形式／n／，在語音的歷時演變上音位的語音形式發生變化，但又恢復為原來的語音形式，音類上並無不同❻，

---

❻　這裡的語音變化亦是一種音移(sound drift)的演變模式。（參徐通鏘1991:182）

我們稱之爲「回頭演變」，但台語的鼻音聲母僅於一定的條件環境下發生「回頭演變」屬「部分回頭演變」。

五、結　論

　　審視台語鼻音聲母在歷時上的發展變化，我們發現有一去鼻化的動力，但音變的方式選擇的詞彙擴散式的離散音變，使歷史音類上的鼻音聲母，在共時上顯得參差不一致，雖難能發現其音變的音韻條件，但認爲元音的後位性質似乎與鼻音有著一定的依存關係，使得共時上後位元音的條件下所存留的變體最多，還未完全地去鼻化，古濁母與古鼻音的重估關係顯示，濁音清化律運作當在鼻聲母去鼻化律之先，由此造成拉力鏈式的音變過程，台語鼻音的兩條歷時音變規律，鼻音聲母去鼻化律與鼻音韻尾丟失律，藉由閩語形成與日吳音移借與古吳語的關係等外部證據顯示，我們認爲鼻音韻尾丟失律應早於鼻音聲母去鼻化律，鼻音音類的語音游移變化，雖歷時上內容有所變動但由於共時上鼻音的展延能力使鼻音音類在古陽聲韻所形成的鼻化韻前有了部份回頭演變的現象。

參考文獻

一、書籍

丁邦新

　　1970　《臺灣語言源流》學生書局 台北

王理嘉

　　1991　《音系學基礎》語文出版社 北京

北京大學

　　1986　《漢字古音手冊》北京大學出版社 北京

北京大學中文系

　　1989　《漢語方音字彙》文字改革出版社 二版 北京

　　1995　《漢語方言詞彙》語文出版社 二版 北京

何大安

　　1987　《中國聲韻學中的觀念和方法》大安出版社 台北

　　1988　《規律與方向－變遷中的音韻結構》中研院史語所專刊之
　　九十 台北

李珍華、周長楫

　　1993　《漢字古今音表》中華書局 北京

李如龍、陳章太

　　1991　《閩語研究》語文出版社 北京

周長楫

　　1991　《閩南話與普通話》語文出版社 北京

徐通鏘

　1991　《歷史語言學》商務印書館　北京

袁家驊

　1989　《漢語方言概要》文字改革出版社　北京

張光宇

　1990　《切韻與方言》臺灣商務印書館　台北

　1996　《閩客方言史稿》南天出版社　台北

張振興

　1993　《臺灣閩南方言記略》文史哲出版社　台北

黃典誠

　1982　《普通話閩南方言詞典》三聯書店　香港

廈門市地方志編纂委員會

　1996　《廈門方言志》北京語言學院出版社　北京

楊秀芳

　1991　《臺灣閩南語語法稿》大安出版社　台北

董同龢

　1967　《記臺灣的一種閩南話》中央研究院史語所單刊甲種之24

廣文編譯所編

　1994　《國音中古音照表》廣文書局　三版　台北

鄭良偉

　1977　《臺灣福建話的語音結構及標音法》學生書局　台北

橋本萬太郎著　余志鴻譯

　1985　《語言地理類型學》北京大學出版社　北京

羅常培

1956　《廈門音系》科學出版社　北京
羅杰瑞著　張惠英譯
1995　《漢語概說》語文出版社　北京

二、期刊論文

丁邦新
1988　〈吳語中的閩語成分〉史語所集刊 59.1:13-22 台北
王士元著
1982　〈語言變化的詞彙透視〉涂又光譯　語言研究 2:34-48
1990　〈競爭性演變是剩餘的原因〉石鋒譯《語音學探微》225-251 北京大學出版社　北京
王士元、沈鐘偉
1991　〈詞彙擴散的動態描寫〉語言研究 1:15-33
王士元
1995　〈語言變異和語言關係〉《漢語研究在海外》1-30 北京語言學院　北京
何大安
1994　〈聲調的完全回頭演變是否可能？〉史語所集刊 65.1:1-18 台北
李壬癸
1976　〈語音變化的各種學說述評〉幼獅月刊 44.6:23-29 台北
1992　〈閩南語鼻音問題〉中國境內語言暨語言學－第一輯 漢語方言 423-435 台北
李如龍

1963 〈廈門話的文白異讀〉廈門大學學報2:57-100 廈門

1993 〈論閩方言的文白異讀〉第三屆國際閩方言研討會論文集

沈鐘偉

1995 〈詞彙擴散理論〉《漢語研究在海外》31-47北京語言學院出版社 北京

周長楫

1983 〈廈門話文白異讀的類型(上)(下)〉中國語文5:330-336 6:430-438 北京

1991 〈廈門方言同音字彙〉方言2:99-118 北京

林香薇

1995 《閩南語自成音節鼻音研究》高雄師大國研所碩士論文

姚榮松

1987 〈廈門話文白異讀中鼻化韻母探討〉台灣師大國文學報 16:271-288 台北

洪惟仁

1996 〈從漢語的音節類型看閩南語聲母的鼻化、去鼻化規律〉第十四屆全國聲韻學學術研討會論文集初稿 新竹

徐通鏘

1984 〈美國語言學家談歷史語言學〉語言學論叢 13:200-258 天津人民出版社 天津

1987 〈語言發展的不平衡性和歷史比較研究—語言史研究中的空間與時間的關係問題初探〉語言研究論叢 3:36-58 天津人民出版社 天津

1989 〈變異中的時間和語言研究〉中國語文 2:81-94 北京

1990　〈結構的不平衡性和語言演變的原因〉中國語文　1:1-14北京

1993　〈文白異讀和歷史比較法〉徐通鏘自選集　22-69　河南教育出版社　鄭州

1994　〈文白異讀和語言史的研究〉現代語言學　余志鴻編　語文出版社　北京

曹劍芬

1987　〈論清濁與帶音不帶音〉中國語文2:101-109　北京

張光宇

1989　〈閩方言音韻層次的時代與地域〉清華學報　新19.1:93-113　新竹

1991　〈漢語方言發展不平衡性〉中國語文　6:431-438　北京

1993　〈吳閩方言關係試論〉中國語文　3:161-170　北京

1994　〈吳語在歷史上的擴散運動〉中國語文　6:409-418　北京

1996　〈論閩方言的形成〉中國語文1:16-26　北京

張屏生

1991　〈潮陽話與閩南地區部份次方言的比較〉中華學術年刊　15:311-374　台北

張　琨

1987　〈論中古音與切韻之關係〉《漢語音韻史論文集》張光宇譯　1-24　聯經出版社　台北

1993　〈漢語方言中鼻音韻尾的消失〉《漢語方言》23-63　學生書局　台北

馮　蒸

1992 〈魏晉時期的"類隔"反切研究－根據"詞彙擴散理論"論證"類隔"切的性質〉《魏晉南北朝漢語研究》300-332 山東教育出版社

黃典誠

1984 〈閩語的特徵〉方言 3:161-164 北京

1986 〈中古鼻音聲母在閩音的反映〉廈門大學學報1 廈門

楊秀芳

1993 〈論文白異讀〉王叔岷先生八十壽慶論文集 823-849 大安出版社 台北

1989 〈論漢語方言中全濁聲母的清化〉漢學研究 7.2:41-73 台北

董同龢

1957 〈廈門方言的音韻〉《董同龢先生語言學論文選集》台北

1959 〈四個閩南方言〉中研院史語所集刊30本 台北

錢乃榮

1985 〈上海市郊音變的詞擴散〉Journal of Chinese Linguistics Vol.13, No.2 189-215.

嚴 棉

1994 〈從閩南話到日本漢字音〉中國語文2:92-101 北京

蕭宇超

1996 〈從台語音節連併到音韻構詞與句法的互動－老問題新角度〉 第五屆中國境內語言暨語言學國際研討會論文集 356-374 台北

鍾榮富

1995　〈優選論與漢語的音系〉國外語言學 3:1-14 北京

Tung, Jeffery C.

1992　"*Three Ways Of Treating Nasality In Southern Min*" 中國境內語言暨語言學—第一輯漢語方言　台北

Wang, Samuel H.

1993　"*Nasality as an Autosegment in Taiwanese*" 第一屆台灣語言國際研討會論文集　台北

Norman, Jerry

1979　"*The chronological strata in the Min dialects*" 方言　268-273 北京

Wang, William S-Y

1969　"*Competing Changes as a Cause of Residue*" Language 45.1:9-25.

附　錄

文言音

漢字	古聲紐	古攝等	古調類	古韻母	台語文言音		
瓦	疑	假合二	上	馬		ua	2
埋	明	蟹開二	平	皆	b	ai	5
霾	明	蟹開二	平	皆	b	ai	5
饅	明	山合一	平	桓	b	an	5
蠻	明	山開二	平	刪	b	an	5
万	微	山合三	去	願	b	an	7
曼	明	山合一	平	桓	b	an	7
萬	微	山合三	去	願	b	an	7
慢	明	山合一	去	換	b	an	7
漫	明	山合一	去	換	b	an	7
蔓	微	山合三	去	願	b	an	7
迷	明	蟹開四	平	齊	b	e	5
謎	明	蟹開四	平	齊	b	e	5
袂	明	蟹開三	去	祭	b	e	7
米	明	蟹開四	上	薺	b	i	2
尾	微	止合三	上	尾	b	i	2
美	明	止開三	上	旨	b	i	2
眉	明	止開三	平	脂	b	i	5
湄	明	止開三	平	脂	b	i	5
微	微	止合三	平	微	b	i	5
糜	明	止開三	平	支	b	i	5
薇	微	止合三	平	微	b	i	5
未	微	止合三	去	未	b	i	7

味	微	止合三	去	未	b	i	7
媚	明	止開三	去	至	b	i	7
魅	明	止開三	去	至	b	i	7
眇	明	效開三	上	小	b	iau	2
秒	明	效開三	上	小	b	iau	2
渺	明	效開三	上	小	b	iau	2
描	明	效開三	平	宵	b	iau	5
貓	明	效開二	平	肴	b	iau	5
妙	明	效開三	去	笑	b	iau	7
廟	明	效開三	去	笑	b	iau	7
勉	明	山開三	上	獮	b	iɛn	2
娩	明	山開三	上	獮	b	iɛn	2
冕	明	山開三	上	獮	b	iɛn	2
緬	明	山開三	上	獮	b	iɛn	2
眠	明	山開四	平	先	b	iɛn	5
棉	明	山開三	平	仙	b	iɛn	5
綿	明	山開三	平	仙	b	iɛn	5
面	明	山開三	去	線	b	iɛn	7
麵	明	山開四	去	霰	b	iɛn	7
滅	明	山開三	入	薛	b	iɛt	8
蔑	明	山開四	入	屑	b	iɛt	8
陌	明	梗開二	入	陌	b	ik	8
脈	明	梗開二	入	麥	b	ik	8
麥	明	梗開二	入	麥	b	ik	8
墨	明	曾開一	入	德	b	ik	8
默	明	曾開一	入	德	b	ik	8
泯	明	臻開三	上	軫	b	in	2

敏	明	臻開三	上	軫	b	in	2
閔	明	臻開三	上	軫	b	in	2
愍	明	臻開三	上	軫	b	in	2
憫	明	臻開三	上	軫	b	in	2
民	明	臻開三	平	眞	b	in	5
閩	明	臻開三	平	眞	b	in	5
猛	明	梗開二	上	梗	b	iŋ	2
名	明	梗開三	平	清	b	iŋ	5
明	明	梗開三	平	庚	b	iŋ	5
氓	明	梗開二	平	耕	b	iŋ	5
冥	明	梗開四	平	青	b	iŋ	5
茗	明	梗開四	上	迥	b	iŋ	5
萌	明	梗開二	平	耕	b	iŋ	5
盟	明	梗開三	平	庚	b	iŋ	5
銘	明	梗開四	平	青	b	iŋ	5
鳴	明	梗開三	平	庚	b	iŋ	5
瞑	明	梗開四	平	青	b	iŋ	5
命	明	梗開三	去	映	b	iŋ	7
孟	明	梗開二	去	映	b	iŋ	7
宓	明	臻開三	入	質	b	it	8
密	明	臻開三	入	質	b	it	8
蜜	明	臻開三	入	質	b	it	8
繆	明	流開三	去	幼	b	iu	7
母	明	流開一	上	厚	b	ɔ	2
牡	明	流開一	上	厚	b	ɔ	2
摩	明	果合一	平	戈	b	ɔ	5
袤	明	流開一	去	候	b	ɔ	7

慕	明	遇合一	去	暮	b	ɔ	7
墓	明	遇合一	去	暮	b	ɔ	7
慕	明	遇合一	去	暮	b	ɔ	7
莫	明	遇合一	去	暮	b	ɔ	7
懋	明	流開一	去	候	b	ɔ	7
木	明	通開一	入	屋	b	ɔk	8
目	明	通開三	入	屋	b	ɔk	8
沐	明	通開一	入	屋	b	ɔk	8
牧	明	通開三	入	屋	b	ɔk	8
苜	明	通開三	入	屋	b	ɔk	8
莫	明	宕開一	入	鐸	b	ɔk	8
睦	明	通開三	入	屋	b	ɔk	8
寞	明	宕開一	入	鐸	b	ɔk	8
幕	明	宕開一	入	鐸	b	ɔk	8
漠	明	宕開一	入	鐸	b	ɔk	8
膜	明	宕開一	入	鐸	b	ɔk	8
罔	微	宕開三	上	養	b	ɔŋ	2
惘	微	宕開三	上	養	b	ɔŋ	2
莽	明	宕開一	上	蕩	b	ɔŋ	2
網	微	宕合三	上	養	b	ɔŋ	2
蟒	明	宕開一	上	蕩	b	ɔŋ	2
懵	明	通開一	上	董	b	ɔŋ	2
蠓	明	通開一	上	董	b	ɔŋ	2
亡	微	宕合三	平	陽	b	ɔŋ	5
忙	明	宕開一	平	唐	b	ɔŋ	5
忘	微	宕合三	平	陽	b	ɔŋ	5
芒	明	宕開一	平	唐	b	ɔŋ	5

盲	明	梗開二	平	庚	b	ɔŋ	5
茫	明	宕開一	平	唐	b	ɔŋ	5
蒙	明	通開一	平	東	b	ɔŋ	5
濛	明	通開一	平	東	b	ɔŋ	5
朦	明	通開一	平	東	b	ɔŋ	5
檬	明	通開一	平	東	b	ɔŋ	5
曚	明	通開一	平	東	b	ɔŋ	5
妄	微	宕合三	去	漾	b	ɔŋ	7
忘	微	宕合三	去	漾	b	ɔŋ	7
望	微	宕合三	去	漾	b	ɔŋ	7
夢	明	通開三	去	送	b	ɔŋ	7
武	微	遇合三	上	麌	b	u	2
侮	微	遇合三	上	麌	b	u	2
舞	微	遇合三	上	麌	b	u	2
毋	微	遇合三	平	虞	b	u	5
巫	微	遇合三	平	虞	b	u	5
無	微	遇合三	平	虞	b	u	5
誣	明	遇合三	平	虞	b	u	5
蕪	微	遇合三	平	虞	b	u	5
務	微	遇合三	去	遇	b	u	7
霧	微	遇合三	去	遇	b	u	7
挽	微	山合三	上	阮	b	uan	2
晚	微	山合三	上	阮	b	uan	2
滿	明	山合一	上	緩	b	uan	2
輓	微	山合三	上	阮	b	uan	2
瞞	明	山合一	平	桓	b	uan	5
鰻	明	山合一	平	桓	b	uan	5

末	明	山合一	入	末	b	uat	8
抹	明	山合一	入	末	b	uat	8
襪	微	山合三	入	月	b	uat	8
吻	微	臻合三	上	吻	b	un	2
文	微	臻合三	平	文	b	un	5
門	明	臻合一	平	魂	b	un	5
紋	微	臻合三	平	文	b	un	5
蚊	微	臻合三	平	文	b	un	5
雯	微	臻合三	平	文	b	un	5
聞	微	臻合三	平	文	b	un	5
紊	微	臻合三	去	問	b	un	7
問	微	臻合三	去	問	b	un	7
悶	明	臻合一	去	慁	b	un	7
勿	微	臻合三	入	物	b	ut	8
沒	明	臻合一	入	沒	b	ut	8
歿	明	臻合一	入	沒	b	ut	8
物	微	臻合三	入	物	b	ut	8
麻	明	假開二	平	麻	b(m)	a	5
卯	明	爻開二	上	巧	b(m)	au	2
貌	明	效開二	去	效	b(m)	au	7
弭	明	止開三	上	紙	b(m)	i	2
彌	明	止開三	平	支	b(m)	i	5
瀰	明	止開三	平	支	b(m)	i	5
藐	明	效開三	上	小	b(m)	iau	2
苗	明	效開三	平	宵	b(m)	iau	5
某	明	流開一	上	厚	b(m)	ɔ	2
眸	明	流開三	平	尤	b(m)	ɔ	5

模	明	遇合一	平	模	b(m)	ɔ	5
謀	明	流開三	平	尤	b(m)	ɔ	5
戊	明	流開一	去	候	b(m)	ɔ	7
冒	明	效開三	去	號	b(m)	ɔ	7
茂	明	流開一	去	候	b(m)	ɔ	7
磨	明	果合一	去	過	b(m)	ɔ	7
癌	疑	咸開二	平	咸	g	a	m
芽	疑	假開二	平	麻	g	a	5
衙	疑	假開二	平	麻	g	a	5
崖	疑	蟹開二	平	佳	g	ai	5
捱	疑	蟹開二	平	佳	g	ai	5
涯	疑	蟹開二	平	佳	g	ai	5
礙	疑	蟹開一	去	代	g	ai	7
岳	疑	江開二	入	覺	g	ak	8
樂	疑	江開二	入	覺	g	ak	8
嶽	疑	江開二	入	覺	g	ak	8
巖	疑	咸開二	平	銜	g	am	5
眼	疑	山開二	上	產	g	an	2
顏	疑	山開二	平	刪	g	an	5
岸	疑	山開一	去	翰	g	an	7
雁	疑	山開二	去	諫	g	an	7
牙	疑	假開二	平	麻	g	e	5
倪	疑	蟹開四	平	齊	g	e	5
詣	疑	蟹開四	去	霽	g	e	7
藝	疑	蟹開三	去	祭	g	e	7
宜	疑	止開三	平	支	g	i	5*
擬	疑	止開三	上	止	g	i	2

蟻	疑	止開三	上	紙	g	i	2
疑	疑	止開三	平	之	g	i	5
儀	疑	止開三	平	支	g	i	5
誼	疑	止開三	去	寘	g	i	5
義	疑	止開三	去	寘	g	i	7
毅	疑	止開三	去	未	g	i	7
議	疑	止開三	去	寘	g	i	7
儼	疑	咸開三	上	儼	g	iam	2
嚴	疑	咸開三	平	嚴	g	iam	5
驗	疑	咸開三	去	豔	g	iam	7
業	疑	咸開三	入	業	g	iap	8*
妍	疑	山開四	平	先	g	iɛn	5
言	疑	山開三	平	元	g	iɛn	5
研	疑	山開四	平	先	g	iɛn	5
彥	疑	山開三	去	線	g	iɛn	7
硯	疑	山開四	去	霰	g	iɛn	7
諺	疑	山開三	去	線	g	iɛn	7
逆	疑	梗開三	入	陌	g	ik	8
額	疑	梗開二	入	陌	g	ik	8
吟	疑	深開三	平	侵	g	im	5
銀	疑	臻開三	平	眞	g	in	5
齦	疑	臻開三	平	殷	g	in	5
迎	疑	梗開三	平	庚	g	iŋ	5
疑	疑	曾開三	平	蒸	g	iŋ	5
硬	疑	梗開二	去	映	g	iŋ	7
玉	疑	通合三	入	燭	g	iɔk	8
虐	疑	宕開三	入	藥	g	iɔk	8

獄	疑	通合三	入	燭	g	iɔk	8
瘧	疑	宕開三	入	藥	g	iɔk	8
仰	疑	宕開三	上	養	g	iɔŋ	2*
敖	疑	效開一	平	豪	g	o	5
熬	疑	效開一	平	豪	g	o	5
鵝	疑	果開一	平	歌	g	o̜	5
娛	疑	遇合一	平	模	g	ɔ	5
愕	疑	宕開一	入	鐸	g	ɔk	8
寓	疑	遇合三	去	遇	g	u	7*(2)
語	疑	遇開三	上	語	g	u	2
娛	疑	遇合三	平	虞	g	u	5
魚	疑	遇開三	平	魚	g	u	5
愚	疑	遇合三	平	虞	g	u	5
漁	疑	遇開三	平	魚	g	u	5
御	疑	遇開三	去	御	g	u	7
馭	疑	遇開三	去	御	g	u	7
遇	疑	遇合三	去	遇	g	u	7
禦	疑	遇開三	去	御	g	u	7
阮	疑	山合三	上	阮	g	uan	2
元	疑	山合三	平	元	g	uan	5
玩	疑	山合二	平	刪	g	uan	5
原	疑	山合三	平	元	g	uan	5
源	疑	山合三	平	元	g	uan	5
愿	疑	山合三	去	願	g	uan	7
願	疑	山合三	去	願	g	uan	7
月	疑	山合三	入	月	g	uat	8
外	疑	蟹合一	去	泰	g	ue	7

魏	疑	止合三	去	未	g	ui	7*
危	疑	止合三	平	支	g	ui	5
僞	疑	止合三	去	寘	g	ui	7
艾	疑	蟹開一	去	泰	g(ŋ)	ai	7
吾	疑	遇合一	平	模	g(ŋ)	ɔ	5
吳	疑	遇合一	平	模	g(ŋ)	ɔ	5
俄	疑	果開一	平	歌	g(ŋ)	ɔ	5
娥	疑	果開一	平	歌	g(ŋ)	ɔ	5
梧	疑	遇合一	平	模	g(ŋ)	ɔ	5
蛾	疑	果開一	平	歌	g(ŋ)	ɔ	5
臥	疑	果合一	去	過	g(ŋ)	ɔ	7
悟	疑	遇合一	去	暮	g(ŋ)	ɔ	7
晤	疑	遇合一	去	暮	g(ŋ)	ɔ	7
傲	疑	效開一	去	號	g(ŋ)	ɔ	7
寤	疑	遇合一	去	暮	g(ŋ)	ɔ	7
誤	疑	遇合一	去	暮	g(ŋ)	ɔ	7
餓	疑	果開一	去	箇	g(ŋ)	o(ɔ)	7
男	泥	咸開一	平	覃	l	am	5
南	泥	咸開一	平	覃	l	am	5
楠	泥	咸開一	平	覃	l	am	5
難	泥	山開一	平	寒	l	an	5
納	泥	咸開一	入	合	l	ap	8
訥	泥	臻合一	入	沒	l	ap	8
膩	泥	止開三	去	至	l	i	7
拈	泥	咸開四	平	添	l	iam	1
黏	泥	咸開三	平	鹽	l	iam	5
念	泥	咸開四	去	㮇	l	iam	7

聶	泥	咸開三	入	葉	l	iap	4
鑷	泥	咸開三	入	葉	l	iap	4
捏	泥	山開四	入	屑	l	iap	8
涅	泥	山開四	入	屑	l	iap	8
躡	泥	咸開三	入	葉	l	iap	8
尿	泥	效開四	去	嘯	l	iau	7
碾	泥	山開三	上	獮	l	iɛn	2
碾	泥	山開三	去	線	l	iɛn	3
年	泥	山開四	平	先	l	iɛn	5
涅	泥	山開四	入	屑	l	iɛt	8
匿	泥	曾開三	入	職	l	ik	8
能	泥	曾開一	平	登	l	iŋ	5
寧	泥	梗開四	平	青	l	iŋ	5
娘	泥	宕開三	平	陽	l	ioŋ	5
釀	泥	宕開三	去	漾	l	ioŋ	7
惱	泥	效開一	上	皓	l	o	2
瑙	泥	效開一	上	皓	l	o	2
腦	泥	效開一	上	皓	l	o	2
弩	泥	遇合一	上	姥	l	ɔ	2
諾	泥	宕開一	入	鐸	l	ɔk	8
農	泥	通合一	平	冬	l	ɔŋ	5
儂	泥	通合一	平	冬	l	ɔŋ	5
濃	泥	通合三	平	鍾	l	ɔŋ	5
膿	泥	通合一	平	冬	l	ɔŋ	5
囊	泥	宕開一	平	唐	l	ɔŋ	5
暖	泥	山合一	上	緩	l	uan	2
內	泥	蟹合一	去	隊	l	ue	7

餒	泥	蟹合一	上	賄	l	ui	2
嫩	泥	山合一	去	慁	l	un	7
訥	泥	臻合一	入	沒	l	ut	8
訥	泥	臻合一	入	沒	l	ut	8
鬧	泥	效開二	去	效	l(n)	au	7
尼	泥	止開三	平	脂	l(n)	i	2
扭	泥	流開三	上	有	l(n)	iu	2
紐	泥	流開三	上	有	l(n)	iu	2
鈕	泥	流開三	上	有	l(n)	iu	2
努	泥	遇合一	上	姥	l(n)	ɔ	2
奴	泥	遇合一	平	模	l(n)	ɔ	5
怒	泥	遇合一	去	暮	l(n)	ɔ	7
馬	明	假開二	上	馬	m	a	2
瑪	明	假開二	上	馬	m	a	2
碼	明	假開二	上	馬	m	a	2
馬	明	假開二	上	馬	m	a	2
罵	明	果開二	去	禡	m	a	7
買	明	蟹開二	上	蟹	m	ai	2
賣	明	蟹開二	去	卦	m	ai	7
邁	明	蟹合二	去	夬	m	ai	7
矛	明	流開三	平	尤	m	au	5
茅	明	效開二	平	肴	m	au	5
錨	明	笑開二	平	肴	m	au	5
靡	明	止開三	上	紙	m	i	2
摸	明	宕開一	入	鐸	m	ɔ	1
毛	明	效開一	平	豪	m	ɔ	5
髦	明	效開一	平	豪	m	ɔ	5

摩	明	果合一	平	戈	m	ɔ	5
磨	明	果合一	平	戈	m	ɔ	5
魔	明	果合一	平	戈	m	ɔ	5
帽	明	效開三	去	號	m	ɔ	7
貿	明	流開一	去	候	m	ɔ	7
每	明	蟹合一	上	賄	m	ui	2
枚	明	蟹合一	平	灰	m	ui	5
梅	明	蟹合一	平	灰	m	ui	5
煤	明	蟹合一	平	灰	m	ui	5
妹	明	蟹合一	去	隊	m	ui	7
昧	明	蟹合一	去	隊	m	ui	7
那	泥	果開一	上	哿	n	a	2
乃	泥	蟹開一	上	海	n	ai	2
奶	泥	蟹開二	上	蟹	n	ai	2
迺	泥	蟹開一	上	海	n	ai	2
奈	泥	蟹開一	去	泰	n	ai	7
耐	泥	蟹開一	去	代	n	ai	7
撓	泥	效開二	平	肴	n	au	5
橈	泥	效開二	平	肴	n	au	7
你	泥	止開三	上	止	n	i	2
泥	泥	蟹開四	平	齊	n	i	5
挪	泥	果開一	平	歌	n	ɔ	5
駑	泥	遇合一	平	模	n	ɔ	5
那	泥	果開一	去	箇	n	ɔ	7
懦	泥	果合一	去	過	n	ɔ	7
雅	疑	假開二	上	馬	ŋ	a	2
咬	疑	效開二	上	巧	ŋ	au	2

五	疑	遇合一	上	姥	ŋ	ɔ	2
午	疑	遇合一	上	姥	ŋ	ɔ	2
伍	疑	遇合一	上	姥	ŋ	ɔ	2
仵	疑	遇合一	上	姥	ŋ	ɔ	2
我	疑	果開一	上	哿	ŋ	ɔ	2
偶	疑	流開一	上	厚	ŋ	ɔ	2
藕	疑	流開一	上	厚	ŋ	ɔ	2

白話音

漢字	古聲紐	古攝等	古調類	古韻母	台語白話音		
梅	明	蟹合一	平	灰		m	5
玩	疑	山合二	平	刪		uan	2
僞	疑	止合三	去	寘		ui	7
貓	明	效開二	平	肴	b	a	5
密	明	臻開三	入	質	b	a	7
眉	明	止開三	平	脂	b	ai	5
木	明	通開一	入	屋	b	ak	8
目	明	通開三	入	屋	b	ak	8
沐	明	通開一	入	屋	b	ak	8
墨	明	曾開一	入	德	b	ak	8
挽	微	山合三	上	阮	b	an	2
閩	明	臻開三	平	眞	b	an	5
蟒	明	宕開一	上	蕩	b	aŋ	2
懵	明	通開一	上	董	b	aŋ	2
蠓	明	通開一	上	董	b	aŋ	2
忙	明	宕開一	平	唐	b	aŋ	5
芒	明	宕開一	平	唐	b	aŋ	5
氓	明	梗開二	平	耕	b	aŋ	5
茫	明	宕開一	平	唐	b	aŋ	5
曚	明	通開一	平	東	b	aŋ	5
望	微	宕合三	去	漾	b	aŋ	7
夢	明	通開三	去	送	b	aŋ	7
網	微	宕合三	上	養	b	aŋ	7
密	明	臻開三	入	質	b	at	8

貿	明	流開一	去	候	b	auʔ	8
美	明	止開三	上	旨	b	e	2
馬	明	假開二	上	馬	b	e	2
瑪	明	假開二	上	馬	b	e	2
碼	明	假開二	上	馬	b	e	2
麋	明	止開三	平	支	b	e	5
妹	明	蟹合一	去	隊	b	e	7
賣	明	蟹開二	去	卦	b	e	7
買	明	蟹開二	上	蟹	b	e(ue)	2
麥	明	梗開二	入	麥	b	eʔ	8
昧	明	蟹合一	去	隊	b	i	7
緬	明	山開三	上	獮	b	iɛn	7
明	明	梗開三	平	庚	b	in	5
眠	明	山開四	平	先	b	in	5
面	明	山開三	去	線	b	in	7
秒	明	效開三	上	小	b	io	2
描	明	效開三	平	宵	b	io	5
廟	明	效開三	去	笑	b	io	7
無	微	遇合三	平	虞	b	o	5
帽	明	效開三	去	號	b	o	7
漠	明	宕開一	入	鐸	b	ɔ	5
莫	明	宕開一	入	鐸	b	oʔ	8
摸	明	宕開一	入	鐸	b	ɔŋ	1
墓	明	遇合一	去	暮	b	ɔŋ	7
母	明	流開一	上	厚	b	u(o)	2
磨	明	果合一	平	戈	b	ua	5
抹	明	山合一	入	末	b	uaʔ	4

末	明	山合一	入	末	b	uaʔ	8
未	微	止合三	去	未	b	ue	7
賣	明	蟹開二	去	卦	b	ue	7
尾	微	止合三	上	尾	b	ue(e)	2
襪	微	山合三	入	月	b	ueʔ	8
微	微	止合三	平	微	b	ui	5
冒	明	效開三	去	號	b(m)	ɔ	7
幕	明	宕開一	入	鐸	b(m)	ɔ	7
涯	疑	蟹開二	平	佳	g	a	5
獄	疑	通合三	入	燭	g	ak	8
嚴	疑	咸開三	平	嚴	g	an	5
彥	疑	山開三	去	線	g	an	7
諺	疑	山開三	去	線	g	an	7
敖	疑	效開一	平	豪	g	au	5
牙	疑	假開二	平	麻	g	e	5
芽	疑	假開二	平	麻	g	e	5
衙	疑	假開二	平	麻	g	e	5
毅	疑	止開三	去	未	g	e	7
娛	疑	遇合一	平	模	g	ia	5
鵝	疑	果開一	平	歌	g	ia	5
業	疑	咸開三	入	業	g	iaʔ	8
巖	疑	咸開二	平	銜	g	iam	5
妍	疑	山開四	平	先	g	iɛn	2
研	疑	山開四	平	先	g	iɛn	2
玉	疑	通合三	入	燭	g	ik	8
虐	疑	宕開三	入	藥	g	ik(ioʔ)	8
眼	疑	山開二	上	產	g	iŋ	2

疑	疑	曾開三	平	蒸	g	iŋ	5
五	疑	遇合一	上	姥	g	ɔ	7
午	疑	遇合一	上	姥	g	ɔ	7
伍	疑	遇合一	上	姥	g	ɔ	7
我	疑	果開一	上	哿	g	ua	2
外	疑	蟹合一	去	泰	g	ua	7
頑	疑	山合二	平	刪	g	uan	2
倪	疑	蟹開四	平	齊	g	ue	5
藝	疑	蟹開三	去	祭	g	ue	7
月	疑	山合三	入	月	g	ueʔ	8
額	疑	梗開二	入	陌	g(h)	iaʔ	8
迎	疑	梗開三	平	庚	g(ŋ)	ia	5
吳	疑	遇合一	平	模	g(ŋ)	ɔ	5
梧	疑	遇合一	平	模	g(ŋ)	ɔ	5
仵	疑	遇合一	上	姥	g(ŋ)	ɔ	7
悟	疑	遇合一	去	暮	g(ŋ)	ɔ	7
誤	疑	遇合一	去	暮	g(ŋ)	ɔ	7
明	明	梗開三	平	庚	h	ã	5
魚	疑	遇開三	平	魚	h	i	5
漁	疑	遇開三	平	魚	h	i	5
硯	疑	山開四	去	霰	h	ĩ	7
艾	疑	蟹開一	去	泰	h	ĩã	7
瓦	疑	假合二	上	馬	h	ia	7
蟻	疑	止開三	上	紙	h	ia	7
諾	泥	宕開一	入	鐸	h	ioʔ	8
茅	明	效開二	平	肴	h	m	5
默	明	曾開一	入	德	h	mʔ	8

岸	疑	山開一	去	翰	h	uã	7
搓	疑	蟹開二	平	佳	h	ue	5
危	疑	止合三	平	支	h	ui	5
咬	疑	效開二	上	巧	k	a	7
納	泥	咸開一	入	合	l	a	7
撓	泥	效開二	平	肴	l	a	7
鬧	泥	效開二	去	效	l	a	7
納	泥	咸開一	入	合	l	aʔ	8
內	泥	蟹合一	去	隊	l	ai	7
農	泥	通開一	平	冬	l	aŋ	5
儂	泥	通合一	平	冬	l	aŋ	5
膿	泥	通合一	平	冬	l	aŋ	5
你	泥	止開三	上	止	l	i	2
涅	泥	山開四	入	屑	l	iap	8
碾	泥	山開三	去	線	l	in	3
瘧	疑	宕開三	入	藥	l	iok	8
驚	泥	遇合一	平	模	l	ɔ	5
尿	泥	效開四	去	嘯	l(dz/g)	io	7
努	泥	遇合一	上	姥	l(n)	ɔ	2
奴	泥	遇合一	平	模	l(n)	ɔ	5
怒	泥	遇合一	去	暮	l(n)	ɔ	7
邁	明	蟹合二	去	夬	m	ai	1
昧	明	蟹合一	去	隊	m	ai	7
明	明	梗開三	平	庚	m	e	5
罵	明	果開二	去	禡	m	e	7
猛	明	梗開二	上	梗	m	e(i)	2
盲	明	梗開二	平	庚	m	e(i)	5

瞑	明	梗開四	平	青	m	e(i)	5
脉	明	梗開二	入	麥	m	eʔ	8
猛	明	梗開二	上	梗	m	eʔ	8
棉	明	山開三	平	仙	m	i	5
綿	明	山開三	平	仙	m	i	5
麵	明	山開四	去	霰	m	i	7
物	微	臻合三	入	物	m	iʔ(ŋʔ)	8
名	明	梗開三	平	清	m	ia	5
明	明	梗開三	平	庚	m	ia	5
命	明	梗開三	去	映	m	ia	7
晚	微	山合三	上	阮	m	ŋ	2
門	明	臻合一	平	魂	m	ŋ	5
問	微	臻合三	去	問	m	ŋ	7
毛	明	效開一	平	豪	m	ŋ(ɔ)	5
漠	明	宕開一	入	鐸	m	ɔʔ	8
膜	明	宕開一	入	鐸	m	ɔʔ	8
滿	明	山合一	上	緩	m	ua	2
麻	明	假開二	平	麻	m	ua	5
瞞	明	山合一	平	桓	m	ua	5
鰻	明	山合一	平	桓	m	ua	5
蔓	微	山合三	去	願	m	ua	7
糜	明	止開三	平	支	m	ue	5
妹	明	蟹合一	去	隊	m	ue	7
那	泥	果開一	去	箇	n	a	3
訥	泥	臻合一	入	沒	n	aʔ	4
惱	泥	效開一	上	皓	n	au	2
腦	泥	效開一	上	皓	n	au	2

奶	泥	蟹開二	上	蟹	n	e(i)	1
拈	泥	咸開四	平	添	n	i	1
年	泥	山開四	平	先	n	i	5
泥	泥	蟹開四	去	霽	n	i	7
躡	泥	咸開三	入	葉	n	iʔ	4
捏	泥	山開四	入	屑	n	iʔ	8
娘	泥	宕開三	平	陽	n	ia(iu)	5
貓	明	效開二	平	肴	n	iau	1
釀	泥	宕開三	去	漾	n	ŋ	7
偶	疑	流開一	上	厚	ŋ	au	2
熬	疑	效開一	平	豪	ŋ	au	5
藕	疑	流開一	上	厚	ŋ	au	7
硬	疑	梗開二	去	映	ŋ	e(i)	7
撓	泥	效開二	平	肴	ŋ	iau	2
撓	泥	效開二	平	肴	ŋ	iauʔ	4
扭	泥	流開三	上	有	ŋ	iu	2

* 表示在現今的台語口語中／g／已有丟失的傾向，例如：宜唸／i／、魏唸／ui／、
仰唸／iɔŋ／、寓唸／u／等，但在不同的詞彙語音形式不見得相同，例如"寓"字
在寓言一詞唸／gu7 gien5／但在公寓一詞唸／koŋ1 u2／，除了聲母丟失調類亦不相
同，調類的現象亦在"五"字中得到一連繫，文讀／ŋɔ2／、白讀／gɔ7／，顯示出
移借的早晚與調類亦有關係，因此這樣的現象自然是語言接觸的原因所致，影響所
及"我"亦有讀／ua2／的情形，此亦不妨視爲台語的新文言音。

從現代維吾爾語的元音變化
看自主音段理論

許慧娟

一、前　言

　　自從自主音段理論（Goldsmith 1976）濫觴，很多證據都顯示出音韻表式的非線性特質，以往線性音韻模式中音段和語音特徵記載一對一的對應關係站不住腳。本文旨在透過維吾爾語的元音變化檢視自主音段理論，文中將說明元音和諧、元音升高跟元音弱化的現象本身以及透過形式表現（formal representation）精確地描繪元音弱化的語境限制都彰顯出自主音段理論這個非線性模式的優勢。在自主音段理論架構裡，連線的程度（degree of linkage）足以解釋長、短元音對元音弱化這條規律反應迥異。另外，元音弱化要求促成以及產生音變元音弱化的兩造之間不容許有兩個中介輔音其實可以和長元音不受元音弱化影響的情形串聯起來。換言之，元音弱化只作用於輕音節（light syllable），也就是只帶一個音拍（mora），即CV結構的音節。

　　本文的結構如下：第二、三節分別由元音和諧及元音升高實證說明元音特徵呈現非線性的關係；第四節顯示元音弱化的現象本身以及

描述其發生的語境都需要非線性的表現模式；第五節總結本文。

二、元音和諧

　　本節將具體說明自主音段理論可以適當地表現元音和諧的現象。在此之前先介紹有關維吾爾語的背景知識。

　　維吾爾語屬突厥語的一支，使用人口超過五百萬，主要分佈在中國新疆省。根據阿西木&米海力 （1986），維吾爾語有十六個元音，長短具辨義功能，分別是 i、e、ɛ、ø、y、ɑ、o 和 u 及其長元音。另有二十三個輔音，包括b、p、m、f、w、d、t、n、l、r、z、s、tʃ、dʒ、ʃ、j、g、k、ŋ、q、χ、ʁ 和 h。值得一提的是 f 只出現在借字的書面語，口語中常以 p 取代。此外維吾爾語呈黏著語型態，一個字由字根和詞綴（通常是後綴）組成。

　　維吾爾語的元音以前後和諧。❶在十六個元音中，i、e、ɛ、ø、y 及其長元音屬前元音，其餘為後元音。例一顯示每個字的元音都呈現前後和諧。此外，維吾爾語固有字裡 ø 和 o 很少出現在第一音節以外。（下面語料引自趙相如&朱志寧（1985: 24-26）。）

(1) ikki '二'　　　kerɛk '必須'　　　yzɛŋgɛ '馬蹬'

　　 tøgɛ '駱駝'　 semiz '胖'　　　　yzym '葡萄'

　　 bɑlɑ '小孩'　 altun '金子'　　　mozaj '小牛'

　　 oruq '瘦'　　 bulut '雲'　　　　buʁa '鹿'

---

❶　維吾爾語元音在前後和諧的基礎上有時還有唇形和諧。

不只字根元音有前後和諧，詞綴元音也由左到右和字根元音和諧。

(2) jol + daʃ + lɑr '同志'　　　　sypyr + gɛ❷ + lɛr '掃把'
　　路　窪地　複數　　　　　　掃　後綴　複數
　　qoʁun + luq❸ + qɑ '向瓜田'　øtʃ + yr + gytʃ '橡皮擦'❹
　　瓜　　後綴　目地後綴　　　消褪　後綴

　　在線性音韻模式裡元音和諧的特徵是一串語音中某一個位置的性質，而該語音串中每個音段都記載了對該語音特徵的正負值（Kenstowicz 1994: 348）。所以，在多音節的字很難決定從哪個元音開始和諧。如例二所示，維吾爾語的複數標記有兩種形式，即lɑr和lɛr。如果元音和諧的特徵在底層結構就明白標示出來，需要一條同化規律來確定字根和詞綴之間的和諧。相較之下，非線性音韻模式掌握了元音前後 [back] 這個語音特徵是整個詞素而非任何其中一個元音的特質。在非線性音韻模式裡，元音前後這個語音特徵自己佔有一個層次，只要一對多的連接（one-to-many association）就可以乾淨俐落地表現出元音和諧。

　　下表顯示除了元音長短 [long] 之外，四個語音特徵就足夠區辨維吾爾語的所有元音。（為了方便讀者，冗贅值（redundancy values）

---

❷　gɛ是一語意不明顯的後綴，sypyrgɛ意指掃把。

❸　luq是一表語意擴張的後綴，qoʁunluq意指瓜田。

❹　yr是一語意不明顯的後綴，而gytʃ不出現在維吾爾語的詞彙裡，這整個字就某種程度而言是不能切割的。

也包括在內。）

(3) 　　　　　　i　y　e　ø　ɛ　u　o　ɑ

高(high)　　　+　+　−　−　−　+　−　−

低(low)　　　−　−　−　−　+　−　−　+

後(back)　　　−　−　−　−　−　+　+　+

圓唇(round)　−　+　−　+　−　+　+　−

值得注意的是，有鑑於第四節即將討論的元音弱化，本文把 ɛ 處理成低元音和 ɑ 同類。事實上，李增祥（1992: 180）把 ɛ 指成 æ 也支持本文立場。根據上表，以joldaʃlar '同志'和sypyrgɛlɛr '掃把'爲例，圖示說明非線性音韻模式如何表現元音和諧。

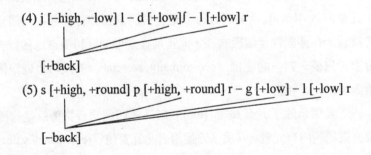

(4) j [−high, −low] l − d [+low]ʃ − l [+low] r

[+back]

(5) s [+high, +round] p [+high, +round] r − g [+low] − l [+low] r

[−back]

三、元音升高

部分現代突厥語有主重音及次重音，主重音落在最後一個音節，加接後綴會引起重音移位。在西元九世紀中葉到十二世紀初的喀喇汗

王朝，操突厥語的所有民族並不分主次重音。根據阿布都若夫‧普拉提（1995），下表中的對照反映一個歷史音變，由於主重音所在元音影響前一元音導致維吾爾語元音升高（vowel raising）的現象。

(6) 喀喇汗王朝文獻語言　　現代文學語

xɑtun	xotun	'妻子'
jɑpuq	jopuq	'斗篷'
qɑmuʃ	qomuʃ	'蘆葦'
jɑruq	joruq	'明亮'
qɑʁun	qoʁun	'哈蜜瓜'
ɑzuq	ozuq	'食物'

　　從線性模式的角度來看，每個語音都可以用一語音特徵矩陣來描述。音韻規律藉由改變語音特徵的正負值影響語音。形式上如何表現元音升高是個問題。非線性模式裡，語音特徵幾何(feature geometry)的觀念（Sagey 1986及其他）就可以把元音升高詮釋成語音特徵的延展（spreading）。

　　本文採用Clements（1991a, b）的語音特徵理論來闡述維吾爾語語料。如下圖所示，輔音部位節點（C-place node）支配元音節點（vocalic node），後者再支配開口節點（aperture node）和元音部位節點（V-place node）。開口大小反映元音高低。在這個音韻模式，元音高低由具位階的二元特徵開合度 [open] 來表現，而位階的數目由個別語言決定。一如輔音，元音也同樣由圓唇（labial）、舌旁

（coronal）、舌本（dorsal）、舌根（radical）❺四個語音特徵來表現。（因為本文的討論重點在元音，其間一些不相關的節點將省略不提。）

(7)　　　　　　　　元音口腔節點幾何樹

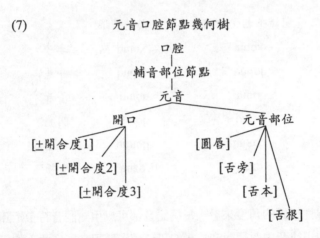

　　根據這個語音特徵模式，我們可以用開口以及元音部位兩個特徵來描述維吾爾語元音。記得 ɛ 和 ɑ 都帶有低元音 [+low] 的屬性，維吾爾語元音高低有三階，所以只要兩個開合度就足以區分所有的元音。此外，部位特徵對於元音在口腔形成的寬窄（stricture）性質會有詳細的語音描述。[labial] 表示圓唇元音，[coronal] 標示前元音和捲舌元音，[dorsal] 描寫後元音，而 [radical] 代表低元音和咽頭化（pharyngealized）元音。

---

❺　感謝洪振耀教授提供有關翻譯的寶貴意見。

(8) 開合　　　　i/y/u　　　e/ø/o　　　ɛ/ɑ

開合度1　　　　－　　　　　－　　　　　＋

開合度2　　　　－　　　　　＋　　　　　＋

(9) 部位　i　y　u　e　ø　o　ɛ　ɑ

圓唇　　－　＋　＋　－　＋　＋　－　－

舌旁　　＋　＋　－　＋　＋　－　＋　－

舌本　　－　－　＋　－　－　＋　－　＋

舌根　　－　－　－　－　－　－　＋　＋

現在以xɑtun '妻子'爲例，看非線性音韻模式如何表現元音升高。如下圖所示，[開合度1] 向左延展到第一個開口節點加上 [開合度2] 向右延展到第二個開口節點產生了三個中元音，e、ø和o，隨後執行連接刪除（delinking）以確保一個元音就某個開合度而言只有一個值。要注意的是在此並不違反跨線限制（line-crossing constraint）。

(10)

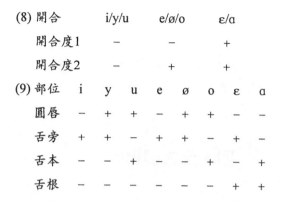

接著要排除 e 和 ø 才能產生我們想要的 o。除了元音高低的雙向同化之外，元音部位節點要向左延展到第一個元音節點，然後刪除第一個元音部位節點的連接。

(11)

四、元音弱化❻

　　除了元音和諧，元音弱化是維吾爾語另一個顯著的音韻特色。本節將指出元音弱化的現象本身和在表現形式上描述其發生的語境均支持自主音段理論這個非線性模式。

(一) 表現形式

　　元音弱化是維吾爾語有別於其他突厥語的一個現象。這條規律作用在加了後綴之後不再帶重音的字根末元音。根據趙相如&朱志寧（1985）這條規律的結果因字根的音節數目與音節結構而異。如果字根是單開音節（monosyllabic open syllable），而且後綴的第一個元音是i、ε或 y 時，ε 會變成 i。如果字根是單閉音節（monosyllabic closed syllable），而且後綴的第一個元音是 i 或 ε 時，ɑ 和 ε 會變

---

❻　本節承鍾榮富教授指點已大幅修改，謹此致謝。

成 e。如果字根是多音節，不管後綴元音，ɑ 和 ɛ 都變成 i。❼

　　嚴格地說，此處的元音弱化等於某種元音升高。本文遵照維吾爾語研究人員沿用這個名稱。這條規律影響所及的 ɑ 和 ɛ 一般稱爲寬元音，其餘爲窄元音，寬窄之分決定於元音的開合程度。此外，本文前面提到，ɛ 有時被指爲 æ。基於這些理由，我們把 ɑ 和 ɛ 處理成具有相同元音高低的自然音類（natural class）。再說 ɛ 和 æ 在維吾爾語並無區辨作用，本文的分析應不致產生問題。這一節將以所有格形式爲例說明元音弱化如何突顯出自主音段理論的優勢。

　　維吾爾語第三人稱的所有格依據字根末音節結構有兩種形式。i 接在閉音節之後；si 接在開音節之後。比較例(12)中的tɛn/tɛni '他的身體' 以及例(13)中的kɛmɛr/kɛmir-i '他的皮帶' 顯示字根的音節數目決定元音弱化的結果（普拉提1995: 72）。

(12)　taʁ　　　teʁ-i　　'他的山'　　　jɑn　　jen-i　　'他的側邊'

　　　tɛn　　　ten-i　　'他的身體'　　qɛn　　qen-i　　'他的糖'

(13)　dɑdɑ　　dadi-si　'他父親'　　　bɑlɑ　　bali-si　'他小孩'

　　　bɛndɛ　　bendi-si '他僕人'　　　kɛmɛr/kɛmir-i　'他的皮帶'

　　從音韻的角度看，例(12)呈元音升高的現象；而例(13)呈完全同化（total assimilation）的現象。仔細地檢查可以發現例(12)和例(6)一

---

❼　根據趙相如&朱志寧（1985），如果字根是多音節，不管後綴元音，ɑ 和 ɛ 都變成 i。但因爲維吾爾語呈現元音前後和諧，字根元音 ɑ 和 ɛ 既然要變成 i，後綴元音自然只能是前元音。

樣，元音高低的雙向同化加上元音部位節點向左延展即可產生所要的
e。爲避免重覆，讀者可參看(10)和(11)。

　　另一方面根據Clements的語音特徵模式，例(13)可以分析成元音
節點的延展。以dɑdɑ/dɑdi-si '他父親' 爲例，如下圖所式，元音節點
向左延展而且並不違反跨線限制因爲輔音不帶元音節點。

(14)　　　ɑ　　s　　i

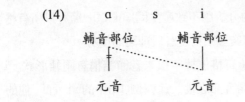

輔音部位　　　輔音部位

元音　　　　　元音

(二)　長短元音❽

　　上一節已經闡明自主音段理論如何表現元音弱化，這一節要指出
這個非線性模式怎麼解釋長、短元音對元音弱化的不同反應（普拉提
1995: 73）。例(15)和例(16)顯示字根最後一個元音 ɑ: 和 ɛ: 不受元
音弱化影響。換句話說，只有短元音 ɑ 和 ɛ 遵守這條規律。

　　(15) nɑ:m　nɑ:m-i　'他的名聲'　rɑ:j　rɑ:j-i　　　'他的願望'
　　　　 sɛ:m　sɛ:m-i　'他的記憶'　tɛ:m　tɛ:m-i　　　'他的味道'
　　(16) hudɑ:　hudɑ:-si '他的上帝'　dunjɑ: dunjɑ:-si '他的世界'

---

❽　根據阿西木&米海力（1986），除了固有字，維吾爾口語裡還有一些長元音是音
　　變、音節重組或從阿拉伯語、波斯語及漢語借字的結果。

tɛ:wɛ: tɛ:wɛ:-si '它的面積'   mɛ:nbɛ: mɛ:nbɛ:-si '它的起源'

非線性模式藉由連線的情形區辨元音長短。一個音素的長短取決於它是否連接兩個連續的語音架構位置（skeletal slots）。因此，元音弱化可說是只作用於單一連線的 ɑ 和 ɛ。

(17)

在自主音段理論這個非線性模式裡，長元音由多重連接（multiple linking）來表現，不需要特別標示語音特徵。相較之下，線性模式的架構裡長元音或用 [+long] 這個語音特徵或用兩個相同元音的序列表示。序列表示法不能區分為什麼例(13)與例(16)對元音弱化的反應不同。比較dɑdɑ/dɑdi-si '他父親' hudɑɑ/hudɑɑ-si '他的上帝' 可知。語音特徵表示法是唯一可行的方式。

(三) 中介輔音

本節將指出維吾爾語的元音弱化是否產生和中介的輔音數目有關。而在自主音段理論的架構裡中介輔音的數目應該不會影響元音變化。元音輔音分立（C/V segregation, 亦即元音和輔音投射在不同的層次，McCarthy 1979, 1981, 1986)或是Clements的語音特徵模式都不能解釋這條規律的特殊語境限制。但是若從音節的角度看，可以發現元音弱化只作用於輕音節（light syllable, 即CV），重音節（heavy syllable，如CVV、VC及CVC)均不受影響。音節輕重（syllable weight)決定元音

弱化與否，可見一斑。

　　爲方便讀者，在此覆述元音弱化這條規律。音變的結果因字根的音節數目與音節結構而異。如果字根是單開音節（monosyllabic open syllable），而且後綴的第一個元音是 i、ε 或 y 時，ε 會變成 i。如果字根是單閉音節（monosyllabic closed syllable），而且後綴的第一個元音是 i 或 ε 時，ɑ 和 ε 會變成 e。如果字根是多音節，不管後綴元音，ɑ 和 ε 都變成 i。以下舉例說明（哈斯木&尼亞孜1996: 58-59）❾。

(18) kør + yp❿ + εt + imεn ----> kør + ywęt + imεn

　　　　　　　　　　看　進行式　我(現在式)

　　　　　　　　----> kørywętimεn

　　'我正在看'

(19) ɑl + ip + εt + imεn----> ɑl + iwęt + imεn ----> ęliwę timεn

　　　　　　拿　進行式

　　'我正在拿'

(20) dę + jelę + dim ----> dejelidim

　　說　能　我(過去式)

　　'我能說了'

然而 ε 在下面的例子（哈斯木&尼亞孜1996: 57-60）並沒有產生音

---

❾　原文注釋不夠周詳，承蒙政治大學民族學系林冠群教授鼎力相助，特致謝忱。

❿　維吾爾語有一條 p 在兩個元音之間變成 w 的構詞音韻規律。

變。例(21)到例(23)的共同點是：促使以及產生元音弱化的兩個元音之間有兩個中介輔音。

(21) ɑl + ip + ɛt + tim ----> ɑl + iwɛt + tim ----> eliwɛttim

我(過去式)

‘我已拿掉了’

(22) ɑl + ip + ɛr + dim ----> ɑl + iwɛr + dim ----> eliwɛrdim

無論如何

‘無論如何，我還是拿了’

(23) ɑl + ip + ɛr + gili + wɑt ----> ɑl + iwɛr + gili❶+ wɑt

----> eliwɛrgiliwɑt　　　　　　後綴　進行式

‘無論如何，他打算拿’

維吾爾語的元音弱化是否產生和中介的輔音數目有關在劉義棠（1977: 88）也得到證實。

(24) ɑst + i + dɑ

底　所有格　地方介詞

‘在底下’

(25) kɛt + ti

來　　他(過去式)

‘他來了’

---

❶　gili 是一表目的的後綴。

在此要問的一個問題是：自主音段理論能否分辨中介輔音的數目？答案似乎是否定的。如果在元音輔音分立的前提下，元音弱化不管有幾個中介的輔音都會運作。Clements的語音特徵模式也不能解釋這條規律的特殊語境限制。如前所述，輔音沒有自己的元音節點，所以在元音弱化的過程中元音部位的特徵如何延展都不致被中介輔音阻擋。

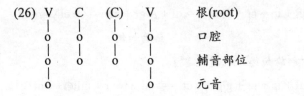

(26)　V　　C　　(C)　　V　　　　　根(root)

其實，元音弱化要求促成以及產生音變元音弱化的兩造之間不容許有兩個中介輔音可以和長元音不受元音弱化影響的情形串聯起來。換言之，元音弱化只作用於輕音節（light syllable），也就是只帶一個音拍（mora），即CV的音節。CVV、VC和CVC是帶兩個音拍的重音節不產生元音弱化。以teʁi (< taʁ-i) '他的山'、naːmi '他的名聲'及kɛtti '他來了'爲例，參看下列圖示。

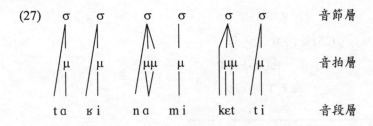

(27)　σ　　σ　　σ　σ　　σ　σ　　　　音節層

　　　　μ　μ　　μμ μ　　μμ μ　　　音拍層

　　　ta ʁi　　nɑ mi　　kɛt ti　　　音段層

相較之下,傳統的線性模式不能預測何以中介輔音的數目會影響弱化的運作。例(27)中,音節層(syllabic tier)、音拍層(moraic tier)及音段層(segmental tier)的階層關係(hierarchical relationship)在傳統的線性模式並不存在,音節輕重決定元音弱化與否誠屬自主音段理論的概念。

五、結　論

本文指出元音和諧、元音升高以及元音弱化的現象本身或者在表現形式上詳細描述元音弱化的語境限制都彰顯出自主音段理論這個非線性模式的優勢。維吾爾語的元音弱化只作用於字根末尾的短元音 ɑ 和 ɛ,長元音不受影響。這個現象由非線性模式的單一連線和多重連線來區辨比線性模式需要特別標記語音特徵 [+long] 來得簡單明白。另外,元音弱化要求促成以及產生音變的兩造之間至多只有一個輔音其實和元音長短的影響攸關。從音節輕重(syllable weight)的角度切入,發現元音弱化只作用於帶一個音拍的輕音節,和帶兩個音拍的重音節無關。凡此種種都在自主音段理論掌握的範圍。傳統的線性模式不能預測何以中介輔音的數目會左右元音弱化的運作。總的來說,自主音段理論在形式的表現上較佔優勢,比傳統的線性模式更具解釋性(explanatory power)。

參 考 文 獻

一、中文文獻

阿西木 & 米海力

　　1986　維吾爾口語裡的長短元音，《民族語文》，第三期，頁
　　39-43。

木哈白提·哈斯木 & 哈力克·尼亞孜

　　1996　現代維吾爾語動詞體語綴的重疊與分布，《民族語文》，
　　第一期，頁57-60。

阿布都若夫·普拉提

　　1995　現代維吾爾語 ɑ、ɛ 變為 e、i 的音變現象及其原因，
　　《民族語文》，第一期，頁72-76。

劉義棠

　　1977　《維吾爾語文研究》，正中書局，台北。

李增祥

　　1992　《突厥語概論》，中央民族學院出版社，北京。

趙相如 & 朱志寧

　　1985　《維吾爾語簡志》，民族出版社，北京。

二、西文文獻

Clements, George N.

　　1991a Vowel height assimilation in Bantu Languages. *Working*

Papers of the Cornell Phonetics Laboratory 5. 37-76.

1991b　Place of articulation in consonants and vowels: a unified theory. *Working Papers of the Cornell Phonetics　Laboratory* 5. 77-123.

Goldsmith, John

1976　*Autosegmental Phonology*. Cambridge, Massachusetts: MIT Ph.D. dissertation. Distributed by Indiana University Linguistics Club. Published by Garland Press, New York, 1979.

Kenstowics, Michael

1994　*Phonology in Generative Grammar*. Cambridge, Massachusetts: Blackwell Publishers.

McCarthy, John.

1979　*Formal Problems in Semitic Phonology and Morphology*. Massachusetts: MIT Ph.D. dissertation. Distributed by Indiana University Linguistics Club. Published by Garland Press, New York, 1985.

1981　A prosodic theory of nonconcatenative morphology. *Linguistic Inquiry* 12. 373-418.

1986　OCP effects: Gemination and antigemination. *Linguistic Inquiry* 17. 203-67.

Sagey, Elizabeth

1986　*The Representation of Features and Relations in Non-linear Phonology*. Massachusetts: MIT Ph.D. dissertation. Published by Garland Press, New York, 1990.

音節結構與聲韻學教學

林慶勳

摘　要

　　本文主要從國語與《廣韻》取材，說明音節結構在聲韻學教學的優點。音節結構除分析音素清楚外，對傳統「頭（聲母）頸（韻頭）腹（韻腹）尾（韻尾）神（聲調）」的解釋，都能達到科學化的要求；音素與音素的組合，可能、只能或不能，都有具體明確的答案。因此音節結構對聲韻學教學，有其正面的輔助意義。利用音節結構分析語音，至少可以幫助下列的教學重點：(1)區分音節類型，有助於初學者對音節結構的認識。(2)說明音素存在之可能、只能、不能，對音素組合之分析，有積極的學習效果。(3)明確解釋聲韻學術語，例如疊韻、韻母、韻攝真正涵義及其區別，皆能簡單而有效予以說明。音節結構的理論，應用在漢語語音分析極為契合，主要是與漢語語音分聲母、韻母、聲調的結構相似，對以漢語為母語的聲韻學學習者不致增加學習負擔。因此用音節結構做為聲韻學的教學輔助法，從教學目標來看，應該是一項極有助益效果的教學方法。

壹、前 言

　　所謂「音節結構」（syllable structure），是規定一個語言音節組成的基本原理（何大安1987：59）。我們利用這個基本原理的「內部規則」與「內部限定」，透過符號可以簡易的認識漢語音韻結構，尤其對聲韻學教學可以得到事半功倍的效率。

　　「音節結構」與漢語「音韻結構」十分神似，請先看下表對照再做說明：

①反切上字	反 切 下 字			
②聲母	韻　母			調
③頭	頸	腹	尾	神
④聲母	韻頭	韻腹	韻尾	聲調
⑤C	M	V	E	T

第③行是近人劉復（1891-1934）所提出的漢語音韻結構分析❶，它的內容等於第④行的現代通行名稱，拿來與第⑤行「音節結構」對照完全契合❷。或許如此，用「音節結構」分析漢語音韻，自然不必多費唇舌，就能清楚明白。

---

❶　劉氏說法，見羅常培《漢語音韻學導論》73頁所引。

❷　「聲調」T屬於非線性的超音段，此處排在末尾只是與①至④對照方便而已，其實應排在CMVE的上一段才對。論文宣讀後，經特約討論人史語所李壬癸教授特別提示，謹此致謝。

以下試以「國語音節結構」的內容，來說明上面第⑤行所代表的意義：

(C) (M) V (E) T

C代表輔音（consonant）聲母，M代表介音（medial），V代表元音（vowel），E代表韻尾（ending），T代表聲調（tone）。有括弧「（）」部份，表示該音素可以有也可以無，「V、T」不加括弧，表示這個音素絕對不可少❸。除國語之外，中古音、上古音所用符號都相同是「C、M、V、E、T」，僅有「內部限定」的差異而已，至於如何差異？可以參考何大安（1987：256-258），此處不再贅述。

有鑑於「音節結構」與漢語「音韻結構」內容的契合，加上爲聲韻學教學的方便，本文不揣孤陋，試著提出一得之愚，敬請方家不吝提出高見討論。

貳、國語與《廣韻》的音節結構

一、國語的音節結構

國語的音節結構，在「壹、前言」已經提及，即「（C）（M）V（E）T」，以下借『中華民國聲韻學會』八字爲例說明如下：

---

❸　參見林慶勳（1989：25-29）

中　[tʂuŋ˥]　CVET

華　[xua˧˥]　CMVT

民　[min˧˥]　CVET

國　[kuo˧˥]　CMVT

聲　[ʂəŋ˥]　CVET

韻　[yn˥˩]　VET

學　[ɕye˧˥]　CMVT

會　[xuei˥˩]　CMVET

「韻」字無聲母C，「聲」字無介音M，「華、國、學」三字無韻尾
E，「會」字則有完整的五個音素。「中」與「民」兩字比較特殊，
表面上無介音M，但在國語分別歸入合口呼和齊齒呼。

國語的音節結構一共有八種類型，詳細情況在下面再做介紹。從
八種類型來看，音素與音素組合，大概會出現「可能、只能、不能」
三種規則。例如以「(E)」韻尾為例，它「可能」是鼻音 [-n] [-ŋ]，
或元音 [-i][-u]，甚至零韻尾 [-ø]；但是「不能」是鼻音 [-m] 或元
音[-y]。又以「V」元音來說，其中 [e] 元音「只能」出現在 [i] 或 [y]
之後，或者 [i] 之前，此外皆不可能。「只能」與「不能」就是「音
節結構限定」（何大安1987：59）的意思，也就是上一節所提到的
「內部限定」。

二、《廣韻》的音節結構

《廣韻》的音節結構是：

（C⫽M）（M）V（E）T

其中（C⫽M）的意思，代表下列三種情況：1.CM都有；2.只有C或只有M；3.不可以CM都沒有（何大安1987：108）。

依據《廣韻》的反切，加上教學用的擬音（見林慶勳1995：358、379-382，以下《廣韻》或中古音擬音皆同），仍以上列八字為例，列《廣韻》音節結構如下：

中，陟弓切 [ₒʧjuŋ]　　CMVET
華，户花切 [ₒɣua]　　CMVT
民，彌鄰切 [ₒmjen]　　CMVET
國，古或切 [kuək̚ₒ]　　CMVET
聲，書盈切 [ₒɕjɛŋ]　　CMVET
韻，王問切 [juənᵒ]　　MMVET
學，胡覺切 [ɣɔk̚ₒ]　　CVET
會，黄外切 [ɣuɑiᵒ]　　CMVET

「中」字與「韻」字都是合口細音，它們相同都是有兩個M，其中「中」字的主要元音 [u]，也兼介音用，但習慣上M的標示可以省略；「民、國、聲、會」四字結構相同，都是CMVET；「華、學」兩字的M與E，正好形成互補。此八字比較上列國語的結構，除「華、會」兩字之外，已經有相當大的不同，這種差異正是語音演化的現象反映。

參、教學上音節結構的作用

一、區分音節類型之不同

以國語爲例，國語一共有八種音節結構（林慶勳1995：303），
結構類型及舉例如下：

   ⑴CMVET 小歸先相

   ⑵CMVT 下傑郭協

   ⑶CVET 夠來柔郎

   ⑷CVT 利之貴數

   ⑸MVET 陽優萬永

   ⑹MVT 月爺挖我

   ⑺VET 偶安凹愛

   ⑻VT 亦與屋而

我們從上列「結構類型」來觀察，音節結構最多的「音素」是五
個，最少也有兩個。八種結構類型中，「V、T」都是不可少的部
份，其餘的音素都可有可無。由此觀念來教導初學者認識漢語音韻結
構，比較容易對聲韻分析入門。

《廣韻》的音節結構有十種結構類型，列舉如下：

  ⑴CMMVET

  倫 [ₑljuen] 足 [tsjuokₒ]

(2)CMMVT

　　規 [ₒkjue]　　靴 [ₒxjuɑ]

(3)CMVET

　　黃 [ₒɣuɑŋ]　　雕 [ₒtieu]

(4)CMVT

　　伽 [ₒgʰja]　　花 [ₒɣua]

(5)CVET

　　盲 [ₒmɐŋ]　　孝 [xauᵓ]

(6)CVT

　　巴 [ₒpa]　　我 [ᶜŋa]

(7)MMVET

　　勇 [ᶜøjuoŋ]　　役 [øjuɛkₒ]

(8)MMVT

　　羽 [ᶜjuo]　　爲 [ₒjue]

(9)MVET

　　遙 [ₒøjæi]　　炎 [ₒjæm]

(10)MVT

　　移 [ₒøje]　　夜 [øjaᵓ]

　　以上十種類型結構，音素最多的是(1)的六個，最少的是(10)的三個。它們所以比「國語音節結構」各多一個，主要是《廣韻》音節結構中有兩個「介音」，除非像(5)與(6)因爲有「聲母」輔音，可以不需任何介音之外，其餘都至少要有一個「介音」❹。至於(7)(9)(10)「勇、

❹　請參考上一節「二、《廣韻》的音節結構」說明。

役、遙、移、夜」五字，都是中古「喻母」零聲母，標示中並非少一聲母C，而是它們本來就屬於「零」的聲母。

　　不論「國語音節結構」的八種類型，或者「《廣韻》音節結構」的十種類型，經過一一分析說明，相信對初學者不但有增加「音節結構」的認識，而且對照「漢語音韻結構」時，必能掌握「聲母、韻頭、韻腹、韻尾、聲調」五種音素的有無，對音素組合之後的各種現象，也能知其所以然。

二、說明音素組合之有無

　　音素組合出現之「可能、不能、只能」各種現象，完全視「內部限定」的情況來決定，試以「國語音節結構」為例，簡單說明如下（何大安1987：58-59、林慶勳1989：28-29）：

　　　1聲母（C）
　　　　(1)可能是輔音聲母 [p-]、[pʰ-]、[m-] 到 [s-] 一共21個。
　　　　(2)也可能是零聲母 [ø-]。
　　　　(3)但不能是 [ŋ-] 聲母。
　　　2.韻頭（M）
　　　　(1)可能是介音 [-i-] [-u-] [-y-]。
　　　　(2)也可能是零介音 [-ø-]。
　　　3.韻腹主要元音V
　　　　(1)可能是舌面元音 [a]、[o]、[ɤ]、[e]、[ə]及 [i]、[u]、[y]。
　　　　(2)也可能是舌尖元音 [ʅ]、[ʅ]、[ɚ]。
　　　　(3)如果一個音節只有V，這個V不能是 [ʅ]、[ʅ]、[e]、

[ə]、[o]。

(4)[ɚ] 只能單獨出現，前後不能有別的音。

(5)[ʅ] 只能出現在 [ts-]、[tʰs-]、[s-] 之後；[ʅ] 只能出現在 [tʂ-]、[tʂʰ-]、[ʂ-]、[ʐ-] 之後；[ʅ]、[ʅ] 之後不能再有韻尾。

(6)[e] 只能出現在 [i] 或 [y]之後，或 [i] 之前。

(7)[o] 只能出現在 [u] 之後或之前。

4. 韻尾（E）

(1)可能是鼻音韻尾 [-n]、[-ŋ]。

(2)也可能是元音韻尾 [-i]、[-u]。

(3)也可能是零韻尾 [-ø]。

(4)但不可能是鼻音韻尾 [-m]，也不可能是元音韻尾 [-y]。

5. 聲調T

(1)只能是陰平。

(2)或是陽平。

(3)或是上聲。

(4)或是去聲。

如此逐條一一規定各音素的「可能、不能、只能」條件，對學生的學習會有具體的影響，思考上也有極大的幫助。如果是一位好學深思的學生，他（她）自然會去思考爲什麼聲母C「不能是 [ŋ-] 聲母」的類似問題，若教學者告之以充當鼻音韻尾的只有 [-n]、[-ŋ]，而 [n] 在國語音系中可以是聲母，[ŋ] 卻未出現在國語中當聲母，他（她）可能會體會「全方位系統性思考」的重要，尤其像數學解題那樣迷人

的思考方式，或許會帶動學生的學習興趣❺。

其次從各種結構類型來做比較，也可以對音素組合有更進一步之認識。仍以上一小節「國語音節結構」例子來說明，(1)比(2)多了韻尾 E；(3)比(4)也是多了韻尾 E，從「音節結構」看相當清楚，若從「國語注音符號」好像看不出區別。例如(1)「小ㄒㄧㄠˇ」與(2)「下ㄒㄧㄚˋ」；(3)「來ㄌㄞˊ」與(4)「利ㄌㄧˋ」，「聲符」與「韻符」數量似乎都相同，一般初學者都是從「國語注音符號」學習過來，可能弄不清楚。因此教學時，可以多比較(1)與(2)、(3)與(4)的差異在韻尾 E 的有無，從「音節結構」看一目了然，很容易分別清楚。

(2)與(3)的不同是， M 與 E 的有無，從「國語注音符號」來區分，很容易看出彼此不同。至於(5)與(6)、(7)與(8)，從「音節結構」看都是韻尾 E 的有無。若從「國語注音符號」好像也看不出區別，都是「韻符」數目相同，例如(5)「陽ㄧㄤˊ」與(6)「月ㄩㄝˋ」；(7)「偶ㄡˇ」與(8)「屋ㄨ」。因此比較各種「結構類型」的差異，應該是「音節結構」教學的重點。

此外(4)CVT、(6)MVT、(7)VET，都是三個音素，內容卻有極大不同，若聲調 T 不論，(4)是「聲母＋主要元音」，如「責tsɣ」；(6)是「介音＋主要元音」，如「我uo」；(7)是「主要元音＋韻尾」，如「偶ou」。它們都是兩個音素的組合，從「韻母」角度來看這三個例子，(4)是一個「單元音」；(6)是一個「上升複元音」；(7)是一個「下降複元音」。這些區別都是靠「音節結構」來告訴我們，若從「國語

---

❺　對不喜歡思考的學生，結果可能正好相反。此處是就「好學深思」型的學生來說，希望他（她）們修正對聲韻學只是背誦的錯誤觀念。

注音符號」來分析，可能是一個奢求了。

因篇幅所限，本小節只舉國語為例做說明，《廣韻》的部份只好省略不談了。

三、解釋傳統聲韻學術語

「玲、瓏」兩個字，究竟是否「雙聲」兼「疊韻」？或是只有「雙聲」的關係？討論的人只就自己所見，據理力爭，表面上看好像都有道理，其實答案應該只有一個而已。我們先看下表再做說明：

		國　語		《廣韻》	
	注音	標音及音節	反切	擬音及音節
玲	ㄌㄧㄥˊ	liŋˊ CVET	郎丁切	₋lieŋ CMVET
瓏	ㄌㄨㄥˊ	luŋˊ CVET	盧紅切	₋luŋ CVET

從音節結構的觀點來看，「C」相同叫做「雙聲」；主要元音以下相同即「VET」相同叫做「疊韻」。比王力（1900-1986）所說「兩個同『紐』的字叫雙聲；兩個同『韻』的字叫疊韻。」（1970：43）還清楚明白。

有人認為「玲、瓏」兩個字，依照國語注音符號來說，聲母同是「ㄌ」、韻母同是「ㄥ」，聲調一樣是陽平，所以是雙聲兼疊韻。這個說法似乎忽略了「主要元音」的存在。也難怪國語注音符號「ㄧ、ㄨ」在這裡只被當作「介音」看待，因此不會去管它。若我們從國語的標音看，主要元音有 i、u（都兼介音）的差別，所以「玲、瓏」兩

字只有雙聲而沒有疊韻關係。《廣韻》的擬音更清楚,「C」都是舌尖邊音「l」所以是雙聲;「VET」一個是「₋eŋ」,另一個是「₋uŋ」,當然不是疊韻。這裡「玲、瓏」兩字,國語與《廣韻》都是雙聲而不是疊韻❻。

其次,《廣韻》一共有206韻,同「韻目」的字都是「疊韻」字,可以一起押韻。但是同一個韻目之中,可能只有一組「韻母」,例如平聲「二多韻、三鍾韻」,也可能包含有不同介音的韻母,例如平聲「一東韻」收有34個音節的「韻鈕」(或稱「小韻」),其中有合口洪音「東、同、紅、公」等字;也有合口細音「中、弓、蟲、戎」等字。這些不同介音的韻母,也就是清代陳澧(1810-1882)依據他的《切韻考》中反切下字系聯條例所定的「韻類」。這麼多的術語,對初學者來說,有一點混淆困惑,到底如何區別較好?我們如果用音節結構的符號來說明,其實是相當簡單明瞭的:

韻紐(小韻)　　　CMVET

韻目　　　　　　　VET

韻母　　　　　　　MVET

韻類　　　　　　　MVET

---

❻　「雙聲」或「疊韻」,時代不同也可能有變化。例如「蟋蟀」上古音是雙聲;中古音讀 [sjet₋] [ʃjuet₋] 就不是雙聲;現代國語讀 [ɕiˀ] [ʂuaiˇ] 也不是雙聲。「蹉跎」上古音是疊韻,中古音讀 [₋tsʰɑ] [₋dʰɑ] 還是疊韻,現代國語 [tsʰuoˀ] [tʰuoˇ],聲調已經不同,所以不是疊韻。

也就是說，「CMVET」相同者，是同音節的韻紐；「VET」相同者，是同韻目；「MVET」相同者，是同韻母或同韻類❼。比起王力（1970：40）解釋說「韻母就是一個音的收尾的音素或音群，這個音素或音群可以是元音，但在漢語有時候則是元音加輔音。」不但清楚而且直截了當。

羅常培（1899-1958）在給「韻攝」下定義時這樣說：「蓋即聚集尾音相同，元音相近之各韻爲一類也。」（1970：51）這個說法是歷來對「韻攝」的最佳詮釋，可是對初學者還是太抽象，如果我們改用音節結構的符號來說明，或許更容易明白。下面舉「通攝」爲例：

通		攝	
東韻、合口洪音 ᶜuŋ	董韻、合口洪音 ᶜuŋ	送韻、合口洪音 uŋᵒ	屋韻、合口洪音 ukᵒ
東韻、合口細音 ⱼuŋ		送韻、合口細音 juŋᵒ	屋韻、合口細音 jukᵒ
多韻、合口洪音 ᶜuoŋ		宋韻、合口洪音 uoŋᵒ	沃韻、合口洪音 uokᵒ
鍾韻、合口細音 ⱼuoŋ	腫韻、合口細音 ᶜjuoŋ	用韻、合口細音 juoŋᵒ	燭韻、合口細音 juokᵒ

我們可以對「韻攝」這麼下定義：

---

❼ 曹述敬（1991：284）說，韻母相同的字組成的音韻單位，叫做韻類。中國大百科全書編輯委員會（1988：505）說，韻類的含義可能比韻目更窄，可能一個韻目有幾個韻類的；也可能有一韻目中只一韻類的。

1. 主要元音 V 相同或相近：上表的後高圓唇元音 u 與後半高圓唇元音 o，相同或相近。
2. 韻尾 E 相同或相近：上表的平、上、去三調都是舌根鼻音韻尾 ŋ，或者所有入聲都是舌根塞音韻尾 k，這是所謂「相同」；而入聲塞音韻尾 k 與鼻音韻尾 ŋ，發音部位都相同叫做「相近」。
3. 介音 M 所區別的韻類，或聲調 T 可以不論：上表的韻類，有合口洪音，也有合口細音。聲調則平、上、去、入皆有。

羅常培所說的「尾音相同、元音相近」，從上面例子看有許多例外，而且不夠周延，在教學上頗有困擾。如果我們能應用上面三條規則說明去教導學生學習，豈不是簡單易懂嗎？

最後要談談陳澧《切韻考》卷一介紹反切系聯的幾個術語，不論反切上字或下字的基本條例❽，都有「同用、互用、遞用」三個名詞，以陳氏所舉例子來說：

1. 冬，都宗切
   C_1　　C_2
2. 當，都郎切
   C_3　　C_4
3. 都，當孤切
   C_5　　C_6

---

❽　陳伯元師（1994：304）說，稱「基本條例」始於董同龢《漢語音韻學》，以後各家就沿襲如此稱呼。

陳澧說「切語上字與所切之字為雙聲」，雙聲字指聲母相同。因此只記聲母C即可，C單數都是「被切字」，偶數都是「切語上字」。

4. 東，　德　紅切
　　MVET₁　　MVET₂

5. 公，　古　紅切
　　MVET₃　　MVET₄

6. 紅，　戶　公切
　　MVET₅　　MVET₆

陳澧說「切語下字與所切之字為疊韻❾」，疊韻字在這裡指韻母相同。因此只記MVET，MVET單數都是「被切字」，偶數都是「切語下字」。

用音節結構的符號來說明就是：

同用：指C_2與C_4相同（上字）、MVET₂與MVET₄相同（下字）。

互用：指C_3與C_6相同而C_4與C_5相同（上字）、MVET₃與MVET₆相同而MVET₄與MVET₅相同（下字）。

遞用：指C_2與C_5、C_6與C_3、C_4與C_2連接相同（上字）、MVET₂與MVET₅、MVET₆與MVET₃、MVET₄與MVET₂連接相同（下字）。

以上用「音節結構」的符號，來說明傳統的聲韻學術語，既簡單

---

❾ 這裡嚴格說，陳澧稱「疊韻」有點瑕疵，因為真正的疊韻可以不包括介音M。而一般反切切音，被切字必定與反切下字同MVET，可以說沒有例外。

又清楚，有點像數學公式那麼科學，相信對初學者在「漢語音韻結構」的學習有極大的幫助，同時對聲韻學的全面學習，應該有正面的意義。

肆、結　語

「音節結構」在聲韻學的研究與教學上，它不過是一種「方法」而已，這個方法運用得宜，的確能幫忙我們分析解決許多複雜的問題，有時更能化抽象爲具體。在聲韻學教學中有了新方法，而且證明它對教學者或學習者確實有益，我們就應該廣泛的應用，讓學習者得到事半功倍的學習效果。

因爲「音節結構」與漢語「音韻結構」的內容極爲類似，在學習上並無所謂「學習負擔」的困擾，所以在正式教學中應該毫無問題，本人利用「音節結構」教學已行之有年，並且效果都能達到預期目標。至於教材安排，不必刻意列一專章介紹，只要在「國語音系」或「現代音」專章部分順便講授即可。以學習者對國語語音的瞭解，順勢加上「音節結構」分析的方法，通常只要兩堂課左右就能明白，若加上練習「音節結構」分析，不但學習者瞭解更深入，此時也會出現許多個別「問題」，教學者亦可藉此機會，因材施教解決問題。

一個「理論」的獲得，往往是由一堆堆的材料中，反覆研究推敲而得。因此還未形成「理論」之前，它不過是亂無頭緒的材料而已，一旦經過研究者日以繼夜的努力，哪怕是創獲一條簡單「理論」，那堆材料仍然是「大功臣」，李榮（1983.2：84）說不要輕視材料，研究者要自己動手收集材料，看書、抄卡片、調查方言，不是沒有道理

的。我們利用漢語史上各種材料，經過整理歸納，不但上古音、中古音、近代音、現代音的音節結構，可以分析得清清楚楚，甚至現代方言的任何音系，一樣能將它的結構描述得明明白白。利用少數有限的符號來標示「音節結構」時，只要掌握積極條件的「可能」與「只能」，以及消極條件的「不能」等規則，對「漢語音韻結構」的分析與教學，一定能達到科學化的目標，同時對學生聲韻學的入門學習，應該是有很大助益的。

引用書目

丁聲樹

　　1966　《國音中古音對照表》（原名《古今字音對照手冊》），
　　　　　台北：廣文書局。

王　力

　　1970　《中華音韻學》（原名《中國音韻學》），台北：泰順書
　　　　　局。

中國大百科全書編輯委員會

　　1988　《中國大百科全書・語言文字》，北京：中國大百科全書
　　　　　出版社。

李　榮

　　1983　〈方言研究中的若干問題〉，《方言》1983.2：81-91。

何大安

　　1987　《聲韻學中的觀念和方法》，台北：大安出版社。

林慶勳

　　1989　《古音學入門・上編》，台北：學生書局。

　　1995　《文字學・字音的知識》，台北：國立空中大學。

陳伯元師

　　1994　〈陳澧《切韻考》系聯《廣韻》切語上下字補充條例補
　　　　　例〉，《文字聲韻論叢》301-325，台北：東大圖書公司。

曹述敬主編

　　1991　《音韻學辭典》，長沙：湖南出版社。

羅常培

　　1970　　《漢語音韻學導論》，香港：太平書局。

現代音韻學知識在語言教學上所扮演的角色

蕭宇超

引 言

音韻學分析的應用涉及的範圍可由最深層的抽象音韻結構至表層的語音細節,而它在語言教學上所扮演的角色往往成爲討論的焦點(參閱Ritchie 1967; Wardhaugh 1970; Ingram 1976; Wilkins 1989; Chung 1990; Hsiao 1997)。現代音韻學知識包含語言的音韻系統、語言間的音韻轉譯、音韻習得的階段特性、以及音韻學理論。本文將從這幾個層面來探討它對語言習得與教學的重要性。

音韻轉譯論

台灣是一個多重方言的地區,包含國語、台語、客語等等,這些方言的音韻特性往往在無形中影響語者腦中的音韻系統,形成各式口

音。❶Flege（1981）從語言教學的觀點提出了一套「音韻轉譯論」
（The Phonological Translation Hypothesis），認為成年人傾向以母語
的聲音來詮釋第二語言（或方言）的聲音，此即「口音」（Accent）
形成的主要因素。舉例說明：

(1) 阿^{55} 枝^{55} 喜^{21} 歡^{55} 看^{53} 非^{55} 凡^{35} 股^{21} 市^{53} 頻^{35} 道^{53}

　　a　tʂu çi　xuan kʰan feɪ　fan ku　ʂu　pʰin tau　國語語者

　　a　tsu si　huan kʰan hʷe　hʷan ku　su　pʰin tau　台語語者口音

例(1)的國語語料由台語語者讀出了帶有鄉土味的口音，分析這個口音
的形成，需要先瞭解國語與台語的音韻系統，以下是相關的輔音表：

(2) 國語輔音表

	雙唇	唇齒	齒齦	顎齦	硬顎	軟顎	咽喉
塞音	p pʰ		t tʰ			k kʰ	
擦音		f	s	ʂ ʐ	ç	x	
塞擦音			ts tsʰ	tʂ tʂʰ	tç tçʰ		
鼻音	m		n			ŋ	
流音			l				
介音					j	w	

---

❶　本文使用「國語」、「台語」與「客語」等名詞僅為討論方便，無其它意義。

(3) 台語輔音表

	雙唇	唇齒	齒齦	顎齦	硬顎	軟顎	咽喉
塞音	p p^h b		t t^h			k k^h g	ʔ
擦音			s z				h
塞擦音			ts ts^h				
鼻音	m		n			ŋ	
流音			l				
介音					j	w	

比對這兩個輔音表，我們略可窺出端倪，例(1)的台語語者口音乃是起因於一連串的「音韻轉譯」，亦即台語語者以表(3)的輔音來詮釋表(2)的輔音，茲列於(4)說明：

(4) (a) 台語無顎齦捲舌清塞擦音tʂ，以齒齦清塞擦音ts轉譯之。

    (b) 台語無硬顎舌面清擦音ç，以齒齦清擦音s轉譯之。

    (c) 台語無軟顎清擦音x，以喉擦音h轉譯之。

    (d) 台語無唇齒清擦音f，以喉擦音帶圓唇hw轉譯之。

    (e) 台語無顎齦捲舌清擦音ʂ，以齒齦清擦音s轉譯之。

除了輔音之外，例(1)的台語語者口音也涉及元音的轉譯：以後高圓唇元音u轉譯後高展唇元音ɯ，以前中展唇元音e轉譯複元音eɪ。台語的韻母結構不存在eɪ組合，此點意謂著音韻轉譯的範圍亦包括「音韻節構」（Phonotactics），見例(5)：

(5)　戶⁵³　頭³⁵　沒²¹　錢³⁵　了⁰

　　xu　tʰou　meɪ　tɕʰen lə　　國語語者

　　hu　tʰɔ　me　tsʰen lə　　台語語者口音

例(5)的台語語者口音出現以下的音韻轉譯現象：

(6)　(a)　台語無複元音ou，以後中元音ɔ轉譯之。

　　(b)　台語無複元音eɪ，以前中元音e轉譯之。

　　(c)　台語無複元音ɪe，以前中元音e轉譯之。

台語的複元音結構遵守一個「異化」原則，譬如，複元音內的成份不可擁有相同的「後音值」[α back]，故而不存在ou、eɪ或ɪe等等（參閱鍾榮富 1996），由這個原則可瞭解例(6)的音韻轉譯動機。

　　在聲調方面，國語的三聲有「全上」[214] 與「半上」[21] 之變異體，前者出現於語句「停頓」（Pause）之前，後者則在句中可後接一聲、二聲、四聲或輕聲，❷如例(7)：

(7)　老²¹ 爸⁵³ 的⁰　老²¹ 師⁵⁵ 的⁰　老²¹ 婆³⁵ 的⁰　姐²¹ 姐⁰　很³⁵ 老²¹⁴

台灣地區的國語三聲有一個很有趣的現象，它即使位於句尾亦多唸為「半上」，很少出現「全上」，如例(8)的「美」、「跑」以及例(9)的「筆」、「我」等：

---

❷　三聲之前則發生變調，中和為二聲。

(8) 阿^{55} 美^{21} 、 快^{53} 跑^{21}

(9) 筆^{21} 、 給^{35} 我^{21}

「半上」出現於語句「停頓」（Pause）之前，是否因為受到方言的影響？我們先來看看國語與台的聲調表：

(10) 國語聲調表

	陰平	陽平	上聲	去聲
	55	35	214	53
	ˉ	ˊ	ˇ	ˋ
High	+	+	−	+
Falling	−	−	−	+
Rising	−	+	+	−
Long	+	+	+	+

(11) 台語聲調表

	陰平	陰上	陰去	陰入	陽平	陽去	陽入
	55	51	21	3	13	33	5
	ˉ	ˋ	ˎ	˧	ˊ	˧	ˉ
High	+	+	−	−	+	−	+
Falling	−	+	+	+	−	−	−
Rising	−	−	−	−	+	−	−
Long	+	+	+	−	+	+	−

國語「半上」與台語「陰去」的音值十分相似，而台語的「低調輕聲」與「陰去」的音值亦幾乎相同（參閱楊秀芳 1990；蕭宇超1993, 1995）。❸後二者經常出現於停頓前或句尾，其中台語輕聲衹限分佈於韻律範疇末尾，因此在例(8-9)的讀法中，語者可能是以台語「低調輕聲」與「陰去」的分佈轉譯國語「半上」的分佈。❹

自然音韻過程

語言的口音差異，如所謂的「標準國語口音」與「鄉土國語口音」等等，時常會被冠上不科學的優劣評價。然而面對這些口音差異，教育工作者需要具備比較建康的態度，不以正負面來衡量，而將其不同點平等視之。語言的口音差異通常在音韻的層次上有規律可循，回顧例(1)的「音韻轉譯」，並不啻是單純一對一的聲音取代，其中更蘊含了許多「自然音韻過程」（Natural Phonoogical Processes），簡列幾項說明：

(12) 去高音值化[+high] → [-high]： tʂ/ts，ç/s，x/h，ʂ/s

(13) 後音值化[-back] → [+back]：f/h^w

---

❸ 台語的陰去有21或ll不同說法，不過主要的音韻特徵即是其低調值。國語的半上與全上，其主要的音韻功能亦是其低調值，也就是說，三聲後接一個低調時即發生變調，Cheng (1968)即以「老professor」之類的結構作實驗，發現「老」仍變為二聲，因為pro-為輕讀音節而呈低調； Shih (1986)則直接以 L （低調)標示三聲。

❹ 此外，苗栗四縣客語的三疊形容詞亦似乎有台的影子，其最左的音節超重讀，呈高升、高平或高降調，且有音節延長現象（參閱蕭宇超與徐桂平 1996）。

(14) 圓唇化[-round] → [+round] : ɯ/u

從音韻學與發音學的角度來看，輔音方面，齒齦、硬顎與軟顎的輔音皆帶有高音值，而祇有軟顎與咽喉的輔音帶有後音值，其餘則不具這些特性；❺元音方面，後高元音在台語裏通常帶有圓唇，展唇後高元音較為鮮見（漳州音尤其明顯）。簡言之，例(1)的口音差異確有脈路可循，大致藉由去高音值化、後音值化以及圓唇化等自然音韻過程產生對應關係。再看以下的例子：

(15) 餅：[piŋ] (國語)　　　　　[pĩ˞] (北平話)
(16) theater：[ˈθɪetə] (英語)　　[θɪˈerə˞] (美語)
(17) kid：[kɪd] (白人美語)　　　[kɪt] (黑人美語)

就「餅」字而言，由台灣地區的國語對應到大陸地區的北平話，涉及了三個自然音韻過程，亦即鼻音韻尾丟失（Final Nasal Deletion）、元音鼻化（Vowel Nasalization）與韻尾兒化（Coda Retroflexation）；由英格蘭的英語對應到美利堅的美語，theater的發音也可由三個自然音韻過程來詮釋，包括重音移位（Stress Shift）、輔音拍音化（Consonant Flapping）以及元音兒化（Vowel Retroflexation）；至於kid的口音差異，由白人美語對應到黑人美語則發生了字尾輔音清化（Final Consonant Devoicing）。

除了口音差異之外，音韻學分析可以幫助我們了解不少「語言習

---

❺　發出高音值[+high]的輔音或元音時，舌葉或舌背必須上提；發出後音值[+back]的輔音或元音時，舌背必須後縮。

得」（Language Acquisition）上的問題。幼童與成人的音韻系統有一定的對應性，前者以後者爲基準，透過各種自然音韻過程的運作加以修飾，而這些「額外」的自然音韻過程隨著年齡的增長漸漸減少或消失。基於此一現象，Wolfram & Johnson（1982）認爲每一個幼童的音韻習得皆可視爲某一組自然音韻過程的逐步簡化或刪除。以下是一個台灣幼童的兒語：

(18) 冷：[ləŋ]（成人國語）　　[nə̃ŋ]（幼童國語）

(19) 三：[san]（成人國語）　　[tan]（幼童國語）

在幼童國語中時常出現類似例(18)的聲母鼻化（Onset Nasalization）與例(19)的聲母塞化（Onset Stopping）等自然音韻過程，而在成人國語中則不再運作。然而，就例(18)而言，爲何不是 [məŋ] 或 [ŋəŋ] 之類的讀法呢？而例(19)爲何不是讀 [pən] 或 [kən] 呢？從發音語音學的角度來分析，[l] 屬於齒齦流音，鼻化之後，最自然的派生音即是同屬齒齦的 [n]；同理，[s] 與 [t] 亦同屬齒齦，前者塞化爲後者是最自然的對應關係。

音韻習得

　　小孩子習得母語的音韻系統有幾個重要階段，Ingram（1976）發現這些階段與認知能力是平行發展的。❻一歲前的嬰兒尚無明確的語

---

❻　Wolfram & Johnson (1982)的音韻學教科書中有詳細說明，參閱第十章。

言行為，所發出的聲音乃是基於生理的需要，通常以軟顎音與唇音為主。一歲至一歲半是幼兒習得頭五十個字的階段，字彙獲得之後繼而丟失呈不穩定狀態，此一時期的幼兒對元音與輔音已能清礎發音，聲音隨著新字彙的出現而組合、而又遺失，不停洗牌，可視為學習音韻技巧的前置作業。一歲半至四歲，音韻習得進入快速發展的階段，不再是片段、主觀，而是透過一組有系統的聲音對比觀念，音韻結構的複雜性也明顯提高，幼童開始具備一個較實質、較受規範的音韻系統，但比成人的音韻系統臃腫，並出現許多「額外」的音韻規則，如例(18-19)之類等等。例(20)為一三歲幼童的個案：

(20) 母親打開窗戶。

　　父親：[xau lən ɔ] (好冷喔)！

　　小孩：[ãũ nə̃ŋ ɔ)] (好冷喔)！

　　母親關上窗戶。

　　父親：不是[nə̃ŋ]，是[lən] --

　　小孩：[n-- ə̃ŋ] --

　　父親：[l-- əŋ] --

　　小孩：[l-- əŋ] --

　　父親：對了，很好！

　　母親又打開窗戶。

　　父親：[xau lən ɔ] (好冷喔)！

　　小孩：[ãũ nə̃ŋ ɔ)] (好冷喔)！

語言教育者經常以「更正錯誤」（Error Correction）的方式幫助孩童

學習母語，若能充分觀察兒童音韻習得的階段，即可瞭解有些無法改正的錯誤實是必經之過程。四歲至七歲，母語音韻發展大勢已定，母語與非母語的語音分界確立，各種音韻結構的習得也完成，孩童開始展現對音韻規則的掌控能力，此時已不再有「額外」的音韻規則。

在母語音韻習得中，某些自然音韻過程必須受到抑制或淘汰，以學習具體的音韻形式。另一方面，在第二語言習得中，則必須壓抑母語音韻系統來學習一個新的音韻系統。如前節所述，這兩個音韻系統之間的音韻轉譯若發生誤差，即造成非母語口音。早期學者如Fries（1945）等等相信最佳的語言教學材料應該建立於相關語言的「對比分析」（Contrastive Analysis），這方面的看法有二：一是「強勢論」（Strong Version），主張經由兩個語言的差異，可預測學習的困難度；一是「溫和論」（Weak Version），認為語言學知識必須善加使用，以解釋在第二語言習得中所觀察到的困難。在音韻方面，自「衍生音韻學」（Generative Phonology）之後，現代音韻學理論頻頻與「溫和論」結合，透過音韻規則與音韻結構來解釋語言習得的問題，以輔助語言教學。

現代音韻學理論

早期的衍生音韻理論（Chomsky & Halle 1968）以「線性音韻學」（Linear Phonology）的理論機制「成分」（Feature）來解釋音段內部結構，認為音節結構是由「音段成分」（Segment Features）線性排列而成。台語的塞音韻尾即可以例(21)的音韻規則來說明：(#=字界)

(21) [-continuant] $\longrightarrow$ [-voice] / ___ #

[-continuant] 成分泛指塞音或塞擦音，後者在台語中不出現於字尾，因此例(21)的音韻規則主要是說明，在這個語言裏，塞音在字尾位置必須「中和」（Neutralize）爲清音，以 [-voice] 成分標示。

　　Leben（1973）與Goldsmith（1976）等人提出「自主音段音韻學理論」（Theories of Autosegmental Phonology），認爲音節、音段與聲調等等皆是屬於不同層次的「自主音段」（Autosegment），彼此透過「連結線」（Association line）相繫而呈「非線性」（Nonlinear）關係。自此之後，音韻理論所解釋的語言現象更爲廣泛，譬如，外國人學國語時，可能會發現一個問題：爲何我們常說「天哪」，而不常說「天啊」、「天呀」？反之，爲何常說「地啊」、「地呀」，而不常說「地哪」？從自主音段理論可以清礎瞭解個中原由：

(22) (a) 天哪 [tʰɪen na]　　(b) 地啊[ti a]　　　(c) 地呀[ti ja]

例(22)(a,b,c)皆遵循一個世界語言共通的「聲母優先原則」（Onset First Principle），其基本主張是空白聲母必須優先填補。在例(22)(a)裏，「天」的鼻音韻尾 [n] 向右擴展，填補了下一個音節的聲母而派生「哪」[na]；例(22)(b)的「地」無輔音韻尾，故無擴展發生，「啊」[a] 直接浮出表層；不過，[i] 的元音性與輔音性在「成分幾何學」

（Feature Geometry）上屬於「未確定」（Underspecified）成分，因此亦可向右擴展至下一個音節的聲母，派生「呀」[ja]，如(22)(c)所示。

此外，學習台語的人也許會感到奇怪，為什麼「娶某前」的「某」發生變調，而「娶某以前」的「某」卻不變調？這個問題可以從「韻律音韻學理論」（Theory of Prosodic Phonology）獲得解答，此項學問在Selkirk（1984）、Nespor & Vogel（1986）、Chen（1987）等人的提倡下興盛，認為音韻規則必須由語言的韻律結構來限制：

(23)（娶某前）
(24)（娶某）（以前）

台語的變調規則如下：在同一個韻律範疇內，末端的音節不變調，之前的音節全部變調。例(23)的「某」處於「韻步」（Foot）中央，因此發生變調；例(24)的「某」則位於第一個韻步末端，故無須變調。❼

結 論

聲音的習得乃是透過特定的規律，因此瞭解語言的音韻系統對於第一、第二語言習得皆頗重要。幼童曝露於第一語言的環境，經過幾個階段，即可習得它的音韻系統；成年人學習第二語言則需要外在的協助來克服母語的干擾。成年人往往以母語的聲音來轉譯第二語言的聲音，形成了非母語口音。音韻轉譯不祇是聲音的取代，亦涉及自然

---

❼ 有關台語的韻律與變調，請參閱許慧娟（1994），蕭宇超（1991,1995,1996）。

音韻過程，而這些自然音韻過程正可說明不同語言或方言口音的對應性。音韻學理論由線性發展至非線性，提供了更方便的機制來解釋語言現象。現代音韻學在語言教學上扮演一個輔助工具的角色，教育工作者若具備此項工具，則對於解決教學問題應有實質助益。

參 考 文 獻

Chomsky, N. and M. Halle.

1968　The Sound Pattern of English. New York: Harper & Row.

Chen, M.（陳淵泉）

1987　"The Syntax of Xiamen Tone Sandhi." Phonology Yearbook. 4: 109-150.

Cheng, C.（鄭錦泉）

1968　"English Stresses and Chinese Tones in Chinese Sentences." Phonetica. 18: 77-88.

Chung, R.（鍾榮富）

1990　"Phonological Knowledge in English Teaching." Paper for the 27th Conference on English Teaching and Learning.

Flege, J.

1981　"The Phonological Basis of Foreign Accent: A Hypothesis." TESOL Quarterly. 15: 443-456.

Fries, C.

1945　Teaching and Learning English as a Foreign Language. Ann Arbor: University of Michigan Press.

Goldsmith, J.

1976　Autosegmental Phonology.　Ph. D. Dissertation, MIT. Distributed by the Indiana University Linguistics Club.

Hsiao, Y.（蕭宇超）

1991　Syntax, Rhythm and Tone: A Triangular Relationship. Taipei: Crane Publishing Co., Ltd.

1993　"Taiwanese Tone Group Revisited: A Theory of Residue." Paper for the Second International Conference on Chinese Linguistics.

1995　[In Preparation]. Southern Min Tone Sandhi and Theories of Prosodic Phonology. Taipei: Student Book Co., Ltd.

Hsu, H.（許慧娟）

1994　Constraint-Based Phonology and Morphology: A Survey of Languages in China. University of California, San Diego. Ph.D. Dissertation.

Ingram, D.

1976　Phonological Disability in Children. London: Edward Arnold.

Leben, W.

1973　Suprasegmental Phonology. MIT. Ph.D. Dissertation.

Nespor, M., and I. Vogel.

1986　Prosodic Phonology. Dordrecht: Foris Publications.

Ritchie, W.

1968　"On the Explanation of Phonic Interference." Language Learning. 28: 183-197.

Selkirk, E.

1984　Phonology and Syntax: the Relation between Sound and Structure. MIT Press.

Shih, C.（石基琳）

1986　The Prosodic Domain of Tone Sandhi in Chinese. University of

California, San Diego. Ph.D. Dissertation.

Wardhaugh, R.

1970　"The Contrastive Analysis Hypothesis." TESOL Quarterly. 4, 2: 123-130.

Wilkins, D.

1989　Linguistics in Teaching. London: Edward Arnold.

Wolfram, W. and R. Johnson.

1982　Phonological Analysis: Focus on American English. New Jersey: Prentice Hall, Inc.

楊秀芳. (Yang)

1990　《台灣閩南語語法稿》. 台北：大安出版社.

鍾榮富. (Chung)

1996　〈台灣閩南語的韻母結構〉. 第五屆國際暨第十四屆全國聲韻學會學術研討會論文.

蕭宇超與徐桂平. (Hsiao & Hsu)

1996　〈苗栗四縣客語的三疊變調〉. 第五屆國際暨第十四屆全國聲韻學學術研討會論文.

蕭宇超. (Hsiao)

1996　〈特殊節奏與變調的韻律結構：變調兩極論〉. 語言學門專題計畫研究成果發表會論文. 中央研究院.

1997　〈從現代音韻學角度看國語註音符號的缺失〉. 第五屆世界華語文教學研討會論文. 世界華文教育協進會.

試談教育部推薦音標方案中的閩南語音節結構與漢語聲韻學

董忠司

一、關於教育部推薦音標方案

教育部推薦的閩南語音標方案，和推薦的客家語音標方案、南島語音標方案一起收入《國民中小學鄉土語言教材大綱》中❶，在民國八十四年三月刊印並公開發行。這些推薦音標方案是教育部在民國八十二年（一九九三年）為推行《國民小學課程標準》「鄉土教學活動」一課中的母語教學❷，有鑑於當前各語言的音標系統多歧而紛紜，為幫助母語教育順利進行，才排除萬難，由公正的學者精心研究、歷經討論而選定的。教育部推薦的臺灣閩南語音標系統一九九五年三月正式印行後，至今二年。系統至少已有基隆市、新竹市、苗栗縣、臺中縣、臺中市、彰化、嘉義、臺南、南投、高雄縣、高雄市、

---

❶ 分別參見教育部《國民中小學臺灣鄉土語言教材大綱（專案研究報告）》，p.21--23，39--44，55--57。

❷ 參見教育部（1993.9.20）《國民小學課程標準》p.3。

宜蘭縣等地採用爲民間文學採訪、記錄和出版的語音符號,已經出版的專書有三十多本。有行政院文化建設委員會、多所師範學院與大學、學會、縣市(如臺中縣)採用這套音標編寫教材。有臺灣語言國際會議、聲韻學國際會議、閩方言國際會議、閩南語研討會、客家語研討會、……等許多語言和文學術會議、學術論文,也有許多人採用這套音標來。有博士、碩士論文採用教育部這套推薦音標方案。社會上與這套音標有關的專書(含文學創作),已經有十多本,甚至也有了一本辭典(*《實用華語閩南語對照典》);明年可能還會出現兩本以上的(字)辭典。足見教育部推薦的音標方案相當適合於臺灣文教各階層,也可見教育部這項工作頗有功效。(參見拙撰〈從教育部推薦音標方案到臺灣語文教育的開展〉)

教育部推薦了母語(鄉土語言)音標方案以後,八十五學年的國民小學新課程標準、八十六學年度(?)國民中學新課程標準的實施才有了所有教師和各種教材的共通基礎。只有大家捐棄成見,放棄自立山頭的「私想」,才不會各寫各的書,而傳播不廣;才不會各編各的教材、而難以互相學習改進;才不會各教各的符號、而一國多制、一縣多制,甚至一鄉(鎮)多制、一家多制、父子不通。

教育部的推薦音標方案,自稱是:

> 「……根據傳統性、適用性、發展性、和易學易用等等原則,以教會羅馬字爲基底,依臺灣語文學會〈臺灣語言音標方案第一式〉的修改意見,略微調整,提供一套〈臺灣閩南語音標系統〉如下,以供參考採用。這套音標系統不僅適合於閩南語各次方言,只要稍事增加符號,也適用於客家語各次方言。這套

音標包含各種腔調，各地的不同方音，可以從中選用。」❸

從這段話，我們知道他的推薦原則、適用性、依據和歷史性。從歷史
發展來說，教育部推薦的閩南語音標方案遠承自一百多年前的閩南語
早期「白話字」，也就是台灣人所謂「教會羅馬字」❹，近承自臺灣
語文學會的「臺灣語言音標方案」。

　　教育部推薦的臺灣閩南語音標方案，雖然說是依照現代語音學所
擬定的❺，但是，如果從音節分析、聲母定名、聲母排列、韻母成分
與定名、聲調定名、聲調排序等端來看，這套音閩南語標也是應用漢
語聲韻學的新開展、新結果。本文試專就臺灣閩南語推薦音標方案的
音節結構分項進行論述。

　　臺灣語文學會的「臺灣語言音標方案」（TLPA，即 Taiwan
Language Phonetic Alphabet），是一套在一九九一年由臺灣語言學者
們研討完成的音標❻。他們出大力、歷經半年的討論、大約兩年的沉
潛與試用、慎重而周密地提供了一套標音符號。這一套標音符號，以
教會羅馬字爲基底，爲了使它產生更大的效用，略做必要的修改。修

❸　見教育部《國民中小學臺灣鄉土語言教材大綱（專案研究報告）》，p.19--20。
❹　中國閩南的教會羅馬字，最先流行於廈門，至少有Rev. J. N. Talmage於西元1850
　　年用力推行羅馬字拼音方案。參見倪海曙（198？），許長安、李樂毅
　　（1992）。羅馬字主要是由教會人士並使用於基督教會和天主教會，其中流行於
　　臺灣的教會羅馬字曾經不只一次修訂過。
❺　從教育部的推薦音標方案中可以看到現代語音分析法，從制訂過程與參與者也可
　　以獲知。
❻　參見董忠司《TLPA臺灣語言音標方案手冊》，與董忠司1992。

改的結果使這套音標：⑴適用於臺灣閩南語各次方言，⑵適用於臺灣客家語各次方言，⑶適用於電腦而不用另加任何軟體，⑷接近國際音標、有更大的發展性和普遍性，⑸更易學、易認、易寫、易用。詳見拙撰〈臺灣語言的音標方案擬議和完成〉一文。

「臺灣語言音標方案」中的音標，適合於臺灣的漳州腔（如宜蘭、南投、桃園等）、泉州腔（如鹿港、台西、梧棲、沙鹿、清水、汐止、深坑等）、偏漳的混合腔（如臺南市）、偏泉的混合腔（臺北市）❼、以及漳州話、泉州話、廈門話、潮州話等方言所有的聲韻調。參考〈臺南市、臺北市、鹿港、宜蘭等四個方言音系的整理與比較〉這篇文章。

傳統漢語聲韻學主要包括：語音分析、韻書研究、歷史語音學、方言研究、應用聲韻學等部分。其中語音分析部份包括音素辨微、音節成分、音系、等韻的研究。〈教育部推薦音標方案〉與聲韻學中語音分析、應用聲韻學、方言研究三方面有關，本文偏重在語音分析部份。

二、漢語音節結構分析的傳統

漢語傳統聲韻學很少正面指出漢語音節結構爲何，關於中國聲韻學裡的音節結構分析學說，需要另一篇大文來敘述，本文只略舉近代聲韻學一二學說爲例，來與教育部所推薦的臺灣閩南語音標系統參

---

❼　參見董忠司〈試論臺灣語言音標方案的優劣及其在臺灣閩南語各次方言的適用性〉。

照。

漢語傳統聲韻學的語音分析觀，在音節結構上，通常把音節分爲「聲」和「韻」兩部份，反切注音法就是基於音節兩分法：以反切上字表示被切字的聲母、以反切下字表示被切字的韻母。❽這個兩段切分法可以說就是唐以前對音節結構的通識，也是漢語使用者分析音節的基本觀點。而至少從《切韻》（601A.D.）以後的韻書先分出聲調、次分出韻母、後分出聲母❾，已經可以看出也有把音節三分的觀點。教育部推薦閩南語音標方案（以下簡稱爲〈教育音標〉）把臺灣閩南語言音標分別以「一、聲母」（十八個）、「二、韻母」（一百一十二個）、三、「聲調」（九個，另有第六調備而少用）❿，正是承襲漢語傳統聲韻學的舊法。

漢語傳統聲韻學基於音節結構兩分法的「反切」來發展，在明末已有「三字切法」的出現⓫，例如沈寵綏（--1645A.D.）。關於沈寵綏的音節結構分析，曾論述於〈明代沈寵綏語音分析觀的幾項考察〉中，茲爲了討論上的方便，謹修訂、撮要敘述。

沈寵綏是江蘇松陵（今吳江）人，約卒於明亡之次年（1645年），是明末重要的戲曲聲韻學家。著有《弦索辨訛》《度曲須知》

---

❽　參見林尹《中國聲韻學通論》以及其它聲韻學書籍，從聲韻一詞也可以看成音節兩分法的表現。

❾　例如《切韻》《唐韻》《廣韻》《集韻》等。

❿　臺灣閩南語各地大多沒有第六調，但是在海口音地區（如鹿港），來自泉州音的方言，有的第二調和第六調有別，而第三調和第七調單字本調不分，變調時有分別。

⓫　參見董忠司（1991）《明代沈寵綏語音分析觀的幾項考察》。

二書，後書是沈氏聲韻學理論精華的所在。沈氏在音節的分析上，主張分爲「字頭、字腹、字尾」三部分，沈寵綏曾說：

> 「凡數演一字，各有字頭、字腹、字尾之音。」[12]
>
> 「切者，以兩字貼切一字之音，而此兩字中，上邊一字，即可以字頭爲之；下邊一字，可以字腹、字尾爲之。」[13]
>
> 「嘗思當年集韻者，誠能以頭腹尾之音，詳切各字，而造成一韻書，則不煩字母，一誦了然，豈非直捷快事；特中多有音無字，礙於落筆，則不得不追慨倉頡諸人之造字不備也已。」[14]

沈寵綏上述諸條出現在《度曲須知》的〈收音問答〉〈字母堪刪〉二節，此二節之前一節爲〈四聲批竅〉，專論聲調。可見沈氏認爲一字之音節，可以分爲「四聲」和「字頭、字腹、字尾」四成分。從沈氏書中的三字切法看來，切語中三字之聲調皆相同（其用字無相同聲調者，則以其他聲調字代替），知其聲調是從字頭延展到字尾。試以(1)表示之：

(1)沈寵綏的音節結構表

反切上字	反切下字	
四	聲	
字頭	字腹	字尾

---

[12]　參見沈寵綏《度曲須知・收音問答》p.83。

[13]　參見沈寵綏《度曲須知・字母堪刪》p.86。

[14]　參見沈寵綏《度曲須知・收音問答》p.87。

其《度曲須知》中還列有：「皆、幾哀噫切」「猜、雌哀噫切」「簫、西鏖嗚切」等切語❻，依陳新雄（1976）之中原音韻擬音，陳列如下：

(2)

皆＝幾＋哀＋噫 切 ＝ ki＋ai＋i＝kiai¹

猜＝雌＋哀＋噫 切 ＝ tshï＋ai＋i＝tshai¹

簫＝西＋鏖＋嗚 切 ＝ si＋au＋u＝siau¹

腮＝思＋哀＋噫 切 ＝ sï＋ai＋i＝sai¹

操＝雌＋鏖＋嗚 切 ＝ tshï＋au＋u＝tshau¹

腰＝衣＋鏖＋嗚 切 ＝ i＋au＋u＝ iau¹

沈寵綏的「三字切法」，確實比反切的兩分法要進步些，但是還無法把每一個音素當做一個成分來分析，同時也無法把音節分析到不用再分。

後來，在清代潘逢禧的《正音通俗表》（1870A.D.）進一步把韻母分析為三個音段成分，這三個音段成分共用「十音」（十個基本音素）。

(3)潘逢禧「十音」：

闢音(a) 闔音(e) 闔音(o) 聲音(ï＝[ɿ,ʅ]) 聲音(i) 合音(u) 撮音(y)

閉音(-m) 號音(-n) 鼻音(-ŋ) **⓰**

(4)潘逢禧「（韻母）辨音」（摘錄）：

例如：邀部 ＝ 聲音 ＋ 閉音 ＋ 合音 (i+a+u)

　　　相部 ＝ 聲音 ＋ 閉音 ＋ 鼻音 (i+a+ŋ)

　　　乖部 ＝ 合音 ＋ 閉音 ＋ 聲音 (u+a+i)

　　　登部 ＝ 　　　閉音 ＋ 鼻音 (o+ŋ)

　　　高部 ＝ 　　　閉音 ＋ 合音 (a+u) **⓱**

潘逢禧的「十音」就是出現在韻頭、韻腹、韻尾三部分的十個「音位」。其中，依其〈四呼〉〈四呼表〉〈收音〉〈收音表〉〈辨音呼法表〉〈辨音〉等節的說明，其中介音、主要元音、韻尾（即韻頭、韻腹、韻尾）分別使用的音位如下：

(5)介音（四呼）： 以 閉音(a) 閉音(e) 閉音(o) 發音者爲「開口」

　　　　　　　　 以 聲音(ï=[ɿ,ʅ]) 聲音(i) 發音者爲「齊齒」

　　　　　　　　 以 合音(u) 發音者爲「合口」

　　　　　　　　 以 撮音(y) 發音者爲撮口

(6)韻尾：閉音、號音、鼻音、聲音、合音。

　　　　（韻尾和開尾韻以 閉音、閉音、閉音、聲音、聲音、合音、撮音
　　　　　等收尾的音合稱爲「收音」。

(7)主要元音： 有 閉音 閉音 閉音 聲音 聲音 合音 撮音 七個音位。

⓰　　參見《正音通俗表》卷一，葉1。

⓱　　參見《正音通俗表》卷一，葉8, 葉13。

劉氏的畫分觀點與今人容或不同，如以聲(ï=[ㄭ,ㄧ])爲齊齒，但是他的「十音」的音位觀點十分值得重視，這是他建立自己在聲韻學史地位的基石。

他的「辨音」就是「分辨音節（中的韻母）」的意思。潘逢禧先把音節先分爲「聲」「韻」，再把「韻」分爲「發音」「收音」兩部分，其中「收音」還可以包含兩個成分，此即潘逢禧所謂：

> 「有合兩音而得者，則前一字爲發音，後一字爲收音；有合三音而得者，則前一字爲發音，後二字爲收音；均就〈辨音總表〉內，十音輾轉相生，而萬有不齊之音足矣。」❸

簡言之，潘氏的音節分析觀點爲(8)：

(8)

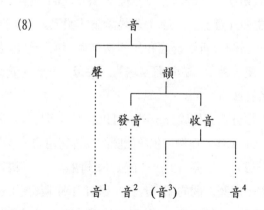

---

❸　參見《正音通俗表》卷一，葉5。

所謂「發音」，在〈收音〉與〈四呼表（發音表）〉等節中專指四呼而言；有時兼含聲母與四呼而言，如〈四呼〉節中。表(8)暫取前者。

劉氏還將聲調獨立分出，稱爲「五聲」⑲，與「三十二部」（韻）、「二十一字母」（聲）分立。因此我們可以指出：劉逢禧以爲音節可分爲五部份，試代爲表示如下：

(9)劉逢禧的音節結構分析

(聲) 字母	(韻)部			(調) 五聲
	發音	收音		
		(元音)	(韻尾)	
音[1]	音[2]	音[3]	音[4]	音[5]

上表的「音[1]」就是所謂「聲母」，「音[2]」就是所謂「介音」，「音[3]」就是所謂「主要元音」，「音[4]」就是所謂「韻尾」，「音[5]」就是所謂「聲調」。這個分析法已經和民國初年劉復所分音節五成分：「頭、頸、腹、尾、神」（亦即羅常培的「聲母、介音、元音、韻尾、聲調」），名異實同。

劉氏的音節分析法分爲五個成分，事實可以說是遠承自唐、宋等韻。以《韻鏡》（1161 A.D.）爲例，依該韻圖的編排與用語，我們可以看到「字母」（聲母）、「開合」、「韻」、「四等」、「聲調」等概念，另外從該書不同圖之間的韻母差異，還可看到「韻尾」的概念，總共至少六個概念。《韻鏡》的音節分析觀，可以說是相當精

---

⑲　參見《正音通俗表》卷一，葉8，葉13。

細。只是從該書不能確知此六個概念間的關係，並且沒有說明這些「概念」是否就是「音節成分」？「開合」和「四等」爲概念之異？還是音段成分之異？這些「概念」或「成分」如何組成音節？……等等問題。劉逢禧則指出了全音節的結構關係，實爲漢語聲韻學的一個進步的發展。❷⓪

三、〈教育部推薦臺灣閩南語音標系統〉與漢語聲韻學的傳承與開展

　　教育部推薦的閩南語音標方案分爲「音素」「韻母分析」兩部份，「音素」又分爲「聲母」「韻母」「聲調」三部份，「韻母」下又分爲「開尾韻」「入聲韻」兩部份，每部份再分爲若干目（詳見《國民中小學臺灣鄉土語言教材大綱專案研究報告》）。茲表列如下（表中圓括號裡的數目字表示個數），詳細內容請看本文附表：

---

❷⓪　關於劉逢禧的語音分析學，將另有文詳論。

⑽臺灣閩南語音標系統表

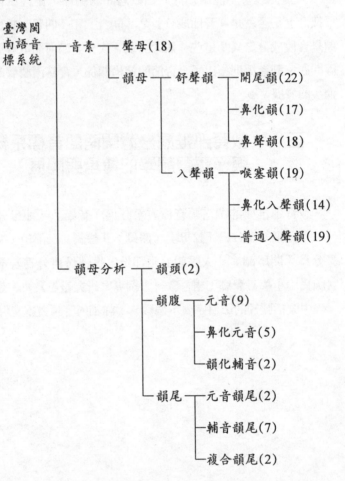

臺灣閩南語音標系統

音素
├─ 聲母(18)
└─ 韻母
    ├─ 舒聲韻
    │   ├─ 開尾韻(22)
    │   ├─ 鼻化韻(17)
    │   └─ 鼻聲韻(18)
    └─ 入聲韻
        ├─ 喉塞韻(19)
        ├─ 鼻化入聲韻(14)
        └─ 普通入聲韻(19)

韻母分析
├─ 韻頭(2)
├─ 韻腹
│   ├─ 元音(9)
│   ├─ 鼻化元音(5)
│   └─ 韻化輔音(2)
└─ 韻尾
    ├─ 元音韻尾(2)
    ├─ 輔音韻尾(7)
    └─ 複合韻尾(2)

〈教育音標〉中，除了分為聲母、韻母、聲調㉑以外，又有「韻母分析」㉒，把韻母分為「韻頭」「韻腹」「韻尾」，這些都是承襲自（或暗合於）傳統漢語聲韻學的地方。因此，上述〈教育音標〉中幾個概念，也可以拿劉逢禧的音節結構分析法來套用如下：

(11)

聲 母	韻 母			聲 調
	韻頭	（收音）		
		韻腹	韻尾	
音^1	音^2	音^3	音^4	音^5

臺灣閩南語的音節在大骨架上和漢語相同，可以承用傳統漢語聲韻學的概念，但是，臺灣閩南語具有一些特殊的語音成份，如：「鼻化元音」「喉塞韻尾」「韻化輔音」，以及由此而增益的「鼻化韻」「喉塞韻」「鼻化入聲韻」「複合韻尾」等特殊成分。這些特殊成份會改變或增益聲韻學的內涵，除非聲韻學不包含閩南語。

臺灣閩南語韻尾喉塞音的發音是在發完元音之後，進行喉部聲帶的閉合活動，造成語音的切斷，因此無疑是一個音段成分。韻化輔音是採取輔音中鼻音的持續響度，來作為一種「元音性」成分，可以前接其他做為聲母的輔音，也可以後接喉塞韻尾，和一般元音的行徑相

㉑ 參見教育部《國民中小學臺灣鄉土語言教材大綱（專案研究報告）》，p.20--22。

㉒ 參見教育部《國民中小學臺灣鄉土語言教材大綱（專案研究報告）》，p.22。

同。這些都跟音節結構成份分析沒有影響性的關係。

　　如果純從音節結構的分析來看，在〈教育音標〉中，除了承襲自傳統漢語聲韻學之外，還有超越漢語聲韻學之處：其一、〈教育音標〉「韻腹」中的元音和鼻化元音相配而分立：例如：有 a 則有 ann、有 e 則有 enn、有 i 則有 inn、……等，足見「韻母」中可以再分出「鼻化」這個成份。其二、「韻尾」中的「複合韻尾」裡有兩個語音成份，即 -ih,-uh，包含 aih、uaih、auh、iauh、ainnh、uainnh、aunnh、 iaunnh 等八個韻母❷。韻尾有兩個成分而稱爲「複合」，只是爲了指稱方便，如果爲了分別稱呼，可以把前一音素稱爲「韻末」，把後一音素稱爲「韻尾」。鼻化和韻末是傳統漢語聲韻學沒有分析出來的部份，同時也是〈教育音標〉增補聲韻學之處。

　　由於多出了兩個音節成分，我們可以把上表⑾改寫如下：

　　⑿閩南語音節結構圖

	聲　　　調			
聲	韻　　　母			
	鼻　　　化			
母	韻頭	韻　腹	韻末	韻尾

⑿表中的聲調在濁聲母時，由於發濁聲母聲帶需要振動，和發元音聲帶需要震動一樣，同時聲調也需要依賴於元音的聲帶振動。不過，清聲母的音節中，聲母與聲帶無關，因此也和需要振動聲帶的聲調無

---

❷　參見教育部《國民中小學臺灣鄉土語言教材大綱（專案研究報告）》，p.21,22。

關，所以我們在⑿的聲調欄中以直虛線表示之。

閩南語的「鼻化」作用在韻母部份當然是徹頭徹尾的，但是在聲母部份究竟是否也會受到鼻化呢？大抵在聲母是鼻音時，會和鼻化作用同步運作。因此，逢到鼻音聲母，⑿表可以改寫爲⒀：

⒀

聲　　調			
鼻　　化			
聲	韻　　母		
母	韻頭	韻　腹	韻末	韻尾

「韻頭」又稱爲「介音」，「主要元音」又稱爲「韻腹」，所以⒀又可以寫爲⒁：

⒁

聲　　調			
鼻　　化			
聲	韻　　母		
母	介音	主要元音	韻末	韻尾

⒀⒁表示鼻化、聲調是貫徹於全音節的。像臺灣閩南語「娘」nia(nn)[5]便是。其聲母不鼻化的，可用表⒂來表示之：

(15)閩南語音節結構圖

聲	聲　　　　調			
	韻　　　　母			
	鼻　　　　化			
母	介音	主要元音	韻末	韻尾

(15)表示聲調是貫徹於全音節的，而鼻化涵蓋全韻母。像臺灣閩南語「埕」tiann⁵便是。

臺灣閩南語裡，具有鼻音聲母（m-、n-、ng-）的音節都是(13)或(14)式，具有非鼻音聲母的音節都是(12)或(15)式，具有零聲母的音節則(12)(13)（或(15)(14)）二式都可。在傳統「十五音」系統裡，「文、柳、語」三聲母分別各包括「b-, m-」「l-, n-」「g-, ng-」等六個聲母或「準聲母」，教會羅馬字爲了聽覺上和拼音上的理由，分別爲六個聲母。從音節結構分析的觀點來考慮，如果把鼻音聲母m-、n-、ng-分別獨立於濁聲母b-、l-、g-之外，換句話說，把閩南語十五聲母改爲十八聲母，則可把所有臺灣閩南語音節都視爲(12)（或(15)）式，有執簡馭繁的優點。這也許也是教育部推薦這套臺灣閩南語音標方案的理由之一吧。而這個音節結構表應該也可以算是聲韻學的新開展，它可以提供傳統聲韻學一個新思考。

四、臺灣閩南語音節結構的進一步分析

表(15)如果各以英文字母來表示各音節成分的代號，則可以如(16)：

(16)

聲　　調 (T)			
聲 母 (C)	韻　　母 (Y)		
	鼻　　化 (N)		
	介音 M	主要元音 V	韻末 F	韻尾 E

(16)又可簡化為(17)或(18)：

(17)

$$\frac{T}{\frac{(N)}{(C)(M)V(F)(E)}}$$

(18)

$$\frac{(N)T}{(C)(M)V(F)(E)}$$

概括的說，臺灣閩南語有兩個向度的成份：「上加成分」和「時段成分」。關係如(19)：

(19)

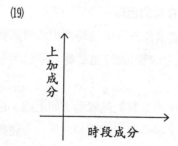

上加成分：　聲調(T)、鼻化(N)

時段成分：　聲母(C)、介音(M)、主要元音(V)、韻末(F)、韻
尾(E)

　　人們對語言的粗淺印象，總是認爲語言是音符的連綴，而且是先
後連接，這個觀念可以用來指稱大多數的歐美日韓等語言，但是，就
是臺灣閩南語和大多數的海內外閩南語來說，除了先後「時段成分」
以外，「上加成分」的善加運用，應該是一種聰明的選擇。

　　以臺灣閩南語ngiau(nn)h^4（以針狀物將刺挑出）爲例，可以表現
如下(20)：

(20)

聲	調 (4)			
聲	韻　　母			
	鼻　化 (nn)			
母	介音	主要元音	韻末	韻尾
ng	i	a	u	h

　　上例中的 ng、i、a、u、h 等音素的出現，依時間先後；但是，鼻
化成份 nn 則不另佔時間，與上述其餘五音的總時間相當而重疊；聲
調(第四調)也和鼻化相同，形成三元(重)的時間重疊。這類字可以說
明臺灣閩南語的音節結構。

　　臺灣閩南語的音節結構，最多可以有七個成份，如上述，但是一
般並不一定需要這麼多音節成分，最少可以有兩個成份。今將臺灣閩

南語可能出現的常見音節結構表列如下。

(21)常見的臺灣閩南語音節結構

音 節 結 構	/ 例字
1. 主要元音 + 聲調	a¹阿
2. 主要元音 + 鼻化 + 聲調	enn¹嬰
3. 聲母 + 主要元音 + 聲調	se¹西
4. 介音 + 主要元音 + 聲調	ia⁷夜
5. 主要元音 + 韻尾 + 聲調	au¹甌
6. 聲母 + 主要元音 + 鼻化 + 聲調	senn¹生
7. 介音 + 主要元音 + 鼻化 + 聲調	iann²影
8. 主要元音 + 韻尾 + 鼻化 + 聲調	ainn⁷掯
9. 聲母 + 主要元音 + 韻尾 + 聲調	kau¹高
10. 聲母 + 介音 + 主要元音 + 聲調	sia²寫
11. 介音 + 主要元音 + 韻尾 + 聲調	iau¹邀
12. 主要元音 + 韻末 + 韻尾 + 聲調	aih⁴噯
13. 聲母 + 介音 + 主要元音 + 鼻化 + 聲調	kiann¹驚
14. 介音 + 主要元音 + 韻尾 + 鼻化 + 聲調	iaunn¹□
15. 聲母 + 介音 + 主要元音 + 韻尾 + 聲調	hiam¹謙
16. 聲母 + 主要元音 + 韻末 + 韻尾 + 聲調	kauh⁴硞
17. 介音 + 主要元音 + 韻末 + 韻尾 + 聲調	uaih⁴跬
18. 聲母+介音+主要元音+韻尾+鼻化+聲調	huainn⁵橫
19. 聲母+介音+主要元音+韻末+韻尾+聲調	hiauh⁴撓
20. 聲母+介音+主要元音+韻末+韻尾+鼻化+聲調	ngiau(nn)h⁴撓

　　臺灣的國語，其音節成分是五個，臺灣客家語也是五個，大部份的漢語方言的音節都是五個成份，臺灣閩南語音節的成分和結構比起一般漢語方言要來得多樣多態，這一點只有中國閩方言裡的若干次方言(如：閩東話的福州話)等少數漢語方言可以比擬，因此，〈教育音標〉呈現的臺灣閩南語音節結構，可以修改或加添聲韻學的內容。

五、餘 言

　　經過上文這樣的分析討論，臺灣閩南語甚至海內外所有閩南語，都可以得到比較清楚的音節結構分析觀。除了從中看到傳統聲韻學對〈教育部推薦臺灣閩南語音標方案〉的影響外，臺灣閩南語音節的兩向度結構、七個音節成分、鼻化成分、喉塞韻尾等，也可以使我們思考傳統聲韻學的不足，並設法開展。譬如：由於臺灣閩南語韻母的特殊成分與結構，我們也許嘗試修改並提出一些名詞來指稱不同的韻母，像：把鼻音韻尾 -m 、-n 、-ng 等稱爲「鼻聲韻」，而不稱爲「陽聲韻」；把具有 -nn 的韻母稱爲「鼻化韻」；同時把「鼻聲韻」和「鼻化韻」合稱爲「陽聲韻」。這樣，可以保留中國傳統「陽聲韻」的名稱並擴大其語義範圍，又可增加指稱的方便而免除「鼻化韻」歸屬的困難。當然了，所有名詞一定要經過約定俗成，此處只是舉例建議而已。至於其他聲韻學因之開展的一些建議，以非本文主題，恕不贅言。

　　一個經過增修的音節結構表，除了可以補強聲韻學的內容、教學法、與進行研究的基本觀點以外，對各級學校和社會語文教育的教材、教法、理論，對民間文學的調查記錄，對於文獻的記錄、注解、

詮釋，對於文學和口語的語言分析，甚至對於語言和先民思惟的瞭解，也許都可有所助益。關於此，也敢請容許另文論述。

參考書目

北京大學中國語言文學系語言學教研室

　　1989　《漢語方音字匯》(第二版)，北京：文字改革出版社。

孔仲溫

　　1980　《韻鏡研究》，政治大學碩士論文，台北市。

沈寵綏

　　1645　《度曲須知》，收入《古典戲曲聲樂論著叢編》。

李新魁

　　1983　《漢語等韻學》，北京：中華書局。

　　1986　《漢語聲韻學》，北京：北京出版社。

倪海曙(198？)，

林　尹

　　1963　《中國聲韻學通論》，台北市：世界書局。

張麟之

　　1989　《韻鏡》，收入《等韻五種》，台北市：藝文印書館。

許長安、李樂毅

　　1992　《閩南白話字》，中國北京：語文出版社。

教育部

　　1993,9　《國民小學課程標準》，臺灣臺北市：教育部。

　　1995,3　《國民中小學臺灣鄉土語言教材大綱（專案研究報
　　　　　　告）》，臺灣臺北市：教育部。

陳新雄

1976 《中原音韻概要》，臺北市：學海出版社。

陳彭年

1967 《廣韻》，（原刊於1007年），台北市：藝文印書館。

潘逢禧

1870 《正音通俗表》，藏臺灣師範大學圖書館，臺北。

董忠司

1988 《江永聲韻學評述》，臺北市：文史哲出版社。

1991 《明代沈寵綏語音分析觀的幾項考察》，孔孟學報第六十一期。

1994 〈試論臺灣語言音標方案的優劣及其在臺灣閩南語各次方言的適用性〉，臺灣閩南語論文集，臺北市：文鶴。

1995 《TLPA臺灣語言音標方案手冊》，臺北市：臺灣語文學會。

1995 《臺灣閩南語概論講授資料彙編》，臺北市：臺灣語文學會。

1996 《臺灣閩南語語音教材》，臺北市：行政院文化建設委員會。

趙蔭棠

1974 《等韻源流》，臺北市：文史哲出版社。

應裕康

1972 《清代韻圖之研究》，臺北市：弘道文化事業有限公司。

羅常培

1978 《漢語音韻學導論》，臺北市：九思出版社。

199? 《明清等韻學》。

附錄

臺灣閩南語音標系統

（教育部音標推薦音標方案）

壹、音素

一、聲母：

	清塞音或塞擦音		鼻音	擦音	濁、塞音或塞擦音	邊音
	不送氣	送氣				
唇音	p 邊	ph 波	m 毛		b 文	
舌尖中音	t 地	th 他	n 耐			l 柳
舌尖前音	c 貞	ch 出		s 時	j 入	
舌根音	k 求	kh 去	ng 雅		g 語	
喉音				h 喜		
(零聲母)	○ 英					

註: 拼寫的時候，零聲母("英" 母)省略。

二、韻母：

㈠舒聲韻：

1.開尾韻

a 阿	e 啞	i 伊
oo 烏	o 蚵	u 污
ee 家(漳)	er 鍋(泉)	ir 於(泉)
ai 哀	au 甌	ere 挨(泉)

ia 耶　　ioo □　　io 腰　　iu 優　　iau 妖

ua 娃　　uee 話(漳)　ue 話　　ui 威　　uai 歪

註：<ere>[ɘe]。

2.鼻化韻

ann 餡　　enn 嬰(漳)　inn 燕

onn 好[惡]　m 姆　　ng 秧

ainn 閑(同)　aunn □　　irinn 閑(泉)

iann 纓　　ionn 鴦(漳)　iunn 鴦　　iaunn 貓

uann 鞍　　uenn 妹(漳)　uinn 黃(漳)　uainn 關

註：<irinn>[iĩ]，<uenn>[uẽ]。

3.鼻聲韻

am 庵　　an 安　　ang 尪　　om 蓡　　ong 汪

irm 蓡(泉)　irn 恩(泉)　irng 登(泉)

im 音　　in 因　　ieng 永

iam 閹　　ian 煙　　iang 雙　　　　　　iong 雍

un 溫　　uan 冤　　uang 嚾

註：<ieng>[iəŋ]，<ian>[iɛn(老派)，ɛn(新派)]。

(二)入聲韻：

　　1.喉塞韻

ah 鴨　　　eh 厄　　　ih 舌

ooh □　　　oh 學　　　uh 突

eeh 格(漳)　erh 郭(泉)　ereh 狹(泉)

aih □　　　auh □

iah 役　　　ioh 藥　　　iuh □　　　iauh □

uah 活　　　ueh 劃(漳)　uih 劃(泉)　uaih □

註：<ueh>[ueʔ]，<ereh>[əeʔ]

2.鼻化入聲韻

annh □　　　ennh 莢　　　innh 物

onnh 膜　　　mh 默　　　ngh 物(泉)

ainnh □　　　aunnh□

iannh □　　　iunnh □　　　iaunnh □

uennh□　　　uinnh □　　　uainnh □

註：<uennh>[uẽʔ]

3.普通入聲韻

ap 壓　　at 遏　　ak 握　　op □　　ok 惡

irp 澀(泉)　irt 核(泉)　irk 黑(泉)

ip 揖　　it 乙　　iek 益

iap 葉　　iat 閱　　iak 約(漳)　iut □　　iok 育

ut 熨　　uat 越　　uak □

註：<iek>[iək]，<iat>[iɛt(老派)，ɛt(新派)].

三、聲調：

1 東	2 董	3 凍	4 督
5 童	6 動(泉)	7 洞	8 毒

9 中央(合音) 0 (輕聲)

註：中央(合音)<tiong^9>或作tiong^9，音值爲[tioŋ^{35}]，一個音節。

貳、韻母分析

一、韻頭（介音）：

i 伊　　u 污

二、韻腹：

(一)元音：

a 阿	e 啞	i 伊
oo 烏	o 蚵	u 污
ee 家(漳)	er 鍋(泉)	ir 於(泉)

　　註：<oo>[ɔ]，<o> [o , ə (南台灣)]，
　　　　<ee>[ɛ]，<er>[ə]，<ir>[ɨ]。

(二)鼻化元音：

ann 餡　　enn 嬰(漳) inn 燕
onn 好[惡] unn 羊

　　註：<onn>[ɔ̃]，<enn>[ẽ]，<unn>只是韻母<iunn>的一部份。

㈢韻化輔音：

m 姆　　ng 秧

三、韻尾：

㈠元音韻尾：

i 該　　u 狗

㈡輔音韻尾：

m 甘　n 奸　　ng 港
p 蛤　t 結　　k 角　　h 甲

㈢複合韻尾：

ih □　　uh □

以上凡是"□"者，表示暫時缺乏適當的漢字可寫。凡註明（漳）、
（泉）者，表示該音標係漳州音、泉州音所獨有。此音標系統兼含各
地的次方言，各次方言可以依自己的聲韻調系統，從中選用。

國語"兒化韻"音值的檢討
及其相關問題

張屏生

一、前　言

　　目前對於國語"兒化韻"的學習，一般的師院學生只要通過生搬硬套公式的記憶，便可以通過"國語文測驗"。可是當他實際面臨教學的時候，便會因為自己對於"兒化韻"音值的模糊，以及教學經驗的不足，而碰到難以突破的瓶頸，造成小學生許多錯誤的學習；最常見的莫過於將"詞根語素和後綴的詞尾兒"讀成兩個音節。"兒化韻"會造成學習困難的最大原因是：在臺灣的語言環境中沒有使用"兒化"詞彙的習慣；哪些詞是該唸"兒化"，一般人並不清楚，所以在情緒上，便產生排斥學習的態度，當然就學不好。但是筆者認為"兒化韻"學習的困難，更大的關鍵是在於沒有一套適切描寫說明的"標準"，使得在進行國音教學的老師根據自己選定的教科書上用現行"國語注音符號"所記錄的音值來教學，因為國音符號音值說明的

不清楚，於是就造成教學與學習上的困惑❶。這種情況，使我們覺得有必要對“兒化韻”的音值及音變再重新檢討一番。另外關於“兒化韻”音變問題的檢討，一般的討論多半集中在“兒化韻”的語音怎麼變的問題上，然而對於為何要變僅從發音的生理機制去解釋，但是這些解釋仍然無法適切的說明問題。本文擬對“ㄦ”音值總結前人研究的成果，提出說明；並從國語音節結構的分析來嘗試說明“兒化韻”音變的理由。

二、注音符號“ㄦ”的音值

關於國語“ㄦ”的音值，普遍的說法有兩種：一種是單元音，另外一種是複元音，如下：

1. **趙元任（1987：23）的說法是：**

> 如果發[ə]的時候舌尖往後捲過來，成功捲舌的狀態，說[ə]舌尖捲起來就變了[ɚ]。[ɚ]音不是輔音，[z]或[ɹ]，那個就阻礙得多了，阻礙多就成輔音，阻礙少就成元音，讀[ɚ]是個元音。

---

❶ 很多學生看不懂國際音標所代表的音值，只好看注音符號的說明，但是他並不瞭解「發不摩擦的ㄖ」就是指通音[ɹ]他仍然把它唸成“ㄖ”，所以當他描述的時候，他會先唸ㄜ，再移動到ㄖ。胡建雄（1987：162）說：「『兒』的發音方法有兩種：一、是『ㄜ＋ㄖ』的複合音；……」這恐怕也是誤解“發不摩擦的ㄖ”這句話的意思。

2.羅常培‧王均（1968：73）的說法是：

在發音時舌頭的位置比混元音 [ə] 稍稍向前推動，舌尖（向）
硬顎前部翹起，形成一種特殊的音色，彷彿是一個帶有捲舌音
r色彩的 [ə]，咱們用 [ɚ] 來標它——這就是所謂捲舌元音。

3.鍾露昇（1976：88）的描寫是：

氣流進入口腔後，舌體上升，升到正中的位置，發 [ə]；"同
時" 舌尖上捲，對著中顎，發帶不磨擦的 [ɹ]，音值是 [ɚ]❷。

4.李振麟（1984：38）的說法是：

er 是捲舌的央元音。……舌面中部微微升起，同時舌尖直立
而向硬顎前部後捲，"這兩個動作同時進行"；口腔開度，舌
位和) 相同；……。

5.董少文（1988：67）的說法是：

[ər] 是捲舌的央元音，起頭有點開，後來有點關，是 "動程很

❷ 國立臺灣師範大學國音學編輯委員會（1993）以及吳金娥等（1992）中由廖吉郎
所撰寫〈第二章 國音發音學‧第一節 韻母的介紹及練習〉對 "ㄦ" 音值的描寫
是沿用鍾露昇的看法。

小的複合元音"；上聲去聲比較顯著，大約從半開到半關。音
標 [ɹ] 是形容性符號，表示發前頭元音的時候就捲舌，並不是
先發元音 [ə] 再念 [ɹ]。

6.中國語言學大辭典編委會（1991：216）

發音時舌位比央元音 [ə] 稍爲靠前，"同時"舌尖向硬顎前部
翹起。一般在元音後加音標 [ɹ]，但習慣上寫作 [ɹ]。

7.林以通（1992：32）的說法是：

捲舌韻符——是元音帶有舌尖或舌葉的作用，而且氣流也不像
單韻的音可以自由外出，又叫聲化韻。捲舌韻有兩個：一個是
舌尖捲舌韻「ㄦ」。發音時，舌位先從央元音「ə」的位置，
唇形自然，"同時"舌尖迅速向硬顎往上捲，而使氣流不受
阻，發不摩擦的「ㄖ」，就成「ㄦ」，又叫翹舌韻。

ㄜ ＋ ㄖ → ㄦ

8.齊鐵恨（1961：7）的說法是：

按國音捲舌韻母「ㄦ」的發音，像由「ㄜ˧」和「ㄖ˧」拼成
的。這「ㄖ」韻是較發「ㄓㄔㄕㄖ」各母的後韻「帀」，舌葉
更向裏捲些的。

9.**李思敬（1994：97）的看法是：**

先是發央元音 [ə]（即比 [ə] 略高的央元音）隨後再帶一個捲
舌元音。這個捲舌元音約略相當於 [ɹ] 而略鬆，略弱。[ə] 和
[ɹ] 並不同時，不是一個發音動作。

上述 1. 2. 3. 4. 5. 6. 7. 說法是主張單元音，齊鐵恨雖然是用國語注
音符號來說明，但從他的描述可以理解他認爲"儿"是"複元音"，
李思敬則「從音感上，發音動作的自我感覺上，還是從語音實驗上」
（見李思敬1994：100）明確的認定"儿"是"複元音"。那麼在臺
灣的國語，究竟要唸單元音，還是複元音呢？❸其實"儿"單獨使用
的時候，唸單元音或複元音是沒有辨義上的區別，可以把它處理成同
一音位底下的自由變體，教的時候，仍以單元音爲主❹。唸的時候根
據周殿福（1985：30）的描述：

---

❸ 根據筆者抽樣調查屏東師院的學生，沒有把"儿"唸成複元音的個案，教國音學
的老師也都把"儿"當作單元音來教。只有少數老師教複元音，不過經過筆者調
查，學生還是唸單元音。另外胡建雄（1987：162）也提到：「……但是單純元
音的發音現已趨於優勢。」

❹ 關於"儿"的音值，到底是怎麼唸，在沒有音標符號記錄的語料的情況下，只能
根據一些語言材料去推。在曹雪芹（1976：159）當中，第二十回有一段記載，
如下：……二人正說著，只見湘雲走來，笑道：「愛哥哥，林姐姐，你們天天一
處頑，我好容易來了，也不理我一理兒。」林黛玉笑道：「偏是咬舌子愛說話，
連這二哥哥也叫不出來，只是愛哥哥的愛哥哥的。回來趕圍棋兒，又該著你鬧
『么愛三四五』了。」這一則有趣的例子固然是作者在寫作時，爲了符合情節幽
默的需要所設計出來的對話，不過把"二"唸成"愛" ╱ ai4 ╱ 或許反映出
"儿"的音值可能是複元音。

學習這個音的時候，應在學好央元音 [ə] 的基礎上擺好舌位，把舌身略縮、舌尖略抬，即發出正確的 [ɚ] 音。捲舌元音的關鍵在於舌尖的狀態，舌尖抬起，舌肌的收緊點應是片，不是點。練習時，舌尖要"翹起"，而不是"捲起"，這樣才能發出正確的 [ɚ] 音。

三、"兒化韻"的音值說明與分析

下表是"兒化韻"出現幾種類型，因爲過去學者多半用 / ər / 來討論，本文爲了方便說明在表中暫時也用 / ər / 來表示。">"是表示音變的方向，"構擬階段"是爲了解釋完成階段所假設的過程，"A；B"表示A、B兩個音是自由變體，而以 A 爲主。

	類	詞	例	構擬階段		完成階段		注音符號
1		把兒	a + ər		>	aər		ㄚㄦ
2		芽兒	ia + ər		>	iaər		ㄧㄚㄦ
3		花兒	ua + ər		>	uaər		ㄨㄚㄦ
4		坡兒	o + ər	>	oər	>	or	ㄛㄦ
5		鍋兒	uo + ər	>	uoər	>	uor ； uər	ㄨㄛㄦ
6		歌兒	ɤ + ər	>	ɤər	>	ɤr ； ər	ㄜㄦ
7	一	街兒	ie + ər	>	ieər	>	iər ； ier	ㄧㄜㄦ
8		月兒	ye + ər	>	yeər	>	yər ； yer	ㄩㄜㄦ
9		雞兒	i + ər		>	iər		ㄧㄜㄦ
10		魚兒	y + ər		>	yər		ㄩㄜㄦ
11		枝兒	ʅ + ər		>	ər		ㄜㄦ
12		絲兒	ɿ + ər		>	ər		ㄜㄦ
13		珠兒	u + ər		>	ur		ㄨㄦ

	類	詞 例		構擬階段		完成階段		注音符號
14	二	牌兒	ai + ər		>	aur		ㄚㄦ
15		塊兒	uai + ər		>	uaər		ㄨㄚㄦ
16		碑兒	ei + ər	> eər	>	ər ; er		ㄜㄦ
17		堆兒	uei + ər	> ueər	>	uor ; uər		ㄨㄜㄦ
18	三	刀兒	au + ər		>	aur		ㄠㄦ
19		票兒	iau + ər		>	iaur		ㄧㄠㄦ
20		鈎兒	ou + ər		>	our		ㄡㄦ
21		球兒	iou + ər		>	iour		ㄧㄡㄦ
22	四	竿兒	an + ər		>	aər		ㄚㄦ
23		煙兒	ian + ər		>	iaər		ㄧㄚㄦ
24		灣兒	uan + ər		>	uaər		ㄨㄚㄦ
25		圈兒	yan + ər		>	yaər		ㄩㄚㄦ
26		根兒	ən + ər		>	ər		ㄜㄦ
27		今兒	in + ər		>	iər		ㄧㄜㄦ
28		棍兒	uən + ər		>	uər		ㄨㄜㄦ
29		裙兒	yən + ər		>	yər		ㄩㄜㄦ
30	五	缸兒	aŋ + ər		>	ãr		ㄤㄦ
31		亮兒	iaŋ + ər		>	iãr		ㄧㄤㄦ
32		筐兒	uaŋ + ər		>	uãr		ㄨㄤㄦ
33		燈兒	əŋ + ər		>	ə̃r		ㄥㄦ
34		影兒	iŋ + ər		>	iə̃r		ㄧㄥㄦ
35		蟲兒	uŋ + ər		>	ũr		ㄨㄥㄦ
36		甕兒	uŋ + ər		>	uə̃r		ㄨㄥㄦ
37		熊兒	yuŋ + ər		>	yə̃r		ㄩㄥㄦ

(一)第一類是屬於拼合型的，也就是詞根的主要元音和／ər／的拼合。其中又可分成幾類：

　　1.例1.2.3.是直接拼合，／ə／是韻尾。

　　2.例4.～8.由於詞根的主要元音和／ər／中的／ə／舌位接近，所以相互妥協之後擇取一個作為兒化音節的主要元音。詞根語素

的主要元音／o、ɤ、e／和／ə／在舌位上很接近的，從發音的
"省力原則"來看，它必得擇取其中一個元音來作爲"兒化音
節"的主要元音。由於央元音 [ə] 的音值極不穩定，有很大的
可塑性，即很容易受語音環境的影響，它往往在拼合的過程中
退化爲音渡，甚至消失。所以詞根語素的主要元音／o、ɤ、e／
和"兒化"之後就變成／or、ɤr、er／，也有可能都是／ər／。

3.例9.～12.由於詞根的主要元音都是高元音，舌位比／ə／高，
在音節結構中便以／ə／作爲主要元音，因爲／ə／的響度比
／i、y、ɿ、ʅ／大，但是／ə／不是增加的，只是調整它（指
／ə／）在音節結構中的地位。

4.例13.由於／u／的舌位靠後，是後高舌面元音；可以同時有捲
舌動作，變成／ur／，中間的／ə／不明顯。詞根的主要元音
／u／兒化的看法，趙元任（1981：24）說：「ur 也是如此，
因爲，發元音 u 時，舌根抬起，圓唇，但沒有規定舌尖的位
置，它可以同時處於捲舌的狀態。」仔細體會趙元任這個說
法，是說明在發 u 這個元音的時候，舌尖在一定範圍內是有
活動的空間，而不會使音值有太大的差異，這樣的發音會使
／u／到／r／之間的滑動程度減少，過渡音比較不明顯。

㈡第二類和第四類是減音型的，這一類韻母的韻尾是／-i、-n／，
兒化之後，／-i、-n／要丟失。當然從發音的生理制約是可以解
釋韻尾／-i、-n／消失的原因（請參見李思敬1994：73），但是
從發音的生理制約並不能說明詞根語素的主要元音／-i／和後綴
詞尾／ər／結合以後，爲何不消失。

㈢第三類是和例13.是相同的❺，但是因爲／-u／是出現在韻尾，如果從一般音節結構的限制來看，／-u／後面是不能再加音素了，因此國語的 "兒化音節" 得在主要元音後面要增加一個成素，整個韻母要有四個成素。

㈣第五類是也是減音型，不同的是／-ŋ／韻尾消失之後，卻使 "兒化音節" 的主要元音產生鼻化。發音的生理制約可參見李思敬（1994：75）。鍾榮富（1992）認爲「最合理的理由就是說，ŋ 這個音素是由 [+鼻音] 和 [+舌根音] 等其他特徵所組成的。在（詞根的韻尾／-ŋ／和／ər／拼合的）音變過程裏，當／-ŋ／消失時，並不是所有的語音特徵都消失，至少 [+鼻音] 仍然存在。」（鍾文括號內文字是筆者所加）

四、關於從 "音節結構" 分析 "兒化韻" 的說明

假如要分析國語的音節結構，在韻母方面採用介音、主要元音、韻尾，就足夠了；但是如果要把 "兒化韻" 算到音系裏頭來分析，那可以再增加一個成素❻，國語的音節結構可圖示如下：

---

❺ 從分析處理上，當韻尾的／-u／和主要元音的／u／的 "兒化" 是相同的，但是作爲韻尾的／-u／，它的音值根據郭錦桴（1993：373）提到：「在ao、ou、iao、iou中的 u 尾音也是明顯地比相應單元音 u 的位置要靠前、偏低。尾音的主要作用，常常不是表示實際終點，而是 "表示元音滑移的方向和最大目標值"（"……"是郭錦桴引述曹劍芬、楊順安語）。當然，這並不意味人們不可能把尾音發 "到家"。有的人發音稍認眞些，緊一些，便可以把尾音發 "到家"。」

❻ 事實上有些學者並不主張把 "兒化韻" 放到音系裏頭去分析，請參見王洪君(1994)。

聲				調
聲 母	韻　　　母			元音韻尾
	介音	主要元音	元音韻尾 輔音韻尾	

因爲既然承認／r／是元音韻尾，那麼在音節結構的設計上，就得在韻尾之後再加一個成素；但是這裏頭是有限制的，如果音節結構是雙韻尾的情況下，這兩個韻尾都必須是元音韻尾❼。李思敬（1994：101）雖然把／ι／（就是／r／）當作元音韻尾來看，但是在音節結構的分析上，他仍然採取介音、主要元音、韻尾三個成素來說明，所以有某些情況，把／əι／中的／ə／處理成"過渡音"❽，如"花兒"／xuaᵊι／；有某些情況把／əι／中的／ι／處理成形容性符號，如"票兒"／phia¹u¹／。這樣的處理表面上符合了韻母由三個成素組成的理論需求，可是大費氣力。而且如果在主要元音後面不多加一個成素，"捲舌動作"就必須處理成"超音段"的成分，在音節中我們將無法判斷"捲舌動作"運作的階段，會使分析更複雜，也無法釐清

---

❼　主要元音後面如果是接輔音韻尾，就再也不能加元音韻尾，這樣會形成兩個音節，所以這也可以用來解釋輔音韻尾的丟失另外原因。因爲"兒"是零聲母的音節，如果詞根語素的輔音韻尾不消失，接上"兒"就容易將輔音和"兒"結合，多產生一個音節。

❽　所謂"過渡音"（Transition）有不同的說法，一是指相連兩個音素間的過渡階段形成的中間音，標音時可不標出。（參見中國語言學大辭典編委會1991：231）一是指是發音器官從輔音的部位移動到元音部位的過程中所產生的發音效應（或反向）。這一個發音過程是運動變化的、不穩定的……。（見郭錦桴1993：121）筆者是採前者的說法。

問題❾。增加一個成素就可以把"捲舌動作"看成是兒化音節內的音段來進行分析,以便更清楚的掌握"兒化"的音變規律。

通過上節的分析排比,我們可以發現"兒化音節"詞根語素的韻尾(不論是元音韻尾和輔音韻尾)在音變過程中是要被丟失的,這是基於主要元音後面只能容納兩個成素的限制。在"兒化"的過程當中,介音並沒有改變,換句話說兒化的捲舌作用從主要元音開始,直到音尾❿,介音不受影響。至於第三類的 / -u / 韻尾爲什麼沒有消失呢?那是在第三類韻母當中的 / -u /,它的音值比 [u] 要偏前、偏低,接近 [ʊ],和 [ə] 的舌位就很接近,所以這種合音型態和例4.～8. 相同。

五、結　論

㈠國語注音符號中的"ㄦ"有兩個音值;一個是發 [ə] 的"同時",舌尖向硬顎捲起,仍是單元音。一是先是發央元音 [ə],隨後再帶一個捲舌元音,這個捲舌元音是相當於 [ɻ] 而略鬆、略弱。[ə] 和 [ɻ] 兩者並不同時,不是一個發音動作,這是複元音。這兩個音值出現的情況不太一樣;"ㄦ"單獨使用的時候,上述兩種音讀都可能出現,可以視爲同一個音位底下的無定分音。如果是以後綴詞尾的形

---

❾　當詞根語素和後綴詞尾"兒"結合時,在主要元音和捲舌動作中間是否有 / ə / 的存在?事實上在發音過程當中,"過渡音"是有的,只是明顯的程度而已。一般"兒化韻"分析之所以會籠統的把兒化看成在詞根語素的主要元音加上捲舌動作,主要的原因是受到傳統音節結構格局的限制。

❿　"音尾"是表示在主要元音後面最後的一個成素。

式出現的話，就只能唸複元音。在發音的時候它是有動程的，唸的時候，有兩種情況：第一種是先發該音節的主要元音（含聲母、介音）❶然後再把舌尖捲起。第二種是第三類韻母，先發該音節的捲舌之前的音段（包括聲母、主要元音、韻尾），然後在把舌尖捲起。至於舌尖捲起之後所發的音到底是個通音 [ɹ] 或是元音 [ɻ]，仍然未有定論❷。但是這兩個音區別不大，發 [ɹ] 或是 [ɻ] 都可以達到"捲舌"❸的目的，重點是不能磨擦。

㈡"兒化"的語音變化，主要是詞根語素和後綴"兒"合爲一個音節的合音現象，這個"兒化音節"的音值受了音節結構的限制所做的調整。並不是籠統的在韻母末尾加上捲舌動作。

㈢如果要把"兒化韻"納入國語音系來分析，那得在主要元音後面加上一個成素，如果音節結構是雙韻尾的情況，這兩個韻尾都必須是元音韻尾。

---

❶ 王理嘉賀寧基（1983）說：「由於兒化時，捲舌動作幾乎是在發韻母的同時就開始的。」（引言）但是在林燾‧王理嘉（1992：169）：「兒化的捲舌作用從韻腹開始，直到韻尾，韻頭不受影響。」事實上我們從"兒化韻"音變的分析當中發現；介音應該是被排除的。

❷ 吳宗濟、林茂燦（1989：105）認爲：「李思敬（1986）把兒化韻尾描寫爲舌尖後元音 /ɻ/ 不無道理，……從舌形上看還不能肯定兒化韻尾就是 /ɻ/ 。」

❸ 一般學者使用"捲舌"這個名稱，事實上舌頭可能只是"翹起"的動作，但是如果把它說成"翹舌"，捲舌元音也要改成翹舌元音，這樣問題就很大，所以本文在敘述上仍然使用"捲舌"這個名稱，實際發音不一定到"捲舌"的程度。

參 考 文 獻

中國語言學大辭典編委會

1991 《中國語言學大辭典》。江西:江西教育出版社,第一版
第一次印刷。

王洪君

1994 〈什麼是音系的基本音系〉,見《現代語言學》,頁309-
331。北京:語文出版社,第一版第一次印刷。

王理嘉、賀寧基

1983 〈北京話兒化韻的聽辨實驗和聲學分析〉,見《語言學論
叢》(第十輯),頁38-60,北京:商務印書館,第一版第一次
印刷。

王理嘉

1991 《音系學基礎》。北京:語文出版社,第一版第一次印
刷。

北京大學中文系・現代漢語教室

1993 《現代漢語》,北京:商務印書館,第一版第一次印刷。

李思敬

1994 《漢語"儿"[ɚ]音史》。臺北:商務印書館,初版第一
次印刷。

李振麟

1984 《發音基礎常識》。上海:上海教育出版社,第一版第一
次印刷。

李新魁

　　1994　〈論普通話的音節結構〉，見《李新魁語言學論集》頁
　　404-436，北京：中華書局，第一版第一次印刷。

何大安

　　1987　《聲韻學中的觀念和方法》。臺北：大安出版社，初版。

林以通

　　1992　《國音》。高雄：春暉出版社，修定版。

林　燾

　　1990　〈北京話兒化韻個人讀音差異問題〉，《語音探索集
　　稿》，頁61-70。，北京：北京語言學院出版社，第一版第一次
　　印刷。（原載《語文研究》1982年第二輯）

林燾、王理嘉

　　1992　《語音學教程》。北京：北京大學出版社，第一版第一次
　　印刷。

吳宗濟・林茂燦

　　1989　《實驗語音學概要》。北京：高等教育出版社，第一版第
　　一次印刷。

吳金娥　等

　　1992　《國音及語言運用》。臺北：三民書局，初版。

周殿福

　　1980　《藝術語言發聲基礎》。北京：中國社會科學院，第一版
　　第一次印刷。

　　1985　《國際音標自學手冊》。北京：商務印書館，第一版第一
　　次印刷。

胡建雄

　　1987　《兒化韻知多少》。臺北：文豪出版社，初版。

徐世榮

　　1993　《普通話語音常識》。北京：語文出版社，第一版第一次
　　印刷。

孫德金

　　1991　〈北京話部分兒化韻讀音調查〉，《語言教學與研究》，
　　第4期，頁56-71。

曹雪芹

　　1976　《紅樓夢》。臺北：三民書局，三版。

張正男

　　1984　〈兒韻字的音讀與教學〉，《師大國文學報》，13期，頁
　　207-221。

張光宇

　　1988　〈漢語的音節結構〉，《國文天地》，4卷1期，頁80-
　　84。

郭錦桴

　　1993　《綜合語音學》。福建：人民出版社，第一版第一次印
　　刷。

國立臺灣師範大學國音學編輯委員會

　　1993　《國音學》。臺北：正中書局，臺五版第五次印行。

教育部國語推行委員會

　　1992　《中華新韻》。臺北：正中書局，臺初版第七次印行。

董少文

1988　《語音常識》。上海：上海教育出版社，第一版第一次印刷。

臺灣省國語推行委員會

1994　《國音標準彙編》。臺北：臺灣開明書店，臺四版。

趙元任

1981　《國語語法》。臺北：學海出版社，初版。

1987　《語言問題》。臺北：商務印書館，五版。

齊鐵恨

1961　《國語變音舉例》。臺北：臺灣書店，再版。

薛鳳生

1986　《國語音系解析》。臺北：臺灣學生書局，初版。

鍾露昇

1976　《國語語音學》。臺北：語文出版社，九版。

鍾榮富

1992　〈空區別性特徵理論與漢語音韻〉，見《聲韻論叢》第四輯，頁299-334，臺北：臺灣學生書局，初版。

羅常培，王均

1968　《普通語音學綱要》。北京：科學出版社，第一版第一次印刷。

從語言學理論與語言教學論音標符號的價值－兼論國語注音符號的存廢與外語學習

李存智

論文提要

　　本文從語言學理論與語言教學的實際運用探討音標符號的價值與功能。人類的語言是一種雙元結構，能夠經由一套有限的符號與語法規則創造無限多合乎語法的詞句。個別的語言均有其各自之符號系統，此系統是多層次的。一種語言的標音符號用於標寫其音韻系統，也輔助語言的學習，是過了關鍵年齡之後再學習語言者重要的憑藉。但語言有其個別的音韻特質，任何一種標音符號不一定能夠完滿適用於他種語言。

　　兒童學習母語的過程與特質及其所代表的意義，啓發我們思考語言教學與語言習得的相關問題。語言學習的關鍵期（critical period）與年齡往往決定語言學習的模式與成效。不同語言之間的音韻對應關係、個別語言的語音特色則提供非母語使用者學習時參考。倡議廢除國語注音符號、改用羅馬拼音以拓展世界觀者，實應事先認知個別語

言的音韻特色，了解語言學習的關鍵年齡與是否接觸正確、有意義的語料才是左右語言學習成效的最根本因素。及早接觸語言，遵循該語言的系統及不斷練習是學習語言的不二法門，外語學習更是如此。

一、語言學分支學科與語音的關係

(一)語音學（phonetics）

　　語音學是研究人類語言中的聲音，描寫其種類、性質及如何發音、辨音、記音的學科。人類語言溝通的最重要媒介是聲波，藉由聲音的傳達將某甲腦中的概念傳至某乙，使乙腦海中也出現相同的概念，溝通的步驟即完成。具體而言，從概念形成(ideation)到發出指令(innervation)、發音(articulation)、聲波傳遞(transmission)、聽覺接收(perception)，最後經由大腦語意解析(interpretation)。六個步驟中，發音、聲波傳遞、聽覺接收都是語音學研究的範圍。研究人類如何運用發音器官發出語音是發音語音學(articulatory phonetics)，討論語音的生理基礎。聲波的響度、頻率、長度的研究則是聲學語音(acoustic phonetics)的範疇，探討語音的物理基礎。聲波如何接收、解析成語意，是聽覺語音學(auditory phonetics或稱perceptual phonetics)研究的課題。在語言的運用上，又以發音、辨音最爲基本。

　　發音語音學探究聲音如何發生，如何被察知，有那些種類，每個音的特質爲何，發音的方法、發音的部位等課題。這一個範疇也是語音學的三個分支中與教學或語言治療、語音矯正最密切相關的部分。爲了準確說明與記錄，音標成爲標注口語發音的書面符號。除了兒童

學習母語可以不經過音標學習的階段以外，學校的語文教育往往是從音標符號的認識與練習開始。由單音（segment）開始熟悉語言的符號性、層次性，進而知道單音與單音的結合有一定的條件限制，音節結構中的語音成分有其序列關係。之後才能明白語言的符號系統中，能夠單獨使用的最小單位並不是一個個的單音，而是音節組合而成的詞（word），甚至實際交談溝通時所用的是更大的單位——句子。不論是單音、音節、詞或詞組、句子，都具有語音的形式。這也正是本節立論的基礎所在。

㈡音韻學（phonology）

在語言這個符號系統上，音韻學研究的是每一語言中語言組合的形態與相關的音韻規律，以及音韻演變的問題。結合前文來說明，音韻學關心的已非一個個的單音。以語文教育而言，教學內容已進入拼音組合的階段，學生在學習中可能面臨的困難也正是音韻學者所關心的規律與演變的問題。

音韻學從聚合關係組合規律研究音位（phoneme）及每一語言的音位系統。探討的內容涉及音位與其變體（allophonic variant）❶，音

---

❶ 音位是一個語言中具有辨義作用的語音單位。音位變體則依語境的相同或不同分為兩類：在同一語境之下，沒有區別作用，不發生詞義改變，往往只是社會語言上正式與否的強調，此種變體稱為自由變換音（free variant）。如pack／pæk／，／k／可唸[k˙]、[k]、[kˀ]而無詞義上的差別，屬於無定分音。而在不同語境之下，造成一互補分配狀態的變體則為語境變換音（positional variant），屬於有定分音。產生的原因往往是為了發音方便，使音唸得更清晰，大部分具有生理上的機制。如國語的／ㄚ／音位，單用為韻母時音值為[A]，與發音部位在前的輔音或介音結合時可能讀成[a]或[ɛ]，與部位在後的輔音或元音結合時則讀成

位的區別特徵（distinctive feature），音位的對比性（contract，指具有辨義作用）、對稱性（symmetical，指有些音位不僅發音特徵相似，在組合規律及變化的形態上也相似，可稱之爲自然音群（natural class，如／p／、／t／、／k／。），同位音（allophone）的相似性、互補分配性（complementary distribution）❷所牽涉的分布與交替的實際情形，以及各種單音音位與超單音成分❸的配合問題。

　　前文已述及語言的使用並不停留在單音階段，故探究音位的組合規律可提供學習者認識單音如何構成音節，進一步熟悉該語言的音韻系統，從而進入構詞的層次。

(三)構詞學（morphology）

　　[ɑ]，[A]、[a]、[ɑ]、[ɛ]的出現有其語境之限制，故是有定分音。英文的／p／音位，讀成[p`]或[p]或[p˥]在音節尾是無定分音，但在音節首則只能唸[p`]，在[s]之後則必須唸成[p]，是有定分音。

❷　同位音的相似性指屬於同一音位的分音在發音部位及方法上極類似，如／p／音位在英文中的[p`]、[p]、[p˥]三個同位音極相似，且無辨義作用。同位音的互補分配性指其出現的語音環境不重疊，即註1所述之語境變換音，具有語音條件的限制。

❸　超單音成分，又稱作上加成素（suprasegmentals）。例如聲調（tone），重音（stress），句調（intonation），音長（length）。聲調和句調都涉及音的高低起伏。前者主要爲詞的音高（pitch），如漢語是聲調語言，具體表現爲聲調的不同，即語音高低的差異，爲具有辨義作用的超單音音位。而句子中的音高起伏則爲句調。句調的改變可以變化整個句子的涵義，如英文即是。重音則是一種累積性、多重語音體現的現象。在英文可作爲構詞的手段。在國語裡則有「輕聲」別義的情形。而在句子中則也可能出現對比重音（有別於一般情形下一個句子只有在最後一個實詞讀得最重。），通常在對比說明之際產生。音長表現，在國語裡與聲調有關，上聲最長（因其爲降升調）。在英文中，一個元音在濁輔音之前會變爲長音是普遍現象，如dock／dak／與dog／dag／，後者的元音長度實際上較長。

　　構詞學研究詞的內部結構及語音如何構成詞的法則與程序。語言做為「溝通的工具」，最小的音義結合單位是詞，詞是表意的基本單位。音位本身不具意義，一個或一群單音組成的含有意義的最小單位叫詞位（morpheme），為語言裡最小的音義結合體，最小的語言符號。由此得知，從詞位到詞的構成必然與語音有密切的關係。

　　詞位可以是一個單音，一個音節，或多音節，例如衣 [i]、烏 [u]、迂 [y]；組 [tsu]、單 [tan]；琵琶 [pʻipa]、葡萄 [pʻutʻau]、沙其馬 [ʂatɕʻima]。單音節構成的詞位為單音節詞位；多音節構成的詞位為多（複）音節詞位。以現代漢語為例，一個詞的構成可能是一個詞位，如手、口、琵琶、葡萄、盤尼西林，可能是兩個詞位，如老師、看頭、車子，或是兩個單詞複合而成，如海洋、筆直、地震、越軌、擴大。或是由一個詞位重疊而構成詞，如爸爸、漸漸、走走、坐坐。

　　相對於音位可能因語境或語式不同而出現同位音，詞位的語音形式也可能在同位詞（allomorph）上有不同的展現，如現代漢語「啊」字在連讀變化之下所產生的「呀」、「哇」、「哪」等字的轉寫，即可視為同位詞❹。又如英文中inability、impossible、incomplete，不論是 [in-]、[im-] 或 [iŋ-] 都是表「否定」，意義相同，因所處的語音環境

---

❹　現代漢語共同語的語氣助詞「啊」，如果與前一音節發生連讀，往往造成語音的變化。情形如下：

ai	a	愛啊（ia，呀）
xau	a	好啊（ua，哇）
an	a	安啊（na，哪）
ʂɿ	a	是啊（ʐa，無相應的漢字，仍寫為「啊」）
niang	a	娘啊（nga，無相應的漢字，仍寫為「啊」）

　　[ia]，[ua]、[na]、[ʐa]、[nga] 分別是「啊」的同位詞的不同語音形式。

的限制而有舌尖、雙唇、舌根鼻音的變異。同位詞的不同語音形式是教學時必須注意的音韻現象，是語流音變中往往出現的情形。學習者在學習構詞之前得了解語言系統中構詞成分的性質，方能掌握語言溝通的最基本單住。而這又與語音的組合形態分不開，故本文認爲標注語音的音標符號在學校的語文教育中實扮演著十分重要的角色。

二、語言學習與語言教學的觀察

(一)兒童學母語的階段及其啓示

語言學研究小孩的語言稱爲語言發展學（developmental linguistics），是心理語言學（psycholinguistics）的範疇。研究證明每一個人童年時學會母語的過程是令人驚奇的，不論血統、種族、性別，一個正常的小孩都能在五歲以前學會母語。而且他的思想、觀點與語言同時形成。關於兒童學習語的情形，一般認爲學習者在自然的語言環境中，通過一定的語言獲得機制（language acquisition device）對所接觸到的語料進行加工、概括，掌握關於該語言的規則，從而獲得語言。

小孩子學習母語的過程大約可分爲如下的幾個階段，不同的現象啓示我們思考語言符號是個層次分明之系統的特質。也提供母語書面語教學、外語教學在規劃步驟時作參考。

1.牙牙學語期

此時期約在六個月大時，即使不受外在的刺激，也會發出聲音自己玩（sound play），其中可能包含許多母語中不存在的聲音。此現象所代表的意義是小孩子在練習發音器官，爲學習母語的語音打下基

礎，而且因發出聲音而得到注意、讚美，小孩子很快便能體會到語言的社會功能，更進一步促其學習母語。

2.單詞句期

小孩子在周歲至十六個月左右時進入單詞句時期。此時已建立了聲音與意義的聯繫，雖然是單字，但當作句子使用。如 [am]代表所有想吃東西時的意思，不論是喝奶、喝水、吃水果或吃糖。因此得知，在語義上，此時期的表達還不夠清楚，往往出現過度概括化或窄化的情形。筆者曾觀察說閩南話的小孩子在此時期會把所有上了年紀的男性老者稱作 [kong]（公），上了年紀的女性長者叫 [po]（婆）。把金龜子渾圓的、紅底黑點的殼（識字卡上的圖片）當作是「西瓜」（半圓剖開的樣子）。羊或鳥等動物，以其所先認定者爲是，未曾見過者爲非。且要看到小狗才會說 [ko ko]，無法超越時空。此時期的理解力超過表達能力。詞所代表的都是可操縱的、具體的、當下的事物，而且口中發出聲音時也往往帶有動作，例如說「抱」的時候雙手也同時伸出。

在語音方面，以單音節詞爲主。小孩在此時可能會混淆許多語音，發音呈現不穩定的情形，或發不出正確的音而以他音替代（但他知道二者的不同，大人不能取笑、模仿其錯誤。）。例如 [t]、[k]二音在許多小孩子的學語過程中常出現以 [t]取代 [k]的情形，如把 [kong]（公）說成 [tong]，[ku]（姑）說成 [tu]。不過聲調、輕重音等上加成素則已學會。此現象說明語音的習得有順序性。先掌握者爲人類語言中共有的音位，後學得的爲具體語言中的特殊音位。前者如 [a]、[i]、[p]、[m]，後者如漢語的捲舌音，法語、俄語的顫音等。而在同屬塞音的一群語音中，部位愈前者通常愈容易發音。如前

述 [t] 比 [k] 早習得，[p] 更是許多小孩子很早便會說的 [papa] 一詞中的起首輔音。

3.雙詞句期

此時期與單詞句期距離相當接近，約延續到一周歲半至兩周歲。小孩子已能組詞成句，已有固定的語法意義，逐漸發現語言中有詞類的不同。如想喝牛奶，可能說「阿公泡」、「泡ne ne」，其中已有名詞、動詞與主語、賓語等實質的語法概念。

4.多詞句期

兩周歲以後已進入多詞句時期。此時期語法仍有許多錯誤，尚無虛詞（如介詞、冠詞、助動詞、語氣詞等）的觀念，即使刻意引導，小孩子也無法模仿。從此以後已無明顯的分期，主要學習的是虛詞、語法，同時詞彙的數量也以極快的速度累積。五歲左右乃兒童語言能力朝連貫、簡煉進展的轉折點。六歲時，小孩子在母語的掌握上已可算是語言的成年人（linguistic adult）。個別處於更多有意義的語料刺激之下的小孩，則可能表現出更成熟的語言使用能力。

在兒童學習母語的過程中，提供語言環境的大人們所扮演的角色在兒童的語言發展中起著不容忽視的作用。語料的質量和輸入的方式直接關係兒童習得母語的速度、質量和方式。缺乏有意義的語料的輸入與實際的參與，兒童不可能習得語言，如狼童或僅靠錄音機、電視學話的小孩不能學會語言。正常的小孩隨著後天大腦逐漸發育成熟和認知的不斷發展，在學習語言上具有主動性和創造性，惟仍需要大量的語料輸入。學習過程中，語法、語用能力部分為較困難的項目，需不斷學習才能完善，非輕而易舉可得。故兒童學習母語雖然主要是通過自然習得的方式，但仍有學得的成分，此為經常被忽略的一點。由

兒童學習母語的模式觀察，可知與語言是個層次分明之符號系統的特質密切相關。從母語之音位系統的習得❺，進入單詞句、雙詞句、多詞句的階段，即是符號系統的學習完成。母語口語的獲得從單音的分辨至組詞成句的靈活運用，大都透過語音的形式。進入學校後的語文教育則為共同母語書面語的學習，或是第二語言（方言或外語）的學習。

(二)學校語言教學的觀察

進入教育體系學習之前，兒童已經能純熟運用母語，也日漸鞏固對母語的熟悉程度。共同語如果與學習者的母語相同，則書面語的教學便是媒介的轉換，將藉語音形式展現的口語轉成以書寫符號（文字）表達的書面語言。假若共同語並非母語，則學習者因已具抽象思維能力，又仍處於學習語言的關鍵期之內，除了仍可以自然習得的方式（因學校提供了豐富的語料刺激）學習第二語言，且也可以用另一種語言（母語已流利）解釋新學習的內容。故語言教學開始於六歲之後實有其學理上的意義。

在國內，各級學校落實的語言教育基本上是個層級分明的教學模式。小學首重注音符號的認識、拼寫、標音，學習一套書寫符號的最基礎形式。年級愈低，依賴注音符號的情況就愈多。低年級的學生所識漢字有限，往往以其所學會之拼音標注不會寫的漢字。在溝通的功能上，無異於漢字的效用。隨著修業年數的增加，不僅所學的漢字愈

---

❺ 在沒有音位理論知識的指導之下，未經語音訓練的正常兒童具有識別母語音位的能力，能夠區別音位間的辨義對立。

來愈多，對於由字（詞位）構成詞的過程也日益熟悉。配合上有順序的造詞、造句的教學，小學生也漸漸學得如何經過排列組合的一定法則寫一篇文章。碰上不認識、不會寫的生難字詞，懂得以教師教授之各種檢索法查出字詞的涵義，解決閱讀與寫作的困難。小學的語文教育基本上是共同語書面語的教學。近年配合政策實施，屬於鄉土教學一環的母語教學，目前尚未取得良好的成效。究其原因，除了教材、教師、教法不盡理想之外，許多人不清楚方言母語學習的特質，恐怕是根本的因素。母語學習最好的環境是家庭，最佳的時間是六歲以前。經由不斷的語料的刺激，孩童能夠自己歸納出一套屬於母語的法則，在實際的語言運用上逐漸建立其語言能力。倘若兒童的母語即是共同語，則「方言母語」的教學實質上已成為第二方言的學習，並非其母語的加強。加上學校所能提供的有意義的語料刺激又不夠豐富，欲求得理想的教學成效是相當困難的。本文以為母語能力的獲得必須符合自然學習的原則。在極佳的後天環境（語料輸入的質量、方式）的配合之下，先天的語言潛能（predisposition）才能充分發展成為語言能力。

中學階段已過了語言學習的關鍵年齡，很難再以自然學習的方式獲得語言能力。此階段的本國語文教育強調的是書面語的深入學習，教材內容包括文言與白話的文獻。講述漢字構造的基本法則，在部首偏旁的熟悉下，認識漢字形、音、義的關係。從篇章字義、詞語的解析進一步了解全文意旨。從修辭、語法的運用分辨口語與書面語的聯繫與差異。不過在尚未學得分析語言之前，學習者仍然只知如何純熟運用語言，而不知所以然。語言知識是間接反映在使用語言時的語言能力上。

　　中學的語文教育尚包括外語的教授。受到先天的生理限制，在大
腦功能分邊化、分區化❻相繼完成後，學習者已無法自然習得語言。
過了關鍵時期，已屬於困而知之的階段，學習外語很難不帶母語口
音，也很難不受母語習慣的影響。此時的學習必須透過完整的音位系
統、音韻配合規則、構詞方式、詞類、句法等系列的教學項目而獲得
語言。現行的中學外語教育以英語為主。英語是印歐語系語言，與漢
語迥然不同。不僅音位系統有別，音節結構、構詞方式、詞序也有所
不同。在書寫符號上，英語書面語是表音文字，漢字則是表意文字。
表音文字的基本書寫單位（即字母）表示語詞的讀音。表意的漢字則
表示詞或語素的意義單位，字可作意符或聲符，依漢字的內部結構關
係，加以增減合併可構成其他的字。表音文字則無此特性，它以為數
有限的基本字母按一定的順序排列而構成新的字。語言本身所具的特
殊性往往影響音標符號的適用程度。國語注音符號因以漢字偏旁制定
而成，故除了標音功能之外，亦有助於漢字形、音、義的學習。學習
英語則一般是經由k.k.音標的認識進入詞彙、句法的階段。對於使用

---

❻　大腦功能分邊化（lateralization）及分區化（localization）約在六歲與十二歲左右
　　完成。大腦的語言功能集中在人腦左半球。左半腦掌控的功能為分析處理，諸如
　　聯想、時間序列判斷、文字書寫、閱讀均與語言是個層次分明的符號系統密切相
　　關。右半腦主掌整體印象的處理，非語言性的思維、立體感知覺、空間距離、音
　　樂旋律的辨認（非單一樂音）、面貌及形狀的辨識皆屬之。分區化的完成表示大
　　腦功能未定區分化確定，此後如果左半腦與語言能力有關的區域受損，則無法將
　　功能再作轉移，導致語言能力部分喪失，便稱之為失語症。不同的語言功能區
　　（如語言表達、詞義解析、名詞儲存……）受傷便有相應的失語症狀。反之，右
　　半腦受傷則不影響語言能力。另外，分區化及分邊化尚未完成之前，語言功能區
　　若受到傷害仍可轉到右腦的功能未定區發展，若過了分區化完成的關鍵期則失去
　　可能的補救機會。

漢語共同語的人而言，如何克服母語的干擾因素，較有效地學習英語，是個目標，也一直是教育單位關心的課題。筆者以爲把學習外語的時間挪至關鍵期以前，改善語言環境是可以思考的方向。

　　大學或研究所的語文教育，通常可分爲兩類：一爲一般科系聽、說、讀、寫能力的加強，一爲專業性的語文科系，語言學分支學科及相關領域的教授與訓練。後者是本文深切關注的對象。前文已述，尚未學會分析語言之前，使用者通常是知其然而不知其所以然。經過訓練之後，語言使用者已了解語言知識（linguistic knowledge或competence）可告知我們母語的語音有那些？語音如何排列組合，是CVCV嗎？CCCV、CVVV可能出現嗎？母語的語音與語義又如何配合？如果不是母語則無語感促其將該語言的語音與語義相配合。又基本詞彙爲何？組詞成句的規律何？語句運用適當與否？是否有歧義？都是語言知識可告知的訊息。

　　語言學的專業訓練是在認知人類語言的特質之下展開的。不僅要熟悉母語的系統，也要分析其他語言，從而得出語言的通則與特殊性。前一節所述語音學、音韻學、構詞學的研究範疇與語言的聲音極密切，只要從語言調查工作必須依賴嚴式音標記錄，語料分析爲求得音位系統，須指出音位變體在性質上、分布上的限制，以及詞如何由詞位構成。進一步才能取得適合一般標音所用的寬式音標。個別語言的音標皆有其教學上的功能，不論是母語書面語或是第二語言的學習皆無法略過音位系統（即寬式音標）的辨識階段。這是因爲語言的學習是層次分明的符號系統的學習，而音位又是音韻系統的最基本成分。經由音韻、詞彙、句法的全盤學才可能掌握語言。外語教學的課程設計則應進一步運用比較的方式，使母語非但不成爲干擾因素，更

有可能成為促進學習他種語言的動力。

三、個別語言之音位系統的異同分析

比較音韻學的研究不論在歷時或共時的層次，均有所成就。歷時的音韻變化有何規律？是否可預知？同一時間裡，親屬語言的比較或不同族系的語言的比較，也都有其特定的研究目的。本節主要是從音位系統的對比觀察，指出每一種語言的音標符號有其各自的特色，無法任意取代。並從幾個音韻現象加以證驗，藉由存在的語言事實，說明在教學與學習的過程中，音位觀念的建立極為重要。

㈠送氣與不送氣

在漢語的音位系統中，輔音送氣與不送氣為對比音位，具有辨義作用。如「潘」與「班」，「湯」與「當」，「康」與「剛」，「吃」與「知」，「粗」與「租」，「千」與「尖」，每一組的差異僅在音節首輔音送氣與不送氣。以漢語為母語的使用者沒有混淆的情形。反觀來臺學習的日籍學生，一不留意便會說出「幹什麼」或「看什麼」，「老師，你好胖？」或「老師，你好棒？」等令人啼笑皆非，愣在當場的錯誤。主要是肇因於日語的音位系統中，送氣與不送氣是不具辨義作用的語音，[p]、[pˋ]是／p／的音位變體，[t]、[tˋ]與／t／，[k]、[kˋ]與／k／的關係亦然。英語的情形類似，但不完全相同。以／p／、／t／、／k／為例，peak、kill、top與speak、spy、skill、sky、stop、style、supper、letter、sucker作比較，前者的p、t、k實際上的語音形式是[pˋ]、[tˋ]、[kˋ]，後者則是[p]、[t]、[k]。兩

者的音值差異，說漢語的人極易分辨出來，但說英語的人並不覺得它們有分別，仍認爲是同一個聲音。以音位學的分析來看，送氣與不送氣在這個對照組中是同一音位的語境變換音（即有定分音），功能爲使發音順暢，或聽音清晰。就母語使用者而言是不自覺的。就具體的語境限制而言，音節首輔音爲 s-，或位於兩個元音之間而重音在前的音節，/ p /、/ t /、/ k / 的音值是不送氣的 [p]、[t]、[k]。音節首或其他地方則多數是送氣的形式（位於音節尾爲無定分音 [p`]、[p]、[pꜜ]三可的自由變換形式）。

音位的自覺是母語使用者的基本語言能力，日語、英語、漢語的使用者對送氣與不送氣的認知往往受母語音位系統的影響，其他語言亦然。

(二)清與濁

在漢語方言中，除了吳方言、湘方言（限於老湘語）以外，現代漢語的音位系統可謂已無清濁的對立。如帝、弟，閉、敝，記、忌本來分別屬於端、定，幫、並，見、群清濁對立的聲類，因全濁清化而致在國語中完全無法分別。英語則有清濁對立的輔音。以塞音爲例，par、bar，town、down，cold、gold各組的對立分別只有音節首輔音的清與濁的不同。因起著辨義作用，故爲對立的音位。而國語並無 / b /、/ d /、/ g /，中國人口中的bar、down、gold或bag、band、dog、good等字的發音，往往都以 [p]、[t]、[k] 代替 [b]、[d]、[g]，如果不經過刻意的正音，甚至不能辨別其間的差異。因此，第二語言學習的過程中，母語所無的語音也往往成爲學習者辨別語音時的障礙。反之，同具清濁對立輔音音位的語言，如日語也有 / p /、

/b/、/t/、/d/、/k/、/g/的對立，其母語使用者便不會有
此困擾。

㈢輔音音值與輔音音位

語音的差異是音值的不同，還是辨義的對立，往往是音位系統建
立的重要考量因素。前述英語/p/、/t/、/k/的語境變換音或自
由變換音都未構成意義上的對立，故同屬一個音位。日語ha行各音
ha、hi、hu、he、ho的起首輔音皆歸屬/h/音位，但實際的音值則有
[h]、[ç]、[Φ]的不同，[ç]、[Φ]的產生與[i]元音、[u]元音的語音特
質有關，也僅是語境變換音。反觀國語音系中的[k]、[k`]、[x]、
[ts]、[ts`]、[s]與[tɕ]、[tɕ`]、[ɕ]的關係則複雜得多。[k]、[k`]、
[x]來自中古見系各聲類的洪音，[ts]、[ts`]、[s]則源自精系各紐的
洪音，而[tɕ]、[tɕ`]、[ɕ]則是見、精二系的細音匯流而成。同位音
如果是語境變換音則呈互補分配。如此，則[tɕ]、[tɕ`]、[ɕ]分別與
[k]、[k`]、[x]與[ts]、[ts`]、[s]成為互補分配的關係。然而在國語
音系的輔音系統中，這三套語音皆具獨立的地位。箇中決定性的因素
應是分與合並非單一源流的考慮。故音位系統的建立在個別語言也有
不同的考量，此即語言雖有共性，但也有其特殊性。

㈣元音音值與元音音位

元音的情形與輔音類似，音位系統的建立也必須排除同位音。國
語音系/a/音位具有[A]、[a]、[ɑ]、[ɛ]四個語境變換音，分別出
現在「啊」、「家」，「擔」、「攤」，「高」、「崗」，「天」、
「間」的音節中作為主要元音。音值的差異源自語音序列的限制，無

辨義作用。故以音位音標標寫，一律可把這些例字寫成/a/、/tɕia/、/tan/、/tʻan/、/kau/、/kang/、/tʻian/、/tɕian/。如果元音替換即造成語義的對立，則分別爲元音音位。舉英語[ɛ]、[a]二音爲例加以說明：par、pair，car、care，tar、tare三組例字，前後字的語音區別只在元音上。但[a]不能換成[ɛ]，因有語義的對立。故／a／、／ɛ／分別是英語的元音音位，與國語音系的情形不同。

　　不同的語言存在音位系統組成分子的多寡差異，故音類對應的觀念如能建立，在外來詞的翻譯（音譯的方式）可達較佳的層次。而個別語言的音位差異，告訴我們語言的特殊性往往也成爲想以同一理論或方法解決語言問題的必然阻礙。近來國內提議以羅馬拼寫國字，取消注音符號的人很多。從事語言研究的工作者都知道今天只有國際音標（IPA）能夠標注世界上任何語言，但它也不斷被修訂，以適合研究之用。即便如此，但學者並不認爲這套符號適於一般的語文教學。這是因爲語言與文字在教學上是分不開的。而已知表音文字與表意文字之間原即存有本質上的差異，加上音位數目、種類也不盡相同，以拼音文字轉寫漢語，可預見的困難已不少。如「國音注音符號第二式」取消送氣符號，以b、d、g表[p]、[t]、[k]，以p、t、k表[pʻ]、[tʻ]、[kʻ]，以tz、ts表[ts]、[tsʻ]。如此一來，混亂了清濁音的判別，模糊了送氣與否在國音中的辨義作用，至於如何達到論者以羅馬拼音拓展世界觀的目的，令人懷疑。恐難免淆亂了正確的語音學習，母語語音不但沒有充分掌握，外語的發音也不夠道地。本文以爲不同的語言有其特殊性，則爲其制度的音標符號也較適合用於學習該語言的語音系統。羅馬字拼寫漢字只是國際化社會的權宜性表音替代。如果我們還認爲漢字是形、音、義的結合體，即可察知國語注音

符號在字形與音義上的聯繫，是一套大大有助於讀書識字的標音符號。漢語與漢字有其迥異於拼音文字的特性，論者不可不知。

四、國語注音符號的功能及外語學習

㈠國語注音符號的功能

1.識字的功能

前文已述及國語注音符號具有形、音、義的關係。此處舉例說明，以凸顯其識字的功能。

> ㄅ：布交切（pau $_{55}$），義與「包」字同。
>
> ㄉ：都勞切（tau $_{55}$），即「刀」字。
>
> ㄋ：奴亥切（nai $_{214}$），即「乃」字。
>
> ㄌ：林直切（li $_{51}$），即「力」字。
>
> ㄐ：居尤切（tɕiou $_{55}$），延蔓也。
>
> ㄔ：丑亦切（tʂˋɿ $_{51}$），小步也。
>
> ㄕ：式之切（ʂɿ $_{55}$），即「尸」字。
>
> ㄖ：人質切（ʐɿ $_{51}$），即「日」字。
>
> 一：於悉切（i $_{55}$），數之始也。
>
> ㄚ：於加切（ia $_{55}$），物之歧頭。
>
> ㄠ：於堯切（iau $_{55}$），小也。

實際上，依據民國七年教育部正式公布的注音字母令來看，每一個注

音符號都具有形、音、義一體的漢字特色，以上所列者只是較爲一般人所知的幾個字母。字形上也可與中文字典的部首偏旁相配合，在漢字教學上是一項基礎工作。而以漢字書寫的漢語書面語的教學是學校語文教育的主要內容，因此，注音符號的識字功能不可小視。

2.標注語音的功能

既名注音符號，標音是其本質。雖然系統內的ㄞ、ㄟ、ㄠ、ㄡ、ㄢ、ㄣ、ㄤ、ㄥ不符合一音一符和一符一音的音位字母的原則，但如果從漢語音節結構與作詩押韻的角度來看，卻相當符合漢語的音韻特質、押韻的內涵及拼音教學的需要。在音韻方面，結構上分爲聲母、韻母、聲調。聲調是上加成素，此處可以不論。韻母可再分成介音加上韻（主要元音與韻尾）。韻雖可再細分，但從押「韻」及拼音而言，ㄞ、ㄟ、ㄠ、ㄡ、ㄢ、ㄣ、ㄤ、ㄥ都是緊密結合的一個韻的單位。例如「登鸛雀樓」一詩，「流」、「樓」押「ㄡ」韻，拼音時即是ㄌㄧㄡ與ㄌㄡ，並非ㄌㄧㄛㄨ（liou）或ㄌㄛㄨ（lou）。

至於有論者提出國語注音符號不便於音譯外來語詞、新科技用語等，本文以爲此乃不明漢語書面語的特質的說法。書面語以漢字爲書寫單位，外來詞進入漢語詞彙系統早已經由音譯、或意譯、或音意兩者兼譯的方式成爲漢字形式，如幽默(humour)、浪漫(romantic)、劍橋(Cambridge)、巴黎(Paris)、倫敦(London)等。

㈡外語學習

本國語文教育除了人際溝通的實用目的以外，也包括文化素養的培育。然而輿論爭相把外語教育成效不彰的罪過推給國語注音符號，身爲一位語文工作者，實有責任指出事實，以免眾口鑠金、積非成

是，反不明問題癥結所在。前述兒童獲得母語的過程與特質啓示我們
思考語言教學的方式和步驟。語料的輸入，語言輸出時說者的思維，
提供語料者是否能夠即時反饋、有否擴展學習的內容、是否進行引導
式的糾正，規劃的學習項目爲何……等等，綜合言之，即指語言環境
爲學習語言最重要的後天條件。就外語而言，教師、教材、教法構成
語言環境。因此，必須改進的是教師的素質、教材的內容、教學的方
式，而不是國語注音符號。中國大陸推行〈漢語拼音方案〉，取消國
語注音符號，以拉丁字母拼注漢字讀音。不僅造成學習其他語文的錯
亂（如英語），且無法從字母眞正掌握國語（普通話）的音讀。再
者，漢語方言仍有吳語、湘語保留濁音，如何說明二處的濁音與共同
語的濁音（形式上）不同？諸如此類者還有不少，若必須附加許多的
解釋與條件，則便稱不上理想的標音符號。倡議改用羅馬拼音以便習
慣用拉丁字母拼寫的英語，欲求提昇英語學習程度者，實應深思。了
解母語，也認識目標語言的特質，才可能獲得理想的成績。

　　除了後天條件的改善有助語言的學習以外，先天的潛能、生理上
的限制如能充分發揮與掌握，則可能獲得較理想的外語教學成果。由
兒童學習母語具有關鍵期及大腦功能分邊化、分區化的完成在十二歲
左右，我們認爲學習第二語言的年紀最好在母語鞏固之後、關鍵期之
內，具體言之，小學階段相當理想。此時期仍可以直接教學法教學。
學習者在大腦未完全定型以前，只需要接受有意義的語料的刺激及不
斷練習即可獲得語言，教師不必教音標、文法，也不必強迫拼音，只
要把語音系統、基本詞彙、基本的語法規則融進輸入的語料即可獲得
語言，最重要的是接觸語料及練習。現行的外語教育施行於中學階段
以後，已過了最佳的自然學得語言的時期。教師只好設計語法規則，

以對比方法糾正語音，讓學習者作有系統的練習與吸收。假若學習者無心於學習，效果必然不能盡如人意。故先天條件未能掌握，後天語言環境又未臻健全才是外語學習成果不理想的根本原因。

五、結　語

　　音標符號的制定建立在音位觀念的基礎之上，音位是音韻系統的基本成分，舉凡音節結構的探討、構詞的方式都與之有密切的關係。在語言學的範疇裡，不論語音學、音韻學、構詞學都要運用它來說明語言符號的層次性。從語言教學的角度視之，音標符號具有歸納、分析、正音等功能，可以矯正兒童在入學之前所習得之不正確發音。每一套音標符號的制定皆有其語言特質的背景。因此，也有一定的適用範圍。國語注音符號的制定更兼顧了字形與字義，所以比一般的音位音標多了識字的功能。今日，中國大陸地區施行的〈漢語拼音方案〉仍無法排除表意文字與拼音文字之間的根本差異，反而又引起了學習第二語言時語音辨識的困難。故本文認為在漢語的教學上，注音符號有其適合漢語的價值，羅馬拼音無法同時解決不同語系的中文、外文的拼音問題。

參 考 文 獻

方經民

　　1993　現代語言學方法論　河南人民出版社

林燾、王理嘉

　　1992　語音學教程　北京大學出版社

風間力三、鎌田良三、山本俊治等人

　　1973　國語概說　東京・櫻楓社

崔春基、盧友絡

　　1992　日本語概說　北京旅遊教育出版社

程祥徽、田小琳

　　1989　現代漢語　香港・三聯書店

董同龢

　　1965　漢語音韻學　文史哲出版社（1984）

霍凱特著　索振羽、葉蜚聲譯

　　1987　現代語言學教程　北京大學出版社

語言學習理論研究　《世界漢語教學》編輯部等編

　　1994　北京語言學院出版社

V. Fromkin & R.Rodman

　　1978　An introduction to language Holt , Rinehart and Winston

現代漢語平仄應用的極限
—論詩歌教學的一個誤解

羅肇錦

一、緒　論

　　這裡所說的「現代漢語」，不是大陸所講的普通話，而是指包括大陸、臺灣、海內外，所有的漢語而言。這些漢語語音的特質差異很大，尤其韻尾的現象，各方言之間的走向，特別明顯。以鼻音尾而言：有 -m -n -ng 俱全，有 -n -ng 兩個，也有單獨一個 -n，或單獨一個 -ng；以塞音尾而言：有 -p -t -k 俱全，有 -t -k 兩個，也有只剩一個 -k，或只剩一個 -?。它們之間的演變各有不同的條件，然而，在一般漢語教學上，影響最大的是押韻和平仄。押韻是一般詩律的要求，只要抓住那個時代、那個語言的系統，就可以掌握它的押韻方法。而平仄可就似是而非了，有人以中古詩的認定方法，依所謂「平聲爲平」「上去入爲仄」的原則去認定平仄，這樣處理，方法上和認定上似乎是對了，問題是後來「平聲分陰陽」、「全濁上變去聲」，甚至，有的地方「去聲入聲皆分陰陽」，結果，哪一個是平？哪一個是仄？就糾纏不清了。

　　因此，有人提出處理的原則，認爲「所謂平就是不升不降」「所謂仄就是或升或降或短促」❶，但是，平、升、降或短促，在個個不同方言之間又何其複雜，我們要用什麼條件去區隔平仄，用什麼辦法去決定節奏的輕重。因爲，各地的方言差異如此之大，顧此失彼之下，就會弄得無所適從。例如：從國語的立場，認爲陰平(55)、陽平(35)都是高調，所以是平聲，上聲(214)、去聲(51)都是低調，所以是仄聲，而且統計歷來作家作品或諺語中的對句，也大都遵循這樣的自然規律❷，但是我們隨便翻開各方言的調型或調值做一比較，立刻發現矛盾之處比比皆是。例如：北京、天津、濟南、西安同屬北方官話，但它們的聲調分別是❸：

	陰平	陽平	上聲	去聲
北平	55	35	214	51
天津	11	55	24	42
濟南	213	42	55	21
西安	21	24	53	55

---

❶　參見邢公畹(1984)《說平聲》音韻學研究第一集，頁447-454，並見王力《漢語史稿》(1980)《漢語詩律學》(1979)。

❷　劉鈞杰在〈現代漢語講求平仄的調查〉一文中，以魯迅作品及民間諺語的用韻和對偶句做分析，認爲諺語有天籟的平仄規律。文見《天津師院學報》第一期，頁90-92。

❸　資料見《漢語方音字彙》(1989)，以及唐作藩《聲韻學教程》(1992)。頁56-62。

這樣的調值差異，根本無從認定「平」「仄」之間哪一個是高？哪一個是低，也無從認定「平」爲升降，還是「仄」爲升降，加上沒有入聲，更無從認定是否促音。於是又有人提出，官話沒有入聲無法認定，但是從吳、湘、粵、閩、贛、客等方言的特質上入手，應該可以分出平仄。然而，除了促音一個條件可以斷定入聲是仄聲以外，還是無法分出其他聲調的「平仄」差別。以台灣客家話的次方言爲例❹：

	1	2	3	4	5	6
	陰平	陽平	上聲	去聲	陰入	陽入
四縣	24	11	31	55	2	5
海陸	53	55	24	11	5	2
梅縣	44	11	31	53	5	5
六堆	33	11	53	55	2	5
東勢	33	11	31	53	2	5
詔安	11	53	31	55	24	32
饒平	11	55	53	24	32	5
例字	千	錢	淺	賤	切	絕

從表上看，同樣是的高平調(55)，陽平、去聲都有，同樣的降調(53或31)，陰平、陽平、上聲、去聲、陰入、陽入都有，同樣是升調(24)，陰平、上聲、去聲、陰入都有。而且是同一個方言裡的差別，

❹ 台灣客家話次方言聲調資料，根據楊時逢《桃園客家方言》、羅肇錦《台灣的客家話》、呂嵩雁《台灣饒平方言》、《台灣詔安方言》、江俊龍《台中東勢客家方言詞彙研究》所錄的音調。

竟然複雜如此，如果教小孩用客家話唸有平仄的詩，到底哪一個是
「平聲」？哪一個是「仄聲」？相信沒有人敢回答。唯一可以表現出
特色的，大概只有帶塞音尾的「入聲」，唸起來有短促的感覺。

有無短促的塞音尾(-p -t -k)，是韻尾的不同，不是聲調的差別，
也就是說只能分「舒促」，無法用聲調分平仄。

舒			促
平	上	去	入
平	仄		

因此，漢語在平仄運用上，除了有入聲尾的方言，還可以保有
舒促之間的節奏感，其他沒有塞音尾的方言，如國語則完全沒有平仄
的意義了。所以今天用國語教詩詞，用國語吟唱古詩詞，是完全沒有
意義的事，也許有些人可以把這些作品唸誦得音韻鏗鏘，把感情表現
得激昂慷慨或細膩感人，但那個結果不是詩詞本身文字所表現出來的
節奏，而是唸誦者所「表演」出來的，這樣的「唸誦唱」的表演，說
他矯柔造做，一點也不為過。

現代詩完全打破傳統詩的「格韻律」，不押韻、不管平仄，而走
向以象徵、拈連、移就、比擬、轉品等積極修辭方法來表現❺，從前
面所說漢語現象而言，這樣的發展倒是一條合理的路線，否則以今天
的漢語特質，想再表現出傳統歌詩的韻律美，已經不可能了。因此從

---

❺ 參見李春生(1985)《詩的傳統與現代》，並見拙作《無聲勝有聲——論台灣現代
客語詩的反歌現象》，第五屆全國詩學會議論文。

事詩歌教學的執事先生們，不要再執著於過去的平仄要求，不要硬裝
腔作勢去以現代語言表現古詩了。因爲現代漢語的平仄在唸誦上已經
沒有多大意義了，唯一還可以運用的極限，只剩帶塞音尾方言的入聲
而已。如果我們繼續以這種方式從事詩歌吟唱教學，將會是與事實不
符的一個誤解。

二、平仄與詩律

　　從現代漢語聲調歧異複雜現象看來，從事漢語教學，第一重要的
應該是聲調的掌握。從歷代韻書無論是詩家押韻的，或一般檢字的，
莫不是按調分卷、用調統韻。而且凡不同聲調的韻，如東（平）、董
（上）、送（去）、屋（入）是四個韻，宵（平）、小（上）、笑（去）是三個
韻。唐詩的傳統，不同聲調的韻字一般不互相押韻，可見聲調與字調
之間，在傳統詩學中要求是很嚴的❻。

　　　　其次，我們看一般生活語言的學習，無論哪一個人，到生疏的
地方模仿當地鄉音，總是先學會當地的聲調，儘管字音未改紐韻全
非，但腔調一定相符，另外雙語學習的轉換過程，也是先體會聲調以
後，自能照聲調規律去代換，近幾年小孩學母語，常用的辦法就是如
此。這種種現象，在在顯示聲調在漢字音節結構中的重要性。

　　聲調在傳統詩學中如此重要，在現代漢語中如此不可或缺，到底
它的本質是什麼？怎麼發展成這個樣子？先做了解再來看平上去入四
個中古聲調。

---

❻　　參見張拱貴(1990)《漢語音韻中的字音和字調》北京師範大學學報，頁15-19。

1.聲調的本質:

漢語聲調是如何產生的?歷來說法不一,有人認爲漢語最原始時應該是沒有聲調,之後由於地理水土的不同,而發音的高低發生變化,於是不同的聲調產生了,再加上語言內部變化規律的不同,所以又產生了許多新的聲調。明清以來的學者,對上古聲調的研究,提出許多不同的看法,如:

明陳第《讀詩拙言》:「四聲之辨,古人未有。」

清顧炎武〈音論〉:「四聲可以並用。」

清江永《古韻標準》:「平自韻平,上去入自韻上去入者恆也。」

清戴震《聲韻考》:「古人用韻,未有平上去入之限。」

清錢大昕《潛研堂集》:「音之輕重緩急……,固區以別矣。」

清段玉裁《六書音韻表古四聲說》:「古四聲不同今韻,猶古本音不同今韻。」

近人黃侃〈音略〉:「今更知古無上聲,唯有平入而已。」

近人高本漢〈論中國上古聲調〉:「上古已有平上去入。」

近人董同龢《漢語音韻學》:「平聲一類,上聲一類,去入一類。」

近人王力《漢語音韻》:「上古有舒促兩調,平上爲舒,去入爲促。」

近人李方桂《上古音研究》:「上古聲調調類與中古四聲相合。」

　　以上諸家說法，從「古無四聲」到「上古與中古四聲相合」，基本上是從《詩經》押韻及諧聲字情況所作的分析，主要在認定聲調的種類，並沒有論及聲調的產生。近年來，不少學者從漢藏語入手，認為漢語的聲調很可能像藏語那樣，由於音節前綴音和輔音韻尾脫落而逐漸產生的❼。台中縣東勢鄉的客家話，陰平(調值33)字中，舉凡名詞尾綴 -e 省略的時候，陰平調就產生另個新調(調值是35)，如❽：

	東　勢	苗　栗	
冰	pen33	pen24	
湯	t'ong33	t'ong24	
書	ʃu33	su24	
星星	sen35	sen24	ne31
金	kim35	kim24	me31
箱	siong35	siong24	nge31

　　中古平聲後來因濁聲母清化，產生了陽平調，東勢客家話已經有陰平(33)陽平(11)兩個平聲調，加上這個因後綴 -e 脫落而產生的新調(35)，平聲變成了三個調。可見聲調的產生或變化，除了常見的連調變化以外，還有音節的前綴音、後綴音、輔音尾脫落，都會影響聲調的變化。大陸學者鄭張尚芳(1987)在《上古韻母系統和四等、介

---

❼　參見許寶華(1984)《說入聲》，音韻學研究第一集，頁433-446。

❽　資料見江俊龍《台中東勢客家方言詞彙研究》頁33-38，中正大學中研所碩士論文，1996年6月。

音、聲調的發源問題》一文中❾，歸納前人對藏語、越南語的研究
❿，認爲原始漢語沒有聲調，但有四種不同的塞尾和擦尾，後來這些
塞音失落後才形成平上去入四個聲調。這四個韻尾本來是對立存在
的，平聲沒有韻尾，仄聲三個調原來都帶有不同種類的喉塞尾 -ʔ 清
擦音尾 -s，及塞音尾 -b-d-g，後來這些塞音相繼消失，喉塞尾 -ʔ 消
失後變成上聲調，清擦音尾 -s 消失後變成去聲調，濁塞尾 -b-d-g 消
失後變成中古的陰聲韻，也就是說，上古有 -m-n-ng，-b-d-g，-ʔ，-s
八種輔音韻尾，它們與中古四聲的對應關係如下：

中　　古	平(33)	上(35)	去(41)	入(33)
後　綴　尾	-0	-ʔ	-s > h	
鼻　音　尾	-m -n -ng	-mʔ -nʔ -ngʔ	-ms -ns -ngs	
塞　音　尾			-bs -ds -gs	-b -d -g
眞空和尙	平道莫低昂	高呼猛烈強	分明哀遠道	短促急收藏

　　這些詞綴 -ʔ -s 失落以後，漢語就出現了聲調，於是 -0 變爲中
古平聲，-ʔ 失落變爲中古上聲，-s 失落變爲中古去聲，-b-d-g 清化
後變爲中古入聲。推測其聲調調値爲平聲(33)、上聲(35)、去聲(41)、
入聲(33)。

---

❾　見鄭張尙芳(1987)〈上古韻母系統和四等、介音、聲調的發源問題〉，溫州師範
　　學院學報 4 期頁67-90。
❿　藏語在公元七世紀前後還是沒有聲調的語言，那時前綴音和輔音韻尾比較複雜，
　　字音高低變化只是一種伴隨特徵，並不具備音位功能。後來有些方言在語音演變
　　過程中，逐漸發展出聲調系統，有的方言至今仍沒有利用聲調作爲區別語詞的手
　　段，如安多方言。參見胡坦《藏語(拉薩話)聲調研究》，民族語文1980年第一期。

2.入聲的本質：

如果前面的推斷可以成立，那麼平聲與仄聲的差別，就可以迎刃而解了，也就是說，仄聲的特質是有塞音尾或擦音尾的短促音，它與平聲的差別，不是音高的差別，而是韻尾的不同，也就是說仄聲的特質，基本上就是中古入聲的特質，是指帶有塞音韻尾的就是仄聲，反之則爲平聲。

到目前爲止，對入聲的研究，基本上有兩種說法：一是入聲短促說，一是塞音結尾說(-p-t-k或-?)⓫。

短促說，是傳統的說法，受眞空和尚「玉鑰匙歌訣」：「入聲短促急收藏」的說法影響，認爲入聲短促。是社會上廣泛的認定的說法，如：《辭源》《康熙字典》。清代學者顧炎武、段玉裁、王鳴盛……等，都持此說法。

塞尾說，是指入聲與平上去的差別，不在調值而在入聲帶塞尾，非入聲不帶塞尾。這個說法，後來學術界大都認同，從陳寅恪《四聲三問》⓬胡適《入聲考》⓭、林尹《聲韻學通論》⓮、魏建功《古陰陽入三聲考》⓯、李榮《切韻音系》⓰、許寶華《論入聲》⓱、李方

⓫　參見杜道德、侯廷章(1987)《「入聲短促」非入聲本質》，南都學壇1期，頁56-58。

⓬　見陳寅恪《四聲三問》中說：中國語言之入聲，皆附有名p、t、k之輔音綴尾。

⓭　胡適在《入聲考》一文中說：入聲是韻母收聲於-k、-p、-t三種聲尾之聲韻。

⓮　林尹《聲韻學通論》中說：故凡陽聲收 -ng 者，其入聲音畢時，恆作 -k 聲之勢，陽聲收 -n 者，其入聲音畢時，恆作 -t 聲之勢，陽聲收 -m 者， 其入聲音畢時，恆作 -p 聲之勢。

⓯　魏建功在《古陰陽入三聲考》文中說：入聲並非聲調上的問題，而是韻尾的問題。

桂《上古音研究》⓰、宗福邦《論入聲的性質》⓱、岑麒祥《入聲非聲說》都指出入聲短促並非入聲調的本質，入聲是指塞尾字而不是單指聲調短促字。

　　許寶華在《論入聲》⓴結論時說：「長入與短入的消失，在時間上幾乎採取接力方式，即長入韻尾 -p -t -k 消失以後，再開始短入韻尾 -p -t -k 的消失過程。」這些 -p -t -k 消失的程序大致如下：

$$-p \text{ -t -k} \begin{cases} \text{-k -t -? } \to \text{ -k -?} \\ \text{-p -k -? } \to \text{ -p -?} \end{cases} \to \text{ -? } \to \text{ -0}$$

　　既然入聲的特質是韻尾有塞音，而不是聲調的短促，也就是說入聲與非入聲的差別，是韻尾的不同，而不是聲調不同。

　　宗福邦在《論入聲的性質》一文中㉑，更進一步澄清：《廣韻》實際上只存在著「平上去」這樣的對立，而不存在「平上去入」這樣

⓰　李榮在《切韻音系》中說：去聲入聲的不同是韻尾的不同，去聲收濁音(-p -t -k 以外的音)，入聲字收清音(-p -t -k)。

⓱　許寶華在《論入聲》文中說：上古漢語入聲是收清輔音尾的，上古長入和短入的韻尾都確定爲-p -t -k。

⓲　李方桂在《上古音研究》中說：凡不需要標聲調的時候可以用 *-m *-n * -ng *-ngw 來代表陽聲韻韻尾，用 *-b *-d *-g *-gw 來代表陰聲韻韻尾，用 *-p *-t * -k *-kw 來代表入聲韻韻尾。

⓳　宗福邦在《論入聲的性質》中說：帶塞音韻尾，是入聲的基本特徵，入聲消失指的是失去了塞音尾。

⓴　參見許寶華(1984)〈說入聲〉見《音韻學研究》第一輯，頁446。

㉑　說見宗福邦(1984)〈說入聲的性質〉見《音韻學研究》第一輯，頁455- 470。

的對立，也就是說，《廣韻》音系只有平聲、上聲、去聲三個獨立調類。由於不存在對立，入聲也就不具備獨立條件，不能構成一個獨立調類。根據音位歸納原則，它應當也可以完全歸納爲平、上、去這三種聲調當中的某一種。

李榮在《切韻音系》的結論中說：切韻平上去入四聲，論調值只有三個調位(toneme)，平聲是一類，上聲是一類，去聲入聲是一類，去聲入聲的不同是韻尾的不同。

論列至此，很清楚的知道，入聲的本質是韻尾有塞音，它不屬於任何聲調，也可以自由與任何聲調配。因此今天漢語中，已經入聲消失的方言，事實上已經無法借助其塞音尾的特質，去形成詩律節奏。所剩的平上去加上平聲分出的陰陽調，又各自調型或升或降、或平或不平，都沒有一定的準則，所以今天談詩歌教學，在無入聲的方言裡，已經失去成爲節奏的條件。在仍保有入聲的方言裡，也僅剩有塞音尾的入聲，保有少部份的短促特質來形成節奏，其他的節奏則無從訂定了。

入聲既然不是聲調的一種，所以「平上去入」四聲，也應改爲「平上去」三聲了。而平上去各方言（包括有入聲與無入聲方言）都沒有調型上的一定特質，所以「平聲調爲平」，「上去入爲仄」，也同樣沒有充分的意義了。

3.平仄本質：

研究漢語詩律的人總認爲，構成漢語近體詩平仄規律模式的語言材料，是漢語的聲調，也就是說平仄的區別要根據四聲來釐清。一般的認定是「平聲是平，上去入是仄」，對這個問題，歷來研究的人不少，這裡先把他們的說法簡單列出：

(1)周法高：四聲中平仄有長短的區別。

(2)高本漢：四聲之不同在於調形，平聲為平調，上聲為升調，去聲為降調，入聲為促調。平仄之別為平調與非平調之別。

(3)王力：平聲是長的，不升不降的，上去入三聲都是短的，或升或降的。

(4)邵榮芬：四聲之別在於調形和高低，平聲是中調，上聲是高調，去聲是降升調，入聲是短調。

(5)梅祖麟：平聲是低平長調，上聲是高平短調，去聲是長而升，入聲是短調。

(6)丁邦新：平聲為低調，上聲為高升調，去聲為中降調，入聲為短促調。

(7)尉遲治平：平聲為高平長調（調值55），上聲為次高升短調（調值45），去聲低降半長調（調值31），入聲為全降短調（調值51）。

最值的注意的是，張洪明(1987)從梵漢對音材料加以整理前人的研究，得到四聲的性質是：平聲是能平行延長的低調，上聲是不能延長的高調，去聲是能延長的降調，入聲是不能延長的收塞音尾調㉒。然後根據音樂史家研究「五音律數的相對震動頻率（音高）」，得到四聲的音高如下表：

㉒　參見張洪明(1987)《漢語近體詩聲律模式的物質基礎》中國社會科學第四期，頁185-196。

聲名	宮	商	角	徵	羽
樂名	do	re	mi	sol	la
調類	平	平	入	上	去
頻率	261.00	293.63	330.33	391.50	440.44
高低	低	低	高	高	高
平仄	平	平	仄	仄	仄

我們再看中古學者對四聲所下的定義，來推測中古的四聲調值：

唐和尚處忠《元和韻譜》：平聲哀而安，上聲厲而舉，去聲清而遠，入聲直而促。

明真空和尚《玉鑰匙歌訣》：平聲平道莫低昂，上聲高呼猛烈強，去聲分明哀遠道，入聲短促急收藏。

明顧炎武《音論》：五方之音，有遲疾、輕重之不同，其重其疾，則爲入爲去爲上，其輕其遲，則爲平。

江永《音學辨微》：平聲爲陽，仄聲爲陰；平聲音長，仄聲音短；平聲音空，仄聲音實；平聲如擊鐘鼓，仄聲如擊木石。

戴震《聲類表》：平上去三聲近乎氣之陽，物之雄，衣之表，入聲近乎氣之陰，物之雌，衣之裏。

綜合他們的描述推測：

平聲是低調、平穩、輕遲、陽調、長調、音空、如擊鐘鼓。上聲是高調、厲舉、高猛、不穩、陰調、重疾、音短、音實。去聲是清遠、分明哀遠道、音實、如擊木石。入聲是直而促、短促、急收藏、

音實、重疾、如擊木石。

這樣的特質，推論起來，平聲是低平又可以拉長，擬爲22；上聲高猛有升降，擬成高昇的54；去聲清遠分明，擬成53；入聲短促重疾，擬成34短調。如此配上高低及平仄，就成了非常清楚的平仄差異：平聲音低，仄聲音高；平聲平仄聲不平；平聲長仄聲短。再加上調值調形，就有下面的情形：

調類	平	上	去	入
調形				
調值	22	45	53	34
調名	低平	高升	高降	次高升促調

因此中古平仄和四聲的性質就可以做絕然兩分：(1)從音高看：平低仄高。(2)從調形看：平聲平調，仄聲爲非平調。(3)從音長看：非入聲調基本一致，入聲調則短促。(4)從隱性特徵看：平能平延，去能降延，上聲終點最高無法延伸，入聲促調一發即收。

如此歸結起來，構成漢語近體詩歌聲律節奏的所謂「平仄律」，就是「調形」上的平與非平、「音高」上的低調與高調及「延長性」上的可延長與不可延長。

	調平	調高	延長
平	＋	－	＋
仄	－	＋	－

4.平仄運用極限：

從上面的比對說明，我們非常清楚漢語的字調與聲調結合非常緊密。

(1)從聲調本質上說，原始漢語本來沒有聲調，聲調的產生是因為韻尾的塞音或擦音脫落所造成的，平聲屬於本來沒有塞音或擦音尾的一類，上聲有 -ʔ 尾韻，去聲有 -s 韻尾，入聲則屬塞音尾 -b-d-g 的一類。因此，中古的平仄，從原始漢語來看，正好符合有塞音尾的就是「仄聲」，無塞音尾的就是「平聲」。

(2)從入聲本質而言，四個聲調「平上去入」，事實上也只有「平上去」三個才是真正的聲調，「入聲」本質是韻尾有塞音，對中古平仄而言，並不能滿足，平聲是平，「上去入」是仄的條件，充其量只能以舒音、促音來區分。

(3)從平仄本質上看，平仄必須根據調形、音高、可不可延長三方面的差異去論斷，中古平仄的差別，是「平聲」音平（調形）、音低（調高）、可延長，而「仄聲」則是音不平（調形）、音高（調高）、不可延長。

再從現代漢語來比較，北方官話大都入聲消失，大陸使用的普通話，台灣使用的「國語」，都完全沒有入聲了，所以它們在聲調本質上的塞音尾無從認定，入聲本質上的塞音尾消失也無法定舒促，平仄本質上的調形、音高、可不可延長性更無從認定，因此，從國語的聲調特質談平仄是沒有意義的事。

從前面所舉北平、天津、濟南、西安的調形、調值做比較，不管調形或音高都有平仄之間互相矛盾的現象，僅剩的隱性特徵，可延長或不可延長性，也一樣沒有任何規律可尋，所以這些官話的聲調，對

詩律毫無意義。

　　最後我們從東南方言的聲調特徵看，除了入聲的塞音尾，符合了所謂入聲的條件，其他陰平、陽平、陰上、陽上、陰去、陽去的調形，也都無法從調型、音高、可否延長去決定字音的平仄，前面所舉台灣客語次方言的聲調差異，就明顯的顯示出，現代漢語方言，除了入聲的塞音尾帶有詩律上分辨平仄的條件而外，都無從靠方言的聲調去體會平仄所表現出來的節奏。

　　有人做過「現代漢語講求平仄的調查」㉓，用諺語或名家著作「對偶句中常用末字」做分析，結果顯示：名作部份，227條資料中，有170條是平仄對立，只有57條平仄不對立；諺語部份，145條資料中，有113條是平仄對立，只有32條平仄不對立。答案好像表示今天的「普通話」仍可以用平仄來表示節奏。我想答案沒有那麼簡單，作家的文詞，是古時留下來的，當時造詞時平仄條件仍很清楚，所以所造的詞可以用平仄來表現節奏，我們沿用這些詞時，只知取現成的用，很少會推敲它的平仄。至於諺語的現象，本來諺語出於天籟，應該合乎韻律才會取用。但我們也無法否認，這些諺語也是古有所承的。

　　否則，我也可以拿今天成語中與數詞「一二三四五六七八九十百千萬億兆」中，只有「三千」兩字是平聲，其餘都是仄聲㉔，所以成

㉓　參見劉鈞杰(1982)〈現代漢語講求平仄的調查〉天津師院學報第一期，頁90-92.文中以魯迅作品及民間諺語的用韻和對偶句做分析。

㉔　參見拙作《無聲勝有聲――論台灣現代客語詩的反歌現象》，第五屆全國詩學會議論文。

語中利用「三」和「千」造詞的特別多，證明我們今天造詞還非常重
視所謂「平仄律」。我想答案很清楚這仍是古時就有的成語，與現代
漢語沒有多大關連。

三、結　語

以上的分析我們可以得到下面的結論，依聲調本質的喉塞音尾、
擦音尾、塞音尾，入聲本質的韻尾塞音形成有無促調，平仄本質的音
不平(調形)、音高(調高)、不可延長，歸納出下面的表格來呈現：

節　奏	平	仄		
四　聲	平	上	去	入
塞擦尾	－	＋	＋	＋
促　調	－	－	－	＋
調　平	＋	－	－	＋
調　高	－	＋	＋	＋
延長性	＋	＋	－	－

如果我們再拿國語及閩客語（有塞音尾），與前面條件比較，更
可以看出今天漢語與平仄的關係，也就是說在國語的立場，已經完全
失去詩律的平仄條件，而閩客等保有入聲的方言，也僅剩一個促調可
以表現節奏而已，因此，漢語的詩歌教學不應該再有這種平仄律的誤
解，而對閩客語的教學，也不能不顧慮可以使用平仄律的語言功能極
限：

語　言	國　語	閩客語
平仄律	－	－
促　調	－	＋
調　平	－	－
調　高	－	－
延長性	－	－

參 考 書 目

周法高

　　1948　論平仄　史語所集刊　第十三本

李　榮

　　1956　切韻音系　科學出版社

丁邦新

　　1975　平仄新考　史語所集刊　四十七本

梅祖麟

　　1979　說上聲　清華學報　第14卷

王　力

　　1979　漢語詩律學　上海教育出版社

　　1980　漢語史稿　商務印書館

沈祥源

　　1980　怎樣辨古詩的平仄　湖北教育出版社

李方桂

　　1980　上古音研究　商務印書館

吳慶峰

　　1980　論「異平同入」　齊魯學刊　1980.2.125-129

張世祿

　　1982　關於舊詩的格律　徐州師範學報　四期

邵榮芬

　　1982　切韻研究　社會科學出版社

劉鈞杰

　　1982　現代漢語講求平仄的調查　天津師院學報　1982 1.90-92

忌　浮

　　1984　《中原音韻》無入聲內證　音韻學研究第一集　頁376-382

許寶華

　　1984　說入聲　音韻學研究第一集　頁433-446

邢公畹

　　1984　說平聲　音韻學研究第一集　頁447-454

宗福邦

　　1984　說入聲的性質　音韻學研究第一集　頁455-470

劉　靜

　　1986　《中原音韻》音系無入聲探討　陝西師大學報　1986.3.
　　68-73

石　餘

　　1987　論《中原音韻》「入派三聲」的性質　唐山教育學院學報
　　2.9-16

鄭張尚芳

　　1987　上古韻母系統和四等、介音、聲調的發源問題　溫州師範
　　學院學報　4.67-90

嚴振洲

　　1987　《中原音韻》「入派三聲」即「入變三聲」證　1987.4.
　　86-90

張洪明

　　1987　漢語近體詩聲律模式的物質基礎　中國社會科學　四期

頁185-196

杜道德、侯廷章

　　1987　「入聲短促」非入聲本質　南都學壇　1987.1.56-58

————

　　1989　漢語方音字彙　文字改革社出版

林　端

　　1989　上古漢語的陰入關係　新疆大學學報　1989.3.93-99

袁家驊

　　1989　漢語方言概要　文字改革社出版

文　練

　　1989　格律詩語言分析三題　上海師範大學學報　三期　頁56-
60

張拱貴

　　1990　漢語音韻中的字音和字調　北京師範大學學報　1990.2.
15-19

郭錣坤

　　1991　普通話一些音節與古入聲的關係　黃岡師專學報　3.59-62

胡安順

　　1991　長入說質疑　陝西師大學報　1991.4.105-112

張玉來

　　1991　近代漢語官話入聲的消亡過程及相關的語音性質　山東師
大學報　1991.1.64-69

沈祥源、楊子儀

　　1991　實用漢語音韻學　山西教育出版社

陸致極

　　1992　漢語方言數量研究探索　語文出版社

徐志剛

　　1992　詩詞韻律　濟南出版社

嚴學宭

　　1994　論《說文》諧聲陰入互諧現象　音韻學研究第三集　頁
　　183-197

張清常

　　1994　上古音*-b尾遺跡　音韻學研究第三集　頁214-239

尉遲治平

　　1994　「上聲厲而舉」解　音韻學研究第三集　頁252-264

江俊龍

　　1996　台中東勢客家方言詞彙研究　中正大學中研所碩士論文

近體詩平仄格律的教學實踐
—從「倒三救」談起

陳貴麟

壹、「倒三救」的定義及妙用

何謂「倒三救」？「倒三救」就是「當近體詩詩句拗律時用倒數第三個字相救或自救」的意思。為什麼筆者要創造「倒三救」這個名詞呢？舉例來說，同樣是「甲四拗救」這個名稱，有些書上說「用第五個字救」；有些書上說「用第三個字救」，似乎必有一是一非。原來前者用七言為例，而後者用五言為例，兩者都對。其實五言加上平頭或者仄頭之後就等於七言，重點是在倒數第三個字上。筆者認為用「倒三救」這樣的名詞可以更精確地指出關鍵字所在的位置。

傳統上將「拗救」分成兩類：一類是本句自救，例如出句第一字該平而用仄，則第三字該仄而用平；另一類是對句相救，例如出句第三字該平而用仄，則對句第三字該仄而用平❶。概括地說，所謂

---

❶ 參閱王力《漢語詩律學》（上海教育,1988,第八刷），第91頁。以下若引用同書時僅標示著者、年份及頁碼，不另加註。他書仿此。

「拗」就是指詩句中不合平仄格式的字，通常發生在詩句中的奇數字；所謂「救」就是利用另外的字作聲律上的平衡。

　　本文想進一步探索的問題是「倒三救」可以適用在哪些拗格的詩句？其緣故何在？筆者不揣譾陋，提出愚見供先進批評指教。

　　董文渙《聲調四譜圖說》提到「正律」，指的就是近體詩的幾種基本格式，平仄全都符合規定，沒有一個拗的地方。正律之外又分爲「古律」跟「拗律」。「古律」是指詩律駁雜的律詩。「拗律」則是指有拗有救的近體詩的幾種格式❷。近體詩有五言、七言，爲了行文方便，先列出基本格式❸。

　　　⑴甲1　仄仄平平仄
　　　　　2　平平仄仄平平仄
　　　　乙1　平平仄仄平
　　　　　2　仄仄平平仄仄平
　　　　丙1　平平平仄仄
　　　　　2　仄仄平平平仄仄
　　　　丁1　仄仄仄平平
　　　　　2　平平仄仄仄平平

---

❷　董文渙《聲調四譜圖說》（洪洞董氏刊本，同治三年1864），第11卷第16葉右：
　　「今於正律之外，分爲二格。一曰古律、一曰拗律。」

❸　學者使用的名詞或同或異，名詞相同者，其內涵可能又不一樣。本文採用蔣紹愚
　　《唐詩語言研究》（河南中州古籍，1990，第22-23頁）的定義。

在這樣的基本格式下，我們要通過什麼角度來突顯「倒三救」的妙用呢？最通俗的就是「一三五不論，二四六分明」這句話，筆者就從這裡橫切問題的核心。

何謂「一三五不論」呢？概略地講就是七言詩句裡面第一、三、五個字的平仄可以不必計較。但有兩種情形是絕對要計較的。第一種是連三平，第二種是犯孤平。現在用「倒三救」來檢視這兩種例外。第一種情況，例如丁式的倒數第三字由仄變成平時，就是「連三平」了。這種病句是無法可救的，因此「倒三救」不必處理第一種例外。至於第二種「犯孤平」本是詩家大忌，但唐人詩作裡面還是有人故意犯忌以顯功力。譬如杜甫〈至後〉這首七言律詩的第二句。

(2)「遠在劍南思洛陽」

這句詩的格律為「仄仄仄平平仄平」，還原其原型則屬於乙式「仄仄平平仄仄平」。詩聖杜甫不可能不知道標準的格律，那麼是什麼緣故而改動了平仄呢？由「劍南春色還無賴」（〈送路六侍御入朝〉）可知杜甫不止一次地使用「劍南」這個語詞。原來劍南是個地名，指劍南道或是劍南鎮，在今天的四川省❹。專有名詞的平仄是無法更動的。「為人性僻耽佳句」的杜甫只好採取「倒三救」的辦法。我們猜想這個字原本要用仄聲「憶、想、念」之類的動詞，「語不驚人死不休」的杜甫刻意選了「思」這個平聲字來濟助第三個仄聲「劍」字。

---

❹　參閱臧勵龢《古今地名大辭典》（臺灣商務,1987,第七版），第1149頁。

其它的情況，如：杜甫〈蜀相〉的詩句「映階碧草自春色」的原型是甲式。「映」這個字應平而仄，屬於首字不論平仄的情況；剩下「自」字應平而仄，就得靠對句「倒三救」了。因此「隔葉黃鸝空好音」的「空」字應仄而平，正是對句相救的結果。

再看「二四六分明」這句話，它的意思是七言詩句裡面偶數字的平仄一定要分明。這個原理是因為偶數字在步律的節奏點上，所以不能隨便更動❺。就偶數字而言，五言第四字或七言第六字最接近底字。不但音節縫隙最小，並且格律很難鬆動。打個比方來說，這個位置就好比是房屋裡面的主樑或楹柱，橫樑直柱作用有別，是不可以隨意更動的。然而有些詩人就像技術高超的建築師一樣，架構起一座聲律奇險的詩歌殿堂，於是就構成了「二四六分明」這句話的例外。

(3)「二月頻送客，東津江欲平。」（杜甫《泛江送客》）

「南朝四百八十寺，多少樓臺煙雨中。」（杜牧《江南春》）

上面第一例稱為「甲四拗救」，第二例稱為「雙拗雙救」❻。其實它們的共同點都是在出句的第六個字，還原其標準格律就是甲式。當甲式倒數第二個字拗格時，要如何解救呢？妙方就是「倒三救」。

---

❺ 王力、曾永義諸位學者均有此看法。

❻ 有些學者認為「拗體」分「小拗」（單句拗）、「大拗」（雙句拗），所謂雙拗是指大拗。詳參何澤恆〈淺談近體詩的格律〉（《錢穆先生紀念館館刊》第二期,1994,第52-73頁）。簡單地說，採用「對句相救」的拗救就是「雙拗救」。筆者為了說明方便，再把「甲四拗救」給獨立出來；對「雙拗」的定義也略有修訂。

筆者有個口訣「甲倒二拗、乙倒三救」，意思是「當出句為甲式倒數第二字拗格時，則對句要用乙式倒數第三字相救。」

現在咱們來檢驗一下杜甫〈泛江送客〉的詩句。出句「二月頻送客」的第四字「送」應平而仄，因此對句「東津江欲平」的倒數第三個字就由仄變平。詩句原型是「仄仄平平仄，平平仄仄平」，其拗律則是「仄仄平仄仄，平平平仄平」。

再看杜牧〈江南春〉的詩句。出句「南朝四百八十寺」，其中「八十」是數字，平仄沒法更動。於是連續兩個平聲給拗成了仄聲。這種「雙拗」的變體真是匪夷所思。因為出句連續五個仄聲，實在不像近體詩的格律。解救之道是什麼呢？還是「倒三救」。此聯的原型是由甲式跟乙式合成，也就是「平平仄仄平平仄，仄仄平平仄仄平」。出句「南朝四百八十寺」第五、六字雙拗，因此對句倒數第三字由仄改平以相救。可能杜牧覺得出句連續五仄太強烈了，於是對句第一字改仄為平再相救。這樣就寫成了「多少樓臺煙雨中」的詩句。

(4)「寒山轉蒼翠」（王維〈輞川閑居贈裴秀才迪〉第一句）

上面這首詩句的格律稱為「丙四拗救」。出句的原型屬於丙式「平平平仄仄」。第四字應仄而平是由於「蒼翠」這個語詞意象很美。大概王維不願意改變這個意象語，只好採用「倒三救」的辦法選用仄聲「轉」這個動詞。頗有情趣又能自救，足見王維的聲律功力的確深厚。

從上面五言詩或七言詩的幾個例子，證明「甲四拗、雙拗、丙四拗」等類型都可以用「倒三救」的概念來處理。在近體詩格律的教學

上，先解說基本格式，然後環繞著學生們熟知的「一三五不論，二四六分明」這兩句話，用「倒三救」這個概念去理解這兩句話的例外情形。相信學生們對「拗救」觀念的建立及格式的學習都能夠收到事半功倍的效果。

貳、關於舊詩的「音步、步律」及其原理

中國古代的文辭可分爲韻文跟散文。傳統的分法是從韻腳來看，有韻腳的是韻文、沒韻腳的是散文。羅鑌樓所採取的分類標準不大一樣❼。他認爲：「音綴兩兩相連構詞的是韻文；不計音綴是否兩兩相連，而依意念表出而構詞的是散文。」筆者認爲羅先生的界義恐怕不能做爲主要判準，但是在次類劃分時卻相當便利。譬如遊走在灰色地帶的無韻詩、駢儷文等等。

羅鑌樓（1991:7）區分詞面跟詞底兩個概念。詞面是表出意念的文字，詞底是指文字的平仄有兩兩相連與非兩兩相連之別。這兩個概念牽涉到中國文辭的兩個層面。詞面層是指「在四聲參與構詞之前，一切文辭皆依詞面構詞，不計詞底是否『平平』『仄仄』相連。」例如《論語》「顏淵季路侍、盍各言爾志」。詞底層是指「四聲參與構詞後，音綴兩兩相連的文辭皆依詞底構詞。」漢魏以後詞底層漸漸凌駕詞面層，在南朝「永明聲律」時達到了高峰。

詞底層依照詞底構詞的結果，可能導致詞面跟詞底的不一致。這種情況在韻文的句子中屢見不鮮。例如詞面「月落、烏啼、霜、滿

---

❼　參見羅鑌樓《律詩源導論》（臺北廣文書局,1991），第2頁。

天」(2212)是意義形式，詞底「仄仄、平平、仄仄、平」(2221)是音節形式，兩者並不一致。有學者指出：「就詩而言，四言、五言、七言的意義形式雖然頗多變化，但音節形式則四言止作雙式２２，五言止作單式２３，七言止作單式４３，亦即將句子分為大抵相等的兩截。但上述音節段落，４尚可細分為２２，３尚可細分為２１；亦即五言可細分為２２１，七言可細分為２２２１。首句開頭……其音節縫隙最大，故詞曲加襯字多半在句子的開頭。其次句子分兩截處亦有相當縫隙；至於細分處，其音節縫隙更為狹小，……尤其３之為２１其在句末者更是少之又少。」❽這種看法精確地掌握了詩的語言旋律，尤其對句末音節縫隙的說明，對本文有很大的啓發作用。或許可用來分析「倒三救」能解不同拗句的現象。

音步（foot）是希臘語中有長短音（一個長音和一個或兩個短音相結合）的分別而成為一個節奏上的單位。英語裡沒有長短音的分別，然而它有輕重音的分別。步律（meter）是由兩音或三音構成音步，再由若干音步構成詩行的一種程序。英詩中的步律通常分為四種：一輕一重律（iambus）、二輕一重律（anapest）、一重一輕律（trochee）、一重二輕律（dactyl）❾。

有些學者認為中國文字兩兩相連的特性構成兩兩相連的拍節，不

---

❽　引自曾永義《詩歌與戲曲・舊詩的體製規律及其原理》（臺北聯經,1988），第54頁。

❾　詳見王力（1988:852）。陳美月《英詩鑑賞入門》（臺北學習出版社,1991,第228頁）把meter翻作「韻律」，因為在「詩行」（verse or line）中有著如音樂般的拍子（beat）與節奏（rhythm）。周期性的重輕調跟輕重調組成「韻律」。除了這四種之外，還有一重一重律（spondee）、一輕一輕律（pyrrhic）兩種。

適於作表音文字的音步。（羅鑰樓1991:10）另外也有些學者主張詩歌格律中的詞組（二字或三字）就是音步，出句或對句（五字或七字）就是步律。（王力1988:852）筆者提出調和的辦法，如果用步律「下定義」就不適合；但是「打比方」則不妨大膽引用。就好比西樂的rubato是一種不受節拍約束的、可以任意加快或減慢的奏法或唱法。有人翻譯成中樂的「散板」，這中間未必貼切。因為rubato有時候必須搶先一步奏出或唱出，帶有「搶板」或「奪板」的意義⑩。

從音步跟步律的觀點對近體詩平仄結構加以解析的學者之中以曾永義（1988:61-64）所提出的「近體詩平仄律之原理」最為簡潔。曾先生認為這個原理就是：「一句當中必定有兩個『和諧』相續。」近體詩如五言絕句每句五字的平仄結構，承續或者呼應的兩個字之間，其和諧或是衝突的音感，共有五次的組合。一詩句裡面相鄰的兩個字有承續關係、首尾的兩個字有呼應關係。分別圖示如下：

(5)近體詩平仄律
　　a.平頭類（平平）—乙式 & 丙式

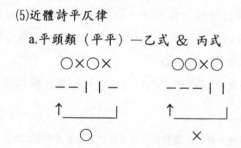

b.仄頭類（仄仄）—甲式 & 丁式

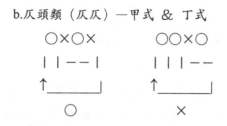

具有和諧感的相連或首尾的兩個字用「○」表示；具有衝突感的相連或首尾的兩個字用「×」表示。在(5)a.的例子中以「平平」起首的乙式是首尾兩個字「和諧」相續，丙式是前面兩個字「和諧」相續。(5)b.改以「仄仄」起首，甲式是首尾兩個字「和諧」相續，丁式是前面兩個字「和諧」相續。這樣就印證了「一句當中必定有兩個『和諧』相續」的原理。

從音節縫隙來看，七言的首二字非常大，可以不必計較和諧或衝突。這樣就相當於五言詩五個字爲一組（姑且稱之爲「末五字組」），符合「一句當中必定有兩個『和諧』相續」的原理。然而數量頗多的拗句往往違反了這個原理，卻仍要視之爲律詩而非古體詩，這個問題使人感到十分的疑惑。

解決的辦法是近體詩拗句的平仄律縮小到句底的三個字（姑且稱之爲「末三字組」）。基本根據來自「倒三救」的類型分析，其原理是末三字組的音節縫隙很小，本身構成一個有機體或是可獨立運作的模組（module）；在詞底層的音節形式上發揮振盪作用，使前面的拗律獲得一種新的平衡。「倒三救」具體表現在近體詩句的末三字組類型上以「平仄平」或「仄平仄」較常見。譬如前面所提到的「江欲平、煙雨中、轉蒼翠」等等，在詞底層音節形式的處理上，這些末三

字組的第一字跟第二字具「衝突感」、第二字跟第三字也具「衝突感」；這兩個衝突感能產生步律上的振盪效果。第三字呼應第一字而表現「和諧感」，使得前面的拗律獲得一種新的平衡。

筆者將「和諧感」分成直舒型（平平）跟短折型（仄仄）兩種，將「衝突感」分成跌宕型（平仄、仄平等，仄聲限上去二聲）跟舒促型（平入、入平、仄入、入仄）。舉例說明如下：

(6)「和諧感」與「衝突感」的平仄類型

　a. 杜甫〈客至〉

　　「舍南舍北皆春水，但見群鷗日日來。

　　　花徑不曾緣客掃，蓬門今始爲君開。

　　　盤飧市遠無兼味，樽酒家貧只舊醅。

　　　肯與鄰翁相對飲，隔籬呼取盡餘杯。」

　b.直舒型（平平）：

　　「群鷗、蓬門、盤飧、家貧、鄰翁、餘杯」

　c.短折型（仄仄）：

　　「但見、日日、市遠、肯與」

　d.跌宕型：

　　（平仄）「春水、花徑、今始、樽酒、呼取」

　　（平仄仄）「緣客掃、相對飲」

　　（平平仄）「無兼味」

　　（仄平）「舍南」

　　（仄平平）「爲君開、盡餘杯」

　　（仄仄平）「只舊醅」

e.舒促型：

　　（仄入）「舍北」

　　（入平）「不曾、隔籬」

　　從(6)a.的平面材料當中，屬於直舒型的有 6 個詞語；屬於短折型的有 4 個詞語，上去入三聲皆有用字；屬於跌宕型的最多，有 12 個詞語，其中「平仄仄、仄平平」跟「平平仄、仄仄平」數目相等，句底末三字沒有出現「仄平仄、平仄平」的拗格，大概是為了配合「客至」時興奮不已的心情；屬於舒促型的有 3 個詞語。在短短的 56 個字裡面，杜甫對詞底層音節形式的安排竟是如此的豐富，不禁讓人嘆為觀止！

參、教學實踐──以杜甫律詩為例

　　想要印證筆者的想法，理論上應該把唐代所有的詩作都取來統計分析。有一些學位論文已經從事這方面的工作⓫。不過實際上工程太浩大了，實在不是個人短時間內能達到的成果。筆者在教學時曾以某些詩作為例，覺得以詩聖杜甫的律詩為分析樣本，從而推估唐人拗救

⓫　這方面的論文，舉例如下：

　　08林繼柏《五言近體格律形成研究》，東海大學中國文學所碩士論文，1994。

　　10涂盛敏《初盛唐五言近體詩聲律研究》，東海大學中國文學所碩士論文，1992。

　　11陳永寶《近體詩及其教學研究》，高雄師範學院國文研究所碩士論文，1982。

格律的類型跟原理，是個可行的辦法之一。

　　現存杜甫詩作總篇數有1135篇、總章數有1457首。以總章數來計算，其中近體詩有1051首。近體詩當中，五言律詩有627首，七言律詩有151首⑫。五律的所有變化都蘊含在七律當中，因此本文直接就七律來討論。

　　簡明勇(1973)對杜甫七律有全面而清晰的研究，特別是有關律體的變化與拗救很值得學者參考。簡先生(1973:83-91)的基本式「甲、乙、丙、丁」相當於本文「乙、丙、丁、甲」。經過轉化之後用於教學上，可使學生大致明瞭杜甫七律的基本式跟變化式的情形⑬。以下各舉一例做為代表。

(7)
　　a.基本式
　　　1.甲種基本式（平平仄仄平平仄）　約100句
　　　　eg.「沙村白雪仍含凍」（〈留別公安大易沙門〉第五句）
　　　2.乙種基本式（仄仄平平仄仄平）　約150句
　　　　eg.「點水蜻蜓款款飛」（〈曲江〉二首其二第六句）
　　　3.丙種基本式（仄仄平平平仄仄）　約50句
　　　　eg.「小院迴廊春寂寂」（〈涪城縣香積寺官閣〉第五句）

---

⑫　根據陳文華《杜甫詩律探微》（《臺灣師範大學國文研究所集刊》,1978）第983
　　頁，以及簡明勇《杜甫七律研究與箋註》（五洲出版社,1973）第2頁。
⑬　蔣紹愚跟簡明勇兩位先生的「甲乙丙丁」內涵不同，筆者認為前者以普通的五絕
　　為排序的標準，比較容易記誦及分辨。

4.丁種基本式（平平仄仄仄平平）　約110句

 eg.「青春作伴好還鄉」（〈聞官軍收河南河北〉第六句）

b.變化式

 1.甲種變化式

  ①仄平仄仄平平仄　約60句

   eg.「洛城一別三千里」（〈恨別〉第一句）

  ②平平平仄平平仄　約20句

   eg.「江間波浪兼天湧」（〈秋興〉八首其一第三句）

  ③仄平平仄平平仄　約20句

   eg.「錦江春色來天地」（〈登樓〉第三句）

 2.乙種變化式

  ①平仄平平仄仄平　約80句

   eg.「長使英雄淚滿襟」（〈蜀相〉第八句）

  ②仄仄平平仄仄平　約30句

   eg.「志決身殲軍務勞」（〈詠懷古跡〉五首其五第八句）

  ③平仄平平平仄平　約20句

   eg.「劉向傳經心事違」（〈秋興〉八首其三第六句）

 3.丙種變化式

  ①平仄平平平仄仄　約30句

   eg.「春日鶯啼修竹裡」（〈滕王亭子〉第三句）

  ②平仄仄平平仄仄　約40句

   eg.「形勝有餘風土惡」（〈峽中覽物〉第七句）

  ③仄仄仄平平仄仄　約50句

   eg.「縱酒欲謀良夜醉」（〈臘日〉第五句）

④仄仄平平仄仄仄　6句　⓮

　　eg.「此別應須各努力」（〈送韓十四江東省覲〉第七句）

⑤平仄平平仄仄仄　1句

　　eg.「秋水纏深四五尺」（〈南鄰〉第五句）

4.丁種變化式

①仄平仄仄仄平平　約20句

　　eg.「教兒且覆掌中杯」（〈小至〉第八句）

②平平平仄仄平平　約50句

　　eg.「中間消息兩茫然」（〈送路六侍御史入朝〉第二句）

③仄平平仄仄平平　約100句

　　eg.「一生襟抱向誰開」（〈奉待嚴大夫〉第八句）

　　在比較杜甫七律的基本式跟變化式之後，可知杜甫變化式的句數超過基本式。基本式大約共有410句，變化式大約共有526句。可見在杜甫的心目中，聲律的要求是變化多端的。(7)a.屬於普通的格律，沒有深入探討的必要。(7)b.的次類很多，最值得注意的是丙式變化句第五種「平仄平平仄仄仄」，這種句式只出現一次。由此引發的問題便是：爲什麼末三字組沒有「仄平仄」的類型？爲什麼在詩聖杜甫所有的七律之中出現「平仄平平仄仄仄」這樣的句式？這樣三仄落底的出句違反近體詩的格律，以杜甫的功力肯定可用某種方式來救轉，爲什麼杜甫還要堅持使用「三仄落底」呢？

⓮　簡明勇（1973:87-88）簡述「合於變化式四的僅有五句」，只舉了三例。筆者翻檢一過，發現合於「仄仄平平仄仄仄」的詩句有六個。

(8)〈南鄰〉

錦里先生烏角巾，	（仄仄平平平仄平）	和衝和和衝衝衝
園收芋栗未全貧。	（平平仄仄仄平平）	和衝和和衝和和
慣看賓客兒童喜，	（仄平平仄平平仄）	衝和衝衝和衝和
得食階除鳥雀馴。	（仄仄平平仄仄平）	和衝和衝和衝衝
秋水纔深四五尺，	（平仄平平仄仄仄）	衝衝和衝和衝
野航恰受兩三人。	（仄平仄仄仄平平）	衝衝和和衝和衝
白沙翠竹江村暮，	（仄平仄仄平平仄）	衝衝和衝和衝和
相送柴門月色新。	（平仄平平仄仄平）	衝衝和衝和衝和

　　筆者起先懷疑跟「折腰體」有關。《詩人玉屑》有「折腰體，謂中央粘而意不斷，如王維渭城朝雨是也。」胡才甫《詩體釋例》說得更清楚：「八句折腰，將謂律詩第五句失粘耳。」❶所謂「粘」是指奇數聯對句中的第二字要與其後偶數聯出句中的第二字平仄相同；所謂「對」是指同一聯中上下句相同位置上的字平仄要相對（相反）❶。檢查〈南鄰〉這首詩第五句並非失粘，應該跟「折腰」沒有關聯。

　　〈南鄰〉這首詩要表現出一種和諧、寧靜的氣氛，突顯主人錦里先生耿介而不孤僻的性格，在音步的處理上十分細膩。這些和諧感包括平舒型跟短折型兩種，衝突感包括跌宕型跟舒促型兩種。尾聯出句跟對句都是「衝衝和衝和衝和」，有一種反復之美。首聯前四字出句

---

❶　引自胡才甫《詩體釋例》（臺北：中華書局,1969,臺二版）第71頁。

❶　參見蔣紹愚《唐詩語言研究》（河南：中州古籍出版社,1990）第39頁。

跟對句都是「和衝和和」，但接著就變化多端了。尤其頷聯跟頸聯等四句，沒有一句雷同。這種步律上的反復跟變化，正標誌著杜甫的聲律功力。

分析〈南鄰〉這首詩的作法，首聯敘南鄰之人及其家境；頷聯敘造訪時情形，兒童喜而鳥雀不驚；頸聯寫訪後遊江，秋水四五尺故野舟可載兩三人；尾聯以日暮相送作結❿。這首詩的關鍵句是「秋水纔深四五尺」，爲什麼呢？粗淺地看，「四五」若改成「三五」會跟對句「兩三」疊字，故而「連三仄」可說是受到文字本身的限制。精微地看，因爲在這句之前是杜甫到山莊拜訪朱山人的畫面，在這之後換成了一幅江村送別圖。

打個比方來說，統計學中的長條圖「有某一、二數值特大時，可採用斷條或迴條之方法，使其斷裂縮短或迴轉方向，如此可使其他數值較小之長條加長，以便於比較。」⓲從訪友到友人出門相送，這裡面時間的推移是很漫長的，而杜甫移位的方向是相反的。律詩短短五十六個字，不能把分支的人物寫明，但是讀者可以通過想像等方式補白。詩中比較小的畫面，如：烏角巾、階除上的鳥雀、白沙、翠竹、柴門等，這些元件隨時間的推進而變化。這些元件融合在時間的序列之中，並沒有統一的視點。「連三仄」類似一種「斷條或迴條」的方法，暗中引領讀者體會杜甫移位方向的改變，於是使所有的元件得到了觀點上的統一。

---

❿ 作法說明引自簡明勇（1973：120）。筆者翻閱相關的書刊，都只提到這首詩分成兩個畫面。對「三仄落底」的現象並沒有深入的分析。

⓲ 詳閱陳超塵《統計學》（臺北商務，1979，29版）第56-57頁。

(7)b.丙式第四種「仄仄平平仄仄仄」有六句,也是連三仄,其原因何在?筆者懷疑是受到「吳體」的影響。翻檢原詩,查出這六句分別出現在「〈公安送韋二少府匡贊〉第三句、〈舍弟觀赴藍田取妻子到江陵喜寄〉三首其三第五句、〈送韓十四江東省覲〉第七句、〈寄杜位〉第三句、〈鄭駙馬宅宴洞中〉第七句、〈題省中院壁〉第七句」。以〈鄭駙馬宅宴洞中〉為例,尾聯「自是秦樓壓鄭谷,時聞雜佩聲珊珊。」出句三仄落底、對句三平落底,正是吳體的風格之一。

杜甫明確地在詩題下標註「吳體」的一首詩是「愁」。這首詩是杜甫於大曆二年(A.D.767)在夔州寫成的。在杜甫151首七律中,有14到18首是屬於非常特殊的「吳體」。一般的看法,「吳體」是指「吳均體」或是「吳中歌謠」。曹淑娟(1982)為「吳體」所下的定義是「兼有體拗與二句以上(不含二句)古調之七律」❿。鄺健行(1994)曾否定了兩種流行的說法:一為源於吳歌的一種體式,這是近年最流行的觀點;一為拗體的一種,但聲調跟通常的拗體不盡相同。鄺先生從齊梁詩來理解「吳體」,「齊梁調」一詞在天寶時才出現,但不是普遍的稱呼,杜甫的「吳體」其實就是「齊梁體」❷。

曹淑娟(1982)修正陳文華(1978)的統計數字,認為杜詩「吳體」全然不救者十首,以對句第五字救轉者四首。姑且不管「吳體」的定義如何,所謂「第五字救轉」正是本文所標舉的「倒三救」。只

---

❿ 詳見曹淑娟〈杜黃吳體詩辨析〉(《中國學術年刊》第四期,1982,第161-184頁。)

❷ 參閱鄺健行〈吳體與齊梁體〉(《香港中文大學中國文化研究所學報》新第三期,1994,第23-33頁)。

是對句以平聲救轉之後，往往三平落底。以下舉〈白帝城最高樓〉爲
例。

    (9)〈白帝城最高樓〉

        城尖徑仄旌斾愁，　（平平仄仄平仄平）

        獨立縹緲之飛樓。　（仄仄仄仄平平平）

        峽坼雲霾龍虎臥，　（仄平平平平仄仄）

        江清日抱黿鼉游。　（平平仄仄平平平）

        扶桑西枝對斷石，　（平平平平仄仄仄）

        弱水東影隨長流。　（仄仄平平平長平）

        杖藜歎世者誰子？　（仄平仄仄仄平仄）

        泣血迸空回白頭。　（仄仄仄平平仄平）

    〈白帝城最高樓〉這首詩在頷聯跟尾聯的出句上都失粘，頷聯的
出句跟對句之間失對。除了五十六個字以外，實在不像是一首近體七
言律詩。筆者觀察到頸聯的出句（第五句）是三仄落底，位置正好跟
〈南鄰〉相符。在內容上剛好也是大的轉折，從現實的描繪忽然進入
神話般的境界。「扶桑西枝對斷石」意思是說「在白帝城最高樓眺
望，對著瞿塘峽向東可以看到太陽出處的扶桑」，「弱水東影隨長
流」意思是說「在白帝城最高樓向西眺望，則可以看見弱水東流而與
大江相連」。尾聯跟首句「旌斾愁」遙相呼應，由寫景轉入抒情㉑。

㉑　有關本詩的賞析，筆者參考夏松涼《杜詩鑒賞》（遼寧教育出版社,1986）第418-
    422頁。

可見杜甫對七律頸聯出句三仄落底的句式是很熟悉的。從這裡也印證了〈南鄰〉第五句三仄落底不是杜甫的疏失，反而是一種有意的安排。

肆、結　語

近體詩平仄律的原理是「一句當中必定有兩個『和諧』相續」，但這只能適用於「末五字組」的基本式。唐人近體詩拗句頗多，這些變化式的原理應該從「末三字組」來思索。

經過分析之後，本文發現近體詩句末三字「平仄平、仄平仄」是拗救的關鍵類型，無論「甲四拗、丙四拗、雙拗」等都能救轉。為什麼「平仄平、仄平仄」有如此強大的效力呢？筆者認為「平仄平、仄平仄」位於詩句末尾時，音節縫隙最小，三個字的聲律關係密切，就好像一個有機體或是可獨立運作的模組（module），姑且稱之為「末三字組」。在詞底層音節形式的處理上，這個「末三字組」的第一字跟第二字具「衝突感」、第二字跟第三字也具「衝突感」；這兩個衝突感能產生步律上的振盪效果。第三字呼應第一字而表現「和諧感」，使得前面的拗律獲得一種新的平衡。

在杜甫的拗體律詩當中，幾乎都可以運用「末三字組救轉」的觀念來理解。甚至在「吳體」也有四首杜甫古風式「倒三救」的例子，所不同的是救轉之後三平落底「平平平」，跟正律是不合的。比較特殊的〈南鄰〉這首七律有「三仄落底」的情形。這是受到齊梁調的影響，也就是杜甫所謂的「強戲為吳體」。杜甫更進一步活用「三仄落底」的形式，使之配合內容。筆者分析〈南鄰〉全詩之後，發現這首

詩頸聯出句三仄落底的原因，在於指出杜甫移位方向的改變。杜甫故意用「仄仄仄」的聲響，目的是要提醒讀者區分前半段杜甫山莊訪隱跟後半段朋友江村送別的畫面。由此看來，杜甫完全活用了末三字組的聲律功能，眞不愧是詩聖啊！

從聲韻的演變，談中學國文教材中幾個字音的問題

康世統

一、前　言

　　由於擔任「國文教材教法」、「教學實習」課程的關係，有機會接觸中學國文教材。中學國文教材取材自歷代各朝作家的作品，時間上下兩千餘年，地域廣袤數千里，聲韻自然的演變，語音彼此的不同，在教材的音讀上，難免會滋生許多問題，這些問題不能不解決，但是如何解決呢？這眞是一個棘手的問題，一直困擾著不少的中學國文老師。要處理此一問題，首先必須先瞭解我國歷代字音的演變。

二、漢語歷代聲、韻、調的演變

　　我國從先秦到近代，聲韻的演變，凡分六期，約而言之，有三大變化。茲將各期起迄，及其聲、韻、調之特色、差異略述如後：
第一期：周、秦。約西元前十一世紀，至前三世紀。
第二期：兩漢。前二世紀，至二世紀。

第三期：魏、晉、南北朝。三世紀，至六世紀。

第四期：隋、唐、宋。七世紀，至十三世紀。

第五期：元、明、清。十四世紀，至十九世紀。

第六期：民國。二十世紀。❶

第一、二期之語音，一般稱之爲「上古音」；第三、四期之語音，稱爲「中古音」；第五、六期之語音，稱爲「近代音」，或稱「現代音」。

漢語語音的組成要素，包含聲、韻、調。以下就「中古音」、「上古音」、及「現代音」的聲、韻、調分別略作敘述。我在〈從字音的演變，談中學國文科的字音教學〉❷一文中曾有說明，茲摘述如后：

(一) 中古音之聲、韻、調

首先談中古音的聲母：自陳澧《切韻考》系聯《廣韻》的聲紐爲四十聲類以後，歷經多人的研究。黃侃據陳澧《切韻考》所訂，復分「明、微」爲二紐，而主四十一聲類之說，其四十一聲類包含：

---

❶ 見林尹先生《中國聲韻學通論》，頁一三，黎明文化事業公司，民國八十二年八月十刷。

❷ 康世統〈從字音的演變，談中學國文科的字音教學〉，刊於《人文及社會學科教學通訊》雙月刊，七卷三期，頁八七～一〇九，教育部人文及社會學科教育指導委員會主編，民國八十五年十月。

唇音 ┬ 重唇音：幫滂並明
　　 └ 輕唇音：非敷奉微

舌音 ┬ 舌頭音：端透定泥
　　 └ 舌上音：知徹澄娘

牙音（止一類）：見溪群疑

齒音 ┬ 齒頭音：精清從心邪
　　 └ 正齒音 ┬ 照穿神審禪
　　　　　　 └ 莊初牀疏

喉音（止一類）：影曉匣喻爲

半舌音　　　　：來

半齒音　　　　：日

中古音時期之主要韻書，隋有《切韻》，宋有《廣韻》，歷來音韻研究學者多據以探討中古之聲、韻類別。黃侃之研究，見於《黃侃論學雜著》，其後，錢玄同《文字學音篇》、劉頤《聲韻學表解》、林尹先生《中國聲韻學通論》、陳新雄先生《音略證補》皆主《廣韻》四十一聲紐之說。

亦有再加以細分爲四十七聲類的，如高本漢《中國韻學大綱》（張洪年譯，香港中文大學出版）、白滌洲〈廣韻聲紐韻類之統計〉（北平女師大學術季刊第二卷第一期）、黃淬伯〈慧琳一切經音義反切考〉（史語所專刊），四十七聲類所以多出四十一聲紐，是將「見、溪、疑、影、曉、來」六紐各以洪、細音分爲二類。

也有主張中古聲母五十一類的，如曾運乾〈切韻五聲五十一類考〉（東北大學季刊第一期）、陸志韋〈證廣韻五十一聲類〉（燕京

學報二十五期）、周祖謨〈陳澧切韻考辨誤〉（輔仁學誌九卷一期），五十一聲類復多出四十七聲類，是將「精、清、從、心」四紐各分洪、細二類，故又多出四聲類。

近人董同龢《漢語音韻學》莊系多出「俟」母❸，研究中古聲母最多分爲五十二類，然此聲母僅有二音，就《廣韻》之切語言之，與牀紐無別。

亦有主張中古音之聲母少於四十一聲紐的，如周法高〈論切韻音〉（香港中文大學中國文化研究所學報第一卷）主張《切韻》之聲母爲三十七類，其少於四十一聲紐，是將「非、敷、奉、微」併於「幫、滂、並、明」，故少四類。李榮《切韻音系》，王力《漢語音韻》分析《切韻》聲母爲三十六：李氏所以少於四十一紐，是併輕唇於重唇，併「爲」入於「匣」，併「娘」入於「泥」，又自「牀」紐析出「俟」紐；王氏之三十六類，所以少於四十一紐，是併輕唇於重唇，併「爲」入「匣」。張煊《求進步齋音論》（國故第一期）則主三十三類，所以少於四十一紐，是唇音不分輕唇、重唇，舌音沒有舌頭、舌上區分，所以少八類。❹

就《廣韻》來說，聲母析爲四十一聲紐，可云得其大要。

至於中古之韻母，自陳澧《切韻考》系聯《廣韻》切語下字，將《廣韻》二百六韻析爲三百十一類以後，諸家分類，類別繁多，由於

---

❸　見董同龢《漢語音韻學》第七章中古音系，頁一四七，廣文書局經銷，民國五十七年九月初版。

❹　以上參見陳新雄先生《六十年來之聲韻學》，頁二四～二九，文史哲出版社，民國六十二年八月初版。

《廣韻》中，原有平聲57韻，上聲55韻，去聲60韻，入聲34韻，合計凡二〇六韻，平上去入之別，乃是聲調的差異，其主要元音則相同，今舉平聲以賅上、去、入，凡得五十七韻，另加沒有平、上聲相承之入聲「祭、泰、夬、廢」四韻，《廣韻》之韻類，計為數六十一。

中古音之聲調，《切韻》、《廣韻》中以「平、上、去、入」四聲分韻，其時之聲調，當為平聲、上聲、去聲、入聲四個。

(二) 上古音之聲、韻、調

古聲紐之研究，建立在中古聲紐之研究上。顧炎武探得古無輕唇音，錢大昕知舌音類隔之說不可信，章炳麟證知古音娘、日二紐歸泥，黃侃進而探得「照穿神審禪」古讀與「端透定」無殊、「莊初牀疏」古歸「精清從心」，曾運乾證得喻三古歸匣、喻四古歸定，錢玄同證知邪紐古讀如定，陳新雄先生證知群母古歸匣，並歸結上古單純聲母為二十二紐，若除去古遺失聲母不計，則為十九紐，恰與黃侃所考之古聲紐系統完全一致。❺由於上古音複聲母之研究，方興未艾，暫略不計，茲錄古聲十九紐於後：

　　唇音：幫、滂、並、明。
　　舌音：端、透、定、泥。
　　牙音：見、溪、疑。
　　齒音：精、清、從、心。

---

❺　參見陳新雄先生《六十年來之聲韻學》，頁九五，文史哲出版社，民國六十二年八月初版。

喉音：影、曉、匣。

半舌：來。❻

　　古韻部之研究，自清代顧炎武分古韻爲十部以後，歷經江永、段玉裁、戴震、孔廣森、王念孫、江有誥、章炳麟、黃侃、黃永鎭、錢玄同、王力、陳新雄先生等多位學者之研究，古韻分部，最後的結果當爲三十二部，茲錄陳新雄先生古韻部十二類三十二部於後：

第 一 類：　1歌　　2月　　3元

第 二 類：　4脂　　5質　　6眞

第 三 類：　7微　　8沒　　9諄

第 四 類：　10支　　11錫　　12耕

第 五 類：　13魚　　14鐸　　15陽

第 六 類：　16侯　　17屋　　18東

第 七 類：　19宵　　20藥

第 八 類：　21幽　　22覺　　23冬

第 九 類：　24之　　25職　　26蒸

第 十 類：　　　　　27緝　　28侵

第十一類：　　　　　29怗　　30添

---

❻ 陳新雄先生古聲二十二紐，除所舉古聲十九紐外，尙有古遺失聲母三紐：脣音 m、舌尖音 d、舌根音 g，參見所著《六十年來之聲韻學》，頁九五，文史哲出版社，民國六十二年八月初版。

第十二類：　　　　　31盍　　32談 ❼

　　由於段玉裁的古韻十七部分別附註於說文解字段注中，查考方便，因此，一般使用時多用段氏十七部之說。

　　至於古聲調，段玉裁以爲：「古平上爲一類，去入爲一類。上與平，一也；去與入，一也。」❽段玉裁主張古惟平、入二聲，後來的學者，如黃侃、王力等都採用其說，陳新雄先生說：「古代的聲調只有平、入兩大類，……後來讀平聲稍短就變作上聲，讀入聲音稍長就變作去聲，於是乃形成了平、上、去、入四個聲調。」❾由此可知：上古的聲調，只有平、入二聲。

㈢　現代音之聲、韻、調

　　民國元年，教育部成立「讀音統一會」，負責全國語音統一、推行事宜，此即後來「教育部國語推行委員會」之前身。民國十三年，決定以北京音爲國語，民國二十一年，公布國音常用字彙，以北平音系爲標準國音。❿民國二十五年以後，陸續出版《國語大詞典》，以

---

❼　見陳新雄先生《六十年來之聲韻學》，頁九六，文史哲出版社，民國六十二年八月初版。

❽　見段玉裁〈古四聲說〉，《說文解字注》頁八二四，藝文印書館，民國五十五年十月十一版。

❾　見陳新雄先生《音略證補》，頁二四二，文史哲出版社，民國八十五年十月增訂初版十八刷。

❿　參見《國音學》，頁二三～四八，國立臺灣師範大學國音教材編輯委員會編纂，正中書局印行，民國七十一年十月臺初版。

為全國推行國語之最高準據，政府遷台後，民國七十年十一月，又有
《重編國語辭典》之刊印，以為全國推行國語之最高準則，委交商務
印書館發行。

　　根據教育部重編國語辭典編輯委員會所編之《重編國語辭典》，
其所呈現之現代音——以北平音系為主的國音，聲母有二十一個，另
加一個零聲母；韻母有十六個，及一個另增符號；字調是四個。

　　聲母二十一個是：ㄅㄆㄇㄈ，ㄉㄊㄋㄌ，ㄍㄎㄏ，ㄐㄑㄒ，ㄓㄔ
ㄕㄖ，ㄗㄘㄙ。

　　韻母十六個是：ㄧㄨㄩ，ㄚㄛㄜㄝ，ㄞㄟㄠㄡ，ㄢㄣㄤㄥ，ㄦ。
一個另增符號是：「ㄭ」，它是「ㄓㄔㄕㄖ」、「ㄗㄘㄙ」獨用時，
共用的代表韻母符號，平常省略不用。

　　字調四個：陰平、陽平、上聲、去聲，此即俗稱的：第一聲、第
二聲、第三聲、第四聲。⓫

　　我國歷代字音之演變，略如上述，茲列成簡表如下：

時代\數目\音類		聲類	韻類	聲調	備　　註
上古音	先秦	古聲19紐	古韻32部	平、入二聲	古遺失聲母及複聲母暫不列入。
	兩漢				
中古音	六朝	41	61	平、上、去、入四聲	韻類舉平聲以賅上、去、入，另加無相承平上聲之去聲「祭、泰、夬、廢」四個，合計61。
	隋唐宋				
現代音	元明清	22	17	四聲	1.聲類21個，另加無聲母，則為數22。 2.韻類16，另加一個ㄭ，為數17。
	民國				

⓫　參見《國音學》，頁六三、頁二三〇，國立臺灣師範大學國音教材編輯委員會編
纂，正中書局印行，民國七十一年十月臺初版。

　　由此看來，我國語音中「聲」、「韻」、「調」在「上古音」、「中古音」、「現代音」裡的演變，前後各有變化，不盡相同。

　　照理說，讀先秦、兩漢的教材，用上古音來念；讀六朝、隋、唐、宋的教材，用中古音來念；讀元、明、清、民國的教材，用現代音來念。如此，若遇到因字音發生變化，有押韻、平仄的須求時，將不會有所困擾。但是，事實上，能做得到嗎？當前聲韻的研究學者，對於上古、中古聲紐、韻類的擬音，都還無法完全一致，如何要求全國的中學老師用上古音去教先秦、兩漢的教材？用中古音去教六朝、隋、唐、宋的教材？況且，這樣做，將嚴重牴觸教育部推行國語，以北平音系爲準的政策，根本行不通。

　　那麼教學時，若遇到須講求押韻的詩，在上古音、中古音中相押，以現代音念卻不相押，該怎麼辦？又如何解決因爲聲、韻、調在歷代字音演變中所發生的差異呢？像譯音的問題，狀聲詞的音讀，尤其，假借字的音讀，歷經中古音、現代音的不同演變，究竟讀假借字爲被假借字呢？或者就依本字來讀？這是字音教學裡最爲困擾的問題。以下，即就中學國文教材中幾個字音的問題提出來就教於大家。

三、中學國文教材中幾個字音的問題

(一)　韻腳的音讀

這裡舉兩個例子：❷

⑴元·翁森〈四時讀書樂〉之三（國中國文四冊 5 課）：

昨夜庭前葉有聲，籬豆花開蟋蟀鳴。

不覺商意滿林薄，蕭然萬籟涵虛清。

近床賴有短檠在，對此讀書功更倍。

讀書之樂樂陶陶，起弄明月霜天高。

這一首樂府詩作者翁森是宋末、元初人，翁森四十歲以後步入元朝，他的語音在二十歲以前已形成。因此，要討論這一首樂府詩的押韻，我們先從宋代的中古音來看它。

前四句韻腳三字。首句入韻，「聲」字《廣韻》「書盈切」，下平聲十四「清」韻；次句韻腳「鳴」字《廣韻》「武兵切」，下平聲十二「庚」韻；第四句韻腳「清」字《廣韻》「七情切」，下平聲十四「清」韻。宋代「庚、耕、清」三韻同用❸。

第七、八句轉韻。第七句韻腳「陶」字《廣韻》「徒刀切」，下平聲六「豪」韻；第八句韻腳「高」字《廣韻》「古勞切」，同見下平聲六「豪」韻。

以上這些，押韻沒問題。問題出在第五、六句。

---

❷ 參見康世統〈從字音的演變，談中學國文科的字音教學〉，刊於《人文及社會學科教學通訊》雙月刊，七卷三期，頁九二～九五，教育部人文及社會學科教育指導委員會主編，民國八十五年十月。

❸ 見《廣韻》下平聲卷第二，韻目下註，藝文印書館，頁一三一，民國五十七年十月校正再版。

　　第五句韻腳「在」字，《廣韻》「昨宰切」，上聲十五「海」韻；第六句韻腳「倍」字，《廣韻》「薄亥切」，上聲十五「海」韻。「在」字依切語，宋代念ㄗㄞˇ，上聲；「倍」字依切語，宋代念ㄅㄞˇ，上聲，「在」、「倍」兩字在宋代原來同韻，可以相押。❹（「在」字宋代有兩個音讀：除上聲「昨宰切」外，另音「昨代切」，見《廣韻》去聲十九代韻。）

　　問題出在元、明以後之現代音，兩字發生音變的途徑不同。元·周德清《中原音韻》：「皆來」韻部，「上聲」處皆未見有「在、倍」兩字；「皆來」韻部之「去聲」，有「在」字，無「倍」字。同書「齊微」韻部之「去聲」，有「倍」字，無「在」字。

　　原來「在」字在宋代的兩個音讀：上聲「昨宰切」，到了現代音中消失不見，另一音去聲「昨代切」則保留。而「倍」字原本在「宋」代讀上聲，進入元、明以後，聲音改變，讀爲去聲，變入「齊微」韻部❺。遂使在宋代中古音原本相押之「在」、「倍」兩字，元、明以後變成不相押了。

❹　《詩韻集成》上聲十「賄」韻，有「在、倍、采、改、海」諸字（見頁九四）；去聲十一「隊」韻，有「在」字（見頁一二九），無「倍」字。《詞林正韻》第五部上聲十二蟹、十三駭、十四海韻，有「海、改、采、倍（薄亥切）、在（昨宰切）」等字（見頁二六七）；去聲十六怪、十九代韻，有「在」字，無「倍」字（見頁二六八）。其聲韻系統之表現，與《廣韻》相應。（《詩韻集成》、《詞林正韻》見於《詩詞曲韻總檢》，盧元駿輯校，正中書局，民國五十七年五月台初版。）

❺　《中州音韻》之「皆來」韻部，「上聲」處未見有「在」、「倍」兩字；「去聲」處則有「在」字，而無「倍」字；同書「齊微」韻部，「去聲」處有「倍」字，而無「在」字。其呈現之音韻變化，與《中原音韻》相同。

今天，以「現代音」讀翁森這首樂府詩，「在」、「倍」相去太遠，無法獲得協韻效果；若改讀宋代之中古音，都念上聲，一音ㄗㄞˇ，一音ㄅㄞˇ，雖然韻是押了，卻完全不合當前的語文訓練要求——與國語（北平音）相牴觸。那麼，如何解決這個問題呢？

我們是否可以做這樣的建議：「在」字音ㄗㄞˋ，與教育部《重編國語辭典》所注相同，而「倍」字則是：在此（僅限於翁森〈四時讀書樂〉樂府詩），為求押韻之故，暫念ㄅㄞˋ。

換言之，即「倍」字在任何地方出現、使用，仍須按照教育部《重編國語辭典》所注音讀來念，不可以隨意亂讀，否則，我國「語」之教學根本無法理出頭緒來。

(2)再舉一個高中國文的例子：唐・李白〈長干行〉（舊版高中一冊15課）

妾髮初覆額，折花門前劇。郎騎竹馬來，遶床弄青梅。
同居長干里，兩小無嫌猜。十四為君婦，羞顏未嘗開。
低頭向暗壁，千喚不一回。十五始展眉，願同塵與灰。
常存抱柱信，豈上望夫臺。十六君遠行，瞿塘灩澦堆。
五月不可觸，猿聲天上哀。門前遲行跡，一一生綠苔。
苔深不能掃，落葉秋風早。八月蝴蝶來，雙飛西園草。
感此傷妾心，坐愁紅顏老。早晚下三巴，預將書報家。
相迎不道遠，直至長風沙。

這一首樂府之韻腳：首句「額」字，《廣韻》「五陌切」，入聲二十「陌」韻；第二句韻腳「劇」字，《廣韻》「奇逆切」，入聲二

十「陌」韻。李白是唐代人，使用的語音是中古音。唐、宋時，「額」、「劇」同是《廣韻》入聲「陌」韻字，原本相押，但中古「入聲」演變到近代音中便已消失，變入國語的一、二、三、四聲中；而且「韻」方面亦有極大變動，入聲「陌」韻演變入近代音裡，「額、劇」兩字恰好又分屬在兩個絕不相同的韻類中，同是中古音《廣韻》「陌」韻裡的「額、陌（莫伯切）、伯（博陌切）、索（山戟切）、嚄（胡伯切）、客（苦格切）、赫（呼格切）、格（堅伯切）」等字，在今國語（北平音系）中仍然相押，而《廣韻》「陌」韻裡的另一群字：「劇、戟（九劇切）、隙（綺戟切）、逆（宜戟切）」等⑯，在今國語中依然協韻，問題是：這兩組字不相協，亦即國語中，「額」與「劇」念起來絕不相押。由於，只有兩句，兩個字，因此一般都不處理，也難以處理。

第三句以後，韻腳依次是：來、梅、猜、開、回、灰、臺、堆、哀、苔。此下轉韻，韻腳是：掃、早、草、老。最後四句又換韻，韻腳是：巴、家、沙。現在我們就來看看倍受爭議的「梅、回、灰、堆」諸字。

《廣韻》上平聲十五「灰」韻裡：梅，莫杯切。回，戶恢切。灰，呼恢切。堆，都回切。這幾個字原來都與上平聲十六「咍」韻字相押：來，落哀切。猜，倉才切。開，苦哀切。臺，徒哀切。哀，烏開切。苔，徒哀切。⑰

---

⑯　見《廣韻》入聲二十「陌」，頁五一○～五一三，藝文印書館，民國五十七年十月校正再版。

⑰　「灰」、「咍」同用，見《廣韻》上平聲卷第一，韻目下「灰第十五」注。頁二十一，藝文印書館，民國五十七年十月校正再版。

　　但「灰」、「咍」兩韻字到了近代北平音系裡念起來就不太相協，如何處理「咍」韻裡「來、猜、開、臺、哀、苔」六個韻腳，使與「灰」韻字「梅、回、灰、堆」相協，就成了棘手的語音教學問題。

　　詩、文的賞析原本以內容為主，形式居次。這裡，原本可以按照今音來念，不必管它押韻與否，只是押韻的文字，如果念起來韻腳不協，就無法發揮聲韻和協的效果。李白〈長干行〉中的「來」等六個韻腳，與「梅」等四個韻腳，若依今音國語來念，就如同該詩首、二兩句的「額」、「劇」兩字，無法協韻一般，原本也沒有太大關係，只是韻文的聲律特色無法充分呈現而已。

　　今為求押韻之聲律效果，非注出韻腳之音讀不可，可否作如下處理：暫念「梅」等四字韻腳以牽就「來」等六字韻腳：

　　梅，在此（指李白〈長干行〉），為求押韻之故，暫念ㄇㄞˊ。

　　回，在此，為求押韻之故，暫念ㄏㄨㄞˊ。

　　灰，在此，為求押韻之故，暫念ㄏㄨㄞ。

　　堆，在此，為求押韻之故，暫念ㄉㄨㄞ。

前列這些字音，僅在讀李白〈長干行〉中，為求押韻效果，暫時作這樣處理。其他任何地方，這些字的出現，仍然必須按照教育部《重編國語辭典》的注音念。否則，我國的語文教學，若漫無原則，或原則太多，以至於「凡字皆無定呼，凡音皆無定準。」要想語文教學成功，根本是緣木求魚，永不可得。

(二)　譯音的音讀

　　早期用來譯音的文字，在當時應該音同，或音近。只是後來用以

譯音、注音的兩組字，在歷代字音之演變中，走不同之路線，遂致，
在現今之國語中產生不知如何念它之問題。例如：

　　1.北朝民歌〈木蘭詩〉（國中國文四冊15課）：「昨夜見軍帖，
可汗大點兵；軍書十二卷，卷卷有爺名。」潘重規先生《樂府詩粹
箋》：「可音克，汗音寒。可汗本夷狄國君之稱。」⑱國中國文課本
注：「可汗，音ㄎㄜˋ　ㄏㄢˊ，古代西域和北方各國對他們君王的
稱呼。」⑲

　　六朝時，西域、北方各國稱其君長為「可汗」，音「克寒」。
「可」字《廣韻》：「枯我切」，上聲，三十三「哿」韻；「克」字
《廣韻》：「苦得切」，入聲，二十五「德」韻。「可」字在上聲，
「克」字在入聲，足見六朝時之譯音乃取其音近，並非同音。我們實
在沒有理由非要把「可」字念成「克」字不可。

　　再就「汗」字來說，《廣韻》登錄三音：①「胡安切」，音同
「寒」，上平聲，二十五寒韻。②「古寒切」，音同「干」，上平
聲，二十五寒韻。③「侯旰切」，音同「翰」，去聲，二十八翰韻。
「寒」字《廣韻》「胡安切」，只有一音，原本與「汗」音之「胡安
切」同音，但「汗」字在近代之北平音系中，中古時平聲之兩個音讀
已然消失，只留下「去聲」之「翰」ㄏㄢˋ音，遂使得今日「汗」字
之譯音有所爭議。

　　「汗」字在六朝之中古音裡，作「可汗」時，其音為平聲，與

---

⑱　見潘重規先生《樂府詩粹箋》，木蘭詩註，頁一〇三，人生出版社，民國五十二
　　年六月初版。
⑲　見國中國文第四冊，十五課樂府歌行選㈡木蘭詩注㈣，頁七五，民國八十三年一
　　月改編本四版，國立編譯館主編。

「寒」字同音，《廣韻》上平聲，二十五「寒」韻下，「汗」字注：
「可汗，蕃王稱。」❷可以爲證。

然而，我們可以在一篇文章中，某幾字念上古音，某些字念中古
音、近代音，可以這樣嗎？如果可以的話，那麼在同一篇文章中，可
以某些字念閩南語、客家語、廣東話，某些字念南島語系裡的泰雅族
語音，某些念阿美族語音、鄒族、賽夏族語音？答案應該是否定的。
因此，可以肯定地說：今天，在北平音系裡，把去聲「汗」ㄏㄢˋ字
念ㄏㄢˊ的音是錯誤的。

在今日的北平音系中，「可汗」ㄎㄜˇ　ㄏㄢˋ不念「ㄎㄜˋ
ㄏㄢˊ」，已如上述，那麼該如何念呢？我的意見是：依教育部《重
編國語辭典》所注的音讀來念，兩字皆非破音字，念ㄎㄜˇ　ㄏㄢˋ
就對了。理由除如上述外，尚有兩點：其一，今日之語文教學，乃是
以北平音系爲準，教育部已有《重編國語辭典》的公布，「可汗」兩
字都不是破音字，只有一個音讀，不應念成其他音讀，與之牴觸。其
二，若以爲「可汗」非要念成「克寒」不可，而不顧慮到歷代字音的
演變，試問：六朝時期的突厥、回紇、蒙古等族的人，聽得懂民國時
所發的「ㄎㄜˋ　ㄏㄢˊ」的音是在稱呼他們的君長嗎？民國時，住
在臺灣地區的人民，非要把「可汗ㄎㄜˇ　ㄏㄢˋ」念成「克寒」，
六朝時的北方各國民族才聽得懂這是民國時台灣地區的人民對他們君
主的尊稱嗎？如果不是，爲何漠視語音自然的演變，而「刻舟求
劍」，一意孤行，嚴重牴觸到教育部重編國語辭典編輯委員會重編

---

❷　見《廣韻》，頁一二一，藝文印書館，民國五十七年十月校正再版。

《國語辭典》的美意？㉑

　　因此，國中國文第四冊15課〈木蘭詩〉的注釋㈣，將「可汗」注成「音ㄎㄜˋ　ㄏㄢˊ」是應該訂正的。

　　2.西漢匈奴人「金日磾」，音「金覓底」；漢人「酈食其」，音「歷異基」。為了兩千年前某人姓名的直音，不顧慮兩千年來的音變，硬要將「日」念成「覓」，「磾」字念成「底」，「食」字念成「異」，既沒有「辨義作用」，念了，對方也聽不到兩千年後的台灣人民在叫他，而且此音僅用於此處，實在沒有必要浪費全台灣地區的人民，花費許多時間、精力去記沒有多大意義，且一輩子都用不到的特殊音讀。我的意見是：這些字都用教育部《重編國語辭典》裡的音讀來念它就行了。

㈢　狀聲詞的音讀

　　茲舉兩個例子：

1.國中國文第四冊15課樂府歌行選〈木蘭詩〉：

　　……東市買駿馬，西市買鞍韉；
　　　南市買轡頭，北市買長鞭。
　　　朝辭爺孃去，暮宿黃河邊；
　　　不聞爺孃喚女聲，但聞黃河流水鳴濺濺。……

㉑　參見高明先生、何容先生〈重編國語辭典序〉，《重編國語辭典》，教育部重編國語辭典編輯委員會編，台灣商務印書館，民國七十年十一月初版。

「濺濺」，流水聲，「濺」字，《廣韻》中有平聲、去聲兩音：

(1)「則前切」，下平聲，一先韻，音ㄐㄧㄢ

(2)「子賤切」，去聲，三十三線韻，音ㄐㄧㄢˋ ㉒

〈木蘭詩〉為六朝時作品，其時之語音屬中古音。「濺」字在詩中與「韉」、「鞭」、「邊」押韻，本念平聲ㄐㄧㄢ。濺濺，用以形容流水之聲音，為狀聲詞。但中古時「濺」之平聲音讀，到現代音中，平聲已消失，只留去聲ㄐㄧㄢˋ之音㉓。

今日，我們讀〈木蘭詩〉，對「濺濺」之音應如何處理？我的建議是：

濺，音ㄐㄧㄢˋ，此處（指〈木蘭詩〉）為求押韻之故，暫念ㄐㄧㄢ。

我的理由是：其一，我們不能無視於中古音、現代音的不同演變，濺字現代音為ㄐㄧㄢˋ，中古音時之平聲既然消失，於此自不得注平聲。其二，〈木蘭詩〉此處是押平聲韻，為要配合押韻須求，因此，僅在此暫念ㄐㄧㄢ。

2.清·蒲松齡《聊齋誌異·口技》（高中國文二冊七課）：

> 參酌移時，即聞九姑喚筆硯，無何，折紙戩戩然，拔筆擲帽丁丁然，磨墨隆隆然。……

㉒　則前切，見《廣韻》下平聲一先韻，頁一三三；子賤切，見《廣韻》去聲三十三線韻，頁四一〇，藝文印書館，民國五十七年十月校正再版。

㉓　參見《重編國語辭典》，冊三，頁二六三〇，教育部重編國語辭典編輯委員會編，台灣商務印書館發行，民國七十年十一月。

文中「丁丁」觸擊聲，為狀聲詞。

至於「丁丁」，應該念ㄉㄧㄥ　ㄉㄧㄥ，或者是ㄓㄥ　ㄓㄥ呢？

首先就意義來說：文中「拔筆擲帽」，筆帽是用銅製成的，丟擲後的金屬相碰聲，用「丁丁然」去形容，而教育部《重編國語辭典》即蒐有「丁丁」音ㄉㄧㄥ　ㄉㄧㄥ的詞，可解作金屬相碰聲。

其次就音來說：將「丁丁」念ㄉㄧㄥ　ㄉㄧㄥ，念ㄓㄥ　ㄓㄥ，教育部《重編國語辭典》都有蒐錄，但念ㄓㄥ　ㄓㄥ，卻有問題。

在這裡，必須先看看上古音時期，詩經中的例子。《詩經·小雅·伐木》：

伐木丁丁，鳥鳴嚶嚶；出自幽谷，遷于喬木。

「丁」、「嚶」押韻，《詩經》是上古音時期的作品，上古音舌音只有「端透定泥」，沒有「知徹澄娘」，這是研究聲韻的學者所公認的。換句話說，「丁」字在上古音時期是念「端」紐的ㄉㄧㄥ，那時候，絕對沒有知紐ㄓㄥ的音讀。

到了宋朝，朱熹注《詩經》，「丁」字音「陟耕反」❷。朱熹是宋朝人，其時之語音為中古音，中古音裡「丁」字念「陟耕切」，「陟」字是「知」紐。舌上音「知」紐是中古音時間才有的。朱熹以宋代的音來讀上古時期的《詩經》作品，我們可以了解。

但是，在今天，我們讀上古音時期的《詩經》作品，對於舌音

---

❷　見朱熹集註《詩集傳·小雅·伐木》，卷九，頁一○三，台灣中華書局，民國五十八年五月臺一版。

字，明知上古音中並無舌上音「知」紐，如何仍然需要盲目跟著以中古音的「知」紐去念上古音的「端」紐字呢？

因此，在這裡，我們可以明知：《詩經·小雅·伐木》篇的「丁丁」，不念中古音的ㄓㄥ ㄓㄥ，應該念上古音、近代音相通的ㄉㄧㄥ ㄉㄧㄥ。

問題是：教育部的《重編國語辭典》一時失察，使「丁丁」音「ㄓㄥ ㄓㄥ」，同時舉了《詩經·小雅·伐木》篇的例子。在此，建議教育部再版《重編國語辭典》時，加以更正，保留ㄉㄧㄥ ㄉㄧㄥ的音，刪除ㄓㄥ ㄓㄥ的音讀，以免以訛傳訛。

此處高中國文所選清朝·蒲松齡的〈口技〉，蒲松齡是清朝人，語音屬現代音，「丁丁」，應讀ㄉㄧㄥ ㄉㄧㄥ，高中國文第二冊第七課口技注㉒「丁，音ㄓㄥ」，建議刪除。

㈣ 假借字的音讀

假借字的音讀，在中學國文教材中，困擾最多，處理起來，也最是棘手。拿今日教育部所推行的國語——以現代音中北平音系爲全國共同的語音——來念上古音、中古音時期的作品，難免會因爲聲、韻、調的改變，而發生疑難，尤其是，假借字的音讀。

假借字，大致來說，可以包含兩大類：㉕

其一，「本無其字，依聲託事。」——這一類，因爲沒有另造新

㉕ 參見康世統〈從字音的演變，談中學國文科的字音教學〉，刊於《人文及社會學科教學通訊》雙月刊，七卷三期，頁九九～一〇四，教育部人文及社會學科教育指導委員會主編，民國八十五年十月。

字，後來字、辭典編纂人員也把它們蒐羅到字、辭典中，查索、運用，問題較少。

其二，「本有其字，依聲託事。」──這一類因使用文字的人，一時記憶不及，或者因意義相近而誤用。這即是所謂的「同音通假」❷，這一類字最為麻煩，又可以分成兩個小類：名人使用的同音通假，和非名人使用的同音通假。非名人使用的同音通假，後人斷為誤用，既為誤用，不再模仿使用它，困擾較少；名人使用的同音通假，由於後人的仿效、習用，在假借字、被假借字歷經中古音、現代音聲、韻、調的變化後，若演變不盡相同，今日要如何念它？此點最是麻煩。

此類同音通假，假借字與被假借字在歷經聲、韻之演變後，約有五種常見的情形：1.兩者同音（聲、韻、調相同），今日讀起來不會有太大問題。 2.聲韻同、調不同。 3.聲同、韻不同。 4.聲不同，韻同。 5.聲、韻皆異。

前列後面四種，我們今日讀之，究竟念假借字為被假借字的音？抑或直念假借字之音？我們不能不處理這一個問題。因為，若教材中有此類假借字，問題沒有處理，我們不僅無法念它，更別說要教它了。

以下，我們分別舉幾個例子來看：

1.兩者同音

假借字與被假借字，歷經聲、韻的演變後，自然意義仍然相通，

---

❷　參見林尹先生著，林炯陽注釋《中國聲韻學通論》，頁二六一～二六五，黎明文化事業公司，民國八十二年八月十刷。

以今日之現代音讀起來，兩者之聲、韻亦相同。例如：

⑴《戰國策・齊策》（高中國文四冊 9 課）：「今君有區區之薛，不拊愛子其民，因而賈利之。」文中「拊」字，音ㄈㄨˇ，本爲器物的把柄，此處通「撫」，安慰的意思。「拊」與「撫」兩字音同，義通。

⑵《禮記・檀弓選》（高中國文一冊 6 課）：「成子高寢疾，慶遺人請曰：『子之病革矣！』」漢・鄭玄注《禮記・檀弓》云：「革，急也。」「革」字，有兩音：①ㄍㄜˊ，②ㄐㄧˊ，「革」字念ㄐㄧˊ時，與「急」音同，義通。

⑶蜀漢・諸葛亮〈出師表〉（高中國文二冊14課）：「侍中、尚書、長史、參軍，此悉貞亮死節之臣也，願陛下親之信之，則漢室之隆，可計日而待也。」文中「亮」字，《說文》：「亮，明也。」此處通「諒」，《說文》：「諒，信也。」「亮」、「諒」音同，義通。文中又云：「忠志之士，亡身於外者。」句中「亡」字音ㄨㄤˊ，通「忘」。「忘」字有兩音：①ㄨㄤˋ，②ㄨㄤˊ，ㄨㄤˊ爲ㄨㄤˋ之讀音㉗，兩音無辨義作用。「亡」、「忘」音同，義通。

⑷宋・范仲淹〈岳陽樓記〉（高中國文二冊 2 課）：「越明年，政通人和，百廢具興。……」文中「具」字，《說文》：「具，共置也。」此處通「俱」，《說文》：「俱，皆也。」解作：全部。「俱」字從「具」得聲，原本同音，今教育部《重編國語辭典》「俱」字音ㄐㄩ，又讀ㄐㄩˋ，兩音無辨義作用，其ㄐㄩˋ之音與

㉗　見教育部《重編國語辭典》冊六，頁五五三九，商務印書館，民國七十年十一月初版。

「具」音同義通。

(5)宋・曾鞏〈墨池記〉（高中國文第二冊 4 課）：「教授王君盛恐其不章也」，句中「章」字原爲「樂竟」，音樂終了爲「章」，此處通「彰」，文彩華美，解作明顯。

(6)鄭燮〈寄弟墨書〉（國中國文五冊 7 課）：「而今而後，堪爲農夫以沒世矣。」文中「沒」字音ㄇㄛˋ，本爲沉入水中，此處通「歿」（ㄇㄛˋ），解爲死亡。沒世即終其一生。

以上諸例，「拊」通「撫」；「革」音ㄐㄧˊ，通「急」；「亮」通「諒」；「亡」通「忘」；「具」通「俱」；「章」通「彰」，在假借時音同義通，今日以當前之國語念之，依然同音，困擾較少。當然，「亡」字音ㄨㄤˊ，不能因爲通「忘」字，而念「忘」字的另一個音ㄨㄤˋ，只能念ㄨㄤˊ的音。「具」字音ㄐㄩˋ，不能因爲通「俱」字，而念「俱」字的另一個音ㄐㄩ，只能念ㄐㄩˋ的音。

2.聲、韻同，調不同

假借字與被假借字，在文字使用之時，也許音同，或音近，但歷經中古音、現代音的演變後，兩字之變化有所不同，在現代音裡，兩字聲、韻同，但調不同。遇到這種情況，我們究竟如何念它？例如：

(1)漢・司馬遷〈田單復國〉（國中國文六冊18課）：「田單知士卒之可用，乃身操版插，與士卒分功。」文中「插」字，《廣韻》「楚洽切」，入聲洽韻，初紐。刺入的意思。但此處通「鍤」，《廣韻》鍤，「楚洽切」，入聲洽韻，初紐，解作「鍬」。「插」、「鍤」兩字，在漢代音同義通，但問題出在：聲音的演變，兩漢的上古音，演變到今日的現代音中，入聲字消失了，變入國語一、二、

三、四聲裡。今日國語教育部《重編國語辭典》：「插」字音ㄔㄚ，「鍤」字音ㄔㄚˊ，兩字均非破音字。我們要如何處理「插」字的音讀呢？

我國文字，包含字形、字音、字（詞）義三部分。假借字的兩字之間（字形若相同，必爲同一字，故不必再論），其字形不同；字音方面，在使用者之當時，應爲同音，或音近；字義方面，兩字相通。此即段玉裁「同聲（音）多同義」❷，林尹先生：「語根相同的字，聲必相近，義必相通」❷的道理。

在這裡，我們是否可以做這樣的處理：假借字與被假借字之間，兩者在字形方面：有所不同；字音方面：由於兩字歷經中古音、現代音不同的變化，各自依他們現代音的音讀來念；字義方面：依然相通。

換句話說：對於假借字與被假借字，我們應將其音、義分開來處理。意義相通，這是前人使用所導致的，沒有問題；但是音讀方面，實在應該考慮兩字不同的音變。

譬如「甲」字是「乙」字的假借，兩字在歷經中古音、現代音的變化後，在現代音裡，兩字也許聲同，也許韻同，或者根本就不同音。若硬要念「甲」字爲「一ˇ」，在教育部的《重編國語辭典》中，在以北平音爲準的字典裡，「甲」這個字都找不到「一ˇ」的音

---

❷　見段玉裁《說文解字注》「譬」字下注，頁一〇一，藝文印書館，民國五十五年十月十一版。

❷　見林尹先生著，林炯陽注釋《中國聲韻學通論》，頁二六二，黎明文化事業公司，民國八十二年八月十刷。

讀，我們還要將「甲」字念作「ㄧˇ」嗎？如果中學國文教材裡，眞的這樣注，全國中學師生要盲目跟著這樣讀，試問：我們的語文訓練將何所據依？後代子孫學習語文，不僅要記正確的，對前人的誤用，也要牢記，不可違反，無視於音韻的演變，如此下去，又如何要求語文訓練能夠成功呢？況且，如果中學裡的語文教材脫離語文訓練的實用目標，早晚有一天，將會看到中學裡的「國文」課，其授課鐘點數將因逐次遞減，而至於消失。這樣的結果，將是我國國語文教學發展史上的一大悲哀。

在這裡，對於「插」、「鋪」這兩個字的音讀問題，個人以爲：依教育部的《重編國語辭典》，念「插」音ㄔㄚ，念「鋪」音ㄔㄚˊ；至於意義方面，「插通鋪」，解作圓鍬，即挖土的用具。

再看下一個例子：

(2)《孝經‧紀孝行章》（國中國文五冊17課）：「事親者，居上不驕，爲下不亂，在醜不爭。」句中「醜」通「儔」，類也，同輩之意。

「醜」字《廣韻》：「昌九切」，上聲有韻，穿紐。❸

「儔」字《廣韻》：「直由切」，平聲尤韻，澄紐。❸「儔」字《廣韻》另音：「徒到切」，去聲号韻，定紐。此音在現代音中消失。

---

❸ 見《廣韻》上聲四十四「有」韻，頁三二二，藝文印書館，民國五十七年十月校正再版。

❸ 見《廣韻》下平聲十八「尤」韻，頁二〇九，藝文印書館，民國五十七年十月校正再版。

《孝經》為兩漢以前之作品，漢·鄭玄曾為之作注。其音讀當為上古音。上古音中聲調惟平、入二聲，「讀平聲稍短就變作上聲」，所以，中古時上聲之醜，與平聲之「儔」字，其上古聲調應該無別，「尤」、「有」韻同類。兩字可以通假。

　　但在現代音裡，「醜」字音ㄔㄡˇ，「儔」字音ㄔㄡˊ，兩字聲調有別。以今日之國語，念先秦《孝經》之文字，不應無視於歷代聲韻之演變，而硬讀「醜」字音ㄔㄡˊ，如此，將嚴重牴觸教育部推行國語之政策。因此，建議將音、義分開來處理：醜音ㄔㄡˇ，此處通「儔」，解作同輩。

　　(3)《孟子·齊人》（國中國文三冊17課）：「蚤起，施從良人之所之。」句中「施」字課本注釋云：音ㄧˊ，又音ㄧˇ，通「迤」，斜曲著行走。㉜

　　「施」字是「迤」的假借，就要念「迤」的音讀嗎？

　　首先我們看「施」字的音讀：《廣韻》中蒐錄有三音：

　　①「式支切」，平聲，支韻。㉝今國語念ㄕ。

　　②「以豉切」，去聲，寘韻。㉞今國語念ㄧˋ。

　　③「施智切」，去聲，寘韻，音翅，此音在現代音中消失。

㉜　見國中國文第三冊十七課《孟子選·齊人》，注⑥，頁七二，國立編譯館主編，民國八十二年八月改編本四版。

㉝　見《廣韻》上平聲、五支韻，頁四七，藝文印書館，民國五十七年十月校正再版。

㉞　「以豉切」，音易，此音係依《廣韻》「施」字音「式支切」處所注：「又式鼓、以豉二切」補，見同註三三。而去聲「施智切」，見於五寘韻，《廣韻》頁三四八，藝文印書館，民國五十七年十月校正再版。

• 504 •

　　「施」字在今《重編國語辭典》中念：㈠ㄕ㈡ㄧˋ，根據北平音系所編之《國語日報辭典》亦登錄二音：㈠ㄕ㈡ㄧˋ，將斜曲著行走之「施」字念ㄧˋ，並舉《孟子》「施從良人之所之」的例子。

　　迤（迆）字《廣韻》中蒐錄有二音：

　　①「弋支切」，平聲，支韻。今國語念ㄧˊ。

　　②「移爾切」，上聲，紙韻。㉟今國語念ㄧˇ。

　　迤（迆）字在今《重編國語辭典》中念：㈠ㄧˇ㈡ㄧˊ。解作「斜曲著行走」時，念ㄧˇ㊱，根據北平音系所編的《國語日報辭典》迤（迆）念㈠ㄧˇ㈡ㄧˊ㊲二音，同《重編國語辭典》。

　　「施」字音「以豉切」，喻紐、寘韻，與「迤」（迆）字「弋支切」，喻紐、支韻；「移爾切」，喻紐、紙韻，聲紐同為喻紐，韻母相同，唯聲調有別而已，「施」字去聲，「迤」（迆）字兩音分屬平、上聲，「施」字得為「迤」字之假借。然而，在上古音時，「施」字與「迤」（迆）字分屬不同之入、平聲調；在中古音時，儘管聲、韻相同，但調仍有區別；就今日之國語念之，「施」字音ㄧˋ，「迤」（迆）字音ㄧˇ，兩字聲調有別，我們怎可無視於「施」、「迤」（迆）兩字聲調原本就不同，而削足適履，硬讀「施」字為ㄧˇ或ㄧˊ呢？因此，個人的意見是，將音、義分別處

㉟　「迤」字《廣韻》「弋支切」，是平聲五支韻，頁四一；另音「移爾切」，見上聲四紙韻，頁二四四，藝文印書館，民國五十七年十月校正再版。

㊱　見教育部《重編國語辭典》，冊六，頁五○六八，重編國語辭典編輯委員會編，台灣商務印書館，民國七十年十一月初版。

㊲　見《國語日報辭典》頁八二一～八二二，國語日報社出版，民國六十六年八月九版。

理：

「施」：音一ˋ（依教育部《重編國語辭典》），解作：通「迤」，斜曲著行走。

3.聲同、韻不同

假借字與被假借字，在假借之使用人時代，兩字或同音，或音近，兩字歷經中古音、現代音不同之演變後，在今日之現代音國語裡，兩字之音讀，聲母仍然相同，而韻母則有所差異。茲舉數例如後：

⑴南朝・宋・劉義慶《世說新語・捷悟》（高中國文第二冊12課世說新語選）：「我才不及卿，乃覺三十里。」課本注釋云：「覺，義同『較』，相差的意思。」㊳沒有注出音讀。

「覺」字《廣韻》有兩音：①「古孝切」，去聲，三十六效韻，音同較、教。②「古岳切」，入聲，四覺韻，音同角、較。㊴

「較」字《廣韻》中亦有兩個音讀，一音「古孝切」，音同教、覺；一音「古岳切」，音同角、覺。「覺」、「較」音同，義通。

今日國語中，「覺」字有兩音，教育部《重編國語辭典》：覺，㈠ㄐㄩㄝˊ（又讀ㄐㄧㄠˋ）醒、悟、察知。㈡ㄐㄧㄠˋ睡眠。㊵

㊳　見高中國文二冊十二課世說新語選，注㉖，頁一三七，國立編譯館，民國八十六年一月改編三版。

㊴　「古孝切」，去聲，見《廣韻》頁四一五。「古岳切」，入聲，見《廣韻》頁四六四，藝文印書館，民國五十七年十月校正再版。

㊵　覺字㈠音ㄐㄩㄝˊ（又讀ㄐㄧㄠˋ），見《重編國語辭典》冊三，頁二七六二；㈡音ㄐㄧㄠˋ，見同書頁二五八三。教育部重編國語辭典編輯委員會編，台灣商務印書館，民國七十年十月。

《國語日報辭典》同此❹。「較」字，教育部《重編國語辭典》：
較，㈠ㄐㄧㄠˋ（又讀ㄐㄧㄠˇ）概略、兩數的差。㈡ㄐㄩㄝˊ互相
競爭，通角。❷《國語日報辭典》同此❸。

　　就今日國語觀之，南朝・劉義慶《世說新語》：「乃覺三十
里」，句中之「覺」字，應音ㄐㄩㄝˊ（又讀ㄐㄧㄠˇ），義通
「較」，「較」音ㄐㄧㄠˋ（又讀ㄐㄧㄠˇ）。蓋若念「覺」字音
ㄐㄧㄠˋ，則與今日國語中解此字爲「睡眠」相混，義不可通矣！

　　⑵唐・柳宗元〈段太尉逸事狀〉（高中國文第三冊6課）：「群
行，丐取於市，不嗛，輒奮擊，折人手足。」課本注釋云：「嗛，音
ㄑㄧㄝˋ，滿足。」❹

　　「嗛」字中古音《廣韻》只登錄一音：「苦簟切」，上聲，五十
一忝韻，音ㄑㄧㄢˇ❹。較《廣韻》稍晚三十年之《集韻》蒐錄有三
個切語：①「乎監切」，平聲，銜韻，音ㄒㄧㄢˊ。②「苦兼切」，
平聲，沾（忝）韻，音ㄑㄧㄢ。③「詰叶切」，入聲，帖韻，音
ㄑㄧㄝˋ，通慊，解作滿足❹。

❹　見《國語日報辭典》，頁七五九，國語日報社，民國五十六年八月九版。
❷　「較」字㈠音ㄐㄧㄠˋ（又讀ㄐㄧㄠˇ），見《重編國語辭典》冊三，頁二五七
　　六；㈡音ㄐㄩㄝˊ，通角，見同書頁二七六〇。教育部重編國語辭典編輯委員會
　　編，台灣商務印書館，民國七十年十一月。
❸　見《國語日報辭典》，頁八一四，國語日報社，民國五十六年八月九版。
❹　見高中國文第三冊六課〈段太尉逸事狀〉，註⑦，頁五八，國立編譯館，民國八
　　十五年八月改編再版。
❹　見《廣韻》頁三三六，藝文印書館，民國五十七年十月校正再版。
❹　「乎監切」，見《集韻》平聲卷四，頁三十；「苦兼切」，見《集韻》平聲卷
　　四，頁二八；「詰叶切」，見《集韻》入聲卷十，頁二九。台灣中華書局，民國
　　五十九年一月台二版。

　　今日現代音中，教育部《重編國語辭典》「嗛」字有四個音讀：
㈠くｌㄢ，同謙。㈡ㄒｌㄢ／嘴裏叼著東西。㈢くｌㄢˇ猴頰藏食物
的地方。㈣くｌㄢˋ通歉，少意，不足。以北平音系爲準之《國語日
報辭典》同此❼。皆未蒐錄「くｌㄝˋ」之音讀，因此，中古音時之
柳文，今日以國語念之，「嗛」字念くｌㄝˋ即有疑問。

　　根據《集韻》，「嗛」字「詰叶切」，通「慊」，解作：滿足。
❽而「慊」字《廣韻》登錄一音，「苦簟切」，上聲，五十一忝，音
くｌㄢˇ，與「嗛」同音。❾《集韻》「慊」字有二音：①「賢兼
切」，平聲，沾（忝）韻，音ㄒｌㄢ／，通嫌。②「詰叶切」，入
聲，帖韻，くｌㄝˋ，足也。❺

　　今日教育部《重編國語辭典》中，「慊」字有二個音讀：㈠くｌㄢˋ
通「歉」，不滿足；又通「愜」，解作：稱心快意。❺㈡くｌㄝˋ解
作：滿足。❺

　　綜上，「嗛」字依中古音，與「慊」字音同「詰叶切」，義通；
唯現代音中，「嗛」字音くｌㄢˋ，可與「慊」字音くｌㄢˋ同音，
而「慊」字音くｌㄢˋ，依《重編國語辭典》可通「愜」，解作快
意，也得音くｌㄝˋ，解作：滿足。因此，唐·柳宗元〈段大尉逸事
狀〉文中之「嗛」字注，宜云：音くｌㄢˋ，通「慊」，滿足之意。

---

❼　見《國語日報辭典》，頁一四九，國語日報社，民國六十六年八月九版。

❽　參見註❻。

❾　參見註❺。

❺　「賢兼切」，見《集韻》平聲，卷四，頁二八；「詰叶切」，見《集韻》入聲，
　　卷十，頁二九。台灣中華書局，民國五十九年一月台二版。

❺　見《重編國語辭典》冊三，頁二九〇一，台灣商務印書館，民國七十年十一月。

❺　見《重編國語辭典》冊三，頁二八四三，台灣商務印書館，民國七十年十一月。

　　(3)民國・孫文〈黃花岡烈士事略序〉（高中國文二冊 1 課）：「黃花岡上一坏土，猶湮沒於荒煙蔓草間。」文中「一坏土」課本注云：「一坏土，猶言一堆土，指烈士墓。坏，本音ㄆㄟˊ，此處假借爲抔，音ㄆㄡˊ，以手掬物。一坏土，古作一抔土，指墳墓。」㊳

　　「一抔土」，最早見於漢・司馬遷《史記・張釋之馮唐列傳》：「假令愚民取長陵一抔土，陛下何以加其法乎？」㊴原指一掬之土，形容極少，後借指墳墓，如唐・駱賓王〈爲徐敬業討武曌檄〉：「一抔之土未乾，六尺之孤何託？」㊵

　　「抔」字：《廣韻》登錄二音：①「薄侯切」，下平聲，十九侯韻，並紐，音ㄆㄡˊ。②「芳杯切」，上平聲，十五灰韻，滂紐，音ㄆㄟ・㊶。今教育部《重編國語辭典》「抔」字音ㄆㄡˊ，物一捧稱抔，抔土形容極少，後人稱墳墓爲一抔土。㊷

　　孫文〈序〉中「一坏土」，「坏」爲「抔」之假借。「坏」《廣韻》「芳杯切」，音ㄆㄟ，與「抔」同音㊸。

　　「坏」字《集韻》登錄二音：①「蒲枚切」，平聲卷二，灰韻，

㊳　見高中國文第二冊一課〈黃花岡烈士事略序〉，注㉓，頁七，國立編譯館，民國八十六年一月改編三版。

㊴　見《史記》卷一百二，張釋之馮唐列傳，頁一一二二，藝文印書館，未註明年月。

㊵　駱文引見《古文觀止新編》，頁六四八，啓業書局，民國六十五年三月五版。

㊶　抔字「薄侯切」，見《廣韻》頁二一五；又「芳杯切」，見《廣韻》頁九八，藝文印書館，民國五十七年十月校正再版。

㊷　見《重編國語辭典》冊一，頁二九五，教育部重編國語辭典編輯委員會，台灣商務印書館，民國七十年十一月。

㊸　參見註㊶。

音ㄆㄟˇ，②「鋪枚切」，平聲卷二，灰韻，音ㄆㄟ。❸今教育部《重編國語辭典》中只登錄一音：ㄆㄟˇ，低丘土堆。

綜上，孫文〈序〉中「一坏土」，「坏」（音ㄆㄟˇ）爲「抔」（音ㄆㄡˊ）之假借。抔，以手掬物。「一抔土」，指墳墓。高中國文二冊一課之注，「音ㄆㄡˊ」是指「抔」字，不得指「坏」字。

4.聲異、韻同

假借字與被假借字，在使用人之時代，兩字同音或音近，兩字歷經中古音、現代音之不同演變後，在今日現代音國語裡，兩字之音讀韻母相同，而聲母則不同。茲舉數例如後：

⑴秦·呂不韋《呂氏春秋·察公》（高中國文第三冊11課）：「其時已與先王之法虧矣。」句中「虧」字，課本注釋云：「音ㄍㄨㄟˇ，通『詭』，差異、不適應。」❻⁰

「虧」字，《說文》亏部：「虧，氣損也。從亏、雐聲。」段玉裁注：「去爲切，據道德經古音在十七部，雐在五部，魚、歌合韻也。」❻¹溪紐。

「詭」字，《說文》言部：「詭，責也。從言、危聲。」段玉裁注：「過委切，十六部。」❻²見紐。

「虧」字在上古音（先秦、兩漢時期）溪紐、古韻十七部；

---

❸　「坏」字音「蒲枚切」，見《集韻》卷二，頁十八；另音「鋪枚切」，見《集韻》卷二，頁十七。台灣中華書局，民國五十九年一月台二版。

❻⁰　見高中國文三冊十一課〈察公〉，注釋㉔，頁一二〇，國立編譯館，民國八十五年八月改編再版。

❻¹　見《說文解字注》，頁二〇六，藝文印書館，民國五十五年十月十一版。

❻²　見《說文解字注》，頁一〇一，藝文印書館，民國五十五年十月十一版。

「詭」字在上古音見紐、古韻十六部。兩字聲母同為牙音，但不同紐；韻部一在十七部「歌」，一在十六部「支」，兩部相鄰，但不同部。足見在先秦之上古音時代，「虧」與「詭」音雖相近，但不同音。

中古音時期：「虧」字《廣韻》：「去為切」，上平聲、五支韻、溪紐。❸「詭」字《廣韻》：「過委切」，上聲、四紙韻，見紐。❹「虧」字溪紐，平聲、支韻；「詭」字見紐，上聲、紙韻。兩字聲不同紐，韻同，但調不同。

現代音之國語中，「虧」字教育部《重編國語辭典》音ㄎㄨㄟ，「詭」字《重編國語辭典》音ㄍㄨㄟˇ。❺《國語日報辭典》「虧」音ㄎㄨㄟ，「詭」音ㄍㄨㄟˇ❻。在現代音中，「虧」、「詭」兩字，聲不相同，韻同，但調子不同。

由此觀之，「虧」、「詭」兩字在秦漢時期之上古音中，聲不同紐，韻不同類。聲母同為牙音，韻母一在段氏古韻十七部，一在十六部，相鄰，若視為通假，乃音近相通，並非同音通假。歷經中古音，至現代音之國語中，「虧」字音ㄎㄨㄟ，自不得注為ㄍㄨㄟˇ，建議

---

❸　見《廣韻》上平聲、五支韻，頁四三，藝文印書館，民國五十七年十月校正再版。

❹　見《廣韻》上聲、四紙韻，頁二四二，藝文印書館，民國五十七年十月校正再版。

❺　虧音ㄎㄨㄟ，見《重編國語辭典》冊三，頁二一〇〇；詭音ㄍㄨㄟˇ，見《重編國語辭典》冊二，頁一九二四，教育部重編國語辭典編輯委員會編，台灣商務印書館，民國七十年十一月。

❻　虧字音ㄎㄨㄟ，見《國語日報辭典》頁七二八；詭字音ㄍㄨㄟˇ，見《國語日報辭典》頁七六七。國語日報社，民國六十六年八月九版。

國立編譯館將〈察公〉篇此處之音注刪除。

(2)《禮記・檀弓選》（高中國文一冊 6 課）：「與其鄰重汪踦往，皆死焉。」文中「重」字不可解，漢・鄭玄注該文云：「重，皆當為童。童，未冠者之稱。」

《說文》解「童」字：「男有辠曰奴，奴曰童，女曰妾，从辛，重省聲。」⑥段玉裁注：「徒紅切，九部。」「童」從「重」得聲，是在先秦、兩漢時，童、重音無別。視「重」字為「童」之假借並無不可，此上古音時期之情形。

《晉書・王羲之傳》：「時重牛心炙，坐客未噉，羲先割啖羲之，於是始知名。」⑥「重」字不可解，當為「童」之假借，謂童牛患心炙之疾。

今日之國語音讀中，教育部《重編國語辭典》：「童」字音ㄊㄨㄥˊ，並無「重」音，「重」字音㈠ㄓㄨㄥˋ㈡ㄔㄨㄥˊ，亦無ㄊㄨㄥˊ之音，若硬念「重」字為ㄊㄨㄥˊ之音，實在不可通，國立編譯館新編高中國文此處注：「重，通『童』」。個人的解讀是：重字，在這裡意思和「童」字相同（相通）；至於音讀方面，則仍念「重ㄓㄨㄥˋ」字之音。這種注法很高明，既不會和教育部的《重編國語辭典》相牴觸，也不會違反古書裡假借字意思相同的原則，又切合假借字、被假借字在歷代字音演變不同的情形。

(3)秦・呂不韋《呂氏春秋・察公》（高中國文第三冊11課）：

---

⑥　見《晉書》卷八十，頁一三八〇，藝文印書館，未註明出版年月。
⑥　見高中國文三冊11課〈察公〉，注⑤，頁一一八，國立編譯館，民國八十五年八月改編再版。

「口惛之命不愉，若舟車衣冠滋味聲色之不同。」文中「惛」字，課本注釋云：「音ㄨㄣˇ，古通『嚠』，同『吻』。」⑱

「惛」字亦作「惽」字，《說文》云：「惛，不憭也，从心，昏聲。」段玉裁注：「呼昆切，十三部。」⑲曉紐。

「吻」字《說文》云：「吻，口邊也。从口，勿聲。」段玉裁注：「武粉切，十三部。」⑳明紐。

在先秦、兩漢之上古音時期，「惛」（惽）字與「吻」字聲紐不同，「惛」字喉音曉紐，「吻」字唇音明紐；韻部則同屬十三部「諄」韻部，兩字得相通假。

中古音時期，「惛」（惽）字《廣韻》「呼昆切」，上平聲、二十三魂韻，曉紐，音ㄏㄨㄣ。「吻」字《廣韻》「武粉切」，上聲、十八吻韻㉑，微紐，音ㄨㄣˇ。「惛」「吻」兩字，不僅聲紐有別，韻亦殊異。

現代音之國語音讀中，教育部《重編國語辭典》「惛」（惽）音ㄏㄨㄣ，「吻」音ㄨㄣˇ㉒。兩字之聲母有殊，韻母可視為相同，唯

⑲ 見《說文解字注》口部下「惛」字注，頁五一五，藝文印書館，民國五十五年十月十一版。

⑳ 見《說文解字注》口部下「吻」字注，頁五四，藝文印書館，民國五十五年十月十一版。

㉑ 「惛」字「呼昆切」，見《廣韻》上平、三十三魂韻，頁一二〇；「吻」字「武粉切」，見《廣韻》上聲、十八吻韻，頁二七八，藝文印書館，民國五十七年十月校正再版。

㉒ 「惛」（惽）音ㄏㄨㄣ，見《重編國語辭典》冊三，頁二三六四；「吻」音ㄨㄣˇ，見《重編國語辭典》冊六，頁五五三一。教育部重編國語辭典編輯委員會，台灣商務印書館，民國七十年十一月。

調子不同。

以今日國語念秦‧呂氏〈察公〉篇文章，此處當注云：「惛」亦作「惽」，音ㄏㄨㄣ，古通「吻」。建議國立編譯館將此處之注音更正。

5.聲、韻皆異

假借字與被假借字，在使用人之時代，兩字同音或音近，唯歷經中古音、現代音之不同演變後，在今日之國語裡，兩字聲紐不同，韻母也有差異。茲舉數例如後：

⑴唐‧柳宗元〈始得西山宴遊記〉（高中國文一冊9課）：「其隙也，則施施而行，漫漫而遊。」句中「施」字，課本注釋云「施，音ㄧˊ，舒緩。」⑳

「施」字，《廣韻》蒐錄有三個切語：①「式支切」，平聲、支韻，音ㄕ。②「以豉切」，去聲、寘韻，音ㄧˋ。③「施智切」，去聲、寘韻，音ㄔˋ。㉔

稍後於《廣韻》三十年之《集韻》蒐錄有另外三個切語：①「余支切」，平聲、支韻，音ㄧˊ。②「賞是切」，上聲、紙韻，音ㄕˇ。③「以豉切」，去聲，寘韻，音ㄧˋ。㉕

唯此中古音讀，至今日現代音之國語音讀中，多數已消失不見，

㉓ 見高中國文一冊9課〈始得西山宴遊記〉，注⑥，頁九二，國立編譯館，民國八十五年八月改編三版。

㉔ 參見前註㉝、註㉞。

㉕ 「施」字「余支切」，見《集韻》平聲卷一，頁十五；「賞是切」見《集韻》上聲卷五，頁五；「以豉切」見《集韻》去聲卷七，頁五。台灣中華書局，民國五十九年一月台二版。

教育部《重編國語辭典》「施」字有二音㈠ㄕ㈡ㄧˋ，《國語日報辭典》同此。[76]

以今日國語念唐・柳宗元此文，「施施」，應依教育部《重編國語辭典》，音ㄕ　ㄕ；而《國語日報辭典》亦注：音ㄕ　ㄕ，解作：難進、徐行。三民書局《大辭典》「施施」條音ㄕ　ㄕ，解作「慢慢前進的樣子」，即引柳宗元此文，可爲佐證。[77]此處毋須將「施」字視爲「迤」字之假借，而音ㄧˊ，建議國立編譯館更正此處之注音。國中國文三冊17課《孟子・齊人》「施施從外來」，句中「施」字課本注：音ㄕ，即注得正確。

⑵宋・錢公輔〈義田記〉（高中國文四冊 4 課）：「族之人瓢囊爲溝中瘠者，豈少哉？」文中「瘠」字，課本注釋云「音ㄗˋ，通『胔』（ㄗˋ），肉腐，此謂腐爛之屍體。」[78]

「瘠」字《廣韻》「秦昔切」，入聲、二十二昔韻，[79]從紐，解爲瘦弱，只有一音。

「胔」字中古音時期有二音：①《廣韻》「疾智切」，去聲、五寘韻，[80]從紐，肉未爛盡的骨殖。②《集韻》「秦昔切」，入聲、二

---

[76] 見《國語日報辭典》，頁三八四，國語日報社，民國六十六年八月九版。

[77] 見《大辭典》中冊，頁二〇〇三，三民書局，民國七十四年八月初版。

[78] 見高中國文四冊4課〈義田記〉，注㉝，頁三六，國立編譯館，民國八十六年一月改編再版。

[79] 見《廣韻》入聲、二十二昔韻，頁五一九，藝文印書館，民國五十七年十月校正再版。

[80] 見《廣韻》去聲、五寘韻，頁三四八，藝文印書館，民國五十七年十月校正再版。

十二昔韻，⑧從紐，此音與「瘠」字同音，通「瘠」，解作瘦弱。

在中古音時期，「胔」字、「瘠」字同音「秦昔切」，故「胔」可通假「瘠」。此通假情形，上古音時期即已有之，如：

《漢書·劉敬傳》：「今臣往，徒見贏胔老弱，此必欲見短，伏奇兵以爭利。」唐·顏師古注：「胔，音漬，……一說：胔，讀曰瘠。瘠，瘦也。」⑧

上古音時期，不僅「胔」字通「瘠」，「瘠」字也通「胔」，例如：

《荀子·榮辱》：「是其所以不免於凍餓，操瓢囊爲溝壑中瘠者也。」清·王念孫《讀書雜志·荀子一》：「瘠，讀爲掩骼埋胔之胔，露骨曰骼，有肉曰胔。言凍餓而轉死於溝壑，故曰：爲溝壑中胔。作瘠者，借字耳。」⑧

又如：漢·劉向《說苑·善說》：「死之，則不免爲溝中之瘠，不死，則功復用於天下。」宋·文天祥〈正氣歌〉：「一朝蒙霧露，分作溝中瘠」（高中國文第五冊 2 課），「瘠」字皆爲「胔」字之假借。

宋·錢公輔〈義田記〉中之「瘠」字，即爲「胔」字之假借。然而，中古音時期，「瘠」字、「胔」字同爲「從」紐，韻母「昔」

---

⑧ 見《集韻》入聲、卷十，昔韻，頁十二。台灣中華書局，民國五十九年一月台二版。

⑧ 見《漢書》卷四十三劉敬列傳，鼎文書局，冊三，頁二一二二，民國六十五年十月再版。

⑧ 見清·王念孫《讀書雜志·荀子一·志八之一》，頁三十九，樂天出版社，下冊，頁六四九，未著出版年月。

韻、「真」韻音近相通。⑧換句話說，兩字聲紐相同，但韻母則有差異，唯不影響字義之通假。

在今日現代音之國語中，《重編國語辭典》「瘠」字只音ㄐㄧˊ，「胔」字只音ㄗˋ⑧，兩字皆非破音字；以北平音系為準之《國語日報辭典》同此⑧。因此，吾人以今日之國語念宋朝錢公輔之〈義田記〉，「瘠」字當音ㄐㄧˊ，其義則仍通「胔」。音、義分別處理，義仍按照原作者之使用，而音讀方面，不能無視於歷代字音聲、韻之不同演變，建議國立編譯館再版時，更正此處之注音。

(3)明‧宋濂〈秦士錄〉（高中國文三冊2課）：「復詢歷代史，上下三千年，纚纚如貫珠。」文中「纚」字，課本注釋云：「纚纚，連續不絕。纚，音ㄒㄧˇ。」⑧

「纚」字宋代《廣韻》只登錄一個音讀：「所綺切」，上聲、四紙韻。⑧疏紐，音ㄕˇ。

稍晚於《廣韻》之《集韻》，則蒐錄有三個音讀，纚：①「鄰知切」，平聲、五支韻，來紐，音ㄌㄧˊ。②「輦尒切」，上聲、四紙韻，來紐，音ㄌㄧˇ。③「所蟹切」，上聲、十二蟹韻，生紐，

⑧　參見林尹先生《中國聲韻學通論》，第三章陰聲陽聲及入聲之支配，陰聲支、紙、真韻與入聲昔韻，音近相通。頁一二○～一二四，黎明文化事業公司，民國八十二年八月十刷。
⑧　見高中國文三冊2課〈秦士錄〉，注⑳，頁十七，國立編譯館，民國八十五年八月改編再版。
⑧　見《廣韻》上聲、四紙韻，頁二四四，藝文印書館，民國五十七年十月校正再版。

ㄙㄚˇ。㊿此爲中古音時期之情形，皆無ㄒㄧˇ之音讀。

在現代音之國語音讀中，教育部《重編國語辭典》「纚」，音ㄕˇ（包頭髮用的緇帛），只有一個音讀，《國語日報辭典》未蒐錄此字。國立編譯館高中國文課本所注，不知何所據依？疑以纚字爲躧（ㄒㄧˇ）之假借，遂有此疏誤。建議國立編譯館於再版時，將此「纚」字之注音更正爲ㄕˇ。

四、結　語

以上，就漢語聲、韻、調的演變，談中學國文教材裡的幾個問題：韻腳的音讀、譯音的音讀、狀聲詞的音讀，及假借字的音讀。尤其假借字的音讀，提出將音、義分別處理的理念，意義方面仍保留原使用人假借字和被假借字相通的用法；而音讀方面，不能無視於上古音、中古音、現代音之聲、韻、調不同的演變，應以教育部重編國語辭典編輯委員會所編《重編國語辭典》爲依據，不然，我國中學國文科語文教學將何所據依？語文訓練又如何吻合推行國語之政策？謹提供淺見如上，就教於大家，謝謝！

㊿　「纚」字音「鄰知切」，見《集韻》平聲卷一，頁十三；「輦尒切」，見《集韻》上聲卷五，頁六；「所蟹切」，見《集韻》上聲卷五，頁二十一。台灣中華書局，民國五十九年一月台二版。

本文主要參考書目

一、《中國聲韻學通論》　林尹先生著　林炯陽註釋　黎明文化事業
　　公司　民國八十二年八月十刷

二、《音略證補》　陳新雄先生　文史哲出版社　民國八十五年十月
　　增訂初版十八刷

三、《六十年來之聲韻學》　陳新雄先生　文史哲出版社　民國六十
　　二年八月初版

四、《鍥不舍齋論學集》　陳新雄先生　學生書局　民國七十三年八
　　月初版

五、《黃侃論學雜著》　黃侃　台灣中華書局　民國五十八年八月台
　　一版

六、《文字學音篇》　錢玄同　學生書局　民國五十八年三月三版

七、《中國聲韻學大綱》　高本漢著　張洪年譯　中華叢書編著委員
　　會印行　民國六十一年二月

八、《上古音討論集》　趙元任、高本漢、王靜如、李方桂等　學藝
　　出版社　民國五十九年元月初版

九、《古音說略》　陸志韋　學生書局　民國六十年八月景印初版

十、《漢語音韻》　王協（力）　鳴宇出版社　民國七十年十二月初
　　版

十一、《中國聲韻學》　姜亮夫　文史哲出版社　民國六十三年四月
　　再版

十二、《漢語音韻學》　董同龢　廣文書局經銷　民國五十七年九月

初版

十三、《中國聲韻學大綱》　謝雲飛　蘭臺書局　民國六十一年十月
　　　再版

十四、《說文解字注》　段玉裁　藝文印書館　民國五十五年十月十
　　　一版

十五、《校正宋本廣韻》　宋·陳彭年等重修　藝文印書館　民國五
　　　十七年十月校正再版

十六、《集韻》　宋·丁度等　台灣中華書局　民國五十九年一月台
　　　二版

十七、《國音學》　國立臺灣師範大學國音學編輯委員會編纂　正中
　　　書局　民國七十一年十月台初版

十八、《重編國語辭典》　教育部重編國語辭典編輯委員會編　台灣
　　　商務印書館　民國七十一年二月五版

十九、《國語日報辭典》　國語日報社　民國六十六年八月九版

二十、《廣韻韻類考正》　康世統　國立臺灣師範大學國文研究所集
　　　刊第二十號　民國六十五年六月五日出版

廿一、國民中學《國文》　第一冊　國立編譯館主編　民國八十年八
　　　月改編本三版

廿二、國民中學《國文》　第二冊　國立編譯館主編　民國八十五年
　　　一月改編本七版

廿三、國民中學《國文》　第三冊　國立編譯館主編　民國八十二年
　　　八月改編本四版

廿四、國民中學《國文》　第四冊　國立編譯館主編　民國八十五年
　　　一月改編本六版

廿五、國民中學《國文》　第五冊　國立編譯館主編　民國八十三年
　　八月改編本四版

廿六、國民中學《國文》　第六冊　國立編譯館主編　民國八十四年
　　一月改編本四版

廿七、高級中學《國文》　第一冊　國立編譯館主編　民國八十五年
　　八月改編三版

廿八、高級中學《國文》　第二冊　國立編譯館主編　民國八十六年
　　一月改編三版

廿九、高級中學《國文》　第三冊　國立編譯館主編　民國八十五年
　　八月改編再版

三十、高級中學《國文》　第四冊　國立編譯館主編　民國八十六年
　　一月改編再版

卅一、高級中學《國文》　第五冊　國立編譯館主編　民國八十五年
　　八月改編初版

卅二、高級中學《國文》　第六冊　國立編譯館主編　民國八十六年
　　一月改編初版

〈正氣歌〉押韻及其音讀教學

詹滿福

一、〈正氣歌〉押韻的注釋

　　由國立編譯館出版的《高中國文》第五冊第二課，課文內容爲文天祥(1236－1282)的一首五言古詩〈正氣歌〉及其序。編者對序文及古詩中較罕見或有別義作用的字在〈注釋〉中均予注音，其中屬課文內容的注音有27個，〈注釋〉的內容中出現難字再注音的有4個，總計有31個。唯於〈正氣歌〉押韻的韻腳只注了一個字：

　　　　〈注釋〉㉛：「羯，音ㄐㄧㄝˊ，匈奴的別族。」

其餘韻腳的讀音則全部付之闕如。八十年出版的《高中國文》第三冊選錄屈原的〈國殤〉，〈注釋〉部分提供了一些押韻字的念法，經林慶勳先生在「八十一學年度高中國文教學學術研討會」(1993:53-70)提出意見後，八十四年改編出版的〈注釋〉中已作大幅度的修正。但，注音也好，不注音也好，大多數在高中從事語文教育工作的人仍相當困擾，因爲既然是有押韻的「詩」，在教學過程中則有向學生解

釋押韻現象的必要。經解釋後，學生理解多少雖不得而知，但傳達的訊息是否正確，將給我們的下一代帶來某種程度的影響。編書的學者在〈正氣歌〉韻腳部分不注音也許是有其特定或不得已的考量，在此毋須深究，而如何提供語文教學工作者一個解釋的角度才是本文的目的。

〈正氣歌并序〉除序文外，詩分四段。一、三段押平聲韻，二、四段押入聲韻。平聲韻以今日國語讀之，押韻的情形不難理解，入聲韻則因古今音變的關係，以今日國語讀之，入聲的特點不復存在，聲調則1、2、3、4聲均有，而使得押韻的面貌改觀，致使在語文教學工作上增添困擾。個人從事高中教職工作，亦有感於此項疑惑，故撰本文，試以高中教師教學的角度予〈正氣歌〉的押韻作一粗略的解說，期能給予在高中任職的國文教師在古詩韻腳上提供一些淺見，並透過這些語文教育工作者傳達給求學高中的學生，讓他們也了解古詩押韻的大概。

二、〈正氣歌〉的韻腳與今國語中的音讀

古體詩與近體詩的異同，本文不作細說。這裡只說古體詩的一般情形：⑴古詩起源較早，名稱因對照近體詩而來；⑵句子平仄不受格律限制，篇幅可長可短；⑶用韻較近體詩為寬，且可以換韻；⑷一般是隔句為韻，也就是偶句的末一字用韻。〈正氣歌〉是首五言古詩，每句字數固定，隔句為韻，詩分四段，用四次不同的韻。為說解之便，並確立韻腳，茲列〈正氣歌〉全文。偶句之末一字為韻腳，四段內容如下：

（一）

①天地有正氣，雜然賦流形。

②下則爲河嶽，上則爲日星，

③於人曰浩然，沛乎塞蒼冥。

④皇路當清夷，含和吐明庭，

⑤時窮節乃見，一一垂丹青。

第一段韻腳爲「形、星、冥、庭、青」五字，以今國語讀之同押"ㄧㄥ"，押韻不成問題。

（二）

⑥在齊太史簡，在晉董狐筆，

⑦在秦張良椎，在漢蘇武節；

⑧爲顏將軍頭，爲嵇侍中血，

⑨爲張睢陽齒，爲顏常山舌；

⑩或爲遼東帽，清操厲冰雪；

⑪或爲出師表，鬼神泣壯烈；

⑫或爲渡江楫，慷慨吞胡羯；

⑬或爲擊賊笏，逆豎頭破裂。

第二段韻腳爲「筆、節、血、舌、雪、烈、羯、裂」八字，以今國語讀之，「筆」字押"ㄧ"；「舌」字押"ㄜ"；「雪」字押"ㄩ"

せ”;「節、血、烈、羯、裂」五字同押“一せ”❶，但聲調不一，若介音不計，則「雪」字可與此五字視作同押。第⑫句「楫」字《廣韻》「即葉切」入聲葉韻，今國語讀作“ㄐㄧˊ”，乍看之下容易誤以爲與「筆」字同押，但「楫」字中古韻尾收-P，與上述的八個字收-t尾不同，故雖爲入聲字，卻非韻腳。

（三）

⑭是氣所磅礴，凜烈萬古存。

⑮當其貫日月，生死安足論？

⑯地維賴以立，天柱賴以尊。

⑰三綱實繫命，道義爲之根。

第三段韻腳爲「存、論、尊、根」四字。「論」字《廣韻》有三讀：(1)「力迍切」，平聲諄韻；(2)「盧昆切」，平聲魂韻；(3)「盧困切」，去聲慁韻。此處當爲「盧昆切」，讀作“ㄌㄨㄣˊ”，不作去聲。而「存、論、尊」三字以今國語讀之均讀作“ㄨㄣ”，「根」字讀作“ㄣ”，仍可看出明顯的押韻現象。

（四）

⑱嗟予遘陽九，隸也實不力。

---

❶　「血」字一般《國語詞典》注音有二讀：(1)ㄒㄧㄝˇ，名詞；(2)ㄒㄩㄝˋ，語音。《廣韻》血字「呼決切」，入聲屑韻，山攝合口四等。與血字同列山攝合口四等的入聲字尚有「決訣缺穴」等字，今國語均讀作ㄩㄝ。

⑲楚囚纓其冠，傳車送窮北。

⑳鼎鑊甘如飴，求之不可得。

㉑陰房闃鬼火，春院閟天黑。

㉒牛驥同一皁，雞棲鳳凰食。

㉓一朝蒙霧露，分作溝中瘠。

㉔如此再寒暑，百沴自辟易。

㉕哀哉沮洳場，爲我安樂國！

㉖豈有他繆巧？陰陽不能賊。

㉗顧此耿耿在，仰視浮雲白，

㉘悠悠我心悲，蒼天曷有極！

㉙哲人日已遠，典型在夙昔，

㉚風簷展書讀，古道照顏色。

第四段最長，凡26句，韻腳爲「力、北、得、黑、食、瘠、易、國、賊、白、極、昔、色」十三字。其中「力、瘠、易、極、昔」五字以今國語讀之同押"一"，而聲調不諧；「北、黑、賊」三字同押"ㄟ"，聲調各異；「得、色」二字同押"ㄜ"，聲調不同；「食、國、白」三字雖同爲陽平，然韻母不同，與其他10字亦不能諧。

　　以上述四段押韻的情形來看，除了第一段之外，其餘三段似乎都有解釋的必要。

三、〈正氣歌〉押韻的教學問題

　　近體詩所謂的「押韻」，大致包含幾個要件：(1)主要元音相同，

⑵韻尾相同，⑶聲調相同；亦即同一個韻內的字可以互相押韻。但同一個韻中可能有不同的介音（林慶勳1993），是以⑷介音的相同與否，則可以摒除在押韻的條件之外。而大約到了唐代，就有了「獨用」、「同用」的規定，有些韻獨用，有些則兩三韻同用。到了「平水韻」（1227）索性把同用的韻合起來成為107韻，這大致是唐宋詩人押韻的實際情形。近體詩的押韻是嚴格的，但內容較長的樂府或古詩則是可以換韻，而押韻方面也較律詩絕句等近體詩為寬。所謂「較近體詩為寬」是說有「鄰韻通押」的現象，或稱作「合韻」。王力先生曾有一段這樣的話❷：

> 漢魏古詩的用韻接近先秦的韻部，晉以後的詩韻，愈到後來愈接近隋唐的韻部。一般的看法，漢魏詩的用韻是比較寬的，後人可以用「合韻」的眼光來了解漢魏時代的寬韻，但「合韻」不是漫無標準，必須是鄰韻才能通押。唐以後的古風和樂府，在韻例方面和漢魏六朝詩沒有什麼不同。

即「主要元音相近的相鄰韻部的通押現象」。文天祥〈正氣歌〉既屬五言古詩，則其用韻自不能以「平水韻」來規範。周祖謨先生也曾就詩人的用韻表示：

> 韻文押韻在求音調協和……不同的作家因方音不同或講求音韻協和的精細程度不同，分韻也不完全一樣。有人在作品中有時

---

❷　見《古代漢語·詩律·漢魏六朝詩的用韻》p.1437。

相近的兩部通押，有人就分別得很嚴。（《問學集》：463）

身為語文教育工作者，對古詩的押韻應要有基本的認識，其來龍去脈雖不必一一精詳，但亦需略知梗概。至於教學上欲令高中生了解古人作詩用韻，固不必用深奧難懂的術語令其迷惑，亦不必用罕見的符號徒生困擾。只要讓他們了解到古人作詩用韻是怎樣的情形，有什麼樣的標準就可以了。這是語文工作者的責任。以下為說解之便，不避繁複，茲將30個韻腳排列並舉。「十六攝」擬音舉董同龢《漢語音韻學》為參考，「平水韻」擬音取王力《音韻學初步》。以下分四個部分個別討論：

（一）「形、星、冥、庭、青」

韻腳	反切	《廣韻》韻部	16攝開合等第	平水韻
①形	戶徑切	平聲青韻	梗攝開口四等	9青
②星	桑徑切	平聲青韻	梗攝開口四等	9青
③冥	莫經切	平聲青韻	梗攝開口四等	9青
④庭	特丁切	平聲青韻	梗攝開口四等	9青
⑤青	倉經切	平聲青韻	梗攝開口四等	9青

這五個字在《廣韻》同屬平聲青韻，同列梗攝開口四等，董同龢擬為-ieng；「平水韻」屬9青韻，王力擬音為-ing。今國語讀音亦相同，「星、青」今讀陰平，「形、冥、庭」讀作陽平，詩韻中同為平聲，可以相押。

（二）「筆、節、血、舌、雪、烈、羯、裂」

　　本段押韻有八個字，分屬四韻部二韻攝：

韻腳	反　切	《廣韻》韻部	16攝開合等第	平水韻
⑥筆	鄙密切	入聲質韻	臻攝開口三等	4質
⑦節	子結切	入聲屑韻	山攝開口四等	9屑
⑧血	呼決切	入聲屑韻	山攝合口四等	9屑
⑪烈	良薛切	入聲薛韻	山攝開口三等	9屑
⑬裂	良薛切	入聲薛韻	山攝開口三等	9屑
⑨舌	食列切	入聲薛韻	山攝開口三等	9屑
⑩雪	相絕切	入聲薛韻	山攝合口三等	9屑
⑫羯	居竭切	入聲月韻	山攝開口三等	6月

《廣韻》屑韻董同龢先生擬作 -εt、薛韻擬作 -æt，兩元音 ε、æ 部位極為相近，二韻在「平水韻」併為 9 屑韻，王力先生擬音作 -t，「節、血、烈、裂、舌、雪」六字相押不成問題。「羯」字《廣韻》屬月韻，擬音作 -ɐt，「平水韻」在 6 月韻，也擬作 -ɐt，與「烈、裂、舌」同為山攝開口三等字，而「筆、節、血、舌、雪、烈、裂」七字均為山攝三、四等字，列在同一「韻攝」，表示其韻尾相同（-t），主要元音相近（ɐ、æ 或 ε），以古詩用韻較寬可以「鄰韻通押」的情形而言，在音理上可以理解成相押也大致不成問題。「筆」字《廣韻》屬質韻，臻攝開口三等，董同龢先生擬音為 -et，與其他七個山攝字不同攝，主要元音亦不同，是比 ɐ、æ、ε 更高的 e。「平

水韻」擬作 -it，閩客方言中亦作 pit，文天祥的家鄉江西吉水，也念作 pit，雖與其他七字同收 -t尾，但其主要元音顯然又高了些。若勉為說解，則可依董同龢先生的中古擬音，把三類主要元音視作開口度較大較前的元音，也看成「鄰韻通押」，否則就只好把筆字列為「出韻」了。

　　山攝開口三等入聲韻演變到國語分成二路：知章組字國語念成"ㄜ"，如薛韻的「舌、折、哲、徹、設」等字；知章組以外的國語念成"ㄧㄝ"，如薛韻的「別、烈、裂、傑」，月韻的「羯、揭、歇」，屑韻的「節、結、潔、切、鐵」等字，故「舌」字的念法與其他字不同。至於「血、雪」則因為是合口字故國語念作了"ㄩㄝ"。

　　上述八個入聲韻腳，韻尾均收 -t尾，主要元音為 ɐ、æ、ɛ或 e，均為開口度較大的前元音，位置相近，只有 ɐ的位置偏央。

　　(三)「**存、論、尊、根**」

韻腳	反切	《廣韻》韻部	16攝開合等第	平水韻
⑭存	徂尊切	平聲魂韻	臻攝合口一等	13元
⑮論	盧昆切	平聲魂韻	臻攝合口一等	13元
⑯尊	祖昆切	平聲魂韻	臻攝合口一等	13元
⑰根	古痕切	平聲痕韻	臻攝開口一等	13元

「存、論、尊」三字在《廣韻》中同屬魂韻，臻攝合口一等，董同龢擬音作 -uən。「根」字在痕韻，臻攝開口一等，擬作 -ən，介音不計，與前三字同押不成問題。「平水韻」中「元、魂、痕」併為13元

韻，擬音作 -ɐn。

　　㈣「力、北、得、黑、食、瘠、易、國、賊、白、極、昔、色」

　　本段押韻有13字，分屬四韻部二韻攝：

韻腳	反切	《廣韻》韻部	16攝開合等第	平水韻
⑱力	林直切	入聲職韻	曾攝開口三等	13職
㉒食	乘力切	入聲職韻	曾攝開口三等	13職
㉘極	渠力切	入聲職韻	曾攝開口三等	13職
㉚色	所力切	入聲職韻	曾攝開口三等	13職
⑲北	博黑切	入聲德韻	曾攝開口一等	13職
⑳得	多則切	入聲德韻	曾攝開口一等	13職
㉑黑	呼北切	入聲德韻	曾攝開口一等	13職
㉕國	古或切	入聲德韻	曾攝合口一等	13職
㉖賊	昨則切	入聲德韻	曾攝開口一等	13職
㉓瘠	秦昔切	入聲昔韻	梗攝開口三等	11陌
㉔易	羊益切	入聲昔韻	梗攝開口三等	11陌
㉘昔	思積切	入聲昔韻	梗攝開口三等	11陌
㉗白	傍陌切	入聲陌韻	梗攝開口二等	11陌

　　此段十三字呈現的是「職、德、昔、陌」四韻合押的現象。若不論開合等第，即介音不計，曾、梗二攝入聲同樣收 -k 尾；曾攝的主要元音爲央元音〔ə〕，梗攝二、三等的主要元音爲較央元音略低一些的

〔ɐ〕或較前的〔ɛ〕，部位極爲相近。若以《切韻指掌圖》（1176-1203?）而論，果與假、宕與江、梗與曾都不分，只有十三攝，則曾梗二攝之主要元音相近自不待言。竺家寧先生就認爲：

> 在《切韻》音系中，梗攝屬〔a〕類元音；曾攝屬〔ə〕類元音。這種區別在中古後期仍有許多地區保存下來，所以就分成了曾梗兩攝。可是也有一些地區的梗攝字變成了以央元音〔ə〕作主要元音的念法，換句話說，就是被曾攝字類化了。這樣的情況下，曾梗便合爲一攝了。(1991:413)

其次，文天祥代生當宋末元初，詞的發展至此已是淋漓盡致，而語音之發展變化最能夠在流行的口語、歌詞中顯露，是以若能在宋代詞人的作品用韻中找到相同的「職德昔陌」入聲通押的證據，則〈正氣歌〉的「合韻」的情形就不難理解了。清戈載《詞林正韻》「列平上去爲十四部，入聲爲五部，皆取古人之名詞參酌而審定之。」（〈發凡〉）定出入聲五部，內容爲：

第十五部：1屋2渥3燭通用
第十六部：4覺18藥19鐸通用
第十七部：5質6術7櫛20陌21麥22昔23錫24職25德26緝通用
第十八部：8勿9迄10月11沒12曷13末14黠15鎋16屑17薛29葉30
　　　　　帖通用
第十九部：27合28盍31業32洽33狎34乏通用

其中第十七部即「職德昔陌」通押，第十八部「月屑薛」通押，大致能符合〈正氣歌〉第二、四段入聲押韻的實際情形。但《詞林正韻》的入聲五部，似乎又押得太寬。金周生先生因而作進一步的考訂撰《宋詞音系入聲韻部考》，分析宋詞入聲字之韻尾種類暨韻例用韻之特點，將宋詞音系中之入聲韻字分爲九部(1985:372)：

(1)屋部：《廣韻》「屋沃燭」三韻之字屬之　　(擬作-uk)

(2)覺部：《廣韻》「覺藥鐸」三韻之字屬之　　(擬作-ak)

(3)質部：《廣韻》「質術櫛物迄沒」六韻之字屬之 (擬作-ət)

(4)月部：《廣韻》「月薛屑」三韻之字屬之　　(擬作-et)

(5)曷部：《廣韻》「曷末黠　」四韻之字屬之　(擬作-at)

(6)陌部：《廣韻》「陌麥昔錫職德」六韻之字屬之 (擬作-ək)

(7)緝部：《廣韻》「緝」韻之字屬之　　　　(擬作-əp)

(8)合部：《廣韻》「合盍洽狎乏」五韻之字屬之 (擬作-ap)

(9)葉部：《廣韻》「葉帖業」三韻之字屬之　　(擬作-ep)

由此系聯分析中，得「月屑薛」韻字合押之韻例計302例(1985:364)；「陌麥昔」、「錫」、「職德」三類混押無別，韻例中兼含三類韻字者達214例，二類合押者計225例，三類分押者僅87例(同上:353)。可知〈正氣歌〉第二段「月屑薛」通押（不含質部）與第四段「職德昔陌」通押並非漫無標準的「合韻」，恐怕是更接近實際語音狀況的。至於「質」部與「月薛屑」通押之例，金先生把它歸於「異部通押」即「例外押韻」的現象，並舉出宋詞用韻中「質月」二

韻合押之例，計136例❸。是以〈正氣歌〉第二段「質」與「月屑薛」通押，應該不必當成「出韻」看待，為說解之便，不妨暫時依金先生的擬音作-et；第四段「職德昔陌」通押則暫時擬作-ək。如此也許可與當時的實際語音狀況大致相近。

四、〈正氣歌〉韻腳在方言中的狀況

　　許多語文教育工作者，在讀到古人的詩歌而無法以現代的國語押韻時，通常會以自己的母語——閩語或客語——來念念看，有時能得到相當好的效果，也可以解決一些屬於押韻方面的問題，但有時則不見得能得到預期的結果。本文也順帶以閩、客方言為例，看看〈正氣歌〉韻腳在方言中是怎樣的情形；另外，文天祥是江西吉水人，所以再加上文天祥的家鄉話❹，也許可以給語文工作者提供更多的訊息。

(一)	形	星	冥	庭	青
閩	hing	sing	ming	ting	ts'ing
客	hin	sin(sen)	min	t'in	ts'in
贛	ɕin	ɕin/ɕiang	(min)	t'in	tɕ'in/tɕ'iang

---

❸　「質月」例外押韻計136例，其中「質月陌」合押56次，「質月」合押22次，「質月陌葉」合押13次，「質月曷」合押13次，「質月曷葉」合押11次，「質月陌緝」合押9次，「質月葉」合押6次，「質月曷陌」合押6次。（金周生1985:407-410）

❹　表中的「贛」語，舉的是李如龍、張雙慶二位先生主編的《客贛方言調查報告》中的吉水話。若方言中的讀音不確定則用"----"表示空缺。

幾乎每個方言都有文白異讀的問題，但複雜的程度沒有一個趕得上閩南話(袁家驊1989:249)；客方言文白異讀多出現在梗攝字和少部分的古全濁上聲字中(張光宇1996:252)；贛語則與客方言相近，亦多見於梗攝字(李如龍、張雙慶1992:136-150)。上列五字在閩、客方言均取文讀。閩方言五字均押 -ing，客方言押 -in，吉水話亦押 -in；閩方言收舌根鼻音韻尾 -ng，客方言及吉水話同收舌尖鼻音韻尾 -n，但三者押韻的情形都相當明析而且整齊。

(二)	筆	節	血	舌	雪	烈	羯	裂
閩	pit	tset	hue?	tsi?	se?	let	ket	let
客	pit	tsiet	hiet	sat	siet	liet	kiet	liet
贛	pit	tɕiet	ɕyet	set	ɕyɛt	tiɔt	(kiɛt)	tiet

第二段的八個韻腳除「筆、舌」外：在閩方言均以〔e〕為主要元音，收舌尖塞音韻尾 -t或喉塞音韻尾 -?；客方言中大致也以〔e〕為主要元音，收 -t尾；吉水話則以〔ɛ〕為主要元音，也收 -t尾。

(三)	存	論	尊	根
閩	tsun	lun	tsun	kun/kin
客	ts'un	lun	tsun	kin
贛	ts'un	lun	tsun	kiɛn

「存、論、尊」三字在閩、客方言及吉水話中都可以明顯看出押韻的情形。只有「根」字因為是開口字，讀法與其他三字略有不同。

(四)	力	北	得	黑	食	瘠	易
閩	lik	pak	tik	hik	sit	----	ik
客	lit	pet	tet	het	sət	----	it
贛	tit	pɛʔ	tɛʔ	hɛʔ	sət	tɕiaʔ	(it)

(四)	國	賊	白	極	昔	色
閩	kok	tsik	pik	kik	sik	sik
客	kuet	ts'et	p'ak	kit	sit	set
贛	kuɛʔ	ts'ɛʔ	p'aʔ	tɕ'it	ɕit	sɛʔ

第四段的十三個韻腳，在方言中的表現是：閩方言中的元音以〔i〕
為主，收舌根塞音韻尾 -k（食字除外）；客方言中的元音以〔e〕為
主，收舌尖塞音韻尾 -t；吉水話的元音則以〔ɛ〕為主，收 -t 或喉塞
音 -ʔ。元音部分差異較大，韻尾則同是收塞音，表現得規律。如此參
差的原因是入聲在各方言中不同的演變所造成的。即在今日國語中有
些不能押韻，在其他方言中也會有同樣的情形出現，並非以其他方言
讀之就一定能夠諧韻。

五、結　語

經由以上的討論，對〈正氣歌〉的押韻得到這樣的概念：

(1)用韻較近體詩為寬，有「合韻」的情形。

(2)第一段押「青」韻（指「平水韻」，《廣韻》亦為青），韻母
　　為〔-ing〕，今國語作 "ㄧㄥ"。

(3)第二段「質薛月」通押（《廣韻》質屑薛月），主要元音接近〔e〕，收舌尖塞音韻尾 -t。

(4)第三段押「元」韻（《廣韻》魂痕），韻母為〔-ne〕（或〔-ɐn〕），今國語作"ㄣ"。

(5)第四段「職陌」通押（《廣韻》職德昔陌），主要元音為〔ə〕，收舌根塞音韻尾 -k。

(6)在閩客方言及文天祥的家鄉吉水話中，押平聲的一、三段仍可押韻，並無障礙；押入聲韻的二、四段則因入聲演變的不同而有各自的面貌，但韻尾的部分大致上還算整齊。

從事語文教育的工作者了解了〈正氣歌〉的押韻之後，是否要把所有的韻腳都一改現代國語的讀法而強念成押韻呢？最後，本文想借用王力先生的一段話做個結束：「在朗誦古代的詩歌韻文時，前人那種改讀韻腳的辦法（即協韻）是不科學的，也是不必要。我們可以完全按照現代普通話的讀音來朗誦。」至於中古入聲如何演變為今天的國語及如何從國語音讀辨識入聲，可參考陳新雄、竺家寧二位先生的文章❺，於此不多贅述。

---

❺　陳新雄先生撰有〈萬緒千頭次第尋〉、〈如何從國語的讀音識廣韻的聲韻調〉，收在《鍥不舍齋論學集》；竺家寧先生撰有〈入聲滄桑史〉，收在《古音學入門》。

參 考 資 料

王 力

 1980 《音韻學初步》 台北大中

    《古代漢語》

李如龍 張雙慶

 1992 《客贛方言調查報告》 廈門大學

金周生

 1985 《宋詞音系入聲韻部考》 台北文史哲

林慶勳

 1993 〈論國殤押韻及其音讀教學〉 《81學年度高中國文教學

學術研討會論文集》: 53-70

林慶勳 竺家寧

 1989 《古音學入門》 台北學生

竺家寧

 1987 《古音之旅》 台北國文天地

 1991 《聲韻學》 台北五南

周長楫

 1993 《廈門方言辭典》 江蘇教育

周祖謨

 1976 《問學集》 台北知仁

袁家驊

 1989 《漢語方言概要》 北京文字改革

張光宇

　　1996　《閩客方言史稿》　台北南天

張振興

　　1981　《台灣閩南方言記略》　台北文史哲

陳新雄

　　1972　《古音學發微》　台北文史哲

　　1984　《鍥不舍齋論學集》　台北學生

賀　巍

　　1995　〈漢語官話方言入聲消失的成因〉　《中國語文》1995: 3.

　　195-202

黃有實編

　　1993　《台灣十五音辭典》　台北武陵

董同龢

　　1965　《漢語音韻學》　台北文史哲

盧元駿輯校

　　1968　《詩詞曲韻總檢》　台北正中

羅肇錦

　　1990　《台灣的客家話》　台北台原

國立編譯館

　　1996　《高級中學國文》第五冊

閩南語傳統呼音法在鄉土語言教學上的運用

姚榮松

壹、認識傳統呼音法

　　教育部自八十五學年度起已把鄉土教學列爲國民中小學教育的科目，其中鄉土語言（或稱母語）教學雖然沒有明確列爲正式課程，但是作爲鄉土教學活動的一環，部分縣市政府自從八十年代初就陸陸續續編出國小到國中的鄉土語言教材，或稱母語教學教材，其中率先完成的有屏東縣（包括河洛語、客家語、魯凱語、排灣語四種），宜蘭縣（僅見河洛語系一種），其次爲台北縣（分台語讀本與客語讀本；泰雅語則自成系列）和高雄縣（河洛語）。其他陸續完成的有彰化縣、台南市等，這些教材，多半作爲課外輔助教材來編輯，並不是從嚴格的母教學入手，只有台北縣的「台語讀本・首冊」，仿照國小國語首冊的「注音符號」教學，由羅馬音標入手，完全不用漢字，以便掌握拼音符號。

　　不管閩南語的音標（或注音符號）入門需要幾個星期，「首冊」編成十三課加上練習四個單元、總復習三個單元，頗能提供作爲正式

教學的參考，但是利用整冊的篇幅或者幾個星期作爲母語教學的初階—音標教學，無論在教學時間和師資分配上，都是不經濟的，這樣的現代語言教學法，固然是一種理想，卻不符合當前鄉土教育課程的現實，在每週不超過兩小時的鄉土語言教學時段，其實應該考慮用更經濟有效的方法，來熟習母語的語音結構，如用現有注音符號來轉記台語，增加國語所沒有的符號，並從對比分析中掌握兩種語言的差異，這是一種辦法；還有一種方式就是借助閩南人傳統漢文教育的傳承方式，先熟習所謂「呼音法」，以便掌握聲、韻、調三者。後者本是村塾的語言教學法，現代人多半忽略了它的價值，年輕的語文工作者幾乎對此毫無概念，本文的目的，一方面想把這一套傳統母語教學法介紹給聲韻學者，一方面藉以探討聲韻學在傳統母語教學中所扮演的角色。

所謂「傳統呼音法」，有別於我們今天的注音／標音符號教學法，它是利用已歸納出的各種音類（如：十五音、八音）代表字及一套韻母代表字或稱「字母」或「音母」，逐一拼讀，形成有系統、有節奏的拼音法，於是所有音節都可以呼音求字，從容得之。例如：我們利用「君母」的第七聲「郡」，配上十五音的「柳」，而爲"論"，「邊」而爲"笨"，「求」而爲"郡"，「地」而爲"遁"，「他」而爲"地（墆）"，「時」而爲"順"；以上六個字我們可以分別呼叫它們爲「君七柳」、「君七邊」、「君七求」、「君七地」、「君七他」、「君七時」等。這種呼法是由反切法演變出來的，例如"論"的反切是"柳郡，把反切下字改爲「平聲韻加聲調」就是「君七」，再把十五音的柳母配上去就呼爲「君七柳」（論）。

傳統呼音法的要訣是熟記閩南語「聲、韻、調」三個成分的字母歌訣。現依台灣通行的《彙音寶鑑》一書的寫法列之於下；

(一)**聲母十五個，謂之「十五音」，即：**

十五音之呼法

柳里	邊比	求己	去起	地底	頗鄙	他恥	曾止
l	p	k	kh	t	ph	th	ch

入平	時始	英椅	門美	語語	出取	喜喜	
j	s	ɸ	b	g	chh	h	

(二)**韻母四十五個音類，謂之「四十五字母音」，即：**
　　(由君行唸起，五字一組)

※漢文四十五字母音讀法

噪	姑	更	監	江	皆	沽	干	君
箴	光	扛	龜	兼	巾	嬌	公	堅
爻	姆	茄	膠	交	姜	梔	乖	金
驚	糜	薑	居	迦	甘	恭	經	規
嘓	閒	官	丩	檜	瓜	高	觀	嘉

(三)**聲調舊有八個，謂之「八音反法」，例如：**

八　音　反　法

第一聲 君　上平	第二聲 滾　上上	第三聲 棍　上去	第四聲 骨　上入	第五聲 群　下平	第六聲 滾　下上	第七聲 郡　下去	第八聲 滑　下入
un	ún	ùn	ut	ûn	ún	ūn	út
堅	寒	見	結	畎	寒	健	傑
ian	ián	iàn	iat	iân	ián	iān	iàt
金	錦	禁	急	噤	錦	**妗**	及
im	ím	ìm	ip	îm	ím	īm	ip
規	鬼	季	瞶	葵	鬼	櫃	瞶
ui	úi	ùi	uih	ûi	úi	ui	uíh
嘉	假	嫁	骼	枷	假	**易**	**遾**
e	é	è	eh	ê	é	ē	éh
干	柬	諫	葛	曷	柬	罟	罟
an	án	àn	at	ân	án	ān	át
公	廣	貢	國	狂	廣	**狂**	**咯**
ong	óng	òng	ok	ông	óng	ōng	ók
乖	拐	怪	罟	罟	拐	罟	罟
oai	oái	oài	oaih	oâi	óai	ōai	oáih
經	景	徑	格	莖	景	勁	極
eng	éng	èng	ek	êng	éng	ēng	ék
觀	琯	貫	适	權	琯	**縣**	罟
oan	oán	oàn	oat	oân	óan	ōan	oát

㈣**有幾點需補充說明：**

1.閩南語韻書通稱「十五音」，即以聲母命名，最早的十五音韻書爲泉州人黃謙所著《彙音妙悟》，成書於西元1800年，距今約兩百年。

2.四十五字母是台灣通行的韻母，較《彙音妙悟》五十字母爲少。每個字母實際代表七個不同聲調的「韻」，舉第一聲（陰平）求聲字爲代表。如：君、堅、金……。

3.八音代表古代四聲（平上去入）各分陰陽，共得八調，把「陰陽」改稱「上下」亦可。其中下上（陽上）與上上（陰上）沒有區別，實際只有七調；唯呼音練習時，第二聲（上上）與第六聲（下上）仍重複誦讀，以求對稱。「八音反法」僅列出45字母中的10個，其餘類推；凡上入與下入兩調的韻尾皆作塞音（-p,-t,-k）與其餘五個舒聲（平上去）的陽聲韻尾（-m,-n,-ng）相配，另外「喉塞韻尾」的-ʔ，專配陰聲韻母。

4.以數字標調採《彙音妙悟》的傳統順序，1 至 4 調爲陰調（即上平、上上、上去、上入）5 至 8 調爲陽調（即下平、下上、下去、下入）；四十五字母皆取求母字，其八音呼法，按 1 至 8 聲將第一聲的君依次呼出八聲（七調），如下圖示：

	君	滾	棍	骨	群	滾	郡	滑
	kun1	kun2	kun3	kut4	kun5	kun6	kun7	kut8
調型1	ㄱ	ㄚ	ㄥ	ㄥ	ㄟ	(ㄚ)	ㄐ	ㄱ
調值	55	53	21	21	13	(53)	33	5
調型2	高平	高降	低降	低短	低升		中平	高短
調類1	陰平	陰上	陰去	陰入	陽平	陽上	陽去	陽入
調類2	上平	上上	上去	上入	下平	下上	下去	下入

貳、傳統呼音法的特色

　　傳統呼音法來自傳統的拼音法，即反切，隨著等韻學的發展，傳統韻圖逐步被有方音特色的韻圖所取代，這些韻圖的特色是揚棄三十六字母和四等的基型，另起爐灶，發明字母，適應方音需要，以單一韻母作爲分韻標準，合四聲或八調爲一韻攝，統以平聲韻目作爲「四十五字母」（即四十五韻攝）之代表字。可以說把韻圖和韻書結合爲一，即圖知音，即音索字，無往而不利。《彙音寶鑑》即是這種結合的體現，以卷一君上平聲君字韻第一聲爲例：

	柳	邊	求				
彙音寶鑑　君上平聲　一頁	Lun,　縮（頭縮收斂使小胳皮也香也又）脑皮也　磨（人名）	Pun,　鼾（黑鼾鼾）字　全上　分（分開）也	Kun,　斤（斤斤兩之斤　君專之詞也如君父止君父）商字　褌裸也　裾 全上	君上平聲君字韻　第一聲	君堅金規嘉	卷一字母	彙音寶鑑　梅山沈富進考訂
			軍（萬二千五百人爲軍又將軍也）裙（裙襴）鞍（手足凍而拆裂）				

以下分別說明它的特色：

一、以分韻字母爲經，以十五音爲緯，以八音爲梳櫛。

黃謙（1800）在《彙音妙悟·自序》中說：

> 以五十字母爲經，以十五音爲緯，以四聲爲梳櫛，俗字土音，
> 皆載其中，以便村塾事物什器之便，悉用泉音，不能達之外
> 郡。

這就指出了具體字的呼音法，先要知道它的韻母歸在那一個字母，再找到聲母歸到十五音中的那一音？在那個聲母下去調出八個調來，準確的調找到了，字音也找到。所以黃謙又說：

> 反切之法，先讀熟五十字母、十五音，然後看某聲在何字母，
> 以十五音切之，呼以平仄四聲，如律字是入聲，其平聲在倫
> 字，倫與春同韻，屬春字字母，切以十五音，在柳字管下，然
> 後呼以四聲，而律字得矣。餘類傚此。

按：漢語音韻學史上，「字母」首見於唐末沙門守溫所創三十六字母，「字母」自來就用以指漢語聲母的代表字。到了閩方言的韻書，卻用來指韻母的分類，大約起於明末清初的《戚林八音》（福州方音，原爲戚繼光《戚參軍八音字義便覽》與林碧山《珠玉同聲》兩書之合刊）戚書將福州韻母分爲三十六類，用自定的三十六字母表示；泉州的《彙音妙悟》即承襲此一用法，不過字母則增爲五十，其

後漳州人謝秀嵐的《彙集雅俗通十五音》，字母仍然五十，不過用字則完全改用"求"字頭，以便呼音方便，這是一大進步。依筆者看來，這種以中古見母標目的方式，最早見於《切韻指掌圖》二十圖總目，《切韻指掌圖》二十圖平聲一等的韻目代表字為：（凡一等無字，改列他等，如括號所注）

　　1 · 高　2 · 公　3 · 孤　4 · 鉤　5 · 甘　6 · 金(三)　7 · 干
　　8 · 官　9 · 根　10 · 昆　11 · 歌　12 · 戈　13 · 剛　14 · 光
　　15 · 觥　16 · 拖　17 · 該　18 · 基(三)　19 · 傀　20 · 乖(二)

　　試比較一下《彙音》和《雅俗通》前二十個字母的用字：

《彙》春朝飛花香　歡高卿杯商　東郊開居珠　嘉賓裁嗟恩
《雅》君堅金規嘉　干公乘經觀　沽嬌稽恭高　皆巾姜甘瓜

　　前者以「春朝飛花香」起，有歌謠形式，容易記誦；後者改用見母雙聲，類似東坡的雙聲打油詩，就音讀的響亮而言，改用見母更具效果。那麼，韻母與韻母間（即字母序）又按什麼順序呢？筆者以為這是調音的結果，兩字母之間似乎有意避開相同元音，以形成對比。但是這個原則並不容易貫徹，例如：《彙音寶鑑》的四十五字母，基本上是承襲《雅俗通十五音》的字母序。因為韻母以五字一組，多達十組，為方便朗誦，每組講求音韻協調，鏗鏘有緻是可預期的。

　　字母（韻母）以外，聲母十五，聲調八，也都以「音」字命名，所以稱為十五音、八音，這又是地方韻書執簡御繁的辦法。

二、各種十五音韻書的「字母數」不一致

這反映了作者自己的方言韻部，其中也有歸併上的寬嚴。爲節省篇幅，本文只討論台灣十五音，根據洪惟仁主編《閩南語經典辭書彙編10·台灣十五音辭典》解題，介紹了台灣十五音四種，即《增補彙音寶鑑》（1954）、《烏字十五音》（1961）、《台灣十五音辭典》（1972）、《國臺音彙音寶典》（1986），成書年代橫跨三十年，說明台灣民間傳統漢學的紮實根基，類似第四種之類的國臺音兩用字典其實不知凡幾，我手上即有一本瑞成書局印行的《國臺音通用字典》（斗南李木杞編著，1963年初版）字頭注國語注音，其下用「三字結音呼法」（見李著）來注閩南語，如該書頁六：

人ㄖㄣˊ （(（江五柳)）)黑人

（巾五入）具有最高智慧的動物（例）人類

這是說：人（國音ㄖㄣˊ）字台語有兩讀，第一讀江五柳，就是江字母（aŋ）第五聲（aŋˊ）柳字頭（l-）所以切出laŋˊ，是"人"字的白話音，故用雙括號（(（)）)表示。第二讀巾五入，就是巾字母（in）第五聲（inˊ）入字頭（z-），所以切出zinˊ，是"人"字的讀書音，故用單括號（ ）表示。「黑人」是以詞例代替字義。由此可見傳統呼音法實爲「十五音字／辭典」的注音依據，所以每本字典前都附有這種呼音法的說明。爲了稱說方便，我們把上列五種台灣十五音辭書，標舉作者及成書年代，分別稱爲沈富進(1954)·林登魁(1955)·黃有實(1972)·陳成福(1986)·李木杞(1963)。

以上五種，只有前三種是韻書，後兩種是辭書。沈書與黃書字母分別爲45與46，唯一的差別是黃著在薑（iuŋ）韻之外，又多了䑷（-ioŋ）韻，保留了早期漳州音的區別，但根據洪惟仁先生調查，斗六方言並無-ioŋ韻，這可能誤把漳、泉的異讀視爲分韻，所以黃著的䑷韻字皆與薑韻重出。❶

四十五字母音代表四十五個八音（實際爲七調）相承的韻攝，每攝有五個舒聲調的韻值和兩個入聲調的韻值，從音節結構上說只有兩類韻尾，如：君（un-ut），堅（ian-iat），金（im-ip），規（ui-uih），嘉（e-eh），公（ɔŋ-ɔk），乖（uai-uaih），沽（ɔ-ɔh），栀（iŋ-iŋh）等，理論上四十五個韻攝應該有九十個不同韻尾的韻母，但是成音節的鼻輔韻，裸（ng-k）姆（m-p），其入聲是不能獨立成韻的，因此只有八十八個韻母，然而在傳統呼音法裡，這八十八個韻母只要在「八音呼法」（即同一字母呼成八調，實際只有七調）中的第四聲（陰入）第八聲（陽入）唸成短促調，即轉爲相配的入聲韻尾，這是八音呼法執簡御繁的又一特徵。

三、所謂十五音（即十五個聲母）是音位標音法的體現

閩南語十五音的定名來自二百年前的泉音韻書《彙音妙悟》，我們前文所列的十五個字是根據漳音韻書《彙集雅俗通十五音》的用字，兩書皆十五音，音序相同，後者只是改了幾個字，即「去」原作「氣」，「地」原作「低」，「頗」原作「普」，「曾」原作「爭」，「門」原作「文」。其實這十五個字也神襲了更早的福州韻

---

❶　洪編《閩南語經典辭書彙編》10，頁七。

書《戚林八音》的用字，不過同樣是十五字，福州音聲母和泉、漳音的聲母是不相同的，因爲前者沒有濁塞音，現據李如龍（1994）《福州方言詞典》所列的福州話聲母（例字依《戚林八音》）如下：

p邊　p'波　m蒙　t低　t'他　n日
l柳　ts曾　ts'出　s時　k求　k'氣
ŋ語　h喜　ɸ鶯

《戚林八音》把它編成歌訣就是：

柳邊求氣低波他爭日時
鶯蒙語出喜

李氏「曾」可能是「爭」之訛，或據另一版本。閩南語的十五音近似這十五個音位，不過其具體的分音（即音位變體）則有具體不同，即與m-，n-，ŋ-平行的一套b-，(l-)，g-，濁塞音，還有一個和ts-相配的濁塞擦音dz-，《彙音妙悟》、《彙集雅俗通十五音》都把它叫「入」，而濁塞音又缺舌尖的d-，因爲同部位已有濁邊音l-，兩者音值接近而不分。把閩南語十五個音位，排列如下：

p邊　p'波　b/m門
t地　t'他　l/n柳
ts曾　ts'出　dz入　s時
k求　k'去　g/ŋ語　h喜
ɸ英

　　現代泉音或者廈門、台北音基本上「入」併入「柳」，只剩十四。不過台灣的漳腔入母還保留，但音值已弱化爲濁擦音 z-。爲什麼二百年前的黃謙要把 b:m， l:n， g:ŋ 合併爲門、柳、語三個字頭呢？有兩種可能：一是因爲承襲《戚林八音》的十五音，不便更動太大，只要把聽起來很相近的 l 和 n 合併（《戚林八音》的柳和日），再加一個 dz （彙音妙悟的「入」），剛好維持十五音的門面，我們看早期等韻家對三十六字母也多半是這種不輕易更動的心態。如果是這樣，也能反映黃謙心目中 b/m， g/ŋ，是沒有區別的，所以沒有分出來。第二種可能是黃謙認識到 b， l， g，和同部位的 m， n， ŋ是變體分音，它們出現的語境是互補的，所以他保留「門、柳、語」而刪去多餘的 n-（《戚林八音》的日），完全有現代音位學的概念，那是不足爲奇的，因爲傳統等韻圖往往把同一個發音大類（如唇、舌、齒）的兩套聲母（如重唇與輕唇，舌頭與舌上，齒頭與正齒）並列在同一個欄位，正好反映了它們在更早的階段是一個來源（正齒音比較複雜，只有其中的莊系與齒頭同源，照系則否），黃謙的《彙音妙悟》也是一種韻圖化的韻書，一但把 b-， l-， g-和 m-， n-， ŋ-分成兩欄，必然發現同一類韻母，出現 b-則不出現 m-，它們正好和傳統韻圖的聲母的互補而不對立的情形一致，所以把它們合併，既省篇幅，也體現了音位的簡易性，所以筆者認爲黃謙具有素樸的音位概念，他也是從韻表的製作中獲得的。

　　十五音已成爲閩南韻書共同使用的聲母，只有潮汕話b：m，n：l，g：ŋ都有具體的對立，如汕頭話：磨bua：麻mua，眉bai：埋mai，無bo：毛mo，帽bo：望mo，文buŋ：門muŋ，悶buŋ：問muŋ；鬧nau：漏lau，奴nou：盧lou，紐niu：柳liu，人naŋ：蘭laŋ， ：孵gau：

熬ŋau，疑gi：宜ŋi，獄gek：逆ŋek等對立❷，因此這三套口部塞音應與鼻音分立，即形成「增三潮聲十五音」❸的十八聲母。至於閩南語的字典，傳教士所編的如杜嘉德（Carstairs　Douglas）的《廈門話口語詞典》（1899），甘爲霖的《廈門音新字典》（1913），都用十八音來記音，反而日人小川尙義等主編的《台日大辭典》的假名拼音，完全接受了十五音的拼法。張振興（1982）、楊秀芳（1991）兩本有關台灣閩南語的著作，也都採取十五音的音位標音法。

張振興（1982・8）指出：

> 從音位觀點來說，〔b〕、〔l〕、〔g〕和〔m〕、〔n〕、〔ŋ〕互爲音位變體。如果臨時用"v"代表元音韻母，用"vp"代表入聲韻母，用"ṽ"代表元音鼻化韻母，用"vm"代表鼻音韻母，那麼，我們可以用下列公式來表述：

$$A \begin{bmatrix} b \\ l \\ g \end{bmatrix} > \begin{bmatrix} m \\ n \\ ŋ \end{bmatrix} \Big/ — \begin{Bmatrix} \tilde{v} \\ Vm \end{Bmatrix}$$

> 就是說，在元音鼻化韻母和鼻音韻母之前，〔b〕、〔l〕、〔g〕分別變爲〔m〕、〔n〕、〔ŋ〕。或者：

---

❷　參林倫倫，陳小楓《廣東閩方言語音研究》p39-62的音節表。汕頭大學出版社，1996。

❸　謝益顯編著，香港出版。又李新魁編《新編潮汕方言十八音》，廣東人民出版社，1979。

$$
B \begin{bmatrix} m \\ n \\ \eta \end{bmatrix} > \begin{bmatrix} b \\ l \\ g \end{bmatrix} \Big/ — \left\{ \begin{matrix} V \\ Vp \end{matrix} \right\}
$$

就是說，在非鼻化元音韻母和入聲韻母之前，〔m〕、〔n〕、〔ŋ〕分別變爲〔b〕、〔l〕、〔g〕。據此，我們可以把兩組音位變體合併爲音位/b/、/l/、/g/或/m/、/n/、/ŋ/。

張振興在該書的記音採用了/b/、/l/、/g/三個音位。不過他對於 A 的出現環境有些微的錯誤，實際上鼻音韻母（Vm）之前的聲母仍是/b、l、g/而非/m、n、ŋ/，如：

嚴	gyam13	*ŋyan
難	lan13	*nan
夢	baŋ33	*maŋ❹

但是成音節的鼻輔音之前的濁輔音，必唸鼻音。如：

*門	bŋ13	mŋ13
*卵	lŋ33	nŋ33

但 m33 卻只能出現在清擦音後，如：hm33（媒）這樣的組合。

---

❹　鍾榮富(1997)《閩南語的音段》（稿本），頁149。

由於閩南語的b-，l-，g-多來自中古的m-，n-，ŋ-（l-有的是中古來母），它的形成或許就是在陽聲韻前的異化作用，也就是所謂的去鼻作用，自然不可能在Vm之前唸鼻音的m-，n-，ŋ-。所以這套音位的公式應修改為：

$$/b，l，g/ \quad \rightarrow \quad 〔m，n，ŋ〕/— (\tilde{v}，ŋ) \text{ 但}*ŋŋ$$

$$/b，l，g/ \quad \rightarrow \quad 〔b，l，g〕/— (v，vc，vʔ)$$

許多學者認為韻尾的喉塞音-ʔ不是輔音音位，而只是入聲的緊喉作用，特別列出Vʔ，至於VC中的輔音尾(C)，自然包括-m，-n，-ŋ和-p，-t，-k六種韻尾。

參、如何進行傳統呼音法教學

傳統呼音法可以說是台語音節的拼讀法，現根據斗六市虎溪里的王晉平先生的錄音帶《漢文十五音呼法》的示範，說明其呼音教學的次第及方法。

一、傳統呼音法的施行次第

1.先讀四十五個韻母的代表字
　方法：五個字一組，如「君堅金規嘉」，「干公乖經觀」
　　等，依次讀1~5遍。
2.次讀八音（實際七調）謂之「八音呼法」

　　　方法：就字母逐字呼八音，如「君滾棍骨群滾郡骨」，「堅
　　　　　　蹇見結睍寋健傑」四字之間作一小頓。

　3.次以八音中某母爲反切下字，以十五音（即聲母）爲反切上
　　　字，謂之「十五音呼法」。如：己母　柳里、邊比、求己、
　　　去起、地底、頗鄙等。

　　再舉一例：

　①先指出韻母：堅第八聲（傑）

　②十五音呼法：柳列　邊別　求傑　去砝　地跌　頗霹　他中

　　曾捷　入熱　時舌　英搣　門滅　語聿　出砝　喜穴

　　　如果按十五音呼法的音節數來計算，理論上，45字母發七音，共
得315個韻母，每母再配十五音，共得4725個音節，其中有些音節有
音無字，只是湊地位，但是每一輪十五音呼法，平均爲25秒，讀完
315個韻母共需時132分，即二小時12分，因此不可能以這種接龍式的
方式把全部音節唸一遍，只能舉例唸幾組韻母，以求熟習，但爲了容
易找到同音字，簡易的「十五音字表」成爲必不可少。黃有實的《臺
灣十五音辭典》就是音表化的辭典，因爲常用同音字都收入了，仍不
方便拿來轉讀，《烏字十五音》也是這種性質的字典，最簡要的音節
表（每一音節只要一個代表字）有如韻鏡之類，手上有兩本，一爲臺
灣總督府民政局學務部發行的《臺灣十五音及字母詳解》，一爲洪惟
仁編的《台灣十五音字母》（1991），洪先生採46字母，元音依一、
單元音、雙元音、多元音之順序；二、單元音以拉丁字母之順序；
三、多元音以開口、齊齒、合口之順序爲排列順序，並在十五音及四
十六字母下分別列有國際音標、教會羅馬字及洪氏自創的「台灣諺

文」標音符，是一本較科學的改良式十五音字母圖，可惜未有錄音帶
行世。李木杞（1963）的字典前面也附了四十五字母音及它的八音反
法，所得皆爲K聲母的音節共315個，在沒有時間練習4725個音節時，
也可以先呼這315個音節，先把聲調唸熟，再以十五音拼字，就比較
容易。

二、以傳統呼音法作爲臺灣閩南語鄉土教學的入門教材

大凡要熟習一種語言或方言，必先習其音韻，當然可以用最科學
的方式介紹其音節結構及聲、韻、調三個要素，筆者認爲傳統呼音法
就是這個科學語音教學的前一階梯，只要每人一張我們所介紹的王晉
平先生的錄音講義，利用三十分鍾即可聽完這卷錄音帶，可以說已初
步認識了閩南語的「音型」或「音像」，這樣的做法有幾個好處。

1.以最經濟的時間，熟習了閩南語音節的部件及其循序漸進的拼
音原理，無疑是傳統反切的現代詮釋。

2.可以把四十五字母的國際音標以另一份講義的方式轉寫出來，
使學生對照使用，即可由漢字過渡到國際音標，也是最自然的國際音
標引介法。

3.八音呼法比較複雜，可以在聽完若干行後，停下來介紹聲調，
把簡單的調值觀念加以介紹，這部分務必使學生熟習成誦，聽到某音
就能說出第幾聲，其中的陰平、陽平可以借助國語的第一，二聲來分
辨，實際上七個調學生只需重新認識第2，3，7聲三個舒聲調及第4第
8兩個入聲調，學習起來並不困難。

4.關於四十五個韻母的排列，《彙音寶鑑》基本上承襲自漳系韻
書之祖《雅俗通十五音》，從現代音韻學的角度看，這些音的順序並

無內在邏輯，甚至可以認爲是雜亂無章，我們可以把閩南語的韻母歸爲五個大類，即㈠單音韻母；㈡複元音韻母（含結合韻母）；㈢鼻音韻母（含成音節的鼻輔音）；㈣鼻化韻母；㈤塞尾韻母。塞尾韻母即入聲韻母，又可以分爲三個子類，(a)收-p，-t，-k (b)收喉塞尾韻 (c)鼻化喉塞韻。按這個標準，我們把四十五字母及其相配的入聲韻母按TLPA標音重排如下：

㈠膠a	居i	龜e	嘉e	高o	沽oo
㈡皆ai	交au	迦ia	茄io	丩iu	嬌iau
瓜ua	檜ue	規ui	乖uai		
㈢甘am	金im	兼iam	箴om	姆m	
干an	巾in	君un	堅ian	觀uan	
江ang	公ong	經eng	姜iang	恭iong	光uang 扛ng
㈣監ann	梔inn	更enn	姑oonn	閒ainn	爻aunn
驚iann	薑iunn	噪iaunn	官uann	嘓uinn	糜uainn

㈤a) ap　ip　iap
　　at　it　ut　iet　uat
　　ak　ook　ik　iak　iook

b) ah　oh　eh　ih　uh
　iah　ioh　uah　uih

c) annh　oonnh　ennh　innh　iannh

　　這個表以類相從，就可以更清楚讓學生了解閩南語的韻母類型。因此可以先唸熟了傳統的四十五字母音之後，再來進行這樣的排序活

動，這種活動適合較高的年級。初學四十五音母，應著重在五個一組的字母，如可區別緊鄰兩音之間的語音對比，個人覺得這九行的安排有其深層的意義，估且分析如下：

㈠前五行的學習重點在陽韻與陰聲韻的分辨，僅在第三行穿插一個鼻化韻kinn（梔），有引介學習後四行以鼻化韻為主體的一個哨兵作用。

㈡前五行緊鄰兩韻幾乎皆有兩個以上辨音成素的對立，如首行un~ian；ian~im；im~ui；ui~e；第二行亦然；an~ong；ong~uai；uai~eng；eng~uan；第三行亦然：oo~iau；iau~inn；~ioŋ；iong~ong等是。

㈢後三行每行皆有三個以上的鼻化韻，共有十個，連同第三行的inn，第六行的 ann，共有十二個韻。所以第六行以簡單的 ann,u,a,i,iu韻母作為前五行與後三行的過渡，後三行的相鄰兩韻之間，相似性增加，但除了「茄~薑」，「糜~閒」，大致都仍保持應有的對立。

由此看來，四十五字母的音序是相當考究的，教師應善用這種對比來做聽音練習，到學生完全能分辨其差別為止。

肆、結　論

本文是筆者平日利用傳統十五音呼音法，在語音學及閩南語概論兩門課中，讓學生由辨音練習到拼音練習中熟習閩南語音韻的一個心得報告，筆者認為傳統十五音的呼音法是閩南語的先賢從傳統反切、等韻的拼讀中悟出的一套有價值的語音入門，由前文的分析，我們覺得先認識45個韻母，再呼八音（七調），再配十五個聲母（俗稱十五

音呼法）是一種不得不如此的順序，原來在反切拼讀中，韻母才是它的基礎，所以由韻母到聲調，再拼聲母，可以讓我們對鄉土語言中的母語認知，應該由何切入，有了更深的反省，筆者認為這種傳統呼音法對已會母語的人，學習起來尤其事半功倍，在兩個小時的練習中，就可掌握閩南語的音韻特質，因此，筆者認為這是值得推介的一種「閩南語語音學入門」，當然要實施有效，仍然須配合現代音位學的分析，才能應用自如。

參 考 書 目

戚繼光、林碧山 《戚林八音合訂》 羅是塔月刊社，民72年，台北。

黃　謙 《增補彙音妙悟》 民59.10，瑞成書局，台中。又光緒己卯
　　　（1905）長夏，廈門會文書莊石印本。

謝秀嵐 《彙集雅俗通十五音》 清嘉慶二十三年，漳州顏錦華堂等印
　　　行。

蔣儒林 《潮語十五音》香港陳湘記書局。

謝益顯 《增三潮州十五音》 作者自印，1965香港九龍。

沈進富 《彙音寶鑑》 民43.12初版，78年35版，文藝學社，梅山
　　　鄉。

壺麓主人 《鳥字十五音》 （內題增補彙音），瑞成書局，民62年再
　　　版，台中。書寫者：林梵居士。

陳永寶 《閩南語十五音字典—「彙音寶鑑」呼音及使用法》，中原
　　　漢學推廣中心。

洪惟仁 《臺灣十五音字母》 台灣資料服務中心，1991。

台灣總督府 《訂正台灣十五音字母詳解》 東京秀英社（株式會
　　　社）。

黃有實 《臺灣十五音辭典》 在洪惟仁主編「閩南語經典辭書彙編」
　　　之10，武陵出版社，前有解題：台灣十五音四種。1993.2。

楊秀芳 《台灣閩南語法稿》 大安出版社，1991。

姚榮松 〈彙音妙悟的音系及其鼻化韻母〉 《國文學報》，十七期，
　　　台北，1989。

洪惟仁　《彙音妙悟與古代泉州音》　國立中央圖書館台灣分館，民
　　86，6月。

洪惟仁　《台灣話音韻入門》附台灣十五音字母　國立復興劇校，民85
　　年，台北市。

陳成福　《國臺音彙音寶典》　西北出版社，1986，台南。

李木杞　《國臺音通用字典》　瑞成書局，民52年，台中。

董忠司　《台灣閩南語語音教材初稿》　行政院文建會出版，1996，
　　12。

鍾榮富　《閩南語的音段》（稿），1997。

附錄(一)

※漢文四十五字音母讀法

君堅金規嘉	皆巾姜甘瓜	更扛茄薑官
干公乖經觀	江兼交迦檜	姑光姆麋閂
沽嬌梔恭高	監龜膠居ㄐ	嗷箴爻驚闕

※漢文八音

一二三四五六七八	皆改介〇個改〇〇	裩捲劵〇哐捲〇〇
君滾棍骨群滾郡骨	巾謹艮吉斦謹近絔	茄馦呌脚橋馦蕎〇
堅蹇見結睍蹇健傑	姜襁〇脚強襁倞䖝	薑〇〇〇強〇響〇
金錦禁急〇錦妗及	甘敢監蛤笒敢鑑䶑	官寡觀〇寒寡汗〇
規鬼季〇葵鬼櫃〇	瓜卦卦嘓檬卦粿潘	姑〇〇〇〇〇〇〇
嘉假嫁骼枷假易逆	江港降角跰港共礜	光〇〇〇〇〇〇映
干柬諫葛〇柬〇〇	兼減劍俠甜減鐱馺	姆夬〇趹〇夬骱呢
公廣貢國狂廣狂咯	交皎教餃猴狡厚〇	麋夬趹夬骱呢
乖拐怪〇〇拐〇〇	迦〇寄莢伽〇崎屐	閂醶啐擫㨈醶〇〇
經景徑格綮景勁極	檜粿噲刮葵粿趼繪	嗷蹻噭嘞〇〇嬌
觀琯貫适權琯縣瘚	監敢酵〇攪敢〇〇	箴〇磬〇〇溮爥
沽古固〇糊古怙〇	龜韭句欨鎪韭舊〇	爻〇〇〇喉〇〇〇
嬌皎叫勪橋皎轎噭	膠絞教甲〇絞譀泏	驚囝鏡〇符囝件〇
梔〇見〇乾〇〇〇	居己記築其己具揭	闕〇〇〇葵〇〇〇
恭拱供菊窮拱共局	ㄐ久救嚼求久嚼啾	
高果告閣翱果膏〇	更梗徑哽嚘梗哽砸	

※己作標準十五音呼法：

己柳里邊比求己去起地底

頗鄙他恥曾止入耳時始

英以門米語語出取喜喜

※漢文十五音呼法：

※例一君第一聲（君）

柳縮邊分求軍去坤地敦

頗奔他吞曾尊入〇時孫

英溫門捫語〇出春喜昏

※君第二聲（滾）

柳碖邊本求滾去墾地盾

頗味他粂曾准入懦時筍

英允門吻語阮出忖喜粉

※君第三聲（棍）

柳淪邊糞求棍去困地頓

頗噴他褪曾圳入咽時舜

英惛門們語諢出寸喜訓

※君第四聲（骨）

柳角邊不求骨去屈地齣

頗捽他禿曾卒入〇時率

英殷門齣語矹出出喜佛

※君第五聲（群）

柳綸邊吹求群去勤地唇

頗盆他豚曾存入𢙣時旬

英云門文語銀出皴喜雲

※君第六聲同第二聲

※君第七聲（郡）

柳論邊笨求郡去〇地遁

頗〇他嗔曾存入靭時頓

英運門問語𪗶出掭喜混

※君第八聲（滑）

柳律邊孛求滑去淈地突

頗哱他詴曾糒入〇時術

英搵門勿語兀出卒喜佛

＊例二堅第一聲（堅）

柳臁邊邊求堅去嘘地顛

頗偏他天曾煎入燃時仙

英煙門臁語妍出千喜軒

＊堅第二聲（蹇）

柳碾邊區求蹇去犬地典

頗偏他珍曾剪入跧時洗

英演門免語研出仟喜顯

＊堅第三聲（見）

柳握邊遍求見去倪地殿

頗片他瑱曾荐入燃時扇

英燕門眄語呪出倩喜獻

＊堅第四聲（結）

柳浡邊別求結去討地哲

頗丿他徹曾節入越時泄

英謁門○語喫出切喜血

＊堅第五聲（乾）

柳年邊胼求眠去乾地田

頗覎他填曾前入燃時蟬

英延門棉語言出逌喜玄

＊堅第六聲同第二聲

＊堅第七聲（健）

柳練邊便求健去○地殿

頗膈他填曾賤入○時善

英衍門面語醯出圜喜現

＊堅第八聲（傑）

柳列邊別求傑去硈地跌

頗鬐他力曾捷入熱時舌

英搧門滅語尊出跕喜穴

＊例三經第一聲（經）

柳乳邊冰求經去卿地丁

頗烹他汀曾征入○時生

英英門○語嫈出清喜兄

＊經第二聲（景）

柳冷邊丙求景去肯地等

頗低他退曾井入○時省

英永門猛語研出請喜悻

＊經第三聲（徑）

柳竣邊并求徑去慶地釘

頗聘他聽曾正入○時姓

英應門○語○出秤喜悻

＊經第四聲（格）

柳粟邊伯求格去刻地竹

頗碧他斥曾責入操時色

英益門○語㑃出策喜黑

＊經第五聲（𤲃）

柳伶邊平求𤲃去傾地呈

頗評他停曾情入隔時成

英盈門名語迎出榕喜形
✷經第六聲同第二聲
✷經第七聲（勁）
柳令邊並求勁去虹地定
頗覲他○曾淨入○時乘
英泳門命語硬出穿喜辛
✷經第八聲（極）
柳力邊白求極去○地狄
頗○他宅曾寂入○時夕
英亦門汩語逆出趩喜或
✷例四恭第一聲（恭）
柳藝邊㦬求恭去鞏地中
頗○他衷曾彰入○時商
英雍門○語○出沖喜凶
✷恭第二聲（拱）
柳壟邊○求拱去恐地長
頗○他塚曾種入冗時悚
英勇門○語仰出廠喜享
✷恭第三聲（供）
柳跛邊○求供去哼地中
頗○他暢曾眾入○時相
英映門○語○出從喜向
✷恭第四聲（菊）
柳忸邊○求菊去曲地築

頗○他畜曾足入○時宿
英約門○語蹶出促喜旭
✷恭第五聲（窮）
柳隆邊○求窮去顈地重
頗○他蟲曾從入戎時松
英客門○語邛出場喜雄
✷恭第六聲同第二聲
✷恭第七聲（共）
柳堯邊○求共去○地仲
頗○他○曾從入讓時上
英用門○語岈出匞喜○
✷恭第八聲（局）
柳隆邊○求局去搚地逐
頗○他○曾糕入辱時俗
英育門○語玉出摅喜摅

※叫字法兼呼音法

一： 求吉（巾）第四聲
　　巾謹艮吉（英一）

勤： 求肵（巾）第五聲
　　巾謹艮吉肵（去勤）

天： 求肩第一聲
　　肩（他天）

下： 求易（加）第七聲
　　加假嫁胳枷假易（喜下）

無： 求鐰（龜）第五聲
　　龜薤句欱鐰（文無）

難： 求○（干）第五聲
　　干東諫葛○（柳難）

事： 求舊（龜）第七聲
　　龜薤句欱鐰薤舊（時事）

最： 求檜（噲）第三聲
　　檜粿噲（曾最）

怕： 求酹（監）第三聲
　　監敢酹（頗怕）

有： 求久（丩）第二聲
　　丩久（英有）

心： 求（金）第一聲
　　金（時心）

人： 求肵（巾）第五聲
　　巾謹艮吉肵（入人）

※呼叫法

　　學（江八喜）江港降角降港共傑（喜學）

　　向（姜三喜）姜襫○（喜向）

　　勤（巾五去）巾謹艮吉肵（去勤）

　　中（恭地）恭（地中）

　　得（經四地）經景徑格（地得）

　　螢（經五英）經景徑格螢（英螢）

　　窗（公出）公（出窗）

　　萬（干七門）干柬諫萬○柬○（門萬）

　　卷（觀三）觀貫卷（求卷）或（觀貫卷）

　　書（居時）居（時書）

　　滿（觀二門）觀瑄（門滿）

　　朝（嬌五地）嬌皎叫劋橋（地朝）

　　朱（龜曾）龜（曾朱）

　　紫（居二曾）居己（曾紫）

　　貴（規三）規鬼季（求貴）或規鬼貴

　　盡（巾七曾）巾謹艮吉肵謹近（曾盡）

　　是（居七時）居己託築己其（時是）

　　讀（公八他）公廣貢國狂廣狂狢（他讀）

　　書（居時）居（時書）

　　人（巾五入）央謹艮吉肵（入人）

附錄(二)

漢文四十五音母讀法：

kun	kan	koo	kai	kang
kian	kong	kiau	kin	kiam
kim	kuai	kiɴ	kiang	kau
kui	keng	kiong	kam	kia
ke	kuan	ko	kua	kue

kaɴ	keɴ	koɴ	kiauɴ
ku	kng	kuang	kom
ka	kio	km	kauɴ
ki	kiuɴ	kuaiɴ	kiaɴ
kiu	kuaɴ	kaiɴ	kuiɴ

漢文「照四十五音母發八音」：

一.	kun˥	kian˥	kim˥	kui˥	ke˥	kan˥	kong˥ …
二.	kunˋ	kianˋ	kimˋ	kuiˋ	keˋ	·	·
三.	kun˩	kian˩	kim˩	kui˩	ke˩	·	·
四.	kut˩	kiat˩	kip˩	kuih˩	keh˩	·	·
五.	kunˊ	kianˊ	kimˊ	kuiˊ	keˊ	·	·
六.	kunˋ	kianˋ	kimˋ	kuiˋ	keˋ	·	·
七.	kun˧	kian˧	kim˧	kui˧	ke˧	·	·
八.	kut˥	kiat˥	kipt˥	kuih˥	keh˥	·	·

十五晉呼法：

l(n)　p　　k　　k'　　t

p'　　t'　　ts　　z　　s

o　　b(m)　g(ng)　ts'　　h

附錄

第十五屆全國聲韻學學術研討會議程

會議時間：八十六年五月三日（星期六）、四日（星期日）

會議主題：聲韻學研究與語文教學

會議地點：台中市西屯區文華路100號

　　　　　逢甲大學第四、第六國際會議廳

場次	時　間	五月三日（星期六）		
	時　間	議　　　　　　程		
開幕	08:30~09:00	報　　　　　　　　到		
	09:20~09:30	主持人 何大安 賴明德 戴瑞坤	開　　幕　　式	
第一場	主持人	主講人	論　文　題　目	
	陳新雄 09:30~10:30	張光宇	專題演講：聲韻學與國語教學	
	10:30~10:50	茶　　　　　　　敘		
	主持人	主講人	論　文　題　目	特約討論
第二場A	李威熊 10:50~12:30	陳新雄	上古陰聲韻尾再檢討	何大安
		金鐘讚	段玉裁的歸部與其「古十七部諧聲表」	孔仲溫
		盧淑美	楊慎的古音觀	李添富

第二場B	莊雅州 10:50~12:30	林慶勳	音節結構與聲韻學教學	李壬癸
		蕭宇超	現代音韻學知識在語言教學上所扮演的角色	連金發
		陳貴麟	近體詩平仄格律的教學實踐—從「倒三救」談起	黃坤堯
12:30			午　　　　　餐	
第三場A	張光宇 13:30~15:10	董忠司	試談教育部推薦音標方案中的閩南語音節結構與漢語聲韻學	林慶勳
		許慧娟	從現代維吾爾語的元音變化看自主音段理論	鍾榮富
		康世統	從聲韻的演變，談中學國文教材中幾個字音的問題	羅肇錦
第三場B	林炯陽 13:30~15:10	黃坤堯	宋代詞韻與現代方言	周世箴
		朴允河	略論十九世紀上海方言的聲調及其演變	應裕康
		黃金文	「創新」之間—從博山方言論「入聲演變」、「方言分群」以及「變調即原調」	林英津
15:10~15:30			茶　　　　　敘	
第四場	張以仁 15:30~17:30	林英津	滑有猾骨兩讀義隨音異？	梅　廣
		王松木	論敦煌寫本《字寶》所反映的音變現象	葉鍵得
		楊素姿	〈辯四聲輕清重濁法〉之音韻現象平議	張慧美
		龔秀容	《切韻正音經緯圖》探析	宋建華
17:30			晚　　　　　餐	

場次	時　間	議　　　　　　程		
	主持人	主講人	論　文　題　目	特約討論
第五場A	鄭邦鎮 08:20~10:00	李存智	從語言學理論與語言教學論音標符號的價值—兼論國語注音符號的存廢與外語學習	董忠司
		張屏生	國語"兒化韻"音值的檢討及其相關問題	徐芳敏
		詹滿福	〈正氣歌〉押韻及其音讀教學	康世統
第五場B	戴瑞坤 08:20~10:00	宋韻珊	試論《五方元音》與《剔弊廣增分韻五方元音》的編排體例	吳聖雄
		陳梅香	《新方言》語音現象探析——以江蘇、浙江兩地爲主	陳新雄
		林志華	《等韻易簡》與《直圖》異同之比較	蔡宗祈
	10:00~10:20	茶　　　　　敘		
第六場	李鍌 10:20~12:00	姚榮松	閩南語傳統呼音法在鄉土語言教學上的運用	陳永寶
		黃智明	《切韻射標》版本異文初探	張文彬
		程俊源	台灣閩南語聲母去鼻化之詞彙擴散現象	洪惟仁
	12:30	午　　　　　餐		
	何大安 12:40~13:30	中華民國聲韻學學會會員大會		

表頭：五月四日（星期日）

第七場	柯淑齡 13:40~15:20	羅肇錦	現代漢語平仄應用的極限─論詩歌教學的一個誤解	李立信
		吳聖雄	由長承本《蒙求》看日本漢字音的傳承	陳弘昌
		蔡孟珍	元曲唱演之音韻基礎	金周生
	林聰明 15:20~15:50	閉幕式（優秀青年學人獎頒獎典禮）		

後　記

　　本輯出版的過程，比第六輯還要匆促。當磁片由學會秘書轉到出版組來的時候，距離第十六屆大會只剩五個月的時間了。由於追隨於理事長何大安、秘書長姚榮松兩位先生左右，對他們推動會務的用心有較深入的了解，因此謹藉著這個機會，把這段過程向大家報告：

　　最近幾年，在學會的主導，以及前輩師長的提攜之下，國內聲韻學研究的風氣愈來愈蓬勃，尤其是青年學者發表論文的篇數，經常超過該屆所有論文的半數，實在是值得高興的一件事。在完成了「量的擴張」這一階段性的任務之後，緊接著要求「質的提昇」的呼聲也就愈來愈高。另一方面，由於《論叢》的篇幅有一定的限制，不可能隨著發表人數的增加而不斷膨漲。因此於八十六年八月一日，經何理事長、姚秘書長，與監事簡宗梧先生決定審稿原則，由何大安、林炯陽、林慶勳、姚榮松、孔仲溫諸位教授負責審稿。這次審稿的過程中，比較值得一提的是，學會對於青年學者的論文特別慎重，十九篇由四十歲以下學者所提出的論文，都經過五位審查委員仔細的閱讀，嚴格的評選；審查結果又在十月十日的理監事會議上經議決後定案。因此，入選的青年學者，其學術地位可說是受到了一次光榮的肯定。至於有遺珠之憾的，據我所知，有些論文也已被其他刊物所接受，因此他們的學術潛力仍是不容忽視的，希望今後能再接再厲。本輯《論叢》出版之後，期待能廣納各方的意見，並參考這次的經驗，逐漸向全面審稿的目標邁進。

　　由於時限緊迫，出版組只能根據作者們修改過的磁片直接列印，並代爲校對，沒辦法將清校稿送給每位作者過目，謹向大家致歉。這次付印的過程，由學生書局游均晶小姐負責連絡、吳若蘭小姐負責打字排版、東吳大學中文研究所黃智明、黃智信兩位同學負責初校與二校。謝謝他們。

八十七年二月十四日於師大國文系

吳聖雄 謹記

國家圖書館出版品預行編目資料

聲韻論叢　第七輯
／中華民國聲韻學學會. 逢甲大學中文系所.
臺灣師範大學國文系所. -- 初版.
-- 臺北市；臺灣學生, 1998 [民87]
　　面；　　公分. --（中國語文叢刊；29）

ISBN 957-15-0875-6 (精裝).
ISBN 957-15-0876-4 (平裝)

1.中國語言 - 聲韻 - 論文, 講詞等

802. 407　　　　　　　　　　　　　　　87002440

聲　韻　論　叢　第七輯（全一册）

中　華　民　國　聲　韻　學　學　會
主　編　者：逢　甲　大　學　中　文　系　所
　　　　　　臺　灣　師　範　大　學　國　文　系　所
出　版　者：臺　灣　學　生　書　局
發　行　人：孫　　　善　　　治
發　行　所：臺　灣　學　生　書　局
　　　　　　臺北市和平東路一段一九八號
　　　　　　郵政劃撥帳號○○○二四六六八號
　　　　　　電　話：二三六三四一五六
　　　　　　傳　眞：二三六三六三三四
本書局登
記證字號：行政院新聞局局版北市業字第玖捌壹號
印　刷　所：宏　輝　彩　色　印　刷　公　司
　　　　　　地址：中和市永和路三六三巷四二號
　　　　　　電話：二　九　五　二　四　二　一　九
定價　精裝新臺幣五八○元
　　　平裝新臺幣五○○元

西　元　一　九　九　八　年　三　月　初　版

80255-7　　版權所有・翻印必究
　　　ISBN　957-15-0875-6（精裝）
　　　ISBN　957-15-0876-4（平裝）